Le guerrier des ténèbres

GENA SHOWALTER

Le guerrier des ténèbres

NOCTURNE

éditions HARLEQUIN

Collection : NOCTURNE

Titre original : THE DARKEST PASSION

Traduction française de BARBARA VERSINI

HARLEQUIN®
est une marque déposée par le Groupe Harlequin

NOCTURNE®
est une marque déposée par Harlequin S.A.

Réalisation graphique couverture : AGENCE LES RECREATEURS

83-85, boulevard Vincent-Auriol, 75646 PARIS CEDEX 13.

Service Lectrices — Tél. : 01 45 82 47 47

www.harlequin.fr

ISBN 978-2-2802-7819-5 — ISSN 2104-662X

Ce roman est dédié à Max, mon démon à moi.
Et s'il est mon démon, c'est que je suis son ange, bien sûr...

Ce roman est aussi dédié à Jill Monroe, mais je n'ose pas le lui dire.

1

— Ils savent qu'ils doivent mourir, mais on dirait qu'ils n'y pensent même pas.

Aeron, guerrier immortel possédé par le démon de la colère, s'était perché sur un toit du centre-ville de Budapest. Il contemplait, incrédule, les humains qui vaquaient tranquillement à leurs occupations et flânaient dans les rues. Ces inconscients ne cessaient de jacasser et de rire. Ils paraissaient heureux. Ils ne se traînaient pas à genoux pour implorer les dieux et réclamer l'immortalité. Ils ne se lamentaient pas à l'idée d'être enfermés dans un pauvre corps destiné à mourir.

Délaissant les humains et leurs mystères, Aeron s'intéressa au paysage urbain. La lumière voilée de la Lune se déversait depuis le ciel, se mêlant à l'éclat ambre des lampadaires, projetant des ombres sur les rues pavées. De tous côtés s'élevaient de hauts immeubles. Les auvents clairs des commerces tranchaient singulièrement avec le vert émeraude des arbres qui bordaient les trottoirs.

C'était beau et joyeux. Du moins tant que le cortège d'un enterrement ne venait pas déparer l'ensemble.

Les humains savaient que chaque minute qui passait était pour eux une minute de moins à vivre. Ils grandissaient en sachant qu'il leur faudrait un jour abandonner tout ce à quoi ils tenaient. Pourtant, ils ne songeaient pas à s'en plaindre. Cette calme résignation demeurait un mystère pour Aeron. Si on lui avait dit qu'il devrait un jour se séparer des compagnons qui se battaient à ses côtés depuis des milliers d'années — des guerriers immortels comme lui, et comme lui possédés par un démon —, il aurait fait n'importe quoi pour tenter de lutter contre son funeste destin.

Mais les mortels acceptaient le leur sans se révolter. Pourquoi ? Savaient-ils quelque chose qu'il ignorait ?

— Ils n'y pensent pas, en effet, fit derrière lui la voix de Paris, son compagnon. Au contraire, ils profitent de la vie tant qu'ils le peuvent encore.

Aeron ricana. Ils profitaient de la vie ? Mais comment pouvait-on profiter d'une vie qui durait le temps d'un battement de cils ?

— C'est grotesque, rétorqua-t-il. Ils peuvent mourir à tout instant. Et tu es bien placé pour le savoir.

Paris avait vu récemment mourir sous ses yeux son... Son amante ? Sa petite amie ? Sa femelle ? Aeron ne savait comment la nommer. Peu importait. Elle avait rendu l'âme dans les bras de Paris. Depuis, celui-ci pleurait sa Sienna et dédaignait les autres femmes.

Mais Paris était le gardien de Luxure, démon qui le contraignait chaque jour à s'accoupler avec une nouvelle femelle. Il ne pouvait se permettre de se détourner des femmes, sous peine de dépérir.

Aeron n'arrivait pas à le comprendre... Sienna avait été un appât, à la solde des chasseurs, leurs ennemis de toujours. Vivante, elle aurait utilisé Paris et l'aurait mené à sa perte.

Mais, à présent, je veille sur lui.

Aeron avait une dette envers Paris.

Quelques semaines plus tôt, les dieux lui avaient

ordonné de tuer Danika, celle qui était devenue la femelle de Reyes — un autre de leurs compagnons. Au début, il avait tenté de résister, mais les dieux l'avaient puni en le transformant en bête assoiffée de sang. Il était sur le point de trancher la gorge de Danika, quand Cronos était apparu à Paris pour lui donner à choisir : ressusciter Sienna ou délivrer Aeron de cette malédiction. Paris avait renoncé à sa femelle.

Aeron se sentait encore coupable quand il songeait à ce que Paris endurait à présent à cause de lui. Cette culpabilité le rongeait comme un acide. Elle le dévorait de l'intérieur. Paris souffrait le martyre, tandis que lui se délectait de sa liberté.

Il devait tout à Paris, et cela faisait une raison de plus pour le secouer.

Mais ce n'était pas une tâche aisée que de prendre soin de ce récalcitrant. Depuis une semaine, il l'emmenait tous les soirs en ville et l'obligeait à choisir une femelle pour apaiser Luxure. Ensuite, il montait la garde pendant qu'il se satisfaisait avec elle. Mais Paris faisait le difficile et mettait chaque jour un peu plus de temps à se décider.

Cette fois, Aeron avait l'impression qu'ils allaient y passer la nuit.

Si Paris avait évité la fréquentation des mortelles, il n'en serait pas, aujourd'hui, à se lamenter de ne pas avoir obtenu l'impossible.

Aeron soupira. Il finirait bien, tout de même, par lui faire entendre raison…

— Paris…, commença-t-il.

Puis il se tut. Il ne trouvait pas ses mots.

— Tu dois cesser ce deuil stupide, dit-il enfin.

Tout de suite au cœur du sujet. Très bon début.

— Il t'affaiblit.

Paris se passa la langue sur les dents.

— Tu es mal placé pour me donner des leçons, fit-il remarquer. Combien de fois as-tu cédé à Colère ? Je ne cherche même pas à compter. Quand ton démon prend le dessus, tu perds entièrement le contrôle. Alors n'ajoute pas l'hypocrisie à la liste de tes péchés, veux-tu ?

Aeron ne se sentit pas offensé. Malheureusement, Paris avait raison. Parfois, Colère prenait les commandes et parcourait la ville en frappant au hasard. Et cela faisait en général un beau carnage qu'il était impuissant à arrêter.

D'ailleurs, il n'avait pas forcément envie de l'arrêter. Certains salauds méritaient le courroux de son démon.

Mais il n'appréciait pas de se sentir manœuvré comme une marionnette. Ou d'avoir l'impression d'être un singe aux ordres de son dresseur. Dans ces moments-là, il se méprisait, il s'en voulait d'être fier d'abriter en lui Colère, ce démon intransigeant et sans pitié.

Et cette lutte intérieure entre le bien et le mal commençait à le fatiguer.

— Tu as parfaitement raison, répondit-il à Paris. Je ne prétends pas te donner des leçons, je veux seulement t'aider. La faiblesse ne peut causer que malheur et destruction, j'en suis un exemple, je l'admets.

— Je ne vois pas le rapport avec moi, protesta Paris en esquissant un geste du côté des humains. Comme je ne vois pas le rapport entre moi et ces mortels.

Justement, entre eux et ces mortels, il n'y avait aucun rapport. Il y avait l'éternité.

— Ces gens..., soupira Aeron. Ils vieillissent. Leur corps se dégrade.

— Et ?

— Laisse-moi terminer... L'immortel qui tombe amoureux d'une femme humaine peut jouir d'elle pendant un siècle, tout au plus, à condition que rien n'arrête brusquement le cours de son existence. Mais ce sera un siècle à la regarder se flétrir et avancer vers la mort, tout en sachant qu'il lui restera ensuite une éternité à vivre sans elle.

— Quel pessimiste tu fais ! lança Paris en faisant claquer sa langue. Tu ne vois donc pas que l'immortel dont tu parles vivrait pendant un siècle une merveilleuse aventure qui le rendrait plus fort pour l'éternité ?

Plus fort pour l'éternité ? Absurde ! Quand vous perdiez un être cher, son souvenir devenait un tourment qui ajoutait à vos souffrances. Aeron connaissait bien ce tourment. Il l'endurait chaque fois qu'il pensait à Baden, gardien de Méfiance, le compagnon qu'ils avaient perdu et qu'il avait aimé plus qu'un frère. Il ne se passait pas un jour sans qu'il se torture à l'idée de n'avoir pas su le protéger.

Paris persistait dans la mauvaise foi ; il décida donc de ne plus le ménager.

— Puisque c'est si facile d'accepter la perte d'un être aimé, pourquoi ne te remets-tu pas de la mort de Sienna ?

Un rayon de lune passa sur le visage de Paris, et Aeron vit que ses yeux luisaient d'un éclat étrange. Il avait bu. Encore.

— Je n'ai pas eu un siècle pour profiter d'elle, répondit Paris d'un ton morne. Je venais tout juste de la rencontrer.

Ne te laisse pas attendrir.

— Et si tu avais eu ton siècle, tu serais en paix ?

Il y eut un temps de silence.

— Tu vois, tu ne peux pas répondre, fit posément remarquer Aeron.

— Assez ! s'exclama Paris, en frappant du poing

sur le toit, ce qui fit trembler tout le bâtiment. Je ne veux plus parler de Sienna.

— Perdre quelqu'un qu'on aime cause une souffrance qui ne peut que vous affaiblir, insista Aeron. Tu en es la preuve. Nous ne devons pas nous attacher aux humains, pour ne pas souffrir quand ils nous quittent. Nous devons au contraire nous endurcir, nous empêcher de désirer ce que nous ne pouvons posséder. Aurais-tu oublié ce qu'ont vécu nos démons ? Ça devrait nous servir de leçon.

Leurs démons avaient autrefois vécu en enfer. Mécontents de leur sort, ils avaient lutté pour échapper au soufre et aux flammes. On les avait punis en les enfermant dans une prison encore plus terrible, Démoniaque, la boîte de Pandore, dans laquelle ils avaient passé des milliers d'années, dans les ténèbres et la désolation, sans le moindre espoir d'un avenir meilleur.

Jamais ils n'auraient connu Démoniaque, s'ils n'avaient pas tenté d'échapper à leur destin.

Aeron soupira. Lui aussi avait commis des erreurs qu'il payait encore. S'il n'avait pas ouvert la boîte de Pandore avec ses compagnons, jamais il n'aurait été condamné à devenir le gardien de Colère, l'un des démons qu'elle renfermait. Il n'aurait pas non plus été chassé de l'Olympe pour vivre sur la Terre, ce lieu maudit où régnait le chaos et où rien ne résistait à l'usure du temps.

Il n'aurait pas perdu Baden en se battant contre les chasseurs — ces méprisables mortels qui haïssaient les Seigneurs de l'Ombre et les rendaient responsables de tous les maux de la Terre. Un homme mourait du cancer ? C'était l'œuvre des Seigneurs de l'Ombre. Une adolescente se retrouvait enceinte ? C'était encore les Seigneurs de l'Ombre.

Et enfin, s'il avait été moins sot et plus fort, il n'aurait pas été piégé par cette guerre interminable contre les chasseurs.

— As-tu déjà désiré une mortelle ? demanda brusquement Paris.

Aeron ne put s'empêcher de pouffer.

— Avoir envie d'une femme que je saurais devoir perdre un jour ? Sûrement pas.

Il était idiot, mais pas à ce point-là.

— Qui te dit que tu la perdrais ? poursuivit Paris.

Il tira une flasque de la poche de son blouson de cuir et avala une longue rasade.

Il n'avait donc pas assez bu ? Décidément, discuter avec lui ne servait à rien.

— Maddox a trouvé Ashlyn, reprit Paris. Lucien a trouvé Anya, Reyes a trouvé Danika. Et maintenant, Sabin vient de trouver Gwen. Même la sœur de Gwen, la terrible Bianka, a quelqu'un à aimer. D'accord, c'est un ange... Mais passons sur ce détail...

En effet, mieux valait passer.

— Ashlyn et Danika étaient des mortelles. Et pourtant, elles ont réussi à s'élever au-dessus de leur condition, parce qu'elles possédaient un don particulier.

Les dieux leur avaient soi-disant accordé l'immortalité, mais cela restait à prouver. Et, de toute façon, mieux valait ne pas s'attacher à une femme, même si elle était immortelle. Un immortel pouvait mourir aussi. Aeron avait retrouvé la tête de Baden — rien que la tête, pas le corps — et il avait été le premier à contempler l'expression figée et surprise de son visage.

— Donc il y a une solution, insista Paris. Il suffit de trouver une femme possédant un don particulier.

Facile à dire... De plus, Aeron n'avait aucun besoin de chercher une femme. Il n'était pas seul au monde.

— Je n'ai nul besoin d'une femme, rétorqua-t-il. Legion me tient compagnie. Elle me suffit largement.

Il ne put s'empêcher de sourire en songeant au petit démon femelle qu'il considérait comme sa fille. Quand elle se redressait de toute sa hauteur, elle lui arrivait à peine à la taille. Son corps était recouvert d'écailles vertes, deux mignonnes petites cornes pointaient en haut de son crâne chauve, ses dents acérées contenaient un venin. Elle adorait les diadèmes et se nourrissait de préférence de proies vivantes.

Pour les diadèmes, les habitants du château en riaient et toléraient qu'elle vole ceux d'Anya pour se pavaner. Pour les proies, c'était plus compliqué.

Aeron avait rencontré Legion dans une grotte voisine de l'enfer, où il avait été enchaîné par Reyes, qui tentait de l'empêcher de tuer sa précieuse Danika. Attirée par son odeur, Legion avait creusé un tunnel jusqu'à lui. Sa compagnie l'avait peu à peu apaisé, et il avait retrouvé sa force intérieure. Legion l'avait aidé à s'enfuir. Depuis, ils ne s'étaient quasiment plus quittés.

Mais en ce moment, hélas, un ange femelle le poursuivait de sa présence invisible et Legion s'était réfugiée en enfer pour la fuir. Ce que voulait cet ange femelle, Aeron l'ignorait. En cet instant précis, il ne sentait pas sur lui son regard intense, mais elle allait revenir, il n'en doutait pas.

Il renversa la tête en arrière pour scruter le ciel. Ce soir, les étoiles scintillantes ressemblaient à des diamants jetés sur un tissu de satin noir. Aeron aimait la beauté insondable du ciel. Parfois, quand il éprouvait le besoin de se sentir seul, il s'élevait aussi haut que le lui permettaient ses ailes, puis il se laissait tomber en chute libre, pour se rattraper à la dernière seconde, juste avant l'impact.

Paris avala une autre rasade d'alcool et la douce

odeur de l'ambroisie, pareille à une haleine de bébé, flotta dans la brise. Aeron secoua la tête. Paris avait choisi de s'évader de sa souffrance en prenant de l'ambroisie, la seule drogue capable de produire de l'effet sur des guerriers immortels comme eux. Mais il en abusait et elle était en train de le transformer en chiffe molle.

Et avec Galen, qui rôdait peut-être en ce moment dans les rues de Budapest, Aeron aurait préféré que Paris reste lucide et en possession de tous ses moyens. Galen était un guerrier immortel, possédé par le démon Espoir. Il était aussi le chef des chasseurs. Le tout faisait de lui un ennemi redoutable.

Il songea de nouveau à l'ange femelle. Il avait appris récemment que certains anges avaient pour mission d'éliminer les démons.

Est-ce que l'ange était chargé de le tuer ? Il n'en savait rien et ce n'était pas le prince consort de Bianca, Lysander, qui allait le lui dire. De toute façon, cela n'avait pas vraiment d'importance. Ce qui comptait, c'était que cet ange femelle paierait dès qu'il aurait le courage de se montrer. Il paierait pour l'avoir séparé de Legion et pour avoir obligé la pauvre petite à séjourner de nouveau en enfer, l'endroit qu'elle détestait le plus au monde. En ce moment, Legion était peut-être en train de souffrir — physiquement ou moralement. Aeron serra si fort les poings qu'il faillit se broyer les os. Les autres démons se moquaient de la gentillesse et de la sensiblerie de Legion. Ils s'amusaient à la pourchasser et ne se gêneraient pas pour la torturer s'ils l'attrapaient.

— Je sais que Legion compte beaucoup pour toi, reprit Paris en le tirant une fois de plus du bourbier de ses pensées.

Il lança une pierre sur le bâtiment d'en face et vida sa flasque.

— Mais elle ne peut pas satisfaire tous tes besoins.

Il faisait allusion au sexe, bien sûr. Mais, bon sang, il ne pensait donc qu'à ça ? Aeron soupira. Il n'avait pas copulé avec une femme depuis des années, peut-être même depuis des siècles. Tout simplement parce qu'il ne valait pas la peine de se donner du mal pour séduire une femelle humaine. Avec sa mine de guerrier féroce et son corps couverts de tatouages représentant des scènes de combats et de tortures, les femmes avaient peur de lui — et à juste titre. Les amadouer réclamait du temps et de la patience. Aeron ne possédait ni l'un ni l'autre. Il avait des milliers d'autres choses bien plus intéressantes à faire. Comme s'entraîner, surveiller l'accès au château, protéger ses compagnons, céder aux caprices de sa petite Legion.

— Je sais que ça te dépasse, mais je ne suis pas esclave des besoins auxquels tu fais allusion, rétorqua-t-il.

En guerrier discipliné, Aeron savait résister aux désirs de la chair. De temps à autre, il se satisfaisait tout seul.

— Je ne manque de rien, conclut-il. De plus, je te rappelle que nous ne sommes pas venus ici pour échanger des confidences, mais pour te chercher une femelle.

Paris poussa un grognement de rage et lança sa flasque vide dans la même direction que le caillou tout à l'heure. Elle alla rebondir sur le mur du bâtiment et quelques débris de pierre s'en détachèrent.

— Un jour, toi aussi, tu seras fasciné par une femme, affirma Paris d'un ton sentencieux. Tu la désireras plus que tout et elle te rendra complètement dingue. J'espère que tu en baveras et que tu sauras ce que c'est que d'aimer, quand on n'est pas aimé en retour. Comme ça, tu comprendras par quoi je passe.

— Si ça pouvait m'aider à payer l'immense faveur que tu m'as accordée, j'accepterais volontiers ce destin, répondit Aeron avec le plus grand sérieux. Je serais même prêt à supplier les dieux de m'envoyer une femelle.

Mais il avait du mal à imaginer qu'une femme — qu'elle soit immortelle ou humaine — puisse lui inspirer du désir au point de le rendre fou de douleur. Il n'était pas comme ses compagnons, qui craignaient la solitude. Seul — ou plutôt seul avec Legion —, il se sentait pleinement heureux. De plus, il était trop fier pour s'accrocher à une femme qui l'aurait repoussé.

Néanmoins, il était sincère. Pour Paris, il était prêt à tout endurer.

— Cronos, roi des dieux ! hurla-t-il en se tournant vers le ciel. Je te supplie de m'envoyer une femme qui me fera souffrir en me rejetant.

— Mais quel crétin ! ricana Paris. Et s'il exauçait ta prière en t'envoyant cette perle rare ?

Cet accès de gaieté arracha un sourire à Aeron. Il retrouvait un peu le Paris d'autrefois.

— J'en doute, répondit-il.

Cronos avait d'autres priorités. En ce moment, il songeait surtout à se débarrasser de Galen. Depuis que Danika avait peint un tableau représentant Galen brandissant sa tête, l'éliminer était devenu son obsession.

Danika était l'Œil qui voit tout, ce qui conférait à son tableau la valeur d'une prophétie. Mais il y avait toujours un moyen de modifier l'avenir. Cronos, en tout cas, en était persuadé. Il avait donc chargé les Seigneurs de l'Ombre de tuer Galen.

— Et s'il l'envoyait tout de même ? demanda Paris en rompant le silence.

— Si Cronos répondait à ma prière, j'en serais ravi, mentit Aeron avec un sourire. A présent, assez parlé de moi. Occupons-nous plutôt de ce qui nous a amenés ici.

Il se redressa et scruta de nouveau la foule qui commençait à se raréfier.

Il avait hâte que Paris lui désigne l'élue du jour. Une fois que ce serait fait, il n'aurait plus qu'à déployer ses ailes et à le déposer près d'elle. Un simple coup d'œil au beau guerrier-démon au regard bleu, et la victime s'arrêterait en poussant un cri d'admiration. Parfois, il suffisait d'un sourire pour qu'elle commence à se déshabiller, là, dans une ruelle, oublieuse du regard des passants.

— Je ne vois personne, soupira Paris. Personne qui m'intéresse.

— Et celle-ci ? suggéra Aeron en montrant du doigt une pulpeuse blonde légèrement vêtue.

— Non, répondit Paris sans la moindre hésitation. Trop facile.

Ça recommence…, songea Aeron avec l'angoisse au ventre. Mais il désigna patiemment une autre femme.

— Et elle ?

Celle-là était plutôt classique, grande et bien proportionnée, avec des cheveux roux courts et plaqués.

— Non. Trop masculine.

— Trop masculine ? Tu te fous de moi ?

— Je ne me fous pas de toi. Elle ne me plaît pas. Une autre.

Durant l'heure qui suivit, Paris refusa systématiquement les partenaires que lui proposait Aeron, sous différents prétextes. Trop jeune, trop négligée, trop bronzée, trop blanche. Aeron commençait à perdre patience… Paris aurait pu contenter Luxure avec n'importe quelle femelle, pourvu qu'il n'ait jamais copulé avec elle.

— Il va bien falloir que tu en choisisses une ! dit-il avec exaspération. Je propose de nous épargner du temps et de l'énergie en la désignant au hasard, les yeux fermés.

— J'ai déjà joué à ce jeu stupide, protesta Paris. Et je suis tombé sur…

Il s'interrompit et frissonna.

— Peu importe. Je n'ai pas envie d'évoquer ce mauvais souvenir. C'est non, en tout cas.

— Et si…?

Aeron se tut. La femme qu'il surveillait en ce moment venait de disparaître. Ou plutôt de se volatiliser. D'une manière tout à fait anormale. Elle était là. Puis elle n'y était plus. Comme si l'ombre l'avait avalée.

Aeron se leva d'un bond et ses ailes jaillirent des fentes de son dos nu.

— Nous avons un problème, dit-il.

— Quel genre ? demanda Paris en se levant aussi.

Il titubait légèrement et il était visiblement éméché. Mais, en bon guerrier, il eut le réflexe de refermer la main sur le manche d'un de ses poignards.

— Une grande brune. Tu l'as vue ?

— Laquelle ? Il y en avait plusieurs.

Il ne l'avait donc pas vue. Celle-là, on ne pouvait la confondre avec aucune autre.

— Viens, dit Aeron.

Il prit son compagnon par la taille et sauta du toit. Le vent fit voleter les boucles de Paris, le sol se rapprocha, encore, encore…

— On cherche une femme brune avec des cheveux mi-longs, droite et mince comme une épingle, un mètre soixante-dix environ, entre vingt et trente ans, vêtue de noir. Et ça m'étonnerait qu'elle soit une simple mortelle.

— On la tue ?

— On la capture. J'ai des questions à lui poser.

Par exemple, comment elle s'y était prise pour disparaître en fumée, ce qu'elle faisait ici, pour qui elle travaillait.

Si elle était immortelle, comme Aeron le soupçonnait, elle ne se trouvait sûrement pas là par hasard.

Aeron battit des ailes quelques dixièmes de seconde avant qu'ils ne touchent le sol, juste assez pour amortir leur atterrissage. Il lâcha la taille de Paris et ils filèrent aussitôt dans des directions opposées. Vu qu'ils combattaient ensemble depuis des milliers d'années, ils n'avaient pas besoin de se concerter avant une intervention.

Tout en s'engouffrant dans la ruelle qui se trouvait à sa gauche, dans la direction où il lui avait semblé que se dirigeait la brune quand elle était encore visible, Aeron replia ses ailes. Il croisa un couple se tenant par la main, un sans-abri qui buvait du whisky à même la bouteille, un homme promenant son chien — mais pas de brune. L'allée aboutissait à un mur de brique. Et si cette femme possédait, comme Lucien, la faculté de se transporter d'un endroit à un autre à la vitesse de la pensée ?

Tout en faisant grise mine, il repartit en sens inverse. Il n'était pas disposé à abandonner. S'il le fallait, il fouillerait chaque ruelle du centre-ville. Il avait parcouru la moitié de la ruelle quant les ombres autour de lui parurent s'épaissir, l'envelopper, avaler la lumière dorée des réverbères. Puis des cris affreux, des cris de torture et d'agonie, filtrèrent depuis la profondeur des ténèbres.

Il s'arrêta net et tira deux poignards de sa ceinture. *Mais qu'est-ce que… ?*

La silhouette d'une femme — celle de la brune qu'il recherchait — jaillit soudain de l'ombre, à quelques mètres devant lui, unique point lumineux du gouffre sombre qui l'entourait. Elle avait les yeux aussi noirs que ce gouffre, des lèvres rouge sang et humides.

A l'intérieur du crâne d'Aeron, Colère siffla de rage.

L'espace de quelques secondes, Aeron craignit que Cronos n'ait entendu son appel et décidé de lui envoyer une femme pour le faire souffrir. Puis il se rassura en constatant que la vue de cette femelle ne lui échauffait pas le sang et que son cœur ne s'emballait pas. Il ne présentait aucun des signes décrits par ses compagnons lorsqu'ils tombaient amoureux. Cette sauvage brune ne lui faisait aucun effet particulier.

— Hé ! On dirait que j'ai de la chance ! s'exclama-t-elle d'une voix râpeuse. Tu es l'un d'eux, un Seigneur de l'Ombre, et tu es venu à moi. Je n'ai même pas eu à te chercher.

— Je suis un Seigneur de l'Ombre, en effet.

Aeron ne jugea pas utile de nier. A Budapest, tout le monde connaissait les Seigneurs de l'Ombre — certains les prenaient même pour des anges —, et il aurait été facile à la brune de se renseigner sur son compte.

— Je suis bien un Seigneur de l'Ombre, répéta-t-il sur un ton de défi. Et c'est toi que je cherchais dans cette ruelle.

Elle parut surprise de sa franchise.

— Tu me cherchais ? C'est me faire beaucoup d'honneur. Et pourquoi donc me cherchais-tu ?

— Je veux savoir qui tu es.

— Qui je suis…

Ses belles lèvres rouges firent la moue et elle feignit d'essuyer une larme.

— Mon propre frère ne me reconnaît donc pas..., geignit-elle.

— Je n'ai pas de sœur.

Elle haussa l'un de ses sourcils noirs.

— En es-tu bien certain ?

— Oui.

Il n'avait pas été conçu par un couple formé d'un père et d'une mère. Zeus, le roi des dieux, l'avait façonné de sa main, comme ses compagnons.

— Tu es têtu et sûr de toi, répondit la brune en faisant claquer sa langue, exactement comme Paris tout à l'heure.

Elle soupira.

— J'aurais dû m'en douter, reprit-elle. Parce que, moi aussi, je suis têtue. Et comme tu es mon frère... Enfin, peu importe. Je suis ravie de rencontrer un Seigneur de l'Ombre. A qui ai-je l'honneur ? Voyons un peu... Laisse-moi deviner. Violence ? Narcissisme ? Oui, c'est ça, tu es Narcissisme, avoue-le. C'est pour ça que ton corps est tatoué de scènes où l'on te voit combattre. Super ! Tu permets que je t'appelle Narci ?

Violence ? Narcissisme ? Aucun de ses compagnons n'était possédé par l'un de ces démons. Aeron connaissait Doute, Misère, Maladie... Et d'autres encore. Mais pas ceux que la brune venait de citer. Il secoua la tête. Puis il se souvint brusquement que d'autres immortels avaient accueilli en eux des démons de la boîte de Pandore.

Ses compagnons et lui avaient longtemps cru être les seuls, mais Cronos leur avait récemment fourni des parchemins sur lesquels figurait la liste des autres. Apparemment, il y avait tant de démons, dans la boîte de Pandore, que les dieux grecs qui régnaient à l'époque sur l'Olympe avaient dû enfermer certains d'entre eux dans le corps d'immortels prisonniers de Tartarus.

Cette nouvelle n'avait pas réjoui les Seigneurs de l'Ombre. En tant que guerriers d'élite de Zeus, ils avaient arrêté nombre de ces prisonniers, lesquels rêvaient probablement de se venger d'eux. Aeron savait jusqu'où pouvait mener le désir de vengeance : Colère le lui avait appris...

— Alors ? insista la brune. Tu ne réponds pas ?

Il battit des paupières, tout en se maudissant pour avoir baissé sa garde devant une inconnue, une immortelle et, sans doute une ennemie potentielle.

— Tu n'as pas besoin de savoir qui je suis, répondit-il sèchement.

Il ne voulait pas révéler à cette femme le nom de son démon. Elle aurait pu se servir de cette information pour exciter Colère et le pousser à terroriser une fois de plus les habitants de Budapest.

— Je vois à ton air sombre que c'est non, reprit-elle soudain. Tu n'es pas Narci et tu es complètement absent.

— Tais-toi, gémit-il.

Il appuya les lames fraîches de ses poignards sur ses tempes pour repousser les images envoyées par Colère, qui sondait l'âme de la brune immortelle. Trop tard... Les péchés de l'immortelle défilaient déjà dans son crâne, comme sur des écrans multiples. Elle avait récemment torturé un homme enchaîné à une chaise, puis elle l'avait brûlé vif. Avant cela, elle avait étripé une femme. Elle avait triché, volé, enlevé un enfant à sa famille, attiré un homme dans son lit pour lui trancher la gorge. Elle vivait dans la violence. Tant de violence... Elle semait sur son passage le chagrin et la douleur. Il entendait les hurlements de ses victimes. Il sentait l'odeur de la chair brûlée et du sang.

Elle avait peut-être eu de bonnes raisons pour agir

de la sorte. Et peut-être pas. Mais Colère avait envie de la punir, de lui faire subir ce qu'elle avait fait subir aux autres. Il voulait l'enchaîner, lui arracher les viscères, lui trancher la gorge, puis la brûler avant qu'elle ne rende son dernier souffle.

Car c'était ainsi qu'agissait le démon d'Aeron. Il frappait ceux qui avaient frappé, il tuait les assassins, il rendait œil pour œil, dent pour dent. Et, sous son emprise, Aeron avait commis les pires horreurs. Beaucoup trop souvent à son goût. Il se raidit, pour s'empêcher de bouger. *Du calme. Garde le contrôle. Ne perds pas la tête. Mais par tous les dieux... Cette femme...* Elle méritait son châtiment... Et il désirait le lui infliger plus que tout. Et ce besoin de punir lui faisait du bien... Comme toujours.

— Que fais-tu à Budapest, femme ? demanda-t-il.

Bien. C'était bien. Il avait posé la bonne question. Et calmement. Il laissa lentement retomber ses bras.

— Dis donc ! murmura-t-elle d'une voix admirative. Voilà une belle démonstration de contrôle de soi !

Elle lisait donc dans ses pensées ? Mais peut-être avait-elle simplement senti que Colère voulait l'attaquer.

— Laisse-moi deviner, poursuivit-elle d'un air pensif en se tapotant le menton du bout de l'ongle. Tu n'es pas Narcissisme... Serais-tu Chauvinisme ?

Elle soupira.

— Tu peux garder tes secrets. Tu auras l'occasion d'apprendre ce que je vaux, fais-moi confiance.

— Serais-tu en train de me menacer, par hasard ?

Elle ignora la question.

— On dit que Cronos vous a fourni la liste et que vous nous recherchez. Pour nous utiliser ou nous tuer. Vous l'ignorez encore.

L'estomac d'Aeron se noua. Ainsi, elle savait, pour la liste, et visiblement depuis longtemps, alors que ses compagnons et lui venaient tout juste d'en apprendre l'existence. Elle savait aussi que cette liste la mentionnait, et donc elle était non seulement une immortelle, comme il le soupçonnait depuis le début, mais aussi une ancienne prisonnière de Tartarus à qui l'on avait attribué un démon — du moins, c'était ce qu'elle sous-entendait.

Aeron ne l'avait jamais vue. Cette femme n'avait pas été arrêtée par les Seigneurs de l'Ombre. Il en déduisit qu'elle avait vécu avant eux sur l'Olympe, du temps des Titans. Elle appartenait à la race des Titans et cela faisait d'elle une ennemie redoutable. Les Titans étaient plus puissants et plus féroces que les dieux grecs.

Pis, ils avaient repris leur place sur l'Olympe, et cette femme bénéficiait peut-être de leur protection.

— Par quel démon es-tu possédée ? demanda-t-il d'une voix forte.

Elle lui adressa un sourire mauvais. Visiblement, le ton autoritaire d'Aeron ne l'impressionnait pas.

— Je t'ai posé la même question et tu n'as pas daigné y répondre. Pourquoi devrais-je me montrer plus coopérative que toi ?

Elle commençait à devenir franchement pénible.

— Tu disais tout à l'heure que nous *vous* recherchions, fit-il remarquer. Tu n'es donc pas seule ?

Il tenta de sonder les ténèbres derrière elle, en s'attendant à voir apparaître à tout instant ses compagnons d'armes, prêts à l'attaquer. Mais il n'y avait rien. Rien d'autre que les cris désespérés et étouffés qu'il avait déjà entendus.

— Où sont les autres ? demanda-t-il.

— Comment veux-tu que je le sache ?

Elle ouvrit grand les bras et montra ses mains vides,

pour prouver qu'elle n'était pas armée, comme si elle avait compris qu'il redoutait une attaque.

— Je suis seule, comme toujours. Je préfère.

Elle mentait, il l'aurait juré. Quelle femme aurait osé approcher un Seigneur de l'Ombre sans une arrière-garde ? Il la fixa droit dans les yeux.

— Si tu es venue pour nous déclarer la guerre, sache que…

— La guerre ? répéta-t-elle en éclatant de rire. Pourquoi me donnerais-je la peine de vous déclarer la guerre, alors que je pourrais aisément vous tuer pendant votre sommeil ? Non, je suis venue vous avertir. Ne cherchez pas à m'atteindre, ou je vous raye de la surface de la Terre. Et j'en suis capable, sois-en certain.

Après ce qu'il avait vu de ses péchés, oui, il l'en croyait capable. Elle guettait ses proies dans l'ombre et fondait sur elles sans prévenir. Pour elle, aucun crime n'était trop affreux. Mais il n'était pas pour autant disposé à lui obéir.

— Tu te crois très puissante, mais tu ne peux pas nous vaincre tous.

— Comme tu voudras, guerrier. J'ai délivré mon message. Tout ce que je peux te conseiller, c'est de prier pour ne plus me rencontrer.

Les ténèbres s'épaissirent encore autour d'Aeron pour l'envelopper. La brune immortelle avait disparu, mais il l'entendit, tout près de son oreille.

— Une dernière chose, Seigneur de l'Ombre. Aujourd'hui, je me suis montrée civilisée ; la prochaine fois, ce sera une autre affaire.

Puis il vit de nouveau les immeubles de la ruelle, les sacs-poubelle sur les trottoirs, le sans-abri qui cuvait son vin. Colère s'était calmé et ne se manifestait plus.

Aeron demeura sur ses gardes, prêt à bondir. Mais

il eut beau tendre l'oreille, il n'entendit que le râle sourd de sa propre respiration, les pas des humains qui arpentaient la ruelle, le chant des oiseaux de nuit.

Il déploya de nouveau ses ailes et s'envola. Il devait retrouver Paris et retourner au plus vite au château. Il fallait prévenir les autres. Cette femelle assoiffée de sang leur posait un problème. Et ce problème, ils devaient le régler au plus vite.

2

— Aeron ! Aeron !

Aeron venait tout juste de se poser sur le balcon de sa chambre. Surpris par cette voix de femme qu'il ne reconnut pas, il lâcha aussitôt Paris.

— Aeron !

Paris et Aeron firent volte-face pour scruter la colline. Un épais rideau d'arbres s'élevait vers le ciel et gênait leur visibilité. Pourtant, parmi la végétation tachetée de vert et de brun, une silhouette drapée de blanc se détachait.

Et cette silhouette courait vers le château.

— C'est la femme des ténèbres ? demanda Paris. Comment a-t-elle fait pour pénétrer dans notre domaine ? Et si vite ? Elle est à pied…

— Non, cette femme n'est pas la brune de la ruelle, répondit Aeron d'une voix haut perchée qui trahissait son anxiété. Et j'ignore comment elle a fait pour entrer.

Quelques semaines auparavant, après s'être remis de leur dernière et sanglante bataille dans Budapest contre les chasseurs, Paris et lui avaient érigé autour du château une barrière de trente mètres de hauteur, enveloppée de barbelés et surmontée de tessons de verre. Elle était, de plus, électrifiée. Jamais un mortel n'aurait pu l'escalader.

— Tu crois qu'il s'agit d'un appât ? demanda Paris

en inclinant la tête d'un air intéressé. Ils ont pu la lâcher sur notre domaine depuis un hélicoptère.

Par « ils », Paris désignait les chasseurs qui envoyaient des femmes pour séduire les Seigneurs de l'Ombre et en profitaient ensuite pour attaquer. Celle-ci avait de longs cheveux ondulés couleur chocolat, une peau pâle et transparente, un corps tout en courbes douces. Elle avait le profil d'un appât, Paris avait raison. Aeron ne distinguait pas encore son visage, mais il aurait parié qu'elle était jolie.

— Probable, répondit-il tout en sortant de nouveau ses ailes de leur logement.

Ces maudits chasseurs avaient probablement jugé que le moment était venu de prendre le château d'assaut. La moitié de leurs compagnons étaient partis pour Rome, fouiller un temple en ruine récemment surgi des eaux — le temple de « Ceux dont on ne prononce pas le Nom ». Ils cherchaient des objets pouvant les mener à la boîte de Pandore. Le but étant de trouver cette boîte avant les chasseurs qui projetaient d'y attirer leurs démons — ce qui revenait à les priver d'une moitié d'eux-mêmes et à les vouer à une mort certaine.

— Il y a des pièges électrifiés par là-bas, fit soudain remarquer Paris d'un ton inquiet.

Il paraissait de plus en plus faible. Il n'avait pas pu s'accoupler à cause de la femme brune. Il déclinait.

— Si elle ne fait pas attention…, poursuivit Paris. Elle… Même si elle est un appât, elle ne mérite pas une mort aussi atroce…

Paris avait l'âme sensible. Il n'aimait pas voir souffrir une femelle.

— Aeron ! hurla de nouveau la silhouette.

Paris s'agrippa à la rambarde du balcon et se pencha pour mieux voir.

— Mais pourquoi est-ce toi qu'elle appelle ?

Paris avait raison. Pourquoi ? Et comment connaissait-elle son prénom ? Pour les chasseurs, il n'était pas Aeron, mais Colère.

— Si elle est un appât, je suppose que des chasseurs sont à l'affût, grommela Aeron. Ils attendent que je sorte pour me sauter dessus.

Paris se redressa. La Lune éclairait son visage et Aeron fut alarmé par les croissants bruns qui soulignaient ses yeux.

— Je vais chercher les autres, déclara Paris d'un ton décidé. On va s'occuper d'elle. Et de ses acolytes. Ne bouge pas de ce balcon. Attends que je revienne.

Puis il sortit sans lui laisser le temps de répondre, en faisant résonner ses bottes sur le sol de pierre.

La fille courait toujours en direction du château et Aeron distinguait maintenant sa longue tunique, blanche sur le devant, et rouge vif dans le dos.

Elle était pieds nus. Aussi, quand elle buta sur une grosse pierre, s'effondra-t-elle en avant. Aeron remarqua la masse de ses cheveux chocolat tressés de fleurs qui se déployaient sur le sol. Ils étaient en bataille et encombrés de brindilles. Elle se redressa en titubant et les repoussa en arrière, d'une main tremblante.

Enfin, elle fut suffisamment près, et il put détailler les traits de son visage enflé par les pleurs et couvert de larmes. Elle avait d'immenses yeux bleus, un nez droit, des pommettes hautes, un ovale parfait, d'adorables lèvres en forme de cœur.

Il ne l'avait jamais rencontrée auparavant, et, pourtant, quelque chose en elle lui parut familier.

Elle s'arrêta quelques secondes en gémissant et en grimaçant, puis se remit à avancer. Au bout de quelques mètres, elle tomba encore en laissant échapper un sanglot douloureux, mais elle se releva et reprit sa progression. Appât ou non, elle faisait preuve d'une détermination admirable.

Etrangement, elle parvint à éviter les pièges, zigzaguant entre eux comme si elle en connaissait l'emplacement, mais quand elle buta pour la troisième fois sur une grosse pierre, elle demeura à terre, à sangloter et à trembler.

Aeron écarquilla les yeux. Cette tache rouge dans son dos… Etait-ce du sang ? Du sang frais ? Une odeur métallique apportée par la brise vint lui chatouiller les narines, confirmant ses doutes. Oh, oui, c'était bien du sang… Elle s'était battue, ou elle était blessée ?

— Aeron !

Cette fois, ce n'était plus un appel, mais une supplication.

— Aidez-moi, je vous en supplie !

Les ailes d'Aeron battirent. Oui, les chasseurs pouvaient avoir blessé un appât avant de l'envoyer dans la cage aux fauves. Oui, il risquait de finir le dos criblé de balles ou de flèches — une fois de plus —, mais il n'était pas question d'abandonner cette femelle blessée et vulnérable. Et c'était à lui de risquer sa vie pour porter secours à la visiteuse. Pas à ses compagnons.

Mais qu'est-ce qu'elle me veut ? se demanda-t-il tout en s'envolant.

Il s'éleva, puis se laissa tomber vers elle, en décrivant des courbes pour empêcher qu'on le vise, mais aucune flèche ne siffla à ses oreilles et aucun coup de feu ne déchira l'air. Il jugea tout de même plus prudent de ne pas s'attarder, et enleva l'inconnue dans ses bras sans même atterrir.

Elle se raidit aussitôt. Avait-elle le vertige, ou était-elle surprise qu'il ait réussi à parvenir vivant jusqu'à elle ? Au fond, peu importait. Il avait réussi. Elle était là. Tout contre lui.

Elle se débattit, tout en protestant.

— Lâchez-moi. Laissez-moi partir. Lâchez-moi ou…

— Cessez de gigoter ou je jure devant les dieux que je vous lâche ! menaça Aeron.

Il la tenait contre son ventre, dos tourné, et elle faisait face au sol. Elle savait donc exactement ce qui l'attendait, s'il la laissait tomber.

— Aeron ? gémit-elle en se tordant le cou pour tenter de le voir.

Quand leurs regards se rencontrèrent, elle parut le reconnaître. Son corps se détendit aussitôt et elle le gratifia d'un léger sourire.

— Aeron, répéta-t-elle en soupirant de soulagement. J'avais peur que vous ne veniez pas.

Cette joie pleine, pure, sans la moindre ironie, troubla profondément Aeron. Jamais une femme n'avait posé sur lui des yeux aussi confiants.

— Vous auriez dû avoir peur que je vienne, au contraire, rétorqua-t-il méchamment.

Le sourire de l'inconnue s'effaça…

Elle le craignait donc tout de même et il en fut satisfait. Par contre, il s'inquiétait du silence de son démon. Colère aurait dû inonder son esprit des péchés de cette femme, comme tout à l'heure avec la femme des ténèbres. *Tu chercheras plus tard à éclaircir ce mystère.* Chaque chose en son temps…

Il fila vers son balcon, toujours en zigzaguant, et entra dans sa chambre pour se mettre à couvert. En passant la porte-fenêtre, ses ailes heurtèrent le chambranle. Le choc fut si violent que des étincelles jaillirent.

Ignorant la douleur, Aeron continua à avancer résolument et allongea la femme sur le ventre, pour tâter son dos. Le sang qui tachait sa tunique était bien le sien. Elle était vraiment blessée.

Mais il s'agissait peut-être d'une mise en scène destinée à l'attendrir. Elle avait pu s'infliger elle-même ses blessures — ou bien les chasseurs l'avaient mutilée pour la rendre plus crédible, car ils ne reculaient devant rien. Raté. Ça ne l'attendrissait pas, et même, ça l'agaçait. Tout en se dirigeant vers son armoire, il tenta de replier ses ailes. Malheureusement, son arrivée fracassante les avait endommagées et elles refusèrent de rentrer dans leur logement. Il n'en fut que plus furieux contre l'intruse.

Il n'avait pas de draps dans sa chambre et, ne voulant pas quitter l'inconnue pour aller en chercher, il décida de sacrifier ses deux cravates — un cadeau d'Ashlyn — qu'il ne mettait jamais. Il les prit dans son armoire et retourna vers le lit.

La femme ne le quittait pas des yeux. La joue sur le matelas, elle le suivait du regard, comme si elle ne pouvait pas s'en empêcher, avec une expression qui ressemblait à s'y méprendre à du désir.

Il songea qu'il devait se tromper. Elle était tout simplement impatiente de passer à l'action, d'accomplir sa mission.

Et pourtant… il se prit à douter.

Colère ne manifestait toujours rien. C'était la première fois qu'il se trouvait en présence de cette femme et il ne faisait pas défiler pour lui l'historique de ses péchés. Cet étrange phénomène s'était déjà produit une fois, avec Legion. Aeron n'avait pas pu se l'expliquer, car son joli bébé démon avait péché, il n'en doutait pas, et plus souvent qu'à son tour.

Et voilà que cela recommençait avec cette femme. Etrange.

N'avait-elle donc jamais péché ? Jamais prononcé

une parole mauvaise ? Jamais agressé personne ? Jamais volé ? Pas même un simple bonbon ? Le regard limpide de ses yeux clairs semblait dire que non.

— Qui êtes-vous ? demanda-t-il.

Il referma ses doigts sur l'un des délicats poignets de la créature — oh, que sa peau était douce et tiède ! — et l'attacha à la tête de lit avec une cravate. Puis il se servit de la seconde cravate pour attacher son autre poignet.

Elle ne protesta pas, comme si elle savait déjà qu'il lui réserverait ce traitement et l'avait par avance accepté.

— Je m'appelle Olivia, dit-elle.

Olivia. Joli prénom. Délicat comme ses poignets. Comme tout en elle. Comme sa voix… Sa voix, dont chaque nuance, chaque intonation exprimait… Mais qu'exprimait-elle donc ? Il ne trouva qu'un mot pour la décrire. *Sincérité.* La voix d'Olivia exprimait une telle sincérité qu'elle vous déboussolait.

Cette voix-là n'avait jamais menti, c'était l'évidence.

— Que faites-vous ici, Olivia ?

— Je suis venue… Je suis venue pour vous.

De nouveau, cet accent de vérité… C'était terrible. Irrésistible. Chaque fois qu'elle parlait, il sentait ses tympans traversés par un courant d'énergie qui se répandait dans tout son être avec une telle force qu'il en chancelait. On ne pouvait pas douter de ce que disait Olivia. Pas une seconde. Il se sentit contraint de la croire.

Sabin, gardien de Crainte, l'aurait probablement jugée très intéressante. Rien ne lui plaisait autant que de mettre à mal la confiance des gens.

— Etes-vous un appât ?

— Non.

De nouveau, il la crut. Parce qu'il n'avait pas le choix.

— Vous êtes venue me tuer ?

Il se redressa et croisa les bras sur la poitrine en posant sur elle un regard sévère.

Il savait qu'il devait être impressionnant, et même effrayant, mais, une fois de plus, elle ne réagit pas comme les autres femelles, qui se seraient mises à gémir et à trembler de peur. Elle battit des paupières en lui lançant un regard douloureux, comme si elle était blessée qu'il lui prête de mauvaises intentions.

— Bien sur que non, protesta-t-elle. Du moins, plus maintenant.

Plus maintenant ?

Qu'entendait-elle donc par là ?

— Vous avez donc envisagé de me tuer ?

— On m'avait envoyé vers vous pour ça, en effet.

— On vous avait envoyée ? Et qui donc, s'il vous plaît ?

— Le Seul et Unique. Le Dieu de tous les dieux. Je sais que j'ai effrayé le petit démon qui vous accompagne et je le regrette. Telle n'était pas mon intention. Je ne faisais que mon devoir.

Des larmes de remords noyèrent ses beaux iris bleus.

Ne te laisse pas attendrir.

— Qui est ce Dieu de tous les dieux ?

Une étincelle d'amour brilla dans les yeux de la jeune femme.

— Votre Dieu, le mien. Un être plus puissant que les dieux de l'Olympe, mais qui préfère se tenir dans l'ombre et que bien peu connaissent. Le père de tous les humains. Mon père aussi, et celui de tous mes frères angéliques.

Ses frères angéliques ? Aeron écarquilla les yeux. Il comprenait à présent pourquoi la présence d'Olivia lui paraissait familière. Elle était un ange. Et pas n'importe quel ange. D'après ce qu'elle disait, on l'avait envoyée vers lui pour le tuer, même si elle n'en avait plus l'intention.

— Pourquoi ce dieu vous avait-il ordonné de me tuer ? demanda-t-il.

Au fond, ça n'avait pas d'importance. Elle n'avait fait qu'obéir.

Il eut soudain envie d'éclater de rire. Ce dieu soi-disant si puissant avait choisi cette faible créature pour le combattre ? Olivia n'aurait jamais eu le dessus sur lui.

Elle était invisible. Si elle avait voulu te trancher la tête, tu n'aurais pas eu le temps de te défendre.

Il cessa de rire. Il venait de comprendre. Olivia était l'ange qui l'observait depuis des semaines, la présence invisible qui avait fait fuir Legion.

En tant que démon, Colère aurait dû craindre la présence de cet ange et en souffrir, et pourtant il ne se plaignait pas et demeurait toujours étrangement silencieux.

Aeron attendit que la hargne s'empare de lui, cette hargne qu'il avait promis de déchaîner contre la présence invisible sitôt qu'elle se matérialiserait. Comme il ne sentait rien venir, il opta pour la détermination. Il fallait au moins qu'il protège ses compagnons.

Mais il ne trouva pas au fond de lui cette détermination qui lui aurait été tellement utile. En vérité, il était simplement plongé dans la confusion.

— Vous êtes…

— L'ange qui vous suivait partout, acheva-t-elle à sa place. Mais à présent, c'est fini, je ne suis plus un ange.

Elle ferma les yeux et des larmes filtrèrent entre ses longs cils. Son menton tremblait.

— Je ne suis plus rien, soupira-t-elle.

Il la crut. Impossible de douter de cette voix. Et, pourtant, il aurait voulu trouver une raison de la repousser. Rien qu'une… En allongeant le bras vers elle, il constata que sa main tremblait.

Secoue-toi, bon sang ! Tu n'es plus un gamin. Tu es un homme.

Il écarta les longs cheveux bouclés qui lui dissimulaient le dos de l'inconnue, en prenant garde de ne pas effleurer sa blessure. Puis il prit entre deux doigts la tunique, au niveau du col, et tira doucement. Le fin tissu se déchira sans la moindre résistance.

Une fois de plus, Aeron n'en crut pas ses yeux. Entre les omoplates, là où auraient dû se trouver les ailes d'Olivia, il contemplait deux longues fentes sanguinolentes. Il voyait les tendons qui s'enroulaient autour de la colonne vertébrale, un muscle déchiré, et même un morceau d'os. La blessure était profonde, déchiquetée, et elle saignait encore. Il eut pitié de la pauvre créature. Il savait ce que c'était d'avoir les ailes arrachées. Cela lui était arrivé. La douleur était atroce, indescriptible.

— Où sont passées vos ailes ? demanda-t-il d'une voix rauque d'émotion qui le surprit.

— Je suis déchue, répondit-elle d'un ton plein de honte.

Elle enfouit son visage dans l'oreiller.

— Je ne suis plus un ange.

— Pourquoi ?

Aeron n'avait jamais rencontré d'ange auparavant — excepté Lysander, le prince Consort de Bianka, lequel refusait de parler avec eux de l'espèce angélique. Il ne savait donc des anges que ce que Legion lui avait raconté, et commençait à se demander si elle n'avait pas été un peu de parti pris. Car rien de ce qu'elle lui avait décrit ne correspondait à la femelle qui se trouvait en ce moment allongée sur son lit.

D'après Legion, les anges étaient des créatures

froides et sans cœur, qui ne ressentaient aucune émotion, et dont l'unique tâche consistait à détruire leurs opposés, c'est-à-dire les démons. Elle prétendait également que les anges, attirés par les êtres qu'ils étaient censés pourchasser, succombaient de temps à autre aux plaisirs de la chair. Quand cela se produisait, le pécheur était aussitôt envoyé en enfer, où les démons qu'il avait autrefois combattus ne manquaient pas de savourer leur vengeance.

Il se demanda alors si Olivia revenait de l'enfer et si des démons l'avaient torturée.

Il contempla son regard innocent, qui semblait quémander son aide, et hésita à la détacher.

Sauve-moi, disaient-ils.

Et aussi : *Garde-moi pour toujours.*

En homme intelligent, il allait interroger cette créature et s'assurer qu'elle ne lui cachait rien.

— Qui a pris vos ailes ?

Il avait posé la question d'un ton âpre et autoritaire, celui qui convenait.

Elle déglutit et frissonna.

— J'ai été accusée de…

— Aeron… ! Je t'avais pourtant interdit d'aller la chercher seul.

Paris entra dans la pièce à grands pas, puis s'arrêta net en découvrant Olivia attachée sur le lit. Il plissa les yeux et se passa la langue sur les dents.

Olivia se raidit et détourna son visage. Ses épaules se mirent à trembler, comme si elle sanglotait. Aeron comprit qu'elle avait peur.

Mais pourquoi aurait-elle eu peur de Paris ? D'habitude, les femmes lui tombaient dans les bras.

Concentre-toi.

Aeron ne demanda pas à Paris comment il savait qu'il avait volé au secours d'Olivia depuis son balcon.

Torin, gardien de Maladie, avait truffé le château et ses environs de caméras. Torin ne quittait jamais des yeux ses écrans de surveillance et on ne pouvait rien lui cacher.

— Je croyais que tu étais allé chercher les autres, dit-il à Paris.

— J'ai reçu un SMS de Torin et je suis d'abord passé par sa chambre.

— Et Torin t'a appris quelque chose au sujet de cette femme ?

— Allons dans le couloir, proposa Paris en désignant la porte du menton.

Aeron secoua la tête.

— Nous pouvons parler devant elle. Elle n'est pas un appât.

Paris passa de nouveau une langue pointue sur ses dents blanches et bien alignées.

— Et je croyais que de nous deux, c'était moi l'idiot, quand il s'agissait de femmes…, ironisa Paris. Qu'est-ce qui te permet d'affirmer qu'elle n'est pas un appât ? Elle te l'a dit et tu l'as crue sur parole, c'est ça ?

— Je te dis que c'est un ange. La présence invisible qui me surveillait, c'était elle.

Cette déclaration effaça le dédain affiché jusque-là par Paris.

— Un ange ? Un ange venu du paradis ?

— Oui.

— Comme Lysander ?

— Oui.

Paris passa lentement l'inconnue en revue, en prenant le temps de détailler ses seins, la courbe de ses hanches, ses longues jambes. Aeron n'en fut pas jaloux. Cette femme ne représentait rien pour lui. Rien d'autre que des ennuis.

— Elle est un ange, déclara Paris d'un ton radouci.

Admettons. Mais elle travaille peut-être tout de même pour l'ennemi. Dois-je te rappeler que Galen, la pire ordure qui soit sur Terre, prétend être un ange ?

— Oui. Mais il ment. Il n'en est pas un.

— Tandis qu'elle, ne peut pas mentir, dit Paris d'un ton railleur.

Aeron passa une main sur son visage soudain las.

— Olivia…, demanda-t-il. Est-ce que vous travaillez pour Galen, contre nous ?

— Non, murmura-t-elle.

Paris recula, en portant ses mains à son cœur.

— Par tous les dieux…, soupira-t-il. Cette voix…

— Je sais, répondit Aeron.

— Elle n'est pas un appât et elle n'aide pas Galen, dit Paris.

Cette fois, il ne s'agissait pas d'une question, mais d'une affirmation.

— Je sais, déclara Aeron.

Il secoua la tête, comme pour s'éclaircir les idées.

— Lucien a envoyé nos compagnons vérifier qu'il n'y a pas de chasseurs sur la colline, reprit Paris. Simple mesure de précaution.

Lucien était malin et prudent. C'était l'une des raisons pour lesquelles Aeron l'avait accepté pour chef.

— Dis à Torin d'organiser une réunion quand tout le monde sera rentré, dit-il. Je veux parler aux autres de la femme brune de Budapest, celle qui est entourée de ténèbres et de spectres.

Paris acquiesça, tandis qu'une étincelle brillait dans ses yeux bleus.

— Tu as rencontré pas mal de monde ce soir, commenta-t-il d'un ton taquin. Je me demande si tu auras droit à une troisième femelle.

— Ah, non ! grogna Aeron. Pas de troisième femelle.

— Tu n'aurais pas dû défier, Cronos, mon ami.

Le ventre d'Aeron se noua et son regard revint se poser sur l'ange. Est-ce que le roi des dieux avait répondu à son appel en lui envoyant cette femelle ? Olivia était-elle la femme destinée à le faire souffrir ? Il se rendit brusquement compte que son cœur battait et que son sang lui brûlait les veines.

Il serra les dents. Non ! Cette femme n'avait aucune chance de le séduire. Même avec cette cascade de cheveux chocolat, ces yeux au regard d'enfant et cette charmante bouche en cœur, elle n'arriverait à rien.

— Je ne crains pas les femelles envoyées par Cronos, assura-t-il.

Cronos n'avait aucun pouvoir sur les anges et il n'avait probablement rien à voir avec la présence de cette femelle ange.

Mais cela aussi n'avait aucune importance. Non seulement cette femme ne parviendrait pas à toucher son cœur, mais il allait s'arranger pour qu'elle s'en aille avant de l'avoir ému, ne fût-ce qu'une seule fois.

— Je t'informe tout de même que Torin l'avait repérée sur ses caméras de surveillance, fit Paris. D'après lui, elle aurait surgi de la terre.

Surgi de la terre ? Aeron en déduisit que l'ange Olivia avait été envoyée en enfer et qu'elle s'était enfuie. Il avait du mal à imaginer la fragile créature en train de creuser un tunnel avec ses ongles pour échapper aux démons — et survivre à une telle épreuve. Puis il se souvint de la détermination avec laquelle elle avait couru vers le château. Au fond, elle en était peut-être capable.

— Est-ce vrai ? demanda-t-il à la femme.

En y regardant de plus près, il remarqua de la terre sous ses ongles et des auréoles de sueur sur sa tunique au niveau des aisselles. Mais, à part ça et le sang, sa tunique était immaculée.

D'ailleurs, l'endroit où il avait déchiré le tissu était en train de se refermer, exactement comme sa peau à lui quand il était blessé. Le tissu cicatrisait... Décidément, on n'était jamais au bout de ses surprises sur cette Terre.

— Olivia ! Répondez-moi.

Elle acquiesça d'un signe de tête, sans même le regarder. Il l'entendit renifler. Elle pleurait.

Le cœur d'Aeron se serra, mais il décida de ne pas en tenir compte. *Peu importe ce qu'elle est. Peu importe qu'elle ait souffert. Tu ne dois pas te laisser attendrir. Sa présence effraie Legion. Elle doit partir.*

— Un ange, murmura Paris d'un ton plein de respect. Je peux l'emmener dans ma chambre si tu veux et...

— Elle n'est pas en état de pratiquer le sport auquel tu penses, fit vertement remarquer Aeron.

Paris lui lança un drôle de regard, puis secoua la tête en souriant.

— Je n'avais pas l'intention de lui proposer une activité physique, ricana-t-il. Laisse donc de côté ta jalousie.

Aeron ne prit même pas la peine de démentir. Il n'avait jamais été jaloux. Ça n'allait pas commencer aujourd'hui.

— Ah, oui ? demanda-t-il sur le même ton railleur que Paris. Et pourquoi donc voulais-tu l'emmener dans ta chambre ?

— Pour soigner ses blessures.

— Je suis parfaitement capable de la soigner, affirma Aeron.

Mais il était moins sûr de lui qu'il ne le prétendait. La médecine humaine serait-elle efficace sur un ange ? Pas sûr. Elle risquait de lui faire plus de mal que de bien. Administrer à une espèce des produits destinés à une autre espèce n'était pas sans risque, et Aeron le savait fort bien. Ashlyn avait failli mourir en buvant de l'alcool mêlé d'ambroisie.

Il aurait bien appelé Lysander au chevet de la belle, mais l'ange vengeur vivait en ce moment au paradis avec Bianka, et il ne savait comment le contacter. De plus, Lysander ne l'aimait pas et ne serait sans doute pas disposé à l'aider.

— Tu tiens à te charger d'elle, répondit Paris. A ta guise. Mais avoue que...

Il s'interrompit pour sourire de toutes ses dents.

— Avoue que tu en pinces un peu pour elle et que tu la revendiques comme ta femelle.

— Pas du tout, protesta Aeron.

Cette femme ne lui inspirait rien de particulier. Elle était blessée et elle avait besoin d'aide. Paris ne la voulait que pour le sexe, c'était l'évidence. Il avait beau affirmer le contraire, Aeron ne le croyait pas.

Et puis c'était son nom à lui, Aeron, qu'elle avait crié en courant vers le château. C'était lui qu'elle était venue chercher.

— Si elle est un ange, elle n'est pas mortelle, fit remarquer Paris.

Aeron fit la moue. Il voyait parfaitement où il voulait en venir en faisant allusion à leur récente conversation. Par tous les dieux, qu'il était pénible...

— Ange ou pas, je n'en pince pas pour elle et je ne la revendique pas comme ma femelle, un point c'est tout.

Paris lui éclata de rire au nez.

— Si tu le dis... Profite bien de ta femelle...

Furieux que Paris se moque ouvertement de lui, Aeron serra les poings.

— Va trouver Lucien et explique-lui ce qui se passe, ordonna-t-il sèchement. Mais surtout, ne dis pas aux femmes que j'ai recueilli un ange blessé. Je ne veux pas les voir débarquer ici, ce n'est pas le moment.

— Je comprends que tu veuilles rester seul avec elle, ironisa Paris.

Aeron serra les dents si fort qu'il eut l'impression qu'elles allaient se casser.

— J'ai l'intention de l'interroger, répondit-il.

— L'interroger… Oui, oui, je comprends…

Et il sortit, toujours en affichant son insupportable sourire.

Une fois seul avec sa protégée, Aeron baissa les yeux vers elle. Il attendit patiemment qu'elle cesse de pleurer et qu'elle tourne son visage vers lui.

— Pourquoi êtes-vous venue ici, Olivia ?

Prononcer son nom n'aurait pas dû le troubler. Et pourtant… Il sentit que son sang s'échauffait un peu plus. C'était sûrement à cause de ce regard bleu qui le transperçait…

Elle laissa échapper un soupir tremblotant.

— Ils m'ont demandé de vous tuer, Aeron, mais je n'ai pas pu… Je savais ce qui allait se passer. Je savais que je serais privée de mes ailes, de mes pouvoirs, de mon immortalité. Et j'ai tout de même refusé, Aeron. J'ai refusé.

Son nom, prononcé avec tant d'aisance et de naturel par cette jolie bouche en cœur, le troubla au point de lui couper le souffle. Mais que lui arrivait-il, bon sang ?

Reprends-toi. Comporte-toi en guerrier.

— Je vous ai longuement observés, vous et vos compagnons, poursuivit l'ange. Et en vous observant, j'ai eu envie de ce que vous possédez. Envie de liberté, d'amour, de plaisirs. Envie de profiter de la vie. Envie d'embrasser et de caresser. Je voulais, moi aussi, éprouver ce que vous éprouvez.

Ses yeux tristes rencontrèrent ceux d'Aeron.
— On m'a donné à choisir entre être déchue et vous tuer. J'ai préféré être déchue. C'est pourquoi je suis là. A présent, je vous appartiens.

3

Je vous appartiens...

A peine avait-elle prononcé ces mots qu'Olivia eut conscience d'avoir commis une grave erreur.

Elle se figea d'horreur, tandis que les pensées se bousculaient dans son crâne. Elle venait de tout gâcher en révélant la vérité sans la moindre précaution. Durant les semaines qui s'étaient écoulées, chaque fois qu'elle avait approché Aeron, il avait réagi violemment. Elle avait pris soin de demeurer invisible, mais il avait tout de même senti sa présence. Et il ne l'avait pas appréciée. D'après ce qu'elle avait cru comprendre, il la considérait comme un danger. Voire comme une ennemie.

Elle eut un rire désabusé. Bien sûr qu'il la considérait comme une ennemie. Tout le lui prouvait. Ses questions... Le ton cinglant qu'il adoptait avec elle... Il ne voulait rien d'elle. Il ne songeait qu'à l'éloigner, peut-être même à la tuer.

Tu n'as pas quitté l'enfer pour venir mourir dans ce château. Elle s'était enfuie pour tenter sa chance auprès d'Aeron.

Tu peux y arriver. Pour l'avoir longuement observé en secret, elle avait l'impression de bien le connaître. Il était discipliné, détaché de tout, d'une franchise qui frisait la brutalité. Il n'avait confiance qu'en ses compagnons. Il ne supportait pas la faiblesse. Et, pourtant, il se montrait doux et attentionné avec ceux qu'ils aimaient — soucieux de leur bien-être, qu'il plaçait au-dessus du sien. *C'est comme ça que je voudrais qu'il m'aime.*

Si seulement il avait pu la voir, quand elle vivait encore au paradis, avec ses ailes ! Avant qu'on ne lui ait retiré le pouvoir de faire surgir du néant des épées de feu. Avant qu'on ne la prive de ce bouclier qui la protégeait du mal.

A présent…

Elle était devenue plus vulnérable qu'une mortelle. Après des siècles et des siècles à se déplacer en volant et en planant, elle savait à peine se servir de ses jambes.

Et si elle échouait avec Aeron ?

Un sanglot lui échappa. Elle avait tout quitté pour lui. Son nuage, ses amis de toujours… Pour lui, elle avait accepté la souffrance, l'humiliation, la faiblesse. S'il la renvoyait, elle n'aurait nulle part où aller, elle serait seule et sans défenses.

— Cessez donc de pleurer, gronda Aeron.

— Je ne peux pas… m'en… empêcher, gémit-elle entre deux sanglots tremblotants.

Les conséquences de son choix lui apparaissaient maintenant avec une force terrifiante. Elle était livrée à elle-même, enfermée dans un corps fragile dont elle ne connaissait pas le fonctionnement, à la merci d'un homme possédé par un démon incontrôlable qui défoulait sa hargne sur de malheureux mortels sans défenses — ceux qu'elle avait eu autrefois pour charge de soutenir et d'aider.

— Faites un effort pour vous calmer, protesta sèchement Aeron.

— Ce serait plus facile si… si vous me preniez dans vos bras…, parvint-elle à articuler entre deux sanglots.

— Certainement pas, protesta-t-il d'un ton horrifié. Vous devez cesser de pleurer, débrouillez-vous.

Elle pleura de plus belle. Au paradis, Lysander, l'ange chargé de la guider, celui qui lui avait tout appris, l'aurait bercée jusqu'à ce qu'elle se calme. Du moins le supposait-elle, car elle n'avait jamais eu besoin d'être consolée.

Pauvre Lysander… Etait-il au courant de son départ ? Savait-il qu'elle ne reviendrait jamais ? Elle lui avait avoué qu'Aeron la fascinait, qu'elle n'arrivait pas à accomplir l'horrible tâche qu'on lui avait confiée. Mais Lysander n'avait pas soupçonné qu'elle envisageait de tout quitter pour un démon.

Pour être honnête, elle non plus ne l'avait pas compris tout de suite. Pas vraiment.

Quelques mois plus tôt, une nuance sombre et dorée était apparue sur ses ailes, nuance qui la désignait comme un ange guerrier.

Il existait trois castes d'anges. La plus haute, à laquelle appartenait Lysander, siégeait directement auprès du Seul et Unique, au septième ciel. Cette caste d'élite était chargée de guider les autres anges et d'empêcher le mal de se manifester. Ensuite venaient les guerriers, ceux qui détruisaient les démons échappés de l'enfer. Puis venaient les dispensateurs de joie, auxquels elle avait appartenu.

De nombreux dispensateurs de joie lui avaient envié ce qu'ils considéraient comme une promotion — envie dénuée de méchanceté et qui ne portait pas à conséquence. Pourtant, elle ne s'était pas réjouie de cette récompense et elle s'était demandé pourquoi on l'avait désignée pour tuer un démon, elle qui aimait tant répandre la joie.

Puis, quand on l'avait transférée dans la caste des guerriers, elle s'était mise à rêver de la vie sur Terre.

Au début, il s'était agi de pensées innocentes, de divagations. Mais, quand elle avait commencé à espionner Aeron, son désir s'était précisé. Et si elle parvenait à rejoindre Aeron, que se passerait-il ? Peut-être pourraient-ils être heureux, ensemble, pour l'éternité.

A quoi ressemblerait une vie de mortelle ?

Elle n'avait pas cessé de s'interroger, au lieu d'accomplir sa mission.

Aussi, quand elle avait été convoquée par le Très Haut Conseil des anges, une commission composée d'anges appartenant aux trois castes, elle s'était attendue à un châtiment exemplaire. Mais le conseil était allé plus loin qu'un châtiment. Il lui avait posé un ultimatum.

Elle s'était avancée dans la grande pièce blanche circulaire, au plafond en forme de dôme soutenu par de blanches colonnes couvertes d'un lierre blanc. Entre chaque colonne, un trône était installé. Sur chacun des trônes siégeait un ange à la beauté immaculée.

— Sais-tu pourquoi tu es là, Olivia ? avait résonné une voix.

— Oui, avait-elle répondu.

Elle avait tremblé de tous ses membres, mais ses ailes étaient restées souples et luisantes. Ses belles ailes, longues et majestueuses, d'un blanc tacheté d'or.

— Pour parler de ma mission auprès d'Aeron, Seigneur de l'Ombre.

La voix avait de nouveau résonné, dénuée d'émotion et aussi puissante qu'un tambour de guerre.

— Cela fait des semaines que nous patientons, Olivia. Nous t'avons fourni l'occasion de prouver ta valeur et tu as échoué.

— Je n'ai pas l'étoffe d'un guerrier, avait-elle répondu d'un ton mal assuré.

— Tu l'avais. Tu l'as. Détruire le mal est aussi une manière de répandre la joie. En accomplissant la tâche que nous t'avions confiée, tu aurais contribué au bonheur des humains, bien plus qu'en leur murmurant à l'oreille. Nous t'avons fait venir aujourd'hui pour te dire que nous t'offrons une dernière chance. Tu dois mettre fin à l'existence du démon que nous t'avons désigné. Ou bien c'est nous qui mettrons fin à la tienne.

La sentence ne lui avait pas paru cruelle. Au paradis, on savait qu'il suffisait d'une goutte de poison pour troubler l'eau d'un océan, aussi ne tolérait-on pas le plus petit manquement. Pourtant, elle avait tenté de protester.

— Vous ne pouvez pas me tuer sans la bénédiction du Seul et Unique Dieu, avait-elle murmuré.

Elle savait qu'Il ne la leur aurait pas donnée. Car Il était un dieu de miséricorde. Il aimait tous les anges, même les anges rebelles. Il aimait tous les êtres. Il n'était qu'amour.

— Mais nous pouvons te renvoyer du paradis, avait repris une autre voix, féminine, tout aussi calme et posée que la première. Et tu sais que cela reviendrait à te condamner à mourir.

Olivia en avait eu le souffle coupé et, pendant quelques instants, des étoiles avaient dansé devant ses yeux. Etre exilée du paradis…

Et pourtant, elle avait insisté.

— Aeron ne mérite pas la mort. Il n'est pas qu'un démon.

— Ce n'est pas à toi d'en juger. Il a commis une grave faute et il doit être puni.

— Il n'avait pas conscience de commettre une faute. Si seulement vous lui permettiez de me voir et d'entendre ma voix… Je pourrais lui parler, lui expliquer…

— Il est interdit à un ange tel que toi de se montrer, et tu le sais.

Seuls les anges du septième ciel avaient le droit

d'apparaître aux êtres vivants sur la Terre. Et uniquement à ceux qui avaient prouvé leur foi.

— Je suis désolée, avait-elle répondu, baissant la tête en signe de soumission. Je n'aurais pas dû formuler une telle requête.

— Tu es pardonnée, mon enfant, avaient répondu à l'unisson les membres du conseil.

On pardonnait aisément au paradis. Sauf à ceux qui ignoraient les ordres.

— Merci, avait-elle murmuré tout bas.

Mais elle s'était désolée en songeant au pauvre Aeron. C'était plus fort qu'elle. Il... il l'attirait. Avec son corps tatoué de scènes de batailles, de combats et d'agressions, il avait l'apparence d'un démon. Pourtant, dès qu'elle avait posé les yeux sur lui, il lui avait inspiré un désir trop puissant pour être ignoré. Elle avait eu envie de savoir ce qu'elle aurait ressenti en le caressant. En étant caressée par lui. Elle s'était demandé s'il lui aurait apporté autant de bonheur et de joie qu'elle en apportait aux humains.

Au début, ces pensées impures l'avaient emplie de honte. Mais plus elle avait approché Aeron, plus cette honte avait été engloutie par son désir. Jusqu'à ce qu'elle envisage de quitter le paradis pour le rejoindre.

Elle s'était rassurée en se disant qu'il n'était pas le mal incarné, comme le prétendait le Très Haut Conseil des anges, mais un être bon, sensible et honnête, en dépit du monstre qui l'habitait. Et s'il était bon, sensible et honnête, elle pouvait vivre près de lui, se montrer bonne, elle aussi. De plus, s'il acceptait de se charger d'elle, il saurait la protéger des autres et d'elle-même.

Tandis que si elle obéissait et le tuait, elle passerait l'éternité à imaginer ce qu'aurait été la vie à ses côtés. Et à le regretter.

Mais l'épargner revenait à renoncer à tout ce qu'elle

possédait, à tout ce qu'elle connaissait. Et surtout à accepter d'être désormais prisonnière d'un monde où le pardon ne s'accordait pas aisément, où l'on récompensait rarement la patience. Un monde où régnaient la grossièreté et la violence.

— C'est ta première mission en tant qu'ange guerrier, aussi nous comprenons ta réticence. Mais ne commets pas l'erreur de laisser cette réticence gâcher ta vie.

La voix s'était tue, puis elle avait repris.

— Que choisis-tu, Olivia ?

— Je choisis Aeron.

— Femme ?

La voix dure d'Aeron tira Olivia de sa rêverie. Elle battit des paupières et put de nouveau distinguer ce qui l'entourait. La chambre d'Aeron... Elle la connaissait par cœur. C'était une pièce spacieuse, aux murs de pierre, décorée de tableaux représentant la nature ou le ciel. Le plancher d'un bois sombre était recouvert d'un tapis rose. Il y avait une commode, une coiffeuse, un petit salon et une sorte d'alcôve qui aurait mieux convenu à une chambre de petite fille.

Bien des visiteurs auraient souri qu'un démon occupe une chambre aussi féminine, mais Olivia en fut simplement émue. Les touches délicates qu'Aeron avait récemment apportées à son territoire montraient à quel point il tenait à Legion.

Elle se demanda s'il y aurait, dans son cœur, de la place pour une autre que le petit démon femelle qui ne le quittait plus.

Son regard revint se poser sur lui. Il se tenait debout près du lit où elle était allongée et la contemplait avec... Elle eut beau sonder ses prunelles, elle n'y décela pas la moindre trace de désir ou de tendresse. Hélas... Comment lui en vouloir ? Elle avait probablement piteuse mine. Les larmes qui avaient séché sur ses joues lui rougissaient le visage. Elle avait les cheveux emmêlés, la peau souillée de terre.

Lui, au contraire, était superbe, grand, musclé. Ses yeux surtout, mauve et bordés de longs cils noirs, l'envoûtaient littéralement. Il avait les cheveux presque rasés et elle se demanda s'ils piquaient quand on lui effleurait le crâne.

Elle aurait bien voulu tester, mais elle n'osa pas.

D'effrayants tatouages recouvraient tout son corps, et aussi son visage, aux proportions tellement parfaites. Ces tatouages représentaient des scènes de tueries, avec des êtres au visage déformé par la douleur, poignardés, étranglés, brûlés.

Et, au milieu de ces horreurs, deux papillons se déployaient, l'un sur ses côtes, l'autre entre ses ailes.

Les compagnons d'Aeron n'étaient marqués que d'un papillon tatoué — symbole du démon qu'ils avaient accueilli en eux. Olivia s'était souvent demandé pourquoi Aeron en avait deux. Son corps ne contenait pourtant pas deux démons, elle en était certaine.

Elle supposait en tout cas que les deux lui rappelaient sa faute passée, celle dont il payait encore les conséquences. Quant aux scènes de combat et de torture, elles étaient sûrement destinées à l'empêcher d'oublier ce que son démon l'avait contraint d'accomplir.

Elle ne comprenait pas pourquoi la vue de ce guerrier habité par la violence ne l'avait jamais effrayée ni écœurée. Ni pourquoi celui-ci la fascinait tant.

— Femme ? répéta-t-il d'un ton impatient.

— Oui ? parvint-elle à articuler d'une voix rauque.

— Vous ne m'écoutez pas.

— Je suis désolée.

— Je vous ai posé une question. Qui voulait ma mort ? Et pourquoi ?

— Asseyez-vous, supplia-t-elle. Je me tords le cou pour vous voir.

A sa grande surprise, il s'accroupit et son expression s'adoucit. A présent, leurs yeux se trouvaient à la même hauteur et elle remarqua qu'il avait les pupilles dilatées. Etrange… Cela n'arrivait aux humains que lorsqu'ils étaient heureux. Ou furieux. Et le visage d'Aeron demeurait impassible. Il n'exprimait ni la joie ni la colère.

— C'est mieux comme ça ? demanda-t-il.

— Oui. Merci.

— Tant mieux. A présent, répondez-moi.

Décidément, il avait tendance à donner des ordres. Mais elle ne s'en formalisa pas. Elle était tout au plaisir de le dévorer du regard. Elle pouvait enfin se montrer et lui parler, exactement comme elle en rêvait depuis des semaines.

— Le Très Haut Conseil des anges réclame votre mort, parce que vous avez recueilli un démon échappé de l'enfer.

Il fronça les sourcils.

— Vous parlez de ma petite Legion ?

Sa petite Legion ?

Olivia acquiesça en faisant la grimace. Elle venait de découvrir l'aiguillon de la jalousie. Et ça faisait mal.

Elle n'avait jamais, jusqu'à aujourd'hui, connu la souffrance — pas plus physique que mentale — et elle se demanda si elle serait capable de l'endurer. Du moins en demeurant lucide.

Les humains produisaient de l'adrénaline, et d'autres hormones qui les droguaient pour leur aider à affronter les situations extrêmes. Peut-être en sécrétait-elle aussi, maintenant qu'elle était devenue une simple mortelle. Sans doute, parce qu'elle se sentit brusquement comme détachée de ce nouveau corps et des émotions qu'elle éprouvait.

— Je ne comprends pas, protesta Aeron. Quand j'ai rencontré Legion, elle s'était déjà libérée des enfers. Je n'ai donc rien fait pour exciter la colère…

Il pinça les lèves d'un air méprisant.

— De ceux qui vous envoient.

— C'est grâce à vous qu'elle a pu sortir des entrailles de la Terre, assura Olivia. Sans vous, elle y serait demeurée pour l'éternité.

— Comment ça ? s'étonna Aeron.

Olivia eut soudain les paupières lourdes et les yeux pleins de sable. Elle les ferma lentement, puis s'obligea à les rouvrir. Elle aurait préféré ne plus parler de Legion, mais Aeron ne paraissait pas disposé à changer de conversation.

— Les démons ne peuvent quitter la l'enfer que s'ils sont appelés sur la Terre. C'est une petite faille à leur enfermement que nous n'avons pas su combler. Une fois qu'ils ont rejoint la surface, ils restent liés pour toujours à la personne qui les a convoqués.

— Mais je n'ai pas convoqué Legion, c'est elle qui est venue à moi.

— Vous l'avez acceptée pour amie et cela revenait à la convoquer sur Terre.

Il ferma et ouvrit les poings, un geste qu'elle connaissait bien et qui signifiait qu'il tentait de se contrôler. Elle en déduisit qu'il était furieux.

— Legion a le droit de fouler cette Terre. Je suis moi-même un démon et je vis sur la Terre depuis des siècles, et pourtant on n'a jamais cherché à me punir pour ça.

— Mais votre démon est prisonnier de votre corps. C'est vous, son enfer. Legion, au contraire, est libre d'aller et venir à sa guise. Elle n'a plus d'enfer et cela contrarie la loi divine.

Elle vit qu'il s'apprêtait à protester et décida de lui expliquer les origines de l'enfer. Peut-être, ainsi, comprendrait-il mieux.

— Les démons descendent d'une race d'anges déchus, reprit-elle sans lui laisser le temps d'ouvrir la bouche. Ils ont perdu leurs ailes, leur cœur est noir, tout comme leur âme, et on ne trouve plus trace en eux de leur bonté d'origine. Les anges déchus et leur progéniture ont été condamnés à souffrir pour toujours. On ne peut tolérer aucune exception à la règle. Un démon doit résider en enfer — ou dans un enfer —, sinon il doit être éliminé.

Les iris d'Aeron virèrent au rouge sang.

— Vous êtes en train de dire que Legion doit mourir, parce qu'elle ne vit pas en enfer ?

— Exactement.

— Et vous prétendez qu'elle était autrefois un ange ?

— Pas elle. Ses ancêtres. Une fois en enfer, les anges déchus se sont mis à procréer. Elle fait partie de leurs descendants.

— Et vous envisagez de la punir, alors qu'elle n'est pas responsable de ce qu'elle est ?

— Personnellement, je n'envisage rien du tout. Mais c'est bien ce qui est prévu pour elle, oui.

— Dans ce cas, écoutez-moi bien… Je ne laisserai personne faire du mal à Legion.

Il avait dit cela d'un ton calme, mais chargé de menace.

Olivia se tut. Elle n'avait pas l'intention de lui mentir et de lui dire ce qu'il avait envie d'entendre — à savoir qu'on lui avait pardonné, que ceux qui gouvernaient les cieux étaient disposés à se montrer magnanimes et à oublier. Il était probable au contraire que les anges enverraient quelqu'un pour accomplir la mission qu'elle avait refusée.

— Legion ne mérite pas de vivre en enfer où les démons la persécutent, murmura Aeron.

— Il ne vous appartenait pas de juger de ce qu'elle mérite, objecta-t-elle, non sans douceur.

Mais ces mots — ceux que le Conseil avait employés pour elle — lui laissèrent un goût amer dans la bouche.

Aeron soupira bruyamment et ses narines frémirent.

— Et vous, puisque vous êtes un ange déchu, pourquoi n'êtes-vous pas en enfer ? demanda-t-il.

— Les anges déchus ne finissent pas forcément en enfer, expliqua-t-elle. Je n'ai pas décidé de tourner le dos au Seul et Unique. Je n'ai pas laissé la noirceur envahir mon âme et mon cœur. J'ai simplement choisi un autre chemin.

— Admettons…

Il prit un air rêveur.

— Il n'empêche que je ne comprends toujours pas pourquoi ce Très Haut Conseil des anges, dont j'ignorais d'ailleurs l'existence, décide subitement de me faire assassiner. Tout ça parce que j'ai recueilli un petit démon femelle doux comme un agneau… J'ai fait bien pire autrefois. Et mes compagnons aussi.

— Autrefois, le conseil s'était mis d'accord avec les dieux sur le fait que vous seuls pouviez garder les démons de la boîte de Pandore. Et peut-être un jour les contrôler. Je vous l'ai dit. Vous êtes l'enfer de vos démons. Et vous avez suffisamment été puni pour avoir ouvert Démoniaque.

Aeron arbora soudain un air triomphant, comme s'il venait de la coincer en pleine contradiction.

— En me tuant, vos anges détruiront la prison de Colère, son enfer, comme vous dites… Alors ? Comment expliquez-vous ça ?

— Dans les temps anciens, quand vous et vos compagnons avez ouvert la boîte de Pandore, les anges n'avaient pas le droit de tuer les démons de premier ordre, dont Colère fait partie. Mais à présent, les règles ont changé. J'avais pour mission de tuer Colère aussi.

L'expression victorieuse d'Aeron s'évanouit aussitôt.

— Vous avez été chassée du paradis, parce que vous avez refusé de me tuer. De tuer Colère et Legion.

— Je voulais vous épargner, en effet, car je considère que vous le méritez. Mais, pour Legion, c'est différent… Je pense qu'elle ne devrait pas vivre sur cette Terre. Elle représente une menace, je vous assure. Elle ne pourrait que répandre le mal. Et si on m'a chassée du paradis, c'est que…

— Vous vouliez goûter à la liberté, à l'amour, au plaisir, ironisa-t-il. J'ai compris. Pourquoi donc vous avait-on choisie pour me tuer ? Aviez-vous déjà combattu des démons auparavant ?

Elle n'avait aucune envie de lui raconter les détails de l'affaire. Pourtant, elle lui devait la vérité.

— Votre compagnon, Reyes… Il se rend régulièrement au paradis avec Danika, sa compagne. Je l'ai aperçu une fois et je l'ai suivi jusqu'ici. Je voulais savoir ce qu'était la vie d'un guerrier immortel possédé d'un démon.

Aeron fronça les sourcils.

— Vous venez de dire que vous avez suivi Reyes, c'est bien ça ?

— Oui.

C'était bien ce qu'elle venait de dire. Pourquoi paraissait-il tellement surpris ?

— Vous avez suivi Reyes, répéta-t-il d'un ton mauvais.

— Oui, murmura-t-elle.

Elle regrettait déjà cet aveu qui déplaisait à Aeron et lui fournissait un grief supplémentaire contre elle.

— Mais je n'ai pas cherché à lui faire de mal, s'empressa-t-elle de préciser. Je me suis contentée d'errer dans le château et sur la colline.

Et je t'ai suivi. Parce que tu m'inspirais du désir.

— C'est pourquoi on m'a désignée pour vous éliminer, conclut-elle. Je connaissais vos habitudes mieux que personne.

Elle se demanda si les membres du conseil, sachant qu'elle était attirée par Aeron, n'avaient pas décidé, plutôt, de la mettre à l'épreuve.

— Reyes a déjà une femelle, grommela Aeron en haussant un sourcil.

La mimique déforma les tatouages de son front, ceux qui représentaient des âmes damnées en route pour l'enfer.

— Mais ça, c'est un détail, reprit-il. J'aimerais bien savoir comment vous comptiez procéder pour me tuer.

Elle aurait fait surgir du néant une épée de feu, comme le lui avait appris Lysander, et elle lui aurait tranché la tête. Il aurait eu droit à une mort rapide et sans douleur, la plus clémente que puisse accorder un ange.

— Je savais comment m'y prendre, croyez-moi, dit-elle seulement.

— Maintenant que vous êtes déchue, vous ne pouvez plus rien contre moi, fit remarquer Aeron d'un air préoccupé. Cela signifie qu'on va désigner quelqu'un d'autre pour accomplir cette mission, n'est-ce pas ?

Il commençait à comprendre. Ce n'était pas trop tôt. Elle acquiesça.

Le visage d'Aeron prit de nouveau une expression féroce.

— Je ne laisserai personne toucher à Legion, répéta-t-il. Elle est à moi. Je la protégerai.

Une flèche vint se ficher dans le cœur d'Olivia et,

de nouveau, elle sut ce qu'était la jalousie, et la souffrance qui l'accompagnait. Elle aussi aurait bien voulu appartenir à Aeron. Elle était venue pour se donner à lui. Pour être sienne quelques instants, elle avait sacrifié l'éternité.

Quelques instants… C'était bien peu, mais ils n'auraient pas davantage. Le conseil ne tarderait pas à désigner quelqu'un pour la remplacer. Aeron était destiné à mourir. Elle n'y pouvait rien. Et lui non plus. Il serait sans défenses contre un agresseur invisible.

Et ce remplaçant, elle le savait aussi, ne serait autre que Lysander. Lysander avait été son mentor. En tant que tel, il serait tenu pour responsable de ses erreurs, et chargé de les réparer.

Lysander n'hésiterait pas à porter le coup fatal. Son bras ne tremblait jamais. Bien sûr, il avait changé depuis qu'il s'accouplait avec Bianka, une harpie qui descendait en droite ligne de Lucifer. Mais s'il refusait sa mission, lui aussi serait déchu. Il devrait se résigner à abandonner l'éternité avec Bianka. Et cela, il ne fallait pas y compter.

— Merci de m'avoir averti, dit Aeron en se levant d'un bond.

Elle se demanda si elle n'avait pas manqué une partie de la conversation… Elle passait son temps à divaguer. Mais qu'est-ce qui lui prenait ? Elle avait tout quitté pour vivre avec Aeron, et maintenant qu'elle était près de lui, elle se réfugiait dans la rêverie.

— C'est tout naturel et je n'attendais pas de reconnaissance, répondit-elle. Mais si vous pouviez, en guise de remerciement, m'autoriser à rester ici, avec vous, je serais comblée. Je pourrais vous aider en vous déchargeant des tâches ménagères.

La proposition ne pouvait que l'intéresser. Elle

l'avait vu tant de fois ranger et nettoyer en pestant contre son sort.

Il se pencha pour lui délier les poignets, avec tant de délicatesse qu'il parvint à ne pas lui faire mal.

— J'ai bien peur que ce ne soit impossible, dit-il.

— Mais pourquoi ? Je ne vous dérangerai pas, et je ne chercherai pas à vous créer d'ennuis, je vous le promets.

— Des ennuis, vous en créez déjà.

Le menton d'Olivia se remit à trembler et ce fut comme si elle s'éveillait brusquement d'un rêve.

Il n'a pas changé d'avis. Il veut se débarrasser de moi.

Elle fut soudain submergée par la peur, la confusion, le désespoir. Elle enfouit sa tête dans l'oreiller, pour qu'il ne voie pas son visage se décomposer. Il avait déjà une mauvaise opinion d'elle, ce n'était pas la peine d'aggraver son cas.

— Femme..., grommela-t-il. Je vous ai demandé de cesser de pleurer.

— Pour que je cesse de pleurer, il faudrait que vous cessiez de heurter mes sentiments, rétorqua-t-elle d'une voix étouffée par l'oreiller.

Et par les larmes.

Il y eut un froissement de tissu, comme s'il se dandinait d'un pied sur l'autre.

— Heurter vos sentiments ? Vous devriez m'être reconnaissant de ne pas vous avoir purement et simplement éliminée. Cela fait des semaines que vous me perturbez. Je me suis torturé l'esprit à me demander qui me suivait et pourquoi. A cause de vous, ma Legion chérie n'a pu rester près de moi et a dû se réfugier dans un endroit qu'elle craint et déteste.

Olivia songea que cet endroit était pourtant sa place. Mais peu importait, pour reprendre l'expression favorite des Seigneurs de l'Ombre.

— Je suis désolée…

Elle l'était. Bientôt, Aeron allait perdre tout ce à quoi il tenait, et il n'y aurait aucun moyen d'empêcher cela.

N'y pense pas, ou tu vas te remettre à pleurer.

Il soupira.

— J'accepte vos excuses, mais ça ne change rien au fait que vous n'êtes pas la bienvenue parmi nous.

Il lui pardonnait ? Enfin, il faisait un pas vers elle… Le premier.

— Mais…

— Vous êtes déchue, mais vous êtes toujours immortelle, n'est-ce pas ? demanda-t-il.

Il ne lui laissa pas le temps de répondre. Il venait de constater que sa tunique d'ange n'était plus déchirée. Cet ange n'avait donc pas perdu ses pouvoirs. Elle était encore immortelle. Sa blessure allait se refermer.

— Demain matin, vous serez guérie, dit-il. Et en état de repartir. Vous quitterez donc ce château.

4

Aeron faisait les cent pas devant la porte de sa chambre. Il n'arrivait pas à s'éloigner de l'ange Olivia, et tentait de se justifier en se disant qu'il fallait bien que quelqu'un la surveille. Il n'avait pas confiance en elle. Il n'aurait pas fallu qu'elle sorte de là et qu'elle se mette à fureter dans le château pour espionner.

Certes, elle n'était plus un ange et ne pouvait plus se rendre invisible pour circuler, mais, justement, elle était vulnérable : les chasseurs pouvaient la capturer et l'utiliser contre eux.

Quand il imaginait l'ange déchu torturé par des démons de l'enfer ou par des chasseurs, il voyait rouge. Aussi s'efforça-t-il de chasser ces visions de son esprit. Colère aurait pu en profiter pour se déchaîner. Et quand Colère se déchaînait, personne n'était à l'abri, pas même ses compagnons.

Enfin, peu importait, il avait une foule de bonnes raisons pour surveiller de près l'ange déchu Olivia. Il pensait notamment à Legion, qu'Olivia tenterait sûrement de tuer dès qu'elle irait mieux. Legion n'était pas dans les parages, mais on ne savait jamais. Olivia ne pouvait être considérée comme inoffensive, déchue ou pas, blessée ou pas.

Par exemple, rien ne l'empêchait de révéler à d'autres anges ce qu'elle savait des Seigneurs de l'Ombre et de leurs habitudes. Peut-être même s'adresserait-elle à celui qu'on avait désigné pour le tuer, lequel commencerait par éliminer Legion.

Personne ne touchera à Legion. Pas tant que je vivrai.

Ses compagnons s'étaient réunis pour faire le point sur la situation. Il les avait entendus parler, puis rire. Ensuite, ils s'étaient séparés. Mais ils n'étaient pas venus l'informer de ce qu'ils avaient décidé. Allaient-ils rechercher l'étrange femme de la ruelle ? Lucien avait-il repéré des chasseurs sur la colline ?

Aeron ne soupçonnait pas Olivia de travailler pour les chasseurs, mais ces chiens l'avaient peut-être suivie jusqu'ici. Ils étaient spécialistes des attaques surprises et des manœuvres sournoises.

Une demi-heure plus tôt, il avait appelé Legion pour l'avertir de la présence de l'ange. Comme Lucien, Legion possédait la faculté de se transporter d'un endroit à un autre en un clin d'œil. Elle répondait toujours quand il l'appelait. Mais, cette fois, il avait crié son nom en vain. Elle n'était pas apparue.

Etait-elle blessée ? Ou prisonnière ? Elle lui avait enseigné un rituel pour la convoquer, mais il n'osait pas l'utiliser pour l'instant. Plus il y réfléchissait, plus il se disait que la présence de l'ange Olivia — déchu ou pas — empêcherait Legion de se sentir en sécurité au château. Le mot « ange » suffisait à la terroriser. Il était déchiré entre Legion et Olivia. Legion avait besoin de lui. Et il avait une dette envers Olivia.

Il avait donc abandonné l'idée de rappeler Legion. Ces deux-là ne pouvaient pas cohabiter. Il ne put s'empêcher de sourire… Sa petite Legion n'aurait eu aucun mal à planter ses crocs venimeux dans la tendre peau de l'ange pour lui empoisonner le sang.

Finalement, la vision d'Olivia agonisant aux pieds de Legion ne le réjouissait guère, et son sourire s'effaça.

Olivia avait refusé de le tuer. Elle n'avait pas attaqué Legion. Tout ce qu'elle désirait, c'était profiter des joies de la vie, qui lui avaient été jusque-là refusées.

Elle ne méritait pas la mort.

L'espace d'une seconde — une courte seconde —, l'idée le traversa qu'il aurait pu garder ce drôle d'ange femelle près de lui. Colère acceptait sa présence et ne cherchait pas à la punir. Il s'agissait d'un avantage considérable. Cette femme possédait toutes les qualités requises pour devenir sa compagne.

Sauf qu'il n'en voulait pas, de compagne.

Pourtant, cette nuit, quand il s'était accroupi près d'Olivia, quelque chose en lui s'était éveillé. Quelque chose de brûlant et de dangereux. Et quand elle avait posé sur lui le regard plein d'espoir et de confiance de ses yeux aussi bleus et limpides qu'un ciel matinal, il avait ressenti une joie pure et profonde, venue du plus profond de lui. Cette femme paraissait le considérer comme un sauveur. Pas comme un démon haineux. Et cela lui faisait du bien.

Crétin ! Un démon avec un ange ! C'est impossible ! De plus, elle est venue sur Terre pour s'amuser, et tu es loin d'être le compagnon rêvé pour quelqu'un qui veut jouir des plaisirs de la vie.

— Aeron !

On venait le mettre au courant. Enfin ! Ce n'était pas trop tôt. Soulagé qu'on lui fournisse l'occasion d'oublier Olivia, Aeron fit volte-face. Torin était là, appuyé au mur, les bras croisés. Il l'observait avec un petit sourire ironique aux lèvres.

En tant que gardien de Maladie, Torin ne pouvait toucher un être vivant sans déclencher une épidémie. Il portait donc des gants et se tenait toujours à distance de son interlocuteur pour éviter de l'effleurer par inadvertance.

— Une fois de plus, un Seigneur de l'Ombre a enfermé une femelle dans sa chambre et se demande ce qu'il va faire d'elle, ricana Torin.

Aeron allait répondre, quand une série de visions traversèrent son esprit. Torin élevant un poignard, avec une expression intense et déterminée sur le visage. La lame du poignard plongeant vers le cœur de sa cible. Puis, en ressortant, dégoulinante de sang. L'humain frappé par Torin s'effondra au sol, sans vie. Le signe de l'infini, en forme de huit, était tatoué sur son poignet. Il n'avait pas menacé Torin ni tenté de l'attaquer. Ils s'étaient simplement croisés dans la rue, quatre cents ans plus tôt, un jour que Torin avait quitté le château pour rejoindre la femme dont il était tombé amoureux.

Les chasseurs et les Seigneurs de l'Ombre étaient des ennemis héréditaires, mais Colère jugeait ce meurtre comme un acte mauvais qui méritait une punition. Et donc, depuis quatre cents ans, il tentait d'exhorter Aeron à se charger de punir Torin. Aujourd'hui, comme toujours, il le poussait à refermer ses mains sur le manche de son poignard pour planter une lame dans son cœur.

J'aurais réagi comme lui, protesta Aeron en s'adressant à Colère. *J'aurais tué ce chasseur de sang-froid, simplement parce que je l'avais reconnu, même s'il ne m'avait pas provoqué. Torin ne mérite aucun châtiment.*

Colère répondit par un grognement de rage.

Calme-toi.

La main d'Aeron retomba le long de son corps.

— Ton démon a quelque chose à me reprocher ? demanda posément Torin.

— Oui, mais ne t'en fais pas, je contrôle la situation.

Colère ricana, mais Aeron ne releva pas la provocation. Il savait que plus il lutterait, plus Colère insisterait, jusqu'à ce qu'il ne puisse plus retenir sa main. A ce moment, il ne lui resterait plus qu'à s'envoler vers Budapest, où il punirait le premier humain qu'il croiserait sur sa route — sans la moindre pitié, en libérant toute sa cruauté.

Cette cruauté, il l'avait inscrite sur son corps — à travers ses tatouages. En tant qu'immortel, il avait dû mêler de l'ambroisie à l'encre — un mélange qui vous brûlait la peau d'une façon atroce. Mais il avait supporté la douleur, parce qu'il tenait à se souvenir de ceux qu'il avait châtiés en déchargeant sur eux une colère déclenchée par d'autres. Cela l'aidait à modérer cette stupide admiration que lui inspirait la force de son démon.

— Tu es bien sûr de maîtriser la situation ? demanda Torin.

— Pardon ? répondit Aeron en sursautant.

De nouveau, Torin eut un sourire goguenard.

— Je te demande si tu contrôles vraiment ton démon, parce que tu ne cesses de battre des paupières et que tes pupilles ont viré au rouge.

— Ne t'inquiète pas de ça, grommela Aeron.

Mais sa voix, contrairement à celle d'Olivia, suintait le mensonge.

— Bon, si tu le dis…, soupira Torin. Peut-on, dans ce cas, en revenir à notre conversation ?

Aeron fit un effort pour se souvenir du moment où il avait perdu le fil.

— Oui, je vois, dit-il enfin. Je vois que tu me compares à de pauvres malheureux piégés par l'amour. Tu exagères… Je n'ai pas du tout le comportement aberrant d'un crétin énamouré.

— Tu n'as pas le sens de l'humour, c'est vraiment désolant. J'avais préparé trois plaisanteries dont j'étais plutôt fier, mais tu viens de me couper l'herbe sous les pieds.

Aeron savait qu'il n'était pas un joyeux compagnon. Mais, pour une raison qu'il n'aurait pas pu s'expliquer, l'entendre de la bouche de Torin le blessa plus que tout.

— Torin, viens-en au fait, je te prie, dit-il sèchement.

— Parfait. Ton ange femelle pose déjà des problèmes. Certains réclament son départ. D'autres pensent qu'elle doit rester. Pour information, je fais partie du second groupe. Je suis d'avis que nous devons l'amadouer et la convaincre de jouer dans notre camp, avant qu'elle ne se mette à nous haïr et qu'elle ne décide d'aider nos ennemis.

— Ne l'approche surtout pas, grommela Aeron.

Il ne voulait pas de Torin près d'Olivia. Et cela n'avait rien à voir, bien entendu, avec ses beaux cheveux d'un blanc neigeux, avec ses sourcils noirs, avec ses yeux verts, qui semblaient ne rien prendre au sérieux — des yeux qui lui permettaient certainement de gagner le cœur d'une femme sans avoir à l'effleurer.

Torin leva les yeux au ciel.

— Tu devrais me remercier, espèce d'idiot, au lieu de me menacer. Je suis venu te dire de la cacher. William aussi veut qu'elle reste. Et lui, il a la ferme intention de la séduire.

William était un immortel obsédé par le sexe. Il était beau, grand, musclé, brun, avec des yeux bleus encore plus coquins que ceux de Torin. Ses tatouages, il les cachait sous ses vêtements. Si Aeron se souvenait bien, il avait choisi un X sur le cœur et une carte au trésor dont le plan menait droit à son sexe.

Les femmes le trouvaient irrésistibles, d'autant plus qu'il les faisait rire.

Il possédait vraiment tous les atouts pour plaire à Olivia.

Aeron se demanda pourquoi il avait soudain envie de lui écraser la tête contre un mur et d'abîmer sa jolie gueule. Colère lui avait déjà montré les péchés de William, mais jamais il n'avait ressenti à ce point le besoin de lui broyer le cœur, comme il avait broyé le cœur de milliers de femmes. Sauf que Colère réclamait qu'il le broie au sens propre.

Aeron avait toujours refusé de céder à Colère, parce que William lui était sympathique. Il n'était pas un Seigneur de l'Ombre, mais on pouvait compter sur lui. Quand il s'agissait de tuer, ce type-là n'était pas en reste.

— Tu n'as pas Legion près de toi pour te calmer et tu ne penses qu'à te battre, voilà ton problème.

C'était la vérité. Il était sur les nerfs.

— Merci de m'avoir averti, au sujet de William, répondit-il sèchement. Mais tu t'inquiètes pour rien. Olivia ne restera pas assez longtemps ici pour être séduite par qui que ce soit.

— William te rétorquerait que quelques secondes lui suffiraient pour la convaincre de coucher avec lui, répliqua Torin.

Ne réponds pas…

Si William se présentait devant la chambre où dormait Olivia — devant *sa* chambre —, il lui infligerait la correction qu'il méritait.

Colère approuva l'idée en ronronnant de plaisir.

— Au fait, reprit Torin. A propos d'hommes à femmes… Paris me charge de te dire qu'il a demandé à Lucien de l'emmener en ville pour choisir une femelle. Il rentrera demain matin.

— Très bien, répondit Aeron.

Il se sentit immensément soulagée, mais ce n'était pas parce que Paris était occupé, loin d'Olivia. Pas du tout.

— Est-ce que Lucien a repéré des chasseurs en ville ?

— Non. Pas de chasseurs. Ni en ville ni sur la colline.

— Très bien, répéta Aeron en se remettant à faire les cent pas. Et la femme brune, est-ce qu'il l'a vue ?

— Non. Mais Paris a promis de profiter de ce qu'il serait en ville pour la chercher, dès qu'il aurait fait le plein de vitamines. A propos, d'après ce qu'il nous a dit, ton ange est blessé ? Tu veux qu'on fasse venir un médecin ?

— Inutile. Elle guérira naturellement.

Faire venir un médecin, pour les Seigneurs de l'Ombre, signifiait en enlever un et le garder prisonnier tant qu'on avait besoin de lui. Ils envisageaient d'en employer un à demeure, notamment pour Ashlyn, qui était enceinte. Ils ignoraient si elle mettrait au monde un mortel, un démon ou un demi-mortel. Il leur fallait donc choisir un médecin qui ne trahirait pas leur secret. Les chasseurs avaient tenté, sans succès, de créer une armée de semi-mortels : l'enfant de Passion serait sûrement une proie rêvée pour eux et ils chercheraient à l'utiliser.

Torin secoua la tête. Il n'avait pas l'air convaincu.

— Tu es bien certain qu'elle va guérir ? Elle a été chassée du paradis, ne l'oublie pas.

— Nous avons été chassés de l'Olympe, et pourtant, nous n'avons pas besoin de médecin pour guérir. Nous pouvons même régénérer nos membres et nos organes.

C'était en ce moment le cas de Gideon, gardien de Tromperie, qui avait été capturé et torturé durant leur dernière bataille avec les chasseurs. Il n'avait pas parlé, bien sûr, et ses bourreaux lui avaient coupé les deux mains.

Il était toujours au lit. Il souffrait et il s'ennuyait. Il empoisonnait l'existence de tout le monde.

— Tu marques un point, admit Torin.

Un hurlement de femme résonna soudain dans la chambre d'Aeron.

Il s'arrêta net de marcher, tandis que Torin se raidissait. Quand un second cri résonna, ils couraient déjà tous deux vers la porte — Torin en prenant soin de demeurer à quelques mètres derrière son compagnon. Aeron fut le premier à entrer.

Olivia était sur le lit, toujours sur le ventre, dans un état encore plus pitoyable qu'au moment où il l'avait quittée. Elle avait les yeux fermés et, en dépit des ombres projetées par ses longs cils, il vit nettement que ses cernes étaient devenus bleus, comme si elle avait pris un coup. Ses beaux cheveux bruns étaient emmêlés. Ses épaules tremblaient.

Sa tunique parut plus propre à Aeron, comme si elle avait absorbé le sang, mais deux nouvelles taches — humides et écarlates — étaient apparues à l'endroit où ses ailes auraient dû commencer à repousser.

Les démons tentaient de l'emporter.

Leurs griffes entamaient sa peau, leur haleine putride la brûlait. Elle frissonna de dégoût quand leurs écailles gluantes l'effleurèrent et que leur rire mauvais résonna à ses oreilles.

— Regarde un peu ce que j'ai trouvé ! ricana l'un d'eux.

— Un bel ange qui nous tombe dans les bras, renchérit un second.

L'air était épais et chaud et, quand Olivia tenta de reprendre son souffle, une odeur de soufre et de brûlé lui colla aux narines. Elle se sentit perdue. Complètement désorientée.

Quelques secondes plus tôt, les nuages s'étaient

dérobés sous ses pieds et elle était tombée, tombée longtemps, comme si sa chute devait n'avoir pas de fin. Rien en vue, rien à quoi se raccrocher. Et quand elle avait enfin aperçu la terre, le sol s'était ouvert devant elle et les flammes de l'enfer l'avaient avalée.

— Dis donc ! Mais c'est qu'on est vraiment gâtés ! Tu as vu les reflets dorés de ses ailes ? Nous avons droit à un ange guerrier.

— Elle n'est plus un ange, je te le rappelle, glousssa un autre.

Ils se mirent à la tirailler de plus belle. Elle se défendit en donnant des coups de pied, en frappant, en mordant. Elle aurait voulu fuir et tenta d'escalader la roche, mais elle ne parvint pas à distancer les monstres. Les tendons qui maintenaient ses ailes en place commençaient à se déchirer, et la douleur était tellement atroce qu'elle eut envie de mourir.

Des étoiles dansaient devant ses yeux, aveuglantes, sur un fond noir — le néant, un néant qu'elle appelait de tous ses vœux. Mais par-delà le gouffre sombre qui l'entourait, les démons continuaient à tirer sur ses ailes en ricanant. Elle eut le vertige et la nausée.

Pourquoi ne mourait-elle pas ?

L'une de ses ailes se détacha et elle poussa un hurlement, tandis que la douleur atteignait un autre palier, celui de l'agonie.

L'autre aile suivit bientôt et, de nouveau, elle hurla longuement. Les griffes des démons se déchaînèrent de plus belle, déchiquetant sa tunique, sa peau, plongeant dans les blessures fraîches de son dos. Elle vomit, vidant son estomac des derniers fruits du paradis qu'elle avait avalés.

— Tu n'es plus si fière, à présent, l'ange…

Des centaines de mains la palpaient, s'aventurant dans des endroits que personne n'avait touchés auparavant. Des larmes coulèrent sur ses joues et elle resta là, allongée, impuissante. C'était la fin. Mais une pensée se fraya un chemin dans la mer de ténèbres de son esprit. Elle avait abandonné sa vie au paradis pour rien. Elle n'avait pas connu la joie, le plaisir de vivre auprès d'Aeron. Non !

Bats-toi ! Je sais que tu le peux.

Oui. Elle avait des ressources. Elle se battrait encore. Elle…

— Olivia ?

La voix dure et familière chassa ses visions, sa douleur, sa peine.

— Olivia. Réveillez-vous.

Un cauchemar. Elle venait de faire un cauchemar et elle se souvint que cela arrivait fréquemment aux humains. Mais ce qu'elle avait vécu dans son cauchemar n'était que la répétition de ce qu'elle avait connu durant son bref séjour en enfer.

Elle prit conscience d'être allongée sur un lit. Le lit d'Aeron. Elle avait le dos en feu, le corps couvert de contusions.

Elle s'obligea à ouvrir les yeux. Elle haletait, sa poitrine s'abaissait et se soulevait en rythme contre le matelas, l'air qui pénétrait ses narines la brûlait comme de l'acide. Elle était en sueur, sa tunique était trempée, sa peau dégoulinait. L'agréable léthargie qui l'avait empêchée de souffrir tout à l'heure s'était dissipée.

N'aurait-il pas été préférable de mourir, après tout ?

Aeron s'était accroupi près du lit et posait sur elle un regard inquiet. L'un de ses compagnons — celui qui s'appelait Torin — la fixait, lui aussi, avec l'intensité de ses yeux verts.

Torin était un démon, comme les autres, comme ceux qui lui avaient arraché ses ailes. Comme ceux qui l'avaient griffée, caressée, tourmentée.

Un cri perçant sortit de sa gorge enrouée. Elle voulait Aeron, pas les autres. Les autres, elle ne leur faisait pas confiance. Aeron était possédé, mais ce n'était pas la même chose. Pour elle, il était Aeron. Quand son regard se posait sur Torin, elle revoyait les mains couvertes d'écailles qui avaient pressé ses seins, fouillé son entrejambe, qui auraient fait bien plus si elle ne s'était pas débattue.

Oui, se battre… Elle voulut donner un coup de pied, mais son pitoyable membre s'éleva lourdement avant de s'effondrer, ses muscles tétanisés réagissant à peine. Une fois de plus, elle se sentit impuissante. Elle poussa un cri de désespoir, et tenta de se relever pour se réfugier dans les bras d'Aeron. Mais elle était trop affaiblie et son corps refusa de coopérer.

— Faites-le sortir, faites-le sortir, faites-le sortir ! hurla-t-elle en enfouissant son visage dans l'oreiller.

La simple vue de Torin lui était pénible. Elle ne le connaissait pas. Il la terrorisait.

Mais Aeron allait la protéger, sûrement, comme il protégeait sa petite Legion.

Des mains se posèrent sur ses épaules et la clouèrent au matelas pour l'empêcher de s'agiter.

— Du calme, murmura Aeron. Il faut rester tranquille, sinon vous allez aggraver vos blessures.

— Que se passe-t-il ? demanda Torin. Je peux faire quelque chose pour vous aider ?

Non ! Le démon était toujours là.

— Je veux qu'il s'en aille, gémit-elle. Tout de suite.

— Mais je n'ai pas l'intention de vous faire de mal, femelle ange, protesta doucement Torin. Je suis là pour…

Elle sentait venir la crise de nerfs.

— Aeron, je vous en supplie, demandez-lui de sortir. Je vous en supplie !

Aeron poussa un grognement sourd.

— Torin, fous le camp, merde ! Tu vois bien qu'elle ne se calmera pas tant que tu seras dans cette chambre.

Torin poussa un soupir triste et résigné. Puis elle entendit ses pas qui s'éloignaient.

— Attends ! appela Aeron.

Olivia se retint de hurler.

— Est-ce que Lucien est allé aux Etats-Unis pour acheter du Tylenol ?

— Je crois que oui, répondit Torin.

Il prenait le temps de discuter tranquillement ? Ils ne comprenaient donc pas !

— Qu'il sorte tout de suite ! hurla de nouveau Olivia, d'une voix suraiguë.

— Apporte-m'en un peu, lança Aeron à Torin.

La porte grinça. Enfin ! Le démon était parti. Mais il allait revenir. Olivia gémit. Si Torin entrait de nouveau dans cette chambre, elle hurlerait à lui percer les tympans.

— Tu n'auras qu'à me le lancer depuis le seuil, ajouta Aeron comme s'il avait lu dans ses pensées.

Merci, merci, mon Dieu.

Elle se laissa retomber sur le matelas tandis que la porte se refermait avec un déclic.

— Il est parti, reprit gentiment Aeron. Il n'y a plus que vous et moi dans cette pièce, à présent.

Elle tremblait si violemment que le lit en était secoué.

— Ne me laissez pas. Je vous en supplie, ne me laissez pas seule.

Le supplier revenait à avouer sa faiblesse, mais peu lui importait. Elle avait trop besoin de lui.

Avec une délicatesse qui la surprit, Aeron écarta les mèches humides qui lui barraient le front. Son Aeron lui parlait avec douceur, il la caressait tendrement. Le changement était si radical qu'elle eut du mal à y croire. Pourquoi se comportait-il avec elle — une étrangère — comme il se comportait avec ses compagnons de toujours ?

— Vous m'avez demandé de vous prendre dans mes bras, tout à l'heure, murmura-t-il. Vous le voulez encore ?

— Oui.

Oh, oui, elle le voulait !

Il était là et lui offrait ce qu'elle était venue chercher. Rien d'autre n'avait d'importance.

Il s'allongea près d'elle, lentement, en prenant soin de ne pas la secouer. Quand ce fut fait, elle avança de quelques centimètres, pour caler sa tête dans le creux tiède et musclé de son épaule. Le mouvement augmenta la douleur qui lui vrillait le dos, mais pour se rapprocher de lui, elle aurait enduré bien plus.

Il lui entoura la taille de ses bras, en prenant toujours soin de ne pas effleurer sa blessure. Il était si proche que son haleine lui réchauffait le front.

— Pourquoi ne cicatrisez-vous pas, Olivia ? demanda-t-il.

Elle adorait l'entendre murmurer son nom. Cela lui faisait l'effet d'une prière et d'une supplication — d'un cadeau.

— Je vous l'ai dit. Je suis devenue une mortelle.

— Une mortelle, répéta-t-il en se raidissant. Non, vous ne me l'aviez pas dit. Si j'avais su, je vous aurais tout de suite donné du Tylenol.

Elle décela de la culpabilité dans sa voix. De la culpabilité et de l'angoisse. L'angoisse, elle n'en comprit pas l'origine, mais elle était trop épuisée pour se poser des questions. Puis, brusquement, elle oublia les états d'âme d'Aeron. Au centre de la pièce, une lueur verte venait d'apparaître. Cette lueur grandit, jusqu'à devenir tellement aveuglante qu'elle dut plisser les yeux.

Un corps prit forme. Un corps grand, musclé, drapé dans une tunique semblable à la sienne. A présent, on distinguait des cheveux clairs qui ondulaient au-dessus des larges épaules. Des yeux semblables à un lac d'onyx, une peau diaphane saupoudrée d'une nuance dorée. Enfin, en dernier, ce furent des ailes resplendissantes, couleur or.

Elle voulut saluer l'apparition, mais ne put qu'ébaucher un faible sourire. Son doux Lysander était là, pour lui apporter du réconfort. Cette vision n'était peut-être que le fruit de son imagination, mais cela revenait au même.

— Je rêve encore, murmura-t-elle. Mais cette fois, ce n'est pas un cauchemar.

— Chut..., répondit tendrement Aeron. Calmez-vous, je suis là.

— Moi aussi, je suis là, déclara Lysander.

Il balaya la pièce du regard avec une moue écœurée.

— Malheureusement, tout cela n'est pas un rêve, soupira-t-il.

Comme toujours, il s'exprimait avec un accent de vérité et de certitude qui ne laissait nulle place au doute.

Elle n'était donc pas victime d'une hallucination... Comment était-ce possible ?

— Je suis une mortelle, à présent. Tu devrais être invisible pour moi.

Lysander plongea son regard dans le sien, droit dans son âme.

— J'ai présenté au Conseil une requête à ton sujet. On t'a accordé une seconde chance. A compter de cet instant, une partie de ton être est de nouveau angélique et le demeurera durant quatorze jours. Durant ce laps de temps, tu pourras changer d'avis et réclamer la place qui te revient de droit au paradis.

Cette déclaration fit à l'Olivia l'effet d'un coup de

tonnerre. Puis tout son corps grésilla, comme si elle avait été touchée par la foudre.

— Je ne comprends pas…, bredouilla-t-elle.

Jamais encore un ange déchu n'avait eu droit à une seconde chance.

— Il n'y a rien à comprendre, déclara Aeron d'un ton conciliant. Pour l'instant, laissez-vous aller, je m'occupe de vous.

— Je suis un ange du septième ciel, Olivia, rétorqua Lysander, comme si cela expliquait tout. J'ai réclamé quatorze jours. On me les a accordés. Quatorze jours durant lesquels tu pourras vivre dans ce château et profiter de ce qui t'attire ici. Et ensuite, tu rentreras chez toi.

Il croyait encore en elle, et elle en fut attristée. Elle allait décevoir ce merveilleux ange vengeur qui l'aimait tant et ne lui voulait que du bien.

— Je suis désolée, dit-elle. Je ne changerai pas d'avis.

Il afficha un air abasourdi.

— Même si tu sais que tu dois perdre Aeron ?

Elle se retint de justesse de pousser un cri d'horreur. *Je ne suis pas prête à le perdre !* Mais dans l'état de faiblesse où elle se trouvait, elle ne pouvait rien entreprendre pour le sauver, et elle le savait.

— Tu es venu pour le…

— Non, ne t'inquiète pas. Je ne suis pas venu le frapper de mon épée.

Il n'avait pas dit : « Pas encore », mais elle le comprit à demi-mot.

— Celui qui s'en chargera ne se présentera pas avant la fin du sursis de quatorze jours, précisa Lysander.

Cela lui laissait donc deux pleines semaines avec Aeron. Pas un jour de plus. Ni un jour de moins. Elle allait devoir s'en contenter, et en profiter pour engranger des souvenirs qui la rempliraient durant le temps qui lui resterait à vivre. A condition qu'elle parvienne à convaincre Aeron de la laisser rester au château. Et têtu comme il était, ce n'était pas gagné...

Elle soupira.

— Merci, dit-elle à Lysander. Merci pour tout. Rien ne t'obligeait à intervenir en ma faveur.

Faveur qu'il avait probablement obtenue de haute lutte, ange du septième ciel ou pas. Il avait fait cela pour elle, pour qu'elle puisse connaître la joie et la passion avant de retourner au paradis. Elle n'eut pas le courage de lui répéter qu'elle ne rentrerait jamais.

Parce qu'elle savait déjà ce qui l'attendait, si elle rentrait au bout de quatorze jours. Le conseil lui demanderait de prouver sa valeur en tuant Aeron. Et elle n'en serait pas capable.

— Je t'aime, murmura-t-elle. J'espère que tu le sais et que tu ne l'oublieras jamais, quoi qu'il arrive.

— Olivia..., grommela Aeron d'un ton bourru.

— Il ne me voit pas et il n'a pas conscience de ma présence, expliqua Lysander. Il vient de se rendre compte que ce n'est pas à lui que tu parles, et il croit que la fièvre te fait délirer.

Lysander fit un pas vers le lit.

— Je tiens à te rappeler que cet homme est un démon, Liv. Il représente tout ce que nous combattons.

— Ta femelle aussi est de nature démoniaque, rétorqua Olivia.

Il se redressa de toute sa hauteur et son visage se ferma. Son ange vengeur... Aussi buté qu'Aeron.

— Bianka n'a pas brisé les lois divines.

— Mais si elle l'avait fait, ça n'aurait rien changé aux sentiments que tu éprouves pour elle. Tu aurais cherché à la garder près de toi. Ose dire le contraire.

— Olivia ? répéta Aeron d'un ton de plus en plus inquiet.

— Pourquoi choisirais-tu de rester près de lui en tant que mortelle, Olivia ? reprit Lysander. Pour quelques instants dans les bras d'un être qui te brisera le cœur ?

Une fois de plus, sa voix exprimait une vérité sans mélange, le mensonge n'étant pas permis dans le monde des anges — monde auquel elle n'appartenait plus, Olivia en prit conscience avec un pincement au cœur. Mais elle n'avait pas pour autant envie d'entendre le sermon de son mentor. Elle avait souhaité s'incarner sur cette Terre pour vivre comme une mortelle. Cette expérience valait tous les risques.

La porte de la chambre s'ouvrit, lui épargnant la peine de répondre. Une petite bouteille d'eau et une plaquette traversèrent la pièce, pour s'arrêter à quelques centimètres des sandales de Lysander.

— Voici les remèdes, annonça la voix de Torin.

Puis la porte se referma. Olivia n'eut même pas le temps de hurler de terreur.

Aeron fit mine de se lever, mais elle pesa sur lui de tout son poids pour l'en empêcher.

— Non ! protesta-t-elle tout en grimaçant quand un éclair de lumière la transperça de nouveau. Restez.

Il aurait pu aisément la repousser, mais il ne le fit pas.

— Il faut que je ramasse les cachets. Ils vous feront du bien.

— Plus tard, supplia-t-elle.

Maintenant qu'elle était tout contre lui, qu'elle sentait la chaleur de ce corps qui l'enveloppait, elle refusait de s'en priver, ne fût-ce qu'une seconde.

Elle crut qu'il allait refuser, mais il se détendit et la serra un peu plus dans ses bras. Elle soupira d'aise et rencontra le regard sévère de Lysander.

— Voilà pourquoi je veux rester, lui dit-elle.

Les anges ne se cajolaient jamais. Rien ne le leur interdisait, mais ils n'en ressentaient pas le besoin.

Etant comme frères et sœurs, ils ignoraient ce qu'était le désir.

— Que dites-vous ? demanda Aeron, de plus en plus interloqué.

— Je dis que je me sens bien près de vous, répondit-elle.

Il se raidit, mais ne protesta pas.

Lysander déploya lentement ses ailes dont les nuances dorées resplendirent sous la lune. L'une de ses plumes se détacha et tomba à terre.

— Je te laisse te rétablir, dit-il. Mais je reviendrai. Ta place n'est pas ici. Et je suis sûr que tu ne tarderas pas à t'en apercevoir.

5

Après la poussée de fièvre qui l'avait plongée dans le délire, Olivia avait sombré dans un sommeil agité, durant lequel elle n'avait cessé de gémir de douleur et de se lamenter, tout en se débattant, ce qui avait aggravé ses blessures. La deuxième nuit, elle avait recommencé à se plaindre de la présence de démons qui la torturaient. *Ne me touchez pas, immondes créatures !* La troisième nuit, elle était demeurée étrangement silencieuse et immobile, comme si elle n'avait plus la force de lutter.

Aeron aurait préféré qu'elle continue à délirer.

Durant trois jours et trois nuits, il avait veillé sur elle sans relâche. Il était même allé jusqu'à lui lire un des romans d'amour dont Paris était friand, même si elle n'était pas consciente. Il l'avait forcée à boire et à avaler des cachets réduits en poudre. Il ne voulait pas avoir sa mort sur la conscience.

Et, surtout, il avait hâte qu'elle se rétablisse et qu'elle sorte de sa vie. Ce corps de femelle dans son lit le troublait un peu trop.

Et il y avait plus grave…

Colère ne cessait de réclamer une punition pour ceux qui avaient arraché les ailes de l'ange et l'avaient ensuite torturé. D'habitude, il s'exprimait avec des ordres brefs et envoyait à Aeron des images sanguinaires, mais, cette fois, il faisait de longues phrases et argumentait. C'était tout à fait inhabituel.

Aeron ignorait ce qu'Olivia avait subi et n'avait pas envie de savoir. Parce que s'il l'apprenait, il ne pourrait plus empêcher Colère d'agir. Ou il ne le voudrait plus. Il avait déjà du mal à le maîtriser.

Cesse donc de penser à tout ça.

Il ne devait surtout pas se laisser attendrir par Olivia. Pas plus qu'il ne devait la laisser occuper ses pensées davantage qu'elle ne les occupait. Sa vie était suffisamment compliquée ainsi.

Olivia avait choisi de venir sur Terre pour s'amuser. « S'amuser »... Il ne savait même pas ce que cela voulait dire, et n'avait pas le temps d'apprendre. De plus, ça ne l'intéressait pas. Pas du tout.

Elle tenait aussi à connaître l'amour. Grand bien lui fasse ! Lui, en tout cas, refusait d'être mêlé à ça. Surtout avec un être aussi fragile qu'elle. Et, d'ailleurs, l'amour ne l'intéressait pas non plus. Pas le moins du monde.

Elle cherchait la liberté. Ça, oui, il pouvait la lui accorder. Le plus vite possible. En la déposant en ville dès qu'elle irait mieux.

Il fallait absolument qu'elle guérisse. Et vite. Parce qu'il ne serait bientôt plus en mesure de contrôler son démon.

Punis ceux qui l'ont torturée. Ils le méritent.

Mais pourquoi donc Colère s'était-il pris d'affection pour cette pauvre créature ? Car il éprouvait de l'affection pour elle, sinon il n'aurait pas tant insisté pour la venger. Aeron avait beau réfléchir à la question, il ne trouvait pas de réponse.

Il se passa la main sur le visage. Depuis qu'il ne quittait plus le chevet d'Olivia, Lucien veillait sur Paris et l'obligeait à satisfaire les besoins de Luxure.

Torin venait deux fois par jour pour lui apporter

à manger, mais il ne restait pas, pour ne pas risquer d'effrayer Olivia, si elle venait à se réveiller.

Malheureusement, les femelles du château avaient eu vent de la présence d'un ange et s'étaient présentées pour lui souhaiter la bienvenue. Bien entendu, il ne leur avait pas permis de franchir sa porte. Elles aussi risquaient de terroriser la trop sensible Olivia. De plus, elles ne savaient pas comment lui venir en aide. Elles n'avaient donc rien à faire ici. Il leur avait ri au nez quand elles avaient insisté pour entrer.

Mais il aurait volontiers affronté une nouvelle crise de panique d'Olivia. Au moins, cela aurait signifié qu'elle était consciente. Mais pourquoi donc n'ouvrait-elle pas les yeux ? Elle ne bougeait plus depuis trop longtemps, et cela devenait vraiment préoccupant. Aeron roula précautionneusement sur le côté pour vérifier qu'elle respirait toujours. Sa peau était d'une pâleur cadavérique, ses veines saillaient, elle avait les cheveux en bataille, les joues creuses, les lèvres gercées et couverte de croûtes aux endroits où elle les avait mordues.

Mais cela ne l'empêchait nullement d'être belle, éthérée, fragile, délicieuse. Si délicieuse qu'un poids comprimait la poitrine d'Aeron quand il la contemplait. Cette délicate créature l'émouvait et réveillait ses instincts de mâle protecteur.

Il était donc urgent qu'elle guérisse et qu'il se débarrasse d'elle.

— Si ça continue comme ça, elle va y passer, grommela-t-il en fixant le plafond. Vous ne pouvez pas laisser faire ça.

Il s'adressait aux dieux. Aux siens, et aussi à celui qu'Olivia appelait le Seul et Unique.

— Vous laissez une innocente endurer les plus

terribles souffrances et avancer inexorablement vers la mort ?

Mais regarde-toi… Tu es écœurant. Tu supplies pour qu'elle soit épargnée. Pire qu'un humain. Eux, au moins, sont capables d'accepter la mort.

Mais il poursuivit tout de même.

— Pourquoi refusez-vous de l'épargner ? insista-t-il.

Un grognement imperceptible lui répondit. Il se raidit, prêt à bondir, et se saisit du poignard qu'il conservait toujours à portée de main, sur sa table de nuit. Son regard balaya la pièce autour d'eux. Il était pourtant seul avec Olivia. Aucune entité ne s'était matérialisée pour le punir de s'adresser aux dieux sur ce ton irrévérencieux.

Il se détendit. Il devenait nerveux… Sans doute le manque de sommeil…

La nuit était tombée depuis longtemps et la lueur de la lune entrait à travers la porte-fenêtre donnant sur son balcon, baignant la chambre d'une lumière douce et reposante qui aurait dû l'inciter, fatigué comme il était, à glisser lentement vers le sommeil. Et, pourtant, il demeura les yeux ouverts, aux aguets.

Que ferait-il, si Olivia venait à mourir ? Souffrirait-il de son absence comme Paris souffrait de celle de Sienna ? Sûrement pas ! Il ne pleurerait pas la disparition d'une femelle qu'il connaissait à peine. En revanche, il se sentirait coupable. Parce qu'elle l'avait sauvé et qu'il avait une dette envers elle.

Tu ne la mérites pas.

Une voix venait de murmurer dans son esprit et il battit des paupières. Il n'avait pas reconnu celle de Colère, mais le timbre, bas et grave, lui avait paru vaguement familier. C'était peut-être Sabin, gardien de Crainte, qui était rentré de Rome et qui se livrait à son passe-temps favori : semer le doute dans les esprits.

— Sabin ? demanda-t-il d'un ton mauvais.

Pas de réponse.

Elle est trop bien pour toi.

Cette fois, Colère réagit à la voix en grondant et en s'agitant.

Il ne s'agissait donc pas de Sabin, qui, par ailleurs, ne devait pas revenir avant plusieurs semaines. De plus, le démon de Sabin s'exprimait en général d'un ton sarcastique et joyeux, car rien ne lui procurait plus de joie que de distiller son venin. Or, Aeron ne décelait aucune joie dans cette voix-là.

Mais qui d'autre possédait le pouvoir de s'insinuer dans les pensées ?

— Qui est là ? demanda-t-il.

Peu importe. Sache seulement que je suis venu lui apporter la guérison.

La guérison ? Aeron se détendit un peu. Quelque chose dans le timbre de cette voix inspirait confiance... Cet accent de vérité lui rappelait celui d'Olivia. Il se demanda s'il n'avait pas affaire à un ange.

— Merci, murmura-t-il.

Inutile de me remercier, démon, répondit la voix d'un ton plein de colère.

Tant de ressentiment chez un ange ? Impossible. Dans ce cas, il s'agissait peut-être d'un dieu. Mais un dieu serait apparu au milieu d'éclairs et de coups de tonnerre, pour l'impressionner et réclamer des marques de soumission ou de gratitude. Aeron n'entendait d'ailleurs pas le bourdonnement de pouvoir qui accompagnait en général la présence d'un dieu

Car je suis persuadé que, une fois guérie et éveillée, elle commencera à te voir tel que tu es, poursuivit l'entité.

Aeron jugea prudent de ne pas protester.

— C'est-à-dire ? demanda-t-il tout de même.

Tu es un être inférieur, mauvais, vicieux, pourri, stupide, abruti, demeuré.

— Sans blague ! s'exclama-t-il, tout en se déplaçant insensiblement pour placer son corps en bouclier devant celui d'Olivia.

Mauvais et vicieux... Ce vocabulaire lui rappelait celui des chasseurs. Mais un chasseur aurait attaqué sans prévenir et ne possédait pas le pouvoir de s'adresser à son esprit.

De nouveau, Aeron se demanda si l'intrus n'était pas un ange. Un ange vengeur, peut-être...

Un grognement résonna de nouveau dans la pièce.

Ton insolence me donne raison. C'est pourquoi je tiens à ce qu'elle apprenne à te connaître. J'ai la sensation qu'elle ne va pas aimer ce qu'elle va découvrir. Mais attention... N'en profite pas pour la souiller. Si tu oses la toucher, je t'enterrerai avec tous ceux que tu aimes.

— Je n'ai pas l'intention de toucher à...

Tais-toi. Elle se réveille.

Olivia gémit. Il avait suffi de quelques minutes à cette entité pour tirer Olivia de sa léthargie. Aeron rendit mentalement hommage à son pouvoir.

— Merci, dit-il encore. Elle ne méritait pas de souffrir et...

Je t'ai dit de te taire. Si tu déranges son processus de guérison, démon... Oh, et puis j'en ai assez de toi ! Je ne te supporterai pas un seconde de plus. Dors.

Aeron tenta de résister à l'ordre de l'entité, mais son corps s'effondra près de celui d'Olivia. Ses paupières se fermèrent. Il eut beau se débattre et protester intérieurement, le sommeil l'emporta malgré lui, dans les ténèbres et le silence.

Il eut tout de même le réflexe de prendre Olivia dans ses bras.

*
* *

Olivia s'étira longuement. Elle avait encore les paupières trop lourdes pour ouvrir les yeux, mais ses muscles se dénouaient peu à peu et c'était si bon... Elle sourit tout en inspirant profondément. Une odeur épicée pénétra ses narines, une odeur inconnue qui lui inspira aussitôt des fantasmes interdits. Jamais son nuage ne lui avait paru aussi... sensuel... Ni aussi tiède.

Elle aurait voulu rester ainsi pour toujours, mais les anges n'étaient pas autorisés à paresser. Aujourd'hui, elle allait rendre visite à Lysander. S'il n'était pas parti en mission secrète, comme c'était souvent le cas. Et s'il ne s'était pas enfermé avec Bianka, comme cela lui arrivait fréquemment depuis peu. Ensuite, elle irait au château de Budapest, pour surveiller Aeron. Elle se demanda si elle serait toujours aussi fascinée par lui. Par les contradictions qui l'habitaient. S'il sentirait sa présence, s'il lui demanderait de se montrer, en menaçant de la tuer.

Elle souffrait de la manière dont il s'adressait à elle, mais elle ne lui en voulait pas. Il ignorait tout d'elle et de ses intentions. *J'aimerais tant qu'il apprenne à me connaître...* Elle était de compagnie agréable. Du moins d'après les autres anges. Mais que penserait d'elle un guerrier immortel possédé d'un démon, un être censé représenter son contraire ?

Elle ne s'inquiétait pas vraiment, car elle ne parvenait pas à percevoir Aeron comme un démon. Il appelait Legion son « précieux bébé », il lui achetait des diadèmes, il avait changé la décoration de sa chambre pour qu'elle s'y sente bien. Il avait même demandé à son compagnon Maddox de lui construire une alcôve. Une alcôve tendue de dentelle rose qu'il avait installée près de son lit.

Olivia aurait bien voulu avoir aussi son alcôve dans cette chambre.

L'envie est un péché. Personne n'a jamais construit d'alcôve pour toi, mais tu as aidé des milliers de gens à retrouver le rire et la joie de vivre.

Certes, sa tâche lui avait procuré une immense satisfaction. Mais, à présent, elle ne lui suffisait plus. Peut-être même avait-elle toujours voulu autre chose. Sa promotion dans la hiérarchie des anges avait simplement servi de révélateur à ses frustrations.

Tu es une gourmande…

Sous elle, le matelas de son nuage, plus chaud et accueillant que de coutume, remua en gémissant.

Un matelas qui remuait et gémissait ? Olivia redevint soudain lucide et parvint à ouvrir les yeux, ou plutôt à soulever prudemment ses paupières. Elle sursauta en découvrant ce qui l'entourait. Elle ne voyait pas le halo indigo du soleil levant ni les nuages blancs et joufflus. Elle se trouvait dans une pièce aux murs de pierre mal dégrossis, avec un parquet de bois et des meubles en cerisier.

Et une alcôve tendue de dentelle rose.

Elle comprit en un éclair et ce fut comme si elle recevait une gifle. *Déchue. Je suis un ange déchu.* Elle se souvenait maintenant de son passage en enfer et des démons qui l'avaient torturée. *N'y pense pas !* Elle s'était déjà mise à trembler. *Je suis auprès d'Aeron. En sécurité.* Elle était maintenant humaine, une mortelle.

Mais pas seulement.

Elle se souvint de la visite de Lysander. Dans quatorze jours, elle abandonnerait tout ce qui restait de sa nature angélique. Mais… Est-ce que cela signifiait que… ?

Elle se mordit la lèvre inférieure, en se retenant d'espérer, pour ne pas être déçue, et tâta prudemment son dos. Ce qu'elle découvrit la soulagea et l'attrista à la fois. Ses blessures avaient cicatrisé, mais, hélas, ses ailes n'avaient pas repoussé pour autant.

Tu as fait un choix. Tu dois en assumer les conséquences.

Elle était prête à les assumer. Mais il était tout de même étrange de penser que ce corps sans ailes serait désormais le sien. Un corps qui n'était pas destiné à traverser l'éternité. Un corps qui jouirait et souffrirait.

Mais tout allait bien. Tout allait bien… Elle était dans le château des Seigneurs de l'Ombre. Auprès de son Aeron. Lequel dormait sous elle. Pour l'instant, elle n'avait connu que la souffrance. Elle avait hâte d'expérimenter le plaisir.

Elle glissa pour se placer à côté de lui et se tourna pour mieux l'étudier. Il dormait, le visage détendu, un bras sur le front, l'autre, celui qui l'avait serrée contre lui, le long du corps. Ce souvenir lui arracha un sourire rêveur, et son cœur se mit à battre furieusement.

Elle s'était étendue contre son large torse aux tatouages colorés, contre ses petits mamelons bruns, contre les larges bandes de muscles dessinées par ses abdominaux, contre cet étrange et attirant nombril.

S'il ne portait pas de T-shirt, il avait malheureusement gardé son pantalon. Mais pas ses chaussures. Aussi, elle put constater qu'il était tatoué jusqu'aux doigts de pied. Adorable..

Adorable ? Mais enfin qu'est-ce qui te prend ? Serais-tu devenue un monstre ?

Les tatouages d'Aeron représentaient d'atroces scènes de meurtres et de batailles, et pourtant elle avait envie de les caresser. D'ailleurs, à propos… Elle effleura du bout de l'index les ailes du papillon qui se déployait sur ses côtes.

Cette infime caresse arracha un soupir à Aeron et elle sursauta — elle n'aurait pas voulu être surprise à le caresser pendant son sommeil — si fort qu'elle en tomba du lit. Et quand elle leva les yeux, elle s'aperçut avec effroi qu'elle avait réveillé Aeron.

Il s'était redressé et la contemplait fixement.

Elle déglutit et lui adressa un timide geste de la main.

— Euh… Bonjour…

Il la balaya du regard, des pieds à la tête.

— On dirait que vous allez mieux, commenta-t-il d'une voix rauque.

Rauque de sommeil. Mais pas de désir, hélas. Il n'y avait pas à s'y tromper.

— Vous êtes donc guérie ? demanda-t-il.

— Oui, merci.

Elle répondait oui, mais elle n'était pas très sûre, parce que son cœur battait toujours trop fort et qu'une étrange douleur lui comprimait la poitrine. Pas aiguë, comme celle de la cicatrice de ses ailes, mais pesante, oppressante.

— Vous avez souffert pendant trois jours, reprit Aeron.

— Trois jours ?

Trois jours… C'était long, mais pas tant que ça, quand on songeait à l'état dans lequel elle était arrivée.

— Comment ai-je pu cicatriser aussi rapidement ? demanda-t-elle.

Il lui lança un regard noir.

— Nous avons eu un visiteur la nuit dernière. Un ange. Il n'a pas daigné se présenter, mais il a déclaré qu'il venait vous apporter la guérison. Apparemment, il disait vrai. A part ça, il n'avait pas l'air de m'apprécier.

Un ange qui n'appréciait pas Aeron ? Lysander, bien sûr…

— Il s'agissait de mon mentor, dit-elle.

En venant ici la guérir, Lysander avait dû transgresser quelques règles. Mais lui, il en avait le droit.

Une fois de plus, Aeron la balaya du regard, comme

s'il n'arrivait pas à croire qu'elle était rétablie. Ses pupilles se dilatèrent, avalant ses magnifiques iris violets. Mais ce n'était pas de la joie qu'elle lisait dans ses yeux. Plutôt de la colère. Encore ? Où donc était passée la tendresse qu'il avait manifestée envers elle ? Elle n'avait pourtant rien fait pour lui déplaire. Est-ce que Lysander avait dit quelque chose qui l'avait contrarié ?

— Votre tunique, murmura-t-il d'une voix rauque.

Puis il se détourna vivement, lui présentant son dos, en même temps que son second papillon — magnifique spectacle qui lui mit l'eau à la bouche.

— Faites descendre votre tunique, ordonna-t-il.

Elle fronça les sourcils et baissa les yeux.

Sa tunique retroussée jusqu'à la taille laissait voir sa culotte blanche. Bon… et alors ? Ce n'était tout de même pas ça qui l'avait mis en colère… Anya, déesse de l'Anarchie et compagne de Lucien, se promenait dans le château à demi nue et personne n'y trouvait rien à redire. Elle fit tout de même descendre le léger tissu de son vêtement sur ses chevilles. Elle songea à se lever et à le rejoindre sur le lit, puis changea d'avis, de crainte d'être mal accueillie.

— C'est fait, annonça-t-elle.

Il se retourna pour lui faire face, les pupilles toujours dilatées, et inclina la tête légèrement de côté, comme s'il réfléchissait.

— Quel est le rôle de ce mentor ? demanda-t-il enfin.

La question n'était pas difficile, et elle y répondit volontiers.

— Comme les humains, les anges doivent apprendre un certain nombre de choses. Par exemple, comment aider ceux qui sont dans le besoin. Comment combattre les démons. Mon mentor était — est — l'un des meilleurs. J'ai eu de la chance qu'il me soit attribué.

— Quel est son nom ? demanda-t-il d'un ton cinglant qui la frappa comme un fouet.

Pourquoi réagissait-il si violemment ?

— Vous le connaissez. C'est Lysander.

Les pupilles d'Aeron reprirent brusquement leur taille normale et Olivia fut de nouveau précipitée dans le mauve abyssal de ses iris.

— Le Lysander de Bianka ?

La formule la fit sourire.

— Oui. Et il s'est aussi manifesté pour moi, mais vous ne pouviez pas le voir.

— La nuit où j'ai cru que vous déliriez, murmura-t-il comme pour lui-même, en hochant la tête.

— Oui.

Elle se garda bien de préciser que Lysander avait l'intention de revenir, et tenta de se rassurer en se disant qu'il ne toucherait pas à Aeron tant qu'elle serait là.

Le visage d'Aeron se ferma.

— Dites à Lysander qu'il doit cesser de vous rendre visite, Olivia. Nous avons nos démons à maîtriser, les chasseurs à surveiller. Nous n'avons pas besoin d'un souci supplémentaire. Lysander vous a aidée et je lui en suis reconnaissant, mais je ne peux plus tolérer ses interventions.

Elle éclata de rire.

— Essayez de lui interdire de venir, si vous le pouvez, dit-elle. Mais je vous souhaite bon courage… Autant tenter d'empêcher le vent de souffler.

Aeron fit la moue, mais ne commenta pas la remarque.

— Vous avez faim ? demanda-t-il.

Elle fut ravie qu'il décide de changer de sujet. Elle avait déjà observé qu'il passait du coq à l'âne avec ses compagnons, lesquels avaient parfois du mal à le suivre. Il se comportait donc normalement avec elle. C'était bon signe.

— Oui, répondit-elle. Je meurs de faim.

— Je vous servirai donc à manger avant de vous raccompagner en ville, dit-il tout en balançant ses jambes hors du lit pour se lever.

Olivia en resta subjuguée. Il était magnifique. Incroyablement musclé. Délicieusement inquiétant. Et cette peau, couverte de tatouages, un patchwork de couleurs…

— Vous voulez toujours que je quitte le château ?

— Bien entendu.

— Pourquoi ?

— Je ne me souviens pas d'avoir laissé entendre que vous pouviez rester ici, répondit-il sèchement.

Il traversa la pièce à grands pas et disparut dans la salle de bains. Elle entendit un bruit de vêtements qu'on froisse, puis l'eau ruisseler sur les carreaux.

— Vous m'avez tenue dans vos bras toute la nuit ! cria-t-elle. Vous avez pris soin de moi pendant trois jours.

Quand un homme serrait une femme dans ses bras, cela signifiait qu'il était épris d'elle. Elle avait épié Aeron pendant plusieurs semaines et ne l'avait jamais surpris avec une femelle. A part Legion, bien entendu. Mais un petit démon, ça ne comptait pas. D'ailleurs, il ne serrait pas Legion dans ses bras quand elle dormait.

Il ne répondit pas. Bientôt, elle vit s'échapper de la salle de bains un nuage de vapeur d'eau transportant avec lui une odeur de savon au santal. Elle comprit qu'il prenait une douche et, de nouveau, son cœur s'emballa à l'idée qu'il était nu. Durant la période où elle l'avait épié, elle ne l'avait jamais vu sous la douche. Il avait toujours attendu qu'elle parte pour se déshabiller.

Depuis, admirer son corps nu était devenu une obsession.

Etait-il tatoué entre les jambes ? Et si oui, qu'avait-il choisi de représenter ?

Mais d'où me viennent ces idées saugrenues ?

Elle passa une langue gourmande sur ses lèvres, puis se figea, surprise et honteuse de l'intensité de son désir.

Je ne suis plus tout à fait un ange…

Non, en effet, elle n'était plus tout à fait un ange. Elle était une femme, et elle avait envie de contempler le corps nu d'Aeron. De le goûter. De se remplir de sa saveur. Après tout ce qu'elle avait enduré pour se rapprocher de lui, elle méritait un petit dédommagement. Et peut-être même un gros. En tout cas, elle n'était pas disposée à quitter ce château avant d'avoir au moins jeté un coup d'œil à l'objet de son désir.

Elle se leva d'un bond, mais sans ses ailes pour l'équilibrer, la marche se transformait en un exercice nouveau et compliqué. Elle atterrit sur les genoux et grimaça, mais la douleur lui parut supportable — rien en comparaison de ce qu'elle avait souffert en perdant ses ailes.

Elle se releva. Et retomba aussitôt. Zut ! Il venait de fermer le jet de la douche. Elle entendit le bruit d'une peau mouillée qui glisse contre le marbre, celui d'un tissu de coton qui frotte le métal.

Vite, avant qu'il ne soit trop tard.

Cette fois, elle ouvrit les bras pour s'en servir de balancier et plaça prudemment un pied devant l'autre avant de se redresser lentement. Elle oscilla à droite, puis à gauche, mais parvint à rester debout.

Mais Aeron sortait déjà de la salle de bains. Dommage… Il portait une serviette autour de la taille et une autre autour du cou. Zut et zut !

— Vous vous êtes douché bien vite, fit-elle remarquer. Vous êtes sûr que vous êtes bien lavé ?

Il ne lui accorda pas un regard et concentra toute son attention sur la commode placée devant lui.

— Absolument sûr, répondit-il sèchement.

— Ah…

— A présent, c'est à votre tour, ajouta-t-il en sortant du tiroir un T-shirt qu'il posa sur la commode.

Puis il se frotta le crâne avec la serviette qu'il portait autour du cou.

Jusque-là, elle l'avait trouvé superbe, mais « superbe » était un qualificatif en dessous de la vérité. Il était… Il était… Grandiose.

— Je n'ai pas besoin de me laver. Ma tunique me protège de toute souillure.

Elle remarqua qu'elle haletait. S'en était-il aperçu ?

Il fronça les sourcils, sans se tourner vers elle.

— Et vos cheveux ?

— Elle me dispense également de me laver les cheveux, dit-elle.

Avec des mains tremblantes, elle ajusta la capuche sur sa tête. Puis elle attendit quelques secondes, l'ôta et lissa du plat de la main ses cheveux maintenant soyeux et bien peignés, ses boucles impeccables.

— Vous voyez ? dit-elle.

Il daigna enfin lui accorder son attention. Son regard la balaya lentement, insistant, lui réchauffant le sang, lui donnant la chair de poule. Quand leurs yeux se rencontrèrent, elle put constater qu'il avait de nouveau les pupilles dilatées. Une mer noire submergeait ses iris violets.

— En effet, grommela-t-il.

Il lui tourna le dos et disparut dans son dressing, sans doute pour s'habiller, car il lança bientôt la serviette qui lui entourait la taille, laquelle atterrit en tas sur le sol.

Elle songea aussitôt qu'il était de nouveau nu et en oublia qu'il se montrait plutôt hostile. *C'est le moment.* En souriant, elle avança lentement. Elle parvint à faire deux pas, avant de trébucher de nouveau. Elle tomba sur les genoux, puis bascula en avant, sur le ventre, en poussant un cri étouffé.

— Mais à quoi jouez-vous ? s'exclama-t-il.

Elle leva les yeux. Aeron s'encadrait sur le seuil du dressing, vêtu d'un T-shirt noir et d'un jean. Il avait même eu le temps d'enfiler ses bottes et elle devina qu'il avait accroché des armes sous ses vêtements. Il la fixait, les yeux plissés, la bouche déformée par une moue incrédule.

Encore raté. Elle soupira de découragement.

— Peu importe, reprit-il, comme elle ne répondait rien. Il est temps d'y aller.

Déjà ?

— Vous ne pouvez pas m'abandonner en ville, protesta-t-elle précipitamment. Vous avez besoin de moi.

— Besoin de vous ? bredouilla-t-il, visiblement désarçonné. Sûrement pas ! Je n'ai besoin de personne.

Besoin de personne ? Il ne manquait pas d'audace.

— Le conseil enverra un ange pour faire le travail que je n'ai pas fait. Vous serez impuissant à vous défendre. Vous ne sentirez même pas sa présence.

Aeron croisa ses bras sur sa poitrine et la fixa d'un air buté — l'image même du mâle borné et sûr de lui.

— J'ai pourtant senti la vôtre, fit-il remarquer.

En effet, et elle ne s'expliquait toujours pas pourquoi.

— Mais vous n'avez pas senti celle de Lysander, le jour où il est venu me parler. Tandis que moi, je peux voir les anges et vous prévenir si l'un d'eux tente de vous approcher.

Personne ne viendrait avant l'expiration du sursis de quatorze jours — il leur en restait donc onze, puisque trois venaient de s'écouler —, mais Aeron l'ignorait.

Il remua la mâchoire de droite à gauche, déformant les tatouages qui les recouvraient.

— Vous disiez avoir faim, déclara-t-il enfin. Allons dans la cuisine.

De nouveau, il changeait de conversation. Cette fois, elle en fut agacée, mais elle ne protesta pas. Elle avait compris qu'il refusait d'admettre ses torts. Du moins pour le moment. De plus, elle avait faim. Elle se tortilla pour se hisser sur les genoux, puis sur ses pieds. Un pas… Deux… Trois… Elle fut bientôt devant Aeron, souriante, ravie de son succès.

— Qu'est-ce que vous faites ? demanda Aeron.

— Vous voyez bien, je marche.

— Vous ne marchez pas mieux qu'un bébé, ironisa-t-il.

Elle releva le menton d'un air de défi.

— Je ne suis pas tombée, dit-elle.

Il secoua la tête — était-il de nouveau en colère ? — et lui prit la main pour l'entraîner.

— Venez, l'ange, dit-il.

— Ange déchu, corrigea-t-elle.

La sensation de ses doigts tièdes et puissants qui lui enserraient la main lui donna le frisson — encore un plaisir qu'elle découvrait avec ravissement.

Quand il la tira en avant, elle trébucha de nouveau, mais il la retint et la cala contre lui.

— Merci, murmura-t-elle.

Enfin ! Elle se pelotonna contre lui autant qu'elle le put. Au cours des siècles, elle avait eu maintes fois l'occasion d'observer des humains succombant à leurs instincts, mais elle ne s'était jamais vraiment demandé ce qu'ils en retiraient. Du moins pas avant d'avoir rencontré Aeron. A présent, elle comprenait. Tout cela était délicieux. Elle songea qu'Eve avait dû ressentir la même chose en croquant la pomme.

— Votre présence est un danger, grommela Aeron.

— Ma présence vous protège, au contraire, rétorqua-t-elle.

A force de le répéter, elle finirait bien par l'en persuader.

Il ne répondit pas et l'entraîna dans un long couloir, tout en la soutenant. Dans l'escalier, il dut la porter et elle put se serrer un peu plus contre son grand corps de guerrier. Elle en aurait encore mieux profité, si elle n'avait pas été distraite par les portraits d'anges et de démons qui décoraient les murs. Les anges, elle les reconnut. Les démons, elle préféra ne pas trop les étudier, pour éviter de réveiller les souvenirs atroces de son séjour en enfer.

Elle remarqua également des portraits d'hommes nus vautrés sur des lits tendus de draps de satin. Ceux-là, elle ne se priva pas de les détailler, sans en éprouver la moindre gêne. Ils la firent littéralement saliver et elle ne chercha pas à le dissimuler. Tout cet étalage de peau, de muscles et de tendons…

— C'est Anya qui s'est mêlée de la décoration, commenta Aeron. Vous devriez vous couvrir les yeux.

— Pourquoi ? s'étonna-t-elle. Ça m'intéresse.

Se priver de ce magnifique spectacle eût été un crime et une offense au Seul et Unique, dont il convenait de louer la Création.

— Vous êtes un ange, bon sang ! protesta Aeron. Vous n'êtes pas supposée reluquer les hommes.

— Je suis un ange déchu, corrigea-t-elle de nouveau. De plus, vous ne savez rien des anges et de la manière dont ils sont censés se comporter.

— Cessez donc de discuter et fermez les yeux, insista-t-il.

Il la déposa précipitamment à terre et la poussa dans un coin.

Des voix approchaient. Olivia se figea. Elle ne se sentait pas prête à affronter les occupants du château.

— Attention, dit Aeron alors qu'elle trébuchait.

Les amis immortels d'Aeron l'effrayaient toujours autant. De plus, son nouvel état la rendait vulnérable, physiquement, mentalement et émotionnellement. En cas d'agression, elle n'aurait même pas le recours de s'envoler pour fuir.

Elle se sentait d'autant plus démunie que sa vie au paradis ne l'avait pas préparée à se défendre. Là-bas, tout le monde s'aimait. Il n'y avait ni haine ni cruauté. Ici, la douceur et la gentillesse étaient des denrées rares. Sur Terre, les gens passaient leur temps à s'agresser et à s'humilier.

Olivia aurait bien voulu passer son existence sur Terre, mais seule avec Aeron.

Tu savais ce qui t'attendait, mais tu as tenu à courir le risque pour connaître le plaisir. A présent, il faut assumer. Tu n'as plus le choix.

— Ça va ? demanda Aeron.

— Oui, répondit-elle d'un ton ferme.

Ils continuèrent à avancer en prenant une bifurcation du couloir qui les mena dans la salle à manger, où quatre individus prenaient leur petit déjeuner. Ils se turent en les voyant entrer. Aeron s'était arrêté, et Olivia prit le temps de balayer du regard la grande table couverte de victuailles et les quatre inconnus. Quatre bourreaux potentiels. Deux femmes et deux hommes.

La peur crépita dans sa poitrine en une gerbe d'étincelles, et elle en eut le souffle coupé. Instinctivement, elle se réfugia derrière le grand corps d'Aeron et s'appuya des deux mains à son dos pour tenir debout.

— Enfin ! s'exclama en riant l'une des femmes. Voilà notre ange en chair et en os. On commençait à croire qu'Aeron voulait vous garder pour lui tout seul. Mais je ne l'aurais pas laissé faire, croyez-moi... J'avais déjà préparé de quoi forcer la porte de sa chambre, et prévu d'intervenir sur le coup de minuit.

Intervenir pour lui rendre une visite de politesse ou pour lui trancher la gorge ? Olivia avait reconnu la voix de Kaia Skyhawk, la jumelle de Bianka, la sœur aînée de Gwen. Kaia était une harpie, une voleuse, une menteuse, un suppôt de Satan. Elle avait accepté d'aider les Seigneurs de l'Ombre dans leur quête de la boîte de Pandore et n'hésiterait pas à tuer quiconque se mettrait en travers de leur route. Et elle ne ferait pas d'exception pour un ange.

Gwen, elle, se trouvait en ce moment à Rome avec Sabin, dont elle était la compagne. D'après ce qu'Olivia avait cru comprendre, ils fouillaient un temple récemment surgi des eaux pour y déterrer des objets de pouvoir convoités également par Cronos.

Ce débile de Cronos que les Seigneurs de l'Ombre croyaient tout-puissant ! Si seulement ils avaient su...

— A ta place, je m'abstiendrais de faire des commentaires, fit remarquer Paris en s'adressant à Kaia.

Olivia risqua un œil par-dessus l'épaule d'Aeron.

— Pourquoi ? demanda Kaia d'un air insouciant. Tu penses qu'Aeron oserait m'attaquer ?

Paris fit la moue.

— Ce n'est pas pour Aeron que je te demande de te taire. Je trouve simplement que tu es plus jolie quand tu n'ouvres pas la bouche.

Kaia ricana et Olivia ne put s'empêcher de sourire. Elle commençait à s'habituer à la présence des démons.

— Vous sentez-vous mieux, Olivia ? demanda gentiment Paris.

— Oui, merci, répondit-elle.

Mais elle demeura à l'abri derrière le bouclier formé par le corps d'Aeron.

— J'aimerais bien vous fournir une bonne raison de me remercier, ricana une voix d'homme. En vous faisant tâter quelque chose.

William, bien entendu. Il était séduisant — un peu trop —, avec des cheveux noirs et des yeux bleus. C'était aussi une fripouille dotée d'un drôle de sens de l'humour qu'Olivia ne comprenait pas toujours.

— Quelqu'un devrait s'occuper de te priver de ce quelque chose, ça rendrait service aux femmes, commenta Cameo, l'unique femme-guerrier du château.

Elle était possédée par Misère et sa voix exprimait tout le malheur du monde.

Olivia eut envie de la serrer dans ses bras pour la consoler. Personne ici ne s'en doutait, mais la pauvre Cameo s'endormait souvent en pleurant. Elle songea qu'elles pourraient peut-être devenir amies, et s'étonna une fois de plus de ce que les démons ne la terrorisaient plus.

— Il n'en est malheureusement pas question, marmonna Aeron en reprenant la main d'Olivia pour l'entraîner vers la table.

Il lui présenta une chaise.

Elle conserva les paupières baissées et secoua la tête.

— Non, merci, dit-elle.

— Pourquoi ?

— Je ne veux pas m'asseoir seule, murmura-t-elle.

Elle n'avait pas envie de se sentir loin de lui, de rompre le contact physique.

Il se laissa tomber en soupirant sur la chaise et Olivia s'installa maladroitement sur ses genoux en retenant un sourire de triomphe. Il se raidit, mais ne protesta pas.

Elle se demanda ce que pensaient les personnes présentes de sa démonstration d'affection, mais n'osa pas lever les yeux pour sonder leurs visages.

— Où sont les autres ? demanda Aeron.

Elle admira son aisance à communiquer.

— Lucien et Anya sont en ville, répondit Paris. Ils cherchent la brune des ténèbres. Torin est dans sa chambre, comme d'habitude. Il surveille ses écrans pour nous protéger. Quant à Danika…

Le prénom fit tressaillir Aeron. Olivia comprit qu'il se sentait encore coupable de s'être acharné sur Danika, et elle lui tapota discrètement la main pour le réconforter.

— Elle est occupée à peindre et nous montrera son tableau quand il sera terminé. Ashlyn consulte la liste de Cronos et tente de se souvenir si les voix du passé ont déjà mentionné l'un des noms qui y figurent.

Cronos avait confié aux Seigneurs de l'Ombre la liste des immortels possédés par les démons de la boîte de Pandore. Elle savait où vivaient certains de ces immortels. Les Seigneurs de l'Ombre les recherchaient. Elle se demanda si elle avait le droit de les aider sans enfreindre une loi.

— Dis donc, Luxure, on devrait te rebaptiser Ennui, coupa William. Si on en venait aux choses intéressantes, plutôt ? Tu pourrais faire les présentations. Histoire de montrer à l'ange que nous sommes des êtres civilisés.

— Depuis quand cherches-tu à te conduire en être civilisé ? demanda Aeron d'un ton peu amène.

— Je viens de commencer, ironisa William, que rien ne démontait.

Olivia entendit Aeron grincer des dents de rage.

— Je vous présente Olivia, annonça-t-il à la cantonade, d'un ton qui n'invitait pas au dialogue. Olivia est un ange.

— Un ange déchu, précisa-t-elle.

Elle aperçut du coin de l'œil une corbeille chargée de raisins et ne put retenir un gémissement de plaisir. Trois jours de diète, c'était beaucoup, même pour un ange.

Elle plongea la main dans la corbeille et, oubliant le souci du partage et la modération, principes qui avaient guidé sa vie jusque-là, elle dévora grain après grain, en poussant de petits cris de bonheur. Une fois la corbeille vide, comme elle avait encore faim, elle avisa une assiette de quartiers de pommes.

— Miam..., murmura-t-elle en se penchant en avant pour atteindre l'assiette.

Elle faillit tomber des genoux d'Aeron, qui la rattrapa par les hanches.

— Merci, dit-elle.

— De rien, répondit-il d'une voix rauque.

Tout en souriant d'aise, elle se saisit de l'assiette et remua pour mieux se caler sur les genoux d'Aeron. Il se raidit et mit une main entre eux pour la tenir à distance. Elle s'en aperçut à peine, occupée qu'elle était à croquer ces délicieux morceaux de pomme qui furent engloutis aussi vite que le raisin, toujours avec des gémissements d'extase. Décidément, la nourriture lui paraissait meilleure depuis qu'elle était déchue. Plus sucrée. Plus consistante.

Enfin rassasiée, elle leva le nez de son assiette avec l'intention d'offrir à quelqu'un les morceaux qui restaient. Tout le monde la regardait. Les pommes et le raisin pesèrent brusquement sur son estomac. Elle eut vaguement conscience d'avoir commis une bévue, mais laquelle ?

— Je suis désolée, murmura-t-elle machinalement.

— De quoi vous excusez-vous ? demanda Kaia d'un ton qui lui parut sincère.

— Tout le monde a les yeux fixés sur moi, aussi j'ai eu l'impression de me monter grossière en dévorant vos fruits.

— Pas de problème, assura William tout en faisant danser ses sourcils. J'apprécie les femmes qui se goinfrent au petit déjeuner.

Elle ne s'était pas goinfrée… Tout de même pas…

— Tais-toi, bourreau des cœurs, lança Kaia en donnant à William une vigoureuse tape à l'arrière du crâne. On se fiche de ce que tu apprécies.

Puis elle se tourna vers Olivia.

— Je te regarde parce que tu m'intrigues, voilà tout, lui dit-elle en passant brusquement au tutoiement.

Olivia aussi était intriguée. Elle n'avait encore jamais rencontré de harpie. Les harpies ne pouvaient manger que ce qu'elles volaient. Mentir et tuer était pour elles une seconde nature. Pour résumer, elles étaient le négatif des anges. Mais elles profitaient pleinement des plaisirs de la vie. C'était probablement ce qui avait séduit Lysander, quand il avait choisi pour compagne l'une de ces infernales créatures.

Bientôt, je saurai, moi aussi, comment profiter pleinement des plaisirs de la vie.

— Tu connais Lysander, le prince consort de ma sœur jumelle ? demanda Kaia.

— Oui. Je le connais bien.

La harpie posa ses coudes sur la table en poussant l'assiette et le verre qui se trouvaient devant elle.

— Il me fait l'effet d'un homme rigide et plein de principes, dit-elle d'un ton méprisant.

— C'est le moins qu'on puisse dire, confirma Olivia.

— Je le savais, murmura Kaia d'un ton désolé. Pauvre Bianka…

Son visage se rembrunit. Puis il s'éclaira de nouveau.

— J'ai une idée ! s'exclama-t-elle. Toi et moi, on pourrait s'associer pour le dégeler un peu. A deux, nous serions plus efficaces. De plus, cela nous permettrait de mieux nous connaître. Les femmes de ce château doivent se montrer solidaires.

— C'est impossible, intervint Aeron en refermant un peu plus ses mains autour d'elle. Olivia ne reste pas au château. Je vais l'emmener en ville.

Les épaules d'Olivia s'affaissèrent.

— Vous êtes certain de vouloir m'éloigner de vous ? demanda-t-elle d'une toute petite voix. Je vous serais pourtant utile.

— En me protégeant, c'est ça ?

Il posait la question, comme s'il ne savait pas.

Elle eut envie de gifler ce mâle borné.

— Oui.

— Je suis suffisamment entouré ici, dit-il. Je n'ai pas besoin d'une protectrice de plus.

— Je pourrais aussi vous apporter la joie et le sourire. C'était mon rôle d'ange, vous savez ?

C'était... Et cela lui manquait déjà.

— Vous aimeriez sourire ? reprit-elle.

Il n'hésita même pas.

— Non.

— Moi, je suis preneur, intervint William. J'adore sourire quand je suis nu dans mon lit. Je vote pour qu'on la garde.

Olivia sentit les ongles d'Aeron s'enfoncer dans sa peau, mais elle ne broncha pas, pour qu'il ne retire pas ses mains.

— Comme vient de te le dire Kaia, ton opinion ne nous intéresse pas, grommela-t-il.

— De toute façon, je n'ai jamais vu sourire Aeron,

et je me demande s'il a les muscles qu'il faut pour ça, renchérit Kaia.

— Je sais sourire, protesta Aeron avec tant de vigueur que tout le monde éclata de rire.

— Bien sûr que tu sais, gentil grognon ! s'exclama Kaia, en repoussant la masse de ses cheveux roux derrière ses épaules. Ecoute, tu n'as pas besoin d'emmener cette femme en ville. Les nouvelles vont vite... Je sais qu'elle s'est fait virer du paradis et j'aimerais bien des détails.

— Moi aussi, renchérit Cameo en hochant du menton pour appuyer son propos. Moi aussi, j'aimerais mieux la connaître.

— Et moi donc ! ricana William.

Il envoya du bout des lèvres un baiser en direction d'Olivia. Elle rougit.

— Pas besoin de me répondre, lui dit-il. Je sais déjà ce que vous pensez. Arrêtez-moi, si je me trompe. Vous aussi, vous brûlez d'envie de faire ma connaissance.

Aeron poussa un grognement sourd.

— Elle ne reste pas ici. Je l'emmène aujourd'hui même à Budapest et je l'y laisse.

— Mais pourquoi ? protesta Olivia.

Elle n'était pas disposée à obéir sans discuter. Elle avait refusé de devenir un ange vengeur, mais elle n'était pas pour autant une mauviette.

— Ceux qui sont réunis autour de cette table feraient sans doute n'importe quoi pour vous, insista-t-elle. Mais, face à l'épée de feu d'un ange, ils seraient impuissants.

Elle s'attendait à ce que quelqu'un intervienne pour lui donner raison, mais personne n'eut l'air de se préoccuper du fait qu'un ange vengeur allait bientôt être envoyé pour punir Aeron. Elle en déduisit que tout ce petit monde se croyait invincible.

Et, bien entendu, Aeron resta sur ses positions.

Elle reposa le plat contenant les pommes là où elle l'avait pris, repoussant au passage quelques assiettes, avec encore plus de désinvolture que Kaia.

— Je pourrais aussi vous aider à combattre les chasseurs, annonça-t-elle posément.

— Olivia..., dit Aeron sur un ton de reproche.

Elle n'eut pas besoin de se retourner pour savoir qu'il levait les yeux vers le plafond pour implorer les dieux. Il aurait dû réclamer la patience qui lui manquait, mais il lui sembla qu'il suppliait plutôt qu'on lui donne de la force.

— Nous sommes des démons, reprit-il. Les démons et les anges ne font pas bon ménage. De plus, Legion ne peut pas rentrer au château tant que vous êtes là.

Malheureusement, ce dernier argument était imparable.

— Je... je ferai de mon mieux pour m'entendre avec elle, assura-t-elle en se maudissant pour l'angoisse qui altérait sa voix. Et je saurai me montrer gentille avec vos compagnons, insista-t-elle. Je vous en prie, ne doutez pas de moi. J'ai tout abandonné pour rester près de vous.

— Je sais, répondit-il d'un ton railleur.

— Vous me devez au moins...

— Je ne vous dois rien, coupa-t-il. Donc non ! La réponse est non. Je vous ai soignée, nous sommes quittes. Vous partez.

A son tour, Cameo posa ses coudes sur la table pour se pencher vers Olivia.

— Ne faites pas attention à ce qu'il dit. Il est hargneux, parce qu'il n'a pas eu sa dose de caféine. Reprenons cette conversation un peu en arrière. En quoi pourriez-vous nous aider à vaincre les chasseurs ?

Enfin, quelqu'un qui tenait compte de ce qu'elle disait. Encouragée par Cameo, Olivia haussa le menton.

— Je sais où se trouvent les immortels possédés par les autres démons de la boîte de Pandore, dit-elle.

Elle craignit que cette révélation ne déclenche une colère divine. Allait-elle être foudroyée ou attaquée par une cohorte d'anges vengeurs ? Heureusement, il n'en fut rien.

— Il me semble vous avoir entendus dire que vous les cherchiez, ajouta-t-elle.

Quelques secondes s'écoulèrent dans un silence chargé de tension, durant lequel ils ne la quittèrent pas des yeux.

— Aeron…, dit enfin Cameo.

— Nous n'avons pas besoin d'elle, insista Aeron. Nous avons les listes de Cronos.

— Les listes comportent des noms, mais aucune indication de lieux, insista Cameo. Je suis sûre que Sabin aura envie de lui parler quand il rentrera.

— Si ce crétin de Sabin veut parler à Olivia, Gwennie le voudra aussi, intervint Kaia en faisant tambouriner ses ongles sur le plateau de bois de la table. Et comme tu le sais, j'aime faire plaisir à ma petite sœur. De plus, vous m'aviez promis de nombreuses batailles et personne n'a attaqué ce château depuis trop longtemps. Si ça continue, je vais mourir d'ennui.

— Harpie, ne me pousse pas à bout, déclara Aeron avec agacement. C'est moi qui décide, dans cette affaire. Tu n'as pas ton mot à dire.

— Ces guerriers sont touchants, tu ne trouves pas ? ironisa Kaia en se tournant vers Olivia. Ils se croient invincibles.

Puis son bras se détendit comme un ressort pour attraper une poignée d'œufs qu'elle lança sur Aeron.

Olivia se baissa, et les œufs vinrent s'écraser sur

le visage d'Aeron. Il s'essuya du revers de la main en affichant une moue dégoûtée. Puis il frotta sa main à la chaise pour ne pas souiller la tunique d'Olivia.

Kaia pouffa comme une gamine.

— Tu fais l'étonné parce qu'elle veut rester, dit-elle. Mais Paris m'a raconté que tu as lancé un défi à Cronos, l'autre soir, depuis les toits de Budapest. Au sujet d'une femme qui ne voudrait pas de toi, ajouta-t-elle en ricanant.

— Sans blague ? s'exclama William tout en beurrant un muffin aux myrtilles. Et à quelle occasion as-tu échangé des confidences avec Paris, harpie ?

Kaia haussa les épaules, sans quitter Aeron des yeux.

— Il y a quelques jours. J'avais besoin de distraction et il se sentait un peu faible.

Elle haussa de nouveau les épaules.

— Notre petit exercice lui a délié la langue.

Paris acquiesça d'un air vague. Olivia avait déjà remarqué que le gardien de Luxure paraissait déprimé. Mais, à l'évocation de sa rencontre avec Kaia, son visage s'éclaira un peu. Leur conversation avait dû lui remonter le moral.

— Mais je t'avais pourtant proposé mon lit, gémit William en lorgnant du côté de la harpie.

Son lit ? Kaia et Paris n'avaient donc pas échangé que des confidences…

— J'ai pensé que tu serais sans doute aussi nul au lit qu'à Guitar Hero, et ta proposition ne m'a pas tentée. De plus, quelqu'un que nous connaissons et apprécions a déjà jeté son dévolu sur toi. Je refuse de marcher sur ses plates-bandes.

— Qui ? demanda Olivia.

Elle n'avait pas pu s'en empêcher.

Kaia ignora la question.

— J'ai donc choisi Paris pour me tenir chaud,

l'autre nuit, et j'ai hâte de raconter ça à Bianka. Dans les moindres détails.

— Ah, non ! protesta Paris. Tu n'as pas le droit.

La harpie eut un sourire nonchalant et coquin, mais continua à s'adresser à Aeron.

— Ecoute-moi, espèce de truand. Si tu veux retrouver ta petite démone, tu n'auras qu'à lui donner rendez-vous en ville. L'ange reste ici.

Le souffle d'Aeron brûla la nuque d'Olivia comme du feu.

— Je suis ici chez moi, répondit-il en détachant bien ses mots.

— Tu n'es pas le seul, objectèrent en chœur William et Kaia.

Ils n'avaient pas eu besoin de se concerter, et échangèrent un sourire complice — un peu moins franc du côté de William, qui boudait toujours à l'idée que Kaia lui avait préféré Paris.

— Absolument, renchérit Olivia. Tu n'es pas le seul à être chez toi ici.

Il n'avait pas encore compris à quel point il avait de la chance qu'elle soit là, mais il n'allait pas tarder à s'en rendre compte.

Faites que ce soit le plus vite possible.

De nouveau, les mains d'Aeron se posèrent sur sa taille et, cette fois, il la serra si fort qu'elle poussa un petit cri de douleur.

— Vous pourriez nous dire où se trouve la boîte de Pandore, Olivia ?

Elle l'ignorait, et il le savait. Il cherchait à la prendre en défaut.

— Euh…, bredouilla-t-elle. Non. Malheureusement, non.

— Et la Cape qui rend invisible ? Et la Baguette ?

Cela aussi, elle l'ignorait.

— Non, dut-elle avouer.

Elle savait, en revanche, que les Seigneurs de l'Ombre avaient déjà en leur possession deux objets de pouvoir : la Cage de force et l'Œil qui voit tout. Il leur manquait les deux objets qu'Aeron venait de mentionner. Le Seul et Unique ne s'intéressant pas à ces stupides reliques, elle n'avait jamais eu à les chercher.

Aeron la souleva pour la mettre debout, puis il la lâcha sans préavis. Elle dut s'agripper à la table pour ne pas tomber. Elle dut aussi se mordre les lèvres pour ne pas gémir de déception. *J'ai tant besoin de sentir tes mains sur moi…*

— Vous tenez toujours à ce qu'elle reste ? lança-t-il à la cantonade. Entre elle et moi, c'est elle que vous choisissez ?

Ils acquiescèrent à tour de rôle.

— Entendu, dit-il en se passant la langue sur les dents. Elle est à vous. Je vous la laisse. Interrogez-la tant que vous voudrez. Je vais m'installer en ville, comme me l'a gentiment suggéré Kaia. Vous n'aurez qu'à m'envoyer un SMS quand elle sera partie. Je ne mettrai plus un pied dans ce château tant qu'elle sera là.

6

Aeron ruminait de sombres pensées. Tout le monde s'était ligué contre lui pour le rendre fou. C'était tout de même un peu fort.

Ses compagnons l'avaient mis à la porte du château et Colère hurlait pour qu'il y retourne. *Qu'il y retourne.* Qu'il retourne près d'Olivia. Un ange qu'ils auraient dû tous deux haïr et mépriser.

Seulement, voilà, Olivia avait un charme irrésistible.

Ce matin, quand il avait compris en se réveillant qu'elle était enfin rétablie, le désir qu'elle lui inspirait et qu'il avait nié trois jours durant avait explosé. Et depuis, ce désir refusait de s'éteindre. Surtout quand il la revoyait tombant à bas du lit, avec sa tunique retroussée jusqu'à la taille, et sa culotte…

Il avait réussi à se contenir, il se demandait encore comment.

Sans doute s'était-il souvenu de la voix de Lysander, l'ange qui s'était manifesté pour apporter la guérison à Olivia, celui qui ne voulait que son bonheur.

Et qui lui avait interdit de la souiller.

Il préférait ne pas exciter la colère de Lysander. Les Seigneurs de l'Ombre ne craignaient pas de combattre les chasseurs. Mais s'ils devaient, en plus, lutter contre une armée angélique…

Il s'était donc retenu de déchirer la culotte d'Olivia

avec ses dents et il avait quitté le lit d'un bond, sans la caresser ni l'embrasser. Une douche froide l'avait calmé, et il s'était persuadé qu'il devait se débarrasser d'elle. Il avait même réussi à oublier l'érection qui se dressait entre ses jambes quand elle s'était trémoussée sur ses genoux, tout en se gavant de fruits avec une volupté indécente.

Pendant que Colère ronronnait de plaisir.

— Je préférais quand tu te manifestais uniquement pour punir les mortels, murmura-t-il à l'intention de son démon.

Un ricanement lui répondit. Au moins, Colère avait cessé de se plaindre et de réclamer Olivia.

Aeron se frotta le visage, si fort que ses mains calleuses lui râpèrent la peau. Il s'était réfugié en ville, dans l'appartement de Gilly, la jeune amie de Danika. Après avoir vécu quelque temps dans un studio, Gilly avait choisi un trois pièces dans les beaux quartiers. Torin l'avait truffé de caméras de surveillance, pour la protéger, au cas où les chasseurs auraient découvert ses liens avec eux. Gilly était une jeune femme innocente qui avait eu une enfance troublée, mais les chasseurs ne se seraient pas gênés pour l'utiliser et la torturer.

En ce moment, elle était en cours, à l'université. Elle avait préféré vivre seule. Loin d'eux. Aeron la comprenait. Gilly n'avait que dix-sept ans, mais elle avait eu la vie dure et elle se débrouillait seule depuis des années. Elle avait donc refusé la chambre qu'ils lui avaient proposée au château.

Finalement, ce n'était pas plus mal. Ça leur faisait un pied-à-terre en ville, qui lui rendait bien service aujourd'hui.

Il se plaça au centre du salon. Il avait poussé le canapé et les fauteuils pour tracer un cercle de sucre et de sel. Il s'apprêtait à accomplir le rituel capable de contraindre Legion à apparaître devant lui.

Il ouvrit grand les bras et prononça l'incantation destinée à faire venir Légion — une phrase mêlant plusieurs langues et l'interpellant par son nom, puis par son numéro et son titre aux enfers : Legion, cent soixantième démon des Croisés Noirs de l'Envie et du Désir.

— Je t'ordonne d'apparaître devant moi, à l'instant même, acheva-t-il.

Il n'y eut pas d'éclair et le temps ne s'arrêta pas, comme lorsque Cronos se montrait. Legion se matérialisa au centre du cercle, sans un bruit. Tout simplement.

Elle se laissa tomber, haletante, les écailles ruisselantes de sueur.

— Legion…, murmura Aeron en se précipitant vers elle.

Il se baissa pour la prendre dans ses bras, en prenant garde que pas un grain de sucre ou de sel ne l'effleure, car il savait que cela l'aurait brûlée.

Satisfait, Colère se remit à ronronner.

Legion se réfugia contre lui.

— Aeron… Mon Aeron.

Aeron ne put s'empêcher de penser à Olivia et à la manière dont elle aussi se pelotonnait dans ses bras. La douce Olivia, qu'il avait abandonnée aux mains d'une harpie complètement cinglée et dotée d'un humour pervers, et de Cameo, une tueuse à la voix déprimante. Il préféra ne pas songer qu'elle se trouvait aussi avec Paris et William, deux obsédés sexuels, sans quoi il aurait détruit l'appartement de Gilly dans un accès de rage. De rage, pas de jalousie. Il ne fallait pas confondre. S'ils osaient toucher à l'ange, ils s'attireraient les foudres de Lysander et c'était cela, et pas l'idée qu'Olivia pouvait succomber à leur charme, qui le rendait furieux.

Mais, après tout, le mur de Gilly serait plus intéressant avec quelques trous, et il se sentait prêt à lui rendre service en décorant son appartement.

Il s'inquiétait de plus en plus. Olivia ne se sentait pas à l'aise avec les occupants du château — à part lui —, et elle était peut-être en ce moment recroquevillée dans un coin, en train de pleurer et de prier pour qu'il revienne.

Et la chambre d'amis de Gilly lui aurait paru plus agréable s'il l'avait partagée avec quelqu'un.

Il faut t'endurcir. Tu as dit à Paris que tu serais capable de tout endurer, tu t'en souviens ? Peu importait qu'Olivia aille bien ou mal. Peu importait qu'elle pleure. Il ne devait pas s'en inquiéter. Au contraire, si elle ne se plaisait pas au château, elle n'en partirait que plus vite et il pourrait rentrer chez lui.

Legion comptait plus pour lui qu'Olivia. Il adorait les enfants et avait toujours rêvé d'en avoir un. Il se l'était interdit pour ne pas avoir à pleurer sa mort.

Avec Legion, il ne risquait rien. Elle vivrait toujours.

— Que se passe-t-il, mon petit cœur ? demanda-t-il en la portant jusqu'au canapé.

Il se laissa tomber sur les coussins. La pauvre Legion empestait encore le soufre, et Colère poussa un soupir nostalgique. L'enfer lui manquait. Autrefois, il l'avait haï, mais à présent qu'il avait vécu dans la boîte de Pandore, l'enfer lui faisait l'effet d'un paradis.

— On m'a pourchassssée, gémit-elle.

Elle frotta contre les pectoraux de son père adoptif une joue couverte d'écailles râpeuses et se mit à ronronner.

— Je me sssssuis ssssauvée de jussssstessssse.

Avec sa langue fourchue, elle sifflait longuement

les *s*, et ce petit défaut de prononciation attendrissait Aeron plus que tout. Elle avait demandé à travailler sa grammaire et il était fier de ses progrès, mais pour les *s*, il n'y avait rien à faire.

— Tu es près de moi, à présent. Tu ne risques plus rien.

Il caressa gentiment les deux charmantes petites cornes qui surmontaient son crâne parce qu'il savait qu'elle adorait ça.

— Tu ne seras plus obligée de retourner là-bas.

— Tu as tué l'ange qui te surveillait ?

— Pas exactement, répondit-il prudemment.

Il préférait pour le moment ne pas entrer dans les détails.

Ils restèrent immobiles et silencieux quelques minutes, avec lui qui la serrait dans ses bras, tandis qu'elle reprenait son souffle. Elle finit par s'apaiser et ses écailles devinrent moins brûlantes. Elle se redressa et balaya du regard ce qui l'entourait.

— Cccce n'est pas le château, murmura-t-elle, visiblement inquiète.

Il observa la pièce avec un œil neuf, en tentant d'imaginer les impressions de la petite Legion. Les meubles colorés illustraient les nuances de l'arc-en-ciel — rouge, bleu, vert, mauve, rose. Un tapis fleuri recouvrait le plancher de bois. Des tableaux offerts par Danika et représentant des scènes du paradis ornaient les murs.

— Nous sommes chez Gilly, expliqua-t-il.

— C'est joli, murmura-t-elle avec un mélange de crainte et d'admiration.

Il était toujours surpris par sa délicatesse si féminine. Sans doute ne se plaisait-elle pas dans sa chambre du château, trop masculine. Il se promit de lui attribuer une chambre à elle dès qu'ils rentreraient.

— Je suis ravi que tu aimes, parce que nous allons y séjourner un certain temps.

— Pourquoi ? protesta-t-elle d'un ton furieux. Tu t'es insssstallé avec Gilly ? Elle est ta… ? Elle t'aime ?

— Mais non, voyons, qu'est-ce que tu vas chercher ?

Elle se détendit aussitôt.

— Alors, je veux retourner au château. Je préfère.

Moi aussi, je préférerais.

— C'est impossible. L'ange y habite.

— Elle y habite ? Et elle nous chasse ? Mais pourquoi ?

Sa colère était revenue d'un seul coup.

— Elle va aider les autres à combattre les chasseurs.

— Non ! Moi aussssi, je peux aider.

— Je sais, ma chérie. Je sais.

Legion était petite, mais féroce, et tuer était pour elle un jeu. Aeron tenait pourtant à ce qu'elle savoure auprès de lui une paix bien méritée. En enfer, les démons l'avaient persécutée à cause de sa sensiblerie et de sa naïveté. Il refusait de l'entraîner dans la lutte sans merci qui les opposait aux chasseurs.

Il tenait trop à elle.

— Ici, au moins, nous sommes tranquilles, dit-il pour l'apaiser.

— Très bien, nous resssterons icccci. Mais j'aiderai tout de même. Plussss que cet ange maudit.

Il comprit qu'il valait mieux ne pas insister, afin de ne pas la contrarier.

— Tu veux jouer ? proposa-t-il pour changer de conversation.

Elle se redressa aussitôt, le sourire aux lèvres, et s'enroula autour de son cou comme un serpent.

— Oui, oui, oui.

Elle était comme une enfant, toujours prête à jouer.

— A toi de choisir, dit-il en riant.

Il leva le bras pour lui flatter le crâne, et ses yeux tombèrent sur un centimètre carré de son poignet qui n'était pas tatoué. Il songea aussitôt qu'il aurait eu la place d'y inscrire un serpent, en l'honneur de Legion, et se promit de le faire dès que possible. Ce tatouage serait le premier à évoquer un épisode positif de sa vie.

Et cette idée lui fit du bien.

— Je veux jouer à ...

Elle fit la moue et prit le temps de réfléchir.

— Ssssi on jouait à « Pas de vêtements » ?

Jeu qui aurait pu s'appeler également « Déchirons les vêtements d'Aeron ».

— Franchement, j'aimerais mieux autre chose. « L'esthéticienne », par exemple. Tu pourrais me faire les ongles, comme la semaine dernière.

— Oh, oui ! approuva Legion en battant des mains de plaisir. Je vais chercher le nécessssaire à manucure de Gilly.

Elle se leva et fila en trottinant vers la porte.

— La chambre de Gilly se trouve tout au bout du couloir, lui cria Aeron.

Il songea qu'il aurait dû être en train de patrouiller en ville, pour vérifier qu'il n'y avait pas de chasseurs et chercher la fille des ténèbres. Mais après ce qu'elle venait de vivre en enfer, Legion avait besoin de se détendre ; il pouvait lui consacrer une heure ou deux. Il lui devait bien ça. Les chasseurs attendraient. La fille aussi.

Il lui devait bien ça... Il poussa un juron. A Paris aussi, il devait quelque chose. Il s'était promis de l'aider et de le soutenir quoi qu'il arrive.

Pourtant, depuis que l'ange était entré dans sa vie, il ne s'occupait plus guère de Paris. Il s'était tout bonnement débarrassé de lui en le confiant à Lucien. Il soupira. De honte. Il n'avait même pas cherché à savoir comment ça s'était passé. Lucien avait emmené Paris en ville, mais cela ne signifiait pas que ce dernier avait trouvé une femelle.

Il avait copulé avec Kaia, l'autre nuit, et ça lui avait redonné des forces, mais pour combien de temps ? Ce matin, il n'avait cessé de sourire, mais il lui avait paru fatigué. Et chez un guerrier immortel, la fatigue, Aeron le savait bien, annonçait des troubles plus importants.

Il était prêt à parier que Paris n'avait pas eu de femelles depuis Kaia.

Legion revint dans le salon avec un petit nécessaire mauve, le sourire aux lèvres.

— Je vais te faire des ongles arc-en-cccciel, annonça-t-elle en jubilant.

Arc-en-ciel... Ça ne pouvait pas être plus ridicule que le rose bonbon de l'autre fois. Seulement, il avait changé d'avis.

— Je suis désolé, mon bébé, dit-il. Mais je ne peux pas jouer. Je viens de me souvenir que j'ai oublié quelque chose d'important au château. Malheureusement, tu ne peux pas m'accompagner et je vais te demander de m'attendre ici.

De saisissement, Legion lâcha le nécessaire.

— Non ! protesta-t-elle.

— Je ne serai pas longtemps absent, je te le promets.

— Non ! Tu m'as convoquée. Tu as dit que tu voulais jouer !

Il prit le parti de poursuivre comme si elle n'avait rien dit.

— Si Gilly rentre avant moi, n'essaie pas de jouer avec elle. Tu as compris ?

Une mortelle n'aurait pas survécu aux jeux de Legion.

— Je fais ce que j'ai à faire et je reviens. Sois gentille.

Legion avança vers lui et posa ses mains à plat sur

son torse. Ses griffes s'enfoncèrent dans sa peau, y creusant des rigoles de sang.

— Je viens avec toi, insista-t-elle.

— Mais tu ne peux pas, ma chérie. Sois raisonnable.

Il se baissa vers elle pour la gratter derrière les oreilles.

— L'ange est là-bas, ne l'oublie pas. Elle a perdu ses ailes et elle n'est plus invisible, mais ça ne la rend pas moins dangereuse pour toi. Elle…

Legion sauta sur ses genoux et posa sur lui le regard éperdu de ses grands yeux.

— Elle a perdu ssssses ailes ?

— Oui.

— Elle a été chasssssée du paradis ?

— Oui.

Elle battit des mains d'un air excité.

— J'avais entendu parler d'un ange déchu, mais je ne ssssavais pas que cccc'était elle. Ssssi j'avais sssssu, j'aurais aidé à la torturer. Je peux m'en occuper, sssssi tu veux. Je peux la tuer.

— Non, répliqua Aeron, d'un ton un peu plus fervent qu'il n'aurait voulu.

Colère manifesta, lui aussi, son mécontentement en grognant. Il ne voulait pas que l'on touche à Olivia.

Pourquoi s'était-il pris d'affection pour elle ?

Tu réfléchiras plus tard à la question.

Aeron saisit Legion par le menton.

— Concentre-toi sur moi, ma chérie… Très bien… A présent, écoute… Tu ne peux pas attaquer l'ange pour le moment.

Legion battit des paupières.

— Je peux. Je sssssuis forte.

— Tu es forte, oui, je n'en doute pas. Mais je ne veux pas que tu t'attaques à elle. On l'avait envoyée me tuer, mais elle ne l'a pas fait.

Non seulement elle ne l'avait pas tué, mais elle avait tout abandonné pour lui.

Pour la millième fois, il se demanda pourquoi. Il se renfrognait chaque fois qu'elle évoquait ce sacrifice, mais il était à la fois fasciné et ému par son geste. Il se sentait une dette envers elle.

Elle le connaissait à peine et elle avait pourtant jugé qu'il méritait d'être épargné. Mais qu'est-ce qu'elle lui trouvait donc ? Aux yeux d'un ange, un être parfait et pétri de bonté, il aurait dû passer pour un monstre.

— Où veux-tu en venir ? insista Legion tandis qu'il se taisait.

— Pour la remercier de ce geste, nous devons nous montrer gentils avec elle.

— Quoi ? Gentils avec l'ange ? Non ! Pas quesssstion !

Elle était sur le point de piquer une crise. S'il ne l'avait pas tenue dans ses bras, elle aurait probablement tapé du pied.

— Je lui ferai du mal ssssi çççça me plaît.

— Legion ! gronda Aeron en usant du ton autoritaire qui suffisait d'ordinaire à impressionner sa petite protégée. Je ne te demande pas ton avis. Tu vas m'obéir et laisser cet ange tranquille.

Elle se renfrogna et glissa de ses bras pour arpenter le tapis devant lui.

— Sssssi tu me demandes d'être gentille avec elle, cccc'est que tu la conssssidères comme une amie. Tu n'es tout de même pas ami avec un ange ?

Comprenant qu'elle était hors d'elle, Aeron ne prit pas la peine de lui répondre. Il décida de la laisser tempêter, jusqu'à ce qu'elle se lasse.

— Elle est jolie ? demanda brusquement Legion en affichant l'air de quelqu'un qui vient de comprendre. Je parie qu'elle est jolie.

De nouveau, Aeron demeura silencieux. Legion

voulait la première place dans sa vie. Comme tous les enfants uniques, elle n'appréciait pas qu'il s'intéresse à quelqu'un d'autre qu'elle.

— Elle te plaît, conclut-elle d'un ton accusateur.

Cette fois, il ne la laissa pas dire.

— Tu te trompes, protesta-t-il.

Mais sa voix trahissait le doute. Durant les trois nuits où il avait veillé sur Olivia, il avait apprécié de la sentir tout contre lui. Ce matin, quand elle s'était installée sur ses genoux au moment du petit déjeuner, cela ne l'avait pas le moins du monde dérangé, bien au contraire. Il aimait sentir son odeur de ciel. Il aimait la douceur de sa peau. Il aimait la pureté de son regard. Il aimait sa gentillesse et sa détermination.

Et, plus que tout, il aimait ce regard qu'elle posait sur lui. Un regard qui montrait qu'elle le considérait à la fois comme son sauveur et comme un dangereux séducteur.

— Elle te plaît ! répéta Legion, cette fois en hurlant.

— Legion... Ce n'est pas parce que je m'intéresse à une femme que je t'en aime moins. Tu es mon bébé et ça ne changera jamais.

Elle poussa un hurlement de rage et découvrit des canines dégoulinantes de venin.

— Non ! Tu n'as pas le droit ! Je ne sssuis pas un bébé ! Je ne veux pas. Je vais la tuer.

Et sur ce, elle se volatilisa.

— Alors, qu'en penses-tu ? demanda Kaia.

Olivia tourna gauchement sur elle-même pour contempler l'image que lui renvoyait la psyché. Elle portait de longues cuissardes en cuir noir, une jupe courte qui lui couvrait tout juste les fesses, un petit haut à bretelles d'un bleu vif, un string en dentelles qui dépassait de sa jupe au niveau de la taille. Une tenue plus qu'osée… Jamais encore elle ne s'était à ce point dénudée, pas même quand elle était seule. Elle n'en avait jamais éprouvé le besoin.

Et pourtant, c'était bien elle qui avait demandé à Kaia de l'aider à se mettre en valeur. Dès qu'Aeron avait quitté le château.

— Je vois ! s'était exclamée la harpie. Tu veux que je te déguise en pute.

Paris et William, qui assistaient à la scène, avaient gémi de convoitise. Paris avait chantonné : « Elle avait des bottes, elle avait des bottes, elle avait pas de culotte », avant de quitter la pièce. William avait exprimé le désir de rester pour « mettre la main à la pâte », mais Kaia l'avait menacé de lui arracher les testicules pour s'en faire des boucles d'oreilles. Il n'avait pas insisté.

Ensuite, Kaia s'était tournée vers Olivia pour poser sur elle un regard coquin.

— Tu voudrais qu'Aeron se rende compte qu'il commet une erreur en te repoussant, c'est ça ?

— Oui.

Elle avait aussi voulu effacer son image d'ange trop sage et se débarrasser de sa peur en quittant sa tunique angélique. Et puis elle s'était dit que des vêtements de femme, des vrais, l'aideraient à entrer dans la peau d'un personnage plein de confiance et d'agressivité.

Le miroir lui confirma qu'elle ne s'était pas trompée.

— Ça me plaît, approuva-t-elle en souriant.

L'Olivia du miroir avait vraiment l'air d'une mortelle. Et, surtout, elle paraissait radieuse.

Je suis forte et belle.

Que penserait Aeron de cette transformation ? Durant les semaines où elle l'avait observé en secret, elle ne l'avait pas surpris une seule fois à s'intéresser à une femme. Elle ne savait donc pas quel genre de femme lui plaisait.

Tant pis... Il allait devoir la prendre telle qu'elle était.

Tu lui plairas. C'est certain.

Elle apprécia au passage le plaisir de se sentir sûre d'elle.

— Aucun homme ne pourrait te résister, tu peux me croire, commenta Kaia.

La rousse harpie s'était donné du mal. Elle avait passé plus d'une heure à farfouiller dans ses vêtements pour trouver la tenue la plus adéquate.

— J'ai volé ces vêtements dans une petite boutique de la ville, précisa-t-elle fièrement.

Volés ?

— Tu n'as pas payé ces vêtements ?

— Bien sûr que non.

— Tu les as vraiment volés ? insista Olivia, comme si la réponse de Kaia laissait place au doute.

Bizarrement, au lieu d'être outrée de porter des vêtements volés, elle se sentit encore plus désirable. Elle se demanda si elle subissait déjà l'influence négative des démons, et songea à envoyer anonymement de l'argent à la boutique en question.

— Assieds-toi, ordonna Kaia en désignant du menton le siège placé devant la coiffeuse.

Cameo, qui avait été autorisée à assister à l'opération, poussa un gémissement.

— Vous n'avez pas encore terminé ?

Elle alla s'asseoir sur le lit, résignée à attendre la fin de la session.

— J'ai tant de questions à poser à Olivia..., soupira-t-elle.

Kaia haussa les épaules.

— Tu peux l'interroger pendant que je la maquille,

rétorqua-t-elle en désignant à Olivia un fauteuil rembourré.

Olivia obéit et Kaia vint s'accroupir devant elle, tout en ramassant sur la commode un pinceau à paupières et du fard couleur bleu azur. Olivia ne s'était jamais maquillée, et elle se demanda si elle n'aurait pas préféré quelque chose de plus discret, mais elle décida de faire confiance à Kaia. Elle était là pour profiter des expériences que le monde avait à offrir. Pas de demi-mesures.

— Ferme les yeux, ordonna Kaia.

Olivia sentit le pinceau lui chatouiller délicatement les paupières.

— Tu peux y aller, Cameo, reprit Kaia.

Cameo ne se fit pas prier.

— Tu disais savoir où vivent les autres immortels possédés par les démons de la boîte de Pandore, commença-t-elle.

— Oui, répondit tranquillement Olivia.

Cette fois non plus, le ciel ne parut pas s'offenser de ce qu'elle collabore avec les démons et ne déversa pas sur elle sa colère.

— La nuit où tu es arrivée au château, Aeron a rencontré en ville une étrange fille. Elle se déplaçait dans les ténèbres, entourée d'ombres qui hurlaient. Tu vois de qui il pourrait s'agir ?

Olivia acquiesça en silence.

— Reste tranquille, recommanda Kaia. Tu as bougé, j'en ai trop mis. Remarque, j'aime bien ce style un peu chargé. Mais ça m'étonnerait que ça plaise à Aeron.

— Désolée, dit Olivia en se raidissant. Tu parles sûrement de Scarlet, fille de Rhéa. Au cas où tu l'ignorerais, Rhéa s'est autoproclamée « Grande mère », mère de tous et de tous les dieux. C'est l'épouse de Cronos et c'est aussi une femme aigrie, pas besoin de vous expliquer pourquoi.

— Quoi ? s'exclama Cameo. La femme des ténèbres est la fille du roi des Titans ?

— Cronos n'est pas son père. Rhéa a fauté avec un guerrier myrmidon, à l'époque où ça n'allait pas entre elle et Cronos.

— Et pourquoi est-ce que ça n'allait pas ? intervint Kaia.

— Cronos voulait emprisonner leurs enfants, ceux que l'on a appelés ensuite les dieux grecs, à cause d'une prédiction annonçant qu'ils devaient un jour lui ravir le pouvoir. Rhéa lui avait demandé de se contenter de les bannir de l'Olympe et de les condamner à vivre sur Terre. Mais Cronos est un vieux têtu et il les a fait enfermer à Tartarus.

Cameo se racla la gorge avant de poursuivre.

— Et cette Scarlet, elle a été conçue à quelle époque ?

Cette voix larmoyante… Le cœur d'Olivia saignait à chaque mot prononcé par l'immortelle.

— Rhéa s'est liée avec le myrmidon quand elle cherchait un moyen de faire sortir les Grecs de Tartarus. Son amant l'a aidée à mettre son plan en action et il l'a payé de sa vie. Quoi qu'il en soit, les Grecs, une fois libérés, ont détrôné Cronos. Rhéa aurait voulu régner auprès d'eux, mais Zeus a eu peur qu'elle ne soit prise de remords et qu'elle ne tente d'aider son époux. Il l'a emprisonnée avec lui. Scarlet est donc née en prison et elle y a passé son enfance.

Kaia continuait à la maquiller, maniant avec dextérité pinceaux, crayons et bâtonnets. Olivia se sentait de plus en plus nerveuse, au point d'en avoir des brûlures d'estomac. Elle pria pour ne pas ressembler à un clown quand ce serait terminé.

— Cette Scarlet est donc possédée par un démon

qui serait Ténèbres ? Ou Noirceur ? Si c'est le cas, elle a de la chance. Elle possède le pouvoir d'attaquer sans être vue.

— Elle n'a pas plus de chance que toi, fit remarquer Olivia. Ton démon, par exemple, n'est pas forcément une malédiction. Sans Misère, il n'y a pas de Joie. Il faut avoir connu le malheur pour apprécier le bonheur. On pourrait faire le même raisonnement pour chacun des démons qui habitent les Seigneurs de l'Ombre. Dans le cas de Scarlet, c'est pareil. Mais son démon n'est aucun de ceux que tu as cités. Elle est possédée par Cauchemar.

— Eh bien ! s'exclama Kaia. Et moi qui pensais que les habitants de ce château étaient des veinards. Cauchemar… Je suis admirative.

Admirative ? Quelle drôle d'idée !

— Scarlet est habitée par des ténèbres insondables, expliqua-t-elle. Je ne vois rien d'admirable à cela. D'autant plus qu'elle a enfermé dans ces ténèbres les terreurs des humains.

Olivia entendit Cameo remuer. Sans doute se penchait-elle pour mieux entendre.

— Comment sais-tu tout ça ? demanda-t-elle.

— Au cours des siècles, j'ai eu l'occasion de rencontrer un certain nombre de démons. Et en tant qu'ange dispensateur de joie et de lumière, j'ai vu de près comment ils s'y prenaient pour ruiner la vie des humains.

— Super ! intervint de nouveau Kaia. C'est très intéressant. Et comment t'y prenais-tu pour débarrasser les humains de ces démons ? Je suppose que tu leur fichais une bonne raclée et que tu leur faisais pisser le sang.

Olivia eut envie de rire.

— Je ne les combattais pas moi-même, expliqua-t-elle. Si ma présence ne suffisait pas à les faire fuir, j'appelais un ange guerrier, ou un ange vengeur à la rescousse.

— Mais tout ça ne nous dit pas pourquoi tu es si bien renseignée sur Scarlet, fit remarquer Cameo.

Olivia rougit.

— Je surveillais Aeron depuis un certain temps, et je savais qu'il recherchait les immortels possédés par les démons de Pandore. Je me suis donc renseignée sur leur compte, et notamment sur Scarlet. Il en existe bien d'autres. Certains errent de par le monde, mais la plupart restent terrés. Ils se cachent.

— Intéressant. Est-ce qu'ils…

— A mon tour de poser une question, coupa Kaia. Cette Scarlet, elle serait plutôt amie ou ennemie ? Du côté du bien, ou du côté du mal ?

Olivia prit le temps de réfléchir avant de répondre.

— Ça dépend de ta définition du bien et du mal. Elle a été élevée dans une prison, parmi des criminels. Ensuite, on lui a attribué un démon. Puis elle a été lâchée sur la Terre. Tout ce qu'elle fait, elle le fait pour survivre.

— Comme nous, murmura Cameo.

Olivia songea qu'elle ne pouvait pas en dire autant d'elle-même. Les choix qu'elle avait faits récemment lui avaient été uniquement dictés par ses besoins. Elle aurait dû se sentir coupable, mais… Non, elle n'y arrivait pas. En suivant le chemin de sa liberté, elle trouverait peut-être Aeron. Et cela justifiait tout à ses yeux.

Tu le trouveras. Pas de « peut-être », lui souffla cette toute nouvelle assurance qui ne laissait pas de la surprendre.

Kaia avait enfin achevé de la maquiller, et le ballet des pinceaux et des brosses cessa sur son visage.

Admirant son œuvre, la harpie battit des mains avec un sifflement appréciateur.

— J'ai fait du beau travail. Je suis douée.

Olivia entrouvrit prudemment les paupières. En découvrant son image dans le miroir, elle poussa un cri étouffé. Elle s'était trouvée radieuse tout à l'heure, mais cette fois… Les ombres à paupières bleues magnifiaient le bleu de ses yeux. Le mascara noir allongeait ses cils en une courbe parfaite dont la pointe touchait presque ses sourcils. Le blush apposé sur ses joues lui donnait la mine rosée de quelqu'un qui sort du lit. Quant au rouge à lèvres, il lui faisait des lèvres pulpeuses qui semblaient appeler les baisers.

— Inutile de me proposer de devenir la marraine de votre premier enfant pour me remercier, déclara Kaia. Je n'accepte que le liquide. A présent, nous devrions aller en ville rejoindre Anya. Nous pourrions boire une bière et choisir un homme pour parfaire ta mauvaise éducation.

Subjuguée par sa propre image, Olivia suivit du bout de l'index le tracé noir qui donnait à son regard une sensualité presque inquiétante.

A présent, Aeron, tu ne pourras pas me résister.

C'était merveilleux d'avoir confiance en son pouvoir de séduction. Olivia se sentait transformée jusqu'au tréfonds de l'âme.

— Vous ne pouvez pas aller en ville, protesta Cameo. J'ai encore des questions à poser à Olivia.

Kaia leva les yeux au ciel.

— Tu n'auras qu'à les lui poser en ville, tes questions. Autour d'une bière. J'ai soif. Et si je me soûlais ici, sans Anya, cette garce serait capable de me couper la tête.

— Tu as vraiment réponse à tout, grommela Cameo.

— Je sais. N'est-ce pas formidable ?

— Tout dépend de quel point de vue on se place.

Elles continuèrent à se chamailler gentiment, mais Olivia n'écoutait plus. Elle pensait à Aeron. De nouveau, elle suivit du doigt la courbe de ses lèvres rouges. Non, il ne pourrait pas lui résister. Elle se demanda si ses lèvres à lui seraient douces. S'il mordait quand il embrassait. Elle allait enfin le goûter. Elle n'en doutait pas.

— Cccc'est elle ? siffla soudain une voix mauvaise. Cccc'est bien elle ?

Elle se leva d'un bond et fit volte-face, en titubant. Un petit démon se tenait au centre de la pièce et la fixait de ses yeux rouges et mauvais. Il avait sorti ses griffes, comme s'il s'apprêtait à attaquer. Il découvrait ses dents aiguës. Ses écailles se soulevaient comme des plumes qui se gonflent, et elles paraissaient aussi tranchantes que des tessons de verre.

Olivia eut l'affreuse impression que l'enfer venait la poursuivre jusque dans ce château.

Non ! Un cri d'horreur se forma dans sa gorge, mais elle ne parvint à émettre qu'un gémissement étouffé.

Du calme… Ne t'affole pas. Elle avait déjà aperçu cette créature en suivant Aeron. Il s'agissait de Legion. *Tu n'as pas à avoir peur d'elle.*

Elle se redressa et voulut ouvrir ses ailes pour s'équilibrer — puis elle se souvint qu'elle en était désormais privée. Elle déglutit péniblement.

— Bonjour, Legion, dit-elle d'un ton conciliant. Je suis Olivia. Je… je ne te veux aucun mal.

— Désolée. Moi, je te veux tu mal.

Cameo vint se placer en bouclier devant Olivia.

— Pas de ça, ordonna-t-elle. Ici, nous sommes tous amis.

— Je n'hésiterais pas à te tuer, si tu oses te mettre en travers de mon chemin, ricana Legion. Poussssse-toi. Cet ange est à moi.

Kaia vint en renfort près de Cameo. A elles deux, elles formaient maintenant un mur devant Olivia.

— Il faudrait que tu me tues aussi, dit-elle.

En dépit de la peur, le cœur d'Olivia se gonfla d'émotion. Ainsi, elles la protégeaient ? Elles la connaissaient à peine, mais elles la traitaient comme l'une des leurs.

— Alors ? insista Kaia. Tu as compris, petite démone ?

— J'ai bien compris, riposta Legion. Je te tuerai ausssssi.

Puis elle se volatilisa.

Olivia soupira, mais son soulagement fut de courte durée.

Legion réapparut, entre Kaia et Cameo. Avant qu'elles aient eu le temps de réagir, elle les avait déjà mordues au cou. Elles s'effondrèrent en même temps, en se tordant et en gémissant de douleur.

— Comment as-tu pu faire une chose pareille ? s'indigna Olivia. Elles sont tes amies. Elles voulaient seulement me protéger. Elles ne t'auraient pas fait de mal !

Les yeux rouges de Legion ne quittaient plus Olivia. Et plus ils la fixaient, plus ils luisaient de haine.

— Tu es bien naïve, répondit-elle.

Olivia se mit à trembler de tous ses membres — elle était maintenant seule et sans défense, à la merci du petit monstre —, mais elle tint bon.

— Aeron est pour moi, dit-elle.

Elle ne voulait pas renoncer à lui, quitte à en mourir.

La démone passa une langue pointue sur ses dents fourchues.

— Tu vas le payer cher, ange de malheur, cracha-t-elle.

Et elle bondit.

7

Sept jours. Sept maudits jours sur cette île et ils n'avaient toujours rien trouvé. Strider, gardien de Guerre, épongea avec une serviette son visage trempé de sueur. Il s'adossa à un rocher. Le soleil brillait, brûlant, plus agressif qu'à Budapest.

Il tenta de se calmer en écoutant le doux ressac de l'eau qui s'échouait sur les plages, tout en contemplant ce qui restait du temple de Ceux dont on ne prononce pas le Nom : quelques colonnes, et l'autel des sacrifices encore souillé de rouge. Il régnait dans ces ruines une atmosphère étrange et chargée, à vous donner la chair de poule.

L'île et le temple avaient surgi des eaux quelques mois plus tôt, mais des arbres avaient poussé autour du site sacré. Ils l'entouraient, à distance respectueuse, penchés à l'opposé des ruines, comme s'ils cherchaient à s'en éloigner.

La dernière fois qu'il était venu sur ce site, Sabin y avait rencontré des archéologues. Parmi eux, il avait reconnu des chasseurs venus afin de chercher les objets de pouvoir convoités par Cronos. Peut-être même ces chasseurs avaient-ils caressé l'espoir fou de déterrer la boîte de Pandore. Mais, aujourd'hui, le temple était désert. Plus personne ne semblait s'y intéresser. Pourquoi ?

Des archéologues, il ne restait que les os. Il ignorait de quoi ils étaient morts, et en était réduit aux suppositions. Autour de leurs dépouilles, pas une trace de chair ou de sang. S'ils avaient été dévorés par des animaux sauvages, on aurait dû trouver ici et là des restes de festin. Une flaque de sang. Un morceau de chair pourrie. Des traces de pas.

Mais il n'y avait rien de tout cela.

Une conclusion s'imposait. Seule une créature divine avait pu laisser derrière elle un carnage aussi propre.

Anya, déesse mineure de l'Anarchie, la petite amie de Lucien et bientôt sa femme — eh oui, horreur et damnation, cette peste avait prévu d'épouser leur compagnon — ne savait pas grand-chose au sujet de Ceux dont on ne prononce pas le Nom. Elle ignorait de quoi ils étaient capables, mais, d'après elle, ils avaient très bien pu dévorer les humains.

Strider réfléchissait. Il fallait trouver les objets de pouvoir. Mettre la main sur la boîte de Pandore. Eliminer les chasseurs de la surface de la Terre. Sa vie en dépendait. Sa paix intérieure aussi. Chaque jour, Guerre se plaignait un peu plus et un peu plus fort de ne pas avoir encore gagné l'ultime bataille. Il le torturait. Cela lui rappelait les premiers temps de leur cohabitation, quand il l'obligeait à défier sans discrimination ceux qui se trouvaient sur son chemin.

Depuis, il avait appris à le maîtriser. Mais, en ce moment, il se sentait au bord du gouffre.

— On dirait que quelqu'un a décidé de s'accorder une pause, lança derrière lui la voix rauque de Gwen.

Strider se retourna pour voir arriver Gwen, la magnifique femelle rousse de Sabin — plus puissante et plus mauvaise que tous les Seigneurs de l'Ombre réunis. Elle lui lança une bouteille d'eau fraîche qu'il attrapa au vol et vida d'un trait. Que c'était bon, cette eau glacée qui coulait dans sa gorge desséchée !

— Merci, dit-il.

— Je t'en prie.

Elle lui sourit et il eut l'impression de comprendre pourquoi Sabin était tombé amoureux d'elle. Les femmes comme elle, voleuses et menteuses, menaient les hommes par le bout du nez, c'était bien connu.

— Je l'ai volée à Sabin, avoua-t-elle d'un air satisfait.

— Je t'ai entendue, intervint Sabin en sortant de derrière le rocher sur lequel Strider était adossé.

Il rejoignit Gwen et la prit par les épaules.

Elle agrippa aussitôt sa main à la sienne et leurs doigts s'entrelacèrent, puis elle posa sa tête contre son flanc, dans une attitude de confiance absolue. Ils passaient leur temps à se taquiner, mais ils étaient unis. Cela se voyait.

Au début, Strider n'avait pas apprécié que Sabin choisisse Gwen pour femelle. Elle était la fille de Galen, le chef des chasseurs, leur pire ennemi. Ensuite, il s'était résigné, tout en songeant que ça ne durerait pas longtemps entre eux. Sabin était le gardien de Crainte, et Gwen, quand il l'avait rencontrée, était une créature inquiète comme une biche — au point qu'on l'avait surnommée Gwen la Timorée. Mais le démon ne l'avait pas détruite : c'était elle qui l'avait maté.

Elle s'était même transformée, grâce à Sabin, en une femme pleine d'assurance. Strider se demandait souvent comment ils avaient pu surmonter tant d'obstacles pour former un couple uni et heureux. Mais il ne les enviait pas. Il se félicitait au contraire d'être célibataire. Il appréciait les femmes. Toutes les femmes. Les prudes comme les coquines. Mais de là à se lier avec une seule… Non ! Sûrement pas.

Au cours des siècles, il avait eu plusieurs liaisons.

Pour lui, c'était toujours la même triste histoire. Quand ses amantes découvraient son obsession de gagner, elles ne pouvaient s'empêcher de lui lancer des défis.

Je parie que tu ne saurais pas comment t'y prendre pour que je tombe amoureuse de toi.

Je suis sûre que tu n'es pas capable de me convaincre que nous sommes faits l'un pour l'autre.

Et lui, il ne pouvait s'empêcher de montrer que oui, il savait s'y prendre et qu'il était capable. Il avait gagné bien des cœurs dont il n'avait su que faire ensuite. Maintenant, il avait compris. Il profitait d'une femme une fois, deux, trois si elle avait des qualités exceptionnelles au lit. Et puis... salut, au revoir, adieu.

— Tu avais besoin de t'isoler ? demanda Sabin tout en entraînant Gwen près de l'autel.

Strider comprit qu'il lui reprochait d'avoir abandonné son poste.

— Je réfléchissais, dit-il en haussant les épaules.

Il lui paraissait naturel d'obéir à Sabin. Sabin était solide et juste, il avait l'étoffe d'un chef. De plus, il était le genre d'homme capable de tuer sa propre mère pour gagner une bataille. Façon de parler, bien sûr, car les Seigneurs de l'Ombre avaient été façonnés par les dieux et n'avaient pas de mère.

— C'est la pause ? fit la voix de Kane, gardien de Désastre.

Il sortit de derrière une colonne et la lumière ambrée du soleil joua dans ses mèches brun et or, et aussi dans ses yeux aux reflets brun et vert.

Strider eut l'impression de ne l'avoir jamais vu si lumineux, si heureux. Il resplendissait, comme si le temple approuvait sa présence.

Une rafale de vent secoua les arbres et arracha une branche qui fut propulsée dans leur direction. Bien entendu, Kane la reçut en pleine tête, à l'arrière du crâne. Habitué à ce genre de désagrément, il continua à avancer sans même se retourner. Tout bien réfléchi, le temple n'approuvait pas sa présence...

Strider ne put s'empêcher de ricaner. Kane n'était pas pour rien le gardien de Désastre. Les plafonds s'écroulaient sur lui, les ampoules claquaient quand il se mettait à parler, il provoquait des éboulis, des tremblements de terre sous ses pieds.

Des pas crissèrent sur le gravier. Cette fois, il s'agissait d'Amun, Reyes et Maddox, les trois autres guerriers formant le groupe désigné pour fouiller le temple.

— C'est la pause ? demanda la voix caverneuse d'Amun.

Amun était comme toujours entièrement vêtu de noir. En tant que gardien de Secret, il ouvrait rarement la bouche, pour ne pas être tenté de dévoiler des secrets que les autres n'étaient pas prêts à entendre. Mais, depuis qu'il s'était laissé aller à parler, pour sauver Gideon, il était devenu un peu plus loquace.

Strider s'en réjouissait.

— On dirait bien, répondit-il.

Sabin leva les yeux au ciel.

— Tu donnes le mauvais exemple, fit-il remarquer.

— Quel mal y a-t-il à s'accorder un peu de repos ? protesta Maddox. Je suis épuisé. Et découragé. Cela fait des jours que nous travaillons sans relâche, et nous n'avons guère progressé.

Maddox, gardien de Passion, était le plus dangereux d'eux tous. Du moins, il l'avait été. Depuis qu'il avait rencontré Ashlyn, il s'était radouci. Il avait même dans les yeux une lueur tendre qu'il réservait toutefois à son Ashlyn.

— Nous avons fouillé le sol et passé chaque pierre de ce temple aux rayons X, gémit Reyes. J'ai même accepté de répandre mon sang sur l'autel des sacrifices, mais Ceux dont on ne prononce pas le Nom n'ont pas daigné se manifester.

Pour appuyer ses dires, Reyes, ouvrit ses bras couverts de taillades. Celles du sacrifice ou des mutilations qu'il s'infligeait ? Impossible de savoir.

— Que pourrions-nous faire de plus ? insista-t-il.

Tout le monde se tourna vers Sabin.

— C'est ici que nous avons appris que Danika était l'Œil qui voit tout, répondit Sabin. Je ne comprends pas pourquoi les dieux de ce temple refusent maintenant de nous aider.

Danika, l'Œil qui voit tout, était informée de ce qui se passait en enfer et au paradis. Elle savait ce que préparaient les dieux, ce que tramaient les démons. Malheureusement, tout cela lui parvenait sous forme de visions, dans le désordre, d'une manière anarchique, pas forcément quand ils en avaient besoin.

Sabin se mit à marcher en rond, tout en apostrophant les dieux.

— Tout ce que nous vous demandons, c'est où se trouvent les deux objets de pouvoir qui nous manquent ! hurla-t-il.

— Aidez-nous ! cria à son tour Kane, en entrant dans le jeu.

— Si vous refusez, je prendrai chaque pierre de ce temple sacré pour la jeter à la mer ! menaça Maddox.

— Et moi, je l'aiderai, ajouta Strider. Mais, avant, je pisserai dessus.

A peine Strider avait-il prononcé cette phrase que l'air devint épais et menaçant. Les oiseaux et les insectes se turent. Les feuilles des arbres elles-mêmes cessèrent de bruisser.

— Vous n'auriez peut-être pas dû menacer de vous en prendre au temple, murmura Reyes.

En effet, ils n'auraient pas dû.

Le monde autour d'eux parut se dissoudre et il ne resta que les colonnes et l'autel. Puis l'une des colonnes à terre se dressa et l'autel se mit à briller, tandis que son marbre blanc paraissait soudain immaculé.

En bons guerriers, ils se préparèrent à combattre et saisirent leurs armes.

Strider arma son Sig Sauer.

— Que se passe-t-il ? murmura Gwen.

— Je ne sais pas, mais attends-toi à tout, répondit Sabin.

Un autre guerrier aurait songé à protéger sa femelle en se plaçant devant elle. Pas Sabin. Pour lui, les femmes étaient les égales des hommes. Il aimait Gwen plus que tout, plus que sa vie, plus que la victoire — et tout le monde ici le savait. Mais tout le monde savait aussi que Gwen était plus vaillante et plus forte qu'eux tous réunis. Elle avait déjà sauvé plus d'un Seigneur de l'Ombre. Elle n'avait pas besoin de protection.

Strider avança de quelques pas pour se placer en avant. Il fallait toujours qu'il soit le premier.

Son démon chantonnait déjà de plaisir. *Gagne. Gagne. Tu vas gagner. Tu n'as pas le droit de perdre.*

— Je sais, grommela Strider. Je vais gagner.

Il tourna lentement sur lui-même, pour chercher l'ennemi du regard. Rien… Puis, sous ses yeux, là, entre deux colonnes, un être immense, mi-homme, mi-bête, se matérialisa.

La bête ne portait pas de vêtements, mais elle n'en avait pas besoin, car elle était recouverte d'un pelage semblable à celui d'un cheval. Des serpents qui lui tenaient lieu de cheveux dansaient en sifflant sur sa tête. Deux longs crocs dépassaient de sa lèvre inférieure. Ses mains étaient humaines, mais elle avait des sabots en guise de pieds.

Son torse était un impressionnant assemblage de

muscles, deux anneaux décoraient ses seins. Elle arborait des chaînes autour du cou, des poignets et des chevilles — chaînes qui la retenaient attachée aux colonnes.

— Qui es-tu ? demanda Strider.

Il ne lui demanda pas ce qu'il était. Un monstre ou un démon, probablement. Sa laideur en témoignait.

Il ne s'était pas attendu à ce que la créature lui réponde, et pourtant son silence l'exaspéra au plus haut point.

Mais il n'eut pas le temps d'exprimer sa colère. Une autre bête apparaissait, non loin de la première, juste derrière, elle aussi entre deux colonnes. Strider battit des paupières. Il s'agissait encore d'un mâle. Cette fois, seules ses jambes, ou ses pattes, étaient couvertes de poils. Son buste était marqué de cicatrices. Lui aussi était attaché.

Mais Strider ne s'y trompa pas. Même enchaînées, ces infâmes créatures n'étaient sûrement pas inoffensives.

— Par tous les dieux, regardez ! dit Kane en montrant quelque chose du doigt.

Une troisième bête, une femelle cette fois, venait de se matérialiser. Comme les mâles, elle était torse nu. Elle avait des seins généreux et portait des diamants au bout des tétons, au lieu d'anneaux. Une courte jupe de cuir dissimulait son sexe. Elle se tenait de profil et Strider distingua de petites cornes le long de sa colonne vertébrale, vision qui lui plut, car elles faisaient une prise facile pour un adversaire — pour un amant aussi, sans doute. Mais jamais il ne se serait accouplé avec une femelle à bec, d'autant plus qu'elle aussi était couverte d'une sorte de pelage.

Une quatrième et une cinquième bête suivirent aussitôt, hautes et larges comme des montagnes. Du crâne chauve de l'une suintaient des ombres noires et putrides. L'autre arborait des lames aiguës et luisantes en guise de cheveux.

Strider comprit qu'ils avaient devant eux Ceux dont on ne prononce pas le Nom.

Il commençait à regretter de les avoir invoqués.

Tu vas gagner, gronda Guerre.

Pour l'instant, ils ne nous menacent pas.

Heureusement, parce qu'il n'était pas sûr de vaincre de tels monstres.

La femelle fit un pas en avant et ses chaînes tintèrent. Les Seigneurs de l'Ombre ne reculèrent pas, ce qui parut lui plaire. Elle sourit, découvrant des dents aussi affûtées que des rasoirs. Limitée par ses liens, elle ne pouvait aller jusqu'à eux et les atteindre. Strider se sentit un peu rassuré.

— Une fois de plus, vous êtes venus souiller notre temple, dit-elle.

Sa voix était doublée des hurlements de milliers d'âmes qui souffraient, prisonnières de l'enfer. Leurs cris s'échappaient de sa bouche et résonnaient entre les ruines du temple. Strider eut l'impression de sentir leurs larmes ruisseler sur sa peau.

— Une fois de plus, nous vous faisons l'honneur de nous manifester, reprit la bête. Sachez d'abord que vos menaces ne nous impressionnent pas. Vous voulez profaner notre temple ? Essayez donc ! Si vous osez toucher, ne fût-ce qu'à une pierre de ce temple, vous pouvez dire adieu à vos attributs d'hommes.

Gagne !

Ce n'est pas un défi. Elle ne nous a pas défiés.

Strider avait la désagréable impression que la femme n'hésiterait pas à mettre ses menaces à exécution, et il n'avait aucune envie de perdre ses attributs masculins.

— Toutes nos excuses, dit Sabin, qui cherchait visiblement à éviter le conflit.

— Excuses acceptées, répondit la femme sans se faire prier.

Un peu trop facilement. Ce ton conciliant sonnait faux. Strider se tint sur ses gardes.

Il regretta que Gideon ne soit pas avec eux. En tant que gardien de Tromperie, Gideon détectait le mensonge mieux que personne.

— Emus par votre détermination et par votre courage, nous avons décidé de vous récompenser, poursuivit la femme.

Une récompense ? De la part de ces créatures ? L'estomac de Strider fut secoué de spasmes. Mauvais signe.

— Vous seriez donc prêts à nous aider ? demanda Reyes.

Ce naïf ! Cet idiot !

— A nous soutenir dans notre lutte contre les chasseurs ? poursuivit-il. A nous fournir le moyen de les éliminer ?

La monstrueuse femelle éclata de rire.

— Comme vous l'avez dit vous-mêmes, nous vous avons déjà aidés une fois, répondit-elle. Et sans rien vous demander en retour.

Le regard de la femme — un gouffre sombre et sans fond, à donner le vertige — vint se poser sur Strider, le clouant sur place.

— N'est-ce pas ? insista-t-elle.

Strider comprit que cette fois, pour obtenir de l'aide, ils auraient à payer le prix fort.

— Nous pourrions peut-être vous rendre service, suggéra Kane tandis que le sol se craquelait sous ses pieds.

Il fit un bond de côté pour ne pas tomber dans la fissure qui venait de s'ouvrir.

La femme prit un air dédaigneux.

— Nous n'avons nul besoin de vous.

— Nous verrons cela plus tard, intervint Sabin d'un ton dégagé.

Il tournait le dos à Strider, mais celui-ci devina qu'il se posait les mêmes questions que lui.

— Savez-vous où se trouve la Cape qui rend invisible et la Baguette ?

Elle le gratifia d'un sourire qui fit à Strider l'impression d'un revolver chargé, prêt à tirer.

— Nous le savons, dit-elle.

Strider se léchait déjà les babines. Ils étaient sur le point de toucher le gros lot. Une fois qu'ils seraient en possession des quatre objets de pouvoir, ils trouveraient la boîte de Pandore et ils la détruiraient. La guerre avec les chasseurs ne serait pas terminée pour autant, mais leurs adversaires de toujours auraient perdu une bataille décisive.

Les chasseurs convoitaient cette boîte pour y attirer leurs démons, ce qui revenait à les condamner à mourir, car les Seigneurs de l'Ombre ne faisaient qu'un avec les démons dont ils étaient les gardiens.

Mais s'ils mouraient sans que leurs démons soient attirés dans la boîte, ceux-ci seraient libérés et répandraient le mal, sans jamais être rassasiés. Méfiance, que l'on avait séparé de Baden, sévissait en ce moment sur la Terre.

Les chasseurs savaient qu'ils avaient commis une erreur en décapitant Baden. A présent, ils n'osaient plus tuer les Seigneurs de l'Ombre. Posséder la boîte de Pandore aurait résolu leur problème…

Ils avaient tout de même une solution de remplacement. Depuis peu, ils avaient capturé Méfiance et cherchaient à le faire entrer dans un nouveau corps. S'ils y parvenaient… Strider frissonna. Ces salauds n'auraient plus besoin de la boîte. Ils n'hésiteraient pas à les tuer, puis à s'emparer de leurs démons pour les obliger à s'incarner dans les personnes de leur choix.

Ils prétendaient œuvrer pour un monde meilleur et chercher à éradiquer le mal. Mais raisonneraient-ils de la même manière, s'ils devenaient maîtres du mal ? Sûrement pas. Il était difficile de renoncer au pouvoir. Strider, en tout cas, n'aurait pu s'y résoudre.

— Que voulez-vous de nous ? demanda Sabin d'un ton méfiant.

Apparemment, il s'attendait, lui aussi, à ce que les créatures exigent quelque chose en échange des objets de pouvoir.

La bête femelle eut un rire mauvais, encore plus cruel que la première fois.

— Pas si vite, ricana-t-elle. Avant de vous dire ce que nous voulons, nous tenons à vous montrer quelque chose.

Au-dessus de l'autel, l'air parut s'épaissir, puis des couleurs apparurent et se mêlèrent pour former une image mouvante semblable à un film. Strider reconnut Galen… Pas de doute, c'était bien lui, avec ses blonds cheveux, son séduisant visage, ses ailes blanches. Il portait comme à l'accoutumée une tunique blanche, comme s'il était vraiment un ange, et pas un guerrier immortel possédé du démon Espoir.

Il se trouvait dans une salle voûtée, près d'une grande femme mince d'une étrange beauté, avec un visage aigu, des cheveux noirs, une peau diaphane. Strider eut l'impression d'avoir déjà vu cette femme… Il fouilla dans sa mémoire. Danika… Cette femme figurait sur l'un des tableaux de Danika. Elle était dans le camp de leurs ennemis.

La scène peinte par Danika représentait la femme vingt ans plus tôt… Elle aurait dû paraître plus vieille que sur le tableau, mais elle n'avait pas pris une ride.

Elle n'était donc pas humaine.

Elle était vêtue de cuir noir et attachée à une table, mais elle ne cherchait pas à se libérer. Strider fut frappé par son expression déterminée. C'était impossible… Pourtant… En suivant son regard, il découvrit un spectre qui bondissait de colonne en colonne et courait sur le plafond. Il avait les yeux rouges, de longues dents pointues, une tête de squelette.

Il s'agissait d'un démon, cela ne faisait aucun doute. Et pas d'un démon mineur.

Strider en eut le souffle coupé. Il venait de comprendre.

— Baden, murmura Amun de sa voix d'outre-tombe, avec tant de nostalgie que Strider en eut le cœur serré.

Baden avait toujours eu quelque chose de spécial. Ils l'avaient beaucoup aimé. Plus qu'eux-mêmes. Plus que le reste de leurs compagnons.

Et ils l'aimaient toujours autant, même s'il était mort.

— Non, non, ce n'est pas possible, gémit Kane en secouant la tête.

Strider aurait voulu lui dire qu'il partageait son désarroi. Ce démon avait habité Baden, mais il n'était pas Baden. Pourtant, quelque chose en lui leur paraissait familier. Si familier… Ils en étaient tous bouleversés.

Entre en elle, ordonna Galen. *Si tu entres en elle, ce sera la fin de tes tourments. Tu auras enfin un corps. Tu pourras sentir, ressentir, goûter. Tu as oublié à quel point c'était agréable ? Tu pourras de nouveau détruire, briser la confiance des humains. Accomplir pleinement la tâche qui est la tienne.*

Briser la confiance des humains ? Galen parlait vraiment comme s'il s'adressait à Méfiance… Non ! Strider n'arrivait toujours pas à y croire.

Le démon se mit à grogner et continua à rebondir, en accélérant l'allure. Il semblait très agité. Avait-il compris ce qui se préparait ? Désirait-il entrer dans un nouveau corps ? Ou était-il trop excité pour comprendre ce qui se passait ?

Je t'en prie, supplia la femme. *J'ai besoin de toi. J'ai tant besoin de toi !*

Elle était donc consentante. Sans doute n'avait-elle pas mesuré les conséquences d'un tel arrangement. Pendant un siècle, elle se souviendrait à peine de son identité. Elle serait entièrement soumise au démon et de nombreux humains en paieraient les conséquences. Mais elle l'ignorait probablement.

Vas-y, insista Galen. *Tu le veux. Tu en as besoin. Tout ce que tu as à faire, c'est de la toucher, et tu seras soulagé pour toujours. Pourquoi hésiter ?*

Strider se demanda de nouveau si le démon comprenait. Galen était le gardien d'Espoir, et il possédait le pouvoir de faire miroiter aux êtres un avenir qu'ils n'auraient pas osé envisager sans lui. Sa force de persuasion était redoutable.

Tandis que Galen continuait à encourager le démon de sa voix cajoleuse, Strider sentait grandir en lui le désir de s'approcher de la femme pour poser ses mains sur elle. Se libérer de ses souffrances… Etre enfin heureux.

Le démon contempla fixement la femme, puis il parut changer d'avis et détourna le regard. Oui, il avait compris et mesuré l'enjeu.

Ne fais pas ça, supplia mentalement Strider.

Bien sûr, il aurait voulu qu'une partie de Baden se réincarne. Plus que tout au monde. Et ce démon possédait en lui un peu de Baden. Mais il ne fallait pas que son ancien compagnon vive dans le corps d'une ennemie.

Fais-le ! insista Galen sur un ton plus autoritaire. *Maintenant !*

Le démon continua à tourner en rond autour d'eux. Il avait du mal à se décider.

Galen commençait à s'impatienter. Il éleva les mains vers le ciel.

Très bien, dit-il. Comme tu voudras. *Tu peux choisir de passer le reste de l'éternité à errer comme un spectre. Misérable. Incomplet. Sans pouvoir étancher ta soif. Nous partons.*

Il étendit le bras pour détacher la femme.

Le démon gémit, puis gronda. A présent, il se déplaçait tellement vite qu'on ne voyait plus de lui qu'une forme indistincte qui s'approchait progressivement de la femme. Puis, brusquement, il se laissa tomber sur son ventre.

Le choc fut d'une extrême violence. La femme se mit à geindre et à gémir, ses muscles furent secoués de spasmes, son visage se tordit de douleur. Puis elle hurla.

Non. Non. Strider sentit ses jambes se dérober sous lui et il dut lutter pour ne pas tomber à genoux.

Galen arbora un sourire satisfait.

C'est fait. Enfin. A présent, nous n'avons plus qu'à attendre, pour voir si elle survit au choc.

Les portes de la salle s'ouvrirent et un groupe de serviteurs entra.

Devons-nous retourner au temple, Maître ? demanda l'un d'eux.

Strider n'entendit pas la réponse de Galen car l'image se mit à vaciller. Puis elle disparut.

Il y eut quelques minutes d'un silence horrifié.

Sabin fut le premier à se reprendre.

— Qu'est-ce qui s'est passé ? demanda-t-il.

Mais ce qui s'était passé, il ne le savait que trop bien. Si cette femme survivait, les chasseurs n'auraient plus aucune raison d'épargner les Seigneurs de l'Ombre.

Ils ne se contenteraient plus de les blesser pour les affaiblir. Ils chercheraient à les tuer. Ensuite, quand leurs démons seraient libérés, ils trouveraient un corps pour les accueillir. Et Galen fonderait une armée d'immortels possédés par des démons.

— Nous voulons voir ce qui se passe depuis que Méfiance est entré dans le corps de cette femme, dit Maddox en s'adressant à Ceux dont on ne prononce pas le Nom.

— Tu ne devrais pas employer ce ton avec moi, Passion, rétorqua la femme. Je te rappelle que votre ennemi cherche la même chose que vous. Il veut se procurer la Baguette.

Elle étendit les bras. Ses ongles étaient si longs qu'ils se recourbaient vers ses doigts.

— Mais la Baguette est un présent qui se mérite, ajouta-t-elle.

Maddox serra les dents, mais inclina humblement la tête.

— Toutes mes excuses, murmura-t-il.

— Qu'attendez-vous de nous ? intervint Strider. Demandez et nous obéirons.

Il était sincère. Il était prêt à tout pour obtenir la Baguette.

La réaction de Strider parut satisfaire la femme. Elle lui sourit.

— La Baguette vous sera remise en échange de la tête de votre roi.

Il y eut un silence horrifié.

— Je crains avoir mal compris, murmura Gwen en balayant ses compagnons du regard. On vous réclame la tête du roi des dieux ? La tête de Cronos ?

— C'est bien cela, répondit la femme sans la moindre hésitation.

Strider se demanda s'il pouvait accepter le marché.

Le roi des dieux était plusieurs fois intervenu pour les aider à remporter des batailles. Il était de leur côté, il voulait détruire Galen et les chasseurs. Pourquoi tenter de tuer leur allié, le plus puissant des immortels, au risque de s'en faire un ennemi s'ils échouaient ?

— Et pourquoi réclamez-vous la tête de Cronos ? demanda Kane.

— Je vous avais dit que ce ne serait pas facile, rétorqua posément la femme. Cronos est un dieu puissant. En le tuant, vous prouverez votre valeur. Il vous ressemble. Plus que vous ne le croyez. C'est en utilisant vos ressemblances que vous aurez le dessus sur lui.

Kane secoua la tête et une mèche de ses cheveux vint lui fouetter l'œil.

— Mais il est de notre côté, fit-il remarquer.

— En es-tu bien certain, guerrier ? demanda la femme avec un rire méchant. Tu ne penses pas qu'il n'hésitera pas à vous trancher la gorge, le jour où il n'aura plus besoin de vous ? Si vous ne nous rapportez pas sa tête, votre ennemi s'en chargera, et c'est lui qui recevra la récompense.

Galen… La tête de Cronos… Strider revit en un éclair le tableau de Danika. C'était bien Galen qui apporterait la tête de Cronos à ces monstres. Et il obtiendrait donc la Baguette en échange.

Ils ne pouvaient pas laisser Galen s'approprier cette Baguette ! Non ! Les conséquences seraient trop graves. Strider se sentit prêt à affronter la colère de Cronos.

— Vous ne nous avez toujours pas dit pourquoi vous vouliez la tête de Cronos ? demanda-t-il.

La créature fit claquer son bec.

— Il a fait de nous des esclaves et nous voulons la liberté. Je pense que tu nous comprends.

Strider comprenait, en effet, car il avait été lui-même

l'esclave de son démon. Malheureusement, la réponse de la femme ne laissait entrevoir aucune porte de sortie. Ces créatures étaient déterminées. Il n'y avait pas moyen de les fléchir.

Que se passerait-il quand elles seraient libérées de leurs chaînes ? Strider soupçonnait vaguement qu'elles n'apporteraient rien de bon sur la Terre.

— Vous avez besoin de réfléchir et nous vous accordons donc un délai, reprit la femme. En attendant, pour sceller notre collaboration, nous allons vous faire un présent. J'espère que vous l'apprécierez.

L'étrange sourire qui déformait son bec fut la dernière chose que vit Strider. Puis un éclair aveuglant l'obligea à fermer les yeux. Quand il les rouvrit, il se trouvait toujours avec ses compagnons, mais dans une forêt inconnue — plus précisément une jungle.

8

Olivia et Legion décrivaient des cercles en se toisant du regard. Quand la petite démone avait bondi, Olivia s'était écartée pour l'éviter et celle-ci s'était écrasée contre le mur. Olivia tentait maintenant de jauger son ennemie. Elle avait déjà vu des démons mineurs comme Legion combattre contre des anges — et perdre. Mais jamais elle n'en avait affronté un elle-même.

Les anges guerriers tenaient les démons comme Legion pour de piètres adversaires. Pour les atteindre, ils faisaient surgir de l'haleine du Seul et Unique une épée de feu qui brûlait bien plus que les flammes de l'enfer. Il suffisait qu'elle effleure les démons pour qu'ils se désintègrent.

Malheureusement, Olivia n'était plus tout à fait un ange, et elle ne pouvait plus forger une épée de feu.

Kaia et Cameo étaient toujours à terre, à se tordre de douleur, et leur peau avait pris une teinte verdâtre. Olivia en fut atterrée. Prisonnière de ce faible corps de mortelle, elle ne pouvait rien pour elles.

Rien d'autre que les regarder souffrir. Et combattre ce démon.

Mais, pour le combattre, il fallait d'abord qu'elle éveille en elle un sentiment qui lui était encore inconnu : la colère. La colère décuplait les forces des humains. Quand ils étaient furieux, ils trouvaient en eux des ressources insoupçonnées pour lutter contre l'adversité.

Elle s'efforça donc de songer à un épisode qui pouvait déclencher sa colère, et ne trouva que son séjour en enfer.

Elle aurait préféré s'arracher les yeux plutôt que de le revivre, et pourtant elle se força à se souvenir des flammes, de la puanteur, des mains gluantes et aventureuses des démons... Elle eut la nausée et son dégoût se mêla à la première étincelle de haine. Ensuite, son instinct prit le dessus et elle n'eut qu'à poser les yeux sur Kaia et Cameo pour oublier sa peur et se sentir de taille à lutter avec Legion.

— Tu vas mourir, l'ange...

Olivia serra les poings et se campa sur ses jambes du mieux qu'elle put. *Je suis forte.*

— Tu ne pourras jamais posséder Aeron, démon ! lança-t-elle.

Elle savait que les accents de vérité de sa voix devaient être insupportables à Legion.

— Je te le dis uniquement parce que tu dois le savoir et...

— Tais-toi ! hurla Legion en tentant de l'atteindre d'un coup de patte. Tais-toi !

Les griffes acérées de Legion passèrent à quelques millimètres d'Olivia quand elle se baissa pour esquiver l'attaque. Ce brusque mouvement la déstabilisa — décidément, elle regrettait ses ailes — et elle faillit tomber.

— Aeron m'aime ! hurla de nouveau Legion. Il me l'a dit.

Devant tant de naïveté, la colère d'Olivia fondit. Hélas, elle était programmée pour ressentir de la compassion. On ne se refaisait pas.

— C'est sûrement vrai, dit-elle d'un ton conciliant. Il

t'aime, mais pas comme un homme aime une femme. Il te considère comme sa fille.

— Non ! protesta Legion en frappant du pied et en sifflant de rage. Je ssssais qu'il m'épousera un jour.

— Si je pensais qu'il songeait à t'épouser, je n'aurais pas accepté d'être déchue pour vivre près de lui.

Elle ne cherchait pas à blesser cette pauvre petite chose qu'Aeron semblait tant apprécier, mais la pauvre chose était aussi un démon, et avec un démon, il fallait prendre le dessus, il n'y avait pas d'arrangement possible. Elle décida donc de l'assommer avec la vérité.

— J'ai déjà passé une nuit dans ses bras, tout contre lui, ajouta-t-elle.

Legion ne l'accusa pas de mensonge. Elle savait, comme tout le monde, que les anges ne songeaient pas à mentir. Elle s'arrêta net, sous le choc de cette révélation, le souffle court. Du venin se mit à goutter de ses crocs.

— Ce que tu ignores, c'est que ton désir de quitter l'enfer pour demeurer auprès d'Aeron l'a condamné à mort, reprit Olivia. C'est à cause de toi qu'on m'avait envoyé le tuer. Et c'est à cause de toi qu'on enverra bientôt vers lui un autre ange guerrier pour me remplacer.

Elle poussa un soupir.

— C'est par ta faute qu'il va mourir, conclut-elle.

— Non ! protesta Legion. Je tuerai ccccelui qui viendra te remplaccccer. Comme je vais te tuer aujourd'hui.

Puis, de nouveau, Legion attaqua, et cette fois Olivia n'eut pas le temps de réagir. Elles tombèrent ensemble, lentement, presque au ralenti. Olivia entendit le craquement sec de son crâne quand elle heurta le sol, et elle fixa avec horreur, le souffle coupé, les deux crocs luisants et suintants qui visaient son cou.

Elle eut le réflexe d'envoyer sa paume contre ces

vilaines dents qui la menaçaient, en les repoussant de toutes ses forces.

Tu es un ange. Elle est un démon. Laisse-toi guider par ton instinct et ta foi.

L'espace d'une seconde, Olivia crut que Lysander venait d'apparaître derrière elle pour la soutenir. Puis Legion fit entendre un grognement furieux et elle ne pensa plus à Lysander. Elle se sentait prête. Plutôt que de s'en remettre à des émotions qu'elle ne maîtrisait pas, comme la colère et la peur, elle décida de se fier à sa nature, de se laisser envahir par la foi et l'amour, comme le lui conseillait la voix. C'était pour elle le seul moyen de trouver le chemin de la force.

D'un revers du bras, elle envoya Legion à l'autre bout de la pièce. Celle-ci alla de nouveau s'écraser sur un mur et glissa jusqu'au sol. Mais ses yeux rouges et méchants ne la quittèrent pas.

Lève-toi. Tout de suite.

Olivia se remit debout et s'appuya contre un mur pour ne pas perdre l'équilibre, choix qui limitait ses mouvements, mais lui permettait de conserver l'équilibre.

Et, de nouveau, Legion fonça sur elle.

Elle se baissa et Legion heurta brutalement le mur, pour la troisième fois. Un nuage de poussière s'éleva et Olivia se mit à tousser, ce qui ne l'empêcha pas d'envoyer à Legion un coup de pied qui la fit littéralement s'envoler. La foi. Le bien contre le mal. Elle pouvait gagner. Elle avait dû blesser Legion, parce que du sang apparut sur ses écailles, au niveau de sa poitrine.

— Je ne te laisserai pas me faire de mal, démon.

— Tu n'es pas de taille à me battre, l'ange, ricana Legion.

Elle lui sauta dessus et s'agrippa, comme une plante

qui s'agrippe à un mur. Puis elle y alla de ses griffes et de ses crocs. Olivia riposta par des coups de poing, des deux mains, maintenant son adversaire à distance avec son genou — avec toujours autant de difficulté pour rester debout. Legion agitait la tête pour esquiver les coups, mais elle n'y réussissait pas toujours. Une pommette craqua. Elle eut le nez cassé.

A l'autre bout de la pièce, il y eut un fracas de verre brisé. Une silhouette sombre et ailée entra par la fenêtre et plana avant de se poser entre les deux femelles. *Aeron.* Son regard rencontra celui d'Olivia et, soudain, le temps fut comme suspendu. Il avait la bouche pincée. Ses tatouages s'étaient assombris, on distinguait à peine les couleurs.

Une vague d'excitation submergea Olivia et elle en oublia d'éviter la bouche de la démone, qui en profita pour la mordre sauvagement. Des crocs acérés comme des rasoirs entamèrent la peau tendre de sa main.

Olivia poussa un long hurlement quand le venin du monstre pénétra dans ses veines. Ce liquide maudit la brûlait comme de l'acide. La douleur était atroce. Elle n'osait plus regarder cette main, de peur de constater qu'il n'en restait plus que des cendres. Pourtant, quand elle y posa les yeux, elle vit que ses doigts étaient bien là, quoique légèrement enflés.

— Olivia ! hurla Aeron en se précipitant vers elle.

Ses genoux se dérobèrent et elle s'effondra, incapable de soutenir son propre poids. La main sur le cœur, elle tenta de respirer. Elle souffrait autant que le jour où on lui avait arraché les ailes.

Quelques instants plus tôt, pendant qu'elle se battait avec Legion, elle avait vu plusieurs fois les étoiles. A présent, des points noirs dansaient devant ses yeux, l'isolant totalement du reste du monde, la laissant seule et désespérée.

— Qu'est-ce que tu lui as fait ? s'écria Aeron.

Cette voix réconforta Olivia. Non, elle n'était pas seule. Il y avait Aeron. Près de lui, elle ne craignait plus rien.

— Je n'ai fait que me défendre, gémit-elle avec des lèvres qui tremblaient.

— Ce n'est pas à vous que je pose la question, rectifia Aeron, d'une voix douce, presque tendre.

Ses doigts râpeux lui caressèrent le front et écartèrent gentiment des mèches de ses cheveux.

En dépit de la douleur qui lui rongeait la main, Olivia parvint à le remercier d'un sourire. Aeron n'avait pas voulu d'elle au château, il avait fui, mais il se souciait tout de même de son bien-être. Il ne s'était intéressé ni à Kaia ni à Cameo, qui gémissaient encore : il était venu droit sur elle.

Elle ne s'était pas trompée. Elle avait sa chance, avec lui.

Il y eut un bruit de pas trottinants.

— Aeron… Mon Aeron… Cet ange n'est rien. Laissssse-la et…

— C'est toi qui vas nous laisser tranquille. Je t'avais dit de ne pas l'approcher et de ne pas lui faire de mal.

Les mains d'Aeron quittèrent le front d'Olivia, qui poussa un gémissement de protestation.

— Tu m'as désobéi, gronda Aeron.

— Mais…

— File dans ma chambre. Tout de suite. Nous réglerons ça plus tard.

Legion laissa échapper un sanglot étouffé.

— Aeron…

— Ne discute pas, reprit Aeron. File, je t'ai dit.

Il y eut un froissement de tissu. Il avait dû tourner le dos à Legion.

— Que vous a-t-elle fait, Olivia ? murmura-t-il.

— Ma main, gémit-elle en claquant des dents. Elle a mordu ma main.

Aeron lui saisit le poignet et contempla sa main blessée.

— Je vais m'occuper de vous.

— Elle a mordu Kaia et Cameo avant moi, dit Olivia. Il faut d'abord vous occuper d'elles.

Il ne répondit pas, mais se pencha sans un mot sur la plaie pour aspirer le venin. Elle se cambra de douleur et hurla, tout en tentant de retirer sa main, mais il tint bon, et continua à aspirer et à cracher, aspirer et cracher.

La douleur se calma peu à peu. La sensation de brûlure devint moins intense, la glace fondit. Olivia cessa de s'agiter et s'abandonna mollement sur le sol, comme une poupée de chiffon.

— Je vais m'occuper des deux autres, à présent, annonça Aeron d'une voix rauque.

Olivia suivit des yeux sa silhouette encore floue, qui se penchait sur Cameo pour aspirer le venin. Quand elle cessa de se plaindre et poussa un soupir de soulagement, il se tourna vers la harpie.

Il crachait une dernière goutte quand la porte de la chambre s'ouvrit à la volée. Deux guerriers entrèrent en balayant la pièce du regard. Paris tenait une sorte de revolver. William, deux poignards.

— Qu'est-ce qui se passe ? demanda Paris. Torin nous a envoyé un message pour nous prévenir que tu avais fait voler en éclats la fenêtre de Kaia.

— Vous arrivez juste à temps, ironisa Aeron.

— Quoi ? demanda William d'un air innocent. Je pensais te rendre service en prenant mon temps. J'étais persuadé que tu t'amusais au lit avec l'ange.

— Je vais tuer cette salope ! lança soudain Kaia en se levant d'un bond. Elle m'a mordue.

— Je me charge de punir Legion, coupa Aeron.

Il paraissait sincèrement gêné et désolé, mais déterminé.

— Tu la laisses tranquille.

Kaia posa un doigt sur la poitrine d'Aeron et se hissa sur la pointe des pieds, pour le regarder droit dans les yeux.

— Tu ne vas pas la punir, je te connais. Tu lui passes tout.

— Je m'en charge, répéta-t-il fermement.

— Calmez-vous, tous tant que vous êtes, intervint William. Apparemment, il y aurait eu un combat de femelles. Je regrette d'avoir manqué le spectacle. Pas de quoi en faire un drame.

Il se tourna vers Olivia, qui gisait toujours sur le sol.

— Cet ange femelle est décidément surprenante, fit-il remarquer d'un ton railleur. Elle me plaît de plus en plus.

Aeron grogna tout bas et vint s'accroupir près d'Olivia.

— Sors de là, William, ordonna-t-il. Personne ici n'a besoin de toi.

— Je voudrais tout de même rester un petit peu, pouffa William.

— Viens avec moi, je t'expliquerai tout, dit Cameo. Ça vaudra mieux que de te faire tuer par Aeron.

Elle se frotta le visage d'une main lasse, puis présenta son bras à William.

Celui-ci haussa un sourcil.

— Tu n'es pas mon genre.

Elle leva les yeux au ciel.

— Tu sauterais sur n'importe quelle femme. Mais rassure-toi, tu n'es pas non plus mon genre.

C'était bien envoyé, et ils en auraient ri si la voix de Cameo n'avait pas été si désolante.

Aeron souleva Olivia de terre et elle lui en fut reconnaissante, car elle était sans force et incapable de se relever seule. Ses muscles étaient tétanisés comme ceux d'un humain qui vient d'être secoué par un tremblement de terre. Il l'emporta sans un mot hors de la pièce.

— Chaque fois que je vous retrouve, vous êtes blessée, fit-il remarquer.

— Je suppose que je devrais vous remercier de m'avoir sauvée, dit-elle.

— Vous « supposez », l'ange ? ironisa-t-il.

Il l'avait appelée « l'ange », une fois de plus, ce qui signifiait qu'il n'avait pas compris — ni remarqué — à quel point elle avait changé. Elle soupira. Quand allait-il s'apercevoir qu'elle avait abandonné sa douceur et sa naïveté d'ange ? Et aussi sa tunique…

— Si vous me parlez comme ça, vous n'obtiendrez jamais de moi le moindre remerciement, dit-elle.

Il ne daigna pas répondre.

Elle lutta contre la déception qui l'envahissait.

— Alors ? insista-t-elle.

— Alors quoi ?

Il était décidément impossible.

— Vous croyez toujours que je suis faible et sans défenses ?

Une fois de plus, il ne répondit pas, et elle en déduisit qu'elle ne s'était pas trompée. Elle se renfrogna. Il méprisait les faibles, et elle n'avait aucune chance d'atterrir dans son lit — nue et pour la bonne cause —, s'il la prenait pour une mauviette.

Elle devait trouver un moyen de lui prouver qu'elle avait changé.

Elle songea d'abord à la force de la foi et de l'amour, mais elle eut l'impression que cela ne suffirait pas à régler son problème. De plus, elle n'aurait su dire si elle était amoureuse d'Aeron. Il lui inspirait un sentiment inconnu. Mais s'agissait-il de l'amour qui unit un homme et une femme ?

Tout ce qu'elle savait de cet amour-là, c'était que vous étiez prêt à mourir pour l'autre. Comme Ashlyn l'avait fait pour Maddox. Comme Anya avait failli le faire pour Lucien. Etait-elle prête à mourir pour Aeron ? Non. Sans doute pas. Elle n'avait pas offert sa vie contre la sienne, quand le Conseil des Anges l'avait convoquée — offre qu'il aurait sûrement considérée, parce que le sacrifice méritait toujours une récompense.

— Où m'emmenez-vous ? demanda-t-elle.

Mieux valait ne plus penser à ce qu'elle ressentait pour lui. Elle était trop sonnée pour réfléchir correctement. De plus, il se dirigeait vers sa chambre, là où il avait envoyé Legion... Elle ne voulait pas d'un nouvel affrontement avec la terrible petite démone. S'il croyait qu'elle accepterait de franchir le seuil de cette chambre, il...

— Dans ma chambre, dit-il posément.

Le ventre d'Olivia se noua.

— Mais...

— Legion n'y est pas. Elle m'a désobéi, comme d'habitude. Je l'ai sentie quitter ce plan d'existence.

— Votre lien avec elle est donc si puissant ?

Il acquiesça en silence.

Elle en fut atterrée. Legion avait donc raison, quand elle assurait qu'Aeron lui appartenait. Elle eut l'impression qu'on lui injectait de l'acide dans les veines. Elle ne voulait pas être reléguée au second rang. Elle voulait être la femme d'Aeron. Elle ne l'avait jamais su avec autant de certitude, maintenant que ses bras puissants l'entouraient et la soutenaient, maintenant que son cœur battait à son oreille et que son souffle chaud courait sur sa peau. Elle n'était pas disposée à le partager avec Legion.

Tu n'auras pas à partager. Tu le conquerras. A présent, tu es une femme pleine d'assurance et de combativité.

— Je suis désolé qu'elle vous ait mordu, dit Aeron d'un ton bourru. Il faut l'excuser. Elle n'est qu'une enfant et…

— Ah, non ! Là, je vous arrête…

Il s'était excusé. Très bien. Mais elle n'allait pas pour autant lui laisser dire n'importe quoi.

— Legion n'est pas une enfant. Elle n'est pas beaucoup plus jeune que vous. Elle a des siècles d'existence.

Gêné, il battit des paupières.

— Mais elle est tellement innocente…, protesta-t-il.

Innocente ? Olivia ne put s'empêcher de ricaner.

— Vous avez de drôles de critères, marmonna-t-elle.

Il fit la grimace, tout en entamant d'un pas alerte une volée de marches. Il la portait comme si elle n'avait pas pesé plus lourd qu'un fétu de paille.

— C'est que… Elle se comporte souvent comme une enfant. Et puis elle a ce défaut de langage… Et rien ne l'amuse tant que de se déguiser en princesse.

— Elle a passé sa vie en enfer, au milieu des démons et des âmes maudites. Le fait qu'elle aime se déguiser ne suffit pas à faire d'elle une innocente enfant. Elle est amoureuse de vous, Aeron.

L'était-elle vraiment ? Serait-elle prête à mourir pour lui ?

— Elle vous aime comme une femme aime un homme.

Il s'arrêta net, un pied en l'air, et inclina la tête pour la regarder droit dans les yeux. Ses iris violets avaient pris une taille démesurée.

— Vous vous trompez, dit-il. Elle m'aime comme une fille aime son père.

— Non. Elle veut vous épouser.

— C'est faux.

— Si. Elle me l'a dit. Et vous savez que je ne mens jamais.

Elle vit tressaillir un muscle de sa mâchoire.

— Si ce que vous dites est vrai…

— C'est vrai, Aeron, et vous le savez.

Il déglutit et secoua la tête, comme s'il voulait chasser de son esprit cette idée embarrassante.

— Je lui parlerai, murmura-t-il. Je lui expliquerai que rien de tel n'est possible entre nous. Elle comprendra.

Olivia soupira. Seul un homme était capable de faire à ce point l'autruche.

Il se remit à marcher et ne prononça plus un mot. Arrivé devant la porte de sa chambre, il poussa le battant d'un coup d'épaule. Olivia se raidit, méfiante, mais il avait raison, Legion n'était pas là. Elle soupira de soulagement tandis qu'il la déposait sur le matelas.

— Aeron…, murmura-t-elle d'un ton suppliant.

Elle craignait qu'il ne parte, qu'il ne la laisse seule dans cette chambre.

— Oui, répondit-il en se penchant sur elle pour lui caresser les cheveux.

Elle faillit ronronner d'aise.

— Je vous suis reconnaissante de m'avoir soignée, dit-elle.

— Ça va, ça va, répondit-il en se raclant la gorge. Vous souffrez encore ?

Il n'attendit pas la réponse et la balaya du regard pour s'en assurer. Puis, comme s'il découvrait seulement maintenant son accoutrement, il ouvrit une bouche étonnée.

— Mais vous… vous…

Enfin ! Ce n'était pas trop tôt.

— Ça vous plaît ? demanda-t-elle. Kaia m'a aidée.

Vas-y. Montre-lui que tu es une femme.

Elle se caressa le buste, tout en regrettant qu'il ne s'en charge pas lui-même. A part ça, c'était bon. Vraiment bon.

— Oui, c'est joli, reconnut-il d'une voix rauque. Oui.

— Et mon maquillage, qu'en pensez-vous ?

Il la dévisagea, et elle en profita pour souligner langoureusement du doigt le contour de ses lèvres.

— J'espère que Legion n'a pas fait déborder mon rouge à lèvres, minauda-t-elle.

— Non, non, c'est parfait, assura Aeron d'une voix toujours aussi altérée.

Etait-ce bon signe ?

Et après tout, zut, bon signe ou pas, elle devait le séduire ! Elle se lança.

Elle se pourlécha les lèvres — se délectant au passage de leur délicieux goût de noix de coco — et se hissa sur un coude pour allonger le bras vers Aeron. Puis elle posa la main à plat sur son cœur en le défiant du regard. Il eut l'air tellement surpris qu'elle prit conscience de sa hardiesse et rougit. Elle se sentait à présent déchirée entre le désir de retirer cette main effrontée et celui d'aller plus loin.

Mais, pour atteindre la joie, il fallait souvent dépasser ses limites. Du moins était-ce ce qu'on lui avait appris au paradis.

Alors, lance-toi !

— Tu peux m'embrasser, dit-elle, passant brusquement au tutoiement.

Pourvu qu'il dise oui…

Pendant quelques secondes, il demeura interdit et elle remarqua que sa poitrine ne se soulevait plus, comme s'il retenait son souffle. Ses yeux se voilèrent, ses pupilles se dilatèrent, les muscles qu'elle sentait sous ses doigts tressaillirent.

— Nous ne devrions pas, murmura-t-il. Tu es un ange.

— Un ange déchu, lui rappela-t-elle. J'aurais pu mourir, l'autre jour. Et aujourd'hui aussi, de la morsure de Legion. Sans avoir goûté à tes lèvres. Ç'aurait été un beau gâchis.

— Je ne devrais pas, répéta-t-il en se penchant lentement vers elle.

Il s'arrêta, à quelques millimètres de sa bouche.

Elle se retint de crier de frustration.

— Pourquoi ?

Elle voulait connaître les raisons de sa réticence, pour lui démontrer qu'il se trompait.

— Je ne veux pas qu'une femme me détourne de mon devoir, dit-il.

Au moins, il ne s'éloigna pas.

— De plus, je n'ai pas besoin d'une femelle. Je n'ai besoin de rien. Et surtout pas de distractions.

Elle ne trouva rien à répondre. Il paraissait si sûr de lui.

— Moi, j'ai besoin de distractions, dit-elle simplement, tout en le saisissant par la nuque.

Elle l'attira brutalement à elle.

Il aurait pu résister, mais il ne le fit pas. Il se laissa tomber sur elle et ils restèrent ainsi un long moment, immobiles et silencieux, à se regarder, le souffle court.

— Aeron…, murmura-t-elle enfin d'une voix rauque.

— Oui ?

— Je ne sais pas comment on procède, avoua-t-elle.

Cette phrase exprimait à la fois son désir et son désarroi.

— Je dois être vraiment un idiot, mais tant pis, dit-il avant de s'emparer de ses lèvres.

9

Elle est faible. C'est une mortelle.

Aeron ne cessait de se répéter ces mots, tout en embrassant Olivia à pleine bouche. Il savait qu'il regretterait ce baiser tout à l'heure, mais, en ce moment, il ne songeait qu'au désir qu'elle lui inspirait. Juste une fois. Plus tard, il la jetterait dehors.

A sa décharge, il était déstabilisé par le silence de Colère, qu'Olivia paraissait charmer et apaiser. En ce moment, son démon ronronnait, ravi de la tournure prise par les événements.

Imbécile.

Il ne pouvait se permettre de se laisser distraire par une femme. Perdre du temps à s'inquiéter à son sujet ou à la sauver chaque fois qu'elle avait des ennuis. Et elle en aurait, parce qu'elle était incapable de se débrouiller sur cette Terre, et qu'en plus elle avait décidé de s'amuser, ce qui augmentait les risques.

N'importe quel homme aurait choisi de l'aider à profiter des plaisirs de la vie, puisque tel était son souhait. William, par exemple… Les doigts d'Aeron se crispèrent sur les draps. Ce salaud de William était trop séduisant…

Elle est à moi. L'ange est à moi.

Colère revendiquait cette femelle, à présent ? C'était ridicule.

Elle n'est pas à toi. Et pas non plus à moi.

Et c'était bien dommage.

Avec ce nouvel accoutrement, Olivia n'avait plus rien d'un ange. Elle était devenue une femme. Une femme pulpeuse et tout en courbes — un vrai péché ambulant. Absolument irrésistible. Aussi, quand elle lui avait réclamé un baiser, il n'avait pas pu refuser, tout simplement parce qu'il n'en avait pas eu la force. Il n'avait plus pensé qu'à presser ses lèves sur les siennes, à entrouvrir sa bouche, à la fouiller de sa langue, à boire sa douceur et son innocence, à profiter pleinement de ce qu'elle avait à donner.

Et bon sang… Elle avait un goût de raisin, incroyablement sucré, qu'il pouvait pleinement apprécier maintenant qu'elle enroulait sa langue autour de la sienne. Elle avait les seins durs et se cambrait pour se frotter contre son sexe en érection. Elle se comportait comme une putain, mais ses mains caressaient tendrement ses cheveux courts.

Il sentait déjà qu'elle ferait une amante torride et pleine de douceur — un mélange qu'il appréciait plus que tout.

Il n'avait jamais compris le goût de certains de ses compagnons pour les femmes qui mordaient et griffaient au moment fatidique. Pourquoi mêler sexe et violence ? Pourquoi faire de l'amour un champ de bataille ? Il n'en voyait pas l'intérêt. Pas le moins du monde.

Les femmes qu'il avait connues — elles n'étaient pas nombreuses — lui avaient souvent reproché de ne pas se montrer assez entreprenant. Sans doute avaient-elle attendu autre chose d'un guerrier impressionnant comme lui, d'un tueur que rien n'effrayait. Mais il n'avait jamais accepté d'entrer dans les jeux pervers et agressifs qu'elles lui proposaient.

D'abord parce qu'il craignait de les briser en deux. Ensuite parce que ces jeux auraient excité son démon, qu'il préférait tenir à l'écart de ses ébats amoureux. Colère aurait été capable de le transformer en bourreau de ses partenaires.

Pourtant, s'il voulait vraiment être honnête avec lui-même, il devait s'avouer qu'il était tenté — oh, à peine ! — de pousser Olivia au-delà de ses limites, de la bousculer, de lui faire perdre la tête pour qu'elle se déchaîne et le supplie de lui donner du plaisir.

Colère ronronnait de plus en plus.

Mais que se passait-il ? Qu'est-ce qui lui arrivait ? Qu'est-ce qui arrivait à son démon ? La réaction de Colère aurait dû l'effrayer, lui faire craindre d'autant plus de perdre le contrôle, le pousser à prendre ses distances. Mais il n'en fit rien. Au contraire. Il embrassa encore plus goulûment Olivia, tout en ayant conscience qu'il prenait sans doute plus que ce qu'elle était disposée à donner.

Oui. Encore.

La voix de Colère n'était plus qu'un murmure, mais elle ramena Aeron à la réalité. Il s'écarta d'Olivia. *Je refuse de lui faire du mal,* dit-il à Colère. *Et tu le sais. Tu ne devrais pas te sentir concerné par ce qui se passe entre cette femelle et moi.*

Encore !

Aeron fut surpris. Pourquoi Olivia produisait-elle tant d'effet sur Colère ? Avait-il oublié qu'elle était un ange ?

Nous devons prendre nos distances avec elle, dit-il.

Le démon se mit à gémir, comme un enfant à qui l'on refuse un bonbon.

Encore. Elle a un goût de paradis.

Colère pleurnichant pour profiter du goût de paradis d'un ange ? Aeron en fut abasourdi. Jamais il n'aurait cru que Colère pouvait s'intéresser au paradis. Les anges et les démons étaient des entités contraires et ennemies.

— Aeron ?

Elle entrouvrit les paupières et ses longs cils noirs encadrèrent à la perfection ses magnifiques yeux bleus.

— Tes yeux..., murmura-t-elle en pourléchant ses lèvres humides et gonflées. Tes pupilles... Tu n'es pourtant pas en colère.

Qu'avaient donc ses pupilles ?

— Non, je ne suis pas en colère, confirma-t-il.

Pourquoi se posait-elle la question ?

— Tu es... tu es excité, c'est ça ?

Elle eut un petit sourire entendu qui le dispensa de répondre.

— Pourquoi me repousser, dans ce cas ? Est-ce que je m'y prends mal ? Donne-moi encore une chance, je t'en supplie. Je ne demande qu'à progresser.

Il s'écarta d'elle et la contempla fixement.

— C'est ton premier baiser ? demanda-t-il.

Il aurait dû s'en douter, d'autant plus qu'elle lui avait avoué ne pas savoir comment s'y prendre. Les anges restaient donc entièrement purs, y compris dans ce domaine ? Pas étonnant que Bianka ait choisi de vivre au paradis avec Lysander. Cette innocence avait quelque chose d'irrésistible.

Olivia acquiesça. Puis elle sourit de nouveau.

— Tu ne t'en étais pas rendu compte ? Tu as cru que j'avais de l'expérience ?

Pas vraiment... Mais il se garda bien de la détromper, pour ne pas gâcher sa joie. Il était le premier, et cela lui convenait à merveille. Un peu trop, même. Il se sentit brusquement submergé par une vague de possessivité qui ne lui plut pas du tout.

— Je crois que...

— Recommence, coupa-t-elle. J'en ai envie.

Innocente, mais gourmande. Oui, décidément, difficile de résister. Il se concentra.

— Je voulais justement te dire qu'il vaudrait mieux en rester là, protesta-t-il.

— Mais, cette fois, je viendrai au-dessus de toi, reprit-elle, comme s'il n'avait rien dit. J'ai toujours voulu être au-dessus. J'en rêve depuis que je te connais.

Elle était plus forte qu'il n'y paraissait et parvint à le repousser ; sans lui demander son avis, elle se plaça au-dessus de lui, à califourchon. Sa jupe trop courte qui remontait sur ses cuisses offrait une vue directe sur un endroit qui aurait dû rester dissimulé. Elle portait une culotte bleue. Et toute petite.

Aeron en eut l'eau à la bouche et ses mains se posèrent sur les genoux de l'ange pour les écarter, de manière à placer son sexe en érection au niveau de la culotte bleue. Il se mit à remuer, malgré lui. Bon sang de bon sang… Par tous les dieux. Il n'aurait pas dû faire ça.

Encore.

Elle renversa la tête en arrière en gémissant, et ses longs cheveux soyeux caressèrent son ventre. Comme elle poussait son buste en avant, il remarqua ses seins durs et tendus. Elle ne portait pas de soutien-gorge, ça ne faisait aucun doute.

Il en fut mécontent.

Elle plongea son regard bleu dans le sien et il se sentit brûlé jusqu'au tréfonds de l'âme.

— Je ne plaisantais pas quand je t'ai dit que j'avais besoin de m'amuser, dit-elle. L'agression de Legion m'a rappelé les tortures de l'enfer. Et j'ai besoin qu'on m'aide à oublier, Aeron. J'en ai vraiment besoin.

— Quelles tortures ? Qu'est-ce qu'ils t'ont fait ?

— Je ne veux pas en parler, dit-elle. Je veux un baiser.

Elle se pencha vers lui, mais il détourna la tête.

— Dis-le-moi, insista-t-il.

Il voulait vraiment savoir. Pour la venger. Colère gronda. Lui aussi réclamait vengeance pour Olivia.

— Non, répondit-elle avec une moue boudeuse.

— Dis-le.

Olivia grogna d'impatience.

— Je n'aurais jamais cru qu'un homme préférerait parler plutôt que de… plutôt que de…

Elle n'osa pas finir sa phrase.

Il serra les dents. Ce qu'elle était têtue !

— Même si j'acceptais de t'embrasser, je te préviens que je n'irais pas jusqu'à coucher avec toi, déclara-t-il.

Il se souvint brusquement de l'avertissement de Lysander.

N'en profite pas pour la souiller. Si tu oses la toucher, je t'enterrerai avec tous ceux que tu aimes.

Il se raidit. Dire qu'il avait failli l'oublier !

— Mais je ne t'ai pas demandé de coucher avec moi, protesta-t-elle d'un ton guindé. Je ne veux qu'un baiser, rien de plus…

Elle paraissait sincère, mais il eut tout de même du mal à la croire. Ou, plutôt, il n'avait pas envie de la croire, mais ça, il ne l'aurait jamais admis. Et s'il faisait l'amour avec elle, elle réclamerait encore plus. Les femmes réclamaient toujours davantage. Il n'était pas question de se compromettre à ce point. Et pas seulement à cause des menaces de Lysander.

Encore ! gémit Colère.

— Je consens à t'embrasser encore une fois, dit-il, tout en songeant qu'il devenait fou. Mais je ne te serrerai pas dans mes bras, poursuivit-il.

Après tout, un baiser, ce n'était pas grand-chose : on ne pourrait pas considérer qu'elle serait souillée. Et puis, bon sang, elle était là, au-dessus de lui !

— Ça ne m'engagera à rien vis-à-vis de toi, précisa-t-il.

Il tenait à être clair là-dessus.

— Et en échange, je te demande de me raconter ce que tu as vécu en enfer, conclut-il.

— Je suis une femme libre, je suis d'accord sur le fait que ce baiser ne t'engagera à rien, dit-elle avec un haussement d'épaules un rien exagéré. Et ça m'est égal que tu ne me serres pas dans tes bras. Je n'ai pas besoin à ce point d'être câlinée. Mais je ne peux pas te promettre de te parler de ce qui s'est passé en enfer.

Cette femme *libre* ne rêvait donc pas de se pelotonner contre lui ? Elle demandait juste un baiser. Eh bien, il en était ravi. Absolument ravi. Son indépendance lui convenait.

— Pour l'instant, je veux profiter de ta bouche et de ton corps, avoua-t-elle en rougissant.

Tiens… Il restait donc un zeste de timidité à cette femme si libre et indépendante.

— Mais ne t'inquiète pas, je veux juste me frotter un peu à toi. Donc, si tu es d'accord, nous pouvons commencer.

Il ne s'avoua pas qu'il était déçu qu'elle ne se montre pas plus exigeante. Elle avait tout de même parlé de se frotter un peu et il ne pensait plus qu'à ça. *Se frotter.* Il eut brusquement l'impression que de la lave coulait dans ses veines. Oui, oui, qu'elle se frotte donc !

Ce mélange de perversité et d'innocence était vraiment détonant.

Et lui, il était partagé entre la réticence et l'enthousiasme.

Il savait qu'il aurait dû arrêter ce petit jeu avant qu'il ne dégénère. Mais c'était au-dessus de ses forces.

Mais contrôle-toi, bon sang. Au lieu de tergiverser et d'essayer de se convaincre qu'il devait ou ne devait pas embrasser cet ange, il aurait mieux fait de manifester un peu de volonté.

— Comme tu l'as si bien dit, tu aurais pu mourir aujourd'hui, fit-il remarquer d'un air sombre.

Bon début. Rien ne le rendait aussi morose que d'évoquer la mort.

— Ta vie ne tient qu'à un fil, ajouta-t-il.

— Et alors ?

— Et alors ?

Il secoua la tête, incrédule. Ainsi, elle réagissait comme les humains et paraissait ne pas s'inquiéter d'être mortelle. Elle ne se traînait pas à genoux, pour qu'on lui accorde de nouveau l'immortalité. Il serra les dents. Décidément, il ne comprendrait jamais.

— Avons-nous fini de discutailler ? demanda-t-elle en rougissant de nouveau. Parce que si tu continues, je crois que je vais recommencer à me caresser, en attendant que tu te décides.

Elle n'attendit pas sa réponse et se mit à se pétrir les seins.

— Oh, oui, c'est bon ! gémit-elle.

Et, cette fois, il se demanda si elle rougissait de honte ou de plaisir.

Il déglutit péniblement.

— Nous n'avons pas fini de discutailler, comme tu dis. J'ai besoin de savoir pourquoi tu ne crains pas la mort.

— Tout a une fin, gémit-elle sans cesser de s'occuper d'elle. Toi aussi, tu vas bientôt mourir. Ça me déplaît, mais je ne pleurniche pas pour autant sur ton sort. Je tâche simplement de ne pas y songer. Je l'accepte, car on ne peut rien y changer, et je m'efforce de profiter de toi, de nous, tant qu'il est encore temps. Ruminer les problèmes est une mauvaise attitude qui détruit toute joie.

Il sentit tressaillir un muscle de sa paupière.

— Je ne vais pas bientôt mourir, protesta-t-il. Qu'est-ce que tu racontes ?

Elle se raidit et son visage se rembrunit. Il essaya de ne pas se désoler de ce changement d'humeur.

— Combien de fois devrai-je te répéter que tu ne verras même pas venir l'ange qu'on enverra pour te tuer ? dit-elle.

— Laisse tomber, tu ne me convaincras pas. Revenons plutôt à ce qui m'intéresse. Tu as renoncé à ton immortalité pour jouir des plaisirs terrestres et tu es aussitôt venue vers moi. Pourquoi moi, puisque tu savais que je n'en avais pas pour longtemps ?

Elle eut un sourire attristé.

— J'ai préféré profiter de toi un peu, plutôt que pas du tout.

Cette déclaration lui rappela celle de Paris et il en fut agacé. Ils se trompaient. Tous les deux.

— Tu me fais penser à un de mes compagnons, grommela-t-il. Un inconscient.

— J'aurais dû le choisir, plutôt que toi. Je préfère un inconscient qui joue le jeu, à un type qui reste sur la touche par peur d'être déçu.

Il découvrit les dents et grogna de rage.

Ne t'avise pas de faire avec quelqu'un d'autre ce que tu fais en ce moment avec moi.

Colère non plus n'avait pas apprécié la remarque et lui envoya des images de la tête de Paris sur un plateau.

Aeron se calma aussitôt. *Certainement pas. Tu ne toucheras pas à Paris.*

Elle est à moi.

A moi, rétorqua Aeron.

Puis il se rendit compte de ce qu'il venait de dire.

A personne, corrigea-t-il. *Je te l'ai déjà expliqué. Pourrais-tu maintenant la boucler et me laisser parler tranquillement avec elle ?*

— C'est fini, la discussion ? s'impatienta Olivia en caressant son ventre plat du bout des doigts et en s'attardant autour de son joli nombril. Si tu veux vraiment bavasser, nous pourrions choisir un sujet plus intéressant.

Ses yeux brillèrent, tandis qu'elle se mordillait la lèvre inférieure.

— J'ai une idée. Crois-tu qu'on peut mourir de plaisir ?

Bon sang… Elle revenait sur un terrain glissant. Aeron en eut des sueurs froides.

N'en profite pas pour la souiller.

— Je n'en sais rien, bougonna-t-il.

Il se redressa, avec l'intention de la repousser, de se lever, de l'abandonner dans cette chambre avec son désir. Il n'arrivait pas à la tenir à distance. Les images de la tête de Paris et la menace de Lysander n'avaient pas réussi à le calmer : il ne lui restait plus que la fuite comme option.

— Eh bien, moi, j'ai envie de le savoir et je m'arrangerai pour que nous trouvions la réponse, dit-elle.

Il se figea. Jusqu'où cet ange dépravé serait-il disposé à aller pour trouver la réponse ? Le mot « dépravé » acheva de l'exciter et son sexe se dressa. Il imagina Olivia les jambes écartées, en train de se caresser, de plonger ses deux mains dans le conduit chaud de son vagin.

— Pas de *nous,* dit-il d'une voix rauque. Débrouille-toi. Je dois y aller.

Reste, ordonna Colère.

Et, par tous les dieux, il ne chercha pas à lui résister et ne bougea pas, comme s'il était enchaîné à son lit. Il avait perdu tout désir de lutter.

— Sûrement pas, reprit Olivia. Tu ne peux pas me

quitter tant que nous n'avons pas échangé encore un baiser.

Elle posa ses mains sur sa nuque et enfonça ses ongles dans son cuir chevelu.

— Je crois que je sais comment m'y prendre, à présent, minauda-t-elle.

Elle l'attira à elle et plongea sa langue dans sa bouche.

Pas de doute, elle apprenait vite et bien.

Leurs dents s'entrechoquèrent. Ah ! la chaleur et l'humidité de cette bouche... Il en oublia ses bonnes résolutions. Il ne pensa plus qu'à ses lèvres. Il n'était plus question de partir.

— Oui, oui ! Encore !

Elle gémit et il avala le son décadent de son plaisir. Quand elle commença à se frotter contre son sexe, il put constater — à travers son jean pourtant épais — qu'elle était trempée. Il avait juré de ne pas se laisser piéger, mais il se cambra tout de même pour aller à sa rencontre. Et comme cela ne suffisait pas, il lui prit les fesses pour l'aider à accélérer la cadence.

— Je veux te goûter, gémit-elle. Partout. Partout.

— Moi d'abord. Je veux...

Non ! Tu perds la tête ! Ne pas la souiller. Ne pas la souiller.

La bouche d'Olivia lui suçait maintenant le menton, puis descendit vers son cou.

Oui, je vais la souiller. Jour et nuit.

Vas-y, encouragea Colère.

Non, non, il ne faut pas. Colère, aide-moi. Menace-la. C'est le seul moyen de m'arrêter.

Vas-y. Encore.

Encore, encore ! Tu ne sais donc dire que ça ?

Encore.

Aeron ricana de désespoir. Si tout le monde se liguait contre lui...

— Pourquoi moi ? gémit-il tout en reversant Olivia pour la clouer au lit.

Il avait prévu d'arrêter cette folie, mais il se jeta sur le creux de son cou et sur son épaule pour lécher, lécher encore. Ce pouls qui battait, là, méritait qu'on s'occupe de lui. *Pauvre crétin. Stupide démon. Délicieuse femelle.*

Ses mains allèrent se poser sur ses seins, toutes les deux, sans qu'il leur ait rien demandé. Grave erreur. Ils étaient parfaits, ronds, pleins, durs.

Continue à parler et ôte tes mains de là.

— Je représente tout ce que tu méprises, dit-il.

Elle ne pouvait ignorer qu'il était un démon. Ses péchés étaient tatoués sur son corps.

— Pas du tout, protesta-t-elle en enroulant ses jambes autour de lui. Je sais que tu es plein de bonté et j'ai besoin d'un être passionné comme toi.

Bon sang… Elle venait de trouver la position parfaite. Il ne manquait plus que ça.

— Je ne suis pas plein de bonté ! Surtout comparé à toi.

Visiblement, elle n'avait pas compris à qui elle avait affaire, sinon elle serait partie en courant.

— Je ne peux rien t'apporter de bon, insista-t-il. Tu es un ange.

Un ange qui l'allumait encore mieux qu'une putain… Il n'en revenait toujours pas.

— Un ange déchu, ne l'oublie pas. Et j'en ai un peu marre que tu ne cesses de faire allusion à ma nature angélique. C'est agaçant, à la fin. Et ce n'est pourtant pas facile d'irriter un ange, crois-moi. Même un ange déchu.

Ses mains se glissèrent dans son dos et caressèrent la fente de ses ailes.

Il poussa un hurlement et dut s'agripper à la tête de lit pour ne pas la griffer, tant le plaisir était insoutenable. Damné. Il était damné. Il n'y aurait plus moyen maintenant de résister à cette femelle.

Il se mit à transpirer. Son sang le brûlait comme de la lave en fusion. Jamais personne… C'était la première fois que… Où avait-elle appris ce truc ?

— Encore, ordonna-t-il.

Encore, renchérit Colère.

De nouveau, les doigts d'Olivia suivirent les deux fentes de son dos. Et, de nouveau, il hurla. La première fois, cette caresse lui avait mis les idées à l'envers. La seconde, elle lui liquéfia le cerveau. C'était foutu. Foutu.

Ils n'allaient pas s'arrêter à un baiser. Sûrement pas. Il allait lui donner tout ce qu'elle réclamait. Et aussi ce qu'elle n'osait pas réclamer.

Encore. Encore. Encore.

Olivia leva la tête pour lécher l'un de ses tétons.

— Mmm…, gémit-elle. J'ai toujours rêvé de faire ça.

Et elle reprit de plus belle. Puis, comme si cela ne lui suffisait plus, elle se mit à en mordiller le bouton rose.

Aeron la laissa faire. Jamais il n'avait permis à une femme de le mordre, mais il n'était plus en état d'interdire quoi que ce soit à cet ange, et d'ailleurs il n'en avait pas envie. Il voulait qu'elle continue. Et son démon le voulait aussi. Carte blanche. Il n'avait plus rien à lui interdire.

Elle passa à l'autre sein, pour faire bonne mesure, mais cette fois, elle l'attaqua directement avec ses dents, jugeant sans doute que lécher était une perte de temps. Aeron fut surpris du plaisir qu'il prenait à accepter cette morsure, à guetter le moment où ses petites dents entamaient sa peau, le piquant délicieusement. Et ça ne lui rappela pas la violence de Colère, comme il l'avait craint. Ça ne lui rappelait pas non plus ses ébats avec d'autres femmes. Ça ne ressemblait à rien de connu.

Elle lui dévoilait son désir sans la moindre retenue. Et pourtant, ça n'était pas encore assez. Il voulait plus. Plus loin.

— Encore !

Et Colère était de son avis.

Il lâcha la tête de lit et roula de nouveau pour placer Olivia au-dessus de lui. Elle fit glisser ses mains sur son ventre, le griffant au passage, tandis que son souffle rauque lui écorchait les oreilles. Il attrapa le bas de son chemisier et la fit passer par-dessus sa tête, pour libérer ses seins magnifiques. Il les avait caressés à travers la détestable barrière du tissu, mais il pouvait maintenant les admirer et constater qu'ils ressemblaient à des prunes bien mûres. Faim. Il avait faim. Il préféra détourner le regard et admirer son ventre lisse, qui paraissait si doux.

Oh, oui ! il était doux, ses doigts le lui confirmaient. Et sa peau était tiède. Il contempla ses mains tatouées qui tripotaient cette femme si délicate et les trouva presque obscènes. Mais il ne les retira pas pour autant.

Où sont la force et la volonté dont tu étais si fier ? Hein ?

Elles s'étaient envolées. Comme tout le reste.

Elle mêla ses doigts aux siens et il admira le contraste qu'ils formaient. L'innocence et le vice.

— J'adore tes mains, murmura-t-elle.

Vraiment, elle les adorait ?

— Je crois que j'aimerais bien un piercing, annonça-t-elle en caressant rêveusement les tatouages de ses mains.

— Un piercing où ça ? s'inquiéta-t-il.

— Au nombril.

— Non !

Ne pas la souiller.

Si elle mettait un bijou sur son ventre, il se détacherait sur sa peau et cela deviendrait impossible, pour lui, de regarder ailleurs. Il finirait pas craquer et y poser sa bouche. Puis il descendrait plus bas. Pour la souiller.

— Pas question, dit-il. Un ange ne porte pas de piercing.

— Un ange déchu a tous les droits, riposta-t-elle avec un sourire coquin. Mais ce n'est pas la question : nous avons commencé quelque chose qui me plaisait beaucoup et que j'aimerais bien reprendre. Assez parlé.

Elle recula pour placer sa bouche à hauteur de son nombril et se mit à le lécher, en faisant tournoyer sa langue sur ses tatouages.

Il se laissa retomber en gémissant sur le matelas. Cette langue inconvenante était si tiède… Et ces petites dents aiguës le piquaient délicieusement… *Encore.*

Mais quand elle défit le bouton de son jean et glissa ses doigts sous sa ceinture, il sursauta. Il fallait mettre fin à tout ça. Il ne pouvait pas aller plus loin. Le risque était trop grand.

Hélas.

Raisonnable. Montre-toi raisonnable. Il lui saisit le poignet.

— Qu'est-ce que tu fais ? demanda-t-il d'un ton ronronnant qu'il ne reconnut pas.

— Je veux voir ton…

Elle se passa la langue sur les lèvres, tandis que ses joues prenaient une couleur écarlate.

— Ton pénis.

Il faillit en avaler sa langue… *Ne pas la souiller. Se montrer raisonnable.*

— Et ensuite, je le prendrai dans ma bouche, ajouta-t-elle d'une voix qui tremblait.

Par tous les dieux ! Mais elle était déchaînée ! Il fallait que quelqu'un explique à Lysander que sa protégée était déjà souillée, pervertie, perdue.

— Je ne te laisserai pas prendre mon pénis dans ta bouche, dit-il fermement.

Crétin !

Ah, tiens… Colère connaissait donc un autre mot que « encore ».

Elle caressa du bout de ses doigts obscènes son ventre, puis ses seins. Ses mains tremblaient un peu, comme sa voix.

— Pourquoi ? J'en ai tellement envie…

— Tu es un ange, répéta-t-il pour la centième fois, tout en agitant la tête pour appuyer cette affirmation.

Il n'allait pas encourager cet ange dépravé à aller au fond du vice.

Et pourquoi pas, puisqu'elle te dit qu'elle en a envie…

Etait-ce lui, ou Colère, qui venait de parler ? Il avait les idées tellement embrouillées qu'il ne savait plus.

— Non, insista-t-il, autant pour elle que pour lui et pour Colère.

Que tout le monde l'entende bien.

Et toi, reste dans ton coin, ajouta-t-il à l'intention de son démon. *Tu n'es pas le bienvenu parmi nous.*

— Mais je suis un ange déchu !

— Déchu, peut-être. Mais ce n'est pas une raison.

Elle plissa les yeux d'un air mauvais et lui envoya un coup de poing rageur entre les seins.

— Très bien. Je suis une femme libérée et sûre d'elle, je sais que je peux trouver quelqu'un d'autre. J'aurais bien voulu goûter les plaisirs de la chair avec toi, mais j'ai appris ces jours-ci que l'on n'obtient pas toujours ce que l'on veut. William m'a déjà fait des avances, je pense que je n'aurais pas de mal à le convaincre de… Tu me comprends.

Quand elle se leva, comme si elle avait l'intention de mettre aussitôt sa menace à exécution — et sans doute qu'elle l'aurait fait, cette petite chatte, même si elle n'osait pas encore prononcer certains mots, ce qui prouvait qu'elle n'était pas aussi libérée qu'elle le prétendait —, une rage sourde s'empara d'Aeron. Il la saisit par le bras et la jeta sur le matelas.

Il n'était pas question que William pose ses sales pattes sur l'ange. Non !

Puis il s'allongea sur elle, en pesant de tout son poids.

— Je ne veux pas que tu prennes mon sexe dans ta bouche, mais j'accepte de te donner ta première leçon de plaisir, dit-il. A condition que ce soit proprement. Et sans te souiller de ma semence.

Tout en parlant, il faisait remonter sa main le long de sa cuisse.

Chaud. Humide.

A moi, dit Colère.

Aeron ne prit pas la peine de le contredire. Olivia écarta les jambes, d'instinct. Il glissa ses doigts sous sa culotte, au centre de son corps. Son sexe n'était pas chaud, mais brûlant, humide, dégoulinant. Il alla directement titiller de son pouce le point le plus sensible.

— Oui, gémit-elle. Oui. C'est si bon. Je... C'est exactement ce que j'avais imaginé.

Elle ferma les yeux et planta ses ongles dans son dos.

Loin de ses ailes, cette fois, mais tout de même, ça produisit son effet. Il avait envisagé de glisser délicatement un doigt en elle, mais ses geignements, ses encouragements, ses caresses passionnées emportèrent son désir vers de nouveaux sommets. Il ne put résister et poussa le plus loin possible son avantage. *Fais attention*. Mais elle ne parut pas s'en formaliser. Au contraire, elle apprécia et le lui fit savoir.

— Oui..., dit-elle en frottant son genou contre sa hanche. Encore.

Il se sentit contraint d'obéir — serait-il toujours aussi docile avec elle ? — et introduisit un deuxième doigt. Elle se mit à onduler, tout en le griffant, sans doute jusqu'au sang, à en juger par la douleur qu'il ressentait. Son sexe était encore emprisonné dans son jean, une chance, sinon il n'aurait pas pu s'empêcher de la pénétrer.

La pénétrer. Il ne songeait plus qu'à ça.

Et cela le conforta dans l'idée qu'ensuite, quand elle aurait eu son plaisir, il devait absolument s'en débarrasser. Elle lui posait trop de problèmes, elle lui ôtait tout sens commun, elle le perturbait.

N'oublie pas que tu ne dois pas la souiller. Quand tu la déposeras en ville, elle sera encore vierge.

Garde-la avec toi, gémit Colère.

Je t'ai demandé de te taire, s'énerva Aeron.

Il avait déjà à lutter contre lui-même, il n'avait pas besoin que son démon s'en mêle.

Et pourquoi Colère était-il brusquement si loquace ? Qu'avait-il à s'intéresser à une femelle, au lieu de chercher à punir des pécheurs ? Il était attiré par le paradis qu'elle représentait, il pouvait le comprendre, même si c'était surprenant. Mais pourquoi tant d'insistance ?

Il se demanda brusquement si son démon ne haïssait pas la tâche qui lui était confiée. Il avait toujours cru qu'il prenait un plaisir sans partage à tuer et à punir, mais peut-être s'était-il trompé. Et s'il éprouvait comme lui des remords ? S'il rêvait d'échapper à son sort ? S'il recherchait l'absolution ?

— Aeron ?

— Oui ?

— Pourquoi est-ce que tu ne bouges plus ? Je ne suis pas d'accord. Ce n'est pas terminé.

Elle redevenait exigeante. C'était agréable, d'un certain point de vue. Mais il n'avait pas envie de l'entendre réclamer, parce que cela entamait sa détermination. Et il n'avait pas non plus envie d'entendre Colère se plaindre.

Il les fit donc taire tous les deux en pressant sa bouche sur celle d'Olivia.

Il aurait voulu un doux baiser, mais elle ne s'en contenta pas et le fouilla d'une langue agressive, tout en laissant leurs dents s'entrechoquer.

Puis elle recommença à se frotter à lui, gémissant en cadence. Elle glissait déjà une main entre eux pour fouiller dans son pantalon et saisir son sexe à pleine main. Il soupira de plaisir et de douleur. Elle s'y prenait avec la maladresse des débutantes, mais c'était encore plus excitant qu'une main experte. Il se mit à remuer aussi, malgré lui. De plus en plus vite.

On frappa alors à la porte.

Il ne cessa pas son va-et-vient, parce qu'il ne pouvait pas. Elle caressait maintenant la fente de son gland, étalant les gouttes laiteuses qui perlaient déjà. Dans quelques secondes, il atteindrait l'orgasme. Pas question de s'arrêter en si bon chemin.

— Continue, ordonna-t-il.

— C'est tellement..., murmura-t-elle en serrant de plus belle. Je crois que je...

Il tressauta de plaisir et étouffa un cri quand on frappa de nouveau.

— Ne va pas répondre, dit Olivia avec agacement.

Puis elle fondit sur sa bouche, tout en le griffant et en le broyant entre ses genoux.

Il continua à faire aller et venir ses doigts en elle comme un piston. Elle le griffa encore plus fort, lui arrachant la peau, mais, par tous les dieux, que c'était bon. Et quand il revint titiller son clitoris avec son pouce, elle poussa un long hurlement qui le remplit de fierté — et qui déclencha pour de bon son orgasme.

Sa semence se répandit sur le ventre de l'ange,

tandis qu'il jurait, tout en frappant la tête de lit qu'il fendit en deux. Et tant pis si ça devait lui attirer le courroux de Lysander.

Une troisième fois, on tambourina. Aeron se laissa retomber. Il était vidé de ses forces, en sueur, haletant.

— Parfait, dit Olivia au bout de quelques minutes. Voilà au moins une chose de faite. C'était du beau travail et je te remercie. Je sais que certains hommes aiment les câlins après l'amour, mais il me semble t'avoir entendu dire que ce n'était pas ton cas, aussi…

Il eut la désagréable sensation qu'elle le congédiait, maintenant qu'elle avait obtenu ce qu'elle attendait de lui. Il en fut mortifié. Jamais personne ne lui avait parlé ainsi.

Parce que, justement, elle se trompait. Il mourait d'envie de la prendre dans ses bras et de se pelotonner contre elle. Il s'apprêtait d'ailleurs à le faire quand on frappa encore.

Furieux, il se leva d'un bond, rabattit le drap sur elle, et marcha vers la porte d'un pas résolu. Il se sentait sur le point de commettre un meurtre.

10

Qui pouvait bien tambouriner avec autant d'insistance ?

Aeron s'étant levé pour ouvrir, Olivia en profita pour détailler tout à loisir son corps nu. Elle admira le magnifique papillon qui déployait ses ailes au niveau de ses épaules, et songea avec fierté qu'elle l'avait caressé. Là où elle l'avait griffé, sa peau était encore marquée et sanguinolente. Elle aurait dû se sentir gênée, mais pas du tout : elle était fière, au contraire, de contempler son œuvre. Elle avait marqué l'homme qu'elle désirait et il avait eu un orgasme. Elle avait hâte de recommencer, mais cette fois en faisant pleinement l'amour avec lui.

Stupides intrus qui osaient les déranger pendant sa première leçon de plaisir !

Ils avaient intérêt à avoir une bonne raison d'insister de la sorte, sinon elle leur souhaitait de tomber dans les escaliers du château et de se rompre le cou.

Elle fut surprise de se découvrir une telle violence, puis elle songea qu'il y avait désormais de l'humain en elle, et qu'il était donc naturel qu'elle éprouve des sentiments humains.

Elle se demanda si la nouvelle Olivia avait donné envie à Aeron d'essayer la tendresse. Elle soupira d'aise. On verrait bien… La nouvelle Olivia était heureuse, même si elle aurait préféré terminer la leçon par un câlin.

La prochaine fois, peut-être… S'il y avait une prochaine fois, car il n'avait cessé d'affirmer que cela ne se reproduirait pas.

— Qu'est-ce que tu veux ? demanda Aeron d'un ton mauvais.

Son large corps cachait la personne à qui il s'adressait.

— J'ai entendu des cris, répondit Cameo en faisant un pas de côté pour jeter un coup d'œil dans la chambre, ce qui permit à Olivia de la voir.

Le désordre du lit dut renseigner Cameo, et elle en resta bouche bée de surprise.

Olivia lui adressa un sourire et un geste de la main. Elle ne se sentait pas gênée le moins du monde. Au contraire, elle jubilait. Vu qu'elle avait tout quitté pour connaître les plaisirs de la chair, l'inhibition n'était pas de mise.

De plus, elle n'était pas totalement ignorante. Au cours des siècles, elle avait eu l'occasion de voir les humains à l'œuvre. Elle savait ce qu'était le sexe, elle faisait la différence entre le bien et le mal en la matière. Avec Aeron, elle n'avait rien fait de mal. Ce qu'ils avaient partagé était pur et beau. Elle n'avait pas à avoir honte.

— Tu as l'air en forme, dit-elle à Cameo.

— Toi aussi, répondit Cameo.

Sa voix exprimait comme toujours tout le désespoir du monde, et pourtant Olivia crut y déceler une pointe d'ironie.

— Qu'es-tu venue faire ici, Cameo ? intervint Aeron, visiblement agacé.

Cameo se tourna vers lui avec une moue contrariée.

— Torin a repéré Cauchemar sur ses écrans de

surveillance. Elle est entrée dans un immeuble dont elle n'est pas ressortie depuis.

— Mais de qui est-ce que tu parles ? demanda Aeron, exaspéré. Je n'y comprends rien.

— De celle que tu appelles la femme des ténèbres. Olivia nous a dit qu'elle était possédée par Cauchemar. Bref… Nous nous rendons en ville et…

Elle jeta un regard en coin du côté d'Olivia.

— Tu viens avec nous ou pas ?

Aeron se raidit et parut hésiter.

— Je viens, dit-il enfin.

Il se tourna vers Olivia.

— Et toi aussi. Nous profiterons de cette balade en ville pour t'installer dans un pied-à-terre, en attendant que tu trouves un appartement.

Quoi ? Il avait donc toujours l'intention de se débarrasser d'elle ? Après ce qu'ils venaient de partager ? Bien sûr, il l'avait prévenue que cela ne changerait rien entre eux, mais c'était… avant. Elle n'allait pas se contenter de cette maigre incursion dans le plaisir.

Ne te laisse pas faire.

— Désolée, mais je ne suis pas d'accord. La ville est pleine de dangers, la mort me guetterait à chaque coin de rue, je ne peux pas accepter.

La mine atterrée d'Aeron lui donna envie de rire. Il avait décidément du mal à accepter l'idée qu'elle pouvait mourir à tout instant.

— Je vais donc rester ici, conclut-elle.

Et tu en seras ravi.

Il en serait ravi, mais il l'ignorait encore, comme la plupart des gens incapables de trouver seuls le chemin du bonheur. Elle allait donc l'aider.

Il se massa la nuque d'un air préoccupé.

— Nous avons déjà abordé ce sujet, Olivia, et il me

semble que j'ai été clair. Peu importe ce qui s'est passé entre nous, tu ne peux pas rester ici.

— Très bien, dit-elle.

Elle se leva en emportant le drap avec elle.

— Donc tu acceptes de me suivre en ville ? dit-il d'un ton soulagé, mais encore méfiant.

— Bien sûr que non.

Elle avait du mal à mettre un pied devant l'autre, avec ses genoux qui tremblaient, mais elle y parvint tout de même sans tomber. Elle passa devant Aeron en le frôlant. Seigneur, qu'il était grand et comme son corps était tiède… Au passage, elle adressa un clin d'œil à Cameo.

Elle avançait dans le couloir, quand une idée lui vint à l'esprit.

Elle se tourna vers Aeron et Cameo, qui la suivaient des yeux, interloqués.

— J'ai l'intention de visiter le château. Et au fait, Aeron, quand tu auras retrouvé Cauchemar, dont le prénom est Scarlet, sois gentil de ne pas me chercher pour passer ta mauvaise humeur sur moi. Sauf si tu as l'intention de m'aider à progresser en baisers, bien entendu.

Elle n'attendit pas sa réponse et disparut au coin du couloir en vacillant.

— Olivia ! appela-t-il.

Elle l'ignora et continua d'avancer. Il voulait probablement tenter de la convaincre, mais elle n'avait pas envie de discuter : juste de savourer ce qui restait des sensations de sa première leçon de plaisir.

— Olivia ! Je te rappelle que tu es pratiquement nue !

Nue ? Elle s'arrêta net et baissa les yeux vers le drap enroulé autour de ses seins. Un cri lui échappa. Elle pouvait se montrer nue à Aeron, mais pas circuler dans cette tenue alors qu'elle risquait de croiser les autres occupants du château.

Elle poussa un soupir et revint sur ses pas. De nouveau, elle passa devant Aeron, dont elle remarqua l'air furieux qu'elle se garda bien de commenter. Cameo, quant à elle, s'était déjà éclipsée. Aussitôt dans la chambre, elle laissa tomber le drap à terre et ramassa sa chemise qu'elle enfila. Elle n'avait pas quitté sa jupe et sa culotte, ce qui lui fit gagner du temps.

— C'est mieux comme ça, commenta-t-elle.

— Pas vraiment, dit Aeron. Du moins pas pour ce que nous allons faire. Parce que, j'insiste, tu viens avec moi.

Elle marcha vers lui, se hissa sur la pointe des pieds, lui embrassa la joue.

— A plus tard, minauda-t-elle. Et sois prudent.

Elle sortit, toujours en zigzaguant.

— Olivia !

Elle ne jugea pas utile de lui répondre et se concentra sur les nombreuses portes qui jalonnaient le couloir. Elle poussa la première, se demandant ce qu'elle allait trouver. Une salle de sport, bien sûr… Elle aurait dû s'en douter.

— Olivia, appela-t-il de nouveau, mais cette fois d'un ton résigné. C'est entendu. Tu restes. Fais comme tu veux. Je m'en fiche.

Quel menteur ! Il ne s'en fichait pas du tout. Du moins, elle l'espérait.

La pièce suivante était vide. Arrivée devant la troisième, elle entendit des voix. Mais elle n'allait pas se laisser intimider pour si peu et décida d'entrouvrir discrètement le battant.

Il s'agissait d'une chambre qui ressemblait à celle d'Aeron, excepté qu'on n'y trouvait pas d'alcôve tendue de dentelle rose. Les murs étaient noirs, les meubles en métal, un karaoké était installé dans un coin de la pièce. Une femme était assise au bord du grand lit et faisait la lecture à un homme allongé.

Elle n'avait pas dû être assez discrète, parce que l'homme se hissa sur un coude et tourna la tête dans sa direction. En la voyant, il voulut se lever, mais la femme l'en empêcha.

— Gideon ! Qu'est-ce que tu fais ? Tu sais bien que tu dois rester couché.

Gideon… Olivia fouilla dans sa mémoire. Elle avait devant elle le gardien de Tromperie.

— Je ne bouge pas, dit Gideon. Nous sommes seuls.

Elle ne s'était pas trompée, il s'agissait bien du gardien de Tromperie, lequel ne pouvait proférer une seule vérité sans souffrir le martyre. Lui aussi était beau garçon, avec des cheveux bleu électrique, des yeux bleus, un piercing au sourcil. Il avait l'air mal en point. A la place de ses mains, deux énormes bandages terminaient ses poignets.

Sois confiante et sûre de toi. Fonce.

— Désolée de vous déranger, dit-elle. Je passais par là et…

Après tout, elle ne disait que la vérité.

— Je suis Olivia, ajouta-t-elle en adressant un petit signe amical aux occupants de la chambre.

Ce démon la terrorisait autant que Torin, mais elle parvint à ne pas hurler et à se retenir de fuir. Quand elle avait rencontré Torin, elle était encore blessée et perturbée par son passage en enfer. A présent, elle se sentait plus forte — aussi forte que pouvait l'être une mortelle. Elle était de taille à affronter une rencontre avec Tromperie.

— Je suis la femelle d'Aeron, ajouta-t-elle.

Cela aussi, c'était la vérité. Du moins de son point de vue. Elle était venue ici pour Aeron et elle venait de s'allonger avec lui sur son lit pour l'embrasser et se frotter à lui. Elle était sa femelle.

Sa femelle.

Elle fut soudain submergée par des visions de sa première leçon de plaisir. Le corps d'Aeron était dur comme de la pierre, mais ses lèvres douces comme des pétales de rose. Ses mains l'avaient caressée, elle avait senti son énorme sexe en érection, il avait introduit ses doigts en elle. Ce plaisir... Cette chaleur... Cet incroyable abandon de soi... Elle n'avait jamais rien connu de tel.

A présent, elle savait que l'on pouvait mourir de plaisir.

— Tu es l'ange, dit la femme en souriant.

— L'ange déchu, précisa-t-elle.

Gideon se laissa retomber sur ses oreillers.

— Merveilleux, maugréa-t-il.

— Ne fais pas attention à lui, dit la femme. Il est d'une humeur de chien parce qu'il s'ennuie. Moi, c'est Ashlyn.

Ashlyn avait des cheveux et des yeux d'or, et elle était aussi délicate qu'une fleur.

— La femme de Maddox, précisa Ashlyn.

— Maddox, oui, je vois, le gardien de Passion.

Elle avait déjà aperçu Maddox, un géant aux cheveux noirs et aux yeux du même mauve que ceux d'Aeron. Et aussi au caractère indomptable, tout comme lui.

— Vous êtes mariés ? demanda-t-elle.

— Disons que nous avons fait une petite cérémonie intime, répondit Ashlyn en rougissant.

Elle se leva.

— Vous n'avez rien à craindre de Maddox, il est impressionnant, mais pas aussi méchant qu'il en a l'air, ajouta-t-elle.

Elle caressa son ventre rond.

— Et quand on le connaît, on se rend compte qu'il est vraiment adorable.

Olivia ne put s'empêcher d'avancer de quelques pas pour toucher le ventre d'Ashlyn. Les femmes enceintes l'avaient toujours attirée. Sans doute parce qu'elle savait qu'elle-même ne pourrait jamais avoir d'enfant. Les anges ne venaient pas du ventre d'une femme, ils n'étaient pas destinés à concevoir.

Mais à présent qu'elle était humaine… Peut-être que…

Un enfant avec Aeron ? Et pourquoi pas ? Il n'était pas interdit de rêver. Elle se laissa aller à imaginer à quoi ressembleraient leurs enfants. Ils ne naîtraient pas le corps couvert de tatouages, mais ils hériteraient des yeux mauves et des ailes de leur père, sans doute — tout le monde aurait dû avoir le droit de goûter au moins une fois au plaisir de voler. Ils auraient peut-être aussi le caractère buté de ce père, ce qui la rendrait folle, tout en l'enchantant.

Elle soupira et revint à la réalité.

— Tes jumeaux sont des êtres forts, dit-elle. Et très différents l'un de l'autre. L'un est le feu, l'autre la glace. Tu passeras le plus clair de ton temps à tenter de leur éviter des ennuis, mais ils te rendront heureuse.

Ashlyn en resta sans voix et contempla longuement Olivia en battant des paupières.

— Des jumeaux ? Comment sais-tu que ce sont des jumeaux ?

Olivia se mordit la langue en se rendant compte qu'elle venait de gâcher la surprise d'Ashlyn.

— Les anges possèdent le pouvoir de sentir avec précision les êtres qui poussent dans le ventre d'une femme, avoua-t-elle.

— C'est… c'est impossible, murmura Ashlyn.

Elle pâlit, puis devint verdâtre.

— Je ne porte qu'un enfant, je suis sur le point d'accoucher. Avec des jumeaux, mon ventre serait plus gros.

Olivia n'avait plus le choix. A présent, elle devait tout lui dire.

— Tu n'es pas sur le point d'accoucher. Tes enfants sont des immortels et réclament un temps de gestation plus long que des mortels. Mais ne t'en fais pas. Ils sont en parfaite santé tous les deux. Le garçon et la fille.

— Un garçon et une fille ?

Et zut ! Elle venait encore de la priver d'une surprise.

D'une main tremblante, Ashlyn repoussa derrière son oreille une mèche couleur miel.

— Je ne me sens pas très bien et je voudrais m'allonger, murmura-t-elle. Il faut que je prévienne Maddox. Je…

Elle posa des yeux exorbités sur Gideon.

— Ça t'ennuierait, si je…

— Oui, répondit-il en souriant. Ça m'ennuierait énormément.

Elle poussa un soupir de soulagement.

— Merci beaucoup, lui dit-elle.

Puis elle sortit de la pièce, comme en transe, sans même accorder un regard à Olivia.

— Je suis désolée ! lui cria Olivia.

Elle l'était… Et pour plus d'une raison. Le départ d'Ashlyn la laissait seule avec Tromperie, situation délicate dans laquelle elle n'aurait jamais cru se trouver un jour. Mais il était en convalescence et visiblement handicapé, et elle n'osa pas l'abandonner.

— Voulez-vous que je continue à vous faire la lecture ? proposa-t-elle.

Elle n'attendit pas sa réponse et, tout en s'asseyant sur le lit, elle ramassa le livre laissé par Ashlyn — un roman d'amour, pas possible !

— Je serais ravi, dit-il. J'adore votre voix. Elle ne me donne pas la chair de poule.

Elle comprit qu'il n'était pas ravi et que sa voix lui donnait la chair de poule. Donc il la rejetait.

Elle feuilleta le livre, en faisant de son mieux pour lui dissimuler sa déception.

— Ma voix est pétrie de vérité. Il reste encore un peu de l'ange en moi, même si je suis déchue. Je suppose que c'est ce qui vous met mal à l'aise. Je ne peux malheureusement rien y faire. Je pourrais sans doute mentir, mais je n'y tiens pas. Le mensonge me laisse un goût affreux dans la bouche. Et puis mentir n'est pas sans conséquences. On blesse les gens, on se dispute.

— Je ne sais rien à propos du mensonge, ricana Gideon. Mais je suis sûr que ce doit être grandiose et merveilleux de pouvoir mentir.

Elle comprit qu'il était de son avis. Et même, qu'il l'enviait de ne jamais mentir.

Pauvre garçon. Comme il devait souffrir...

— Vous voulez que je sorte de votre chambre ?

— Oui.

— Entendu.

Il ne la rejetait donc pas complètement.

— Est-ce que je peux lire pour vous ?

— Oui. Parce que je n'ai aucune envie de parler.

Bon... Elle allait donc devoir attendre pour savoir ce qu'était un roman d'amour.

— De quoi ne voulez-vous pas parler ?

— Pas de vous. Ça ne m'intéresse pas de savoir ce que vous faites ici.

— Vous seriez prêt à m'aider ? demanda-t-elle d'un ton plein d'espoir.

Non seulement elle n'avait plus peur de ce démon, mais en plus, elle lui réclamait de l'aide. Elle évoluait bien vite. Cela prouvait à quel point elle désirait réussir auprès d'Aeron.

— Certainement pas, dit Gideon avec un grand sourire.

Elle lui raconta sa chute, ce qu'elle espérait en venant ici, où elle en était auprès d'Aeron. C'était agréable de se confier à une personne totalement impartiale et qui ne la jugerait pas.

— Vous le haïssez donc ? demanda Gideon quand elle eut terminé.

Ce qui signifiait qu'il la croyait amoureuse.

L'était-elle ?

— Non. Oui. Peut-être.

Elle n'en savait toujours rien.

— Je ne cesse de penser à lui. J'ai envie d'être près de lui, de me donner entièrement à lui. Sexuellement, je veux dire, ajouta-t-elle en rougissant.

Ne sois pas timide.

— Mais il ne veut pas faire l'amour avec moi, acheva-t-elle en soupirant.

— Quel petit malin, notre Aeron, commenta Gideon avec un lent sourire, à la fois pervers et sensuel. Ecoutez, l'ange, je vais vous donner un avis parfaitement inutile. Ne vous glissez pas nue dans sa chambre cette nuit.

— La suggestion me paraît excellente, répliqua-t-elle tandis que son visage s'illuminait de joie.

Elle posa un pied sur le lit. Le cuir noir de sa botte luisait sous la lumière de la lampe de chevet.

— Les hommes apprécient de contempler une femme nue, je l'ai déjà remarqué, poursuivit-elle. Et j'ai aussi cru comprendre qu'Aeron n'avait pas envie que je montre mes seins à tout le monde.

Elle se sentit gênée de cet aveu et se rendit compte que sa nouvelle personnalité ne la protégeait pas de la honte.

— Vous vous trompez, ricana Gideon. Et, au fait, en ce moment, je ne peux pas voir votre culotte.

Montre-toi entreprenante, comme une vraie femme.

— Et elle vous plaît ?

Il battit des paupières, visiblement surpris par son audace.

— Elle est affreuse, affirma-t-il.

— Vraiment ?

Un homme reluquait son entrejambe et c'était agréable. Cela lui procurait même une étrange sensation de pouvoir.

— Vous voulez que je vous la laisse en souvenir ? Ce soir, j'entrerai nue dans la chambre d'Aeron, je n'aurai pas besoin de culotte.

Gideon éclata de rire.

— Non. Sûrement pas. Ça ne m'intéresse pas le moins du monde de garder votre culotte en souvenir. Et pas seulement parce que je suis certain qu'Aeron serait ravi de savoir que j'ai gagné la culotte de sa femelle.

« Sa femelle ». Il avait dit ça pour lui faire plaisir. Mais le mot émut tout de même Olivia.

— Très bien, je vous l'offre. Je vous la laisserai en partant.

De nouveau, il ne put s'empêcher de rire.

— Je ne vous apprécie pas du tout. Mais pas du tout.

Elle rougit.

— A présent que vous savez presque tout de moi, j'aimerais que vous me parliez d'Aeron. J'ignore tout de son passé. Je voudrais le comprendre, l'atteindre, l'empêcher d'avoir peur de la mort.

L'aider à se résigner à mourir.

— Pas question, répondit Gideon.

Il était donc ravi de lui rendre ce service.

Il se redressa sur ses oreillers. Une mèche bleue s'était coincée dans la tête de lit et il fit la grimace. Il voulut la tirer, mais avec ses mains bandées, il n'était bon à rien. Il poussa un soupir de frustration qui décida Olivia à lui venir en aide.

Elle se pencha vers lui pour délivrer délicatement la mèche.

— C'est mieux ? demanda-t-elle.

— Non, répondit-il en soupirant de soulagement.

— Tant mieux. J'adore la couleur de vos cheveux, vous savez ? Je me demande si je ne devrais pas teindre les miens.

Elle décida de réfléchir plus tard à la question et de s'en occuper en même temps que du piercing au nombril.

— Oublions Aeron, dit Gideon. Je ne dois pas commencer par quoi ?

— Je sais que le groupe de guerriers d'élite que vous formiez à été chassé de l'Olympe. J'ai entendu parler des horreurs que vous avez commises par la suite — des humains que vous avez tués et torturés, des pillages, des pays que vous avez dévastés en ne laissant derrière vous que des ruines, et j'en passe.

Il haussa les épaules.

— On vous a mal renseignée. Au début, nous avons su contrôler nos démons et nous n'étions pas habités par une terrible soif de meurtre et de destruction. Et quand nous avons perdu le contrôle, nous ne nous sommes pas sentis coupables de ce que nous avions fait.

Les Seigneurs de l'Ombre portaient leurs fautes passées comme un terrible fardeau. Ils se sentaient coupables. Un peu trop, sans doute. Ils avaient assez payé pour leur faute. Ils méritaient la paix.

— Aeron n'était pas un vrai guerrier, poursuivit Gideon. Ses actes de violence ne l'ont jamais perturbé.

Olivia mit quelques minutes à traduire. Aeron

avait pris un peu trop de plaisir à tuer, et il s'était haï pour cela.

— Poursuivez, supplia-t-elle.

Gideon acquiesça.

— La mort ne l'a jamais inquiété. Pour lui, il s'agit d'une fatalité nécessaire. Ensuite, quand Baden, notre détesté compagnon, n'est pas mort décapité, il a compris que les immortels étaient indestructibles. Et cela ne l'a pas du tout effrayé.

Le démon d'Aeron l'avait poussé à tuer tant d'humains qu'il avait fini par être obsédé par la mort. Quand son compagnon était mort, cette obsession s'était aggravée. A présent, il craignait de perdre ceux qui l'entouraient et se désolait à l'idée de ne rien pouvoir faire pour les protéger.

Un homme comme lui, qui valorisait par-dessus tout la force et le pouvoir, devait se torturer à l'idée de rester impuissant devant la mort. Sans doute était-ce ce sentiment d'impuissance qui le poussait à s'isoler. Il ne voulait pas se lier, pour ne plus souffrir de la perte d'un être cher.

Comment Legion s'y était-elle prise pour l'approcher ? Et par quel prodige avait-elle échappé à la punition de Colère ? Legion avait vécu une vie de pécheresse. Olivia en savait quelque chose. Elle sentait encore la trace de sa morsure.

— Quant à Legion…, reprit Gideon comme s'il avait lu dans ses pensées. Je crois qu'Aeron n'a jamais rêvé d'avoir une famille et qu'il ne considère pas Legion comme sa fille.

Aeron avait donc toujours rêvé d'une famille et il considérait Legion comme sa fille. C'était donc ça, l'explication… *Moi aussi, je pourrais faire partie de sa famille.* L'idée de devenir la belle-mère de Legion n'avait rien de réjouissant, mais pour Aeron, elle était prête à côtoyer ce petit monstre plein de haine.

— Je ne lis pas le désir dans vos yeux, l'ange, et j'en suis ravi. Aeron a toujours été attiré par les femmes passionnées. Vous êtes passionnée, ça se voit tout de suite.

Olivia fut atterrée par cette révélation. Aeron croyait préférer les femmes sages et réservées, mais d'après Gideon, il lui fallait une furie. Et, toujours d'après Gideon, elle ne serait jamais à la hauteur.

— Pourquoi tentez-vous de me décourager ? se plaignit-elle. Il y a quelques minutes, vous m'avez conseillé de me glisser cette nuit dans sa chambre.

— Mon ami Aeron n'a pas besoin d'un petit désagrément de temps à autre, ricana Gideon.

Il voulait dire par là qu'Aeron avait bien besoin d'un petit divertissement. Pour lui, elle ne représentait rien de plus.

Eh bien, il se trompait. Jusque-là, elle n'avait été que douceur. Mais depuis qu'elle vivait dans ce château, elle découvrait d'autres aspects de sa personnalité.

Au paradis, elle n'avait connu que la paix. Lysander avait été bon pour elle, comme les autres anges. Et elle aussi s'était montrée bonne pour tous.

Mais les choses allaient changer.

Dans les bras d'Aeron, elle s'était jetée à corps perdu dans la violence et le chaos. Elle s'était sentie libre, enfin, libre comme une bête sauvage. C'était lui qui avait tenté de la calmer, de la ramener à la tendresse, à des caresses délicates. Gideon ne savait pas tout.

Il t'a suppliée de lui caresser les ailes.

Ailes qu'elle avait griffées plus que caressées.

Pourtant, quand elle avait parlé du piercing au nombril, il avait paru choqué. Que dirait-il, si elle osait ? Et un tatouage, qu'en penserait-il ? Elle songeait vaguement à un papillon, pourquoi pas ? Mais il fallait que ça plaise à Aeron…

— Cette conversation m'a déprimée, dit-elle. Je ne vous reproche rien, c'est moi qui ai réclamé des détails. Mais à présent, si vous le voulez bien, je préférerais m'en tenir à vous faire la lecture. Ensuite j'irai vider les bouteilles d'alcool que vous rangez dans la cuisine, j'ai besoin de me changer les idées.

Elle avait constaté que les humains se réfugiaient dans l'alcool quand ils apprenaient une mauvaise nouvelle.

— On ne peut pas boire et lire en même temps, dit-il en désignant une rangée de bouteilles posées sur sa commode.

— Vraiment ?

Elle se leva précipitamment et alla ramasser autant de bouteilles que ses bras pouvaient en porter. Le liquide remua et un agréable mélange de parfums vint lui chatouiller les narines — pomme, pêche, citron, épices.

— J'appelle ça le « jus à rigoler », parce que les humains rient beaucoup quand ils en boivent. Je suis ravie de pouvoir enfin y goûter.

— Eh bien, vous n'y goûterez pas. Et surtout, ne vous avisez pas de m'en proposer.

— Avec plaisir, répondit-elle joyeusement.

Elle approcha un goulot de sa bouche et le fit boire à même la bouteille plusieurs longues rasades. Ensuite, elle vida ce qui restait. C'était brûlant et pas aussi bon que ce qu'elle aurait cru. Elle faillit même tousser. Puis elle vint se rasseoir et ouvrit le livre au hasard.

Sur la page, les mots lui parurent flous.

— « Elle prit ses seins en coupe et les pressa… » , lut-elle.

Oh mais c'était drôlement instructif, ce roman d'amour.

— « …imitant la caresse qu'il lui avait offerte quelques minutes plus tôt. Après quelques minutes de ce traitement, ses seins doublèrent de volume. C'était bon, mais elle aurait tout de même préféré ses mains à lui, et laissa échapper un gémissement de désir et de frustration. »

Oh…

Elle se demanda si elle connaîtrait de nouveau de telles sensations. Sûrement.

Elle s'empara d'une deuxième bouteille.

Aeron parcourait les couloirs du château, les mains dans les poches, les poings serrés. Il regardait droit devant lui et ne s'arrêta pas dans la cuisine, en dépit de la faim qui le tenaillait.

— Mais qu'est-ce que tu fais ? demanda Cameo, qui le suivait.

— Je cherche Olivia.

Il voulait lui poser quelques questions. Et il ne recommencerait pas à l'embrasser, même s'il ne pensait qu'à ça depuis des heures, au lieu de chercher activement Cauchemar. Il commençait à se demander s'il n'était pas obsédé par l'ange, comme il avait été autrefois obsédé par le désir de tuer Danika. Il était peut-être victime d'une malédiction sans le savoir.

Sauf qu'il n'avait pas la moindre intention de tuer l'ange.

Pour être honnête, il avait plutôt envie de terminer ce qu'ils avaient si bien commencé. Ils avaient eu tous les deux un orgasme, mais il n'avait pas coulé en elle, il ne l'avait pas entièrement possédée.

Il l'avait tout de même souillée en répandant sa

semence sur son ventre et cela allait lui attirer les foudres de Lysander. Il ne s'en inquiétait pas vraiment. Lysander ne s'était pas encore montré. Et puis, à présent, il n'avait plus rien à perdre et plus aucune raison de se priver de la suite.

Plus aucune raison de se priver. Mais oui, au fond... Il changea brusquement d'avis. Il n'allait pas interroger l'ange, mais se jeter sur elle et la déshabiller. *Voilà que ça recommence. Tu penses à elle au lieu de t'occuper des affaires importantes.*

Son démon ne disait plus rien, mais ça ne l'aidait pas beaucoup. Et si ce crétin de Colère recommençait avec ses « encore », il allait se mettre en rage. Et pour de bon.

Reprends-toi. Il devait l'interroger, pas la déshabiller. Sauf si elle portait des vêtements trop serrés qui la gênaient pour respirer.

Concentre-toi. La questionner. Elle l'avait prévenu qu'ils ne retrouveraient pas la femme des ténèbres, celle qu'elle appelait Cauchemar, ou Scarlet, et elle ne s'était pas trompée. Comment avait-elle pu deviner que cette immortelle disparaîtrait sans laisser de traces ?

Il avait besoin d'elle parce qu'elle savait pas mal de choses qu'il ignorait. Mais il ne la garderait pas pour autant près de lui. Sûrement pas. Pourtant, la déshabiller...

Il envoya son poing dans le mur.

— Eh bien ! s'exclama Cameo d'un ton incrédule. Elle te plaît à ce point-là ? J'avais remarqué qu'il y avait quelque chose entre vous, mais de là à te mettre dans un état pareil...

— Changeons de conversation, dit-il sèchement.

— Comme tu voudras.

— Puisque tu insistes pour savoir... Mon problème,

c'est que je ne comprends pas cette femme et que ça me rend fou.

Il se confiait rarement à ses compagnons, pour ne pas les perturber avec ses ennuis personnels. Mais, cette fois, il se sentait désorienté. Il avait besoin d'aide. Avant de perdre complètement la boule.

Sur le palier, il s'arrêta, et Cameo fit de même.

— Avec elle, je ressens ce que je n'ai jamais ressenti, et je désire ce que je n'ai jamais désiré, murmura-t-il en passant une main lasse sur son visage. Je crois que Cronos est en train de me donner une leçon. C'est la seule explication à ce qui m'arrive.

Aucune autre femme ne l'avait jamais troublé à ce point.

— Je regrette d'avoir mis le roi des dieux au défi de m'envoyer une femelle qui me repousserait.

Il se tut et parut réfléchir.

— Elle ne me repousse pas, au contraire. Elle ne peut donc pas être envoyée par Cronos. Bon sang… Je n'y comprends rien. Je crois que je débloque.

Cameo lui tapota gentiment l'épaule, et un soupçon de compassion se mêla à l'expression abattue qui la caractérisait. Elle allait ouvrir la bouche pour répondre, quand ils entendirent un sanglot de femme.

Ils échangèrent un regard surpris, puis Aeron se mit à courir. C'était Olivia. Cela venait de la chambre de Gideon.

Un rire masculin résonna en réponse au sanglot et Aeron fronça les sourcils. Il aurait dû se réjouir d'entendre rire Gideon, parce que cela signifiait qu'il allait mieux. Mais il ne s'en réjouit pas. Pas du tout.

Il entra comme un fou dans la chambre. Olivia était allongée sur le lit, la tête au creux de l'épaule de Gideon, agitée de sanglots. Et Gideon, ce sans-cœur, riait à gorge déployée.

— Qu'est-ce qui se passe ? demanda Aeron en se précipitant vers le lit.

Son sang le brûlait comme de la lave, mais cela n'avait rien à voir avec la jalousie. Il était simplement furieux qu'Olivia dérange l'un de ses compagnons. Et il n'avait pas du tout envie d'étriper ce salaud de Gideon.

— Quelqu'un devrait m'expliquer ce qui se passe avant que je ne commette l'irréparable, gronda-t-il.

Elle est à moi, rugit Colère.

Il n'avait pas dit « encore ». Il y avait du progrès.

— Aeron, murmura Olivia.

Elle posa sur lui ses yeux baignés de larmes, puis détourna le regard. Elle osa même s'agripper au cou de Gideon, en le serrant comme si sa vie en dépendait. Ses larmes mouillaient la chemise du guerrier. Son corps, toujours agité de sanglots, tressautait contre le sien.

— Maintenant, il est en colère, gémit-elle.

— Si tu lui fais du mal…, menaça Aeron.

Bon, il pouvait bien l'avouer. Il était prêt à poignarder Gideon.

Il ne s'en était jamais pris froidement à l'un de ses compagnons. Il lui était arrivé de leur cogner la tête contre un mur, mais uniquement pour leur remettre les idées en place.

Cette fois, il n'était plus très sûr d'être en mesure de se retenir. Et le responsable ne serait pas Colère. Bizarrement, Colère ne lui envoyait pas d'images pour l'inciter à punir Gideon.

Cette femme n'est rien pour toi et tu prévoyais de t'en débarrasser à la première occasion, se répéta-t-il, tout en s'efforçant de l'arracher aux bras de Gideon.

Mais elle s'agrippait à ce traître. Elle refusait de le lâcher.

Il tira d'un coup sec.

— Gideon ! Réponds-moi. Que s'est-il passé ? Que lui as-tu fait ?

— Je lui ai tout fait, expliqua Gideon avec un sourire contrit. Il se trouve qu'elle a le vin gai.

Elle avait bu. La douce et pure Olivia s'était soûlée ? Elle avait été corrompue un peu plus, par un autre que lui ?

Cet aveu décupla la fureur d'Aeron. Une fureur noire qui se répandit dans tout son être. Oui, il était jaloux. Jaloux à en crever.

— Oh… Aeron, gémit Olivia entre deux hoquets.

Elle se décidait finalement à chercher du réconfort auprès de lui…

— Je n'ai plus mes ailes et tu es décidé à me jeter à la rue, seule et sans défense. Legion m'a manifesté une telle haine qu'elle a réussi à déclencher ma colère. Jamais de ma vie je n'avais été en colère, Aeron. Et ça ne m'a pas fait du bien. Je sais beaucoup de choses, Aeron, et je pourrais vraiment t'aider, mais tu ne veux pas de mon aide. Je me demande parfois si Lysander n'avait pas raison. Il vaut peut-être mieux que je rendre chez moi, au paradis.

Il se souvint de l'état dans lequel il l'avait trouvée quand elle venait de perdre ses ailes. Sous le choc, la tunique souillée de sang, au bord de l'agonie. Il se souvint aussi de sa souffrance quand Legion l'avait mordue. Et soudain, il se sentit terriblement coupable et… Quoi ? Elle avait parlé de retourner au paradis ?

— On t'accepterait de nouveau au paradis ? demanda-t-il d'un ton incrédule.

— Oui…

Elle renifla.

— On m'a accordé quatorze jours pour réfléchir. Je crois qu'il m'en reste dix. Je ne sais plus trop. Mais si j'accepte de redevenir un ange, je serai ensuite chargée de te tuer. C'est à cette condition que les anges m'accepteront pleinement comme l'une des leurs.

Si elle retournait au paradis, on l'obligerait à le tuer. Ou du moins à essayer. Il songea qu'il était prêt à prendre le risque. Là-bas, au moins, elle serait loin de sa néfaste influence, loin de sa violence, à l'abri.

— Je n'ai pas besoin que tu te sacrifies pour me protéger, Olivia, dit-il.

Les sanglots d'Olivia redoublèrent.

— Tu dis ça, et pourtant tu passes ton temps à protéger les autres.

Il se demanda si elle n'avait pas l'intention de le tuer à force de gentillesse et de larmes. Il avait déjà l'impression qu'on lui enfonçait un poignard dans le cœur. Elle avait raison. Il avait toujours été le protecteur, celui qui prend soin des autres. Il fut profondément ému qu'elle l'ait compris.

— Repose-toi, ordonna-t-il à Gideon, qui arborait toujours son sourire ironique.

Puis il sortit de la pièce à grands pas, en emportant Olivia.

Ce fut le moment que choisit Colère pour se manifester.

Elle est à moi. Elle souffre. Il faut l'aider.

Je fais de mon mieux.

— Je ne peux sans doute pas régler tous tes problèmes, murmura-t-il à Olivia. Mais si tu me disais ce que les démons de l'enfer t'ont fait subir, je pourrais te soulager. Tu vois ce que je veux dire ?

Olivia frotta son front contre sa mâchoire rugueuse et piquante.

— Avec un baiser ?

— Oui, avec un baiser.

Il sourit. Il était sur le point de céder. C'était plus

fort que lui, Il ne pouvait s'empêcher de venir en aide à ceux qui souffraient.

— Si tu me parles des démons.

Elle renifla.

— Non, je ne veux pas.

— Tu en as parlé à Gideon ?

— Non.

Il ne suffisait donc pas de la faire boire pour lui délier la langue. Il aurait pu insister, mais il décida de s'en abstenir. Il n'avait pas envie qu'elle se remettre à pleurer.

Une fois dans sa chambre, il la déposa délicatement sur le matelas. Elle le fusilla du regard.

— Tu veux que... hic... nous fassions l'amour ?

Elle avait maintenant le hoquet.

— J'ai offert ma culotte à Gideon, ça sera plus facile que tout à l'heure.

— Tu as donné ta culotte à Gideon et il l'a acceptée ?

Il hésita entre le désir de vérifier qu'elle ne portait pas de culotte et celui d'aller casser la figure à Gideon.

— Oui, bien sûr, il avait même l'air ravi. Alors ? Nous faisons l'amour ?

Il fut tenté. Même avec ses yeux enflés et sa peau rougie, il la trouvait toujours belle et désirable. Son corps l'appelait. Et elle avait tant besoin de réconfort. Mais elle était vierge et il n'était pas question que sa première expérience soit associée à sa première beuverie.

— Je vais te laisser dormir, Olivia, ordonna-t-il. Demain matin...

Demain matin, il resterait neuf jours avant qu'elle ne retourne au paradis. Car elle y retournerait, il venait de le décider.

— Demain matin, nous parlerons. Il me semble que nous avons beaucoup à nous dire.

11

Legion traversait les flammes de l'enfer en luttant contre les larmes. Elle s'était réfugiée dans ce lieu qu'elle haïssait par-dessus tout, parce qu'elle n'avait nulle part où aller. Elle se déplaçait à quatre pattes, comme un animal. Cela lui permettait de rester près du sol et de passer inaperçue. De plus, c'était la seule position autorisée à un démon subalterne comme elle. Si elle avait osé se redresser, on l'aurait punie pour son impudence.

Autour d'elle, des démons étaient occupés à torturer les âmes damnées. Ils riaient et se délectaient de la souffrance et des hurlements de leurs victimes.

Elle étouffa un sanglot. Elle se sentait seule. Seule et abandonnée. Abandonnée par Aeron, son Aeron, qui ne s'inquiétait pas de ce qu'elle soit contrainte de supporter ce spectacle, prisonnière de cet enfer. Il avait choisi de protéger l'ange. Son ennemie. Il avait pris le parti de son ennemie.

Pourquoi ? Pourquoi ne l'avait-il pas soutenue ? Ses larmes se mirent à couler, des larmes mêlées de poison qui lui brûlaient les écailles.

Quand elle trouva enfin une grotte de pierre isolée et sombre, elle s'y arrêta et se redressa pour appuyer son dos à la paroi rude et tachée de sang. Elle avait du mal à retrouver son souffle. Son cœur — ce cœur qu'Aeron venait de briser — battait furieusement.

Elle essuya ses larmes du bout de sa longue langue fourchue. Le poison qu'elle contenait aurait jeté n'importe quel ennemi à terre, mais il ne fit que la picoter. Elle aurait tant voulu que l'ange femelle meure empoisonnée, mais Aeron, lui, avait voulu qu'elle vive. Et quand Aeron désirait quelque chose, il l'obtenait toujours.

Elle songea au jour où elle l'avait rencontré, son Aeron, enchaîné dans sa grotte souterraine, assoiffé de sang. Elle était tombée amoureuse de lui quand elle avait compris qu'il luttait pour ne pas céder au désir de tuer. Pour la première fois, elle trouvait sur son chemin un être qui ne se glorifiait pas de ses mauvais penchants.

Elle avait décidé de ne plus le quitter, comme ça, sur un coup de tête. Elle avait même rêvé de l'épouser un jour, de s'endormir tous les soirs dans son lit, de se réveiller près de lui le matin. Il avait accepté sa compagnie, mais il avait demandé à Maddox de lui construire une alcôve, pour en faire son lit. Elle n'avait pas protesté, et pas abandonné non plus l'idée de devenir un jour sa femme. Elle avait pensé que c'était une question de temps. Ils avaient l'éternité devant eux.

Mais, à présent, elle ne pouvait plus raisonner en termes d'éternité. Impossible de retourner au château, avec cet ange qui s'y était établi. Ce stupide ange femelle, moche comme tout, avec ses longs cheveux ridiculement frisés et sa peau cadavérique. Comme tous les démons, elle ne supportait pas de côtoyer une entité emplie de bonté. Sa présence déclenchait en elle une angoisse insupportable.

Mais Aeron n'avait pas l'air de souffrir en présence

de cette garce. Pourtant, il était moitié démon, lui aussi. Sans doute Colère avait-il vécu trop longtemps parmi les humains pour réagir normalement à la présence d'un ange. Ou bien il était enfoui profondément dans l'être d'Aeron, à l'abri des influences angéliques.

Mais tout cela ne justifiait pas qu'Aeron l'ait renvoyée, comme si elle ne comptait plus.

— Que t'arrive-t-il, mon enfant ?

Legion poussa un cri étouffé tout en levant un regard affolé vers l'intrus. Elle ne l'avait pas entendu approcher, mais il se dressait devant elle, comme s'il venait de se matérialiser. Elle se demanda s'il ne l'observait pas depuis un moment, présent, mais invisible.

Un frisson de peur fit trembler sa colonne vertébrale. Elle aurait bien voulu fuir, mais devant elle, il y avait ce grand démon, et derrière elle la roche. Elle était en très mauvaise posture. Elle songea tristement qu'elle ne survivrait probablement pas à cette rencontre.

— Laissez-moi tranquille, parvint-elle à bredouiller en dépit du nœud qui lui obstruait la gorge.

Un nœud formé par les gémissements de désespoir qu'elle retenait.

— Tu ne me reconnais pas ? demanda-t-il d'un ton doucereux et apparemment inoffensif.

Bien sûr qu'elle le reconnaissait… D'où ce nœud dans sa gorge. Elle avait devant elle Lucifer, frère d'Hadès, prince des démons. Le mal incarné.

Il l'avait appelée « ma douce enfant ». Tiens donc ! Mais ça ne l'empêcherait pas de lui planter un poignard dans le dos à la première occasion, tout en ricanant. Juste pour s'amuser, comme aurait dit Anya.

Legion déglutit péniblement.

— Eh bien ? demanda-t-il avec agacement.

Il fit claquer ses doigts et, la seconde d'après, ils se

retrouvèrent tous les deux au centre d'une pièce aux murs de flammes. La salle du trône…

— Il me semble t'avoir posé une question simple. Me reconnais-tu, oui ou non ?

— Je… je vous reconnais, Maître.

Legion n'avait pénétré que deux fois dans cette salle, mais il lui avait suffi de la première fois, le jour de sa naissance, pour se convaincre qu'il s'agissait d'un endroit à éviter. La seconde fois, on l'y avait emmenée de force pour la punir, parce qu'elle venait de refuser de torturer un damné.

— Concentre-toi, ordonna Lucifer.

Elle battit des paupières et tâcha de se concentrer. Des volutes de fumée noire s'échappaient du sol, des murs, du trône surmonté d'un dais. Elles venaient s'enrouler autour d'elle, comme pour l'emprisonner.

— Je t'ai posé une autre question et j'attends toujours la réponse, insista Lucifer

Elle se força à le regarder. Il était grand, doté d'une musculature aussi puissante que celle d'Aeron, avec des cheveux d'un noir brillant et des yeux entre le doré et l'orange. Il émanait de lui un magnétisme puissant et sombre.

Que lui avait-il demandé ? Ah, oui, il voulait savoir ce qui lui arrivait.

— Je…

Elle hésita. Devait-elle lui dire la vérité ? Probablement pas, mais il fallait trouver quelque chose de plausible à répondre.

— Persssonne ne veut jouer avec moi, gémit-elle.

— Tu veux jouer ?

Il eut une moue vicieuse et se mit à tourner autour d'elle.

— J'ai une meilleure idée, dit-il enfin, tout en lui soufflant son haleine brûlante dans le cou.

Elle frissonna. Il ne l'avait pas poignardée, c'était déjà ça.

— Oui ?

— J'ai un pacte à te proposer.

Le ventre de Legion se noua. Les pactes de Lucifer, tout le monde le savait, se soldaient toujours par une catastrophe pour le malheureux qui acceptait de signer. Même la déesse de l'Oppression n'avait pas eu le dessus avec lui. A cause d'un pacte, on avait taillé la boîte de Pandore dans ses ossements.

— Un pacte ?

Elle aurait voulu refuser d'emblée, mais la question sonnait plutôt comme une requête.

Il fit claquer sa langue.

— Avant d'accepter, écoute au moins ce que j'ai à te proposer.

Elle n'avait pas besoin d'écouter pour se douter qu'il n'en sortirait rien de bon pour elle.

— Je... je devrais y aller.

— Pas encore, dit-il.

Il fit volte-face et plana lentement vers son trône, sur lequel il s'installa, détendu et sûr de lui. Des volutes de fumée l'entourèrent, puis des flammes s'approchèrent et se mirent à danser, comme si elles manifestaient leur joie de se trouver près de lui.

Legion voulut fuir, mais impossible, ses pieds étaient comme cloués au sol. Elle comprit qu'elle ne quitterait pas la salle du trône tant que Lucifer n'en aurait pas terminé avec elle. Mais elle ne paniqua pas. Des démons l'avaient mordue et elle avait survécu. Ils l'avaient insultée et elle avait riposté par le rire et le mépris. Ils l'avaient jetée dans des gouffres sans fond et emprisonnée dans des champs de glace. Elle en avait vu d'autres.

— Je peux t'aider à obtenir quelque chose que tu désires plus que tout, poursuivit Lucifer.

Elle ne voyait pas à quoi il pouvait faire allus...

— Je peux t'aider à gagner le cœur d'Aeron.

Pendant quelques secondes, elle en eut le souffle coupé. Il pouvait donc... ?

— Tu espionnes en enfer pour le compte des Seigneurs de l'Ombre, dit-il sans chercher à dissimuler son amertume. Je le sais. Et moi, j'ai des espions sur la Terre. Je sais que tu es amoureuse d'Aeron, le gardien de mon cher Colère.

Il avait pris un ton moqueur et elle releva fièrement le menton.

— Lui ausssssi, il m'aime. Il me l'a dit.

Lucifer haussa un sourcil.

— En es-tu certaine ? As-tu oublié comme il était furieux, quand tu as mordu son précieux ange déchu ?

Le mot « précieux » utilisé pour qualifier cette salope... Des points rouges dansèrent devant les yeux de Legion. C'était elle, Legion, qui était précieuse pour Aeron. Personne d'autre.

Lucifer agita les mains et l'air parut s'épaissir autour de Legion, puis onduler et scintiller. Des couleurs apparurent. Puis ce fut l'image d'Aeron, penché sur Olivia, prenant tendrement son poignet pour porter sa main à ses lèvres, aspirant le venin qu'elle avait injecté à l'ange en le mordant.

Elle se figea.

La bouche d'Aeron sur cette écœurante usurpatrice... La rage de Legion explosa. Elle n'était plus que haine. Haine et détermination.

— Que pouvez-vous faire pour m'aider ?

La phrase était sortie de sa bouche sans qu'elle l'ait voulu.

Aeron disparut et elle se retrouva de nouveau devant

Lucifer. Après tout, elle pouvait se laisser tenter par un pacte. Elle serait peut-être la première à en tirer un bénéfice. N'était-elle pas intelligente et pleine de ressources ?

— Voyons les choses en face, répondit Lucifer en balayant des pieds à la tête son corps couvert d'écailles. Tu es la créature la plus laide qui puisse exister.

Elle en resta bouche bée et son cœur acheva de tomber en morceaux. Puis elle s'efforça de se reprendre. De faire bonne figure. Elle n'était pas si laide que ça. Elle était différente d'Aeron, impossible de le nier. Et différente de l'ange. Mais ça ne faisait pas d'elle un monstre de laideur.

— Je t'entends penser, ma petite, aussi vais-je me permettre de te répondre. Oui, tu es laide. Au point que j'ai du mal à te regarder. Je suis au bord de la nausée, pour tout te dire.

Elle en eut les larmes aux yeux.

— Dans ce cas, que pouvez-vous pour moi ?

Il baissa les yeux vers ses ongles jaunes et qui poussaient en spirale.

— Je suis très puissant. Je pourrais t'accorder la beauté.

— Et comment ?

— Je commencerai par te donner une longue chevelure soyeuse. De la couleur qui te plaira. Et beaucoup plus belle que celle de l'ange. Je te donnerai une peau douce et crémeuse, et tu en choisiras la carnation. Je te donnerai un regard langoureux auquel aucun homme ne saurait résister, un corps grand et mince, une poitrine généreuse. Très important, la grosse poitrine, crois-moi, ça rend les hommes complètement dingues. Il faudrait abandonner ta langue fourchue — même si au lit elle aurait son intérêt — à cause de ce sifflement qui ne te rend pas crédible.

Il pouvait donc vraiment lui accorder la beauté ? Et Aeron tomberait amoureux d'elle ? Le cœur de Legion se gonfla d'espoir. L'idée qu'elle pourrait enfin devenir la femme de l'homme de ses rêves eut raison de toutes ses réticences.

— Et que me demanderez-vous en retour ?

— Oh, répondit-il en haussant les épaules, comme si cela n'avait aucune importance. Je crois que j'aurais simplement envie d'entrer dans ton nouveau corps.

Elle fronça les sourcils.

— Je ne comprends pas. Comment pourrais-je profiter d'Aeron ssssi je ne sssuis pas moi-même ? Si cccc'est vous qui prenez les commandes ?

Il se pinça le nez d'un air dégoûté.

— Je vois qu'en plus d'être laide, tu es sotte. Je ne veux pas de ton corps tout de suite, petite idiote, je ne le prendrai que si tu échoues avec Aeron.

Elle fronça encore plus les sourcils. Etre belle ne lui garantissait donc pas le succès ?

Devant son silence, il secoua la tête.

— J'ai l'impression de m'adresser à une enfant de cinq ans, soupira-t-il.

Elle rougit de honte et de colère. Elle n'était pas stupide. Elle n'était pas une enfant.

— Vous esssayez de m'embrouiller l'esssprit, dit-elle.

— Pas du tout. Je ne voudrais pas que tu me reproches plus tard de t'avoir tendu un piège. Ecoute-moi bien. Je te donnerai neuf jours pour séduire Aeron. S'il vient dans ton lit de son plein gré, tu auras gagné. Tu pourras ensuite conserver pour toujours ton corps de déesse. Sans que je m'en mêle.

Tout cela paraissait parfait. Sauf que neuf jours, c'était un peu court.

— Pourquoi seulement neuf jours ?

— Et pourquoi pas ? Il faut bien fixer un délai. Ça ne changerait rien que je t'explique pourquoi.

Bien sûr que ça changerait quelque chose : sa réticence à répondre le prouvait.

— Je veux tout de même savoir, insista-t-elle.

— Il se trouve que neuf est mon chiffre favori.

Il mentait, bien sûr. Elle aurait pu insister encore, mais elle craignit de gâcher sa chance d'obtenir ce qu'elle désirait le plus au monde.

— Et si j'échoue ?

Il lui avait dit ce qu'il attendait d'elle, mais elle voulait des précisions.

— Eh bien…

Les doigts de Lucifer tracèrent des cercles sur les accoudoirs de son trône.

— Si tu ne parviens pas à l'attirer dans ton lit, pour faire l'amour, et pas simplement pour dormir, entendons-nous bien, tu devras me laisser posséder ton corps aussi longtemps qu'il me plaira.

Aussi longtemps qu'il lui plairait, cela signifiait pour l'éternité. La précision n'était pas négligeable.

Mais quel intérêt aurait-il à… ? La réponse lui apparut brusquement… Bien sûr, c'était évident. Lucifer voulait profiter de son corps pour fuir l'enfer. Elle était liée à Aeron, ce qui lui permettait de circuler à sa guise. Tandis que Lucifer, lui, était coincé dans ce trou infernal.

Si elle le laissait posséder son corps, il serait libre de sortir. Et il ferait ce que bon lui semblerait. Ou plutôt, *ils* feraient… Elle serait consciente, mais privée de volonté, privée de son libre arbitre.

Aucun démon, pas même le prince des ténèbres, ne pouvait posséder un corps sans qu'on l'y invite. Les démons de la boîte de Pandore avaient été autorisés par les dieux à posséder les Seigneurs de l'Ombre.

Voilà pourquoi Lucifer, prince des Ténèbres, en était réduit à proposer un pacte à un démon subalterne.

— Avec ton nouveau corps, tu es presque certaine de réussir, dit soudain Lucifer d'un air songeur. Je me demande si je fais bien de te proposer ce marché, puisque je vais perdre…

Il se leva, leste et souple comme un félin.

— Après tout, d'autres démons plus faibles que toi accepteraient volontiers de…

— Attendez, coupa-t-elle. Attendez une ssseconde.

Il reprit place lentement sur son trône.

Elle ne pouvait pas laisser passer sa chance. L'ange, qui ne mentait jamais, lui avait assuré qu'Aeron l'aimait comme on aime une enfant. Ça ne changerait pas. A moins d'un bouleversement radical.

— Je voudrais que les termes du pacte soient clairement énonccccés, dit-elle.

— N'est-ce pas déjà fait ?

— Pas de mon côté.

Il posa une main sur son cœur.

— Tu n'as pas confiance en moi ?

Elle secoua la tête. Un pacte, même pour une créature comme elle, comportait toujours un risque. Une fois qu'elle aurait accepté la proposition de Lucifer, leur accord s'incarnerait en elle, vivant, telle une entité. Elle ne pourrait plus revenir en arrière. Quoi qu'il arrive.

— Ça me fait beaucoup de peine, murmura-t-il. Mais comme tu voudras. Je t'écoute.

— Je veux être plus belle que l'ange. Je veux des cheveux clairs, une peau dorée, des yeux bruns et des seins plus gros que les siens.

Tout l'opposé de cette petite garce.

— Je veux aussi neuf jours complets.

Tandis qu'elle parlait, elle se sentait de plus en plus excitée. Elle allait vraiment conclure un pacte avec

Lucifer. Tenter de gagner le cœur d'Aeron. Et elle aurait toutes ses chances.

— Et je veux être éveillée durant le temps que je passerai avec Aeron.

— Merde ! s'exclama Lucifer. Tu m'as piégé. J'avais prévu de te plonger dans le coma pendant neuf jours.

Lucifer avait essayé de la rouler, et il avait échoué. Une vague de fierté envahit Legion. Elle n'était pas aussi sotte qu'elle en avait l'air.

— Vous n'avez pas non plus le droit de le tuer, ajouta-t-elle. Ssss'il meurt avant la fin des neuf jours, le pacte sera annulé.

— Je suis d'accord. As-tu autre chose à exiger ? demanda-t-il d'un ton magnanime.

— Je veux pouvoir m'exprimer sans le défaut de langage qui me ridiculise. Je veux apparaître devant Aeron telle que je ssssuis et me transssformer ssssous sssses yeux.

Cela éviterait qu'il ne la prenne pour un appât envoyé par les chasseurs.

— Aucun problème. Est-ce tout ?

Elle prit le temps de réfléchir. Oui, c'était tout. Elle acquiesça.

Lucifer se leva de nouveau et ouvrit les bras. Des flammes jaillirent de ses doigts.

— Le pacte est donc scellé. Tu auras ce que tu viens de réclamer. Mais si tu échoues à séduire Aeron, Seigneur de l'Ombre, gardien de Colère, si son sexe n'est toujours pas entré en toi au bout de neuf jours, tu reviendras dans cette salle et tu me laisseras te posséder.

Elle acquiesça.

— Dis-le, reprit-il sèchement.

Il avait abandonné le ton enjôleur et indulgent qu'il avait affecté depuis le début de leur entretien.

— J'accepte, répondit-elle.

Elle avait à peine prononcé le mot qu'une violente douleur la plia en deux. Elle ne pouvait plus respirer, elle se sentait défaillir, ses muscles étaient secoués de spasmes. Puis le pacte s'installa en elle et elle put se redresser. Elle ne souffrait plus.

— L'affaire est conclue, annonça Lucifer avec un sourire mauvais. Au fait, j'ai oublié une petite précision : quand tu seras revenue ici après avoir échoué, j'entrerai en toi pour tuer les Seigneurs de l'Ombre et libérer leurs démons.

12

Le jour se levait. Budapest s'éveillait lentement et les humains commençaient à vaquer à leurs occupations. Aeron arpentait les rues de la ville, accompagné de Paris. Ils progressaient en silence, rasant les murs, en direction du château. Cette fois, Paris ne s'était pas fait prier pour choisir une compagne pour la nuit — est-ce que cela signifiait qu'il avait enfin oublié Sienna ? Il semblait perdu dans ses pensées.

Olivia s'était endormie en pleurant toutes les larmes de son corps et Aeron l'avait serrée contre lui jusqu'à ce qu'elle sombre. Ensuite, il l'avait transportée dans l'appartement de Gilly par la voie des airs, en se répétant qu'il préférait la tenir à distance. Il était tout de même resté près d'elle, à la regarder dormir, le temps que Paris trouve sa femelle et fasse le plein de vitamines en forniquant avec elle.

Une fois de plus, Aeron s'était étonné du plaisir qu'il prenait à demeurer auprès de cet ange déchu. Ce qui lui avait donné une raison de plus de la quitter. Mais quand il l'avait fait, avec l'idée qu'il ne la reverrait sans doute jamais, il s'était demandé une fois de plus s'il aurait la force de se débarrasser d'elle.

La découvrir dans le lit de Gideon avait éveillé en lui un désir de possession dont il ne se serait pas cru capable. Et maintenant… L'idée qu'Olivia allait errer dans la grande ville, à la recherche du plaisir… Il grinça des dents, ce qui lui arrivait souvent quand il pensait à elle.

Un passant attira soudain son attention. Il s'agissait d'un mortel, grand, dans les vingt-cinq ans. Colère l'avait remarqué aussi et se mit à grogner en lui envoyant l'image de grosses mains d'homme heurtant violemment un visage de femme.

Il bat sa femme.

Salope ! criait l'homme tout en postillonnant. *Je me demande pourquoi je t'ai épousée. Tu n'es qu'une grosse vache. Tu as toujours été une grosse vache !*

Aeron ne chercha pas à se retenir. Il songea qu'Olivia ou Legion auraient pu être les victimes d'un tel homme. Il laissa Colère déployer ses ailes et fit volte-face pour courir vers l'homme. Celui-ci poussa un cri de surprise quand il fut saisi par son col de chemise.

— Qu'est-ce que…?

— Aeron ! appela Paris d'un ton alarmé.

Aeron l'ignora.

— Tu me dégoûtes, espèce de petite merde, dit-il à l'homme. Tu veux frapper ? Eh bien, vas-y, frappe-moi donc !

L'homme pâlit et se mit à trembler.

— J'ignore qui vous êtes et ce que vous me voulez, bredouilla-t-il. Mais vous feriez mieux de me laisser tranquille.

Cet homme était un touriste, sinon il l'aurait reconnu.

— Ah bon ? Et si je ne vous laisse pas tranquille ?

L'homme poussa un grognement de rage. Aeron sut — toujours grâce aux images envoyées par Colère — qu'il cachait un couteau dans sa poche et qu'il avait l'intention de le lui planter dans le ventre.

Il ne lui en laissa pas le temps et frappa, sans préavis. Son poing rencontra le nez de l'inconnu, qui poussa un hurlement de douleur. Le sang gicla. Aeron enchaîna aussitôt avec un deuxième coup, de l'autre main, au niveau de la bouche. Le hurlement s'intensifia.

Mais Aeron n'en avait pas terminé.

Il faut lui faire mal. Il le mérite.

Tandis que l'homme tentait de lui échapper, Aeron lui envoya un coup de genou en visant l'entrejambe. Le salaud se plia en deux en soufflant comme un bœuf. Pas de pitié pour celui qui n'avait pas eu pitié de sa femme quand il la battait. Il eut droit à un coup de pied à l'épaule qui l'envoya valser à plusieurs mètres. Ensuite, il demeura à terre, incapable de bouger.

Il leva vers Aeron un regard suppliant et plein de larmes.

— Laissez-moi, je vous en prie…

— Combien de fois ta femme t'a-t-elle demandé de la laisser ? riposta Aeron en se laissant tomber à genoux pour s'installer à califourchon sur lui.

L'homme possédait des réserves de forces insoupçonnées, car il parvint à ruer pour tenter de se libérer. Mais Aeron n'eut aucun mal à le maintenir en place.

— Pitié ! gémit l'homme d'une voix blanche.

Aeron n'avait pas pitié. Il se mit à lui marteler le visage de ses poings. La tête de l'homme bringuebalait de droite à gauche. A présent, il pissait le sang. Quelques dents sautèrent, pareilles à de petits morceaux de sucre. Sa peau se fendit. Des os craquèrent.

Mais il avait cessé de gémir.

Une main amicale vint tapoter l'épaule d'Aeron.

— Tu l'as suffisamment puni. Laisse tomber, maintenant.

Aeron se figea. Il haletait. Ses mains lui faisaient mal. Trop facile. Ç'avait été trop facile. Cet homme n'avait pas suffisamment payé pour ce qu'il avait fait subir à sa femme.

Tu lui as au moins donné une leçon, dit à l'intérieur d'Aeron une voix qui devait être celle de la raison.

Et avec elle, le calme revint.

— Rentrons, proposa Paris.

Mais Aeron ne se sentait pas prêt à retourner au château, dans sa chambre, dans ce lit où il avait embrassé et caressé Olivia. Il se leva tout de même, sans oublier de gratifier sa victime d'un dernier coup de pied dans le ventre.

— J'ai besoin de rester un peu seul, dit-il à Paris.

Paris fixa pendant quelques secondes son visage dur, puis il acquiesça.

— Très bien. Je te conseille d'en profiter pour te détendre, parce que tu en as drôlement besoin.

— C'est bien ce que je compte faire, répondit Aeron.

Paris s'éloigna tandis qu'Aeron restait là, immobile, à tenter de reprendre ses esprits. *Je contrôle la situation*, ne cessait-il de se répéter, comme pour s'en convaincre.

Colère continuait à gronder. Il réclamait une nouvelle victime. Aeron songea qu'il ne s'en sortirait jamais tout seul. Il fallait quelqu'un pour l'aider à se calmer. Legion.

Ou Olivia ?

Son cœur se mit à battre furieusement et il mit quelques minutes pour comprendre ce qui lui arrivait. Un désir mêlé de nostalgie le martelait, aussi violemment que ses poings avaient martelé le visage de l'humain qui gisait à ses pieds. Quand il avait abandonné Olivia dans l'appartement de Gilly, elle dormait encore, dans une position charmante, ses cheveux déployés sur l'oreiller, en respirant doucement. Il avait été tenté de se pelotonner contre elle. Mais il avait résisté.

Il se demandait s'il ne ferait pas mieux de rejoindre Olivia, tout en prenant déjà, sans même sans rendre compte, la direction de l'appartement de Gilly. Il levait les yeux pour prendre le ciel à témoin de sa folie, quand des ailes blanches attirèrent son attention. Il s'arrêta net.

Galen. Le chef des chasseurs. Le faux ange. Ce salaud.

Instinctivement, Aeron referma les mains sur les manches de ses poignards et se glissa dans l'ombre. Il regrettait d'être sorti en ville sans un revolver, mais, préoccupé par le problème Olivia, il n'avait pas songé à s'armer un peu mieux. Galen était perché sur le toit d'un immeuble, les ailes déployées. Il fouillait du regard les rues de la ville.

S'il savait qu'Aeron l'avait vu, il ne le montra pas.

Depuis qu'il avait reconnu Galen, Colère ne cessait de grogner. Leur ancien compagnon avait commis tant de crimes qu'il ne les fit même pas défiler dans l'esprit d'Aeron, lui communiquant simplement un formidable désir de faire couler le sang. *Contrôle-toi.* Ce n'était pas le moment de commettre une erreur. Pas question de rater Galen en se précipitant.

Galen se redressa brusquement, et Aeron se plaqua contre le mur du bâtiment contre lequel il s'était réfugié. Il savait qu'il risquait d'être vu, mais il ne voulait pas s'éloigner. Ce soir, il avait une chance de mettre fin à tout ça. Ce n'était pas trop tôt.

Galen sauta et se laissa tomber en piqué. Puis il battit des ailes, une fois, et atterrit doucement, à quelques mètres d'Aeron.

Aeron se raidit. Il ne pouvait tuer Galen sans libérer Espoir, mais il se réservait le droit de torturer ce salaud avant de l'enfermer. Et aussi après.

Quelques secondes s'écoulèrent. Galen replia ses ailes, mais ne fit pas un mouvement dans sa direction.

Tout le corps d'Aeron était tendu vers l'ennemi, prêt à bondir. Il était doué pour les attaques surprises, mais il se retint. L'affrontement direct n'était pas toujours le meilleur moyen de gagner une guerre. Il s'avérait parfois plus judicieux d'observer et d'engranger des renseignements. Galen avait quitté Budapest quelques semaines plus tôt, pour défendre à Chicago son école pour semi-mortels attaquée par les Seigneurs de l'Ombre.

Pourquoi était-il revenu ?

Sa précieuse école — celle qui aurait dû lui permettre de lever une armée indestructible — n'existait plus. Les enfants étaient retournés auprès de leurs mères. Bien cachés. Dans des endroits où les chasseurs ne les retrouveraient jamais.

Galen voulait peut-être se venger.

Punition, gronda Colère.

Pas encore.

— Enfin ! s'exclama Galen de sa voix chaude et pleine.

Aeron balaya la rue du regard, mais il ne vit personne. A qui Galen s'était-il adressé ? Est-ce qu'il parlait seul, à présent ?

Une paire de jambes apparut juste devant le faux ange. Rien que des jambes. Qu'est-ce que cela signifiait ? Aeron eut à peine le temps de se formuler la question qu'un ventre suivit, puis des épaules, des bras — sur le poignet droit de l'apparition, il vit nettement le symbole de l'infini, signe distinctif des chasseurs. Le visage vint en dernier. Il y avait maintenant un homme, entier, qui brandissait un tissu gris et fluide.

Il ne s'agissait pas d'un fantôme, mais d'un mortel, en chair et en os. Aucun doute là-dessus. Mais comment avait-il fait pour…?

Pour se rendre invisible… Un tissu qui rendait invisible…

Aeron faillit s'en décrocher la mâchoire. Tissu ? Il

ne s'agissait pas d'un tissu, mais d'une cape. Galen était en possession de la Cape ?

— Je la garde, dit Galen en arrachant la Cape des mains de l'homme.

Il la plia soigneusement, plusieurs fois. Et chaque fois qu'il la pliait, au lieu de s'épaissir, le carré devenait plus fin. A la fin, il ne tint plus dans ses mains qu'un minuscule carré.

Galen était donc bien en possession de la Cape, qu'ils recherchaient, l'un des objets de pouvoir qui leur manquait.

Il rangea la Cape dans une poche intérieure de sa longue tunique blanche. Aeron allongea le bras, comme pour l'en empêcher. Non ! Il ne voulait pas que cet objet disparaisse de sa vue. Puis son bras retomba. Les informations d'abord. L'objet ensuite.

— Cette ville est truffée de caméras de surveillance, dit le mortel. Je ne les ai pas trouvées, mais je sais que les démons ont l'œil partout, avec ça.

— Ne t'inquiète pas des caméras, ricana Galen. On s'en est occupés.

Ils s'en étaient occupés ? Et comment ? Si elles avaient été désactivées, Torin s'en serait aperçu. Ils avaient dû pirater le système en faisant circuler de fausses images. A moins qu'ils n'aient utilisé la magie.

Cronos aidait parfois les Seigneurs de l'Ombre. Il n'était pas exclu qu'un autre dieu aide les chasseurs.

— Tu me confirmes qu'ils ont un ange avec eux ? demanda Galen.

— Oui. Une femelle. Mais elle n'est pas très puissante. Pas autant que vous.

— Peu d'anges sont aussi puissants que moi, fit remarquer Galen d'un air suffisant. Tu me confirmes aussi qu'il ne reste au château que la moitié du groupe ?

— Oui.

Galen ricana.

— C'est parfait. A présent, va rejoindre les autres et ne sortez plus de votre cachette avant mon retour. Une partie de nos hommes a disparu hier et notre reine tant aimée à perdu leur trace. Quand je les aurai retrouvés, nous serons en mesure d'attaquer. Et cette fois, nous ne ferons pas de quartier.

Punition, gronda Colère.

— Pas de quartier ? Mais je croyais que…

Galen secoua la tête.

— Dis aux autres que notre expérience a réussi.

L'homme eut un sourire réjoui.

— Je comprends. Pas de quartier.

Les ailes blanches de Galen se déployèrent, battirent l'air, puis se figèrent, tandis que son visage se fermait.

— Ma fille, murmura-t-il. Je veux qu'elle soit épargnée et qu'on me la ramène vivante.

Puis il s'envola.

Aeron attendit qu'il s'éloigne pour prendre son envol. Ses ailes avaient cicatrisé, et il n'aurait aucun mal à suivre ce salaud.

Punition.

Merde !

Galen avait disparu de sa vue et, avec lui, la Cape. Il l'avait laissé fuir… C'était impardonnable.

Son regard se posa sur le chasseur en dessous de lui. Il se faufilait entre des immeubles, rasant les murs et traversant des parkings, tout en jetant des regards inquiets autour de lui. Il craignait sans doute d'être suivi. Finalement, il s'engouffra dans le Club Destiny — une boîte de nuit qui venait d'être rénovée et que le nouveau propriétaire avait rebaptisé The Asylum — et n'en ressortit plus.

C'était donc là le refuge des chasseurs ?

Impossible. L'établissement était fréquenté par les

Seigneurs de l'Ombre, et Torin y avait installé des caméras de surveillance. Si l'ennemi s'y était trouvé, ils l'auraient su. Pourtant…

Ils avaient pu trafiquer les caméras, comme dans les rues.

D'autres questions tourmentaient Aeron. Galen avait mentionné une expérience couronnée de succès… De quoi s'agissait-il ? Où étaient passés les hommes qu'il recherchait ? Qui était celle qu'il appelait leur reine ?

Tout en tentant d'ignorer les hurlements de Colère, qui réclamait son dû, il prit son téléphone portable pour envoyer un message à Torin.

Réunion dans deux heures. Au château.

Il devait interroger Olivia. Si elle savait quelque chose, il le lui ferait cracher.

Informations de première importance à vous communiquer. Vu Galen avec la Cape qui rend invisible.

Torin — mais il ne dormait donc jamais ? — répondit aussitôt.

Compris. Prière rentrer pour réunion d'urgence.

Serai là au plus vite.

Aeron rangea son téléphone et fit demi-tour pour se diriger vers l'appartement de Gilly, avec l'intention de réveiller Olivia pour l'interroger. Il avait parcouru la moitié du chemin, quand une silhouette menaçante se dressa devant lui.

Cronos, roi des dieux, le fixait d'un air mécontent, les sourcils froncés. Comme toujours, il portait une longue tunique et des sandales qui laissaient voir ses doigts de pied aux longs ongles jaunes et recourbés.

Aeron remarqua aussitôt qu'il paraissait rajeuni. Ses cheveux n'étaient plus méchés de gris, et il arborait à présent une épaisse tignasse couleur sable. Il n'avait plus une ride, ses yeux bruns brillaient plus qu'à l'accoutumée. D'où venait donc ce changement ?

— Seigneur Cronos, dit-il en prenant soin de ne pas laisser percer son irritation.

Le roi des dieux se manifestait rarement quand on l'appelait. Il apparaissait quand bon lui semblait, le plus souvent au mauvais moment.

Colère demeura calme et silencieux. Il savait qu'il avait affaire à un dieu et n'osa pas montrer à Aeron les péchés de cet important personnage. Pourtant, Aeron fut submergée par le désir inattendu de voler tout ce que le dieu possédait, désir qui ne pouvait lui être inspiré que par Colère.

— Tu m'as déçu, démon, murmura Cronos.

Aeron ne fut pas surpris. Cronos se plaignait souvent d'être déçu.

— Le moment est mal choisi pour m'accabler de reproches, protesta-t-il. Les chasseurs...

— On ne peut ni nous voir ni nous entendre. J'y ai veillé.

Comme un autre dieu avait veillé à ce que les chasseurs restent invisibles aux Seigneurs de l'Ombre ?

— Dans ce cas, dites-moi en quoi j'ai pu vous décevoir. J'ai hâte de réparer ma faute.

Cronos lui jeta un regard mauvais à travers la fente de ses yeux bruns.

— Je n'apprécie pas beaucoup ton ironie, fit-il sèchement remarquer. Je sens monter la colère.

Quand le roi des dieux se mettait en colère, il n'en sortait rien de bon, Aeron était bien placé pour le savoir. Il n'avait pas oublié la précédente malédiction de Cronos, celle qui l'avait transformé en bête sauvage assoiffée de sang.

— Pardon, Seigneur Cronos, murmura-t-il en baissant la tête pour dissimuler la haine que trahissait sûrement son regard.

— Dois-je te rappeler que je veux la mort de Galen

autant que toi et tes compagnons ? Et pourtant, tu as laissé la femelle ange te distraire de ton but.

— N'est-ce pas vous qui me l'avez envoyée ? ne put-il s'empêcher de demander.

Cronos agita dans les airs une main impatiente.

— Tu crois vraiment que j'aurais accordé le moindre intérêt à ta ridicule provocation ? Pourquoi aurais-je envoyé une femelle pour te distraire, quand j'ai tant besoin de toi ?

Logique. Aeron s'était d'ailleurs posé la question.

— Débarrasse-toi de cet ange déchu, ordonna Cronos.

— J'essaye, répondit Aeron en serrant les poings.

Garde-la près de toi, gronda Colère.

— Eh bien, essaye mieux que ça, rétorqua Cronos.

— Mais elle n'est là que pour dix… euh, pour neuf jours, fit valoir Aeron.

Le soleil allait bientôt se lever, et il songea soudain qu'il avait encore gaspillé du temps loin d'Olivia. Gaspillé ? Non. C'était parfait, au contraire.

— Ensuite, elle retournera au paradis, poursuivit-il.

Là où était sa place.

Une flèche de tristesse vint lui trouer le cœur, mais il l'ignora. Tout comme il ignora les gémissements de Colère.

Cronos ne parut pas convaincu par son beau discours.

— Si elle ne repart pas, je…

— Que ferez-vous, si elle ne repart pas ? fit une voix sévère.

Un autre homme venait d'apparaître, grand et musclé, avec des cheveux presque blancs, des yeux bleus, des ailes pareilles à celles de Galen, sauf qu'elles étaient dorées.

Lysander.

Aeron ne l'avait pas senti arriver et cela lui donna un sentiment d'impuissance. Il songea que Lysander aurait pu aisément lui trancher la gorge, s'il l'avait voulu.

Cronos devint livide.

— Lysander, murmura-t-il.

— Celui qui touchera un seul de ses cheveux périra de ma main, avertit Lysander en les fixant tour à tour.

— Comment oses-tu me menacer ? gronda Cronos en montrant les dents.

Avec la colère, il avait repris des couleurs.

— Ignores-tu que je suis tout-puissant, que je suis le roi…

— Le roi des dieux, oui, ricana Lysander. Et après ? Toi aussi, tu peux mourir. Tu sais que je ne menace jamais à la légère. Ne t'avise pas de t'en prendre à ma protégée.

Un long et pesant silence s'ensuivit.

— Je ferai ce que je veux, déclara enfin Cronos. Et tu ne m'arrêteras pas.

Puis il disparut, comme s'il craignait un affrontement, réaction qui contredisait son assurance.

Aeron en resta abasourdi. Jamais le roi des dieux n'avait fui devant personne. Si Cronos craignait Lysander, c'était mauvais signe. Très mauvais signe pour lui, Aeron, qui était beaucoup moins puissant que le roi des dieux.

— Quant à toi…

Lysander éleva le bras et une épée de feu se matérialisa dans sa main. La pointe de cette épée vint se poser sur la gorge d'Aeron. Il n'avait pas eu le temps de réagir.

Il défia Lysander du regard, en essayant de ne pas tenir compte du grésillement de sa chair brûlée.

— C'est à cause de ce qui s'est passé avec Olivia ? demanda-t-il.

— J'ai hâte de te tuer, répondit seulement Lysander.

— Mais vous n'allez pas le faire…

Lysander était un guerrier, il ne discutait pas avant de tuer.

— Je ne le ferai pas, non. Pour ne pas déplaire à Bianka et à Olivia.

Il abaissa son épée. Puis elle disparut.

— Je veux qu'elle rentre au paradis, mais tu lui plais…, ajouta-t-il d'un ton plein de mépris. Donc je te laisse la vie sauve pour l'instant. Mais je veux qu'elle haïsse l'existence que tu lui offres sur Terre. Et j'exige que tu la protèges.

— C'est d'accord, répondit simplement Aeron.

Lysander parut surpris.

— Tu acceptes sans discuter ? Tu n'as donc pas envie de la garder près de toi ?

Bien sûr qu'il aurait eu envie de la garder près de lui ! Maintenant qu'il envisageait sérieusement de la perdre pour toujours, il s'en rendait compte. Il aurait voulu l'aider à découvrir les plaisirs terrestres, lui apprendre à s'amuser, la voir rire et sourire. Il aurait voulu la tenir de nouveau dans ses bras, l'embrasser, la caresser, posséder pleinement son doux petit corps. Mais il n'allait pas le faire. Lysander avait raison : la place d'Olivia était au paradis, elle y serait plus heureuse. Et lui, il pourrait reprendre le cours de sa vie. Celle qu'il avait choisie. Une vie sans complications. Et sans soucis. Sauf celui d'échapper à ceux qui avaient juré de le tuer.

De plus, si Olivia choisissait de demeurer sur Terre, elle deviendrait pleinement humaine. C'est-à-dire mortelle et fragile. Elle ne tarderait pas à décliner, puis à mourir. Il ne se sentait pas autorisé à l'entraîner sur cette pente.

Elle est à moi, gronda Colère.

Non !

Il n'était plus question d'ignorer les revendications de son démon. Celui-ci devait savoir à quoi s'en tenir et se résigner. Comme lui.

— Je n'ai pas envie de la garder, affirma-t-il tout haut, pour Lysander.

Il n'était pas un ange, ça ne lui posait aucun problème de mentir.

— Mais tu désires pourtant posséder son corps, et donc la souiller ? insista Lysander.

Aeron pinça les lèvres. Mieux valait ne pas penser à ça. Déjà, son sexe se raidissait.

— Je vois bien que oui, reprit Lysander d'un ton sévère. Tu ne peux pas le cacher.

Il se tut et parut réfléchir.

— Qu'il en soit ainsi, dit-il enfin. Puisque vous le souhaitez tous les deux, je te l'autorise. Je ne te punirai pas, car je sais qu'il est impossible de résister à une femme qui a juré de vous séduire. Je connais Olivia mieux que personne. Si elle ne fait pas l'expérience qu'elle est venue chercher…

Il s'interrompit et rougit. Lysander, l'ange vengeur, rougissait !

— Elle n'acceptera jamais de te quitter tant que tu ne lui auras pas appris le plaisir. Donc tu peux t'accoupler avec elle. Ensuite, tu t'emploieras à la rendre malheureuse, comme je te l'ai demandé. Ton but sera de la convaincre de partir. De mon côté, en échange, je tâcherai de convaincre le Très Haut Conseil des Anges de vous épargner, toi et ta petite démone.

Il y parviendrait, Aeron n'en douta pas.

La proposition paraissait équitable et arrangeait tout le monde. Olivia vivrait heureuse, au paradis, à l'abri de tout, et surtout de la mort. Lui vivrait heureux avec Legion. Lysander paraissait sûr de lui : il avait dit qu'il connaissait Olivia mieux que personne. *Mieux que personne.* Aeron ressentit une pointe de jalousie. C'était lui qui aurait dû la connaître mieux que personne.

— Merci, se força-t-il à articuler, d'un ton qui n'exprimait pas du tout la reconnaissance.

Lysander recula lentement.

— Je vais maintenant te laisser. Mais, auparavant, je vais te confier des informations qui te seront nécessaires pour assurer la protection d'Olivia.

Il n'attendit pas la réponse d'Aeron, et c'était tant mieux, parce que celui-ci avait envie de l'envoyer au diable et qu'il aurait été capable de le faire.

— Tu te demandes depuis longtemps pourquoi Cronos ne s'attaque pas lui-même à Galen. C'est très simple. Rhéa, sa femme, protège les chasseurs. Elle a choisi le camp de Galen. Pour préserver un peu la paix de leur ménage, ils se sont juré de ne pas tuer de leurs mains un Seigneur de l'Ombre.

Il ne s'était donc pas trompé. Une entité divine aidait les chasseurs. Et pas n'importe laquelle. La reine des Titans elle-même.

Il aurait pu s'en douter. Il avait rencontré Rhéa une fois, le jour où les Titans l'avaient convoqué pour l'informer qu'ils régnaient de nouveau sur l'Olympe. Rhéa, une vieille femme ridée aux cheveux blancs, l'avait fixé avec tant de haine et de froideur qu'il en avait eu la chair de poule. Mais il n'y avait pas vraiment prêté attention, préoccupé qu'il était par l'arrivée des nouveaux dieux.

— Et enfin, un dernier renseignement qui te sera extrêmement utile, reprit Lysander. Cronos et Rhéa sont pareils que toi.

— Qu'entendez-vous par là ?

— Ce sont des dieux, certes, mais ils sont, comme vous, possédés par des démons. Rhéa est la gardienne de Conflit. Cronos porte en lui Envie.

13

Olivia s'éveilla en gémissant, avec un affreux mal de tête et l'impression qu'on avait aspergé son cerveau d'essence avant d'y mettre le feu. Elle se força tout de même à soulever les paupières, histoire de comprendre ce qui lui arrivait. Elle eut aussitôt les larmes aux yeux, des larmes plus brûlantes que les tisons qui lui vrillaient le crâne. Et à présent, maintenant qu'elle commençait à émerger, elle avait la sensation que sa bouche desséchée était remplie de fils barbelés et de coton.

Elle tenta de s'humecter les lèvres.

— C'est bien, lui dit la voix d'Aeron.

Mais le ton était angoissé. Et puis il parlait fort. Trop fort. Qu'est-ce qui lui prenait de hurler comme ça ?

— Allez Olivia, réveille-toi ! Tu peux. Tu y es presque.

— Tais-toi, supplia-t-elle. Je t'en prie.

Elle se concentra pour distinguer sa silhouette à travers le brouillard qui dansait devant ses yeux. Il était accroupi devant elle, les mains tendues. Dans l'une d'elles, il tenait deux comprimés. Dans l'autre, une tasse contenant un liquide chaud qui fumait.

— Il faut que tu avales ces cachets et que tu boives ça, dit-il.

Au moins, cette fois, il avait baissé d'un ton et sa voix résonnait un peu moins dans son pauvre crâne.

Quand elle était descendue sur Terre en tant qu'ange, ses sens ne lui avaient pas permis de sentir les odeurs de ce que buvaient ou mangeaient les humains — ni des onguents qu'ils se passaient sur le corps, ou des parfums qu'ils semblaient tant priser. Mais, à présent, elle pouvait pleinement apprécier l'arôme divin — et elle pesait ses mots — de ce liquide brun. Elle avait l'impression qu'il s'agissait d'une potion magique qui la remettrait aussitôt d'aplomb.

Les humains appelaient ça du café. Elle comprenait pourquoi ils n'hésitaient pas à faire la queue et à vider leurs poches pour s'en procurer une tasse.

— Qu'est-ce que c'est ? demanda-t-elle d'une voix pâteuse en désignant les comprimés du menton.

Ce mouvement, pourtant imperceptible, lui donna le vertige.

— Prends-les sans te poser te question, répondit Aeron. Ils te feront du bien.

Il avait oublié de murmurer et elle se couvrit les oreilles.

— Tu n'as pas une voix intérieure que tu pourrais utiliser ? gémit-elle.

Il referma son poing sur les cachets et écarta délicatement ses mains de ses oreilles.

— Cesse de faire des chichis, nous n'avons pas le temps.

— Si tu continues à parler aussi fort, je n'hésiterai pas à t'écraser les cordes vocales, rétorqua-t-elle en gémissant.

Mais qu'est-ce qu'elle trouvait donc à ce type ?

— Lève-toi, ordonna-t-il. Et tout de suite.

Elle se redressa et frotta ses yeux gonflés de sommeil. Son cerveau la brûlait encore et elle geignit.

Aeron lui jeta un regard impatient, sombre et intense. Elle crut y lire du désir.

Elle se passa la main dans les cheveux pour s'arranger un peu… Quelle horreur ! Sa belle masse bouclée était tout emmêlée. Elle rougit et voulut la recouvrir avec la capuche de sa tunique d'ange. Pas de capuche. Elle baissa les yeux. Elle portait un petit haut court et une minijupe noire.

Mais qu'est-ce que…?

Ah ! elle venait de se souvenir. Sa transformation en femme fatale. D'accord, mais ça n'expliquait pas son mal de tête. Elle leva les cils et rencontra le regard pénétrant d'Aeron.

— Je suis blessée ? demanda-t-elle.

Il ricana.

— Pas vraiment, non. Tu as trop bu et tu en payes le prix.

Ça lui revenait, à présent. Le prix, elle aurait pourtant cru l'avoir déjà payé. Le « jus à rigoler » portait mal son nom, car il ne l'avait pas du tout fait rire. Après la première bouteille, elle s'était sentie triste et abandonnée. La seconde avait achevé de la déprimer et elle s'était mise à sangloter contre l'épaule de Gideon. Parce que Aeron était parti. Mais quelle honte !

Aeron lui présenta de nouveau les cachets.

— Prends-les, mais sans les mâcher. Avale.

Elle se demanda si elle serait capable d'avaler ces deux comprimés qui lui semblaient aussi gros que des oranges. Quand elle tendit le bras pour les saisir, elle se rendit compte qu'elle tremblait. Elle les mit dans sa bouche et tenta de déglutir. Pouah ! C'était infect. Un grimace de dégoût déforma son visage.

— Bois un peu, ça va t'aider, reprit Aeron en approchant le café de ses lèvres.

Il lui en versa un peu dans la bouche.

Elle eut un haut-le-cœur. Ce liquide brun qui sentait si bon ne tenait pas ses promesses. Il avait un goût de bile et de terre. Elle ne pouvait tout de même pas cracher sur les draps, c'était indigne d'une dame.

— Avale, ordonna Aeron tandis qu'elle repoussait la tasse.

Elle parvint à déglutir et les cachets glissèrent le long de sa trachée, en l'écorchant au passage, de même que cet horrible café. Elle en trembla de dégoût, puis leva vers lui des yeux ulcérés.

— Ne me refais plus jamais un coup pareil, dit-elle.

— Il ne fallait pas laisser Gideon te soûler, fit-il remarquer d'un ton réprobateur.

Combien de fois allait-il évoquer cet humiliant épisode ?

— A présent, lève-toi, ajouta-t-il sèchement. Nous avons à faire.

Elle n'avait pas la moindre envie de se lever, mais seulement de rester allongée. Elle se laissa donc retomber sur les oreillers, les yeux au plafond. Au-dessus d'elle s'étalait le poster d'une femme aux longues jambes, en maillot, bronzée, les joues rouges et les seins en poupe, les cheveux au vent. Olivia fronça les sourcils. Elle n'avait jamais vu cette affiche dans la chambre d'Aeron…

En jetant un coup d'œil à ce qui l'entourait, elle put constater qu'elle ne reconnaissait rien. Il y avait là une commode en noyer et un vase en cristal qui scintillait sous la lumière, des tableaux, une moquette beige.

— Nous ne sommes pas dans ta chambre, fit-elle remarquer.

— En effet.

Elle fronça les sourcils.

— Et où sommes-nous donc ?

— Dans ta nouvelle chambre, qui se trouve aussi être la chambre d'amis de l'appartement de Gilly. Tu vois qui est Gilly ?

Il n'attendit pas sa réponse.

— William et Paris y ont dormi quelquefois avec leurs conquêtes, d'où le poster de femme. Mais peu importe. Tu resteras ici jusqu'à ce que tu te décides à retourner au paradis.

Il avait profité de ce qu'elle dormait pour la transporter en ville. Il était donc si désireux de se débarrasser d'elle ? Elle en eut le cœur serré.

— Olivia ?

Ne tiens pas compte de ta souffrance.

— Oui, je vois qui est Gilly, murmura-t-elle.

En vérité, elle connaissait Gilly mieux que lui et que tous les Seigneurs de l'Ombre. Avant de venir ici, Gilly avait eu la vie dure et, en tant qu'ange dispensateur de joie, Olivia avait été chargée plus d'une fois de lui murmurer des paroles de réconfort et de la guider. Quand Gilly avait fui la maison familiale, elle lui avait inspiré le désir de rejoindre Los Angeles, parce qu'elle avait su, avec son instinct d'ange, qu'elle y trouverait le salut. Ce qu'elle n'avait pas prévu, c'était que ce salut lui viendrait de Danika et des Seigneurs de l'Ombre.

La volonté du Seul et Unique empruntait des chemins mystérieux.

— Mais je n'ai pas l'intention de retourner au paradis, ajouta-t-elle.

Une étrange détermination fit briller les yeux d'Aeron.

— Nous parlerons de ça plus tard. Pour l'instant, comme je viens de te le dire, nous avons une tâche à accomplir. Tu peux prendre une douche, ça te fera du bien, mais rapidement. Et nous en profiterons pour parler, car j'ai des questions à te poser et pas une minute à perdre.

Il la prit dans ses bras et la porta dans la salle de bains. Elle n'eut même pas le temps de profiter du voyage, tellement ce fut rapide. Il la déposa devant la douche et s'occupa de régler le jet d'eau. Comme il se penchait en avant et lui tournait le dos, elle en profita pour admirer ses fesses, plutôt rondes et bien moulées.

Un jet chaud jaillit brusquement du pommeau de douche et Aeron se redressa. Dommage. Mais peut-être pas tant que ça, parce que ce jet puissant achèverait de la réveiller et de lui redonner des forces. Elle ferma à demi les paupières, se demandant si elle n'allait pas recevoir sa deuxième leçon de plaisir. Ça s'annonçait bien. Elle s'apprêtait à prendre une douche sous les yeux d'Aeron. Avec un peu de chance, il ne pourrait pas s'empêcher de la toucher.

Finalement, cette journée commençait mieux qu'elle ne l'aurait cru.

Elle en trembla de désir.

Quand il se tourna vers elle, il lui parut plus grand et plus menaçant que de coutume. Le violet de ses yeux était plus intense, ses tatouages plus terribles que jamais, un pouls battait sauvagement à la base de son cou.

Comme il est beau ! songea-t-elle tandis que son cœur s'emballait. Elle avait envie d'explorer de nouveau ce grand corps musclé, d'y faire danser ses lèvres. En s'attardant entre ses jambes, bien entendu. Quand elle avait saisi son sexe, tout à l'heure, elle avait senti une goutte humide et poisseuse.

Elle se demanda quel goût cela aurait.

— Tu sais comment on procède pour prendre une douche ? demanda-t-il. Il faut commencer par se déshabiller…

Il se racla la gorge.

— Puis se mettre sous le jet et se savonner des pieds à la tête.

— Tu vas te savonner aussi ? demanda-t-elle d'un

ton innocent, tout en faisant passer son haut par-dessus sa tête, avant de le jeter négligemment à terre.

Elle aurait dû se sentir gênée d'exposer son corps quasi nu au regard d'Aeron, mais elle fut ravie, au contraire, qu'il puisse l'admirer. Elle espéra qu'il la désirerait autant qu'elle le désirait. Et puis elle était une femme libérée, n'est-ce pas ? Et à présent qu'elle savait quel plaisir ils pouvaient retirer de leurs caresses, elle était prête à tout pour les obtenir.

— Tu préfères peut-être regarder…, minauda-t-elle.

Si c'est le cas, je vais t'offrir un beau spectacle…

Elle posa ses mains sur ses seins et fit comme l'héroïne du roman dont elle avait lu quelques passages à Gideon : elle les caressa comme elle aurait voulu qu'il les caresse. Dieu, que c'était bon…

Il ouvrit des yeux ronds comme des soucoupes et la fixa, hypnotisé. L'atmosphère devint soudain très épaisse dans la salle de bains. Epaisse et chargée d'électricité.

— Ne fais pas ça, supplia-t-il d'une voix rauque et angoissée.

— Et pourquoi pas ?

— Parce que ton dieu, celui que tu appelles le Seul et Unique, devrait être remercié pour avoir créé de tels…

Il se tut et secoua la tête, mais sans la quitter des yeux.

— Bon sang ! Parce que je devrais être puni pour les idées qui me passent en ce moment par la tête.

Il avait donc les mêmes idées qu'elle…

— Aeron, gémit-elle.

— Quand je pense que je n'ai même pas embrassé ces si jolis seins, dit-il d'un voix qui paraissait grésiller de l'électricité de la pièce. C'est un crime. Un blasphème…

— Tu pourrais les embrasser maintenant, suggéra-t-elle.

— Avec plaisir.

Il inclina la tête vers elle, tandis que ses pupilles se dilataient encore, et cette fois, elle sut avec certitude que c'était l'effet du désir, pas de la colère.

L'extrémité de ses tétons s'arrondit et pointa, comme pour aller à la rencontre de cette bouche qui les convoitait. Mais juste au moment où elle allait atteindre son but, il se redressa en poussant un grognement mécontent. Il avait failli… Mais pourquoi avait-il changé d'avis ?

— Aeron…

Elle était dans un tel état de frustration que c'en était presque douloureux.

— Fais-le. Ne t'arrête pas.

— Non.

— Pourquoi ?

— Parce que.

Il savait qu'elle le désirait plus que tout au monde, et il refusait. Sans aucune raison valable. Le salaud !

— Tu n'as qu'à te débrouiller toute seule, grommela-t-il.

Puis il sortit de la salle de bains, laissant la porte à peine entrouverte.

Elle faillit crier de rage et de désespoir. Mais elle se retint et acheva de se déshabiller en silence. Puis elle entra dans la douche. Quand le jet se déversa sur elle, elle faillit hurler, pour se libérer de cette insupportable tension que la caresse de l'eau ne faisait qu'augmenter.

Elle tenta de se vider l'esprit, mais une cascade de mots refusait de quitter son champ de conscience. *Baiser. Seins. Corps. Caresses.*

— Tu n'es pas en train de te savonner, lui cria de loin Aeron. Je ne t'entends pas bouger.

— Occupe-toi de tes oignons ! répondit-elle sèchement, en reprenant une expression qu'elle avait entendue dans la bouche des humains.

Baiser. Seins. Sexe. Corps. Caresses. Bouche.

Elle en avait les genoux en coton.

— Olivia ?

Elle crut déceler une menace dans le ton. Il ne manquait pas de culot.

— La ferme, démon !

Tout en tremblant, elle recueillit dans la paume de sa main un savon liquide qui fleurait bon la rose et entreprit de se laver. Mais cela aussi évoqua les caresses d'Aeron et augmenta son désir. Comment avait fait ce monstre pour l'exciter à ce point, sans même la toucher ni l'embrasser ?

Corps. Sexe. Lécher. Embrasser. Fouiller.

Elle n'allait pas tarder à exploser.

Penser à autre chose. Il fallait qu'elle pense à autre chose !

— Est-ce que Paris et William se sont servis de ce savon ? demanda-t-elle.

— Je n'en sais rien. Quelle importance ? Je t'interdis de parler d'eux. De plus, c'est moi qui pose les questions, ici. Comment savais-tu que nous n'allions pas retrouver Scarlet ?

— Ça t'étonne ? Je t'avais pourtant dit que je savais beaucoup de choses qui pouvaient t'être utiles, mais jusqu'à présent, tu n'avais pas l'air intéressé.

— Eh bien, je le suis, maintenant. Je t'écoute. Et pour commencer, tu vas me dire s'il y a en ville d'autres immortels possédés par les démons de la boîte de Pandore.

Confiante et sûre de toi. Agressive. Montre-lui.

— Tu crois que c'est si facile ? Qu'il suffit que tu ordonnes pour que j'obéisse ?

Il y eut un temps de silence.

— Qu'est-ce que tu veux en échange ? demanda-t-il enfin.

Elle soupira de soulagement. Ç'avait marché.

— Pour commencer, j'exige des excuses.

— Je... je suis désolé, murmura-t-il d'un ton réticent qu'elle décida de ne pas relever.

— Non, répondit-elle enfin. Il n'y pas en ville d'autres immortels possédés par les démons de Pandore.

— Très bien. Dans ce cas, je voudrais que tu me conduises auprès de Scarlet.

— Non. Je regrette.

Elle pivota sous le jet. Les gouttes rebondissaient, puis glissaient le long de son corps. Dieu, que c'était bon...

Baisers. Seins.

— Pas question que je te rende ce genre de service, précisa-t-elle.

— Oh, que si... Tu vas me le rendre.

Il paraissait si sûr de lui. Cette assurance aurait dû l'agacer, mais elle l'excitait plutôt. *Je sens que ça recommence. Cette tension...*

— Tu prétendais ne pas me vouloir près de toi, lui cria-t-elle. Qu'est-ce qui t'a fait changer d'avis ?

— J'ai décidé qu'il fallait que tu saches quel genre de vie je mène, que tes yeux contemplent le sang, la violence et la souffrance. Je veux que tu comprennes que seuls mes compagnons et Legion ont de l'importance pour moi, que je serais prêt à tuer quiconque oserait les menacer.

Il paraissait sincère. Ainsi, même s'il avait pris aujourd'hui son parti et l'avait protégée de Legion, il tenait à lui faire savoir qu'il n'hésiterait pas à la tuer.

Le désir d'Olivia s'envola aussitôt.

— Message reçu, répondit-elle.

Après tout, s'il tenait à lui montrer sa vie telle qu'elle était, elle se sentait prête à le suivre et à jouer le jeu. Et elle, de son côté, elle lui montrerait tout ce qu'il perdrait si elle partait. A commencer par ces seins qu'il aurait dû embrasser depuis longtemps.

Ça recommence…

De l'air. Elle avait besoin d'air. Elle tritura les robinets jusqu'à ce que l'eau cesse de couler. Aussitôt, elle sentit l'air frais sur son corps. L'air était frais, oui, mais elle n'était pas rafraîchie ou calmée pour autant. Elle se sentait tellement excitée qu'elle ne put retenir un gémissement. *Il faut que ça s'arrête.*

Elle se demanda alors si elle ne pouvait pas se soulager elle-même. Aeron l'avait caressée avec ses doigts. Elle aussi, elle avait des doigts. Elle s'humecta les lèvres, le cœur battant. Il ne le saurait pas. Il suffisait de rouvrir les robinets et de lui dire qu'elle ne s'était pas bien savonnée. Et pendant que l'eau coulerait…

— Tu as fini ? lança la voix impatiente d'Aeron.

— Je…

— Olivia, il me semble t'avoir précisé que le temps pressait. Nous n'avons pas l'éternité devant nous.

Il ne croyait pas si bien dire. Il ne lui restait plus que quelques jours à vivre.

Cette idée calma aussitôt sa fièvre. Plus que neuf jours… C'était si peu ! A peine suffisant pour apprendre de lui ce qu'elle était venue chercher. Surtout s'il n'y mettait pas du sien.

— D'accord, soupira-t-elle tout en sortant de la douche.

Elle allait le suivre, et donc passer du temps avec lui. Et elle lui donnerait tout. Ses seins, sa bouche avide. Tout ce qu'il lui réclamerait.

Et entre deux dons, elle le protégerait de tous les dangers, comme elle se l'était promis.

— D'accord pour quoi ? demanda-t-il d'un ton étonné.

Dans une corniche de la douche, elle avisa une

brosse à dents et un tube de dentifrice. Elle avait vu les humains se brosser les dents et s'en tira sans trop de difficultés.

— D'accord pour te montrer où se cache Scarlet, répondit-elle.

La pâte dentifrice lui avait donné une agréable sensation de fraîcheur et de propreté. A présent, les cheveux... Il lui fallut un peu de temps et quelques grimaces pour venir à bout des nœuds. A l'avenir, elle emporterait sa tunique avec elle. C'était tout de même plus pratique pour faire sa toilette.

— Qu'est-ce qui t'a fait changer si brusquement d'avis ? demanda-t-il d'un ton méfiant.

— J'ai fini par comprendre que discuter avec toi était une perte de temps, parce que tu obtiens toujours ce que tu veux.

C'était vrai. Du moins en partie.

— Je vois que tu es une femme raisonnable, après tout.

Elle reposa la brosse à sa place.

— Et toi, tu es un mâle sans cœur qui n'aura pas son baiser, s'il continue à s'adresser à moi sur ce ton.

Elle fut elle-même surprise de son audace. Elle découvrait qu'elle était capable de se venger, et ça lui plaisait.

Il ne répondit pas, et elle se demanda si cela signifiait qu'il se taisait pour ne pas être privé de baiser. Peut-être pas... Mieux valait garder la tête froide et ne pas trop se bercer d'illusions. Cela lui éviterait des déceptions.

— Je n'ai pas blessé Legion, tu sais ? dit-elle. Pourtant, j'aurais pu.

— Tu ne l'as pas blessée intentionnellement, mais ta simple présence la fait souffrir. C'est étrange... Moi aussi, je suis un démon. Et pourtant, ta présence ne m'affecte pas. Mes compagnons non plus ne se sont plaints de rien. Aurais-tu une explication à ce phénomène ?

— Je pense que vos démons ont pris un peu de votre humanité. Suffisamment pour supporter la présence d'un ange. Je n'y suis pour rien, en tout cas.

Elle en avait assez, à présent, de parler de Legion. Il lui accordait décidément trop d'importance.

— Veux-tu que je te dise comment capturer Scarlet ? demanda-t-elle pour changer de conversation.

— Je suis désolé. Oui, bien sûr que je veux. Ça m'intéresse au plus haut point.

Elle retint un sourire. Il s'excusait encore. Toujours avec ce ton bourru, mais elle appréciait tout de même.

— Scarlet étant possédée par Cauchemar, elle est faible et vulnérable tant que le soleil brille.

Tout en parlant, elle vérifia son image dans le miroir. Elle avait les yeux cernés de mauve et ses joues lui parurent plus creuses. Elle aurait préféré ne pas se montrer à Aeron avec cette sale tête, mais elle n'avait guère le choix.

— Elle vit comme un vampire, elle dort le jour, conclut-elle.

Aeron prit quelques secondes pour réfléchir.

— Dans ce cas, nous la capturerons aujourd'hui. Pendant son sommeil.

— Pourquoi tant de précipitation ? Et que comptes-tu faire d'elle ?

— J'ai appris tout à l'heure que les chasseurs sont en ville. Je sais où ils se cachent, et je sais qu'ils sont protégés par Rhéa. Il faut interroger Scarlet et l'empêcher de s'associer aux chasseurs.

— J'aurais pu te le dire depuis longtemps, que les chasseurs étaient en ville. Mais tu refusais de m'entendre.

— Je sais, je sais… J'ai été stupide et j'en suis désolé. Que sais-tu à propos de Rhéa ?

Encore des excuses. Ça méritait une récompense.

— Rhéa aide les chasseurs qui l'appellent « Mère de la Terre », répondit Olivia, songeant qu'elle avait hâte de récompenser Aeron comme il se devait. Je sais aussi qu'elle est la gardienne du démon Conflit.

— Quand je pense que tu étais au courant de tout ça et que je refusais de t'écouter, grommela Aeron. Et si Conflit était attiré dans la boîte de Pandore, Rhéa y survivrait ?

— Non.

— Dans ce cas, pourquoi a-t-elle pris le parti des chasseurs ?

— Comme Galen, elle projette de vous tuer, puis d'utiliser vos démons pour obtenir le pouvoir. Dans le cas de Rhéa, ce serait de régner sur l'Olympe et de détruire Cronos, une fois pour toutes.

Il se tut. Pourquoi ne posait-il pas d'autres questions ? Sans doute songeait-il à s'adresser à son autre source. Car il en avait une, pas de doute. Et, dans ce cas, il n'aurait peut-être plus besoin d'elle.

— Merci pour tous ces renseignements, dit-il d'un ton réticent.

— Je t'en prie.

N'hésite pas. Montre-lui qu'il n'a pas seulement besoin de toi pour sa quête.

— J'accepte d'être payée en baisers, dit-elle. A ce propos, je t'en dois au moins deux. Pour les deux fois où tu t'es spontanément excusé.

Il se racla la gorge.

— Je n'ai jamais dit que je te paierais. Ni que j'étais disposé à accepter que tu me payes. Je… Euh… Il est temps de partir, à présent.

Décidément, il n'était pas drôle. Jamais partant pour s'amuser.

— Laisse-moi au moins…

Elle jeta un coup d'œil du côté de la serviette. S'enrouler là-dedans revenait à abandonner la partie. Ah, non ! Pas question !

Elle se mordit la lèvre et tâcha de se souvenir des conseils de Gideon. Les hommes avaient du mal à résister à une femme nue. Donc pas de serviette. De nouveau, un désir dévorant et à la limite du supportable l'envahit.

— Peu importe, dit-elle d'une voix altérée. Je suis prête.

Elle cambra le dos pour mettre sa poitrine en valeur, puisqu'il avait l'air d'apprécier ses seins… Puis elle agrippa résolument la poignée de la porte et poussa le battant. Aeron lui tournait le dos, les bras croisés. Malheureusement, il était tout habillé, prêt à partir.

Ne te décourage pas.

Rien ne l'empêchait de lui ôter ses vêtements, après tout.

Nue et humide, elle avança dans sa direction. Son cœur battait encore plus vite que tout à l'heure, quand elle avait envisagé de se caresser. Quand elle entra dans son champ de vision, il eut d'abord l'air simplement abasourdi. Puis ses narines frémirent et ses pupilles se dilatèrent d'un seul coup, comme si elles explosaient.

Olivia étouffa un gémissement. Gideon ne s'était pas trompé. Aeron ne restait pas insensible à sa nudité.

Vas-y, maintenant. Fonce.

Cette douleur au niveau du bas-ventre… Il fallait absolument qu'il la soulage.

— Que penses-tu de cette tenue ? murmura-t-elle en tournant sur elle-même.

Il laissa échapper des sons étranglés et incompréhensibles qui la convainquirent de ne plus jamais enfiler un vêtement.

— Je suis une mortelle, à présent. Et j'ai cru remarquer que les mortels réclamaient rétribution quand ils rendaient un service.

Elle ne chercha pas à dissimuler son excitation. Après tout, il fallait qu'il comprenne.

— Aussi, si tu veux obtenir de moi d'autres renseignements, tu vas devoir les payer.

— Comment ?

Ce « comment » ressemblait à un grognement, mais il n'avait pourtant pas l'air furieux.

— Avec des baisers ? insista-t-il.

— Les baisers, c'était il y a cinq minutes, et tu as refusé. Depuis, le tarif a augmenté. A présent, je veux que tu me réchauffes. Parce que j'ai froid.

Je suis en feu.

Il déglutit et laissa errer son regard sur ce corps qui s'offrait à lui, en s'attardant, comme elle s'en était doutée, sur ses seins et entre ses jambes. Sa respiration devint haletante.

— Par les flammes de l'enfer, tu veux me tuer ! s'exclama-t-il.

Prends-moi.

— Aeron...

— Ce... ce n'est pas le moment et nous n'avons pas le temps.

— Prenons-le, insista-t-elle en s'approchant de lui.

Le caresser.

— Je ne devrais pas, dit-il. Je sais que je ne devrais pas, même s'il m'a promis de ne pas...

— De quoi parles-tu ? Qui t'a promis de ne pas quoi ?

Il demeura interdit, conscient d'avoir trop parlé.

— Mon démon, répondit-il d'un ton dur

Puis il posa ses mains dans le bas de son dos.

Il avait la peau brûlante.

— Mon démon ne te fera pas de mal, tu n'as rien à craindre.

Son démon… Comme si c'était le moment de parler de son démon…

— Dans cas, pourquoi me refuser ce que je te réclame ?

Il lui avait donné une première leçon de plaisir très prometteuse, il n'avait pas le droit de s'arrêter en si bon chemin.

— Je ne vois aucun obstacle sérieux.

— Des obstacles, j'en vois, bredouilla-t-il en fixant intensément ses lèvres. Nous sommes…

Elle n'avait aucune envie de l'entendre débiter un chapelet de bonnes raisons et lui posa sa main à plat sur le torse pour lui intimer l'ordre de se taire. Elle se rendit compte, à cette occasion, que son cœur cognait encore plus fort et plus vite que le sien, ce qu'elle interpréta comme un signe favorable. Elle le désirait de plus en plus et s'impatientait. N'y tenant plus, elle se cambra contre lui en gémissant. *Oh, oui…*

— Tu as besoin de réponses pour toi et pour tes compagnons. Pour ceux que tu aimes. Alors paye-moi.

Il s'humecta les lèvres, y laissant une traînée humide.

— Qui aurait cru qu'un ange pouvait être aussi manipulateur ? protesta-t-il d'une voix rauque.

— Je suis un ange déchu. Et puis assez parlé. Si nous passions plutôt à l'action ?

— Oui.

Il se pencha vers elle au moment où elle se hissait sur la pointe des pieds pour aller à sa rencontre. Leurs bouches se heurtèrent, mais elle dut forcer la barrière de ses lèvres. Pourtant, quand leurs langues se mêlèrent, il gémit et céda.

Ses bras lui enserrèrent la taille pour la soulever, et elle enroula ses jambes autour de lui en croisant les chevilles. Cette position qu'elle n'aurait pas imaginée lui parut parfaite. Elle plaçait son sexe exactement à la hauteur de son pénis en érection — pénis dont la pointe dépassait à présent de la ceinture de son pantalon.

De son stupide pantalon.

Ses cheveux coupés en brosse lui chatouillèrent la paume des mains quand elle lui caressa le crâne, et ce fut délicieux.

Il la saisit par la nuque pour lui incliner la tête, afin de mieux l'embrasser. Sa langue fouillait maintenant si profondément que sa caresse se répercutait dans chaque cellule de son être.

— Tu es beaucoup trop habillé à mon goût, dit-elle en profitant d'un moment où il s'écartait d'elle pour reprendre son souffle.

— Pas assez, tu veux dire…? rétorqua-t-il avant de se jeter goulûment sur sa clavicule, qu'il se mit à sucer.

Il s'aventura plus bas, pour prendre possession d'un de ses seins, enfin. Mais il n'avait qu'une seule bouche et elle avait deux seins. L'une de ses mains alla donc consoler le délaissé.

— Je crois qu'une armure ne suffirait pas à me protéger de toi, ajouta-t-il.

Enfin, il le reconnaissait !

— Nous devrions nous calmer un peu, dit-il.

Quoi ? Mais non, pas du tout ! Elle n'était pas de cet avis et lui tira l'oreille, pour lui apprendre à dire des bêtises.

Il rétorqua en lui mordillant le bout du sein qu'il n'avait pas encore goûté, et elle ne put s'empêcher de crier, tout en se cambrant un peu plus contre lui et en se frottant — comme elle l'aimait tant.

— Je crois que le bout de ton sexe va bientôt être tout mouillé, dit-elle.

— Et tu trouves que ce n'est pas bien ?

Pas bien ? Pourquoi pas bien ? Elle se souvint qu'il avait refusé qu'elle prenne son pénis dans sa bouche, la première fois, en prétendant qu'il ne voulait pas la souiller.

Elle laissa retomber ses jambes, et ses pieds se posèrent au sol.

Il fronça les sourcils.

— Mais qu'est-ce que tu… ?

Elle se laissa tomber à genoux et tira sur son pantalon jusqu'à libérer son pénis, qu'elle admira pendant quelques secondes, comme en extase. Il était long, épais et incroyablement dur.

— Olivia…, gémit-il du ton de quelqu'un qui souffre. Tu ne devrais pas…

Elle pressa tendrement sa joue contre la peau si douce de cet appendice si dur. Les doigts d'Aeron attrapèrent ses cheveux pour la guider. Elle ouvrit la bouche et avala. Sa ceinture lui râpa un peu le menton, et ce n'était pas très pratique, mais par contre, le goût doux-amer de la chose la surprit agréablement.

— J'ai eu tort de me faire prier, gémit-il. C'est bien. C'est vraiment très bien…

Elle se mit à sucer, tout en jouant avec ses bourses. Que c'était agréable de le goûter ainsi, de lui donner du plaisir, de vaincre sa résistance, de le pousser à s'abandonner… Mais il ne la laissa pas aller jusqu'au bout et la saisit par les épaules pour la relever.

— Ça suffit, dit-il.

Elle eut le temps de remarquer qu'il avait le visage couvert de sueur, puis il la fit reculer et l'écrasa contre le mur. Sans un mot, il se mit à genoux. Ses mains puissantes lui écartèrent les jambes et, à son tour, il entreprit de la lécher, de la sucer, de la dévorer.

Elle avait les jambes en coton et voulut se raccrocher à quelque chose, mais ses mains qui cherchaient à tâtons sur le mur ne rencontrèrent rien. Sa tête s'agitait de droite à gauche, ses longs cheveux lui caressaient le dos et augmentaient son plaisir. Elle était au bord de…

Il se redressa d'un bond, tout en léchant sur son visage les traces humides de son sexe. Il avait les yeux mi-clos, un regard liquide.

— Je veux te posséder… Mais il ne faut pas… C'est pourtant si bon…

Oui, c'était infiniment bon.

— Aeron…

Il secoua la tête et sa résistance céda. Il avait tout à coup l'air décidé.

Il allongea le bras entre eux et saisit son sexe qu'il se mit à secouer vigoureusement, tandis qu'il la prenait par la taille de sa main libre.

— Je ne peux pas… Je n'ai pas le droit… Je ne dois pas oublier…

— Mais quoi ? Ne pas oublier quoi ? Est-ce que tu… ?

— Je ne peux pas.

Il se figea et la pièce résonna soudain de leurs respirations haletantes, mêlées, comme elle aurait voulu que se mêlent leurs corps.

— Je ne peux pas, répéta-t-il. Nous devons…

Il la lâcha pour se frotter le visage. Quand il l'abaissa, elle fut frappée par son expression rageuse.

— La plupart des humains connaissent la frustration, dit-il. Si tu veux être pleinement humaine, c'est une expérience que tu dois accepter.

Accepter la frustration ? Elle aimait mieux mourir.

— Tu m'apprendras la frustration une autre fois, Aeron. Je t'en prie.

Elle avait trop besoin de lui. Tout de suite.

Elle entama un mouvement de va-et-vient pour faire glisser son sexe humide contre son membre chaud, ce membre dont elle connaissait maintenant le goût.

Il dut apprécier, car il se remit en mouvement aussi, tout en lui prenant les fesses à deux mains, pour l'attirer à lui en cadence. Il ne la pénétra pas, pourtant, mais ce qu'ils faisaient était si bon, si parfait, qu'elle ne le regretta pas. Ils tremblaient et gémissaient ensemble, en haletant, tout en s'embrassant furieusement. Elle griffa la fente de ses ailes, sauvagement. Gideon lui avait dit qu'il avait besoin d'une femme passionnée, mais elle décida de se retenir de lui lacérer le dos, de peur de l'effrayer, et retira ses mains.

— Qu'est-ce que tu fais ? protesta-t-il.

— Je profite de toi et du plaisir que tu me donnes. Du moins c'était ce que je faisais avant que tu n'ouvres la bouche.

Il fronça les sourcils et écarta son visage pour mieux la voir.

— Tu peux recommencer à me griffer les ailes ?

— Je ne vais pas me faire prier, répondit-elle en se mordillant la lèvre inférieure et en se cambrant contre lui. Mais à condition que tu entres en moi.

Il laissa échapper un cri étranglé.

Elle se cambra pour l'accueillir et sentit la pointe de son pénis contre son clitoris. Oh… Voilà qui dépassait tout… Cette fois, elle allait atteindre le sommet qu'il lui avait déjà fait entrevoir une fois. Ce sommet qui allait la délivrer de cette douleur dans le bas-ventre, de cette tension qui la torturait.

— Encore, gémit-elle. J'y suis presque. Je vais…

— Non !

Il s'écarta d'elle et la lâcha si brusquement qu'elle tomba.

— Je ne peux pas, dit-il.

Il s'essuya la bouche comme s'il voulait se débarrasser du goût qu'elle y avait laissé. Ses mains tremblaient.

— Pas d'orgasme aujourd'hui, annonça-t-il de ce ton qu'elle haïssait.

Un ton plein de colère, et sans la moindre trace de désir.

— Je... je ne comprends pas...

Il posa sur elle un regard froid et dur, tout en rajustant son pantalon.

— Je te l'ai dit. Les humains n'obtiennent pas tout ce qu'ils désirent. Loin de là. Si tu veux devenir une vraie femme, tu dois le comprendre. A présent, habille-toi. Nous avons à faire.

14

En se jetant au sol, Strider avait entendu la balle siffler près de son épaule. Il l'avait évitée de justesse.

— Désolée, murmura Gwen en grimaçant d'un air gêné.

Elle avait rassemblé ses cheveux roux en une queue-de-cheval. Ses yeux dorés luisaient.

— J'ai un peu de mal à maîtriser ma harpie, alors je me suis dit que ce serait une bonne idée de prendre une arme.

Une arme ! Rien que ça ! Strider leva les yeux au ciel. Gwen ne pouvait pas se servir de cette arme qu'il avait trafiquée et rebaptisée « Tue les chasseurs ».

Il l'avait échappé belle. Un peu plus et la balle le touchait. Et là, les choses se seraient gâtées, parce que son démon aurait pris ça pour un défi. Gwen aurait gagné le combat, bien entendu, et il aurait mis des semaines à se remettre de la défaite. Des semaines durant lesquelles il aurait souffert le martyre.

Il avait déjà perdu un combat quelques semaines plus tôt, quand Sabin et Gwen avaient laissé partir Galen — une faute qu'il s'efforçait de leur pardonner. Il n'était pas prêt d'oublier ce qu'il avait enduré, et il n'avait aucune envie que cela recommence.

— Pourrais-tu ôter ton doigt de la détente ? dit-il tranquillement. Nous ignorons où se trouvent les chasseurs, et eux aussi ignorent où nous sommes. Mais si tu continues à tirer, ils vont finir par nous localiser.

— Je l'ôte, répondit Gwen d'un ton penaud.

Il se releva en secouant la tête et scruta les alentours. Ils étaient entourés d'arbres et se trouvaient sur une île, voilà tout ce qu'il pouvait dire. Quelque part au bord de l'eau. Il entendait le bruit des vagues. Du sable collait à ses semelles et à sa peau.

Amun et Maddox étaient partis en éclaireurs pour tenter de repérer l'ennemi.

Apparemment, les monstres du temple les avaient envoyés sur une île avec seize chasseurs — transportés, eux aussi, dans ce lieu inconnu sans qu'on leur ait demandé leur avis, probablement. Et ils appelaient ça un cadeau...

Ils étaient là depuis vingt-quatre heures, victimes du cadeau empoisonné de Ceux dont on ne prononce pas le Nom, à essayer de comprendre ce qui leur arrivait, et à se guetter mutuellement — un peu comme dans les matchs de boxe : les chasseurs à un bout du ring, les Seigneurs de l'Ombre à l'autre bout. Ils attendaient le gong qui donnerait le signal du combat

Strider avait hâte que ce gong résonne.

Son téléphone fit entendre un signal.

— Enfin ! s'exclama-t-il en envoyant son poing dans un tronc d'arbre. Lucien a reçu mon message.

Depuis leur arrivée dans cet endroit mystérieux, il avait tenté de joindre leurs compagnons de Budapest, mais sans succès. Sans doute les créatures avaient-elles bloqué les communications. Ou bien il n'y avait pas d'antennes relais dans le coin. Il paria pour les créatures. Le message était arrivé ; cela signifiait sans doute que les monstres du temple se désintéressaient désormais de l'issue de l'affaire.

Il avait réclamé à Lucien des armes et des munitions.

Il aurait pu lui demander de les transporter au château, mais son démon lui interdisait de quitter cette île sans avoir capturé les chasseurs qui s'y trouvaient. S'il ne pouvait les capturer, il se contenterait de les tuer. Guerre serait bien obligé de s'en satisfaire. Ce n'était pas le moment de se montrer capricieux.

Quelques secondes après l'accusé de réception de son message, la réponse de Lucien lui parvint.

Impossible envoyer armes et munitions. Bloqué par une force inconnue.

Les créatures n'avaient donc pas lâché le morceau. Elles s'amusaient simplement à donner un peu de mou à la corde.

Il transmit la mauvaise nouvelle à Gwen, Sabin et Reyes, qui se trouvaient près de lui.

— Ça va aller, dit Sabin d'un ton rassurant. Au pire, la harpie de Gwen se chargera de nos ennemis. Vous pouvez être tranquilles. Elle n'en fera qu'une bouchée.

La harpie de Gwen était capable d'affronter une armée d'immortels. Venir à bout d'un groupe d'humains serait pour elle un jeu d'enfant.

— Encore faudrait-il qu'elle daigne se réveiller, murmura Gwen.

Puis elle se reprit.

— Je trouverai un moyen.

Quand il s'agissait de protéger Sabin, Gwen était prête à tout. Strider avait affronté le couple au cours d'une séance d'entraînement, et il savait de quoi il parlait.

Pas grave, répondit-il à Lucien. *On va se débrouiller.*

Tant mieux. Galen dans Buda.

Galen se trouvait à Budapest ?

Ça va aller pour vous ?

Ce salaud possède la Cape. Peut entrer dans le château.

Bon sang ! Galen possédait l'un des objets de pouvoir.

Il pouvait maintenant les tuer et manipuler leurs démons, et pourtant il voulait toujours s'approprier la boîte de Pandore… Strider se demanda d'abord pourquoi, puis il songea qu'elle lui permettrait de réunir aisément tous les démons, sans avoir à se battre ou à parcourir le monde pour les rassembler. Il cherchait à gagner sur tous les fronts…

Strider soupira. Lui aussi avait une mauvaise nouvelle à annoncer.

Galen a fait entrer Méfiance dans le corps d'une femme.

Lucien ne répondit pas tout de suite. Sans doute lui fallait-il un peu de temps pour encaisser le choc. Méfiance était tout ce qui restait de leur regretté Baden, et ils allaient devoir le combattre…

Lucien envoya enfin son commentaire.

Ça va mal. Aeron a réclamé une réunion. Je vous dirai plus tard. En attendant, bonne chance et prudence.

Bonne chance à vous aussi.

Une branche craqua et ils réagirent aussitôt, en pointant leurs armes en direction du bruit, et aussi dans la direction opposée. On ne savait jamais… Quand Amun et Maddox émergèrent des buissons, Sabin et Strider soupirèrent de soulagement. Amun traînait un mortel derrière lui. Il jeta son corps au centre de leur campement. Il affichait, comme toujours, une expression morne.

Tandis que Maddox liait les mains et les pieds de l'homme, Amun expliqua par gestes ce qu'ils avaient appris.

Amun venait probablement de sonder l'esprit du chasseur. Strider eut pitié de lui. Le pauvre allait être hanté par une nouvelle voix et il mettrait des mois à s'en remettre.

— Les chasseurs se sont installés à environ deux kilomètres au nord et celui-ci montait la garde, dit

Sabin en traduisant les gestes d'Amun. Ils sont à l'abri derrière un mur qui leur sert de fortification. Ils attendent qu'on attaque.

Il se tut et eut un rire amer.

— Nous avons tous vu Méfiance entrer dans le corps de cette femme et nous savons ce que ça signifie. A présent, les chasseurs ont ordre de nous tuer.

— J'ai mieux que ça à vous apprendre, intervint tristement Strider en tapotant sa poche. Galen est dans Budapest et il a réussi à se procurer la Cape qui rend invisible.

Un silence atterré suivit cette révélation. Strider sentit les vibrations de colère de ses compagnons. Puis il les entendit jurer tout bas.

— Les autres vont avoir besoin de nous au château, murmura Sabin. Nous ne pouvons pas nous attarder ici. Mais nous ne pouvons pas non plus laisser ces chasseurs nous échapper. Je propose que Maddox nous mène jusqu'à eux. Nous les attaquerons dans leur camp, comme ils le souhaitent.

Il se leva, les poings sur les hanches.

— Mais ça ne se passera pas comme ils l'espèrent. Nous serons sans pitié. Pas de prisonniers.

Les autres l'imitèrent dans un murmure d'approbation. Kane et Reyes sortirent des poignards de dessous leurs vêtements, Gwen prit le Sig Sauer trafiqué.

— C'est pour moi, ce joujou, dit vivement Strider en le lui arrachant des mains.

— Très bien, répondit-elle avec un sourire gêné.

Puis elle agita ses doigts griffus.

— Je crois que je me débrouillerai mieux avec ça, ajouta-t-elle.

— C'est bien mon avis.

Sabin vint serrer sa femelle dans ses bras.

— Je t'aiderai à réveiller ta harpie, promit-il. Maddox,

tu peux nous expliquer précisément où se trouve le camp des chasseurs ?

Maddox avança au centre de leur groupe et s'agenouilla sur le sable pour tracer un cercle approximatif.

— Nous nous trouvons sur une île. Voici notre position.

Il inscrivit une croix dans le cercle.

— Voici celle des chasseurs. Ceux dont on ne prononce pas le Nom leur ont fourni des armes. J'ai trouvé des pièges. Ils ont probablement aussi des fusils.

Amun s'agita et, de nouveau, Sabin traduisit pour Maddox et Reyes, qui n'avaient pas, comme lui, vécu des siècles auprès de ce taciturne compagnon.

— Le dormeur que nous avons là patrouillait autour du camp avec trois autres, dit-il en montrant l'homme étendu.

Strider prit quelques secondes pour réfléchir.

— Nous allons nous scinder en deux pour les coincer, dit-il enfin. Un groupe les attaquera, l'autre les empêchera de fuir.

Il aurait préféré pourchasser seul ces salauds et les tuer un à un, mais il fallait faire vite.

— Excellent, approuva Sabin.

Il désigna deux groupes et indiqua à chacun par où il devait passer.

— Arrangez-vous pour qu'ils ne vous voient pas approcher, recommanda-t-il. Si nous parvenons à les surprendre, nous augmenterons nos chances. Et n'attaquez pas avant mon signal. Je veux d'abord leur envoyer mon démon pour les déstabiliser.

Doute transformait le plus vaillant des guerriers en bébé pleurnichard. Son aide leur serait précieuse.

— Et à présent, allons-y. Ne leur laissons pas le temps de se rendre compte qu'il leur manque un des leurs, si ce n'est déjà fait…

Strider le salua en souriant et se mit en route. Il aimait le défi que représentait une bataille, l'excitation qui la précédait. Déjà, l'adrénaline coulait dans ses veines. Il se sentait fort et puissant. Il enjambait les troncs morts et escaladait les rochers sans ralentir l'allure, mais il prenait soin d'éviter le soleil qui perçait à travers la canopée des arbres et dardait ses rayons en faisceau, comme un projecteur.

Il me faut une victoire, gémit Guerre.

Guerre ne lui parlait qu'avant et après un combat.

Tu l'auras, je te le promets.

Tu en es sûr ?

Bien entendu que j'en suis sûr. Et qu'est-ce que tu as à insister comme ça ? On croirait entendre Doute...

Arrivé à proximité du camp des chasseurs, Strider s'obligea à ralentir et à regarder où il mettait les pieds — il n'aurait pas fallu que des branchages craquent sous ses bottes. Il entendit bientôt un murmure de voix et rampa jusqu'à un buisson.

Il ne vit d'abord qu'un mur de pierre dans lequel de petites ouvertures avaient été ménagées. Puis, de nouveau, il perçut des murmures. Il distinguait maintenant des canons d'armes qui pointaient par les ouvertures.

— Rick n'est pas encore rentré, c'est tout de même bizarre.

— Il n'a que cinq minutes de retard.

— Il s'est peut-être égaré.

— Ne soyez pas stupides. Nous sommes sur une île avec les Seigneurs de l'Ombre, et Rick a disparu. Ça signifie qu'il est mort.

— Tu as sans doute raison... Ils sont sans pitié et n'hésiteraient pas à tuer un innocent. Pourtant... je préfère garder espoir. J'aimais... J'aime beaucoup Rick.

Un innocent ? Strider ricana intérieurement.

— Nous ne devrions pas les attendre. Moi, j'aurais préféré les attaquer. Nous sommes protégés par les dieux, c'est évident. Ce mur de pierre qui a jailli de nulle part le prouve. On nous a même fourni des armes et des pièges. Ceux qui nous ont amenés ici veulent notre victoire.

Strider songea que le raisonnement se tenait.

Celle dont on ne prononce pas le Nom leur avait présenté ces chasseurs comme un présent... Pourquoi avoir fourni des armes à ces derniers ? Sans doute pour que le combat soit plus féroce. Les dieux aimaient les distractions sanguinaires.

L'un des hommes se leva et Strider aperçut le sommet de son crâne.

— Bouclez-la, dit l'homme. Vous avez l'air d'oublier que nous nous préparons à affronter les démons responsables de tous les maux de la Terre. Nous avons intérêt à nous méfier et à rester en alerte.

Strider eut une moue de dégoût. Des fanatiques... Voilà ce qu'étaient les chasseurs. Il leur fallait des boucs émissaires pour justifier la médiocrité de leurs vies. Ils oubliaient que chaque homme possédait son libre-arbitre — libre-arbitre qui était généralement la source de ses problèmes.

— Et s'ils étaient trop puissants pour nous ? Si nous étions destinés à mourir ici, au contraire ?

— Ils veulent se venger de ce que nous avons fait subir à Tromperie. Je le sais. Ils vont nous couper les mains.

Strider retint un sourire. Doute était déjà à l'œuvre. Plus que quelques secondes et Sabin donnerait le...

Sabin siffla.

Enfin ! Le gong qu'il attendait depuis vingt-quatre heures ! Strider se leva d'un bond, en pointant ses deux revolvers. Puis il visa entre les rochers et tira des deux mains en même temps.

Des hurlements lui répondirent.

Du coin de l'œil, il aperçut Reyes, qui sortait de derrière un tronc et se précipitait pour escalader le mur, tout en lançant un poignard. Il dut toucher sa cible, lui aussi, car il y eut encore un hurlement. Maddox, juste derrière Reyes, franchit l'obstacle d'un seul bond. Des coups de feu crépitèrent. Le ventre de Strider se noua. Maddox n'était pas armé. Il avait choisi de servir de cible pour faire diversion.

Sabin s'avança et Kane tenta de le suivre, mais une balle ricocha sur un rocher et vint se ficher dans son épaule. Pauvre Désastre… On ne l'avait pas visé, mais c'était tout de même lui le premier blessé. Kane jura haut et fort.

Strider courait le long du mur en désarmant autant de fusils qu'il le pouvait à travers les trous ménagés pour tirer, quand des effluves citronnés lui chatouillèrent les narines. Il se figea. *Gwen.* La traînée rouge qui fonçait droit sur l'enceinte des chasseurs ressemblait bigrement à ses cheveux. Sabin avait tenu sa promesse, la harpie était là. Strider la suivit, armes au poing, au cas où.

Mais sa présence n'était pas nécessaire. La harpie poussait des cris atroces, tout en donnant des coups de griffes et de dents. Les hommes s'effondraient les uns après les autres. Quelques-uns tentèrent de fuir, mais ils n'allèrent pas loin. La créature de Gwen n'eut qu'à agiter ses ailes pour les rattraper et les mordre au cou, comme leurs compagnons. Gwen était une redoutable dévoreuse de trachées, elle le confirmait aujourd'hui, une fois de plus.

Et voilà, c'était terminé.

Oui ! Oui ! triompha Guerre.

Strider ne partagea pas son enthousiasme. Un peu trop facile… Mais il n'allait tout de même pas s'en plaindre, même si le frisson aurait été plus grand avec une victoire obtenue de haute lutte. Il était arrivé, après certaines batailles mémorables, que son démon gémisse de plaisir pendant des jours. Bon sang… C'était encore meilleur que le sexe.

Reyes et Maddox saignaient abondamment et circulaient entre les corps en titubant, tout en donnant des coups de pied dans les armes à terre, quand Strider entendit craquer une branche à l'extérieur, de l'autre côté de l'enclos formé par le mur. Il se détendit en voyant qu'il s'agissait de Kane, appuyé à un tronc, qui tentait d'extraire la balle de son épaule. Ce n'était pas la première fois que Désastre avait à ôter une balle, et il n'avait besoin de personne.

Un peu plus loin, Amun gémissait, torturé par les souvenirs du chasseur qu'il avait traîné jusqu'à leur camp. Il était prostré, il n'avait pas pu participer au combat.

— Gwen ! appela Sabin.

Gwen était adossée au mur, le visage et les mains en sang. Personne n'osait s'approcher d'elle pour l'instant, sauf Sabin, qui était seul capable d'apaiser la harpie.

Strider le laissa donc faire et rejoignit Maddox et Reyes, qui déambulaient toujours parmi les corps, pour les aider à achever ceux qui gémissaient encore. Il en avait repéré un et pointait déjà son arme quand… *Pas lui.* Strider se sentit envahi par la compassion. Celui-là était un gamin… Il n'avait pas plus de vingt ans. Avec ses yeux et ses cheveux noirs, il lui rappelait le Reyes d'autrefois.

Le gamin leva vers lui des yeux vitreux.

— Salaud, murmura-t-il tout en crachant du sang.

Tu crois que tu m'as eu, mais tu te trompes. S'il le faut, je sortirai de ma tombe pour t'abattre.

Ils avaient décidé de ne pas faire de prisonnier, et pourtant Strider ne pouvait se décider à tuer cet enfant.

C'était stupide. Enfant ou pas, ce chasseur le haïssait et il l'aurait égorgé sans hésiter, s'il l'avait pu. Pourtant, l'expression fière de son visage forçait le respect, et il fut impossible au guerrier Strider de rester insensible à tant de courage.

Il ôta son T-shirt en soupirant et déchira de quoi confectionner un bandage pour l'épaule du gamin.

— Qu'est-ce que vous faites ? protesta celui-ci.

— Je te sauve la vie.

— Vous me sauvez la vie ? Non. Je ne veux pas être sauvé par un démon.

Il tenta de ramper, mais il était trop faible et s'éloigna à peine de quelques mètres.

— Dommage pour toi, rétorqua Strider en pressant sur le ventre du jeune homme ce qui lui restait de son T-shirt. Je donne toujours aux chasseurs le contraire de ce qu'ils réclament.

Le gamin parut réfléchir.

— Votre geste ne changera rien, murmura-t-il enfin.

Mais il cessa de lutter et se laissa faire. Il était temps. Guerre commençait à considérer l'attitude de ce blessé récalcitrant comme un défi. Il avait failli se manifester.

— Qu'ai-je donc fait pour exciter à ce point ta haine ? demanda Strider.

Le gamin avait fermé les yeux. Il les ouvrit pour répondre.

— Comme si vous ne le saviez pas…, répondit-il sèchement.

Strider leva les yeux au ciel.

— Je vois qu'on t'a bien endoctriné, mon gars…

— Je ne m'appelle pas « mon gars », connard.

— Tu es bien sûr de toi, ricana Strider.

Le gamin se passa la langue sur les dents.

— Vous voulez connaître le nom de celui qui vous tuera un jour, démon ? C'est Dominic. Je m'appelle Dominic.

— Je ne t'ai pas demandé ton nom, rétorqua posément Strider. Et puisque je t'ai sauvé la vie, je vais te charger d'un message. Tu peux dire à Galen que nous savons, pour la fille. Celle qui a accueilli le démon Espoir.

Dominic devint livide.

— J'ignore de… quoi… vous parlez, dit-il en haletant.

Strider n'en crut pas un mot.

Des ombres se penchèrent brusquement sur le gamin, celles des Seigneurs de l'Ombre qui s'étaient approchés pour l'entourer. Strider leva un regard interrogateur vers eux, mais personne ne lui reprocha sa désobéissance. Sur leurs visages, il ne lut que la compassion.

Il se pencha de nouveau sur le garçon.

— Je vais te donner un conseil d'ami, lui dit-il tout en terminant son bandage. Quand tu rentreras dans le trou qui vous sert de cachette, observe bien votre chef. Je sais qu'il prétend être un ange et que ses ailes suffisent à vous leurrer. Mais devine quoi ? Il est possédé par un démon de la boîte de Pandore. Comme nous. Et ce démon, c'est Espoir. N'as-tu pas remarqué que chaque fois que tu es en sa présence, l'avenir te paraît merveilleux ? Que chaque fois que tu le quittes, le désespoir s'empare de toi ? Il inspire aux êtres des rêves insensés. C'est là la source de sa force.

— Non… Non… C'est faux.

Dominic ferma les yeux et ne tenta plus de les rouvrir. Il avait les traits tirés, ses joues s'étaient creusées. Il avait perdu beaucoup de sang. Il avait besoin d'une transfusion.

— Il faut envoyer un message à Lucien et lui demander de se transporter ici, où qu'il soit, grommela Strider. Maintenant que nous avons vaincu les chasseurs, je suppose que les monstres du temple ne s'opposeront plus à ce que nous quittions cette île.

Il ne voulait pas que ce gamin meure. Pas après tout le mal qu'il s'était donné pour le garder en vie.

Il entendit un froissement de tissu. Gwen fouillait dans sa poche pour en sortir son téléphone.

— Ça y est ! s'exclama-t-elle après quelques secondes. Il a réussi. Il est dans le temple et il va suivre notre trace énergétique pour nous retrouver.

Lucien possédait le pouvoir de voyager dans le monde spirituel, et il ne lui fallait que quelques secondes pour passer d'un point de la planète à un autre. De plus, s'il voulait retrouver une personne, il pouvait suivre la trace énergétique que celle-ci laissait derrière elle. Il ne connaissait pas l'emplacement exact de l'île ; il avait donc choisi le temple comme point de départ.

Strider tapota la joue du gamin.

— Dominic ! Ouvre les yeux, Dominic !

Dominic ne réagit pas. Strider recommença, un peu plus vigoureusement, jusqu'à ce qu'un gémissement lui réponde.

— Ouvre les yeux !

Dominic entrouvrit enfin les paupières.

— Qu'est-ce que vous voulez ? demanda-t-il d'une voix enrouée.

Sa respiration était de plus en plus hachée et sifflante.

— L'un de nos compagnons va venir te chercher pour t'emmener à l'hôpital. Tu vas vivre. N'oublie pas de délivrer le message que je t'ai confié.

Il sourit.

— Peut-être veux-tu connaître le nom de celui qui t'a sauvé la vie. Je suis Strider, Seigneur de l'Ombre, gardien de Guerre. Et tu me rendrais service en prévenant Galen que je vais m'occuper personnellement de lui.

Galen avait commis une erreur en faisant entrer Méfiance dans le corps de cette femme. Parce qu'à présent Strider pouvait envisager de le tuer et de faire entrer Espoir dans un corps de son choix.

Guerre ricana de plaisir. *Le partie n'est pas terminée. Oh, non ! mon ami, la partie n'est pas terminée.*

15

Aeron s'était envolé avec Olivia. Il la tenait contre son ventre, lui tournant le dos. Elle avait l'air d'apprécier et soupirait de bonheur, tout en s'offrant à la caresse du vent. Il ne la voyait pas, mais il l'imagina en train de sourire. Elle avait eu des ailes, autrefois...

— Tu aimes ? ne put-il s'empêcher de demander.

Elle ne répondit pas.

Depuis qu'ils avaient quitté l'appartement de Gilly, elle n'avait pas ouvert la bouche. Elle cherchait visiblement à lui manifester son mécontentement. Il avait interrompu leur séance de plaisir juste avant le moment crucial. Mais qu'est-ce qui lui avait pris, de vouloir lui montrer qu'on n'obtenait pas toujours ce qu'on désirait ? Il aurait dû, plutôt, profiter de ses caresses ! Il se conduisait vraiment comme un parfait crétin.

Le silence de l'ange ne le laissait pas indifférent, il devait se l'avouer, mais, après tout, mieux valait qu'elle prenne ses distances. Quand elle se déciderait à partir, Legion rentrerait au château. Lysander s'arrangerait pour que Legion et lui soient pardonnés — du moins avait-il promis d'essayer —, et la vie reprendrait son cours.

Aeron soupira. Il aurait pourtant aimé garder Olivia près de...

Non ! Olivia ne comptait pas. Il voulait que tout redevienne comme avant.

De plus, elle devait partir pour qu'il vive. Il n'avait pas le choix.

Un gémissement sourd le fit sursauter. Mais qu'est-ce que…? Bon sang… Colère se plaignait à l'idée de perdre Olivia. Ils étaient donc deux crétins.

Arrivé au château, Aeron s'arrêta sous le porche, à quelques mètres de la porte principale. Pas question d'emmener Olivia dans sa chambre. Elle n'y mettrait plus un pied. Dès qu'ils se trouvaient tous les deux dans une pièce meublée d'un lit, il perdait la tête.

Quand elle était sortie de la douche, nue, avec les gouttes d'eau qui ruisselaient sur son corps sublime, il avait failli en mourir de plaisir. Et au moment de succomber, sa dernière pensée aurait été de regretter d'être privé à jamais du spectacle.

Et quel spectacle…

Elle avait des seins petits mais fermes, avec des tétons couleur prune. Sa peau était blanche et lumineuse. Une cascade de cheveux chocolat lui dégringolait jusqu'à la taille. Des cheveux faciles à empoigner pour…

Il avait failli le faire, mais il s'était retenu, et il se demandait encore par quel prodige. Surtout qu'elle n'avait cessé de gémir et de le supplier d'aller plus loin… Et Colère aussi, qui s'y était mis. Il avait été à deux doigts de leur donner satisfaction. Puis Olivia l'avait embrassé tendrement et cela l'avait déçu et agacé. Heureusement… Parce qu'il était brusquement revenu sur Terre.

Cela n'aurait pas dû le décevoir ni l'agacer, qu'elle se montre tendre avec lui. Au contraire. Mais il avait eu l'impression qu'elle le désirait moins, et il avait craint qu'elle ne pense à quelqu'un d'autre, à un autre homme. A Paris ou à William, dont elle avait parlé sous la douche, tout en se caressant avec ses mains pleines de savon.

Bon sang, mais il devenait fou ou quoi ?

La voix d'Olivia le tira de ses sombres et sensuelles ruminations.

— Tu as entendu ça ? demanda-t-elle.

Elle retira sa main de la sienne et Colère gronda de déception.

Il s'était promis de la battre froid, mais — pauvre imbécile qu'il était — il ne put s'empêcher de lui répondre.

— Entendu quoi ? demanda-t-il tout en tendant l'oreille.

En vérité, il n'entendait rien, à part son démon, qui continuait à se plaindre. Il fronça les sourcils et se tourna vers Olivia. Et, comme chaque fois qu'il posait les yeux sur elle, il eut un pincement au cœur.

— Je n'entends rien du tout, bougonna-t-il.

— Pourtant, cette voix…, murmura-t-elle.

Elle tourna sur elle-même et contempla d'un œil inquiet le hall du château dans lequel ils venaient d'entrer.

— Cette voix me dit de… Elle me dit de prendre ton sexe et de le caresser.

— Une voix te demande de me caresser ?

Il ne pouvait s'agir de Colère, qui se contentait de la réclamer comme sienne et dont il aurait entendu la voix.

— Oui.

— C'est une ruse pour me séduire ? demanda-t-il d'un ton soupçonneux.

Ah, les femmes… Elles avaient décidément plus d'un tour dans leur sac. Après être sortie nue et humide de la salle de bains, elle tentait le coup de l'intervention divine ?

— Non ! protesta-t-elle. Pour qui me prends-tu ? J'entends une voix qui n'est pas la mienne, je te dis ! Comme si je pensais, mais ce n'est pas moi. Je sais que ça n'a aucun sens, mais je t'assure que c'est vrai.

Des pas résonnèrent derrière eux. Il se retourna. Torin descendait l'escalier. Il portait un pull blanc à col roulé, des gants blancs, un long pantalon qui frôlait le sol. A part son visage, pas un millimètre de sa peau n'était visible.

— Il est vraiment délicieux, murmura Olivia. Je pourrais en manger.

— Tu dois cesser de dire des trucs pareils, Olivia, protesta Aeron.

Il lui jeta un coup d'œil et vit rouge. Ce n'était pas de lui qu'elle parlait, mais de Torin, qu'elle dévorait du regard.

Elle est à moi, gronda Colère.

Aeron serra les dents. Il se sentait soudain furieux contre le gentil Torin. Mais il n'était pas jaloux, non, juste agacé qu'Olivia se montre si volage. C'était pour *lui* qu'elle avait renoncé à l'immortalité. Auprès de *lui* qu'elle avait souhaité goûter aux plaisirs de la chair.

— Pardon ? demanda Torin en s'arrêtant sur la dernière marche, hors de leur portée.

Aeron le dévisagea. Mais qu'est-ce qu'Olivia lui trouvait donc ? A part ses cheveux neigeux, qui formaient un étrange contraste avec ses sourcils noirs, sa peau fine, dorée et sans défaut, ses yeux verts, qui semblaient vous pénétrer quand ils se posaient sur vous, Torin n'avait rien de particulier. De plus, il était plus petit que lui et moins costaud.

— Oubliez ce que j'ai dit…, bredouilla Olivia, qui paraissait maintenant horriblement gênée. Je ne sais pas ce qui m'a pris.

Torin faisait visiblement un effort pour ne pas sourire.

— Ravi que vous n'ayez plus peur de moi, dit-il.

Aeron aurait bien voulu pouvoir répliquer qu'il était ravi.

— Il est temps de commencer la réunion, dit-il sèchement.

— C'est malheureusement impossible, répondit Torin. Tout le monde est parti.

— Comment ça, parti ?

— Tu n'es pas le seul à avoir du nouveau. Lucien s'est transporté à Rome pour rejoindre nos compagnons qui fouillaient le temple de Ceux dont on ne prononce pas le Nom. Et à ce propos, j'ai une mauvaise nouvelle. Ils ont appris là-bas que Galen a réussi à faire entrer Méfiance dans le corps d'une femme.

Aeron se gratta le crâne. Méfiance… Le Méfiance de Baden était entré dans le corps d'un chasseur ? Il en fut atterré. Contre toute attente, Galen avait réussi. Il avait osé. C'était inadmissible.

Punition, ordonna Colère.

Il ne lui envoya aucune image, mais Aeron commençait à s'habituer à ce que son démon privilégie désormais la parole.

— Il va falloir réagir, dit-il à Torin. Mais avec prudence. J'ai appris aujourd'hui que Rhéa, la femme de Cronos, aidait les chasseurs.

— C'est une plaisanterie ? murmura Torin en pâlissant.

— Tu trouves que j'ai l'air de plaisanter ?

La main d'Olivia se glissa dans la sienne et leurs doigts s'entrelacèrent. Il se sentit tout attendri et sa colère s'envola.

— Si je peux faire quelque chose, dis-le-moi, murmura-t-elle. Et cette fois, ne t'inquiète pas, je ne te demanderai pas de payer.

Elle cherchait à le réconforter et il en fut… réconforté.

Bon sang, voici qu'il était sur le point de ronronner, comme Colère. Et ça ne lui plaisait pas du tout. Mais cette femme… Oui, elle lui plaisait. Avec elle, il capitulait, lui qui avait pourtant l'habitude de nier ses émotions pour se concentrer sur la tâche à accomplir.

C'était cette douceur… Impossible de résister à tant de douceur.

— Qu'est-ce que tu as ? demanda Torin en le fixant d'un air intrigué, la tête inclinée de côté.

— Rien du tout, prétendit-il.

Il n'allait surtout pas avouer ses faiblesses, et s'empressa d'en revenir au sujet qui les préoccupait.

— Rhéa aide les chasseurs. Elle nous empêche de détecter leur présence, mais ils sont bien là, dit-il.

Torin fit la grimace.

— Galen possède la Cape qui rend invisible, Rhéa aide les chasseurs… Si tu as d'autres mauvaises surprises, je ne veux pas les entendre.

— Justement, il faut que tu saches que Cronos…

— Cronos vient de me faire l'honneur d'une visite, coupa Torin. Mais, bien entendu, il n'a pas daigné m'informer pour Rhéa et les chasseurs. Il a donné ses ordres, comme toujours. Il veut qu'on se dépêche de trouver Scarlet. J'ai eu droit aux menaces habituelles de mort et de malédiction, si nous ne la débusquons pas aujourd'hui même.

Le roi des dieux faisait donc sa tournée. Il lui était apparu, puis il était allé voir Torin. Mais pourquoi était-ce donc si important pour lui, qu'ils trouvent Scarlet ? Voulait-il empêcher Rhéa de la capturer avant lui ?

Olivia lui pressa la main, mais ce fut à Torin qu'elle s'adressa.

— On dirait que je peux vous être utile, fit-elle

remarquer. Aeron voulait justement que je le conduise auprès de Scarlet et j'avais déjà accepté.

Torin la fixa d'un air intéressé.

— D'après Cameo, vous en savez long sur elle, déclara-t-il.

Son expression avait changé quand il avait mentionné Cameo. Tiens, tiens... Certains prétendaient que ces deux-là étaient amants... Etait-ce vrai ? Et surtout, comment s'y prenaient-ils, puisque Torin ne pouvait la toucher ?

Aeron plaignit le pauvre Torin. Ne pas pouvoir toucher la femme qu'on désirait était probablement la pire des tortures.

— Dis-nous où se cache Scarlet, ordonna-t-il à Olivia.

Elle leur annonça que Scarlet dormait dans un cimetière et leur indiqua même la crypte.

— Je préviens tout le monde, annonça Torin d'un ton soulagé.

— Non, répondit Aeron en jetant un regard du côté d'une des fenêtres. Attends.

Les rideaux étaient tirés, mais une légère fente entre les deux panneaux lui permit de constater qu'il faisait encore jour. Il restait quelques heures avant la tombée de la nuit. Scarlet dormait. Cela leur laissait un peu de temps.

— Dis-leur plutôt de rentrer. Olivia et moi, on se charge de Scarlet. Les chasseurs sont en ville, Galen possède la Cape qui rend invisible. Il vaut mieux que le château soit bien gardé.

— Comme tu voudras, répondit Torin, tout en tapotant sur le clavier de son téléphone. Mais tu es sûr que tu ne préfères pas emmener quelqu'un avec toi ? C'est toujours mieux d'avoir des renforts.

— Pas besoin. Scarlet dormira tant qu'il fera jour,

et elle sera sans défenses quand nous la trouverons. C'est bien ce que tu m'as dit, Olivia ?

Olivia acquiesça d'un air gêné. Il comprit qu'elle n'aimait pas partager ses informations avec un autre que lui. Mais elle ne refusait pas, vu qu'il le lui demandait. Il se sentit prêt à lui pardonner son tempérament volage.

Colère ronronna. Lui aussi voulait pardonner. Lui qui d'ordinaire ne connaissait pas le pardon.

— Je sais que tu as eu ta dose de mauvaises surprises pour aujourd'hui, mais je dois te parler de notre grand ami et protecteur Cronos, reprit-il en s'adressant à Torin. Figure-toi que nous avons un point commun avec lui.

Torin fronça les sourcils.

— Je t'écoute.

Aeron décida de lui annoncer la nouvelle sans détours.

— Cronos est possédé par Envie.

Torin en resta bouche bée et ouvrit des yeux ronds comme des soucoupes. Puis il recula et faillit tomber en butant sur la dernière marche de l'escalier.

— Le roi des dieux possédé par un démon..., murmura-t-il. Mais enfin...

— Je le sais par Lysander, qui m'a rendu visite, assura Aeron pour clore la discussion. Au fond, c'est logique... Je te rappelle que Cronos faisait partie des prisonniers de Tartarus, quand nous avons ouvert la boîte de Pandore.

— Incroyable ! s'exclama Torin. C'est incroyable.

— C'est incroyable, oui. Et c'est surtout catastrophique.

— Quand est-ce que Lysander t'a rendu visite ? intervint Olivia d'un ton angoissé. Est-ce qu'il t'a parlé de moi ? Il t'a parlé de moi, j'en suis sûre.

Aeron allait répondre, mais elle lui coupa la parole.

— J'ai envie de faire l'amour avant d'aller chercher Scarlet, annonça-t-elle.

Puis elle secoua la tête, d'un air abasourdi.

— Est-ce que je viens de te demander de faire l'amour ? murmura-t-elle.

Elle venait bel et bien de le demander, et le sexe d'Aeron avait aussitôt répondu à la question. Il se contenta d'acquiescer en silence. Il n'osait pas ouvrir la bouche, de peur que sa voix ne trahisse son émoi.

Elle parut horrifiée.

— Mais je n'ai jamais dit ça… Enfin, si, je l'ai dit, mais… Mais ce n'est pas moi… C'est la voix.

Torin eut un sourire de chat.

— Vous vous adressiez à qui ? A Aeron ou à moi ?

— A moi ! s'écria Aeron.

— A vous, dit-elle en même temps.

— Quoi ? protesta Aeron.

A moi, gronda Colère.

Torin, ce salaud, éclata de rire.

— J'aimerais bien, cher ange, accepter cette alléchante proposition. Malheureusement, les conséquences seraient terribles pour vous et je me vois donc dans l'obligation de décliner.

Elle rougit jusqu'aux oreilles, ce qui donna à sa peau une délicieuse teinte rosée et lumineuse.

Aeron grinça des dents.

— Tu ferais bien de dire à cette voix de la boucler, déclara-t-il d'un ton menaçant.

Il se demanda si quelqu'un cherchait à s'exprimer à travers Olivia. Et si oui, qui ? Lysander en aurait eu le pouvoir, mais jamais il ne se serait montré aussi grossier. Sabin aussi aurait su accomplir ce prodige, mais il n'était pas là.

Alors, qui ? Cronos ? Rhéa ? Mais pour quel but ?

Olivia se redressa de toute sa hauteur, avec ce petit mouvement fier du menton qui signifiait qu'elle n'avait pas l'intention de se plier aux ordres.

— Ce n'était peut-être pas la voix, répondit-elle sèchement. Après tout, j'ai bien le droit d'aller voir ailleurs. Tu n'es pas un compagnon si drôle que ça… Tu n'es même pas capable de me donner un orgasme.

De nouveau, Torin éclata de rire, tandis qu'Aeron devenait écarlate.

— J'en suis capable, dit-il. Je n'ai pas voulu, c'est tout.

— C'est ce que tu dis. Il reste à le prouver.

Oui ! s'exclama Colère. *Le prouver.*

Réprimant le grondement qui montait du plus profond de lui-même, Aeron fit un pas en avant et se pencha au-dessus d'Olivia d'un air menaçant.

Lui donner un orgasme… ? Il le désirait plus que tout.

— Si tu continues, tu vas…

— Aeron ! Aeron ! appela une voix familière.

Aeron sursauta comme un enfant qu'on vient de prendre en flagrant délit de désobéissance. Legion ! Comment avait-il pu l'oublier aussi aisément ? Comment avait-il pu cesser de s'inquiéter pour elle ? Il aurait dû être en train de la chercher, au lieu de répondre aux avances d'Olivia.

— Je vais dans ma chambre avant que le pugilat ne commence, déclara précipitamment Torin. J'en profiterai pour invoquer Cronos. Il se montrera peut-être, on ne sait jamais. S'il vient, je lui demanderai pourquoi il ne figure pas sur la liste des possédés, et s'il peut empêcher les chasseurs de nous repérer. Je te tiendrai au courant. A plus tard.

Il allait tourner les talons, puis se ravisa.

— Bonne chance, Olivia, avec votre voix, ajouta-t-il en lui adressant un clin d'œil.

Puis il monta l'escalier.

Si tu oses la toucher, tu le paieras ch...

Vas-tu cesser de menacer Torin ? coupa Aeron.

Au même moment, Legion apparut dans l'entrée, les yeux exorbités, visiblement surexcitée. En apercevant Aeron, elle s'arrêta net. Puis elle remarqua Olivia et siffla de rage, tout en continuant à avancer dans leur direction. Elle haletait, en sueur.

Aeron vint instinctivement se placer devant Olivia.

— Ça ne va pas ? demanda-t-il.

La culpabilité le rongeait déjà. Si on avait malmené sa petite démone en enfer, à cause de lui...

— Cccce n'est pas grave, tout va bientôt ssss'arranger, haleta Legion.

Elle avait à peine terminé sa phrase que ses genoux flanchèrent. Aeron eut tout juste le temps de l'attraper au vol, pour l'empêcher de tomber. Elle était si petite qu'elle ne pesait rien.

— Aeron..., soupira-t-elle.

Puis elle se tordit de douleur en gémissant.

— Legion ! s'affola-t-il en l'allongeant au sol. Dis-moi ce qui...

De nouveau, elle gémit, et tout son corps fut secoué de spasmes. On aurait dit que... Mais non... c'était impossible... Aeron contempla avec des yeux incrédules ses membres et son torse, qui paraissaient s'allonger. Puis ses écailles se mirent à tomber, découvrant une magnifique peau d'une couleur dorée.

A présent, elle ne gémissait plus. Elle hurlait. Et comme sa bouche était ouverte, il vit que les deux fourches de sa langue se réunissaient et que ses dents rétrécissaient. Bientôt, des cheveux blonds comme les blés apparurent sur son crâne chauve, en même temps que des seins volumineux.

— Mais que se passe-t-il ? murmura-t-il.

— Elle se transforme en femme, elle devient humaine, répondit Olivia.

Elle parlait tout bas, et elle paraissait aussi horrifiée que lui.

Aeron s'était accroupi auprès de Legion. Il se leva d'un bond pour aller chercher un plaid sur l'un des canapés. Tant de questions se bousculaient dans son esprit qu'il n'arrivait même pas à les formuler. Legion ? Humaine ? Pourquoi ? Et comment ?

Il revint vers elle et l'enveloppa dans le plaid. Au moins, elle ne gémissait plus, ne se tordait plus de douleur, et ne hurlait plus. Des larmes perlaient à ses yeux et sa lèvre inférieure tremblait.

Elle leva vers lui un regard humide.

— Aeron, soupira-t-elle. Je… suis… si contente… de te voir.

Son défaut de langage avait disparu. Elle avait un peu de mal à articuler, comme si elle ne savait pas encore bien positionner cette nouvelle langue, mais sa voix chaude et rauque était celle d'une femme.

Il écarta gentiment de son front une mèche de cheveux blonds.

— Dis-moi comment c'est arrivé, lui demanda-t-il le plus doucement qu'il put, pour ne pas la brusquer.

Elle allongea vers son visage un bras tremblant et suivit du bout des doigts le pourtour de ses lèvres.

— Comme tu es beau, mon Aeron, murmura-t-elle.

Pour la première fois, il eut envie de se soustraire à une caresse de sa petite Legion. Il l'aimait toujours, bien sûr, mais le regard qu'elle posait sur lui avait quelque chose de… de dérangeant. Ses pupilles avaient perdu leur lueur rouge et démoniaque, et, dans ses yeux, il lisait du désir.

Par tous les dieux…

Il dut reconnaître qu'elle était magnifique. Sa peau

avait la couleur du miel, ses yeux celle de la cannelle, ses lèvres celle d'une cerise. Elle avait un petit nez impertinent, des sourcils parfaitement arqués. Il n'arrivait pas à lui trouver un seul défaut, et dut reconnaître qu'elle surpassait Olivia en beauté. Pourtant...

Cette beauté le laissait de marbre. Il ne songeait pas à la caresser. Il aurait préféré s'arracher les yeux plutôt que de la voir nue. Quant à Colère, il ne manifestait rien. Rien du tout. Lui aussi paraissait complètement indifférent à la beauté de la nouvelle Legion.

— Je ne vois qu'un moyen pour elle d'avoir obtenu une telle métamorphose, murmura Olivia, d'une voix si angoissée que le ventre d'Aeron se noua. Elle a conclu un pacte avec Lucifer.

Un pacte avec le démon ? Mais pour quoi faire ? Pour obtenir quoi ?

— C'est vrai ? demanda-t-il à Legion.

Et si ça l'était, qu'avait donc exigé Lucifer en échange ?

Colère se manifesta en faisant les cent pas dans sa tête. Il ne lui envoya aucune image, mais il paraissait perturbé par ce qu'il se passait.

Legion leva les yeux vers Olivia.

— Bien sûr que non, ce n'est pas vrai, protesta-t-elle. Jamais je n'aurais fait une chose aussi affreuse.

— Tu mens, insista Olivia. Je l'entends à ta voix.

Aeron n'entendait pas le mensonge dans la voix de Legion, mais il perçut un accent de vérité angélique dans celle d'Olivia. Il ne savait plus qui croire. Legion, celle qu'il aimait comme sa fille ? Olivia, la femme qu'il désirait, mais qu'il n'avait pas le droit de posséder ?

Legion se redressa et laissa glisser le plaid qui la recouvrait. Elle avait à présent la poitrine nue. Aeron se hâta de détourner le regard, non sans avoir eu le temps d'apercevoir deux adorables seins ronds comme des melons.

Il aurait voulu se poncer la cornée comme un forcené pour chasser cette image.

Cette journée ne finirait donc jamais ?

Olivia observa en silence Legion, qui élevait lentement l'un de ses bras tout en l'admirant. Ensuite, ce fut l'autre. Puis elle baissa les yeux vers ses seins, qu'elle soupesa en poussant un cri d'admiration.

— Je suis vraiment superbe ! s'exclama-t-elle d'un ton excité.

Elle s'exprimait maintenant avec plus de fluidité ; sans doute s'était-elle habituée à sa nouvelle langue.

Elle leva les yeux vers Olivia, et posa sur elle un regard plein de morgue.

— Je suis beaucoup plus belle que toi, dit-elle.

Possible. Mais quelle importance ? Est-ce que cela avait de l'importance pour Aeron ? Pour l'instant, il n'osait pas regarder Legion ni la toucher.

Embrasse-le dans le cou, tout de suite, devant Legion.

Olivia retint son souffle. La voix. Elle recommençait. Depuis qu'elle était entrée dans le château, cette voix tentatrice la poussait à attirer Aeron dans un lit. *Passe ta main entre ses jambes, déshabille-toi et danse nue pour lui, fais des avances à son compagnon pour le rendre jaloux.*

Oui, passer sa main entre les jambes d'Aeron lui aurait plu, se déshabiller et danser pour lui aussi. Et elle avait également aimé le rendre jaloux. Mais cette voix laissait dans son crâne des traînées sombres et elle refusait de lui obéir.

Que se passait-il dans ce château ?

Aeron se racla la gorge, la tirant de ses pensées.

— Il faut te trouver des vêtements, Legion, dit-il.

— Je préfère rester nue, répondit Legion en faisant la moue.

— Pas question, répondit-il sèchement.

Il lui tendit la main, tout en regardant ailleurs.

— Accroche-toi, je vais t'aider à te lever.

— Ah, non ! protesta Legion.

Elle se leva seule, et, tout en jetant un regard de défi du côté d'Olivia, elle se suspendit au cou d'Aeron, se pressant contre lui.

— Je veux que tu me portes.

Il fit la grimace, mais la souleva.

— Entendu. Olivia, viens avec nous, s'il te plaît.

Il n'attendit pas sa réponse et fila en direction de l'escalier qu'il commença à monter.

Olivia ne l'aurait pas laissé seul avec ce démon déguisé en femme, mais elle lui fut reconnaissante de l'avoir invitée à le suivre. A mi-chemin, la voix se manifesta de nouveau — *Mets-lui la main aux fesses !* — et elle arrêta de justesse son bras, qui se tendait déjà vers les fesses d'Aeron. Trop tard… Une autre traînée sombre venait de la souiller.

Elle craignit brusquement d'être entièrement envahie par la noirceur, à force d'entendre cette voix.

Ça suffit, protesta-t-elle silencieusement. *Qui que vous soyez, quoi que vous soyez, taisez-vous.*

Tout en la surveillant du regard, Legion posa sa tête sur l'épaule d'Aeron et lui caressa le dos.

— Comme tu es fort, ronronna-t-elle.

Olivia plissa les yeux, tandis qu'une haine sombre envahissait chaque cellule de son être.

Il est à moi. Moi seule ai le droit de le caresser. De poser ma tête sur son épaule.

Réagis, fit la voix. *Tu mérites Aeron. Ne le laisse pas à Legion. Jette-toi à genoux devant lui, défais sa braguette et prends son sexe dans ta bouche.*

Olivia trébucha, tandis qu'un immense désespoir l'envahissait. Elle avait de plus en plus de mal à résister à la voix. Elle se sentait de plus en plus noire. Déjà, elle ne songeait plus qu'à prendre le sexe d'Aeron dans sa bouche.

Résiste.

— Je voudrais te… parler, reprit Legion en marquant une pause avant le dernier mot pour ne laisser aucun doute sur ses intentions. Mais pour ça, il faudrait que tu renvoies l'ange.

— Ça suffit ! lança Aeron avec agacement.

Puis il reprit plus calmement :

— Tu dois arrêter ça, Legion.

Legion abandonna ses airs supérieurs et tourna de grands yeux suppliants vers Aeron.

— Tu ne m'aimes plus ? gémit-elle.

— Bien sûr que je t'aime, mais ça ne veut pas dire que… Nous ne pouvons pas… Bon sang…

Il accéléra l'allure et ouvrit la porte de sa chambre d'un coup de pied rageur qui faillit faire sortir le battant de ses gonds. Puis il déposa Légion à l'intérieur et sortit lentement, à reculons.

— Enfile n'importe quoi, ce que tu veux, mais habille-toi, ordonna-t-il.

Il n'attendit pas sa réponse et claqua la porte pour l'enfermer dans la chambre. Puis il se tourna vers Olivia.

— Parle-moi de ce pacte, dit-il.

A genoux…

— Non ! protesta-t-elle.

— Olivia ! Qu'est-ce qu'il te prend ?

Embrasse-le. Tout de suite. N'importe où.

Son regard se posa sur les lèvres d'Aeron et elle passa une langue gourmande sur les siennes. Un baiser… C'était innocent, un baiser… Et elle en avait tellement envie.

— Arrête ça ! cria Aeron.

Elle déglutit péniblement.

— Arrêter quoi ?

De l'autre côté de la porte, Legion déambulait dans la chambre en jetant des objets à terre et en pestant contre les anges.

— Arrête de refuser de m'obéir. Arrête de chercher à me séduire !

— Pourquoi chercherais-je à te séduire ? Tu n'es même pas bon au lit.

Elle se mit la main sur la bouche, pour s'empêcher de poursuivre. Elle recommençait à répéter ce que lui dictait la voix, et c'était mauvais signe.

Aeron se hérissa.

— Pas bon au lit ? La première fois, je t'ai pourtant donné un orgasme et…

Olivia comprit qu'Aeron avait du mal à refréner sa colère. Il était sur le point de craquer. Il tenait à lui prouver qu'il pouvait lui donner du plaisir.

Cette voix ne donnait pas de si mauvais conseils… Après tout, pourquoi lui résister ?

Si tu ne résistes pas, c'est à elle que tu devras ta victoire, pas à toi-même.

L'argument était irréfutable, et il eut le mérite de dissiper un peu de la noirceur qui troublait son âme.

— Qu'est-ce que tu comptes faire de ta petite démone ? demanda-t-elle.

Aeron se frotta le visage d'un geste las — il n'arrêtait pas, depuis quelques instants.

— Je ne sais pas quoi faire avec elle, avoua-t-il.

— Pour obtenir un tel changement, elle a dû promettre quelque chose de conséquent, insista-t-elle.

— Par exemple ?

Elle haussa les épaules.

— Elle seule pourrait te répondre. Avec Lucifer. Mais lui, il ne nous dira rien.

— Comment peux-tu être sûre qu'elle a conclu ce pacte avec Lucifer plutôt qu'avec Hadès ? De plus, est-ce vraiment si important de connaître les termes de ce pacte ?

— Il est important de savoir ce qu'elle a promis en échange de sa beauté, oui. Quant à Hadès, il est enfermé et incapable de conclure des pactes avec qui que ce soit.

Quand les Titans avaient détrôné les dieux grecs, quelques mois plus tôt, Hadès avait été parmi les punis, mais pas Lucifer ; il fallait bien que quelqu'un règne en enfer.

Frotte ton corps contre le sien…

— Assez !

Si la voix continuait, il ne lui resterait plus qu'à se frapper la tête contre un mur jusqu'à l'évanouissement, pour ne plus l'entendre. Elle ne voulait plus de sa noirceur.

— Je ne t'obéirai pas ! lança-t-elle avec exaspération.

Aeron croisa les bras. Cette fois, il était vraiment à bout de patience.

— Ah, oui ? demanda-t-il.

— Ce n'était pas à toi que je m'adressais, mais peu importe. Pour en revenir à Legion, à ta place, tant que je n'en saurais pas plus au sujet du pacte, je me méfierais d'elle. Elle a très bien pu donner des informations de première importance à Lucifer, ou bien lui promettre de tuer tes compagnons.

Il secoua la tête.

— Certainement pas. Elle m'aime.

Cette foi aveugle en un démon… Il était stupide ou quoi ? Et pourquoi refusait-il de faire confiance à un ange, même déchu ? Pourquoi ne cessait-il de la repousser ?

La porte de la chambre s'ouvrit à la volée, bousculant Aeron, qui trébucha. Legion eut un rire rauque. Il se redressa et se retourna pour lui faire face. Elle portait l'un de ses T-shirts et un pantalon de jogging.

— Tu es content ? demanda-t-elle en se hissant sur la pointe des pieds pour tourner sur elle-même. Je n'ai rien trouvé de mieux et c'est... beaucoup trop grand. Mais bon, le plus drôle, c'est que ça ne m'enlaidit... même pas.

Elle était tellement excitée qu'elle avait du mal à parler et marquait de nouveau des hésitations.

Il s'éloignait d'elle à reculons, comme s'il craignait qu'elle lui saute dessus, quand il sentit la main d'Olivia dans son dos. Aussitôt, il se figea. *Contact établi.*

— Olivia et moi, nous devons aller en ville, dit-il. Toi, tu restes ici. Et cette fois, je suis sérieux. J'ai dit : ici. Ne t'avise pas d'aller ailleurs. Je m'occuperai de toi dès mon retour. Il faut qu'on parle.

Le sourire enjôleur disparut du visage de Legion.

— Quoi ? Il n'en est pas question. Je vous accompagne.

— Tu restes ! Un point, c'est tout.

Elle se mit à trépigner.

— Et pourquoi l'affreuse irait avec toi ?

Je ne suis pas affreuse.

— J'ai besoin d'elle, répondit simplement Aeron d'une voix glaciale.

Olivia risqua un regard par-dessus l'épaule d'Aeron. Legion la fixait de ses yeux pleins de haine, la respiration sifflante de rage.

— Si tu le touches, je te... tue, dit-elle entre ses dents. Tu as com... pris ?

Apparemment, quand elle était émue, son élocution s'en ressentait.

Sans même se retourner, Aeron enserra la taille d'Olivia et sa main vint lui presser le dos.

— Je te conseille de cesser de la menacer, dit-il fermement à Legion. Tu as compris ? Je ne tolérerai plus aucun écart de conduite de ta part.

Legion pinça la bouche et, pendant quelques secondes, il n'y eut plus que le silence.

Puis elle sourit.

— Comme… tu voudras… Aeron. Je t'aime et je… ne veux que ton bonheur.

Legion mentait, bien entendu. Olivia comprit aux intonations de sa voix qu'elle n'avait pas la moindre intention de la laisser tranquille. Elle décida de se tenir sur ses gardes. Elle savait de quoi était capable un démon, jusqu'où pouvaient aller sa méchanceté et sa fourberie.

— Essaye un peu, murmura-t-elle.

Elle n'aurait pas su dire si cette provocation venait d'elle ou de la voix. Mais, cette fois, ça n'avait pas la moindre importance.

— Et sache que j'ai l'intention de le toucher, ajouta-t-elle. Et plus encore.

Aeron se tourna vers elle et son regard la cloua au sol. Il avait les pupilles dilatées, comme tout à l'heure, chez Gilly, juste avant de l'embrasser. Sa poitrine montait et s'abaissait, comme s'il avait du mal à respirer.

— Je veux que tu te taises, toi aussi, dit-il entre ses dents.

Embrasse-le.

Tant pis pour la noirceur, Olivia ne chercha plus à résister. Elle se hissa sur la pointe des pieds et posa ses lèvres sur celles d'Aeron. Il fallait que Legion sache qu'elle était déterminée, elle aussi, à le conquérir.

Sa langue poussa pour entrer dans la bouche d'Aeron et celui-ci se défendit moins qu'elle ne l'avait craint. Elle l'embrassa goulûment, pendant une bonne minute : Legion avait l'esprit lent, il lui fallait bien ça pour comprendre. Puis elle se fit violence et s'écarta.

— Viens, Aeron, dit-elle. Nous avons à faire.

Puis, sans un regard pour Aeron ni pour Legion, qui jurait tout bas, elle s'éloigna d'un pas résolu dans le couloir, comme si elle ne craignait pas d'affronter la suite de cette terrible journée.

16

— Je n'y vois rien, murmura Aeron. Il fait noir comme dans un four.

Cet obscurité absolue et uniforme n'avait rien de naturel. Il avait apporté avec lui une lampe de poche, mais le faible rayon qu'elle émettait était comme absorbé par le néant sombre qui les entourait.

— Lysander m'a dit que je conserverais quelques-uns de mes pouvoirs d'ange, tant que le délai de quatorze jours ne serait pas expiré, dit Olivia. Je crois que je peux faire quelque chose.

— Tais-toi, murmura Aeron.

Elle lui avait assuré que Scarlet dormirait, mais il regrettait déjà de l'avoir emmenée jusqu'ici. Il fallait bien pourtant qu'il lui montre, comme il l'avait promis à Lysander, que sa vie n'était pas un conte de fées. De plus, il n'avait pas voulu la laisser à la merci de Legion. Ni à proximité de Torin.

Il se sentait déchiré, pris dans cette tempête qu'il avait déclenchée sans le vouloir, tiraillé entre deux femmes — entre son amante, qu'il devait renvoyer ; et sa fille adoptive, qui voulait coucher avec lui…

— Elle dort, répondit tranquillement Olivia à voix haute.

— Elle pourrait se réveiller, répondit-il entre ses dents.

On n'y voyait toujours rien dans cet escalier. Ils butaient sur ce qu'il supposait être des cercueils. Il avait peur. Pas pour lui, mais pour Olivia.

— Elle ne se réveillera pas, je te l'assure, déclara posément Olivia. Et comme je viens de te le dire, je pourrais…

Il s'arrêta net, et elle buta contre lui en poussant un cri étouffé. Le contact fut bref, mais troublant. Doux et chaud. Enivrant. Suffisant pour que son corps y réagisse. Une fois de plus.

Elle est à moi, gémit Colère.

Je sais, tu te répètes.

Il ne cherchait plus à contredire Colère quand celui-ci revendiquait Olivia. Sans doute parce que… Mais mieux valait ne pas réfléchir au pourquoi.

Quelques secondes s'écoulèrent dans un lourd silence troublé uniquement par le bruit de leur respiration. L'air épais sentait le moisi et le renfermé, la poussière, la mort. Mais il aurait pu rester ici pour l'éternité. Parce qu'elle était près de lui.

— Tu pourrais quoi ? demanda-t-il.

— Tu vas voir.

De petites étincelles jaillirent.

Il battit des paupières et se frotta les yeux. Ces étincelles venaient de la peau d'Olivia et augmentaient d'intensité. Peu à peu, elles chassaient les ténèbres. Il en était presque aveuglé.

— Comment…?

Elle sourit et son visage en fut illuminé, comme la plus brillante des étoiles. Ses cils noirs encadraient ses yeux si bleus. Il eut soudain envie de l'embrasser, d'avaler son souffle. *Ne t'avise pas de faire ça*. Mais, à présent, il connaissait le goût de sa bouche, il savait à quel point leurs corps se comprenaient… Pourquoi devait-il résister, déjà ?

Legion. Lysander. La liberté.

Il retint un juron. Voilà pourquoi il devait résister.

— J'ai dû parfois guider des humains perdus dans la pénombre, expliqua-t-elle.

Elle se dandina d'un air gêné et lui désigna du menton le chemin.

— Scarlet se trouve derrière ce coude du couloir, dit-elle. Je sens sa présence.

— Parfait.

Il s'obligea à se détourner d'elle. Colère manifesta sa déception en poussant un cri de bête blessée.

Calme-toi, lui dit-il. *Elle est là. Juste derrière nous.*

En suivant le couloir, il ne tarda pas à déboucher dans une sorte de salle. Des épées étaient plantées dans le sol à intervalles réguliers, et leurs lames de métal lançaient des éclats menaçants. Entre les épées, on avait installé des barrières électrifiées. Tout au bout de la pièce, derrière cette zone digne d'une base militaire, on distinguait un cercueil. Scarlet se protégeait efficacement.

Mais pourquoi dormait-elle dans un cercueil ?

Sans doute parce qu'elle pouvait s'y enfermer, à l'abri des balles et des lances. Décidément, elle avait tout prévu.

Il saisit l'un de ses poignards et circula au milieu de ce terrain miné en évitant soigneusement les embûches. Olivia lui emboîta le pas.

— Fais attention, murmura-t-il. Reste derrière moi.

Il était arrivé devant le cercueil et le souleva lentement.

Olivia ne s'était pas trompée : l'immortelle dormait paisiblement, parfaitement inconsciente de cette intrusion dans son sanctuaire. Il prit le temps de la regarder. Des cheveux noirs et soyeux encadraient un visage dont il n'avait pas perçu la délicatesse dans la pénombre de la ruelle. Elle avait des cils plus longs qu'il n'avait cru, pareils à des plumes qui auraient cherché à caresser ses pommettes. Il fut également frappé par la petitesse de son nez et par la rougeur de ses lèvres.

Elle portait un T-shirt et un jean, noirs l'un et l'autre, et elle avait des armes sanglées un peu partout sur le corps. Elle ne les abandonnait pas pour dormir. Tiens, tiens… Même lui ôtait ses armes pour se mettre au lit et se contentait de les conserver à portée de main.

Il se détendit un peu et regarda autour de lui. Les murs étaient de terre, comme le sol, et des lames en sortaient ici et là. Celui qui avait le malheur de trébucher ou de s'appuyer au mur signait son arrêt de mort.

Cauchemar n'avait piégé que la salle qui lui servait de chambre, pas le couloir qui y donnait accès. Sans doute avait-elle jugé que l'obscurité suffirait à éloigner les curieux. Son accueil était réservé aux intrépides, c'est-à-dire à des gens décidés à l'éliminer. Elle ne tuait donc pas sans discernement et épargnait les innocents. Ou bien elle avait voulu les cadavres autour d'elle, pour jouir du spectacle dès son réveil.

En tout cas, elle ne plaisantait pas quand il s'agissait de sa sécurité.

Il aurait presque souhaité qu'elle se lève et qu'elle attaque. Un combat lui aurait fait du bien. Il avait les nerfs à bout et un peu de sang l'aurait soulagé. Il y avait trop de bouleversements dans sa vie, en ce moment. Et surtout trop de problèmes.

Grâce à Galen, Méfiance venait de trouver un corps pour l'accueillir. Cronos et Rhéa étaient possédés par des démons de la boîte de Pandore. Et puis Olivia… Olivia, avec sa tenue et ses invites indécentes, adressées à lui ou à d'autres, ne cessait d'exciter son désir, sa jalousie, sa colère.

Oui, décidément, ça lui aurait fait du bien de tuer quelqu'un.

Et comme si cela ne suffisait pas, il y avait aussi Legion, qui posait sur lui des yeux de femme enamourée. Legion, qui avait conclu un pacte avec le démon et qui niait l'avoir fait. Parce qu'à présent il n'avait plus de doute à ce sujet. Il l'avait lu dans ses yeux quand ils s'étaient séparés : elle voulait à tout prix faire de lui son amant, et elle était capable de tout pour parvenir à ses fins.

Qu'allait-il faire d'elle ? Il l'aimait toujours comme sa fille et ne voulait pas qu'elle sorte de sa vie. Pas question de l'abandonner à son sort. Il existait sûrement une solution, mais laquelle ?

N'y pense pas pour le moment. Tu as autre chose à faire.

Scarlet. S'occuper d'abord de Scarlet. Est-ce que Galen était au courant de sa présence ici ?

— Elle habitait dans une église, soupira Olivia. Mais elle n'a pas pu y rester.

Il eut l'impression qu'elle se sentait coupable. Mais de quoi ? Scarlet ne méritait pas qu'on s'attendrisse sur son sort.

— Je t'avais demandé de te taire, lui dit-il.

— Mais puisque je te dis qu'elle ne va pas se réveiller.

— Qu'est-ce que tu en sais ?

Il se rendit compte que sa question était stupide. Olivia savait beaucoup de choses. Et toutes ces choses allaient intéresser Sabin au plus haut point. Sabin n'avait qu'une idée en tête : engranger des informations. Heureusement, Olivia serait partie avant le retour de Sabin. Aeron n'aurait pas supporté que cette brute interroge son ange.

Imaginant sans doute Aeron agressant Sabin, Colère trépigna de joie.

Aeron songea qu'il n'avait pas tort. Après tout, un petit coup de poignard dans le dos… Il lui en devait un…

— Peu importe, dit-il à Olivia alors qu'elle ne répondait pas. Nous devons nous dépêcher, si nous ne voulons pas être surpris par d'autres visiteurs.

— Quels visiteurs ? Qui pourrait bien venir ici ?

— Des chasseurs.

— Oh…

Aeron ne voulait pas d'un affrontement avec les hommes de Galen. Pas avec Olivia près de lui. Les horreurs de l'existence, il les lui montrerait une autre fois. Et à distance raisonnable.

La crypte de Scarlet n'était pas toute proche du repaire des chasseurs, c'était un bon point pour eux, mais on ne savait jamais.

— Il fait si noir…, lança soudain une voix d'homme.

Elle venait de l'escalier qui descendait jusqu'à eux.

— C'est bizarre, ma lampe de poche ne fonctionne pas.

— Je n'y vois rien.

— Avancez et taisez-vous, merde.

Bon sang… Ils n'en avaient donc pas terminé pour aujourd'hui avec les ennuis. Les chasseurs étaient là. Etait-ce un hasard, ou ces salauds avaient-ils été informés de leur présence dans ce caveau ? Par exemple, par quelqu'un qui aurait pu les suivre en se protégeant sous la Cape qui rendait invisible ?

Et si oui, est-ce que ce quelqu'un était là, avec eux, en ce moment, dans cette salle sombre, prêt à fondre sur Olivia ?

Aeron serra les poings tout en parcourant de nouveau la crypte du regard, mais il ne remarqua rien d'anormal. Il jeta un coup d'œil du côté d'Olivia, d'où irradiait toujours de la lumière. Puis il s'intéressa à Scarlet, laquelle dormait toujours. Ensuite, il se tourna vers la porte, le seul accès à la pièce. Pour en sortir, il leur aurait fallu passer par là. C'est-à-dire foncer tout droit sur un groupe d'hommes probablement armés.

Bien sûr, ces hommes n'y voyaient rien, mais sans la lumière d'Olivia, lui aussi serait aveugle.

Il n'y avait qu'un seul moyen de la protéger. Aeron n'hésita pas.

Il lui mit un poignard dans la main.

— Pose ça sur sa gorge et n'hésite pas à la lui trancher si elle remue, murmura-t-il.

Sur ce, il la saisit par la taille et la déposa près de Scarlet dans le cercueil. Scarlet ne bougea pas, mais Olivia poussa un cri étouffé. Il lui mit la main sur la bouche et secoua la tête. Elle déglutit et acquiesça pour lui signifier qu'elle avait compris.

— Cesse d'éclairer, ordonna-t-il.

De nouveau, elle acquiesça. Sa peau cessa progressivement d'irradier de la lumière, puis ce fut le noir complet. L'ombre, comme si elle n'avait attendu que ça, envahit aussitôt la crypte, l'emplissant tout entière de son oppressante noirceur.

— Merde ! Mais fais un peu attention !

— Désolé.

Les voix se rapprochaient.

Aeron était trop grand pour entrer dans le cercueil et servir de bouclier à Olivia. Il voulut lui presser l'épaule pour la rassurer — raté, il avait touché son sein, et il l'avait senti durcir sous ses doigts…

Il fit une nouvelle tentative, en visant cette fois plus haut. L'épaule, parfait. Elle tremblait. De peur ou de désir ? Il préféra croire que c'était de désir et…

Voilà que je recommence. Ce n'est pas le moment.

Il se reprit aussitôt et poussa l'épaule d'Olivia pour l'obliger à s'allonger. Il ne vérifia pas si elle appuyait la lame sur le cou de Scarlet, comme il le lui avait demandé, mais il s'assura que celle-ci dormait toujours en posant sa main libre sur son visage. Parfait. Elle n'avait pas bougé, et il sentit sur sa paume sa respiration tiède et régulière.

Il n'avait pas remarqué de pièges autour du cercueil, aussi le contourna-t-il pour se placer au pied, afin de s'éloigner de l'entrée, sans pour autant perdre le contact avec les deux femmes. Il voulait qu'Olivia sache qu'il était là pour la protéger. Il aurait volontiers rabattu le couvercle, mais il préféra s'abstenir, au cas où l'immortelle se réveillerait.

— Attends, fit l'une des voix. Arrête.

— Qu'est-ce qu'il y a ?

— Tu ne sens pas le courant d'air ?

— Nous devons approcher d'une ouverture.

Ils se figèrent pendant quelques secondes, puis il y eut des bruits de pas. Ils étaient nombreux. Olivia trembla de plus belle et Aeron pressa son épaule pour la rassurer.

— C'est sûrement une salle.

Une pause. Un craquement.

— Oui ! C'est une salle ! Je ne sens plus de murs à portée de main.

— Elle n'est sûrement pas là-dedans. Comment aurait-elle fait pour s'installer dans un endroit aussi sombre ?

— Elle est possédée par Cauchemar... Bien sûr qu'elle peut s'installer dans un endroit sombre. Avancez à tâtons et tirez sur tout ce qui bouge.

Comment savaient-ils par qui Scarlet était possédée ? Est-ce que Cronos ou Rhéa les avaient renseignés ?

Ou bien s'étaient-ils servis de la Cape pour espionner des conversations ?

— Sûrement pas, protesta un autre. On risquerait de se tuer les uns les autres.

— Mieux vaut nous entretuer plutôt que de lui laisser une chance de s'échapper.

Il y eut un moment de silence, tandis que les hommes prenaient conscience des intentions de leur chef.

— Nous lui tranchons la gorge, protesta quelqu'un. Je n'ai pas signé pour une mission suicide.

— D'accord, soupira le chef. Mais arrangez-vous pour la blesser sérieusement, qu'elle ne soit pas en état de nous attaquer quand nous la transporterons. N'oubliez pas qu'elle est responsable de chacun de nos cauchemars.

Ils remuèrent. Sans doute commençaient-ils à s'aventurer dans la salle. Aeron se figea. Si l'un d'eux parvenait vivant jusqu'au cercueil…

Quelqu'un hurla.

— Mais qu'est-ce que… ?

Un autre cri. Un gargouillement. Encore un cri de détresse. Un autre.

Aeron ne put s'empêcher de sourire. Il s'était inquiété pour rien. Avec les pièges de Cauchemar, personne n'approcherait le cercueil.

Plusieurs hommes déchargèrent leurs armes, oubliant la peur de se blesser mutuellement. Une balle atteignit l'épaule d'Aeron, qui fut projeté en arrière.

Il se redressa et s'empressa de revenir près du cercueil, tandis que d'autres cris atroces résonnaient dans la crypte. Les choses devenaient trop dangereuses. Il referma le couvercle sur Olivia, d'un coup sec, sans même la prévenir. Il n'y avait plus qu'à espérer que Scarlet ne se réveillerait pas.

— Qu'est-ce qui se passe ?

— Des lames, je suis blessé..., murmura une voix entre deux gargouillis.

Un autre cri, cette fois suivi de gémissements de douleur et d'une odeur métallique de sang frais.

— Sortons, murmura une voix. Sor...

Il y eut de nouveau des bruits de pas, précipités cette fois, et beaucoup moins nombreux. Puis ce furent encore des hurlements et des plaintes, et les pas cessèrent tout à fait. Voilà. C'était terminé. Aeron n'avait pas eu sa bataille. Il n'avait pas même levé le petit doigt.

Il attendit que le silence s'installe quelques minutes, puis souleva le couvercle.

— Lumière, dit-il.

Olivia obéit aussitôt, et de nouveau, des étincelles jaillirent de sa peau. Il vit qu'elle était pâle, mais indemne. Scarlet dormait toujours.

— Aeron, j'ai eu si...

Elle se tut. Elle venait de remarquer qu'il était couvert de sang.

— Tu es blessé ! s'écria-t-elle.

Il baissa les yeux et contempla la plaie ronde et dégoulinante de sang qui trouait son épaule. Des rigoles écarlates se frayaient un chemin le long de son ventre, jusqu'à sa ceinture qui les épongeait. A présent qu'il ne s'inquiétait plus pour Olivia et que son taux d'adrénaline avait baissé, il commençait à sentir la douleur. Du feu brûlait dans ses veines, comme si elles avaient charrié de l'essence plutôt que du sang, et qu'on avait approché une allumette.

Mais il décida de ne pas en tenir compte.

— Ce n'est rien, assura-t-il. J'ai eu des blessures bien plus graves, il n'y a pas de quoi s'inquiéter.

— Mais c'est impressionnant, ça me fait peur...,

murmura-t-elle, mâchonnant sa lèvre inférieure et avançant une main timide pour lui effleurer la joue.

Le geste visait à le réconforter, mais le désir qu'il déclencha ajouta à sa souffrance. Colère se mit à geindre comme un enfant.

Ce n'est pas le moment, lui fit-il remarquer.

Le sol était jonché de cadavres transpercés par des lames. Certains étaient tombés face contre le sol, d'autres gisaient sur le dos. Plus un seul ne respirait. Aeron ne put s'empêcher de sourire et se promit de remercier Scarlet pour ce dispositif si efficace qui avait sauvé la vie d'Olivia.

Il ignorait si des hommes avaient pu fuir cette chambre des horreurs, mais si c'était le cas, il n'avait pas l'intention d'attendre qu'ils reviennent avec des renforts. Après avoir aidé Olivia à sortir du cercueil — l'effort déchira un peu plus sa blessure —, il prit Scarlet dans ses bras.

— Reste près de moi, dit-il à Olivia. Et marche sur mes pas.

— Compte sur moi.

Il se fraya un chemin jusqu'à l'escalier du couloir, zigzaguant entre les corps et grimaçant de douleur.

J'ai mal ! se plaignit Colère.

Aeron fronça les sourcils.

Tu as mal ? Toi aussi ?

Oui. Je souffre atrocement.

Reste tranquille et repose-toi. Nous rentrons au château.

Il n'y avait aucune trace de sang dans l'escalier, pas même une goutte. Personne n'avait donc quitté la salle. Tout allait donc à merveille… Sauf que…

En atteignant le haut de l'escalier, il se rendit compte qu'il tremblait de tous ses membres et qu'il s'affaiblissait dangereusement. Il y voyait de plus en plus trouble, une sorte de brume gênait sa vision.

Colère poussa un gémissement.

Et à présent, ce n'était plus du feu qui coulait dans ses veines, mais de la glace.

— Aeron ? s'inquiéta Olivia.

Il avait ralenti et avançait, trébuchant, luttant contre la léthargie qui l'envahissait.

— Fouille dans ma poche arrière de pantalon, murmura-t-il. Prends mon téléphone.

Il ne se sentait plus la force de transporter les deux femmes jusqu'au château.

— Qu'est-ce qui t'arrive ? demanda Olivia tout en s'emparant du téléphone. C'est à cause de ta blessure ? Tu avais dit que ce n'était pas grave.

Il ne répondit pas et ne chercha pas non plus à la rassurer. Il n'aurait pas su quoi dire. Jamais une simple balle ne l'avait mis dans un tel état.

— Tu sais envoyer un message ? demanda-t-il.

— Non. J'ai déjà vu faire les humains, mais je n'ai jamais essayé.

Et appeler ?

Ils voyaient enfin le bout du tunnel et une faible lueur parvenait jusqu'à eux. Il était à présent en sueur, mais cela ne l'empêchait pas de claquer des dents. Ses mouvements étaient de plus en plus ralentis.

— Non, dit-elle. Je suis vraiment désolée.

S'il déposait Scarlet pour envoyer un message, il ne serait plus capable de la soulever. *Catastrophe.*

Il se demanda si les chasseurs avaient glissé quelque chose dans cette balle — un poison, peut-être… Ou bien, tout simplement, il était encore fragilisé par sa dernière et sanglante bataille. Il opta pour la seconde hypothèse.

Une fois dehors — enfin —, il vérifia du regard qu'aucun chasseur ne faisait le guet dans les parages. Il ne repéra pas de chasseurs, mais sa vision étant de plus en plus floue, cela ne le rassura qu'à moitié et il demeura sur ses gardes.

Pas question en tout cas de voler jusqu'au château : cela, c'était une certitude. Il fouilla de nouveau les alentours, cette fois pour chercher une cachette. Là, à quelques mètres devant eux, il repéra une pierre tombale particulièrement fleurie dont le feuillage pouvait servir d'abri.

— Par là, dit-il en se remettant en avancer.

Olivia le prit par la taille pour le soutenir.

— Appuie-toi sur moi, dit-elle.

Il était gêné d'avoir besoin de son aide, mais il s'appuya tout de même.

— Merci, murmura-t-il.

Il voulu déposer Scarlet, mais ses genoux le trahirent et il s'effondra avec elle, sur elle. Elle n'eut aucune réaction, pas même un soupir.

Colère non plus ne réagit pas. Il était maintenant étrangement silencieux.

Aeron se laissa rouler sur le côté, tandis qu'Olivia arrangeait la végétation autour d'eux pour qu'elle leur serve de paravent.

— C'est bien, parvint-il à murmurer.

Elle le remercia d'un sourire qui exprimait tout son courage et sa volonté — sourire qui donna un coup supplémentaire à son pauvre cœur. Etait-il en train de rêver, ou bien des papillons s'étaient-ils mis à voleter près d'elle ? Des écureuils s'étaient rassemblés à ses pieds… Des oiseaux picoraient le sol à quelques centimètres d'elle…

Il avait probablement des hallucinations, ce qui signifiait que son état s'était encore aggravé.

Incapable de lire des chiffres sur un clavier de téléphone, il dicta le numéro à Olivia.

— Ça sonne, dit-elle.

Il lui fit signe d'approcher le téléphone de son oreille.

— Torin, dit-il. Localise mon téléphone et envoie quelqu'un pour nous… chercher.

Il n'entendit pas la réponse. Une obscurité aussi profonde que celle de la crypte l'enveloppa. Et, cette fois, il l'accueillit presque avec reconnaissance.

17

Olivia déchira un bout de tissu pris dans le bas de sa tunique pour envelopper l'épaule d'Aeron. Puis elle s'empara de l'un de ses poignards. Elle était décidée à faire ce qu'il fallait pour le protéger, à monter la garde près de lui en attendant l'arrivée de ses compagnons. Ou des chasseurs. Car s'il se présentait quelqu'un avant les Seigneurs de l'Ombre, elle n'hésiterait pas à attaquer.

Jamais elle ne s'était sentie aussi déterminée.

Pourtant, elle était dévorée d'angoisse chaque fois qu'elle posait les yeux sur Aeron. Il était immortel et sa blessure aurait dû cicatriser d'elle-même depuis longtemps, mais il ne cessait de gémir et de trembler, il perdait beaucoup de sang, il s'affaiblissait. Elle n'y comprenait rien.

Mais qu'attendaient donc ses compagnons pour venir à leur secours ? Ils avaient intérêt à se dépêcher. Pour Aeron, mais aussi pour Scarlet. Le soleil allait bientôt se coucher. Il valait mieux enfermer Scarlet avant qu'elle ne se réveille, parce qu'elle allait être furieuse.

Au moins, depuis qu'ils avaient quitté le château, la voix de la tentation, celle qui lui soufflait toutes ces idées scandaleuses — et merveilleuses — s'était tue. Des animaux s'étaient rassemblés autour de leur cachette, et elle craignit que cet étrange attroupement ne finisse par attirer l'attention. Elle se demanda qui les attirait. Il y avait là des écureuils, des lapins, des oiseaux, des chats, et même un chien.

— Allez-vous-en, murmura-t-elle.

Au lieu de s'éloigner, ils se rapprochèrent d'elle. C'était donc elle qui les intéressait. Mais pourquoi ? Elle n'était qu'un ange déchu.

— Allez-vous-en, répéta-t-elle. Je…

Une branche venait de craquer et elle se tut. Le chien grogna et les chats se hérissèrent en crachant, mais ils restèrent là, prêts à bondir.

Elle se figea, pinçant les lèvres, retenant sa respiration. Chasseurs ou Seigneurs de l'Ombre ? Sa main qui tenait le poignard se mit à trembler. *Pour Aeron*, songea-t-elle tout en adoptant une position d'attaque.

Deux hommes qu'elle ne reconnut pas traversèrent le feuillage. Elle serra un peu plus fort le manche de son poignard. Elle s'apprêtait à bondir sur celui qui marchait en tête, mais le chien la prit de vitesse et le mordit au mollet.

— Lâche-moi, sale cabot ! cria l'homme.

Elle reconnut la voix de William. Une main se referma sur son poignet et la tira de côté.

— Mais c'est notre petite Liv, ricana une autre voix, tout aussi familière.

Paris.

— Vous permettez que je vous appelle Liv, n'est-ce pas ? Lâchez donc ce poignard, ma chère.

Elle le lâcha, en poussant un soupir de soulagement.

— A présent, dites à ce chien de me laisser tranquille, grommela William.

— Ce sont des amis, murmura-t-elle gentiment au chien. Je ne risque rien.

Le chien abandonna aussitôt le mollet de William et tous les animaux s'enfuirent, comme s'ils avaient attendu pour partir de la savoir en sécurité.

Elle en fut émue.

— Merci à vous tous ! leur cria-t-elle.

— A présent que William a eu le comité d'accueil qu'il méritait, nous devrions nous occuper du reste, ricana Paris.

Puis son regard chercha Aeron et son expression changea. Il alla aussitôt se pencher sur lui et le chargea sur son épaule.

— Depuis combien de temps est-il dans cet état ? demanda-t-il.

— Depuis trop longtemps.

William souleva Scarlet, en la serrant contre lui comme un précieux trésor.

— C'est moi qui porte la beauté, dit-il.

— Ah, oui ? Eh bien je te souhaite bonne chance avec elle, répondit Paris. Je ne te l'envie pas. Elle est possédée par Cauchemar.

William leva les yeux au ciel.

— Et c'est censé être gênant ?

— Ça dépend. Ça te gênerait qu'elle t'arrache les testicules ?

— Viens donc les tâter, ma chérie, ricana William en serrant Scarlet un peu plus fort.

Olivia en avait assez de leurs plaisanteries stupides.

— Ça suffit, vous deux. Nous avons rencontré des chasseurs en bas, dans la crypte. L'endroit n'est pas sûr. Et Aeron ne va pas bien, il faut s'occuper de lui. Je veux le mettre au lit.

— C'est vrai, c'est vrai, acquiesça William. On a compris depuis le début que tu voulais le mettre au lit. Mais tu vas devoir attendre un peu pour ce genre de sport. Et quand tu en auras fini avec lui, n'oublie pas que je suis intéressé. J'aimerais te montrer ce que c'est, de coucher avec un homme qui sait ce qu'il fait.

Elle serra les poings. Ce grossier personnage ne prenait donc rien au sérieux ?

— Nous sommes garés un peu plus loin, dit Paris en désignant du menton un endroit sur le côté.

Enfin, ils se décidaient. Ce n'était pas trop tôt !

Ils traversèrent ensemble le feuillage qui les protégeait, et, aussitôt, le comportement des deux hommes changea et ils redevinrent des guerriers en alerte. Capables de tout.

Elle avait déjà observé un tel changement chez Aeron.

Aeron… Son Aeron…

Que ferait-elle quand les neuf jours qui lui restaient à vivre seraient écoulés et qu'elle se retrouverait sans lui ? Où irait-elle ? Les Seigneurs de l'Ombre ne lui proposeraient sûrement pas de rester au château. Et, d'ailleurs, elle ne souhaitait pas vivre dans cette sinistre bâtisse hantée par le souvenir de celui qu'elle avait aimé.

Une fois de plus, elle se sentit volée en songeant au peu de temps qui leur restait. Il y avait peut-être un moyen de le sauver. Un moyen pour eux d'être réunis. Son Dieu, le Seul et Unique, était le créateur de l'amour. Il n'était qu'amour. Il ne pouvait que favoriser l'union de deux êtres qui s'aimaient.

Mais aimait-elle vraiment Aeron ? Elle l'admirait. Elle le désirait, elle désirait ses caresses. Oh, oui… Mais serait-elle capable de mourir pour lui ? Elle avait tout quitté pour lui, mais elle n'avait pas envisagé de donner sa vie.

Et elle n'en avait pas l'intention. Si elle disparaissait, ce serait Legion qui profiterait d'Aeron. Car Aeron ne se séparerait pas de ce petit tyran — devenu grand. Mourir pour cette gamine capricieuse…? Non, tout de même pas. Ça lui paraissait un peu fort…

Enfin, autre élément qui ne simplifiait pas leur situation : Aeron n'était pas amoureux d'elle, pour l'instant. Pas le moins du monde.

Elle soupira, tout en s'installant dans la SUV. Aeron était allongé sur la banquette arrière et elle prit sa tête sur ses genoux. Paris était au volant, William occupait le siège du passager, avec Scarlet dans ses bras. C'était la première fois qu'elle montait dans une voiture. Elle en avait longtemps rêvé, mais pas dans ses conditions, et elle ne parvint pas à s'en réjouir tant elle était préoccupée.

Elle songeait à la mort. La mort, qui pouvait venir la chercher à tout moment, y compris dans cette voiture. Mourir aujourd'hui aurait rendu son sacrifice absurde. Mais vivre sans Aeron dans neuf jours l'était tout autant.

Elle avait vu partir des milliers d'humains, et cela lui avait paru tout naturel. La suite logique du cycle de la vie… Tout avait un commencement et une fin. Sans doute était-ce pour cette raison que l'idée de perdre Aeron ne l'avait pas perturbée, au début.

Mais, à présent, c'était autre chose. Elle le connaissait trop bien. Elle l'avait embrassé. Elle avait respiré son odeur, goûté sa bouche. Elle avait dormi dans ses bras, elle s'était pelotonnée contre lui. Il l'avait protégée. Quelques instants plus tôt, dans la crypte, c'était elle qu'il avait fait entrer dans le cercueil. Parce qu'il avait fait passer sa sécurité avant la sienne.

En un sens, il avait montré qu'il était prêt à mourir pour elle… Pourquoi, vu qu'il ne l'aimait pas ?

Elle soupira de nouveau, tout en passant une main tendre sur le crâne d'Aeron. Ses cheveux coupés à ras lui piquèrent la paume et lui donnèrent le frisson. Elle se promit de convoquer Lysander plus tard. Pour lui poser toutes les questions qui la tracassaient. Et aussi pour lui demander ce qu'il avait dit à Aeron. Lysander ne lui mentirait pas… Et s'il avait tenté de détruire leur relation, il le lui paierait cher.

— Nous ne devrions pas abandonner Gilly en ville, fit soudain remarquer William. Pas avec tous ces chasseurs dans les parages.

— Notre priorité est de ramener Aeron au château, rétorqua Paris. De plus, il vaut mieux pour Gilly qu'elle reste loin de nous.

Il ne cessait de jeter des regards inquiets dans le rétroviseur et autour d'eux.

— Les chasseurs ignorent que…

William lui coupa la parole en donnant du poing sur le tableau de bord.

— Ecoute-moi, sexe ambulant… Nous n'avons cessé d'utiliser l'appartement de Gilly. Avec Rhéa, qui renseigne les chasseurs, ça m'étonnerait qu'ils ne soient pas au courant de nos liens avec elle. Aeron est immortel, il tiendra le coup. Je t'en prie. Réfléchis. Il faut récupérer la gamine.

— Merde, jura Paris. Tu as raison.

— J'ai toujours raison.

— Je vais m'arrêter chez elle. Nous passons devant son appartement pour aller au château.

— Elle n'est pas sûrement pas chez elle, fit remarquer William. A cette heure-ci, elle est en cours.

Paris jura, tout en faisant un demi-tour en dérapage contrôlé.

Olivia fut tentée de protester. Aeron avait besoin de soins. Mais ils avaient raison : Gilly était une faible mortelle sans défenses, et ils ne pouvaient pas l'abandonner en ville sans protection. Aussi préféra-t-elle se taire.

— Merde ! jura de nouveau Paris. Son campus se trouve à l'autre bout de la ville.

— Tant pis. Nous n'avons pas le choix.

Olivia remarqua que la voix de William prenait des accents de tendresse quand il parlait de Gilly. Etrange. Elle était beaucoup trop jeune pour lui. Trop jeune pour les Seigneurs de l'Ombre. Ils n'avaient pas intérêt à s'approcher d'elle… Elle se sentait prête à la défendre, en se servant d'un des poignards d'Aeron.

Tu ne vas tout de même pas devenir une meurtrière, après avoir refusé d'être un ange guerrier ?

— Ça m'étonnerait qu'elle soit contente de nous voir, fit remarquer Paris.

— Parle pour toi, rétorqua William d'un ton suffisant. D'après Anya, elle a un petit béguin pour moi.

— Ce n'est qu'une enfant, lui rappela sèchement Olivia.

William tourna la tête pour la toiser d'un air narquois.

— Je le sais. Et alors ? Je suis irrésistible. Je plais aux jeunes et aux vieilles. Je plais aussi aux hommes. Je n'y peux rien.

— Et quelles sont vos intentions à son égard ?

Il leva les yeux au ciel.

— Je n'ai aucune intention particulière. J'aime qu'on m'admire et elle aime m'admirer, voilà tout.

— Ah…

Olivia se sentit rassurée par les accents de sincérité de sa voix. Mais elle jugea utile de faire entendre son point de vue, pour lever toute ambiguïté sur la question.

— Gilly n'a pas eu la vie facile, expliqua-t-elle. Son beau-père… son beau-père lui a fait subir certaines choses… Et sa mère l'a accusée de mensonge quand elle a tenté de s'en plaindre auprès d'elle.

Elle se demanda s'il était vraiment judicieux de sa part de divulguer à ces deux-là les secrets de Gilly. Mais après tout... Cette enfant était traumatisée. Parler ouvertement de ces événements pourrait sans doute l'aider à les surmonter.

— Nous sommes au courant, répondit gentiment Paris. Danika nous l'a dit.

— Moi, je n'étais pas au courant, protesta William en se détournant pour regarder de nouveau devant lui.

Mais elle eut le temps de surprendre une lueur de colère dans ses yeux.

— Et vous, l'ange, comment le savez-vous ? demanda-t-il.

— Je l'ai protégée autrefois, répondit-elle.

Un silence pesant suivit cette déclaration et ils traversèrent en silence la banlieue de Budapest. Ils roulaient à présent dans un quartier de jolies maisons situées sur une colline, dans des rues arborées.

Puis Paris entra dans un parking et arrêta la voiture.

— J'en ai pour une minute, dit-il. Surveille bien Scarlet.

Mais William n'était pas de cet avis. Il ne lui laissa pas le temps de réagir et lui déposa Scarlet sur les genoux, comme un vulgaire paquet.

— Tu surveilles Scarlet, et moi, je vais chercher Gilly. Parce que moi, je ne lui fais pas peur.

— Moi non plus, je ne lui fais pas peur ! Je te rappelle que les femmes ne me résistent pas et prennent des airs ravis sur mon passage. De plus, tu n'es pas sur la liste des personnes à contacter. Moi, si.

William leva les yeux au ciel — un tic, décidément — et sortit de la voiture.

— La liste..., ricana-t-il. Comme si une liste pouvait m'arrêter. Tu n'as pas vu mon regard ? Avec ça, j'électrise les femmes. Et elles me mettent tout de suite sur leur liste.

— Dépêchez-vous, au lieu de faire le fanfaron ! lança Olivia.

Il la gratifia d'un sourire, puis claqua la portière.

Tout en le regardant s'éloigner, Olivia caressa le front brûlant d'Aeron. Il n'allait pas mieux, bien loin de là. Il commençait à s'agiter, sans doute à cause de la fièvre. Il était couvert de sueur et se mordait la lèvre, comme s'il souffrait.

Ne sachant comment le soulager, elle se mit à chantonner des paroles de réconfort et de paix. Le visage d'Aeron parut se détendre.

— Par tous les dieux…, murmura Paris d'une voix émue.

Elle cessa aussitôt de chanter.

— Ça vous dérange ? Je ne pensais pas… Je suis désolée.

Aeron avait recommencé à s'agiter.

— Pas du tout, protesta Paris. C'est merveilleux, au contraire. J'en veux encore.

— Oh ! Merci…

Elle reprit son chant. Au bout de quelques minutes, des animaux commencèrent à émerger des buissons et de la lisière de la forêt. Peu à peu, ils entourèrent la voiture.

Aeron ne s'agitait plus. Elle en aurait pleuré de joie.

Tout en caressant un squelette tatoué sur sa pommette, elle se demanda une fois de plus si elle l'aimait, si elle aurait pu mourir pour lui… Peut-être bien que oui, après tout.

William attendait Gilly, que la réceptionniste de l'accueil avait fait appeler. Il s'était présenté à elle en donnant le nom de Paris Lord, et elle n'avait pas cherché à vérifier son identité.

Elle était petite et tout en rondeurs, entre trente et quarante ans, des cheveux bruns, lisses et brillants, coupés au carré, des yeux bruns qui s'occupaient en ce moment à le déshabiller. Il avait l'habitude et s'en serait réjoui en d'autres circonstances, mais pas aujourd'hui, parce qu'il avait seulement hâte de voir apparaître Gilly et de filer avec elle. Il voulait la savoir en sécurité.

Il ne s'était pas douté qu'elle avait eu une vie si difficile et eut honte de ne pas l'avoir deviné, lui qui connaissait si bien les femmes. Il maudit intérieurement sa garce de mère et son ordure de beau-père. Deux êtres qui auraient dû la protéger et qui l'avaient abîmée. Mais, à présent, il était là, et il allait désormais s'assurer que plus rien de fâcheux ne lui arriverait. Il songea vaguement qu'il se chargerait plus tard de faire payer leur infamie aux deux parents indignes. Peut-être en leur tranchant la tête pour l'offrir à Gilly à Noël, sur un plateau.

— Vous êtes le père de Gilly ? demanda la réceptionniste.

Elle avait quitté son poste et se tenait maintenant devant lui, de l'autre côté du comptoir.

Absorbé dans ses pensées, il ne l'avait ni vue ni entendue bouger. C'était dangereux d'être à ce point distrait, il avait intérêt à se reprendre.

— Je suis son frère, répondit-il sèchement, un peu agacé à l'idée que cette femme le jugeait assez vieux pour avoir une fille de dix-sept ans.

Certes, il fêterait bientôt son millénaire, mais il n'avait pas une ride, que diable !

— Oh… Très bien…

Elle sourit et lui tendit un morceau de papier.

— Si vous voulez des renseignements au sujet de son cursus, voici mon numéro de téléphone. Vous pouvez appeler quand vous voulez.

— Comptez sur moi, dit-il avec un sourire forcé.

Il rangea le papier dans sa poche, avec l'intention de ne jamais utiliser le numéro qui y était inscrit.

— C'est important, l'éducation d'un enfant, conclut-il d'un ton docte.

Cette fois, il eut droit à un gloussement et dut faire un effort pour ne pas grincer des dents.

Les femmes étaient une bénédiction autant qu'une plaie.

Il adorait le sexe et ne pouvait s'en passer. Il ne choisissait pas toujours ses partenaires avec discernement et cela lui avait valu de la prison. Mais ça ne l'avait pas calmé pour autant. D'ailleurs, rien ne le calmait. Pas même la malédiction qui pendait au-dessus de sa tête comme une épée de Damoclès.

Une femme ferait un jour irruption dans sa vie pour le séduire. Une femme belle et puissante. Une femme qui ferait de lui son esclave. Et qui finirait par le tuer. Bien entendu, il était précisé qu'il ne lui aurait servi à rien de tenter d'éviter les femmes. D'ailleurs, en aurait-il été capable ?

Mais il existait tout de même un moyen d'échapper à cette malédiction, et ce moyen, son salut, se trouvait consigné dans un grimoire qu'Anya lui avait subtilisé et lui rendait page après page. Il aurait dû la haïr pour ça, mais il l'aimait décidément trop et lui pardonnait tout.

Elle avait été sa voisine de cellule à Tartarus, durant des centaines d'années, et c'était grâce à elle qu'il n'avait pas perdu espoir.

— William ? fit la voix rauque de Gilly.

Il fit volte-face. Elle était là, au bout du couloir, si

menue, avec ses cheveux et ses yeux noirs. Maintenant qu'il la regardait à la lueur des révélations d'Olivia, il la percevait un peu plus comme une femme avertie. Pour une gamine, elle en savait trop.

Elle portait un jean et un T-shirt, ainsi que des baskets dans lesquels Torin avait dissimulé un petit appareil permettant de la localiser — mais cela, elle l'ignorait. Elle avait ramassé ses cheveux en queue-de-cheval. Elle n'était pas maquillée.

Un jeune homme la suivait en la couvant du regard. Quand il aperçut William, il se renfrogna.

Son petit ami ? Un prétendant ?

Pas question qu'elle ait un petit ami. Elle était trop jeune. Et traumatisée. Elle avait besoin de temps.

— Par ici, mon chou, lui dit-il en lui faisant signe d'avancer.

Elle sourit et courut pour venir se jeter dans ses bras. Il la serra contre lui, puis l'écarta gentiment. Elle avait le béguin pour lui, elle était charmante, mais il ne voulait pas lui donner de faux espoirs.

— Qu'est-ce que tu fais là ? demanda-t-elle.

Son chevalier servant vint se placer derrière elle. Il était grand, pour un adolescent, et arrivait à peu près aux oreilles de William. Il avait des cheveux bruns et des yeux bleus.

— Comment est-ce que tu t'appelles ? demanda William d'un ton peu amène.

— Cor… Corbin, monsieur.

— Corbin Monsieur ? C'est un nom, ça ? Je te préviens que si tu fais souffrir Gilly, je…

Gilly l'interrompit d'une tape sur l'épaule.

— Arrête. Gil est un copain. Il m'a accompagnée pour m'aider à porter mes affaires.

— C'est tout à fait admirable, déclara William

d'un ton ironique, sans quitter le garçon du regard. A condition qu'il n'ait pas d'intentions cachées.

Corbin tira sur son col de chemise, comme s'il avait du mal à respirer.

— Vous... vous êtes son petit copain..., bredouilla-t-il.

— Son frère, répondit William.

En même temps que Gilly, qui, elle, répondait « oui » pour le petit copain.

Il se tourna vers elle en haussant un sourcil. Tiens donc ! Elle le présentait comme son petit copain ! Il était temps qu'ils aient une petite discussion. Mais plus tard. Ce « oui » lui avait causé un pincement au cœur, et il fallait d'abord qu'il comprenne pourquoi.

— Qu'est-ce que tu fais là ? demanda de nouveau Gilly, qui avait rougi.

Il se désolait d'avance de ce qu'il avait à lui dire, mais il n'avait pas le choix.

— Aeron est mal en point. Nous avons des problèmes. Il faut que tu viennes t'installer au château, ce sera plus sûr pour toi. Je t'expliquerai plus tard.

— Aeron ? répéta Corbin.

— Un autre frère, dit William.

— Tu as combien de frères ? s'étonna le garçon.

— Plusieurs, répondit Gilly en soupirant. Toi aussi, tu seras là-bas, Liam ? Au château ?

Liam. C'était le surnom qu'elle lui avait donné. A présent, il en était gêné, parce qu'il comprenait ce que cela signifiait pour elle. Oh, oui, ils allaient devoir parler. Bon sang... Ce n'était pas toujours drôle d'être irrésistible.

— Oui, bien entendu, répondit-il. Allons-y, le temps presse. Aeron est dans la voiture, il a besoin de soins.

Elle pâlit et glissa sa main dans la sienne.

— Au revoir, Cori, lança-t-elle par-dessus son épaule, tout en prenant la direction de la sortie.

— Salut, répondit le garçon.

William crut déceler un soupçon de dépit dans sa voix.

Dehors, ils trouvèrent la voiture encerclée par les daims. Bon sang, qu'est-ce que c'était que ça ? Encore un coup de l'ange… William ne la voyait pas à travers les vitres teintées, mais il savait qu'elle guettait leur retour avec angoisse. Ils avaient intérêt à se dépêcher, et à ramener Aeron sain et sauf au château. Sinon, l'ange plein de bonté allait se transformer en tigresse. Il n'avait pas deviné le malheur de Gilly, mais Olivia, il l'avait parfaitement devinée.

Aeron représentait tout pour elle. Si elle le perdait, les dieux eux-mêmes seraient impuissants à apaiser sa colère.

18

Olivia était assise sur le lit d'Aeron, tout contre lui. Legion était assise sur le lit d'Aeron. Tout contre lui. Mais de l'autre côté. Elles avaient enterré la hache de guerre le temps de le déshabiller. Olivia ne s'était pas autorisée à poser les yeux sur le pénis d'Aeron, malgré les exhortations de la voix.

Parce que la voix était revenue. Bien sûr.

Mais, dans l'état où se trouvait le blessé, elle avait jugé indécent de regarder ses parties génitales. Il ne bougeait plus. Il ne gémissait plus. Et ce n'était pas bon signe.

Le sang coulait toujours de sa blessure, au point qu'il avait réussi à imbiber le tissu de sa tunique d'ange, pourtant conçu pour ne pas être sali. Sa peau tatouée était moite, mais froide. Legion et elle l'avaient enveloppé dans des couvertures, mais cela n'avait pas suffi à faire remonter sa température.

Elles s'étaient donc collées à lui, dans l'espoir de lui communiquer un peu de leur chaleur.

— Qu'est-ce que tu lui as fait ? demanda soudain Legion tout en lui tapotant les joues.

— Rien, protesta Olivia.

Mais elle ne put s'empêcher de se sentir coupable. Elle aurait dû le protéger.

— Il a reçu une balle tirée par les chasseurs.

— Tu n'as pas su le protéger, déclara Legion.

File-lui une claque, c'est tout ce qu'elle mérite !

Olivia n'eut aucun mal à résister à la voix. Elle était bien trop inquiète sur le sort d'Aeron pour se préoccuper de cette entité obscène et quelque peu facétieuse.

— Qu'est-ce que j'aurais pu faire ? murmura-t-elle.

Formuler tout haut cette question qu'elle ne cessait de ruminer déclencha en elle une nouvelle vague de culpabilité.

— Te jeter devant lui pour lui servir de bouclier. Moi, je l'aurais fait.

Oui, sans doute Legion l'aurait-elle fait. *Je ne suis pas à la hauteur.* Elle n'était pas la maîtresse d'Aeron, mais elle aspirait à le devenir et elle aurait dû se comporter en tant que telle.

— Même s'il s'en sort…, murmura-t-elle.

Il s'en sortirait, parce qu'elle ferait tout pour cela. Elle ne le laisserait pas partir aujourd'hui.

— Il ne lui reste plus que quelques jours à vivre, ajouta-t-elle. A cause de toi.

— Tu mens, lança Legion d'un ton mauvais.

Elle se pencha tendrement sur Aeron pour lui baiser le front.

— Tu entends ça, mon amour ? Ton ange est une sale menteuse. Tu ne mourras pas. Jamais.

Ecarte cette furie et prends possession de cet homme qui t'appartient.

De nouveau, Olivia se contenta d'ignorer la voix, sans la moindre difficulté, dissipant ainsi les traînées noires que sa présence laissait dans son âme.

— Dans neuf jours, un ange vengeur viendra pour lui. Cet ange lui tranchera la tête sans hésitation. Et la responsable, c'est toi. On lui reproche de ne pas t'avoir laissée en enfer, là où était ta place.

A présent, elle ne cherchait plus à dissimuler sa colère, et une rage sourde perçait dans sa voix.

Legion se raidit et lui montra les dents.

— Encore un mot sur ce sujet et je te poignarde pendant ton sommeil.

— Ici ? Pendant que je dormirai auprès d'Aeron ?

Le ton était provocateur, et elle ne le regretta pas.

— Tu n'es qu'une salope ! hurla Legion.

— Oh ! lança une voix amusée depuis le seuil. Des femelles qui se crêpent le chignon ! J'adore ça !

William.

Olivia regretta d'être attirée par Aeron plutôt que par l'irrésistible William. William l'aurait accueillie dans son lit dès le premier jour, et ensuite, il l'aurait abandonnée. Elle n'aurait eu aucune difficulté à l'oublier.

Ni à lui trancher la tête, si on le lui avait ordonné.

Et elle n'aurait pas non plus sacrifié son avenir pour passer quelques jours avec un égoïste comme William — égoïsme qui, porté à un tel paroxysme, aurait été insupportable chez un autre, mais lui allait plutôt bien.

L'égoïste était appuyé au chambranle de la porte, les bras croisés sur la poitrine.

— Paris et mois sommes désolés d'avoir tenté de te poignarder, tout à l'heure, dit-il à Legion.

Quand ils étaient arrivés, Legion s'était précipitée sur Aeron et ils ne l'avaient pas reconnue. Forcément, ils avaient réagi et s'étaient jetés sur elle. Olivia était intervenue à temps pour les empêcher de porter un coup fatal, en leur expliquant qui elle était et comment elle avait obtenu cette métamorphose.

J'aurais mieux fait de me taire…

Mais ça n'aurait rien changé. Torin, qui avait des

yeux et des oreilles partout, avait assisté à la transformation de Legion à travers ses écrans de contrôle.

— Remarque, nous avons des excuses, poursuivit William. Le changement est absolument stupéfiant. Je ne pensais pas qu'une aussi belle femme pouvait débarquer dans le château.

Il lui faisait du plat, bien sûr… Il ne s'arrêtait donc jamais ? Dans la voiture, pourtant, Gilly avait tenté d'attirer son attention, mais il était demeuré étrangement distant et silencieux.

— Ça va, répondit Legion d'un ton boudeur. Vous n'auriez pas eu le dessus, de toute manière.

Elle paraissait tout de même charmée. Personne, en effet, ne résistait à William.

— Tu portes atteinte à mon honneur, protesta William, la main sur le cœur. Je te propose un combat à mains nues. Et tout nus. On verra bien qui de nous deux aura le dessus.

— Je croyais que vous deviez parler aux autres, intervint Olivia, qui en avait assez de leur badinage. Est-ce que quelqu'un a une idée à propos de ce qui arrive à Aeron ?

— Oui, justement, répondit William. D'après Torin, il serait empoisonné.

Du poison. Oui, c'était possible… Les chasseurs étaient protégés par Galen et par Rhéa, et l'on pouvait raisonnablement supposer que ce poison avait une provenance surnaturelle. Un poison préparé par les mortels n'aurait pas produit un tel effet sur un immortel.

— Et Torin connaît un remède à ce poison ? demanda-t-elle.

William secoua la tête.

— Non. Mais il a chargé les femmes de chercher dans des vieux parchemins que possède Reyes. Donc, à votre place, je ne paniquerais pas tout de suite. Nous aurons une réponse à cette question dans quelques heures.

Quelques heures ? Aeron tiendrait-il quelques heures ? Elle déglutit péniblement et lutta contre les larmes qui lui brûlaient les yeux.

— Et Scarlet ? demanda-t-elle.

— Nous l'avons enfermée, et pour l'instant, elle dort.

Il prit un air rêveur.

— Elle est plutôt mignonne. Je tenterai peut-être ma chance avec elle.

— Elle est affreuse, ricana Legion. Aussi moche que l'ange !

— Ange déchu, corrigea Olivia sans même lui accorder un regard. Elle est mignonne, mais extrêmement dangereuse. Prévenez vos compagnons qu'ils ne doivent surtout pas dormir. Parce que s'ils ferment leurs yeux, Scarlet envahira leurs rêves, même si elle dort aussi. Et si elle s'en mêle, les cauchemars qu'elle leur enverra leur paraîtront réels, au point de le devenir. C'est-à-dire qu'elle pourra les atteindre physiquement.

Tout en proférant ces mots, Olivia retint un cri de désespoir. Aeron dormait, ce qui le mettait à la merci de Scarlet. Il fallait qu'elle le réveille. Et tout de suite.

William fit la moue.

— Il aurait peut-être fallu nous le dire avant qu'on l'emmène ici, grommela-t-il.

— Ç'aurait changé quelque chose ? bredouilla-t-elle.

Elle se sentit minable. Décidément, elle n'avait commis que des erreurs.

— Non, soupira William. Sans doute que non.

Elle se demanda s'il était sincère, ou s'il cherchait simplement à la soulager du fardeau de sa culpabilité.

— Au fait, à propos de cauchemars…, ajouta-t-il. Le château est encerclé d'animaux, comme tout à l'heure dans la voiture. Vous auriez une explication à ce phénomène ?

— J'aimerais bien en avoir une, répondit Olivia.

Elle lui était reconnaissante de sa gentillesse et se sentit soudain terriblement désireuse de l'aider.

— Depuis que je suis sortie de la crypte de Scarlet, on dirait que je les attire, mais j'ignore pourquoi.

Dans cette crypte, elle avait utilisé sa lumière intérieure, mais elle ne voyait pas…

Bien sûr que oui ! Comment n'y avait-elle pas songé plus tôt ? Sa lumière intérieure attirait les animaux.

Elle l'expliqua à William.

— C'est sympa, votre truc, commenta-t-il. Mais ça fiche la trouille à tout le monde. Lucien est rentré avec le groupe qui se trouvait à Rome et, d'après ce qu'on raconte…

Il sourit et se frotta les mains.

— Les voyages avec Lucien rendent Reyes malade. Il est sorti pour vomir et il a dû se battre contre une armée d'oiseaux et de rongeurs.

— Je suis vraiment désolée, murmura Olivia.

— Bien sûr que tu es désolée, railla Legion en lui jetant un mauvais regard. Mais tu es une véritable catastrophe ambulante. Partout où tu passes, il y a des problèmes.

— Ça suffit ! lança Olivia avec exaspération. Nous devrions plutôt aider Aeron. En allant par exemple chercher un médecin.

— Il n'a pas besoin de médecin, répliqua Legion. C'est de moi qu'il a besoin. Et je vais m'occuper de lui à ma façon.

Sur ces mots, elle ôta sa robe, qu'elle avait « empruntée » à Anya et qui ne dissimulait pas grand-chose de son anatomie.

— Tu as l'intention de le violer, pendant son

sommeil ? s'exclama Olivia d'un ton horrifié. C'est ça, pour toi, t'« occuper de lui » ?

— Tu as tout compris, répondit posément Legion.

Elle était maintenant nue — et pas du tout gênée de l'être —, et ôta les couvertures qui recouvraient Aeron, avec l'intention de mettre son projet à exécution.

— Legion, mon chou, il va falloir attendre, intervint William en lui faisait signe d'approcher. Pour l'instant, je voudrais que tu me suives.

Elle s'arrêta net, le visage fermé, et se tourna vers lui. Ses énormes seins tremblèrent comme de la gelée.

— Et pourquoi donc ? demanda-t-elle.

— Pourquoi donc ? répéta-t-il comme quelqu'un qui n'a pas la réponse et tente de gagner du temps.

— Oui. Pourquoi donc ?

— Parce qu'il faut que je te présente aux Seigneurs de l'Ombre qui viennent de rentrer. Sinon, ils risquent de te prendre pour un appât et de t'attaquer quand ils te verront.

Olivia comprit qu'il cherchait à éloigner Legion de la chambre d'Aeron. Elle se retint de l'embrasser.

— Mais je ne peux pas abandonner Aeron…, gémit Legion.

— Ce ne sera pas long, insista William en lui adressant son sourire le plus enjôleur. Je te le promets.

— Entendu, admit Legion.

Elle enfila sa robe, dont elle lissa le tissu blanc sur les courbes dangereusement douces de ses hanches. Puis elle se tourna vers Olivia.

— Si tu oses le toucher, je te jure que je t'arrache les yeux et que je les bouffe. Devant toi. En t'obligeant à regarder.

Olivia ne prit pas la peine de lui faire remarquer que si elle lui « bouffait » les yeux, elle ne risquait pas de regarder. Elle remercia d'un sourire William, qui lui adressait discrètement un clin d'œil avant de disparaître.

Un répit, enfin. Mais pour combien de temps ?

Embrasse-le.

La voix. Encore. Olivia se promit de se renseigner sur l'origine de cette voix quand tout serait rentré dans l'ordre. Pour le moment, elle n'avait pas le temps. Elle devait prier pour Aeron.

Elle ferma les yeux, tout en posant la main sur son torse.

— Seigneur, mon Dieu, qui êtes Seul et Unique, votre humble servante s'adresse à vous avec tout son amour. Cet être est possédé d'un démon, mais il y a en lui beaucoup de bonté. Il est capable de gentillesse et de loyauté. Je sais qu'il va mourir. Mais pas maintenant. Pas comme ça. Vous qui êtes tout-puissant, vous pouvez le guérir. Vous qui avez déjà vaincu la mort, vous pouvez le ramener à la vie.

Entends-moi, Seigneur. Aide-moi.

— Pourquoi te torturer inutilement, Olivia ? Il va mourir, de toute façon…

Lysander… Il était venu. *Merci. Merci.*

La voix — qu'elle avait décidé d'appeler pour l'instant « voix de la tentation » — laissa échapper un gémissement rageur. *Pas lui. Pas lui. Surtout pas lui. Je ne le supporte pas.*

Dans ce cas, va-t'en, dit-elle sèchement.

Un drôle de soupçon lui était venu à l'esprit. Cette voix haïssait Lysander. Or, il n'y avait que les démons pour haïr les anges…

Je m'en vais, fit la voix… *A plus tard.*

C'était donc un démon qui lui parlait à travers cette voix. Il reviendrait. Et quand il reviendrait, elle l'attendrait de pied ferme.

— Olivia ? insista Lysander.

Elle entrouvrit les paupières. A peine. Il était là, grand, imposant, irradiant le pouvoir, avec ses ailes, qui formaient deux arches d'or au-dessus de ses épaules, et sa longue tunique, qui ondulait autour de ses chevilles.

— Aeron ne mérite pas de mourir comme ça, murmura-t-elle.

— Et qu'est-ce que ça change ?

Elle se recroquevilla contre Aeron. Comme pour le protéger. Comme une amante.

— Tu as eu une seconde chance avec ta harpie, dit-elle. Moi aussi, j'ai droit à une seconde chance avec lui.

— Et ensuite, quand son temps sera écoulé, tu en réclameras une troisième ?

Elle ne répondit pas, pour ne pas mentir.

— Qu'es-tu venu faire ici, Lysander ?

— Je suis venu te dire que ta prière a été entendue et qu'il va guérir, mais qu'en retour tu devras accepter un sacrifice.

Un sacrifice ? Sans hésitation. Elle n'en fut pas surprise. C'était ainsi depuis la nuit des temps. Un don de soi avait le pouvoir d'attirer les faveurs du Seul et Unique.

— J'accepte, dit-elle. Guéris-le, et va-t'en.

— Tu ne veux pas savoir d'abord ce qui t'est réclamé ?

— Non.

— En es-tu certaine ?

Elle ne répondit pas.

— Je vais te le dire tout de même. Tu seras privée de ta Voix de Vérité. Il ne te suffira plus de parler pour inspirer confiance. Tu ne seras plus à l'abri du doute. Tu ne sauras plus discerner une parole juste d'une parole fausse. Et même si tu décides de retourner parmi les anges, cette Voix ne te sera pas rendue.

Perdre sa Voix de Vérité ? Elle en resta saisie. Elle aurait préféré perdre ses mains, comme Gideon. Il lui faudrait supporter désormais qu'Aeron doute d'elle. En serait-elle capable ?

Elle posa sur Lysander un regard éploré.

— Réfléchis bien, dit-il. A chaque minute, le chemin que tu as choisi devient plus dangereux. Et sais-tu ce que je vois au bout de ce chemin ? Sais-tu ce qui t'attend, Olivia ? La mort. Ta mort. Et tout cela pour quoi ? Pour quelques jours auprès de lui, un démon qui a accepté un marché avec moi.

— Quel marché ?

— Je lui ai promis d'intervenir auprès du Très Haut Conseil des Anges pour sauver sa vie et celle de Legion. Lui, en échange, doit faire en sorte de te dégoûter de l'existence terrestre.

Ainsi, Lysander était prêt à solliciter la grâce d'Aeron… Elle en fut surprise. Mais, surtout, elle se sentit blessée. Parce que ce marché expliquait tout. Elle comprenait maintenant pourquoi Aeron avait refusé de lui donner un orgasme, pourquoi il lui avait promis de lui montrer la laideur de sa vie.

Il ne tenait pas à elle. Pas vraiment, en tout cas. Il n'avait pas hésité à accepter la proposition de Lysander. Et, pourtant, elle l'admirait encore. Il cherchait à sauver quelqu'un qu'il aimait. A sauver Legion.

Si seulement il avait pu l'aimer autant que Legion !

— Donc, si je reviens parmi vous, il vivra ? demanda-t-elle d'une voix rauque.

— J'ai promis d'essayer de le sauver, corrigea-t-il. Mais là n'est pas la question. Ce qui devrait compter à tes yeux, c'est qu'il a accepté de se séparer de toi pour rester en vie.

La douleur qui lui comprimait la poitrine gonfla, se répandant dans tout son être.

— Ça ne te fait pas changer d'avis ? insista Lysander. Tu es toujours prête à sacrifier ta Voix contre sa guérison ?

— Oui, répondit-elle sans hésiter.

Aeron avait placé Legion au-dessus d'elle, mais cela ne l'avait pas vraiment étonnée. En revanche, elle ne voulait pas le perdre tout de suite. Pas avant les neufs jours auxquels ils avaient droit.

Le regard de Lysander s'emplit de tristesse.

— Qu'il en soit donc ainsi, dit-il.

Elle sentit aussitôt sa gorge se serrer, au point de ne pouvoir parler, ni déglutir ni même respirer. Elle se griffa le cou, tandis que le feu et la glace coulaient dans ses veines.

— La douleur va passer, reprit Lysander.

Il était maintenant tout près d'elle et lui massait les tempes pour la soulager, comme autrefois, quand elle revenait vers lui après un échec et qu'il la consolait de ne pas avoir su apporter la joie à un mortel. Il avait toujours voulu son bien, et cela n'avait pas changé. Elle se promit de ne pas l'oublier.

Bientôt, comme il le lui avait annoncé, elle put de nouveau respirer. Le feu dans ses veines s'apaisa. La glace fondit.

— Tu crois qu'Aeron aurait fait la même chose pour toi ? demanda Lysander. Ne me réponds pas. Réfléchis-y simplement. Et à tout ce que je t'ai dit.

Elle acquiesça en silence. Même si elle l'avait voulu, elle n'aurait pu prononcer un mot.

— Prépare-toi à souffrir, ma douce Olivia, ajouta Lysander. Car je crois que Rhéa a donné aux chasseurs de l'eau provenant des trois fleuves du royaume d'Hadès.

Olivia frémit. Pour contrer les effets de ce poison

mortel, il fallait boire de l'eau provenant du Fleuve de Vie. Et ce fleuve, elle ne savait où le trouver.

— Les chasseurs fabriquent désormais eux-mêmes leurs balles et chacune d'elles contient une goutte de l'eau d'Hadès.

Il tira une petite fiole de la poche de sa tunique.

— Voici de l'eau provenant du Fleuve de Vie, dit-il. Une goutte suffira pour guérir Aeron. Le reste, je te conseille d'en faire bon usage, car on ne t'en donnera plus.

Elle tendit des mains tremblantes vers la fiole.

— Mais ne crois surtout pas que cela pourra le sauver de l'ange vengeur qui viendra lui trancher la tête. Car cet ange viendra, Olivia, n'en doute pas.

Elle baissa les yeux. Lysander la connaissait bien... Elle y avait en effet pensé. Elle secoua la tête. Tant pis. Elle trouverait un autre moyen.

— Je croyais que tu devais intervenir auprès du Très Haut Conseil pour réclamer sa grâce, dit-elle.

— Je vais le faire, même si je sais déjà que je n'obtiendrai pas gain de cause. Les membres du conseil se sont montrés cléments avec toi, mais Aeron est un démon. Il l'ignore, mais il n'y aura pas de clémence pour lui.

Lysander avait donc proposé à Aeron un marché de dupe. Elle se demanda si elle devait l'en avertir.

— Je me fais beaucoup de souci pour toi, soupira Lysander. Mais je dois te laisser seule face aux choix qu'il te reste à faire.

19

Gideon, gardien de Tromperie, ne cessait de se tourner et de se retourner dans son lit. Son slip collait à sa peau en sueur. Ses mains — ou, plutôt, les fantômes de ses mains — le faisaient souffrir. Depuis quelques heures, les bandages qui terminaient ses poignets s'imbibaient de sang. Qu'est-ce que ça signifiait ?

Gideon dormait, mais il demeurait étrangement conscient de son état et il se sentait piégé dans un trou noir. Etrange aussi… Son démon lui avait fait remarquer que cela lui rappelait la noirceur et le vide qui régnaient dans la boîte de Pandore. Depuis, il ne cessait de gémir, mêlant ses cris à ceux des créatures qui habitaient cet affreux royaume — et cela faisait des centaines et des milliers de plaintes, plus épouvantables les unes que les autres.

Il tentait de se frayer un chemin vers l'extérieur et n'y parvenait pas.

— Gideon… Réveille-toi, Gideon. Tu ne dois surtout pas dormir.

Il avait reconnu la voix de Paris et aurait bien voulu obéir, mais cela aussi se révéla au-dessus de ses forces. Cette obscurité qui l'enveloppait l'en empêchait, il était comme pris dans de la glu, noyé. Oui, il se noyait, pour de bon, il sentit qu'il lâchait le fil qui le reliait encore à la réalité. *Je ne peux plus respirer…*

Des rideaux noirs s'entrouvrirent devant lui et il prit une grande goulée d'air. Mais, quand il voulut avancer, il trébucha sur… Une araignée ! *Non !*

Ne te calme pas, ordonna Tromperie.

Non ! Surtout pas !

Il tenta de progresser à tâtons, en se retenant de crier comme un gosse. La monstrueuse araignée le suivait… Ses innombrables pattes martelaient le sol en cadence et ses petits yeux méchants semblaient pénétrer son âme.

Ennemie, dit Tromperie.

Ce qui signifiait qu'il la considérait comme une amie.

Non, cette chose n'était pas une amie et tout son corps lui criait au contraire qu'il n'allait pas tarder à lui servir de dîner. Il aurait préféré périr par le feu, être pendu, égorgé.

— Tu vas m'apprécier, j'ai sûrement un goût exquis, murmura-t-il d'un ton de désespéré.

Il n'osait pas dire la vérité, pas même dans ses rêves.

Il n'avait pas oublié ce qu'il avait enduré la dernière fois qu'il lui était arrivé de parler franchement. Quelques semaines plus tôt, un chasseur avait réussi à lui faire croire — à lui, lui qui détectait un mensonge à des kilomètres — que Sabin était mort. Ça l'avait rendu fou et il lui avait crié sa haine. Tromperie ne l'avait pas supporté et le lui avait fait payer cher.

Le même jour, il avait perdu ses mains au cours d'un interrogatoire. Ses doigts commençaient à repousser, mais ils ne suffiraient pas à étrangler cette bestiole affamée qui le fixait comme un morceau de viande.

Il courut d'un bout à l'autre de la pièce, cherchant une issue. Cela lui permit de constater que la pièce rétrécissait, comme si elle se refermait sur lui.

— Viens, approche, dit-il.

N'approche pas.

— Viens me manger.

Ne me mange pas.

Ne te calme pas, répéta Tromperie.

Il ne chercha pas à analyser l'étrange comportement de son démon, ce n'était pas le moment. Une patte poilue fouetta l'air et sa pointe tranchante comme un rasoir lui entailla la cuisse. Elle devait aussi contenir un poison, car ses muscles devinrent durs comme du fer et se contractèrent autour de l'os, au point qu'il crut que celui-ci allait se briser.

— Recommence, dit-il d'une voix rauque.

Il appréciait, d'habitude, la compagnie de ce démon qui le rendait si fort, presque indestructible, mais, en ce moment, il aurait préféré maudire cette horrible araignée.

Il avait toujours eu peur des araignées… Pourquoi ? Il n'aurait su le dire.

De nouveau, il eut droit à un coup de patte qui l'atteignit cette fois de dos. Les muscles de son bras se tétanisèrent autour de l'os qui se brisa pour de bon.

— Encore, répéta-t-il.

Le mot avait jailli de sa bouche comme une flèche, sans qu'il puisse l'en empêcher.

Ne te calme pas.

L'araignée se figea et inclina de côté son affreuse tête, comme si elle réfléchissait. Elle le fixait maintenant avec tant d'intensité qu'il en fut cloué au sol.

Ne bouge pas.

Sauve-toi.

Son souffle chaud et épais, renvoyé par le mur tout proche, lui revenait à la figure.

— Pourquoi dis-tu toujours le contraire de ce que tu penses ?

La voix était venue de nulle part. Ou bien c'était l'araignée qui s'était mise à parler… Mais il s'agissait d'une voix de femme, et il se serait plutôt attendu à ce qu'un être aussi laid ait plutôt une voix d'homme. De plus, elle lui parut familière. Plutôt douce, bien que ferme et décidée.

Tromperie soupira de soulagement.

— Reste là ! hurla de nouveau Gideon à la bête.

Son démon se laissait manœuvrer, mais pas lui.

Lentement — trop lentement — l'araignée se dissipa et disparut de sa vue.

Méfie-toi...

Une femme sortit de la brume laissée par le monstre. Elle était grande et mince, avec des cheveux noirs qui lui arrivaient aux épaules, raides comme des baguettes. Ce visage... Gideon eut l'impression de l'avoir déjà vu.

Qui était cette femme ?

Elle avait des yeux noirs, un regard de velours, un nez droit, des lèvres si rouges qu'elles paraissaient formées de milliers de petits rubis taillés en forme de cœur. Ses pommettes étaient hautes et bombées, son menton volontaire. Par tous les dieux... Ce qu'elle était belle...

Le pouls de Gideon battait toujours à un rythme effréné. Mais Tromperie paraissait rassuré par la vue de cette femme et il se laissa peu à peu gagner par son calme. Cette créature était fascinante. Elle n'était probablement pas réelle, puisqu'il rêvait. Mais quelle importance ?

La sueur sécha peu à peu sur son corps et un feu ravageur réchauffa son sang. Il eut soudain une envie irrésistible d'allonger le bras pour caresser le beau visage de cette brune et enfouir ses mains dans ses cheveux.

— Pourquoi dis-tu le contraire de ce que tu penses ? demanda-t-elle de nouveau.

— Je n'en sais rien, murmura-t-il. Je...

Il aurait pu lui donner des détails — mensongers — et lui fournir de quoi déchiffrer la vérité, mais il s'était arrêté net à l'idée qu'elle était peut-être un appât.

Les chasseurs étaient-ils devenus puissants au point de s'introduire dans leurs rêves ?

Possible. Torin lui avait rendu visite un peu plus tôt pour l'avertir que Galen possédait désormais la Cape qui rend invisible. De plus, ce traître avait réussi à faire entrer Méfiance dans le corps d'une femme... Brune... Une femme brune ?

Il se raidit. Brune comme celle qu'il était en train de contempler ?

— Viens me rejoindre dans le donjon, ordonna-t-elle. Et seul.

— Qui n'es-tu pas ? demanda-t-il.

— Et toi, qui n'es-tu pas ? répondit-elle du tac au tac.

Le silence s'installa entre eux et les yeux noirs de la femme brillèrent de colère. De colère et de curiosité.

— Viens me rejoindre dans le donjon où je rappelle l'araignée, lança-t-elle une dernière fois avant de disparaître.

Les yeux de Gideon s'ouvrirent et son esprit quitta brutalement l'espace de son rêve, comme propulsé par une fusée.

— Enfin ! s'exclama Paris d'un ton angoissé. Je commençais à désespérer.

Gideon haletait. Il constata que sa sueur n'avait séché que dans son rêve. Il était trempé, dégoulinant. Son bras portait encore la marque du coup de patte de l'araignée et il était enflé.

— Qu'est-ce qui ne m'est pas arrivé ? demanda-t-il en tremblant. Il y avait un tout petit moustique...

— C'est bien ce que je craignais, coupa Paris. Tu as fait un cauchemar.

La faible lueur du jour déclinant entrait par l'unique

fenêtre de la chambre, mais la lumière du plafonnier tombait sur la tête de Paris, éclairant ses cheveux aux reflets chatoyants. Gideon le trouva bien pâle.

— Tu t'es endormi avant qu'on ait le temps de te prévenir qu'il ne fallait pas fermer les yeux, reprit Paris. On voulait te présenter notre nouvelle invitée.

La femme brune…

— Qui n'est-elle pas ?

— Elle s'appelle Scarlet et elle est possédée comme nous par un démon de la boîte de Pandore.

— Et quel démon ne garde-t-elle pas ?

Il aurait bien voulu se passer la main sur le visage pour chasser de son esprit les brumes du sommeil, mais il ne pouvait malheureusement pas.

Paris dut le deviner et lui essuya les yeux du revers de sa manche.

— Cauchemar, apparemment. Elle est mignonne, à condition d'aimer le genre amazone. Mais elle est aussi cinglée et dangereuse que les chasseurs.

Cauchemar… Etrangement, ce simple nom parut donner un orgasme à Tromperie. Gideon se demanda une fois de plus pourquoi cette femme lui avait paru si familière.

Ne va pas au donjon, n'y va pas, supplia Tromperie.

— Olivia nous a aidés à la capturer et nous l'avons enfermée dans le donjon, poursuivit Paris.

— Elle est blessée, n'est-ce pas ? demanda Gideon tout en repoussant ses draps.

— Qu'est-ce que tu fiches ? protesta Paris.

Gideon parvint à se hisser sur ses jambes. Un regard vers le bas suffit à le renseigner sur son état. Il portait le même slip depuis plusieurs jours, il était en sueur, il sentait sûrement très mauvais.

Il se dirigea en titubant vers la salle de bains. Il n'était pas coquet, mais tout de même, par politesse…

On ne se présentait pas ainsi devant une dame. Il n'avait aucune raison de ne pas se montrer délicat avec la brune de ses rêves. Elle ne lui avait rien fait. Du moins, pas encore. A part le sang qui coulait en ce moment des blessures occasionnées par les coups de patte de l'araignée… Pas grand-chose.

Gideon ne put s'empêcher de sourire en songeant qu'Aeron allait râler quand il verrait tout ce sang par terre. Aeron avec une serpillière. Le spectacle le ravissait toujours.

Ils avaient tous une tâche à accomplir pour la collectivité. Lui était doué pour les téléchargements gratuits et ses compagnons lui passaient commande. Il s'était longtemps contenté de ce rôle, puis Paris l'avait culpabilisé et lui avait demandé de l'aider pour les courses. Ils s'étaient donc partagé la corvée. Paris en début de semaine, et lui en fin de semaine.

Quelqu'un l'avait probablement remplacé depuis qu'il était alité. Et donc… on allait lui demander de rattraper. Par un peu de ménage, sans doute…

Son sourire s'effaça.

— Qu'est-ce qu'elle t'a fait ? demanda Paris en le rejoignant pour le soutenir jusqu'à la douche.

Il ouvrit le robinet et régla l'eau à la bonne température. Bien chaude.

— Tu as parlé d'un petit moustique, poursuivit-il.

Avec l'aide de Paris, Gideon parvint à ôter son slip et à se glisser sous le jet. Il n'avait jamais été pudique et, de toute façon, il ne pouvait se débrouiller seul.

Pendant un long moment, il demeura immobile, les talons plantés dans le mur en face de lui, avec son bras qui le lançait, tandis que l'eau dégoulinait sur sa peau. Puis une main attrapa l'un de ses poignets, ôta le bandage qui l'entourait et posa un savon sur le moignon muni à présent de quelques appendices.

— Non, merci, murmura-t-il, tout en se demandant comment il allait s'y prendre pour se savonner.

— Tu n'as toujours pas répondu à ma question, insista Paris. Qu'est-ce qu'elle t'a fait avec ce moustique ?

— Rien.

— Je t'écoute. Sois plus précis.

Tout en se frottant du mieux qu'il pouvait avec le savon, Gideon s'expliqua à sa manière. Paris avait l'habitude et n'eut aucun mal à traduire.

— Tu sais ce que ça signifie, n'est-ce pas ? demanda-t-il quand Gideon eut terminé.

— Oui.

Non. Bien sûr que non. Tout ce qu'il savait, c'était que Scarlet était capable de faire apparaître une araignée, puis de la faire disparaître.

— Cauchemar…, insista Paris. Tu ne comprends donc pas ? Le démon de cette immortelle combat ses adversaires en les mettant face à leurs peurs les plus secrètes.

Il ne manquait plus que ça.

— Je ne vais pas lui rendre visite, annonça Gideon.

Ah ! non, surtout pas, renchérit Tromperie d'un ton surexcité.

— Tu n'es pas en état, fit remarquer Paris. Et ne compte pas sur moi pour t'aider.

— Tu n'auras aucun mal à me faire changer d'avis. Alors, si j'étais toi, j'insisterais encore.

Il parvint à fermer le robinet.

— Et ne me donne pas de serviette, surtout.

Tout en grommelant, Paris lui lança une serviette blanche qu'il manqua, bien évidemment. Il se baissa pour la ramasser, et, après plusieurs tentatives, il parvint à coincer le tissu entre ses deux moignons. Son bras le lançait et il eut toutes les peines du monde à s'éponger un peu.

Pris de pitié, Paris lui arracha la serviette et se chargea de finir le travail en bougonnant.

— Je ne veux pas m'habiller.

Il en avait assez de se sentir à ce point dépendant des autres. Heureusement, Paris semblait trouver tout naturel de l'aider.

Tout en secouant la tête, Paris disparut dans la chambre pour aller chercher des vêtements. Gideon l'entendit ouvrir un tiroir, le refermer bruyamment, puis en ouvrir un autre. Il revint enfin dans la salle de bains, avec un short et un T-shirt.

Gideon était sorti du bac de douche. Il aurait pu s'habiller tout seul, mais ça l'aurait vidé du peu d'énergie qui lui restait.

— Pas question que tu m'aides à m'habiller, dit-il.

Paris secoua de nouveau la tête.

— Si tu vas la voir, il faut au moins que tu prennes quelques armes, commenta-t-il en lui enfilant le T-shirt.

— Bien sûr, répondit Gideon.

Paris leva les yeux au ciel, tout en plaçant le short devant lui pour qu'il y passe ses pieds.

— Ce n'est pas parce qu'elle est enfermée qu'elle n'est pas dangereuse, fit-il remarquer, tout en regardant fixement du côté de la cuisse blessée de son compagnon.

Gideon haussa les épaules.

— Tu aurais pu trouver quelque chose de plus féminin, commenta-t-il en jetant un regard écœuré à son reflet dans le miroir.

Avec ce T-shirt blanc trop petit et ce short de sport, il n'avait aucune chance de faire bonne impression sur la brune.

Paris croisa les bras sur sa poitrine.

— Tu as vraiment l'intention d'y aller seul ?

— Non.

La femme avait insisté pour qu'il vienne seul… S'il se montrait avec Paris, elle n'ouvrirait pas sa jolie bouche, et justement, il avait une foule de questions à lui poser. Il voulait savoir d'où lui venait cette impression de la connaître. Et il avait aussi l'intention de lui réclamer des excuses pour ces blessures à la cuisse et au bras.

— Gideon…, commença Paris.

— Elle n'est pas derrière des barreaux, n'est-ce pas ?

Il passa lentement dans la chambre.

— Je serai en danger et je le sais, lança-t-il par-dessus son épaule.

— Tu es vraiment insupportable, répondit Paris. Mais comme tu voudras. Tu iras seul. Et sois prudent.

— Sûrement pas, dit Gideon en sortant de la chambre.

Après deux longs couloirs et une volée de marches, il dut s'appuyer au mur pour se reposer un peu. Il avait rencontré en chemin plusieurs de ses compagnons, lesquels avaient tenté de le convaincre de regagner sa chambre. Il les avait envoyés promener, le plus gentiment possible. Ils étaient inquiets à son sujet et il leur en était reconnaissant. Il le leur avait d'ailleurs dit, à son étrange manière.

Il se força à se remettre en route.

En franchissant le seuil de la porte du donjon, il fut frappé par l'air épais et irrespirable. Ça sentait la sueur, l'urine et le sang. Ici, les Seigneurs de l'Ombre torturaient les chasseurs. La pauvre Cauchemar devait être au bord de l'écœurement. Il l'imagina dans un coin, apeurée, tremblante. Pleurant, peut-être.

Il songea qu'il s'enfuirait en courant s'il la voyait pleurer. Rien n'était plus dangereux que les larmes d'une femme-araignée.

La peur au ventre, il prit le dernier couloir, celui qui devait le mener à la cellule de Scarlet. Quand il la vit enfin, il se figea. Elle ne pleurait pas. Elle n'avait pas l'air effrayée non plus. Et elle était beaucoup plus belle que tout à l'heure dans son rêve.

Elle s'agrippa aux barreaux.

— Tu es venu, dit-elle d'un ton résigné.

— Non.

Il franchit comme un automate la distance qui les séparait. Elle sentait comme ces fleurs qui s'ouvrent la nuit. Il inspira profondément. Tromperie aussi.

Elle le jaugea lentement du regard, comme si elle cherchait à prendre sa mesure, à évaluer ses défauts.

— Tu n'aurais sans doute pas dû, murmura-t-elle.

— Je ne veux pas savoir pourquoi.

De nouveau, il eut l'impression d'avoir déjà vu ce visage, entendu cette voix. Mais quand ? Et où ?

Elle plissa ses yeux noirs.

— Dis-moi que tu me trouves belle, ordonna-t-elle.

Mais pour qui se prenait-elle ? Elle était mal tombée, avec lui.

— Tu es affreuse, répondit-il.

Il s'attendait à ce qu'elle pousse un cri horrifié, mais pas du tout.

— Dis-moi que je suis intelligente, reprit-elle du même ton résigné.

— Tu es une sotte.

Les jolies lèvres de Scarlet s'étirèrent lentement en un sourire.

— D'accord, dit-elle. C'est bien toi, Tromperie. Je te reconnais…

20

Une goutte d'eau tomba sur les lèvres d'Aeron, fraîche et légère. Elle glissa le long de sa langue et se fraya un chemin dans sa gorge, jusqu'à son estomac, qui en absorba les propriétés. Son cœur fut le premier à ressentir les effets de l'eau. Il se mit à battre à un rythme lent et égal. Puis ce furent ses poumons qui se remplirent d'oxygène. Puis sa température baissa.

Il entendait à présent, avec une netteté surprenante, les oiseaux qui gazouillaient près de la fenêtre et le vent qui agitait la cime des arbres, autour du château. Il put même discerner les voix de ses compagnons, dans les pièces au-dessus et au-dessous de sa chambre, qui parlaient de Scarlet, des chasseurs, et se désolaient à propos de sa santé.

Son odorat aussi s'était développé. Il inspira profondément les senteurs d'écorce et de rosée, celles du savon citronné utilisé par Sabin, celles de l'après-rasage de Paris, et une autre, celle qu'il préférait entre toutes. Une odeur de nuit étoilée. Olivia.

Olivia était là, près de lui.

Voilà pourquoi Colère ronronnait de plaisir.

Il entrouvrit les paupières et le regretta aussitôt. Le plafonnier lui trouait les yeux et, comme si ça ne suffisait pas, quelqu'un avait aussi allumé dans la salle de bains. Les murs de sa chambre, d'ordinaire d'un gris mat, brillaient comme si les pierres étaient illuminées par un arc-en-ciel.

— Tu es vivant, soupira Olivia d'un ton soulagé.

Tout en la dévorant du regard, il songea vaguement qu'il y avait quelque chose de changé dans sa voix. Il la trouvait toujours aussi charmeuse, surtout que son oreille en saisissait à présent les nuances chaudes et sensuelles. Mais différente.

Assise au bord de son lit, Olivia posait sur lui le regard de ses yeux trop bleus. Le désordre de ses cheveux bruns faisait ressortir la délicatesse de ses traits. La tunique blanche qu'il lui avait demandé d'enfiler de nouveau, à la place du déguisement de prostituée concocté par Kaia, l'enveloppait gracieusement, blanche et immaculée, sans un faux pli.

Et sa peau… Il en eut le souffle coupé. Elle était divine. Sans le moindre défaut. Il aurait pu la contempler pendant des heures. Pour toujours.

Il aurait voulu la toucher, la caresser. Tester sa douceur et sa chaleur.

Il voulait s'assurer que son ange allait bien. Qu'elle n'était pas blessée. Qu'elle s'en était tirée sans une égratignure.

Sans une égratignure… Il frémit et tout lui revint brusquement. La crypte. La balle. Il avait porté Cauchemar, puis il était tombé, il avait voulu appeler ses compagnons. Ensuite, il ne se souvenait plus de rien. Ses poings se refermèrent sur les draps. Des réponses. Il lui fallait des réponses. Les caresses, ce serait pour plus tard.

— Que s'est-il passé ? demanda-t-il.

Etrange. Il n'y avait pas que la voix d'Olivia qui

avait changé. La sienne aussi lui parut bizarre. A la fois plus forte et plus douce que de coutume.

Olivia lui offrit un sourire tremblant.

— Nous avons cru te perdre. Tu as été touché par une balle contenant un poison divin qui te tuait à petit feu.

Un poison... Il comprenait à présent pourquoi il s'était senti si mal.

— Comment suis-je arrivé ici ?

— Paris et William sont venus nous chercher.

— Vous n'avez pas eu de problèmes pour rentrer ?

Elle secoua la tête et la masse vaporeuse de ses cheveux dansa autour de ses épaules.

— Avec les chasseurs, tu veux dire ? Non. Nous avons fait un détour pour ramener Gilly avec nous, mais nous n'avons pas rencontré de chasseurs.

Ce n'était qu'une question de temps. Les chasseurs s'étaient rassemblés en ville et, avec le succès de l'incarnation de Méfiance, ils ne tarderaient pas à attaquer.

— Comment va Paris ? demanda-t-il.

— Bien. Il va bien. Il s'occupe de lui.

Aeron songea qu'il s'arrangeait sans doute pour le faire croire. Paris était très fort pour dissimuler ses problèmes derrière des sourires et de la bonne humeur. Olivia ne le connaissait pas, et elle était naïve. Il soupçonnait plutôt Paris de carburer à l'ambroisie et de négliger les besoins de son démon.

— Pas question que je dise une saleté pareille ! s'écria soudain Olivia.

— Mais de quoi est-ce que tu parles ?

Elle prit un air piteux.

— Désolée, c'est la voix... Elle est revenue et elle ne cesse de me suggérer des choses... Enfin, tu sais. Je suis sûre à présent qu'il s'agit d'un démon, et je l'ai surnommée « Tentation ».

Un démon ? Mais lequel ? Pas le démon de l'un de ses compagnons, en tout cas. Peut-être celui de l'un des immortels de la liste de Cronos. Mais pourquoi torturer Olivia ? Et pourquoi le faire en lui inspirant des idées obscènes ?

Peu importait le pourquoi du comment. Il avait l'intention de punir ce démon.

Oui, punition, gronda Colère.

Aeron fut ravi de constater que Colère avait tout à fait récupéré, lui aussi. Oui, il allait s'occuper de ce…

— Non, protesta Olivia en secouant de nouveau la tête. Je lis dans tes yeux ce que tu as en tête. On s'occupera plus tard de ce démon. Il est agaçant, mais pas dangereux. Ce qui m'inquiète, pour le moment, c'est toi.

Douce Olivia, qui ne songeait qu'à le protéger. Jamais il n'aurait cru qu'on le protégerait un jour. Et surtout, jamais il n'aurait cru que cela lui ferait autant de bien. Il se rendit compte qu'il avait besoin d'elle. Et, pourtant, il devait la convaincre de retourner au paradis… Dans…

Combien de temps leur restait-il ?

Il jeta un coup d'œil du côté de la fenêtre. Les rideaux entrouverts encadraient une lune décroissante.

— J'ai dormi longtemps ?

— Toute une journée et presque toute une nuit. Tu es encore nu, au cas où tu ne l'aurais pas remarqué.

Elle rougit.

— Mais ça n'a pas grande importance, ajouta-t-elle.

Presque toute la nuit… Le soleil allait donc bientôt se lever. Il ne lui restait maintenant plus que huit jours pour convaincre Olivia de rentrer chez elle. Huit jours pour sauver sa vie et celle de Legion.

Huit jours pendant lesquels il devrait résister à son ange.

Il ne tiendrait pas huit jours. Il la voulait tout de suite. Et pendant huit jours.

Oui ! Oui ! approuva Colère.

Colère avait raison. Pourquoi se priver ? Il avait failli mourir. Mourir sans savoir ce que c'était que de se glisser en elle, de sentir son vagin se contracter autour de son sexe. C'était trop bête.

Une fois qu'il saurait, il cesserait sans doute d'y penser. Et elle pourrait repartir en ayant vécu ce qu'elle était venue chercher ici. Tout le monde serait content.

— Je suis guéri ? demanda-t-il.

Il voulait savoir s'il pouvait envisager de s'accoupler avec elle deux fois de suite. Parce qu'il ne lui laisserait pas quitter ce lit tant qu'elle n'aurait pas eu deux orgasmes. Au moins. Elle n'avait cessé de lui reprocher d'être nul au lit. Il allait lui montrer de quoi il était capable.

Olivia détourna les yeux.

— Un antidote.

Pourquoi n'osait-elle pas le regarder en face ?

— Un antidote angélique ?

— Oui, dit-elle en désignant une fiole posée sur la table de nuit et qui contenait un liquide bleuté. De l'eau recueillie dans le Fleuve de Vie. Une seule goutte a suffi à te guérir.

Il comprenait maintenant pourquoi ses sens étaient décuplés.

— Mais quand nous n'en aurons plus, quand le flacon sera vide, nous devrons nous débrouiller sans. C'est injuste. D'après Lysander, les chasseurs, eux, peuvent fabriquer autant de balles empoisonnées qu'ils veulent.

— L'antidote a des effets secondaires, dit-il. Sais-tu combien de temps ils durent ?

Il se serait attendu à ce que Colère fulmine de rage

à l'idée d'avoir absorbé une substance venant du paradis, mais pas du tout : il ronronnait et paraissait aux anges – c'était le cas de le dire.

Aeron comprit brusquement ce qu'il se passait pour Colère. Legion lui rappelait l'enfer, il l'avait deviné depuis longtemps. Olivia lui rappelait le paradis… Les démons supérieurs avaient autrefois été des anges, d'après ce qu'Olivia lui avait expliqué. Colère avait donc vécu au paradis, puis en enfer. Les deux lui manquaient.

Legion et Olivia. L'enfer et le paradis. Les deux moitiés d'un tout. Comme Colère et lui.

Et à propos de Legion…

— Où est Legion ? demanda-t-il en cherchant du regard autour d'eux.

— William s'en occupe, mais je ne sais pas combien de temps il parviendra à l'empêcher de revenir dans cette chambre, répondit-elle.

Elle caressa son torse nu du bout des doigts et ce léger contact mit le feu à sa peau.

— Les battements de ton cœur sont impressionnants de force et de régularité, murmura-t-elle.

Mais il n'écoutait plus. Une conversation avait attiré son attention. Sabin et les autres étaient rentrés du temple de Ceux dont on ne prononce pas le Nom. Il y avait des blessés, mais rien de grave. Ils projetaient d'attaquer l'établissement de Budapest dans lequel les chasseurs avaient installé leur quartier général. Ça discutait ferme.

Personne ne s'intéressait à lui pour le moment. Il était seul avec Olivia et on ne viendrait pas les déranger.

— C'est ma foi vrai que je suis nu, dit-il. Tu serais prête pour une petite leçon ?

La jolie bouche d'Olivia s'ouvrit. Puis se referma. Jugeant qu'il avait assez perdu de temps, Aeron n'attendit pas sa réponse. Il la prit par le cou et l'attira à lui. La respiration d'Olivia s'accéléra et ses seins très doux vinrent s'écraser sur son torse.

Oui, il allait posséder cette femme et ces seins. Ainsi que le tendre fourreau qui, il l'espérait, se préparait déjà à l'accueillir.

— Qu'est-ce que tu fais ? bredouilla-t-elle.

La question lui réchauffa le corps et l'âme, car elle trahissait son désir.

— Je te prends, répondit-il.

Il souleva la tête pour joindre leurs lèvres, et elle ne résista pas, le laissant apprécier l'arôme piquant de son haleine à la cannelle, qui se mêlait au goût de cette eau fraîche qu'elle lui avait fait boire.

Des mains tremblantes tâtonnèrent sur sa poitrine et son cœur s'accéléra, pressé d'aller à leur rencontre. Sa peau le brûlait délicieusement. Ses boucles le chatouillaient un peu.

Il posa sa main libre sur ses fesses et les empoigna pour la placer tout à fait sur lui. Leurs corps s'ajustèrent et elle écarta les jambes, à peine, juste ce qu'il fallait. Il ne put réprimer un gémissement.

Oui ! cria Colère.

— Non ! protesta Olivia en s'écartant.

Elle se leva d'un bond et faillit tomber.

Aeron eut envie de hurler de rage. Mais il se contint et se hissa sur un coude.

— Je sais que tu me désires, dit-il calmement.

Bon sang ! Elle le désirait, cela ne faisait aucun doute. Il sentait l'odeur entêtante de ses sécrétions féminines.

— C'est vrai, admit-elle. Mais je refuse d'être ton jouet. Tu vas encore m'exciter et me laisser tomber au dernier moment.

Elle rajusta sa tunique et, tirant sur le tissu, elle

découvrit sans le vouloir ses mollets. Des mollets superbes. Et qu'il se promit d'embrasser.

— Olivia, je…

— Non, répéta-t-elle fermement, tout en lui tournant le dos.

Ses jambes tremblaient et elle trébucha deux fois en se dirigeant vers la commode. Là, elle posa ses coudes et prit sa tête dans ses mains.

— Je ne peux plus le supporter, gémit-elle.

Elle pleurait ?

Aeron avala le nœud qui s'était formé dans sa gorge et se leva. Il ne supportait pas qu'elle pleure. Tout, mais pas ça.

— Je te veux et j'irai jusqu'au bout, cette fois, Olivia. Pour nous deux. Je te le promets.

— Ça suffit ! Tais-toi ! s'écria-t-elle d'un ton excédé.

Il battit des paupières, inquiet. Elle lui en voulait à ce point ? Il avait donc gâché toutes ses chances ?

— Viens, murmura-t-il.

Je t'en supplie.

— Ce n'est pas à toi que je parlais, mais à la voix, à Tentation, qui veut que j'ôte ma tunique pour te montrer que je ne porte rien dessous.

Elle ne portait rien sous sa tunique ? Il s'en pourlécha les lèvres et osa faire quelques pas en avant. Rien, pas même une bombe, n'aurait pu l'empêcher de s'approcher d'elle, maintenant qu'il savait ça.

— Pas besoin d'ôter ta tunique, dit-il.

Elle poussa un petit cri quand il posa en tremblant ses mains sur ses hanches, puis elle leva la tête et se tourna pour le regarder avec de grands yeux humides. Le cœur d'Aeron se serra.

— Qu'est-ce que tu fais ? demanda-t-elle.

— Je vérifie que tu ne portes rien en dessous, dit-il.

Il glissa ses mains sous sa tunique et commença

par ses seins, qu'il pressa, malaxa, caressa, jusqu'à ce qu'elle en tremble. Puis il se laissa tomber à genoux, sans la lâcher, en faisant glisser ses mains sur son délicieux petit corps.

— Tu veux du plaisir. Je vais t'en donner.

— Ne commence pas, si tu as l'intention de t'arrêter en chemin. Ces derniers jours n'ont pas été faciles pour moi et…

— Ne t'inquiète pas.

Son odeur de femelle était de plus en plus présente, lourde et sensuelle. Il se laissa envahir.

— Rien ne pourra me convaincre de m'arrêter en chemin, mon ange. Rien.

Lentement, trop lentement, il fit remonter sa blanche tunique. Elle ne protesta pas, cette fois, pas même quand elle eut la chair de poule sur ses longues jambes fermes, d'une couleur entre miel et vanille. Il découvrit enfin ses fesses — non, elle ne portait pas de culotte, et son sexe en tressauta. *Magnifique.* Tout son corps en frémit de plaisir, jusqu'à ses ailes dans leurs fentes.

Il tassa le tissu autour de sa taille et le coinça entre elle et la commode. Puis il plaça ses mains sur ses deux fesses en écartant bien les doigts et déposa une série de baisers, méthodiquement, entre ses doigts, tandis qu'elle le remerciait d'une série de gémissements.

— Encore ? demanda-t-il.

— Oui, répondit-elle en même temps que Colère.

Il recommença à l'embrasser, mais plus bas. Ses lèvres se posèrent sur la peau la plus parfaite jamais créée par le Dieu d'Olivia, le Seul et Unique — qu'il remercia au passage de lui avoir fait connaître la douceur de cette peau.

— Aeron, murmura-t-elle de nouveau, comme si elle reprenait conscience pour quelques secondes.

— Ouvre tes jambes, ordonna-t-il.

Il lui attrapa les cuisses et écarta ses jambes avec ses genoux. Il était en feu. Son désir ne cessait de croître. Il avait peine à se maîtriser.

— Penche-toi en avant, à présent. Le plus possible.

Elle n'hésita qu'un dixième de seconde avant d'obéir. Pendant un instant, il ne put que regarder. C'était si beau. Si doux. Si humide. Pour lui. Pour lui seul. Enfin, presque… Il fallait bien partager avec Colère.

— A présent, je vais goûter à toi.

Il plongea la tête entre ses cuisses et oublia tout. Il lui sembla entendre un bruit, mais si loin, qu'il y prêta à peine attention.

— Aeron !

Elle avait posé les mains à plat sur le miroir devant elle et appuyait sa tempe sur la commode. Ses yeux étaient fermés, elle se mordillait la lèvre inférieure.

— Ne t'arrête pas…, supplia-t-elle.

Il ne s'arrêta pas. Il fit passer et repasser sa langue sur son clitoris, l'aspirant de temps en temps dans sa bouche. C'était mieux que de l'ambroisie. Sentir qu'elle l'acceptait. Qu'elle appréciait. Qu'elle le voulait.

Il avait hâte de lui donner davantage, mais il se retint. Cette fois, il voulait prendre son temps. Savourer. Tout savoir de son corps.

— Aeron… Je vais… Je…

— Oui, l'encouragea-t-il en accélérant la cadence. C'est bien…

Elle remuait les hanches d'avant en arrière et, quand il trouva une ouverture, il y plongea la langue. Elle cria, longuement, tout en tremblant. Il attendit qu'elle se calme, puis il se pencha de nouveau sur elle et s'intéressa à ces mollets qu'il s'était promis de lécher.

Il s'y attela, tout en faisant remonter ses mains vers

ses seins pour en saisir les deux extrémités — deux petites perles roses qu'il fit rouler entre ses doigts.

Encore, dit Colère.

— Je suis prête, haleta-t-elle. Viens.

— Pas encore.

Elle était humide, mais il voulait qu'elle coule, qu'elle coule comme une fontaine. Il n'avait pas oublié qu'elle était vierge et il ne voulait pas lui faire mal.

Il songea à sa première fois avec une déesse mineure, une des trois Erynies, Mégère, surnommée aussi « La Haine ». Leur étreinte avait été violente — douloureuse, même — et l'avait incité à éviter ensuite les femmes qui aimaient être malmenées par leurs amants.

Mais il n'appréciait pas seulement Olivia pour sa douceur. Il l'appréciait tout court.

Il remonta lentement le long de son dos, en l'embrassant et la léchant, tout en retroussant sa tunique à mesure, s'arrêtant au passage sur les cicatrices qui marquaient l'ancienne place de ses ailes. Puis il fit passer la tunique par-dessus sa tête. Ses cheveux retombèrent devant son visage, lui dissimulant les seins qu'il contemplait dans le miroir. Il tenait à les voir et repoussa les cheveux pour mettre à nu les deux rotondités nacrées qu'il recommença à malaxer, tout en poussant son sexe impatient entre ses fesses ; elle se laissa faire, renversant la tête sur son épaule, les yeux mi-clos.

Il était temps, à présent.

Sa main glissa, plus bas, plus bas, jusqu'à trouver la place qu'il convoitait. Ses doigts fouillèrent entre la masse de poils frisés, cherchant le tunnel humide. Un, deux. Il glissa deux doigts à l'intérieur.

Ils gémirent en même temps. Il lui embrassa la nuque, tout en observant dans le miroir le couple qu'ils formaient.

Quel spectacle ! Son corps tatoué sur ce corps blanc et lisse… Il n'avait jamais rien vu d'aussi érotique.

Elle lui saisit la tête d'une main pour tenter de l'embrasser, tandis que son autre main venait lui empoigner les fesses.

Il vérifia dans le miroir. Incroyable ! C'était encore mieux comme ça.

— Je suis prête, je le jure.

Presque… Presque… Il glissa un doigt de plus pour écarter l'ouverture. Quand il rencontra la preuve de sa virginité, il s'arrêta, pour savourer le plaisir de savoir qu'elle était à lui, rien qu'à lui. Puis il poussa pour la déchirer.

Elle se figea.

— Aeron…, geignit-elle contre sa bouche.

Il préférait lui faire mal avec ses doigts plutôt qu'avec son sexe.

— Désolé. Après. Tu verras.

Il n'arrivait même plus à former des phrases.

Quand elle cessa de se plaindre et qu'il la sentit se détendre, il prit sa bouche pour la consoler et la gava de baisers, jusqu'à ce qu'elle gémisse de nouveau, perdue dans son plaisir. Et bientôt, elle se mit à couler, comme il l'attendait.

Maintenant, elle était prête.

Il empoigna son pénis, lequel était maintenant si sensible qu'il craignit de tout lâcher au premier contact. *Pense à autre chose.* Il se mordit la langue jusqu'à en avoir un goût de sang dans la bouche. Pour se calmer. Ensuite, tendrement, il la cala contre la commode de sa main libre, puis il plaça son gland devant l'ouverture.

— Tu es prête ?

— Maintenant, Aeron. Vas-y, maintenant.

Il poussa à l'intérieur d'elle, lentement, centimètre par centimètre, pour lui laisser le temps de s'habituer, tandis qu'elle gémissait et suppliait. Il arriva tout de même au bout. Il la désirait tant qu'il y voyait trouble.

— Aeron…, gémit-elle.

Il comprit qu'elle lui demandait d'y aller, pour de bon.

Il se retira, puis revint en place. Elle était venue à sa rencontre et il en cria, lui aussi.

Pour la première fois de son existence, il accepta de se perdre, de perdre le contrôle, il ne songea plus qu'à remplir cette femme de ce qu'il était, allant et venant en elle, comme possédé par un démon bien plus puissant que Colère.

Il lui agrippait les hanches pour la maintenir en place, si fort qu'il allait sans doute lui laisser des bleus – il en eut vaguement conscience – mais ça ne l'empêcha pas de poursuivre. A cet instant, Olivia représentait tout pour lui. Elle faisait partie de lui, au même titre que Colère. Il ne pouvait vivre sans elle. Il refusait d'envisager la vie sans elle.

— Aeron !

Elle ne haletait plus. Elle criait.

— Ne t'arrête pas ! Ne t'arrête surtout pas. Surtout pas.

Elle est à moi. A moi. A moi. Ces deux mots résonnaient sans fin dans sa boîte crânienne, le remplissant, portant son désir et son excitation à leur paroxysme, détruisant ce qu'il avait été, ce qu'il était, pour qu'il ne reste de lui que l'être qu'il formait avec elle. *Pour elle. Je suis à elle.* A présent, il voulait aussi lui appartenir, l'aider à vivre ses rêves, satisfaire tous ses désirs.

— Aeron !

Je suis à toi.

Il était à sa merci. Vulnérable.

Elle était à lui. Et lui à elle.

Il lui écarta un peu plus les jambes et cette nouvelle inclinaison lui permit de s'enfoncer un peu plus profondément. Pendant ce temps, au-dessus de la commode, ses mains caressaient toujours son buste et ses seins. Elle cria de nouveau. Et quand les muscles de son vagin se contactèrent autour de lui, il cria aussi, lâchant sa semence, incapable de se retenir plus longtemps.

Puis il se laissa retomber sur elle. Déjà, il savait qu'il faudrait recommencer. Qu'il ne s'en lasserait jamais.

Il existait tant d'autres manières de lui faire l'amour. Il voulait les essayer toutes.

Il sentit que sa vie serait désormais incomplète sans Olivia à ses côtés. Tout avait changé. Il tenait à s'endormir près d'elle tous les soirs. A s'éveiller près d'elle le matin. Il avait envie de prendre soin d'elle, de la dorloter. Il se promit de lui donner tout ce qu'elle réclamait. La joie. Le plaisir. La passion.

— Olivia…, murmura-t-il.

Et ce murmure sonna comme un promesse.

Mais qu'est-ce que tu fais ? Tu deviens fou ? Tu sais bien que c'est impossible.

Son ventre humide de sueur était encore tout contre le dos de l'ange. Il s'obligea à s'écarter d'elle.

Colère fit entendre une plainte.

— Aeron ! gémit Olivia.

— Aeron !

Cette fois, ce n'était pas la voix d'Olivia. Il se retourna, l'ange aussi, et ils se figèrent en même temps.

William s'encadrait dans l'entrée. Auprès de lui, il y avait une jolie blonde. Legion… Sa Legion métamorphosée. Il avait failli oublier…

Il déploya ses ailes pour dissimuler le corps nu d'Olivia, tandis que William se plaçait devant la démone. Mais celle-ci avait de la force et se mit à avancer en le poussant devant lui, tout en fixant l'ange d'un regard haineux.

21

Olivia était encore tout étourdie de ce qu'il venait de se passer avec Aeron — et aussi sous le choc de l'arrivée intempestive de Legion.

Le plaisir. Le bonheur. L'espoir. La douche froide.

Son premier réflexe fut de se baisser en tremblant pour ramasser sa tunique et l'enfiler au plus vite. Heureusement, Aeron avait eu la bonne idée de déployer ses ailes pour la dissimuler aux yeux de William et de Legion.

Quel dommage… Elle aurait tant voulu se laisser aller, profiter de l'instant d'après, savoir si Aeron avait apprécié autant qu'elle, savoir s'il était aussi bouleversé qu'elle.

Le sexe, c'était… Bien plus encore que tout ce qu'elle avait pu imaginer — et pourtant, elle avait eu le temps d'imaginer. Elle avait découvert le plaisir, bien sûr, mais aussi le sentiment de pouvoir que donnait cette sensation d'entraîner quelqu'un au-delà de ses limites, de partager avec lui ce qu'on avait de plus intime, de donner, de prendre. Chaque seconde devenait un petit miracle.

Et dire qu'elle existait depuis des siècles et qu'elle avait attendu tout ce temps-là pour s'y mettre… Bien entendu, elle soupçonnait que cela n'aurait pas été aussi miraculeux avec un autre homme. Elle ne voulait qu'Aeron. Son Aeron. L'homme qui la faisait rêver.

Les cris stridents de Legion la ramenèrent au présent.

— Salope ! Putain ! Je vais te tuer !

Le rire de Tentation résonna dans la tête d'Olivia. La voix ne s'était pas manifestée pendant l'étreinte, sans doute parce qu'elle avait obtenu ce qu'elle voulait. Pourquoi se faisait-elle de nouveau entendre ?

William retenait toujours Legion, mais elle se débattait tant qu'elle finirait par lui échapper. Olivia l'attendait de pied ferme. Legion avait besoin d'être remise à sa place et elle serait ravie de s'en charger. Elle venait de lui gâcher son « après » avec Aeron. Elle allait le payer cher.

— Habille-toi, ordonna-t-elle à Aeron.

Pas question qu'une autre femme — et surtout pas cette peste — le voie nu. Ce corps, elle seule avait le droit de le contempler. Ces tatouages, elle seule avait le droit de les admirer. Elle regretta de ne pas avoir eu le temps de leur rendre hommage. Avec sa langue, par exemple. La prochaine fois…

Mais y aurait-il seulement une prochaine fois ?

Aeron enfila son pantalon, avec, sur le visage, une expression dure et indéchiffrable. Puis il boucla sa ceinture. Ses ailes étant toujours déployées, il dut rester torse nu. Mais le fait d'avoir commencé à s'habiller parut l'avoir réveillé tout à fait. Il avança résolument vers Legion et la prit par la taille pour l'immobiliser.

— Lâche-moi ! protesta-t-elle en se débattant. Je veux lui régler son compte !

— Tu peux y aller, dit Aeron à William. Je n'ai plus besoin de toi.

William avait les bras et le visage couverts de griffures. Il acquiesça, avec un petit sourire en coin.

— Bonne chance, mon ami. Dépêche-toi tout de même, parce que nous avons une réunion dans le grand salon. Tu as dix minutes.

Sur ce, il sortit et referma la porte derrière lui en sifflotant.

Aeron porta Legion jusqu'au lit et la jeta sur le matelas. Celle-ci rebondit et tenta de se lever, sans cesser de fusiller Olivia du regard.

— Reste là ! ordonna Aeron.

Legion se figea et leva vers lui des yeux pleins de défi. Puis l'instinct de conservation prit le dessus, sans doute, et elle parut se calmer un peu. Elle se redressa tout de même et s'installa sur le bord du lit, avec un visage déterminé, les coudes en arrière, la poitrine en avant, les jambes écartées, comme pour s'offrir.

— Tu viens près de moi ? demanda-t-elle d'une voix rauque.

Non ! protesta Olivia.

Et pour montrer à quel point elle n'était pas d'accord, elle alla se planter devant Legion et lui envoya son poing dans la figure.

La tête de Legion valsa sur le côté. Sa lèvre était fendue et saignait. *Essaye de l'embrasser, maintenant, si tu l'oses…*

Des mains puissantes et tièdes se posèrent sur les épaules d'Olivia pour l'obliger à faire volte-face. Le regard d'Aeron n'était pas fixé sur elle, pourtant, mais sur Legion.

— Ne bouge pas, gronda-t-il.

Legion demeura immobile.

Les magnifiques iris violet d'Aeron cherchèrent les yeux bleus d'Olivia.

— Je n'aurais jamais cru être un jour obligé de te demander de te comporter correctement.

Elle redressa le menton.

— Je ne vais tout de même pas me laisser insulter, protesta-t-elle.

— Plus personne ne t'insultera, assura-t-il.

Il s'adressa de nouveau à Legion.

— C'est bien clair ? demanda-t-il sèchement.

Olivia fut surprise qu'il prenne son parti. Elle retint son souffle. Il la protégeait… Il… Elle n'eut pas le temps de se réjouir plus longtemps, Aeron lui avait lâché les épaules pour aller s'accroupir devant Legion.

— Tu n'as aucune raison de t'en prendre à mon… A l'ange… Je t'aime, et tu le sais.

Il lui parlait gentiment. Presque tendrement.

— Dis-moi que tu le sais, insista-t-il.

— Oui. Je le sais.

La colère de Legion parut fondre d'un seul coup, et elle tendit le bras pour saisir Aeron par le menton.

— Moi aussi, je t'aime, murmura-t-elle.

Aeron repoussa sa main avec douceur, mais fermeté.

— Je ne t'aime pas de cette manière-là. Je t'aime comme ma fille. Dis-moi que tu le sais.

Le dépit déforma le visage de Legion, puis son menton se mit à trembler et son regard exprima le plus intense désespoir.

— Mais je suis jolie, pourtant, gémit-elle.

— Avant aussi, je te trouvais jolie, rétorqua Aeron. Mes sentiments n'ont pas changé.

Legion secoua la tête.

— Non. Il faut que tu m'acceptes comme femme. Il faut que…

— C'est impossible, mon bébé…

De grosses larmes roulèrent sur les joues de la démone.

— C'est… c'est à cause de l'ange, n'est-ce pas ?

— Olivia n'a rien à voir avec ce que je ressens pour toi.

Olivia se sentit soudain de trop. Ils avaient besoin d'être seuls. Elle voulut sortir, mais ses genoux se bloquèrent quand elle atteignit la porte.

Où vas-tu ? Reste.

Tentation. Cette voix ne la laisserait donc jamais en paix ?

— Tu mens, lança Legion d'un ton mauvais. Tu l'aimes.

La main d'Olivia se crispa sur la poignée.

Elle voulait savoir.

— Legion..., soupira Aeron.

Olivia se sentit horriblement déçue. Il ne répondrait pas. Pourtant, elle ne put se décider à sortir.

— Tu n'as pas le droit de l'aimer ! poursuivit Legion en hurlant. C'est moi que tu dois aimer !

— Mais je t'aime, je viens de te le dire.

Le ventre d'Olivia se noua. *Et moi ? Dis-le.*

— Non, tu dois m'aimer comme on aime une femme. Tu dois me donner du plaisir. Sinon...

— Sinon quoi ? demanda sèchement Aeron.

Olivia se figea. Seigneur ! Le pacte ! Elle avait oublié le pacte ! Le ventre noué par l'angoisse, elle se retourna et s'adossa au battant de la porte. Elle tremblait. Il fallait qu'elle entende la suite.

— Dis-le-lui, ordonna-t-elle à Legion. Il a le droit de savoir.

— Dis-le-moi, renchérit Aeron.

Legion déglutit.

— Si je n'ai pas réussi à te séduire dans huit jours, Lucifer prendra possession de mon nouveau corps. Il... il se servira de moi pour te tuer. Pour vous tuer, toi et tes compagnons.

Non !

Aeron jeta un regard inquiet et interrogateur du côté d'Olivia, comme quelqu'un qui n'a pas compris.

— Mais il ne peut pas quitter l'enfer, protesta-t-il. Il…

— Il le peut, murmura Olivia d'une voix rauque, en croisant ses mains sur sa poitrine. A travers le corps de Legion, il le peut.

Elle se sentait soudain gelée, vide. Même l'horreur de la situation ne l'atteignait plus. Elle avait vécu au paradis et elle allait finir en enfer…

— Et il pourra s'accoupler avec qui il voudra, pour se reproduire, poursuivit-elle. Il pourra aussi prendre le contrôle des chasseurs, monter d'autres humains contre vous. Il pourra même entrer dans le royaume des anges pour les attaquer.

Aeron devint tout raide.

— Et pourquoi ferait-il ça ?

— Pour le pouvoir. Par vengeance. Il aurait voulu que les anges le suivent, mais ils ont préféré rester au service du Seul et Unique, celui qu'il hait plus que tout et qu'il rêve de détruire.

Tu n'as pas fini de dire des bêtises ? protesta Tentation.

Tais-toi.

Olivia l'ignora. Puis la vérité lui apparut en un éclair. *Lui.* Elle avait toujours su que cette voix était celle d'un être masculin, mais elle comprenait maintenant que si cette voix l'avait poussée à conquérir Aeron, c'était pour faire échouer Legion.

Il ne s'agissait pas d'un simple démon.

Il s'agissait de Lucifer. Lucifer, qui n'avait pas besoin de quitter l'enfer pour se faire entendre auprès des âmes indécises.

Elle sortit aussitôt de sa torpeur et l'horreur revint. En force. Et avec elle, la peur et la honte. Comment avait-elle pu ne pas s'en douter ?

— Mais pourquoi avoir accepté un tel pacte ? demanda Aeron.

A présent, les larmes coulaient sans discontinuer sur les joues de Legion.

— Je voulais être belle. Me transformer pour te plaire. Je voulais te gagner, te faire oublier ton ange. Je pensais pouvoir te rendre heureux.

Aeron se frotta le visage, si fort que ses ongles y laissèrent des traces rouges.

— Je n'arrive pas à y croire. Tu sais ce que tu as fait ? Tu te rends compte de ce que tu as déclenché ?

Legion acquiesça. Son menton tremblait.

— Je suis désolée… Désolée.

Il y eut un temps de pause.

— Pas autant que moi, murmura Aeron d'un ton catastrophé.

Olivia comprit. Il avait pris sa décision. Il allait coucher avec Legion, la pénétrer, elle aussi. Pour la sauver de la possession. Pour sauver ses compagnons de la haine de Lucifer. Pour empêcher la victoire des chasseurs.

Elle lutta contre les larmes qui lui venaient aux yeux. En acceptant de s'accoupler avec Legion, Aeron lui montrait qu'il n'accordait aucune importance à ce qu'il venait de se passer entre eux.

Et, dans ces conditions, elle ne pouvait rester au château. Aeron le savait.

Elle retint un rire amer.

Elle devait partir, certes, mais pour aller où ? Retourner au paradis, ou choisir un autre point de chute sur la Terre ?

Elle ne se voyait pas vraiment au paradis. Plus maintenant. Elle était devenue une femme, dans tous les sens du terme. Là-haut, elle serait malheureuse, incapable d'apporter la joie, inutile. Et on ne lui donnerait pas une nouvelle chance de s'adapter sur Terre. Si elle demandait à repartir, on l'enverrait directement en enfer. Un ange n'était pas déchu deux fois.

Mais si elle demeurait sur Terre, il lui serait impossible d'y vivre en paix avec elle-même. Elle serait hantée par l'idée qu'elle n'avait pas tenté ce qu'il fallait pour sauver Aeron, qu'elle l'avait laissé mourir… Après avoir refusé la mission qu'on lui avait confiée et qui consistait à le tuer… Quelle ironie !

Aeron se leva avec raideur.

— Nous avons encore un peu de temps devant nous, dit-il. Nous nous occuperons de ce problème un peu plus tard.

Il n'envisageait donc pas de coucher tout de suite avec Legion. Olivia se sentit un peu réconfortée.

— Merci, répondit Legion d'un ton reconnaissant et honteux à la fois. Je te promets que je ne…

Il se détourna d'elle et elle se tut. Il était maintenant face à Olivia, grand, magnifique, puissant. Elle prit brusquement conscience qu'elle était amoureuse de lui. Pour de bon.

Amoureuse. Le mot résonna dans son esprit. *Amoureuse.* Follement. Entièrement. Passionnément. C'était pour lui que son cœur battait. Lui seul pouvait lui apporter le bonheur. Elle comprit qu'elle était capable de mourir pour lui. Il était fier et tendre. Il donnait tout à ceux qu'il aimait. Comment ne pas l'aimer en retour ?

Elle resterait près de lui tant qu'il ne se serait pas allongé dans ce lit avec Legion. Ensuite, elle retournerait au paradis, et elle aiderait Lysander à obtenir sa grâce auprès du Très Haut Conseil des Anges.

Grâce qu'ils n'obtiendraient peut-être pas…

Mais s'ils ne l'obtenaient pas, elle trouverait un autre moyen de sauver son guerrier.

Elle songea avec tristesse à son arrivée dans ce château. Elle était venue l'esprit léger, résignée à la mort prochaine d'Aeron, uniquement désireuse de goûter avec lui les plaisirs de la chair. Puis elle avait appris à le connaître et tout avait basculé. Elle ne supportait plus l'idée de le voir mourir.

— Ne t'en fais pas, Aeron, dit-elle. Je vais bientôt partir. Legion et toi, vous vivrez. Je vous le promets. Solennellement.

Legion ouvrit une bouche étonnée.

Lucifer poussa un gémissement de rage.

Aeron montra les dents et ses yeux lancèrent des éclats rougeâtres. Ceux de son démon.

— J'ai dit que nous avions le temps, marmonna-t-il. Pour l'instant, tu restes ici. Nous reparlerons de tout ça plus tard, parce que j'ai une réunion importante. Je vais vous laisser toutes les deux dans cette chambre et vous allez vous tenir tranquilles. C'est compris ? Si vous vous battez, il vous en cuira.

Il n'attendit pas leur réponse et sortit à grands pas furieux.

Puis il claqua la porte, si violemment que les cadres du mur tremblèrent.

Olivia le jugea indélicat. Après tout ce qu'elle venait d'abandonner pour lui, elle aurait tout de même mérité un peu de compassion et un baiser d'adieu…

Elle se tourna vers Legion et, pendant quelques minutes, elles se jaugèrent du regard en silence.

— Bien…, murmura enfin Olivia.

Elle sentait encore en elle la semence d'Aeron. Une semence qu'il répandrait bientôt en Legion.

— Je refuse de rester seule avec toi, dit Legion.

— Nous sommes deux. Je pars.

Legion se leva d'un bond, le sourire aux lèvres.

— Tu rentres au paradis ?

— Pas encore. Je veux savoir ce qui se dit à cette réunion.

Le sourire de Legion s'effaça et elle jeta un coup d'œil du côté de la porte.

— Tu n'as plus l'ouïe assez fine, ange déchu. Il va te falloir quelqu'un pour interpréter les murmures.

Olivia ne répondit pas et se dirigea vers la sortie. Elle aurait voulu haïr cette femme, mais c'était impossible. La haine réclamait de l'énergie, et de l'énergie, elle n'en avait plus. La petite démone s'était battue pour gagner l'homme qu'elle aimait, et elle n'avait pas le droit de lui en vouloir pour ça.

Legion avait gagné. Et elle, elle avait perdu. Voilà tout.

Strider promena son regard dans le salon tout en songeant qu'il était bon de rentrer chez soi. Tout le monde était là. Tout le monde, sauf Gideon, qui, d'après cette vilaine langue de William — ou plutôt cette « vilaine verge », comme il l'avait secrètement surnommé —, prenait du bon temps dans le donjon avec leur nouvelle prisonnière.

Il contempla leur groupe avec fierté. Il se dégageait de ses compagnons une impression de puissance qui forçait l'admiration. Ils se tenaient debout, bien campés sur leurs jambes — les femmes ayant monopolisé le canapé.

Lucien et Sabin jouaient au billard, tout en discutant entre eux, sans doute pour se mettre d'accord avant de s'adresser aux autres. William était installé devant la télé et s'amusait à un jeu vidéo. Aeron et Paris s'étaient isolés dans un coin et se passaient une bouteille. Ils avaient tous deux un air désespéré. Surtout Aeron, dont le visage était pâle et figé, et qui semblait sculpté dans du granit, ce qui donnait une mine désolée à ses tatouages. Quant à ses yeux... Bon sang... Ils étaient rouges et luisants. Son démon n'était pas loin.

Strider se demanda s'il n'était pas encore tout à fait guéri ou s'il avait un problème autre. Plus personnel... L'ange, sans doute...

Car il avait déjà entendu parler de l'ange d'Aeron. Cameo, Kaia et Legion — une Legion incroyablement métamorphosée — lui avaient rapporté trois versions différentes de l'affaire. Cameo appréciait Olivia et assurait qu'elle leur serait très utile. Kaia s'extasiait de la perversité de l'ange. Legion assurait qu'elle n'était qu'une « salope ».

Kaia pensait qu'Aeron épouserait Olivia. Cameo, qu'il la ficherait dehors. Legion se désolait qu'il ne soit pas capable de se rendre compte qu'elle n'était qu'une salope. Elle avait même tenté de convaincre Strider de l'éliminer. Comme il avait refusé, elle l'avait menacé de payer quelqu'un pour le torturer.

— Pas de problème, avait-il répondu. Je l'attends de pied ferme.

Lucien et Sabin posèrent leur queue de billard en s'adressant un signe de tête, comme s'ils étaient parvenus à un accord. Puis ils s'avancèrent au milieu de la pièce. Les conversations se turent.

Ils se campèrent sur leurs jambes, les bras derrière le dos, pour signifier qu'ils étaient prêts. Strider en fut ravi. Il avait hâte de savoir ce qu'ils projetaient.

— Nous vous avons réunis pour que chaque groupe puisse mettre l'autre au courant, commença Sabin. Vous devez tous savoir ce qui s'est passé à Budapest et à Rome. Je commencerai par vous parler de Rome. Ceux dont on ne prononce pas le Nom veulent que nous leur rapportions la tête de Cronos.

Lucien prit le relais.

— Ils ont pris leurs précautions et demandé la

même chose aux chasseurs. Et le premier qui leur apportera la tête de Cronos obtiendra en échange le quatrième objet de pouvoir.

La Baguette. Il s'agissait d'un objet de pouvoir. Strider n'envisageait pas un seconde de la laisser aux mains de l'ennemi.

— Mais Cronos est un dieu, fit remarquer Maddox.

Ils avaient déjà osé une fois se rebeller contre les dieux, en ouvrant la boîte de Pandore, et ça leur avait coûté cher.

— Nous n'avons aucune chance de le battre, ajouta-t-il avec un grand sourire.

Strider se demanda pourquoi l'idée semblait le réjouir et se promit de lui poser la question plus tard. En attendant, Maddox avait raison. Ils n'avaient aucune chance contre un dieu aussi puissant que Cronos, qui pouvait les écraser comme des punaises.

— Cronos est possédé, fit remarquer à son tour Cameo. Et s'il est possédé, il existe sûrement un moyen de le déstabiliser.

Cette voix de désespérée… Strider en grinça des dents. Il n'arrivait même pas à l'écouter.

— Son démon est Envie, intervint Aeron d'un ton encore plus désespéré que celui de Cameo.

Bon sang… Strider fut tenté de se boucher les oreilles et… Que venaient de dire Aeron et Cameo ? Cronos était possédé par Envie, et il y avait donc un moyen de l'atteindre en contrariant son démon ? Bien sûr ! Lui, par exemple, sombrait dans le coma quand il perdait, parce que son démon ne supportait pas la défaite. Et le temps que durait ce coma, il était sans défenses.

Il se promit de découvrir la faille de Cronos. Il n'avait pas l'intention de combattre le roi des dieux, mais savait-on jamais ?

Amun intervint, en s'exprimant par gestes.

— Amun propose d'observer de nouveau le tableau peint par Danika. Celui qui montre Galen venant de s'emparer de la tête de Cronos. Il pense que certains détails ont pu nous échapper.

Puis il ajouta, de son propre chef :

— Je sais que nous espérons tous que cette prédiction ne se réalisera pas, mais le meilleur moyen pour changer l'avenir n'est peut-être pas forcément de tuer Cronos de nos mains. Nous devrions plutôt concentrer nos efforts sur Galen.

— Galen possède la Cape qui rend invisible, fit remarquer Reyes.

Il marcha jusqu'au canapé et fit lever Danika pour prendre sa place, puis l'installer sur ses genoux.

— Il sera peut-être plus difficile à atteindre qu'un dieu, conclut-il.

Maddox haussa les épaules.

— Et je vous rappelle qu'il est maintenant capable de pousser un démon à s'incarner dans le corps de son choix.

— Frappons en premier, proposa Aeron. Prenons les chasseurs par surprise. Avec un peu de chance, nous les affaiblirons suffisamment pour les obliger à repousser l'attaque finale. Le temps pour nous de réfléchir à ce que nous pouvons faire pour Méfiance. Et peut-être, aussi, le temps d'obliger Galen à sortir de sa cachette.

Il raisonnait bien, mais Strider le considéra d'un air méfiant. En plus de cette lueur rouge dans ces yeux, il avait les poings fermés et se tenait tout raide.

— Et si nous n'arrivons pas à les surprendre ? demanda Reyes.

Strider songea aux soldats de l'île. Les chasseurs étaient protégés par Rhéa, et peut-être aussi par Ceux dont on ne prononce pas le Nom.

Et, de leur côté, les troupes n'étaient pas au mieux de leur forme.

— N'oublions pas qu'ils ont Rhéa avec eux, dit-il. Elle va sûrement les aider.

— Pas du tout, fit la voix de Torin.

Il avait installé un micro et des écouteurs dans la pièce, et assistait à la réunion depuis sa chambre.

— J'ai parlé à Cronos, qui m'a promis d'*occuper* sa femme toute la journée. C'est pour cette raison que j'ai demandé à Sabin et à Lucien de vous réunir maintenant. Si nous agissons aujourd'hui, ce sera sans l'intervention de Rhéa ou de Cronos.

Personne pour se dresser sur leur chemin. Mais personne pour les aider non plus.

Un murmure s'éleva dans la salle, puis ce fut un concert de « oui ».

— Il y a un problème que nous n'avons pas évoqué, intervint Maddox d'un ton mécontent. C'est Cauchemar. Impossible de dormir avec ce démon dans nos murs. Ça ne peut pas durer indéfiniment. Quand allons-nous nous débarrasser de Scarlet ?

Ils n'avaient pas de réponse à cette question. Du moins pour l'instant. Tout ce qu'ils savaient, c'est qu'ils devaient attaquer le soir même.

22

Gideon entendait ses compagnons s'agiter au-dessus de lui. Il crut même reconnaître le déclic des fusils qu'ils armaient et désarmaient, le sifflement des épées qu'ils glissaient dans leurs fourreaux.

Mais il ne bougea pas. Il n'eut pas même un tressaillement. Une journée s'était écoulée depuis qu'il était entré dans le donjon. Après lui avoir annoncé qu'elle l'avait reconnu, Scarlet lui avait tourné le dos en lui annonçant qu'il pouvait partir, maintenant qu'elle était fixée. Elle s'était allongée sur sa paillasse et s'était mise à chantonner tout bas, comme si elle ne faisait aucun cas de sa présence.

Au coucher du soleil, elle s'était endormie et il avait eu beau la secouer, il n'avait pu la réveiller. Elle avait finalement ouvert les yeux quelques minutes avant le lever du soleil.

Elle s'était redressée en poussant un cri, visiblement affolée de ne pas se trouver dans sa crypte. Quand elle l'avait vu, elle s'était calmée, et elle avait posé sur lui un regard plein de reproche et de colère — mais pourquoi donc, bon sang ? — et elle était retombée sur le matelas.

— Je peux rester là toute la journée, tu sais, ça ne me pose pas de problème, dit-il.

Pris de pitié, Torin, qui avait un œil sur lui à travers ses caméras de surveillance, lui avait apporté un fauteuil quelques heures plus tôt — fauteuil qu'il avait installé le plus près possible de la cellule de Scarlet, suffisamment pour poser les pieds entre les barreaux quand il allongeait les jambes.

— Va-t'en, murmura-t-elle.

Entendre sa voix après un si long silence lui fit l'effet d'une douche froide.

— Tu m'ignores, à présent ? se plaignit-elle, voyant qu'il ne répondait pas.

Elle aurait mérité qu'il l'ignore autant qu'elle l'avait ignoré.

— Oui.

Malheureusement, chaque cellule de son corps réagissait à la présence de cette femme. Il lui était donc impossible de l'ignorer.

Quelle honte… C'étaient bien les hommes qui étaient supposés commander et avoir le dessus sur les femmes, non ? Avec ça, Tromperie ne l'aidait pas beaucoup. Il se laissait faire comme un petit chiot. En ce moment, il chantonnait de plaisir, simplement à l'idée d'être près de Cauchemar.

Il y eut de nouveau un long temps de silence, et il sut que Scarlet s'était remise à bouder pour le punir. Le punir de quoi, il l'ignorait. Ce n'était pas lui qui l'avait capturée et enfermée. Il ne l'avait pas non plus libérée, certes. Mais tout de même, il n'était pas fou… Elle en aurait profité pour s'enfuir.

Scarlet… Ce nom lui plaisait énormément. Et il allait bien à cette jolie brune, à la courbe de sa bouche cruelle, à sa dureté, à la noirceur de son être.

— Allez, file, reprit-elle. Je t'ai assez vu.

Elle lui parlait encore… C'était merveilleux. Il serait resté ici pour l'éternité, rien que pour sentir sa présence et entendre cette voix de temps en temps.

— Je ne m'appelle pas Gideon, dit-il.

Il parlait de lui pour l'inciter à raconter sa vie — simple, mais efficace. Il avait hâte d'apprendre comment elle le connaissait, où ils s'étaient rencontrés.

— Ouais, je sais.

Elle savait ? Mais comment ? Et pas la peine de lui poser directement la question, parce qu'elle n'allait sûrement pas répondre.

— Moi aussi, je sais beaucoup de choses à ton sujet, poursuivit-il. Tu ne peux pas entrer dans les rêves des gens…

— Sans blague…, ricana-t-elle.

Ça n'allait pas être si simple de la faire parler. Il se demanda si elle n'avait pas déjoué la manœuvre.

— Et je serais vraiment furieux que tu laisses mes compagnons tranquilles.

— Pas de problème. Je tiens à te faire plaisir. Je vais les torturer toute la nuit.

Il leva les yeux au plafond, priant pour que les dieux lui accordent la patience.

— Mais je t'en prie, dit-il.

Bon sang… La plupart du temps, cela l'amusait de dire le contraire de ce qu'il pensait. Mais, cette fois, ça commençait à franchement l'agacer.

— Tu préférerais peut-être que je me concentre sur toi ? demanda Scarlet.

— Non.

Oui. Il tenait à ce que ses amis puissent dormir paisiblement, mais surtout, il voulait cette immortelle pour lui tout seul. Même si elle le torturait dans ses rêves. Jusqu'à ce qu'il comprenne ce qui le liait à elle.

Etrange. Il n'était pas possessif, d'habitude. Et surtout,

il n'avait aucune raison de se montrer possessif avec une femelle qu'il ne connaissait pas.

— Désolée, dit-elle.

Il en déduisit qu'elle ne voulait rien lui promettre et qu'elle s'en prendrait peut-être à ses compagnons.

— Ils ne te drogueront pas pour avoir la paix, répliqua-t-il.

— Ah, oui ? Vous avez des drogues ? Je peux avoir du Vicodin ?

Elle appréciait donc les drogues humaines... Il ne songea pas à l'en blâmer. Lui-même en avait essayé quelques-unes. Elles ne lui faisaient pas beaucoup d'effet, mais c'était mieux que rien.

— Comment savais-tu que j'aimais à ce point les araignées ? demanda-t-il.

— Tu m'as l'air plutôt bavard..., ricana-t-elle. Tu serais capable de tenir ta langue, si je te confiais un secret ?

Elle parut hésiter.

— Je prends le risque, soupira-t-elle. Vois-tu, j'ai le pouvoir de pénétrer l'esprit des gens et de sentir ce qui les effraie. Mais chut... il ne faut pas le répéter.

Tromperie détectait le mensonge aussi aisément que Gideon détectait un chasseur au milieu d'un groupe de Seigneurs de l'Ombre. Il lui fit savoir que la femme disait la vérité. Il aurait dû en être agacé, mais il continua à ronronner. Apparemment, peu lui importait ce que disait la belle brune, pourvu qu'elle remue sa jolie bouche.

— Et ce n'est pas comme ça que tu as su mon nom ?

— Tu n'es pas très fin ! lança-t-elle, exaspérée, en donnant un coup de poing dans le mur au-dessus d'elle.

Un nuage de poussière se détacha.

— Tu crois que je ne te vois pas venir ? Tu veux me faire parler.

Il avait tout simplement envie de rester près d'elle, mais il ne le lui aurait pas avoué, aussi agita-t-il ses moignons bandés.

— J'aurais bien mieux à faire en ce moment, dit-il. Comme me battre avec mes compagnons.

— Tu es blessé ? Et après ? Un vrai guerrier irait se battre quand même.

— Tu as raison. Un vrai guerrier serait ravi de mettre ses compagnons dans l'embarras et de faciliter la victoire de l'ennemi.

— Un vrai guerrier gagne toujours, quel que soit son handicap, ricana-t-elle. Avec ou sans mains.

Vraiment ? Elle en parlait à son aise.

— Si je n'avais pas tous mes doigts, je ne te collerais pas une gifle.

— Des menaces... Tu parles beaucoup... Tu fais partie de ces hommes qui aboient, mais qui n'agissent pas.

Il fut tenté de lui demander ce qu'elle avait contre lui, mais il aurait fallu qu'il formule les choses à l'inverse — « pourquoi n'as-tu rien contre moi ? » —, et il ne voulait pas lui donner l'occasion de répondre que la question était ridicule.

Il avait déjà eu des conversations de ce genre par le passé et elles le rendaient malade. Il finissait par craquer et par dire ce qu'il pensait vraiment, erreur que Tromperie lui faisait aussitôt regretter.

— Comment as-tu perdu tes mains, au fait ?

Elle avait posé la question d'un ton réticent, comme si elle s'en voulait de s'intéresser à lui, sans pouvoir s'en empêcher.

Cette curiosité à son égard plut à Gideon, qui se sentit un peu moins frustré.

— Je n'ai pas été torturé, dit-il.

— Tu as parlé ?

— Evidemment.

Il en était fier et il y avait de quoi. Il n'avait pas dit un mot.

— Je m'en doutais. Tu es un lâche.

Il serra les dents. Elle savait qu'il était le gardien de Tromperie, et pourtant, elle faisait mine de ne pas comprendre qu'il était obligé de dire le contraire de ce qu'il pensait. Elle cherchait à l'énerver ou quoi ? Il eut de nouveau l'impression qu'elle voulait se venger de lui. Mais que lui avait-il fait, à la fin ?

— Ce sont les chasseurs qui t'ont torturé ? demanda-t-elle.

— Non.

— Vous en êtes où, de votre guerre avec eux ?

Elle était aussi au courant pour la guerre. Décidément, elle en savait long. Un peu trop.

— Nous perdons.

Ils ne perdaient pas, mais on ne pouvait pas dire non plus qu'ils gagnaient. Ils en étaient à deux objets de pouvoir contre un. Ils avaient détruit le centre d'entraînement des demi-mortels et découvert où se cachaient les chasseurs dans Budapest. Mais cela, il n'avait pas l'intention de le confier à Scarlet.

— Tu ne m'as pas l'air très au fait de ce qui se passe ici, dit-il. Tu n'es pas venu uniquement pour moi, voilà ce que je pense.

— Peu importe. Ecoute, j'ai conseillé à tes petits copains de me ficher la paix. Je sais que vous me cherchez. Je veux que vous cessiez, rien de plus.

Elle mentait, mais il ne chercha pas à la contredire. Avec Tromperie, c'était trop compliqué de se faire entendre.

— Comment se fait-il que tu ne me connaisses pas ? insista-t-il. Comment se fait-il que j'aie l'impression de ne t'avoir jamais rencontrée ?

Elle lui jeta de nouveau un regard en coin. Et plein de colère.

— Tu ne te souviens pas de moi ?

Cette fois, elle paraissait outrée.

— Pas du tout ?

— Je ne…

Attention, n'oublie pas de mentir.

Bon sang… Il n'aurait pas dû avoir besoin de se rappeler.

— Si, je me souviens parfaitement de t'avoir rencontré.

Impossible. Jamais il n'aurait oublié une femme comme elle. Si belle, si sauvage. Une amazone. Avec un je-ne-sais-quoi de fragile.

Il avait connu beaucoup de femmes. La plupart pour une nuit. On ne restait pas avec un amant qui ne cessait de vous répéter que vous étiez laide et sotte. Ou alors qui ne disait pas un mot. Et, en effet, il ne pouvait pas se souvenir de tous les visages. Mais tout de même, celle-ci, il était certain de ne l'avoir jamais vue.

— Nous étions amants, voilà tout, finit-il par déclarer, histoire de dire quelque chose.

— Ah !

Son regard revint se poser sur lui et elle le balaya des pieds à la tête.

— Je ne pense pas que ton allure aurait pu me convenir, dit-elle d'un ton méprisant. Non. Nous n'étions pas amants.

— Je ne saisis pas, dit-il en serrant les poings.

Il saisissait parfaitement, au contraire. Elle faisait allusion à ses vêtements.

— Pour ta gouverne, sache que je suis tout à fait habillé à mon avantage, ajouta-t-il.

— C'est justement ce que je disais, rétorqua-t-elle d'un ton suffisant.

Il se passa la langue sur les dents. *Je ne manque pourtant pas de charme !* D'accord, il avait un genre un peu spécial. Des cheveux teints en bleu, des piercings, des tatouages — pas grand-chose, comparé à Aeron, qui en était couvert.

Et puis Aeron avait choisi des horreurs, tandis que lui… Personne ne le savait, mais il s'était tatoué, à l'intérieur des paupières, des yeux noirs qui le fixaient chaque fois qu'il fermait les yeux. Et aussi des lèvres rouges, pareilles à des rubis…

Il sursauta. *Des yeux noirs. Des lèvres rouges pareilles à des rubis.* Comme celles de Scarlet.

— Qu'est-ce qui te prend ? demanda-t-elle d'un ton railleur. Je sais que je suis belle, mais tout de même, tu pourrais te maîtriser un peu. On ne t'a donc pas appris la politesse ?

Et aussi une phrase qui lui était apparue en rêve, enroulée comme une ceinture, autour de la taille d'une femme, et à laquelle il songeait la nuit, quand il était seul dans le noir, « SE SEPARER, C'EST MOURIR », écrite en lettres capitales, avec des fleurs rouges entremêlées aux lettres.

Ce tatouage-là n'était pas discret et lui avait valu quelques moqueries de la part de ses compagnons.

— Je ne veux pas voir le bas de ton dos, dit-il brusquement.

Elle se figea. Elle n'osait même plus respirer.

— Pas question.

— Je ne t'en supplie pas, insista-t-il.

Il avait besoin de voir. De savoir.

— Tu n'as pas un tatouage autour de la taille.

Elle en avait un, il en était certain.

— En effet, je n'ai pas de tatouage.

Elle mentait.

— Dans ce cas, je ne te demande pas de me le prouver.

— Je n'ai pas besoin de te le prouver, tu dois me croire sur parole.

Par tous les dieux, ce qu'elle pouvait être agaçante ! Il se leva d'un bond. Il était resté trop longtemps assis et ses muscles ankylosés lui firent mal.

— Tu n'as pas obtenu ce que tu voulais, et donc tu pars ? s'exclama-t-elle. Mais tu es pire qu'un gamin !

Elle lui avait demandé de partir, et maintenant elle piquait une crise, parce qu'elle pensait qu'il allait partir. C'étaient bien les femmes, ça...

Avec ses poignets bandés, il eut toute les peines du monde à saisir le bord de son T-shirt pour le relever. Mais il y parvint tout de même et se tourna pour montrer son dos à Scarlet. Au début, elle ne réagit pas. Puis il l'entendit soupirer, se lever, marcher.

Une main tiède effleura sa peau et il dut se mordre la lèvre pour ne pas gémir de plaisir. Elle avait l'extrémité des doigts calleuse, sans doute à force de manier les armes, et ils le grattèrent un peu quand elle suivit le contour de chaque lettre, de chaque pétale.

Elle aurait pu l'étrangler, mais elle se borna à le caresser.

— « Se séparer, c'est mourir », lut-elle d'une voix brisée. Tu sais ce que ça signifie ?

— Oui. Pas la peine de me l'expliquer.

— Je...

Elle laissa retomber sa main et recula lentement de quelques pas.

Gideon fit volte-face et allongea le bras vers elle, si maladroitement que ses poignets heurtèrent le métal des barreaux. La douleur lui arracha une grimace. Scarlet continua à reculer, pour se mettre hors de portée, avec un visage de marbre.

— Ne dis plus rien, ordonna-t-il.

— Je t'ai demandé de partir, Gideon.

Gideon.

Elle avait prononcé son nom, et ce fut comme si elle lui avait enfoncé une lame dans le ventre.

Il venait d'avoir une révélation.

Ailleurs. Il y avait bien longtemps. Cette femme avait crié son nom. Elle l'avait murmuré. En riant. En pleurant. En gémissant de plaisir.

Il avait vécu avec cette femme.

— Tu es laide et inintéressante, reprit-il, regrettant de ne pouvoir dire ce qu'il pensait.

L'émotion qui déformait sa voix n'échappa pas à Scarlet, car, cette fois, elle s'abstint de tout commentaire sarcastique.

— Va-t'en, Gideon. Va-t'en. Comme je te l'ai demandé. Je t'en prie.

Je t'en prie. Ce mot-là, elle ne devait pas le dire souvent.

Elle paraissait au bord des larmes. Cela non plus ne devait pas lui arriver souvent.

Mais ça lui était arrivé. Autrefois. Ailleurs. Elle avait pleuré et il l'avait tenue dans ses bras. Mais quand ? Et où ?

Quand il vivait encore sur l'Olympe, peut-être. Elle était possédée par un des démons de la boîte de Pandore : cela signifiait qu'elle avait été emprisonnée à Tartarus. Ce n'était pas lui qui l'avait enfermée là-bas, il en était certain, mais il l'avait peut-être croisée un jour. Et consolée.

Il n'avait pourtant pas fait que la croiser… Avait-il eu une relation suivie avec elle ? Et si oui, comment avait-il pu l'oublier ?

Peut-être quelqu'un avait-il effacé ce souvenir de sa mémoire. Les dieux possédaient ce pouvoir. Et ils étaient capables de tout. Admettons… Mais pourquoi un dieu aurait-il voulu lui faire oublier Scarlet ? Pour quel but ?

— Tu n'as pas de mari ? demanda-t-il, d'une voix si rauque qu'on aurait pu croire qu'il se remettait tout juste d'une extinction de voix.

Un mari jaloux aurait pu chercher à le rayer de la carte.

— Non, murmura-t-elle d'un ton si lamentable qu'il en eut les larmes aux yeux. Je n'ai pas de mari.

Donc ce n'était pas un mari jaloux.

— Pas de père ?

— Mon père est mort.

Elle se laissa retomber sur sa paillasse, les yeux rivés au plafond.

— Depuis très longtemps.

— Pas de mère ?

— Ma mère me hait.

Il était bien obligé de la croire sur parole.

— Il n'y a donc personne autour de toi qui souhaiterait te voir heureuse ?

Malheureuse. Il voulait dire malheureuse. Qui aurait pu lui vouloir du mal ? Il espéra qu'elle avait compris.

Elle ne répondit pas tout de suite, mais se tourna pour lui faire face.

— Si je te dis ce que tu veux savoir, tu me laisseras seule ? Je ne plaisante pas, Gideon. Si je te dis la vérité et que tu refuses de me laisser…

Il n'avait aucune envie de la quitter. Moins que jamais. Mais il avait besoin de savoir.

— Ne dis rien. Je ne te laisserai pas seule.

Elle marqua une pause, puis se décida.

— J'ai menti, tout à l'heure, en prétendant ne pas te connaître. « Se séparer, c'est mourir… » Ces mots, tu les as autrefois prononcés pour ta femme.

23

Aeron se tenait sur le balcon de sa chambre, agrippé à la rambarde, le regard perdu dans l'immensité du ciel bleu indigo. Jamais il ne s'était trouvé devant un tel dilemme. Devait-il choisir Legion ou Olivia ? S'il choisissait Olivia, il condamnait Legion à être possédée et ses compagnons à une mort certaine — car on n'échappait pas à Lucifer. S'il choisissait Legion, il la sauvait et sauvait du même coup ses compagnons, tandis qu'Olivia retournait au paradis, là où il avait voulu la renvoyer. Mais il ne le souhaitait plus. Et Colère non plus.

Il faut la garder près de nous. Je t'en prie. Nous avons besoin d'elle.

Il s'efforça de faire taire la voix de son démon. Il refusait de l'entendre. Il tenait à prendre sa décision tout seul.

Si Legion avait osé se montrer à cet instant, il lui aurait sans doute administré la fessée qu'elle méritait. Elle l'avait placé dans une position intenable. L'obliger à… Ses griffes s'allongèrent et s'enfoncèrent dans sa paume. Le métal de la rambarde grinça. Bon sang…

Le pire, c'était qu'il ne pourrait plus faire l'amour à Olivia.

Car il lui avait fait l'amour, impossible de le nier. Il avait tenté de résister, mais son corps avait compris et imposé la vérité. Lui et Olivia, c'était beau, juste, parfait.

Et maintenant, il devait se résoudre à la perdre. Car elle ne resterait pas en sachant qu'il s'apprêtait à la tromper avec Legion. Avec Legion… Il eut un goût de bile dans la bouche. Il ne pouvait tout de même pas laisser Legion aux mains de Lucifer. Pas plus qu'il ne pouvait accepter que Lucifer s'incarne sur Terre, qu'il s'en prenne à ses compagnons, qu'il détruise les anges du paradis.

Elle comprendra. Olivia comprendra que je n'ai pas le choix. Elle me remerciera de protéger le royaume des anges. Elle me remerciera de la renvoyer au paradis, là où est sa place. Il cherchait à s'en convaincre, pour se consoler. Ici, Olivia allait décliner peu à peu, puis mourir.

Il aurait pourtant tout donné pour quelques mois de plus avec elle…

Dire qu'il avait autrefois prétendu que c'était de la folie de s'éprendre d'une mortelle !

Je ne veux pas la perdre, protesta Colère.

Nous n'avons pas le choix.

Tout à l'heure, après leur étreinte, il aurait voulu la serrer dans ses bras, sans un mot, en rêvant de passer sa vie avec elle. Mais il allait devoir se résoudre à se séparer d'elle, à vivre le reste de sa vie sans elle, en sachant qu'elle était ailleurs, quelque part, invisible, hors d'atteinte.

Non !

Et comment allait-il s'y prendre pour honorer Legion, quand son corps réclamait Olivia ? Il eut un rire amer. Il avait glissé sans transition de l'état de célibataire endurci à celui d'hommes à femmes. Après s'être passé de maîtresse pendant des siècles, il était sur le point d'en avoir deux. L'une qu'il ne désirait pas, l'autre qui s'apprêtait à le quitter.

Il avait réussi à convaincre Olivia de rester jusqu'à l'échéance du pacte. Il n'avait fait que prolonger leur angoisse, reculer devant l'inévitable, rendre la séparation plus douloureuse encore. Mais il n'avait pas pris le temps de réfléchir avant d'agir, et maintenant, le mal était fait.

— Aeron, fit doucement une voix derrière lui.

Le paradis... Colère soupira.

Sois fort. Résiste. Ne te retourne pas.

— Je suis là, répondit-il tout de même.

Des pas légers s'approchèrent. Puis elle vint s'accouder près de lui à la rambarde, le regard plongé dans la nuit. Son odeur l'enveloppa, et il dut se faire violence pour ne pas la prendre dans ses bras. Ce fut une torture. Une torture qu'il avait méritée.

— Où est Legion ? demanda-t-il.

Il s'attendait à ce qu'elle entre d'une minute à l'autre. Elle n'allait sûrement pas abandonner le terrain à Olivia.

— Elle dort.

Elle dormait ?

— Elle a du mal à s'endormir sans moi, fit-il remarquer.

Olivia haussa l'une de ses délicates épaules.

— Je l'ai droguée, si tu veux savoir. Et je ne le regrette pas.

Il ne put retenir un petit sourire. Par tous les dieux... Ce qu'il aim... Ce qu'il admirait cette femme ! Puis son sourire disparut. Colère était en train de lui transmettre une vision.

Olivia et Legion... Avançant sur la pointe des pieds dans les couloirs du château... Legion tenait dans ses mains une bouteille de vin. Olivia, deux verres.

Elles avaient donc volé de l'alcool dans la cuisine. Et ensuite ?

Il les vit entrer dans sa chambre.

Portons un toast à ta victoire, dit Olivia.

Oui, ma victoire, répondit Legion d'un ton suffisant. *Je t'avais bien dit qu'Aeron serait à moi.*

Aeron songea qu'elle aurait décidément mérité sa fessée.

Et tu avais raison, convint Olivia, tout en déposant leurs verres sur la commode pour les remplir, tournant ainsi le dos à Legion.

Elle les servit, puis déchira discrètement un minuscule bout de tissu de sa tunique, qu'elle fit tomber dans l'un des verres.

Dors, murmura-t-elle tandis que le tissu se dissolvait.

Elle se tourna vers Legion avec un grand sourire, pour lui tendre un verre que celle-ci vida d'un trait. Elle avait à peine avalé la dernière goutte qu'elle se mit à vaciller. Elle leva vers Olivia un regard méfiant.

Tu as… ? Tu as… ?

Eh oui ! Tu ne croyais tout de même pas que j'allais me laisser empoisonner la vie sans réagir ?

Salope ! eut le temps de cracher Legion, tout en s'effondrant au sol, où elle ronfla instantanément.

Aeron aurait dû réprimander Olivia, mais il avait plutôt envie de rire. Quant à Colère, il ronronnait. Le « paradis » avait gagné contre l'« enfer », et il félicitait le vainqueur.

— Tu es fâché ? demanda Olivia.

— Pas du tout. Au contraire.

Au contraire, parce que ça l'arrangeait de ne pas avoir à affronter les caprices de Legion. Celle qu'il considérait comme sa fille et avec laquelle il allait devoir…

N'y pense plus. Change de conversation.

— Il y a quelque chose de différent dans ta voix, dit-il. Je l'avais déjà remarqué tout à l'heure, mais il me semble que ça s'entend de plus en plus.

— Oui, répondit-elle. C'est vrai. Il y a quelque chose de différent dans ma voix.

— Et ça vient d'où ? demanda-t-il.

Il posait la question, mais il croyait connaître la réponse. Plus elle passait de temps ici, plus elle s'éloignait de l'ange qu'elle avait été.

Il se demanda comment elle serait accueillie par les siens quand elle rentrerait au paradis. Il n'aimait pas l'idée qu'elle serait peut-être méprisée.

Elle haussa de nouveau les épaules, et cette fois le geste fit que sa peau effleura la sienne. Il ferma les yeux pour mieux savourer sa douceur. Et quand la brise fit voleter ses longs cheveux, qui vinrent lui caresser le torse, il crut qu'il allait perdre le peu de sens commun qui lui restait.

Elle est à moi. A nous. Pour toujours.

Non. C'est impossible.

Quand il ouvrit de nouveau les paupières, il prit soin de se tourner vers le ciel.

— C'est là que tu vivais, murmura-t-il d'une voix rauque.

— Oui.

— A quoi ça ressemble ?

— Nous évoluons au milieu des nuages. Il y en a beaucoup plus qu'on ne l'imagine, vu d'ici. Chaque ange a le sien.

Il y avait de la tendresse dans sa voix.

— Dans notre nuage, nous avons beaucoup de place, et tout ce que nous demandons nous est donné. Nous sommes à l'abri des regards, mais nous voyons ce qui se passe autour de nous. Nous voyons de loin les anges vengeurs qui poursuivent les démons, les ouragans, mais ils ne nous atteignent pas. Nous voyons les étoiles. Elles brillent tout près de nous, mais leur chaleur ne nous brûle pas.

Cette description rappelait de bons souvenirs à Colère, qui trépigna de joie.

— Et tu as abandonné tout ça, soupira Aeron.

Pour lui. Pour connaître les joies terrestres avec lui. Il se sentit honteux et coupable de ne lui avoir apporté que de la souffrance en échange — enfin, presque uniquement de la souffrance. Mais il se sentit aussi fier et heureux de lui avoir inspiré tant de désir.

— Oui, répondit-elle.

Puis elle se dandina, visiblement gênée, et changea de sujet.

— Je me suis toujours demandé pourquoi tu avais deux papillons au lieu d'un, fit-elle remarquer.

— Celui de mon dos est la marque de mon démon. L'autre, celui qui est sur mon torse, c'est moi qui l'ai tatoué. Pour l'avoir sous les yeux et ne pas oublier que je marche sur la corde raide.

— Tu n'as pas besoin de ça pour t'en souvenir, rétorqua-t-elle tristement. Il me semble que tu l'as tout le temps en tête.

Elle soupira.

— Mais assez parlé du passé. J'ai cru comprendre que vous attaquiez les chasseurs ce soir.

— Oui.

Il ne lui demanda pas comment elle le savait. Elle avait probablement espionné leur conversation. Avec Legion. Il comprenait maintenant pourquoi elles avaient quitté sa chambre.

— Je veux t'aider, dit-elle. Si je retournais maintenant au paradis, je pourrais intervenir en tant qu'ange, en demeurant invisible. Je serais ton bouclier. Je…

— Non ! cria-t-il.

Puis il se racla la gorge.

— Non, répéta-t-il plus doucement.

La rambarde grinça de nouveau quand il la lâcha, doigt après doigt. *Je ne veux pas la perdre maintenant.*

Moi non plus, gémit Colère.

Il leur restait encore un peu de temps. Il voulait en profiter.

— Je dois partir, de toute façon, insista-t-elle. Alors pourquoi pas maintenant, puisque ça te serait utile ?

Tant de détermination aurait dû lui inspirer de l'admiration, mais il se sentit surtout agacé par son insistance.

— Pourquoi ne songes-tu qu'à m'aider ? demanda-t-il d'un ton mauvais. Au lieu de pleurer et de gémir ? Au lieu de me reprocher mes choix ?

Il aurait voulu qu'elle le rejette, pour avoir moins de regrets à l'abandonner, mais quand elle posa les yeux sur lui, il ne put déceler dans son regard la moindre lueur d'agressivité.

— Les émotions dont tu parles me sont étrangères, dit-elle d'une voix douce. N'oublie pas que je suis un ange.

— Déchu. Un ange déchu.

Il se tut. C'était la première fois qu'il le lui faisait remarquer, et donc qu'il admettait la différence.

Elle soupira.

— Pour le moment, oui, tu as raison, je suis encore un ange déchu. Mais plus pour longtemps.

Il se colla à elle et, saisissant le tissu de sa tunique, il s'agrippa à la rambarde pour l'empêcher de fuir. Elle n'était donc pas malheureuse à l'idée d'être séparée de lui ? A l'idée de ne plus le revoir ? De ne plus faire l'amour avec lui ? A l'idée qu'il s'accouplerait bientôt avec Legion ?

— Laisse-moi partir, Aeron, murmura-t-elle posément.

— Jamais.

Non, jamais, renchérit Colère.

On ne peut pas la garder…

— Tu n'as pas peur d'être mise à l'écart par les tiens, quand tu te présenteras de nouveau au paradis ? Tu as changé, ils vont le sentir.

Elle secoua la tête et ses boucles dansèrent autour de son visage.

— Ils accueilleront mon retour avec joie, assura-t-elle. Le Très Haut Conseil des Anges est sévère et intransigeant, mais mes compagnons, eux, se montrent tolérants et patients.

— Lysander ne me fait pas l'effet d'un type tolérant ou patient, fit-il remarquer.

Elle sourit.

— Il n'est pas tout à fait un ange comme les autres.

Ce sourire… Il eut envie de la serrer contre lui. Tant qu'elle était encore là.

— Il nous reste sept jours, dit-il d'une voix rauque.

Cette fois, il ne put résister et, tout en songeant qu'il n'était qu'un idiot, il la prit dans ses bras, écrasant son torse contre le sien. Il sentit la pointe de ses seins, et cela fut suffisant pour déclencher une érection.

— Promets-moi de rester au moins six jours, supplia-t-il.

— Pourquoi ?

Elle paraissait émue. Enfin.

— Promets-le-moi, c'est tout. Je t'en prie.

Je t'en prie, répéta en écho Colère, d'un ton aussi pitoyable que celui d'Aeron.

Qui aurait cru qu'ils en seraient un jour réduits à supplier une femme ?

— Je ne peux pas, répondit-elle, le regard dans le vide. Je ne peux pas. Je regrette.

Mais il vit briller une larme dans ses yeux, et cette larme acheva de faire sauter les barrières qui lui restaient, de le réduire à néant.

Il étendit le bras et la prit par la nuque pour l'obliger à le regarder, pour qu'elle contemple son désir et sa détermination — une détermination au moins égale à la sienne.

— C'est donc un « peut-être » ?

Elle laissa échapper un rire tremblant.

— Non. C'est un « non ».

Il avait réussi à la faire rire…

— Que peux-tu me promettre ?

Il n'était pas en position de faire le difficile. Il prenait tout.

— Une journée, proposa-t-elle d'une voix émue.

Une journée. Cela ne suffisait pas. L'éternité n'aurait sans doute pas suffi. La main qui tenait le cou accentua sa pression.

— Reste au moins jusqu'à mon retour en ville. Je t'en prie.

— Pourquoi est-ce si important pour toi ? murmura-t-elle d'une voix brisée.

Enfin, elle se dévoilait. Elle laissait percer un peu de la tempête intérieure qui l'agitait.

Parce que j'ai besoin de toi. Parce que je ne supporte pas l'idée d'être séparé de toi. Parce que s'il n'y avait que toi et moi, si je n'avais personne à protéger, je donnerais ma vie pour une minute entre tes bras.

— Reste, insista-t-il, ignorant sa question. Si j'ai peur de ne pas te retrouver en rentrant, je serai distrait.

Il ne cherchait pas à lui faire du chantage affectif. Il disait simplement la vérité.

— Je ferai une cible facile. Je serai peut-être blessé. Dis-moi que tu ne quitteras pas ce château.

Elle s'humecta les lèvres, et ses épaules s'affaissèrent.

— Je… Oui…

Il n'allait pas se contenter de ce timide « oui ».

— Oui, répéta-t-elle. Je ne bougerai pas d'ici avant ton retour.

Sans l'accent de vérité de sa voix d'ange, il ne pouvait dire si elle était sincère ou pas, mais il décida de la croire, car il ne supportait pas l'idée qu'elle parte.

— A présent que nous nous sommes mis d'accord, tu veux bien me lâcher ? demanda-t-elle.

Mais ses mains se posèrent sur le torse d'Aeron pour caresser ses tatouages.

Colère soupira de bonheur. Lui aussi avait compris que l'ange le désirait. *Les* désirait.

— Pourquoi me désires-tu ? murmura-t-il.

Tant de choses les séparaient !

— Pourquoi m'avoir choisi ? reprit-il. Tu es belle, douce, intelligente… Tu aurais pu trouver un autre homme. Un homme qui n'aurait pas eu ses péchés tatoués sur sa peau.

— Parce que, répondit-elle simplement.

Ce n'était pas une réponse, mais au moins, elle ne recula pas et continua à suivre du bout des doigts les contours de ses tatouages.

— Pourquoi ? répéta-t-il en la secouant doucement.

Il voulait savoir. Et il préférait ne pas se demander pourquoi la vérité avait tant d'importance à ses yeux.

— Je t'en prie, dis-le-moi… Je t'en prie.

Il ne sut pas si c'était de l'avoir suppliée ou secouée qui l'avait fait flancher. En tout cas, elle se décida.

— Parce que tu n'es pas ce que tu crois ! s'écria-t-elle. Tu n'es pas ce que tout le monde croit que tu es. Tu as tué, oui, mais tu aimes plus ardemment que quiconque. Et tu cherches à répandre la joie autour de toi.

Elle eut un rire amer.

— C'est amusant, n'est-ce pas ? Ces qualités m'ont attirée, et maintenant, elles te poussent à me chasser.

Reste…

Il parvint à retenir le mot avant qu'il ne s'échappe de ses lèvres. Aimer ardemment ? Il aimait ardemment, oui. Et il allait le prouver, maintenant, avant que le temps ne le trahisse.

Il s'empara de sa bouche, d'autorité, en poussant sa langue tout au fond, et elle se laissa faire sans se plaindre de sa brutalité. Parfait. Il ne cherchait pas à se contrôler, et c'était tant mieux. Tout ce qu'il savait, c'est qu'il y avait eu pour lui un début — sa rencontre avec Olivia —, et qu'il y aurait bientôt une fin — le départ d'Olivia. La fin, oui, parce qu'il ne survivrait pas à son départ.

Aussi, il préférait mourir de ses baisers, tout de suite, lui donner son âme, prendre la sienne, sans la moindre retenue, avec une joie venue du plus profond de lui-même.

Si c'était la fin, il voulait mourir en guerrier.

— Tu vas être mienne, femelle, murmura-t-il en retroussant sa tunique d'ange.

Ses jambes nues. Son sexe nu. Un jour, il la posséderait dans un lit, il lui ôterait ses vêtements, lentement, en savourant chaque centimètre de peau dénudée, chaque seconde, chacun de ses soupirs.

Mais, aujourd'hui, il avait juste hâte de la prendre.

Il tira sur sa braguette et fit sauter les boutons. Son sexe se dressa, libre de toute entrave.

— J'espère que tu es prête à me recevoir, Olivia.

*
* *

Si elle était prête à le recevoir ? Bien sûr que oui ! Elle avait l'impression qu'elle serait toujours prête pour lui. Surtout s'il posait sur elle ce regard suppliant, comme si elle lui était nécessaire, comme s'il ne vivait que pour elle.

Et, pourtant, elle savait que c'était la dernière fois qu'elle plongeait les yeux dans les siens. Plus jamais elle n'aurait droit à un tel regard.

Une vague de tristesse la submergea, mais la force de son désir prit le dessus. Plus tard, elle aurait tout le temps de se lamenter sur son sort. Pour l'instant, elle était dans les bras d'Aeron. Elle était en feu. Tout son corps tremblait pour lui.

Elle avait abandonné ses ailes et l'éternité pour vivre ce moment. Alors, elle allait accepter ce qu'il lui offrait, sans réfléchir, sans se torturer en pensant à l'après.

— Olivia…, dit-il d'une voix rauque et suppliante.

— Je suis prête.

Il la prit par les fesses, la souleva, et, tandis qu'elle nouait ses jambes autour de sa taille, il la pénétra, d'un seul coup. Elle ne put retenir un cri. Il avait un pénis énorme qui aurait pu la déchirer, mais elle était si humide qu'il l'avait enfoncé jusqu'à la garde, sans la moindre difficulté, en lui procurant un immense plaisir.

— J'ai besoin de toi, gémit-il en allant et venant en elle.

— Oui ! cria-t-elle en plantant ses ongles dans son dos.

Elle le voulait. Elle voulait tout. Afin que ce souvenir la réchauffe pour l'éternité.

— Comme ça…, l'encouragea-t-elle. Oui.

Il allait et venait de plus en plus vite, de plus en plus fort. Elle était déjà si près du but. *Que ça dure toujours...* Mais elle savait que cette prière ne serait pas entendue.

La rambarde sur laquelle ils s'appuyaient grinça sous leur poussée, puis, brusquement, elle lâcha et ils tombèrent dans le vide. Oh, oui ! C'était encore mieux ainsi. Avec le vent qui les enveloppait. L'amour, le sexe, la liberté. Sans regret et sans peur. Dans les bras d'Aeron, elle ne craignait rien.

Elle avait raison, parce qu'il déploya ses ailes au dernier moment, juste à temps pour se poser en douceur, sans cesser d'aller et venir en elle. Elle n'avait pas non plus lâché sa taille et se cambra, pour aller à sa rencontre, pour mieux l'accueillir, désespérément ivre de désir.

Elle se rendit compte que le soleil se levait lentement et qu'on aurait pu les voir depuis les fenêtres. Tant pis.

— Olivia…, haleta-t-il.

— Aeron…

Leurs yeux se rencontrèrent. Il avait les pupilles plus mauves que jamais et complètement dilatées, une expression féroce sur le visage, mais également tendre, incroyablement belle et émouvante.

— Tu es à moi, murmura-t-il entre ses dents.

Oui, elle le voulait. Plus que tout, elle voulait être à lui.

— Je suis à toi.

Jusqu'à ce qu'il se donne à Legion. Ensuite… *Non. N'y pense pas. Pas maintenant.*

Comme s'il avait lu dans ses pensées, il se pencha sur elle pour l'embrasser, plus sauvagement encore que la première fois. Tant de passion…

Elle griffa, elle mordit, elle cria. Elle avait oublié où elle était, qui elle était, consciente uniquement de ce corps agrippé à celui de son amant, de ses muscles qui se contractaient en cadence. *Oui. Encore.* Il vint frapper exactement au bon endroit et son orgasme en fut décuplé. Lui aussi était proche de la volupté. Il tressauta en elle. Elle l'entendit gémir son nom.

Puis il se laissa tomber en l'écrasant de tout son poids, mais elle ne songea pas à s'en plaindre. Si seulement ils avaient pu rester ainsi pour toujours, perdus dans leur étreinte !

— Olivia…, gémit-il de nouveau.

Elle ouvrit lentement les yeux. Aeron la contemplait, avec, sur le visage, une expression ouverte et détendue qu'elle ne lui avait jamais vue.

— Tais-toi, murmura-t-elle.

S'il avait l'intention de lui dire que ce qui venait de se passer n'avait rien changé à propos de Legion, elle le savait déjà, et elle n'avait pas besoin qu'il lui remue le couteau dans la plaie. Et s'il lui demandait de rester, elle ne voulait pas l'entendre non plus, parce qu'elle aurait été capable d'accepter. Même en sachant qu'elle ne pourrait jamais tout à fait oublier, pour Legion, ni lui pardonner. Même en sachant que rester signifiait aussi le condamner à mort.

Ils avaient perdu. Tous les deux.

— Il faut pourtant que je te parle, dit-il d'une voix rauque. Il faut que je te dise…

— Aeron ! appela une voix. Désolé de vous interrompre, mais il est temps d'y aller.

On ne les laisserait donc jamais savourer leur moment de tendresse après l'amour ? Olivia soupira. Cette fois, au moins, l'intervention la tirait d'embarras. Elle s'écarta d'Aeron et fit descendre sa tunique, qu'elle lissa du plat de la main.

— Pars tranquille, dit-elle sans le regarder. Je tiendrai ma promesse. Je serai là quand tu reviendras.

Pour te dire adieu.

24

Il était 3 heures du matin. La lune éclairait à peine les rues désertes. Tous les établissements étaient fermés et les derniers clients avaient quitté The Asylum. A l'intérieur, on avait éteint toutes les lumières. Plus un bruit ne filtrait.

Aeron était accroupi dans l'ombre près de Strider, lequel tenait à la main une commande à distance qui lui servait à manœuvrer un petit véhicule. Et, sur le toit de ce véhicule, ils avaient installé une caméra miniature capable de filmer dans le noir.

Torin avait le don de leur dégoter les gadgets les plus fous. Strider était ravi. Il appuya en souriant sur une touche et le véhicule démarra.

Une partie de leurs compagnons entouraient le bâtiment qui abritait The Asylum — bâtiment qu'ils avaient aidé à reconstruire et qu'ils s'apprêtaient à détruire de nouveau. D'autres étaient perchés sur les toits alentour, prêts à tirer.

Aeron fixa le petit écran de contrôle qui leur servait à suivre les images enregistrées par la caméra. Comme le leur avait assuré Torin, on voyait les immeubles et les rues comme en plein jour.

— Ça marche, dit-il.

— On est prêts, Willie, annonça Strider dans son micro.

Aeron portait, lui aussi, un casque et entendit la réponse.

— Je vais entrer, grommela William. Mais, merde, je n'arrive pas à croire qu'Anya ait réussi à m'entraîner là-dedans…

Quelques secondes plus tard, il apparut au coin d'une rue. Il était tout débraillé et tenait à la main une bouteille de whisky. Il avait décoloré ses cheveux et mis des lentilles de contact noires pour dissimuler le bleu de ses yeux. Il était tout simplement méconnaissable. Même son visage avait changé. Il paraissait plus dur, plus aigu.

Il avançait en titubant et en braillant une chanson d'amour qui parlait de trahison.

Le salaud… Aeron en eut le cœur serré. Puis il se reprit. William ignorait qu'il s'apprêtait à trahir Olivia.

Sa douce Olivia.

Elle est à moi, intervint Colère.

A nous.

Bon sang ! Il faillit en lâcher son écran de contrôle. Pourquoi entrait-il dans le jeu de son démon ? Olivia ne leur appartiendrait jamais.

Pourtant…

Il n'imaginait pas de se passer d'elle. Elle était la lumière et la joie. L'amour. Une bénédiction. Elle était tout pour lui.

— Tu es avec nous, Colère ? demanda Strider, qui le trouvait bien rêveur.

Aeron le remercia intérieurement de l'avoir rappelé à la réalité.

Il se secoua et suivit des yeux la progression de William, qui était arrivé devant la porte contre laquelle il s'écroula en faisant voler les vitres, comme prévu.

Il resta là, allongé quelques minutes, à jurer d'une voix pâteuse, le temps que la petite voiture franchisse l'entrée.

Un groupe d'hommes armés ne tarda pas à encercler l'immortel.

— Qu'est-ce que vous faites là ?

— Bon sang, mais il pue !

— Virez-le d'ici et nettoyez-moi ça. Tout de suite.

Deux hommes saisirent William par les aisselles pour le mettre debout.

— Bonjour, messieurs, dit celui-ci avec un accent anglais impeccable. C'est bien là, la fête ? Oh, mais vous me menacez d'une arme ? Vous êtes des violents. C'est pas bien, ça…

— Chef ? demanda l'un des hommes qui soutenait William. On ne peut pas le laisser partir. Il en a trop vu.

— Je ne suis pas votre chef, protesta William.

Puis il se prit le ventre à deux mains.

— Je crois que je vais vomir, gémit-il.

Le chef — il s'agissait de Dean Stefano, le bras droit de Galen, Aeron l'avait reconnu et Colère aussi, qui grognait de rage et réclamait pour lui une punition — jeta un rapide coup d'œil du côté de William, puis il contempla les tessons de verre au sol.

— Arrangez-vous pour que ça passe pour une vulgaire agression, dit-il. Et faites ça à distance du bâtiment. Je ne voudrais pas que la police vienne enquêter par ici.

Il venait de condamner froidement à mort un homme qu'il supposait être un innocent. Et avec ça, il osait prétendre qu'il se battait pour protéger les humains. Aeron grinça des dents. Stefano était un monstre sans cœur. Il haïssait les Seigneurs de l'Ombre. Il rendait Sabin responsable du suicide de sa femme, et n'aurait pas de paix tant qu'ils ne seraient pas tous morts.

Punition…

Autrefois, Aeron aurait secrètement apprécié d'obéir à l'ordre de son démon, et il se serait méprisé pour ça. Mais, à présent, il avait changé. Le malheur de sa vie, c'était de perdre Olivia. Tuer un être maléfique était une raison de se réjouir, et il comptait bien désormais s'en réjouir.

Il allait bien s'amuser.

Et ça commençait bientôt.

Les deux hommes traînèrent un William vociférant.

— Qu'est-ce que vous me voulez ? Laissez-moi partir…

— La ferme, salaud, ou je te coupe la langue.

William se mit à sangloter comme un bébé. On aurait pu croire qu'il était vraiment effrayé, mais Aeron ne s'y trompa pas. Cela faisait partie du rôle pour lequel il s'était porté volontaire. Par « volontaire », il fallait comprendre qu'Anya avait menacé de brûler son précieux grimoire, s'il refusait de coopérer. Ils avaient espéré que les chasseurs ne réagiraient pas aussi violemment et se contenteraient de chasser William. Mais ils s'étaient tout de même douté que les choses finiraient dans le sang.

William ne pouvait se lever et s'enfuir. Il était censé aller jusqu'au bout de sa mission, se laisser malmener, laisser repartir ses bourreaux en faisant le mort.

Le groupe disparut au coin d'une rue avec William et s'enfonça dans une ruelle sombre, hors de leur vue. Mais, à travers le casque qui le reliait à William, Aeron put entendre tout ce qui se passait.

Ils avaient dû trouver un endroit qui leur convenait, parce que leurs pas ralentirent, puis cessèrent.

— Je ne cherchais pas la bagarre, pleurnicha William.

— Désolé, mon gars, ce n'est pas ta faute, mais tu nous poses un problème.

Aeron entendit le sifflement caractéristique d'une lame qui fend l'air, puis un bruit mouillé de chair et de sang. Un grognement de douleur. Encore un bruit mouillé. Un gémissement.

Ils venaient de poignarder William à deux reprises.

Aeron fut pris de compassion pour le pauvre William, qui s'était sacrifié. En ce moment, il saignait sur le pavé de la rue, les tripes à l'air. Il y survivrait, bien entendu, mais les Seigneurs de l'Ombre avaient maintenant une dette envers lui.

Il entendit un bruit sourd. William, qui s'effondrait, sans doute. Les deux hommes ne tardèrent pas à réapparaître au coin de la rue, le sourire aux lèvres, avec l'air satisfait de ceux qui ont la sensation d'avoir accompli leur devoir. Puis ils entrèrent dans le bâtiment.

Strider manœuvrait toujours la petite voiture téléguidée munie d'une caméra. Elle leur permettait en ce moment de voir Stefano, qui surveillait ceux de ses hommes qui bouchaient l'entrée avec des planches.

— Salauds, marmonna William dans le casque d'Aeron. Ces deux-là, vous me les laissez. Ils s'en sont pris à mes deux innocentes petites bourses.

Aeron se retint de sourire. Il n'y avait rien d'innocent en William. Et surtout pas ses « deux petites bourses ».

— Il faut patienter encore quelques minutes, répondit-il.

— Je veux deux personnes pour monter la garde devant cette porte jusqu'à demain matin, cria Stefano. C'est compris ? Les autres, retournez au boulot. Et nous devons contacter Galen pour lui parler de cet incident. Je préfère qu'il l'apprenne de notre bouche.

Les deux hommes qui venaient de poignarder William acquiescèrent en silence, avant de disparaître.

Galen n'était donc pas sur place, avec eux. Aeron fut déçu.

Le reste du groupe traversa l'entrée avant de s'engager dans un couloir. Strider manœuvra la voiture pour les suivre, tout en gardant un œil fixé sur l'écran de contrôle que tenait Aeron. Au passage, ils virent défiler plusieurs portes ouvertes, et purent jeter un coup d'œil sur ce qui se passait dans les pièces sur lesquelles elles donnaient. Dans la première, des chasseurs se détendaient devant une télévision. Dans la suivante, d'autres fixaient des écrans, tout en tapotant sur des claviers d'ordinateur, un peu comme Torin dans sa chambre. Dans la troisième s'alignaient des lits. Quelques hommes y dormaient.

Stefano entra dans la quatrième, qui était vide et meublée uniquement d'un tapis qu'on avait soulevé pour donner accès à une trappe.

Stefano se glissa dans la trappe.

Un tunnel souterrain.

Etaient-ils en train de creuser un tunnel pour atteindre le château, évitant ainsi les pièges et la barrière ?

— C'est bien leur quartier général, pas de doute, fit remarquer Strider.

Le moment était venu d'agir. Du moins pour Aeron.

— Tu sais par où passer ? demanda Strider.

— Oui.

Il avait mémorisé le chemin.

Strider lui tapota l'épaule.

— Que les dieux soient avec toi, mon ami, dit-il.

— Et avec toi, répondit Aeron en se levant d'un bond.

Il n'avait pas pris de T-shirt, parce qu'il savait qu'il allait devoir voler. Une simple commande mentale suffit à faire jaillir ses ailes de leur logement.

— Bonne chance, fit la voix de Paris dans son casque.

— Bonne chance, ajoutèrent plusieurs autres voix.

— S'il m'arrive quoi que ce soit, je compte sur vous pour veiller à ce qu'Olivia rentre chez elle sans encombre.

Il n'attendit pas leur réponse et s'envola.

Punition.

Il s'éleva, si haut et si vite qu'aucune caméra n'aurait pu fixer son image. Puis il se mit à planer.

Punition.

En dessous de lui, il voyait la boîte de nuit dont les chasseurs avaient fait leur quartier général. Son regard fouilla les ténèbres… Personne ne montait la garde sur le toit. Il ne parvint pas non plus à repérer ses compagnons. Ils étaient bien cachés.

Ce soir, la victoire serait à eux.

Punition.

Avec plaisir.

— Je commence ma descente, dit-il dans son micro.

Il plongea en piqué, les ailes collées au flanc, pour augmenter sa vitesse. Il ralentit à peine à l'arrivée et heurta de plein fouet les planches qui obturaient la porte d'entrée, celles que les chasseurs venaient tout juste de clouer. Elles blessèrent ses ailes, mais elles assommèrent les gardes qui se trouvaient de l'autre côté.

Il ne ralentit pas et traversa en volant l'entrée et la piste de danse pour s'engager dans le couloir. Alertés par le bruit, des chasseurs s'étaient déjà lancés à sa poursuite, mais il avait de l'avance et ils ne parvinrent pas à l'empêcher d'atteindre son but : la salle vide, celle au tapis avec le tunnel.

Colère éclata de rire et des visions envahirent l'esprit d'Aeron. Les péchés de ses ennemis. Et il y en avait. Vols, coups, meurtres, enlèvements. Il ne manquait pas grand-chose. Ces hommes méritaient ce qu'il leur réservait.

— Un démon !

— Arrêtez-le !

Il voulut replier ses ailes, mais elles étaient trop abîmées pour rentrer dans leur logement. Tant pis. Au moment où les chasseurs atteignaient le seuil de la porte, il tirait sur le tapis qu'on avait remis en place. Un coup de feu claqua. Une balle l'atteignit à l'épaule. Il ne se retourna pas et sortit de son étui l'arme cachée sous son aisselle pour riposter. Les hommes se dispersèrent pour se mettre à l'abri.

Ce répit lui suffit pour ôter tout à fait le tapis.

— Salaud !

Une deuxième balle vint se ficher dans son flanc.

Il tira de nouveau.

Entre les coups de feu, il entendit ses compagnons qui investissaient le bâtiment. Puis ce furent des grognements de douleur, des cris, un fracas de verre brisé. Il n'eut pas le temps de s'en réjouir : une troisième balle venait de l'atteindre à la cuisse.

— A l'aide ! cria-t-il, tout en continuant à tirer pour empêcher les chasseurs d'avancer.

Malheureusement, il ne put pas les retenir longtemps, son chargeur étant vide. Il jeta au sol son arme désormais inutile.

Punition ! Encore !

— Nous arrivons, tiens bon…, haleta à son oreille la voix de Strider, tandis que les coups de feu reprenaient de plus belle.

Aeron sortait un autre revolver quand il vit apparaître Strider. Quelques corps tombèrent en avant et Strider les enjamba pour passer le seuil de la porte. Son visage était couvert de sang, mais ses yeux brillaient et il souriait jusqu'aux oreilles.

— Fais sortir tout le monde ! hurla Aeron. Ça va exploser d'une minute à l'autre.

Strider repartit en courant dans l'autre sens, en criant à ses compagnons de quitter le bâtiment.

Aeron tira sur le loquet qui fermait la trappe donnant sur le tunnel, mais celui-ci était solide et ne vint pas. Son bras lui faisait mal et il tremblait, mais il trouva tout de même la force de décharger son arme sur la serrure jusqu'à ce qu'elle saute.

— Tu peux y aller ! lança la voix de Strider.

Aeron ne prit pas le temps de s'attarder sur la douleur qui le lançait — douleur qui, il le savait, n'allait pas tarder à empirer. Il ne prit pas le temps non plus de s'inquiéter de la léthargie qui le gagnait tandis que le poison contenu dans les balles des chasseurs se répandait dans ses veines. Il prit l'une des grenades accrochées à sa ceinture et la dégoupilla avec ses dents.

Quand il souleva la trappe, ceux qui se trouvaient à l'intérieur du tunnel firent feu sur lui et il eut l'impression que des dizaines de balles lui trouaient la peau, mais, avec ce qui lui restait de force, il parvint à se relever d'un bond, tout en jetant la grenade à l'intérieur.

Colère hurla de joie. *Oui. Punition.*

Vlam !

Le souffle le fit passer à travers le plafond, mais il prit une nouvelle grenade et la balança sous lui, en visant encore le trappe.

Vlam !

Des éclats de bois et des bris de verre volèrent dans toutes les directions, se fichant dans sa peau. Pourtant, en dépit de ses blessures, il parvint à battre des ailes pour s'élever et s'écarter du danger. Le bâtiment était maintenant enveloppé d'une fumée noire et des flammes s'en échappaient.

Aucun humain n'avait pu survivre à un tel carnage. Mais, deux précautions valant mieux qu'une, Aeron se laissa de nouveau tomber et lança sa troisième grenade quand il fut suffisamment près.

Vlam !

Cette fois encore, le souffle le projeta en arrière et les flammes, plus hautes, l'enveloppèrent. Il se hâta de leur échapper et parvint à voler vers l'endroit où il s'était posté quelques instants plus tôt avec Strider.

Son compagnon était déjà sur place.

— Tu as une sale mine, mais je t'embrasserais volontiers, déclara Strider.

Aeron aurait voulu rire, mais il avait inhalé trop de fumée, et sa gorge irritée ne produisit aucun son. Ses yeux pleuraient, mais il était trop épuisé pour les essuyer.

— Je suis sûr que ça t'intéresse de savoir comment ça s'est passé de notre côté, poursuivit Strider. William a tranché la gorge des deux types qui l'avaient émasculé. Paris a pris une balle dans le ventre, Reyes a reçu un sérieux coup sur le crâne. Ils sont mal en point. Maddox et Amun les aident en ce moment à rentrer au château. Toi aussi, il faudrait que tu rentres. Lucien ne va pas tarder à être convoqué pour transporter les âmes des morts en enfer ; Sabin reste avec lui, au cas où il serait obligé de voyager sans son corps. Et aussi au cas où il y aurait des survivants. Si le tunnel est suffisamment avancé, certains ont pu se réfugier de manière à se protéger de l'explosion. Je pense notamment à Stefano, qui est le premier à s'enfuir en cas de problème.

Aeron entendit à peine la fin, car il se sentit pris de vertige. Au début, ce fut un léger malaise, puis il vacilla, au point que Strider dut le retenir par le bras. Ensuite, les ténèbres commencèrent à l'envelopper.

— Ils ont dû utiliser des balles empoisonnées,

fit remarquer Strider. Comment t'en es-tu sorti, la première fois ? On a oublié de te poser la question.

Aeron avait du mal à rassembler ses esprits. Pourtant, il savait qu'il avait quelque chose d'important à communiquer à Strider. Quelque chose en rapport avec la vie et la mort.

La vie et la mort.

— Balles. Eau. Vie.

— Qu'est-ce que tu dis ? Je n'ai pas compris.

Bon sang… Il fallait qu'il explique à Strider, sinon ses compagnons allaient souffrir. Et peut-être mourir.

— Fleuve. Boire.

— Tu as soif ? demanda Strider.

— Fleuve. Vie. Une goutte. Olivia. Elle sait.

Puis les ténèbres l'engloutirent.

25

Olivia faisait les cent pas dans la petite chambre d'Aeron. Legion dormait toujours, mais elle commençait à s'agiter. Elle n'allait pas tarder à se réveiller et les ennuis allaient sûrement commencer.

Tu ne peux pas abandonner.

Tentation — ou plutôt Lucifer — ne cessait de la harceler.

Tu peux encore gagner. Aeron t'appartient.

Gagner et apporter la victoire au prince des ténèbres ? Non. Toute sa vie, elle s'était battue contre le mal. Le vaincre était plus important que son bonheur. Car c'était bien son bonheur qui était en jeu.

Il a besoin de toi.

— Tais-toi.

Sans toi, il sera malheureux.

— Son malheur, il l'aura mérité.

Mon Dieu… Qu'était-elle en train de devenir ? Avec une attitude pareille, elle ne serait pas la bienvenue au paradis. Les anges avaient beau être tolérants et patients, ils n'apprécieraient pas sa dureté.

Si tu pars, tu ne connaîtras plus jamais ses caresses.

Elle laissa échapper un gémissement et se retint de se jeter contre le mur.

— Tu es un voleur, un menteur, un être vil qui n'apporte que la destruction ! s'écria-t-elle. Laisse-moi en paix, ou je demande au Seul et Unique d'envoyer Lysander en enfer pour te réduire au silence. Tu sais comme moi qu'on ne me refuserait pas cette faveur. Tu n'es pas censé persécuter les anges.

Tu n'es plus un ange.

— J'en serai bientôt un de nouveau.

Lucifer poussa un cri de rage, puis se tut.

— Ta voix est vraiment insupportable, gémit Legion en se frottant les yeux.

Elle avait dû oublier dans quelles circonstances elle s'était endormie, car elle n'attaqua pas. Mais peut-être avait-elle simplement perdu toute animosité, maintenant qu'elle savait avoir conquis Aeron.

— Où est Aeron ? demanda-t-elle.

La question fit oublier sa rancœur à Olivia. Elle se laissa tomber dans un fauteuil, devant la coiffeuse.

— En train d'attaquer le quartier général des chasseurs, murmura-t-elle d'un ton angoissé.

Elle avait laissé ouverte la porte-fenêtre du balcon pour qu'il puisse entrer, mais il ne revenait pas. Il semblait pourtant à Olivia qu'une éternité s'était écoulée depuis son départ.

Legion étouffa un bâillement.

— Il ne va pas tarder, assura-t-elle. Quand il s'agit de tuer, c'est un rapide, mon homme.

Elle avait raison. A présent, Aeron était son homme. De nouveau, Olivia eut envie d'envoyer son poing contre le mur. Pour y laisser un trou qui obligerait Aeron à penser à elle. Il pourrait toujours le reboucher quand elle serait partie, bien sûr…

Mais cela n'avait plus d'importance, à présent.

Une brise fraîche entrait par le balcon, mais l'air de la pièce restait lourd et épais. Olivia avait l'impression qu'une fumée âcre lui râpait la gorge. Ses yeux la piquaient. Sans doute était-ce dû à la présence de Lucifer… Elle décida de ne pas y prêter attention.

Elle se demanda si les Seigneurs de l'Ombre avaient déjà attaqué, s'ils en avaient terminé, si Aeron était blessé.

Elle glissa sa main dans sa poche et referma ses doigts tremblants sur la fiole que lui avait confiée Lysander. L'eau du Fleuve de Vie. Elle l'éleva à hauteur de ses yeux et contempla le liquide bleu qu'elle contenait. Elle n'en avait pris qu'une goutte. En aurait-elle encore besoin ce soir ? Et si oui, en combien de temps la viderait-elle ?

— Qu'est-ce que c'est ? demanda Legion en bâillant de nouveau.

Olivia n'était plus contrainte de dire la vérité ; elle aurait pu mentir à Legion et conserver le secret sur cette précieuse eau. Mais elle n'allait pas tarder à quitter ce château, et elle voulait que les Seigneurs de l'Ombre sachent quoi faire de la fiole.

Elle expliqua donc à Legion de quoi il s'agissait. Puis elle se leva pour la lui présenter dans sa main tendue.

— Je te la confie, dit-elle.

— Ah, non ! protesta la démone en faisant la grimace. Surtout pas.

Olivia voulut la lui donner de force, mais elle la repoussa.

— Legion !

— Une goutte de cette eau suffit à polluer tous les fleuves de l'enfer, protesta Legion. Je le sais. Nous avons déjà eu le problème et je n'ai pas pu me baigner pendant des mois.

— La question n'est pas là. Je te laisse cette eau pour les Seigneurs de l'Ombre. A toi de t'assurer qu'ils ne la gaspillent pas. Tant qu'elle durera, elle te permettra de guérir Aeron des balles empoisonnées des chasseurs.

— Cette eau peut sauver Aeron ?

Elle paraissait un peu moins horrifiée, et prit le flacon du bout des doigts pour le glisser dans son décolleté.

— J'en ferai bon usage, promit-elle.

Olivia n'en douta pas. Quand il s'agissait de protéger Aeron, on pouvait faire confiance à Legion.

Elle s'avança vers le balcon et appuya sa tête sur le chambranle de la porte-fenêtre. La lune brillait toujours, mais une étrange brume lui dissimulait les étoiles et les lueurs de la ville. Elle ne voyait plus que la colline et les arbres. Elle se sentait de plus en plus inquiète sur le sort d'Aeron.

Pense à autre chose.

— Pourquoi es-tu tombée amoureuse d'Aeron ?

Elle avait posé la question sans réfléchir et la regretta aussitôt.

Legion marqua une pause avant de répondre.

— Il joue avec moi. Il cherche à me rendre heureuse.

Elle paraissait sur la défensive.

Les gonds de la porte grincèrent et Olivia fit volte-face, le cœur battant.

— Aeron ?

Elle n'obtint pas de réponse. La porte s'était ouverte, mais il n'y avait personne. Le couloir aussi était vide. Un courant d'air, sans doute. Mais que faisait donc Aeron ?

Les femmes du château étaient restées là pour les protéger et s'étaient réunies dans les combles — pour être moins exposées au cas où quelqu'un serait entré dans le château par un tunnel, avait dit Torin. Olivia ne comprenait pas pourquoi il craignait brusquement que les chasseurs creusent un tunnel. Il avait mentionné un message, mais sans donner plus de précisions. L'idée que Gwen veillait sur elle la rassura. Elle l'appréciait beaucoup. Comme elle, Gwen avait été terrorisée par les Seigneurs de l'Ombre en arrivant ici. Et maintenant, elle était heureuse. *Comme je voudrais l'être.*

Gwen lui avait proposé de monter avec les autres, mais elle avait refusé, pour ne pas laisser Legion seule et endormie dans une chambre. Elle aurait pu aussi emporter Legion sous les combles, mais cette nuit serait sa dernière au château, et elle n'avait pas voulu la passer au milieu d'un groupe de femmes qui la connaissaient à peine. Elles lui auraient probablement posé des questions au sujet de sa relation avec Aeron, et elle n'avait aucune envie d'en parler en ce moment.

De toute façon, elle ne risquait rien. Torin surveillait le moindre recoin de ce château et déclencherait l'alarme, si des chasseurs parvenaient à entrer.

Elle alla fermer la porte en soupirant, puis retourna se poster devant le balcon. En passant, elle jeta un coup d'œil à Legion, toujours allongée, qui contemplait ses ongles avec une admiration non dissimulée.

Elle décida de reprendre la conversation là où elles l'avaient laissée.

— Quand on aime quelqu'un, on veut le voir heureux, n'est-ce pas ? dit-elle.

— Oui. C'est bien pour ça que je tiens à coucher avec Aeron. Je veux lui apporter du bonheur et du plaisir. Le rendre heureux.

Olivia leva les yeux au ciel.

— C'est toi que ça rendra heureuse. Uniquement. Il te considère comme sa fille. En l'obligeant à s'accoupler avec toi, tu ne vas pas le rendre heureux, tu vas le détruire. A cause de toi, il vivra dans la culpabilité. Il sera torturé durant le reste de son existence par ce qu'il a fait, ce qu'il est, ce qu'il a perdu.

Les beaux ongles de Legion s'agrippèrent aux draps.

— Tandis que toi, tu le rendrais heureux, c'est ça ?

— Oui, répondit-elle d'une voix douce. Je peux le rendre heureux. Je le sais.

Ou du moins, elle aurait pu. Quelques heures plus tôt, quand ils avaient fait l'amour, elle avait senti leurs âmes s'unir. Et, pourtant, ils allaient devoir se séparer.

— Il a besoin de moi, insista-t-elle.

Un rire masculin éclata derrière elle.

— Eh bien… Un ange amoureux d'un Seigneur de l'Ombre. On peut dire que j'ai de la chance !

Olivia fit volte-face. Elle n'avait pas reconnu ce rire — qui n'était donc pas celui de Lucifer —, et il n'y avait personne dans la pièce. Encore une présence invisible qui venait la torturer… Il ne manquait plus que ça. Elle se demanda si quelqu'un cherchait à lui faire payer les heures qu'elle-même avait passées à épier Aeron à son insu.

— Qui a parlé ? demanda Legion.

— Tu l'as entendu, toi aussi ? Je croyais que…

Des mains se posèrent soudain sur ses épaules et elle se sentit poussée sur le balcon. Elle n'eut pas le temps de réagir, les mains la faisaient déjà basculer par-dessus ce qu'il restait de la rambarde.

Et elle tomba comme une pierre.

— L'eau ! hurla-t-elle à Legion. N'oublie pas l'…

Une main se posa sur sa bouche, pour l'empêcher d'en dire davantage. Puis quelque chose s'enroula violemment autour de sa taille et la plaqua contre un mur. Elle ne tombait plus, à présent ; elle s'élevait. Plus haut. Toujours plus haut.

Elle comprit qu'un homme ailé l'enlevait dans ses bras, et que cet homme n'était ni Aeron ni Lysander. Affolée, elle se débattit.

— A ta place, je me tiendrais tranquille..

— Qui êtes-vous ? Que me voulez-vous ?

Ils traversaient maintenant une couche de nuages.

— Je suis déçu que tu ne me connaisses pas. Je pensais que ma réputation m'aurait précédé.

Galen. Ça ne pouvait être que lui. L'ennemi juré d'Aeron. Elle avait entendu Aeron dire à Torin que Galen était en possession de la Cape qui rend invisible. C'était grâce à cette cape qu'il avait pu entrer dans le château sans être repéré.

Pour l'enlever. Pour achever de ruiner sa vie.

Sur ses écrans, Torin ne verrait pas Galen. Il la verrait, elle, sautant par-dessus la rambarde et s'élevant vers les cieux. Tout le monde penserait qu'elle était retournée au paradis. Sauf si Legion parlait de la voix. Mais elle en doutait…

Aeron allait croire qu'elle n'avait pas tenu sa promesse et qu'elle était partie sans un au revoir.

Son sang se figea dans ses veines. Elle devait absolument convaincre Galen de la ramener au château.

— Je ne sais pas ce que vous espérez déclencher en m'enlevant, mais vous faites fausse route en misant sur moi, je vous assure, dit-elle. Aeron ne s'intéresse pas à moi.

Elle ne mentait qu'à moitié. Il ne l'aimait pas suffisamment pour lui sacrifier Legion.

— Il a déjà accepté de me laisser partir, acheva-t-elle.

— Je n'en crois pas un mot. Mais, de toute façon, ce n'était pas pour toi que j'étais venu au château. C'est en te voyant que l'idée m'est venue de t'utiliser.

— Que voulez-vous de moi ?

Il la broya entre ses bras puissants.

— Tu ne crois tout de même pas que je vais te le dire ?

— Vous pouvez au moins me dire si vous avez l'intention de me faire du mal.

— Et te gâcher la surprise ? ricana-t-il. Sûrement pas.

Il referma ses ailes d'un coup sec et se laissa tomber avec elle.

Aeron se réveilla en sursaut. Une pluie fraîche et salutaire venait d'éteindre l'incendie qui ravageait ses organes. L'eau du Fleuve de Vie. Olivia était près de lui et elle l'avait guéri, une fois de plus.

Mais, quand il ouvrit les yeux, ce fut Legion qu'il aperçut, penchée sur lui. Il lutta contre une vague de déception.

— Ça marche ! s'exclama-t-elle.

Elle sourit, découvrant ses dents blanches comme des perles.

— Ça marche ! répéta-t-elle d'un ton ravi.

Il aurait voulu lui demander des nouvelles d'Olivia, mais il jugea prudent de se retenir, pour ne pas avoir à supporter un caprice.

— Où sont les autres ? demanda-t-il.

— On s'en fiche, répondit Legion.

Elle lui effleura le torse du bout des doigts en fermant à demi les yeux.

— A présent que tu es guéri, nous avons quelque chose d'important à faire.

Il la prit par le poignet et repoussa sa main.

— Je t'ai demandé comment allaient les autres, Legion.

Elle soupira.

— Ils sont toujours malades. Mais ils finiront par guérir, ne t'en fais pas.

— Personne ne leur a donné à boire l'eau du Fleuve de Vie ?

Tout en posant la question, il songea qu'Olivia était en train de soigner ses compagnons. Voilà ce qui expliquait son absence.

— Non, répondit Legion d'un ton agacé. Personne ne leur en a donné. Et nous, nous avons à faire…

Bon sang… Elle ne lui laissait pas le choix… Il fallait bien qu'il mentionne Olivia.

— C'est Olivia qui a la fiole ?

Legion détourna le regard et prit un air ulcéré, mais elle ne se mit pas en colère, comme il l'avait craint.

— Non, Olivia ne l'a pas, répondit-elle enfin. Il n'y en a plus, de cette eau. Désolée.

Etrange… La dernière fois qu'il avait vu cette fiole, elle contenait de quoi sauver une armée. Il se redressa en se frottant le visage. Il ne lui fallut que quelques minutes pour comprendre que la fiole était maintenant en possession de Legion, puisqu'elle venait de lui donner une goutte d'eau.

Mais pourquoi lui aurait-elle caché que… ? Il comprit en même temps qu'il se formulait la question.

Elle voulait garder toute l'eau pour lui. Bien entendu.

— Je devrais passer des vêtements plus confortables, dit-elle en minaudant.

Elle recommençait, avec sa pitoyable tentative de séduction.

— Donne-moi cette eau, Legion, ordonna-t-il sèchement. Et cesse de tenter de m'imposer de coucher avec toi. Je sais qu'il faudra en passer par là, mais il n'y a pas d'urgence.

Colère ressentait aussi les effets de l'eau. Il s'éveillait lentement en s'étirant.

— Non ! protesta Legion.

— Legion… Pour te sauver, j'accepte de renoncer à ma vie. Le moins que tu puisses faire pour me remercier, c'est de me donner cette eau.

Elle fronça les sourcils et croisa les bras sur son opulente poitrine.

— Tu parles comme si… comme si je gâchais ta vie…

Il haussa un sourcil entendu, et cette réponse laconique parut déplaire à Legion, qui prit son air boudeur.

Dire qu'il l'avait surnommée sa « petite démone chérie ». Il se demandait bien pourquoi.

— Donne-moi cette eau ou je te flanque la fessée que tu mérites.

Colère ronronna.

Colère ronronnait à l'idée de punir Legion ? Qu'est-ce que ça signifiait ? Ça ne lui était jamais arrivé.

— Très bien, grommela-t-elle en tirant la fiole de son décolleté. Mais ils n'ont droit qu'à une goutte, pas une de plus.

Il promit sans se faire prier, puisqu'une goutte suffisait, et lui arracha la fiole des mains. Elle était glacée.

Il se leva d'un bond et se rendit compte qu'il était couvert de sang et de suie, et toujours vêtu de son jean en lambeaux. Bah… Aucune importance.

— Ne bouge pas d'ici, ordonna-t-il tout en se dirigeant vers la porte.

Il se sentait plus fort et plus solide à chaque pas. Cette eau était vraiment miraculeuse.

— A propos de l'ange…, dit Legion d'une voix mauvaise. Il faut que je te dise… Elle est partie.

Colère cessa de ronronner.

Aeron s'arrêta net et se tourna vers Legion.

— Partie ? Tu veux dire qu'elle s'est installée dans une autre chambre ?

— Elle a quitté le château, répondit posément Legion.

Non ! C'était impossible ! Jamais Olivia n'aurait fait une chose pareille !

Colère ne broncha pas. Il attendait les explications de Legion.

— Je vois que tu ne me crois pas, soupira Legion en se laissant tomber sur le matelas. Elle a sauté par le balcon et elle s'est envolée. Sans un adieu. C'est plutôt grossier de sa part, si tu veux mon avis… Mais je suppose que tu ne me le demandes pas.

— Non !

Il avait crié en même temps que Colère, tout en sortant en courant de la pièce. Legion avait dû le suivre, parce qu'elle fut brusquement près de lui et s'agrippa à sa main pour tenter de l'arrêter.

— Olivia ! appela-t-il tout en continuant à avancer.

Mon paradis !

— Je te dis qu'elle n'est plus au château, insista Legion. Elle ne reviendra pas.

Il se libéra de sa main et serra les poings. Olivia n'était pas une menteuse. Sa voix avait perdu l'accent de vérité des anges, mais jamais elle ne l'aurait trahi. Le mensonge et la trahison étaient contraires à sa nature. Il le savait. Il en était certain, même. Il avait dû lui arriver quelque chose.

— Olivia !

Colère poussa un gémissement de désespoir.

Nous la trouverons, ne t'en fais pas, lui dit-il.

Il confia la fiole au premier de ses compagnons qu'il croisa — Strider —, en lui indiquant comment l'utiliser, puis il se remit en quête d'Olivia.

— Aeron…, supplia Legion, qui le suivait toujours. Sois raisonnable. Tu allais la perdre, de toute façon.

Il ne répondit pas et continua à fouiller le château. Au bout d'un moment, il dut se rendre à l'évidence. Il retourna dans sa chambre et prit toutes les armes qu'il put porter.

Olivia était partie. Il devait la retrouver.

— Qu'est-ce que tu fais ? demanda Legion d'un ton alarmé.

— Olivia est à moi, gronda-t-il. A moi et à Colère. Et il n'y aura pas de repos pour nous tant que nous ne l'aurons pas retrouvée.

26

Slap !

Le coup lui fendit la lèvre.

Ouch !

L'air quitta ses poumons.

Crac !

Un poing venait de s'abattre sur son avant-bras, lui brisant l'os.

Olivia ne poussait pas un cri et endurait en silence, mais elle ne pouvait empêcher ses larmes de couler. On la torturait depuis une heure. Une éternité. On lui avait attaché les poignets aux accoudoirs d'une petite chaise de bois. Elle était couverte d'ecchymoses, elle saignait, elle souffrait de plusieurs fractures.

L'homme qui s'appelait Dean Stefano lui avait plusieurs fois plongé la tête dans l'eau. Elle avait bu la tasse. Et, à présent, les gouttes glacées qui dégoulinaient de ses cheveux sur son visage la tenaient éveillée, l'empêchant d'échapper à la douleur.

C'est moins terrible que l'enfer. Tu peux tenir le coup. Tu y survivras. Il le faut.

— Galen m'a chargé de m'occuper de toi, dit Stefano.

Il avait le visage couvert de sang et de suie.

— Il tient à ce que je t'interroge dans les règles. Et je m'y applique. Comme tu peux le voir. Ce sont tes amis qui m'ont mis dans cet état. Ils ont brûlé mon quartier général et j'ai failli y rester. J'ai réussi à m'échapper. De justesse. Mais j'ai bien l'intention de me venger.

Elle détourna le regard pour ne plus voir ses yeux méchants. Elle se trouvait dans une sorte d'entrepôt, avec un sol en béton et des murs métalliques. La salle où on l'avait enfermée était de petites dimensions. Elle avait remarqué une table où s'alignaient des poignards et des couteaux dont ce salaud n'allait pas tarder à se servir, elle n'en doutait pas. Il y avait aussi une bassine dont elle avait malheureusement eu l'occasion de tester la profondeur. Et une chaise. Celle sur laquelle elle était assise.

— Tu es prête à parler, maintenant, l'ange ?

Il paraissait soudain très calme. Jamais on n'aurait pu le soupçonner d'être capable de cruauté, quand il prenait cette voix doucereuse.

En lui disant ce qu'il veut savoir, tu éviteras probablement aux Seigneurs de l'Ombre la souffrance d'une longue guerre qu'ils perdront, de toute façon…

Non ! Cette pensée ne pouvait venir d'elle. C'était Galen qui la lui avait inspirée, de toute évidence. Il ne devait pas être très loin, et il lui avait envoyé son démon.

Reste forte.

— Si tu me révèles l'endroit où les Seigneurs de l'Ombre ont caché la Cage de force, je te laisse tranquille, insista Stefano avec un gentil sourire. Ça te plairait que je te laisse tranquille, n'est-ce pas ?

Bien sûr que ça lui aurait plu… Mais elle n'était pas si naïve. Une fois son renseignement obtenu, il la tuerait, sans le moindre doute. Elle pressa ses lèvres l'une contre l'autre pour ne pas être tentée de répondre.

Stefano ramassa une plume tombée quelques instants plus tôt des ailes de Galen, et s'en servit pour lui caresser la mâchoire.

— La Cage. Où est la Cage ? Dis-le-moi. Ça m'évitera de te faire souffrir.

Tu n'as qu'un mot à dire pour échapper à cet enfer, gronda soudain une voix masculine.

Olivia soupira de soulagement. Lysander. Il était là. Avec elle. Même si elle ne le voyait pas.

Elle n'était plus seule.

— Je t'ai parlé, l'ange ! lança Stefano, exaspéré.

Il lâcha la plume, qui tomba lentement sur le sol et dont la légèreté sembla la narguer, tandis que Stefano refermait son poing, prêt à frapper.

— Parle, dit-il sèchement.

— Je… je ne sais pas où elle se trouve.

Elle se félicita intérieurement de ne plus posséder sa voix de vérité, qui l'aurait empêchée de mentir.

Olivia. Dis-le et je te ramène à la maison.

Lysander lui proposait de rentrer au paradis. Elle pouvait partir. Et elle le savait. Pour échapper à la douleur et à l'humiliation. Mais elle avait fait une promesse à Aeron, et cette promesse, elle entendait la tenir. Elle ne le quitterait pas sans lui avoir dit adieu.

— Bien sûr que tu le sais, insista Stefano. Tu as espionné ce château pendant des semaines. Tu l'as forcément vue.

Olivia, je t'en prie. Rentre avec moi. Je ne peux pas supporter de te voir comme ça. Je ne peux pas supporter d'assister à cette scène sans pouvoir t'aider, alors qu'il suffirait d'un mot de toi pour que ça cesse.

— Je ne peux pas le dire, murmura-t-elle.

Vlam ! Un coup de poing venait d'élargir l'entaille de sa bouche.

— Tu peux, reprit Stefano, qui croyait qu'elle s'était adressée à lui. Je vois que tu ne prends pas mes menaces au sérieux, et j'en suis vraiment contrarié.

Olivia, c'est de la folie. Pour la dernière fois, je t'en

conjure, rentre. Je t'en supplie. Je ne pourrai rien faire de plus pour toi.

— Votre femme... n'aurait... pas voulu... cela, bredouilla Olivia.

Cette fois, elle s'adressait à Stefano et pas à Lysander.

Pour avoir entendu les Seigneurs de l'Ombre en parler, elle savait que Darla, la femme de Stefano, après avoir été la maîtresse de Sabin, avait été poussée au suicide par Doute.

Stefano plissa ses méchants petits yeux.

— Elle a été piégée par un démon, dit-il. Elle n'avait plus toute sa tête.

Il se pencha et posa la main sur son bras cassé, qu'il serra sans ménagement.

— Car elle aurait soutenu mon combat, si elle avait eu toute sa tête, reprit-il, accentuant sa pression en prononçant le mot « tête ».

Olivia ne put retenir un cri, cette fois. La douleur fut si vive qu'elle vibra dans tout son corps avant de se concentrer dans son ventre.

Olivia !

— Aeron va me haïr plus que jamais, quand il va recevoir tes doigts, fit remarquer Stefano d'un ton horriblement calme. Puis il viendra te chercher. Et en venant, il trouvera la mort. C'est ça que tu veux ? Tu veux sa mort ? Dis-moi où se trouve la Cage, si tu préfères que je l'épargne.

De nouveau, elle eut le fol espoir d'un avenir meilleur. Tout dire à Stefano, rentrer au château, vivre pour toujours avec Aeron, fonder une famille avec lui.

Encore Galen, sans doute...

Olivia, cesse de te poser des questions. Abandonne et rentre.

Elle inspira profondément. Pour trouver la force de lutter contre elle-même, contre ses désirs, contre cet espoir stupide, contre la douleur. Elle ouvrit la bouche pour parler, mais elle n'en eut pas le temps... Stefano la frappa de nouveau et elle se sentit partir, couler, enfin.

— Ça va prendre un certain temps, et on n'est pas sûrs d'obtenir un résultat, fit tristement remarquer Lucien.

Sans cesser de le secouer, Aeron plongea son regard dans les étranges yeux pers de son compagnon.

— Je me fiche du temps que ça prendra, rétorqua-t-il.

Il aurait voulu se gifler pour ne pas avoir songé plus tôt à réclamer l'aide de Lucien.

Tout le monde ici pensait qu'Olivia était retournée au paradis, comme le prétendait Legion. Ils se fiaient tous à la vidéo de Torin, celle où on la voyait sauter par le balcon.

Aeron ne cessait de se repasser cette scène. Olivia, le regard perdu dans la nuit. Olivia faisant volte-face vers la porte d'entrée, et de nouveau vers le balcon, tout en remuant les lèvres comme si elle s'adressait à quelqu'un — Legion prétendait qu'elle avait marmonné quelque chose à propos de sa hâte de rejoindre ses amis. Mais son visage exprimait la terreur. Puis elle avait sauté. Et ensuite, elle s'était élevée. Sans ses ailes.

De quoi avait-elle eu peur ? Comment avait-elle pu voler sans ailes ?

Les autres assuraient qu'elle avait sans doute eu peur de l'accueil qui lui serait réservé au paradis. Aeron n'en croyait pas un mot. Olivia ne s'était jamais inquiétée d'être mal reçue par ses compagnons. Elle lui avait dit, au contraire, que les anges étaient enclins au pardon — elle avait employé le mot « patients » — et qu'ils seraient heureux de la revoir.

La conclusion qui s'imposait, c'était que Legion mentait. Une fois de plus. Olivia avait été enlevée. Par Galen. Il n'y avait pas d'autre explication à la scène enregistrée par Torin. Galen était entré dans sa chambre, dissimulé sous la Cape qui rend invisible, et il avait emporté Olivia.

Il faut la sauver. Et le punir.

Colère voulait d'abord sauver Olivia, et ensuite seulement punir Galen. Cela prouvait à quel point il tenait à elle.

Aeron avait cherché Olivia dans tout Budapest, fouillant les immeubles, terrorisant la population. Il avait tué au passage quelques chasseurs, sans le moindre remords, avec une joie mauvaise. Mais nulle trace d'Olivia. Pas même trace de son odeur. Personne ne l'avait vue.

Puis il avait pensé à Lucien.

— Viens, dit-il à Lucien en l'entraînant dans sa chambre. Il faut commencer tout de suite.

En les voyant entrer, Legion, qui paressait sur le lit, se dressa d'un bond. Les draps glissèrent jusqu'à sa taille, révélant sa poitrine nue.

— Enfin ! s'exclama-t-elle. Tu es prêt ou non ?

Aeron lui en voulait tant qu'il ne savait pas encore quel sort il lui réserverait. Aussi, il se contenta de l'ignorer et avança dans la chambre, toujours en entraînant Lucien avec lui.

Legion poussa un soupir de frustration.

— Tu crois que c'est le moment de faire entrer un invité ? protesta-t-elle.

Colère siffla de rage. Il ne réclamait pas la punition de Legion, parce qu'il avait d'autres priorités, mais il ne lui pardonnait pas pour autant d'avoir détruit leur coin de paradis.

Tout en évitant soigneusement de regarder du

côté du lit, Lucien avança au centre de la pièce. Là, il tourna lentement sur lui-même. Il cherchait la trace d'Olivia, trace qu'il était capable de suivre n'importe où en voyageant dans le monde spirituel. Aeron serra les poings d'impatience.

— Bon sang ! s'exclama Lucien d'une voix mêlée d'admiration. Jamais je n'ai vu un esprit aussi pur que le sien.

Aeron n'avait pas, comme Lucien, la capacité de voir les effluves de l'esprit d'Olivia, mais il sentait, lui aussi, le courant de pureté qui persistait dans la chambre.

— Je sais, dit-il.

— De qui parlez-vous ? intervint Legion en faisant la moue.

De nouveau, Aeron préféra l'ignorer. Il lui restait encore six jours avant le délai d'expiration du pacte… Il commençait d'ailleurs à se demander s'il serait capable de s'accoupler avec Legion, même si c'était l'unique moyen de sauver ses compagnons.

— Je vais suivre sa trace le plus loin possible, annonça Lucien. Et si je la trouve…

— Tu dois la trouver, trancha Aeron.

Il avait un nœud dans la gorge.

Lucien acquiesça.

— Dès que je l'ai localisée, je viens te chercher.

Puis il se volatilisa.

Aeron demeura seul avec Legion. Par tous les dieux, que c'était pénible de rester là, impuissant, alors qu'il aurait tant voulu agir ! Mais il avait déjà fait tout ce qu'il pouvait ; il devait maintenant s'en remettre à Lucien et attendre.

— Aeron ! appela Legion en sortant du lit.

Elle le fixa d'un air de reproche, tout en s'enroulant dans le drap.

— Tu cherches encore l'ange ! Mais puisque je te

dis qu'elle est partie ! Laisse-la vivre sa vie ! Nous n'avons pas besoin d'elle.

— Moi, j'ai besoin d'elle ! hurla-t-il, incapable de se contenir plus longtemps.

Il lui fit face en la clouant du regard. Pourquoi refusait-elle donc de voir qu'il tenait à Olivia ?

— Elle vaut bien mieux que nous tous, ajouta-t-il.

Les yeux de Legion se remplirent de larmes, tandis qu'elle affichait une expression incrédule.

— Je ne voulais pas la croire, mais elle avait raison. Tu l'aimes...

Aeron ne répondit pas. S'il avouait aimer Olivia, il ne serait jamais capable de la laisser partir. Et les conséquences seraient terribles. Pour tout le monde.

— Dis-moi la vérité, demanda-t-il à Legion. Que s'est-il passé ?

Elle ouvrit la bouche. En s'apprêtant à mentir, comme toujours. Colère le sentit.

— La vérité, coupa Aeron.

Si elle osait prononcer encore, ne fût-ce qu'une parole mensongère, il ne pourrait plus résister à Colère. Jusqu'à aujourd'hui, les péchés de Legion n'avaient jamais dérangé son démon, mais tout avait changé.

— La vérité, insista-t-il. Et rien d'autre. Après tout ce que j'ai fait pour toi, tu me dois bien ça.

— Tu... tu as raison... Je... je suis désolée... Je pensais que... Je pensais que ce serait plus facile pour toi, si tu croyais qu'elle était partie de son plein gré.

Non ! Bien sûr que non !

Le cri était venu de lui et de Colère.

— C'est donc Galen qui...

— Oui, c'est Galen qui l'a enlevée. Je suis désolée, Aeron. Désolée.

Il s'en était douté, mais cette nouvelle lui porta tout de même un rude coup. Il n'aurait pas eu plus mal, s'il s'était arraché le cœur pour y mettre le feu. Sa douce Olivia était entre les mains de son pire ennemi, en train de souffrir. Car on la torturait, sans aucun doute. Galen ne connaissait pas la pitié.

Il renversa la tête en arrière et poussa un long hurlement.

— Aeron…, gémit Legion. Dis-moi ce que je peux faire pour…

— Te taire ! hurla-t-il.

Il se mordit l'intérieur de la joue jusqu'au sang.

— Tu ne l'as pas défendue… Et elle, elle était prête à tout abandonner pour nous sauver. Nous sauver, tous les deux. C'est grâce à elle que tu es toujours ici, en vie.

— Je suis désolée, répéta Légion en baissant les yeux. Je te jure que c'est vrai.

— Je m'en fiche.

Elle était désolée ? Trop tard. Ce n'était pas son air contrit qui ferait revenir Olivia.

Punition.

Aeron avait beau être habitué à la rage de son démon, sa hargne le fit sursauter.

Elle nous a trahis.

Tu ne crois pas qu'on devrait plutôt s'occuper de sauver Olivia ?

Notre paradis, murmura tristement Colère.

Colère acceptait d'oublier Legion. Du moins pour le moment. Aeron soupira de soulagement. Il était temps pour lui de se préparer.

Il écarta Legion sans ménagement et alla chercher ses armes en attendant le retour de Lucien. Il prit tout ce qu'il pouvait porter, plus la fiole contenant l'eau du Fleuve de Vie que Strider lui avait rendue. Il ne restait que la moitié du contenu, et il pesta intérieurement contre cet idiot qui n'avait pas suivi ses instructions, tout en priant pour qu'Olivia n'ait pas besoin de cette eau miraculeuse.

Si Galen avait fait du mal à son ange, il n'y aurait pas dans l'Univers un trou assez profond pour le cacher.

Vengeance ! hurla Colère.

Oui. Il allait se venger.

Legion était horrifiée. Aeron venait de quitter cette chambre qu'il avait autrefois redécorée pour elle. Il souffrait. A cause d'elle. Il lui avait toujours manifesté de la tendresse, de la gentillesse et elle… elle l'avait réduit au désespoir.

Son estomac se noua. A présent, elle aurait fait n'importe quoi pour réparer sa faute. Elle songea à disparaître pour qu'il puisse vivre paisiblement avec Olivia. Malheureusement, avec ce pacte, c'était impossible. Son destin était scellé. Et avec lui, celui d'Aeron.

Il devait pourtant exister une solution. Il fallait qu'elle fasse quelque chose pour qu'il soit heureux de nouveau. Et si…

Non !

Elle ferma les yeux.

C'est le seul moyen. Tu vas le faire. Pour Aeron.

Elle enfila en tremblant les vêtements qu'elle avait empruntés à Danika — un jean et un T-shirt. Elle avait trouvé le moyen de ramener l'ange au château. Au moins pour qu'il dise adieu à Aeron. Elle n'était pas capable, comme Lucien, de suivre une trace spirituelle, mais son odorat lui permettait de détecter ses semblables. Le jour où elle avait trouvé Aeron enchaîné dans une grotte, c'était son odeur qui l'avait guidée. Aujourd'hui, elle allait suivre l'odeur de Galen.

Je n'aurais pas dû le laisser partir avec l'ange…

Quand Galen était entré dans la chambre, elle avait

tout de suite perçu sa présence, mais elle n'avait rien dit, elle n'avait pas prévenu Olivia. *Je suis mauvaise… Tu dois le retrouver.*

Oui, elle allait le retrouver. Et Olivia aussi. Et quand elle les amènerait tous les deux à Aeron, il lui pardonnerait. Il l'aimerait de nouveau.

— Une gamine comme toi n'a rien à faire dans la chambre d'un guerrier.

— Je ne suis pas une gamine, protesta Gilly en plantant ses poings sur ses hanches.

L'image même de la femme dépitée. Femme… Pas tout à fait. William songea qu'elle était décidément beaucoup trop jeune.

— Et il faut bien que quelqu'un panse tes blessures, poursuivit Gilly.

— Mes blessures cicatrisent à merveille et n'ont pas besoin d'être pansées, comme tu dis.

Il commençait à en avoir assez. Depuis qu'il était rentré de leur dernière bataille, dans un piteux état, certes, elle ne le lâchait plus.

Il dut reconnaître que cela ne lui déplaisait pas tout à fait. Quel homme n'aurait pas apprécié d'être chouchouté par une femme ? Mais il ne cessait de se répéter que Gilly était trop jeune pour lui, et cela le terrorisait. Il n'aurait même pas dû avoir à se faire cette remarque. De plus, il préférait les femmes mariées.

Ah, oui… Les femmes mariées… Par tous les dieux… Que c'était délicieux ! Mais pas autant que celles qui avaient le cœur brisé. Bref, il aimait toutes celles qui se sentaient abandonnées et dépréciées, parce qu'il adorait les voir s'épanouir — comme des fleurs qui se seraient ouvertes sous une avalanche de compliments.

Mais Gilly ? L'adorable petite Gilly ?

Non et non. Elle se trouvait hors de sa juridiction. Définitivement. Et pas seulement à cause de son âge. L'expérience lui avait appris qu'on ne prenait jamais pour maîtresse une femme destinée à vous côtoyer régulièrement.

— Pourquoi es-tu si grossier ? se plaignit Gilly en ramenant une mèche de cheveux noirs derrière son oreille.

Sa délicate oreille. Si petite. Si mignonne. Une oreille créée pour être mordillée.

— Sors d'ici, dit-il, un peu plus sèchement qu'il n'aurait voulu.

Elle tressaillit, puis une ombre de tristesse s'abattit sur son joli visage.

— Pour aller où ? demanda-t-elle. Toutes les femmes de ce château sont avec leur amoureux et je n'aime pas traîner seule avec les célibataires.

Mais est-ce qu'elle se rendait compte de ce qu'elle disait ?

— Parce que, moi, je ne suis pas célibataire ?

— Oui, mais toi, tu es différent, murmura-t-elle en baissant les yeux vers ses chaussures.

Là, elle avait raison. Il était plus beau et plus intelligent que les autres. Plus dangereux, aussi.

— Gilly..., répondit-il en soupirant. Je crois qu'il est temps que nous ayons une explication. J'ai l'impression que tu as des sentiments pour moi et... je te comprends, bien sûr, ça prouve simplement que tu sais apprécier l'intelligence et la beauté... Mais nous sommes amis et c'est tout.

— Pourquoi ? demanda-t-elle en levant vers lui ses yeux de biche.

Des yeux qui le clouèrent sur place et lui inspirèrent des idées... Des idées qu'il repoussa de toute sa volonté.

Un dangereux silence commençait à s'installer entre

eux ; il décida de le rompre et s'efforça de prendre une voix douce.

— Parce que tu es trop jeune pour comprendre tout ce que ça implique, de fréquenter un homme.

Elle eut un rire amer.

— J'ai compris depuis bien longtemps, au contraire.

Elle faisait allusion à son beau-père, probablement.

— Celui qui s'est chargé de te le faire comprendre a mal agi, dit-il. Il a profité de ta jeunesse et de ton innocence.

Elle rougit et il se demanda si elle avait honte, ou si elle était soulagée que quelqu'un l'érige en victime. Elle ignorait qu'il était au courant pour son beau-père, et il n'avait pas l'intention d'aborder frontalement le sujet. Mais il ne voulait plus qu'elle se sente coupable.

Et à propos de coupables… Il songea qu'il ne devait pas oublier de s'occuper de ce beau-père, qu'il envisageait d'égorger, puis de pendre, puis de jeter au feu. Ensuite, il passerait à la mère. Elle aussi aurait droit à sa part. Mais il n'allait pas le dire à Gilly, car elle serait capable de tenter de protéger ces ordures.

— Avec toi, ce serait différent, murmura timidement Gilly.

Bon sang… Elle voulait sa mort ou quoi ?

— Mais pourquoi tiens-tu tant à rester près de moi ? Qu'est-ce que j'ai de si différent ?

Elle se pourlécha les lèvres, et le bout pointu de sa langue rose apparut. Pas assez longtemps. Il n'avait pas eu le temps de bien voir.

— Tu ne fumes pas…

C'était pour ça qu'il lui plaisait ? Parce qu'il ne fumait pas ?

— Les autres non plus ne fument pas, fit-il remarquer. Mais j'avais justement l'intention de m'y mettre. Avec des sans-filtre.

Elle croisa les bras sur la poitrine et ses ongles longs tambourinèrent sur sa peau.

— Il n'y a pas que ça. Tu es très beau, ça, tu ne peux pas le nier.

— C'est vrai, concéda-t-il.

— Et modeste, ajouta-t-elle sèchement.

Non, il n'était pas modeste. Et après ? Il se savait attirant et n'avait pas honte de le dire.

— Le physique ne fait pas tout, reprit-il. Je n'ai pas plus de profondeur qu'une flaque d'eau. J'utilise les femmes, Gilly. Je couche avec elles, et ensuite je les laisse tomber.

Il ne prenait aucun plaisir à détruire ses illusions, mais il fallait bien qu'il se montre raisonnable pour deux.

Elle se dandina, en détournant le regard.

— Je sais. On m'a déjà mise en garde.

— Ah, oui ? Et qui donc ?

Celui ou celle qui avait osé jaser sur son compte allait le…

— Anya.

Evidemment. Il aurait dû s'en douter. Mais cela lui fit mal tout de même.

— Anya est une menteuse, ne l'oublie pas.

— Elle m'a dit que les femmes s'épanouissaient auprès de toi et que ça compensait largement le fait que tu leur brises le cœur en les abandonnant.

— Ah…

Pour une fois, Anya n'avait pas menti.

— Peu importe, dit-il. Un jour, tu rencontreras l'homme de ta vie, celui qui doit te rendre heureuse.

Bien entendu, il faudrait d'abord que cet homme montre qu'il était digne d'elle. Il y veillerait.

— Et cet homme, ce n'est pas moi. Je ne peux pas m'engager avec une femme.

De nouveau, une expression désolée se peignit sur le visage de Gilly.

— Mais...

— Non. N'insiste pas. Il n'y aura jamais rien de plus entre nous que de l'amitié.

Elle déglutit péniblement.

— Très bien, dit-elle enfin. Je vais te laisser. Comme tu me l'as demandé.

Elle sortit en claquant la porte derrière elle. Et en laissant dans son sillage une délicate odeur vanillée, comme pour le narguer.

William se leva d'un bond. Ses blessures n'étaient pas encore tout à fait refermées et elles le faisaient encore souffrir, mais il devait sortir de ce château avant d'être tenté de rejoindre Gilly. Il en profiterait pour s'acheter des cigarettes.

Il pouvait peut-être aussi se porter volontaire pour aider Aeron à retrouver son ange — apparemment, c'était important pour lui — et ensuite, quand il serait totalement guéri, il se mettrait à la recherche de la famille de Gilly.

Voilà, tout était parfait. Mais pourquoi se sentait-il soudain étrangement seul ?

Gideon était sous le choc. Une femme... Il avait été marié et il ne s'en souvenait pas. Comment était-ce possible ?

Après la révélation de Scarlet, il avait quitté le donjon la mort dans l'âme — parce qu'elle avait exigé qu'il tienne sa promesse — dans une sorte d'état second, sans un mot. Il s'était demandé si elle mentait, sans pouvoir répondre à la question, parce que, pour une fois, Tromperie n'avait pas su le renseigner.

Comme il n'avait aucune envie de la quitter, il était

resté dans l'escalier, à piétiner, tout en réfléchissant, en espérant que Scarlet le rappellerait. Mais elle ne l'avait pas rappelé.

A présent, il faisait jour et elle dormait. Lui, il avait quitté le donjon et il allait... Il ne savait pas où il allait. Il marchait au hasard dans les couloirs, quand il heurta Strider, lequel paraissait aussi distrait que lui.

— Tu devrais regarder où tu vas, fit remarquer Strider en souriant. Et tu devrais aussi être au lit.

Gideon s'adossa au mur. Il haletait et transpirait. Il n'avait pas mangé depuis une éternité et se sentait de plus en plus faible.

— Pas du tout. Et je n'ai pas besoin d'aide.

Le sourire de Strider s'effaça.

— Laisse-moi t'aider, dit-il en passant un bras autour de sa taille.

— Non, merci, mon ennemi.

— De rien, répondit Strider tout en entraînant Gideon vers sa chambre.

Il profita du trajet pour lui parler des bombes qu'ils avaient lâchées sur The Asylum et lui annoncer leur victoire. Gideon comprit pourquoi les yeux de son compagnon brillaient tant. Pourtant, il y avait autre chose dans son regard. Un éclat sombre et dérangeant.

— C'est désolant, cette défaite. Et maintenant, ne me parle surtout pas de ce qui ne te perturbe pas.

Strider jeta un coup d'œil prudent par-dessus son épaule, comme s'il voulait s'assurer que personne ne les écoutait. Ils étaient seuls, et pourtant il demeura silencieux jusqu'à la chambre de Gideon.

Il s'installa sur le lit, à la place occupée tout à l'heure par Ashlyn et par la douce Olivia, puis il posa ses coudes sur ses genoux et se pencha en avant, la tête dans les mains.

— Nous avons rencontré Ceux dont on ne prononce

pas le Nom, murmura-t-il enfin. Ils sont terribles. Ils savent où se trouve le quatrième objet de pouvoir et ils sont prêts à nous le donner… A condition qu'on leur apporte la tête de Cronos sur un plateau. Et ils ont fait la même proposition aux chasseurs.

— Nous n'allons pas leur apporter…

— Non ! coupa Strider. Nous n'allons pas leur apporter la tête de Cronos. Tu te souviens du tableau peint par Danika ?

Il s'en souvenait, en effet. Sur ce tableau, c'était Galen qui montrait la tête de Cronos.

— Si la prédiction de Danika se réalise, Ceux dont on ne prononce pas le Nom seront libérés de leurs chaînes, poursuivit Strider. Et crois-moi, ce n'est pas à souhaiter. Ils sont capables de tout, y compris de dévorer jusqu'au dernier humain de cette planète. J'ai cru comprendre qu'ils appréciaient la viande.

— C'est super ! répondit Gideon d'un air sinistre.

— J'ai tenté de convoquer Cronos, pour décider avec lui de la conduite à tenir, mais il m'a ignoré. Torin non plus n'a pas réussi à entrer en contact avec lui.

Il soupira.

— Et ce n'est pas tout. Danika est venue me montrer son dernier tableau.

Le ventre de Gideon se noua. Normalement, Strider aurait dû se réjouir de tous ces défis à relever. Mais il paraissait abattu. Ce n'était pas bon signe.

— Je ne veux pas savoir ce qu'elle a peint, dit-il.

— Tu changeras d'avis quand tu le sauras. Elle a représenté Cronos et Rhéa. Au fait, on a pensé à t'avertir que Rhéa aidait les chasseurs ? Bref… Sur le tableau, il y a Lysander, Cronos, qui est furieux, et Rhéa, qui exulte. Tu sais qui est Lysander, n'est-ce pas ? Le compagnon de Bianka.

— Non.

— Eh bien, figure-toi que Cronos est furieux contre Lysander, tandis que Rhéa le félicite. Et… et c'est…

— Tais-toi, je ne veux pas connaître les détails. Ça me plaît que tu mettes un temps fou à en venir au fait.

Strider cherchait peut-être à le ménager, mais c'était raté. En prenant son temps, il ne faisait qu'augmenter son angoisse.

Strider le regarda droit dans les yeux.

— Il y a aussi Aeron, sur ce tableau. Ou plutôt sa tête, que Lysander montre à Cronos.

27

Ce fut la douleur qui la réveilla.

Elle souleva prudemment les paupières. Au début, la pièce lui parut floue, comme enfumée, puis sa vision s'ajusta et elle put y voir clairement. Enfin, presque, parce qu'elle avait les yeux enflés. Elle se trouvait toujours dans l'entrepôt, mais dans une autre pièce, aménagée comme une chambre d'hôpital. On l'avait mise sous perfusion et elle avait la poitrine couverte d'électrodes. Son bras cassé n'était pas plâtré, mais attaché par des menottes à la barrière du lit.

— Lysander ? appela-t-elle.

Prononcer ces quelques syllabes lui fit atrocement mal tant elle avait la gorge sèche. Des larmes lui montèrent aux yeux.

Et elle n'obtint pas de réponse.

— Lysander ?

Rien.

S'il s'était trouvé à proximité, il lui aurait répondu, au moins pour la réprimander et lui faire la morale. Mais elle aurait préféré des réprimandes au silence et à la solitude.

Elle parcourut la pièce du regard. Non, elle n'était pas seule, après tout. Sur le lit voisin du sien, il y avait un jeune homme qui ne devait pas avoir plus de vingt ans. Il avait les yeux cernés de noir, les joues creuses, la peau jaunie.

Et il la regardait fixement.

Il lui adressa un pauvre sourire.

— Ravi que vous soyez enfin réveillée, dit-il. Je m'appelle Dominic.

— Olivia, répondit-elle.

Oh, cette douleur…

— Vous avez l'air mal en point, dit-il d'un ton chargé de remords. Nous sommes pourtant supposés nous battre pour le bien. Stefano m'a dit que vous étiez la compagne de Colère, mais tout de même, il a exagéré. Je n'approuve pas ce qu'il vous a fait.

Elle ne lui demanda pas qui il désignait par ce « nous ». Elle avait devant elle un chasseur, sans le moindre doute. Il portait un bas de pyjama, mais pas de haut, et elle vit qu'il avait l'épaule bandée et un pansement sur le ventre, rouge de sang coagulé.

— Vous… êtes… blessé ?

Il était perdu dans ses pensées et ne l'entendit pas.

— Ils m'ont dit que notre chef n'était pas un ange, mais un démon.

Une quinte de toux l'interrompit et elle remarqua qu'il crachait du sang.

— Je ne les ai pas crus, mais j'avais tort. Maintenant que je vois ce que Stefano vous a fait…

Mais de qui parlait-il ? Des Seigneurs de l'Ombre ? Malheureusement, sans sa Voix de Vérité, elle ne pouvait savoir s'il mentait ou pas. En revanche, elle avait la sensation qu'il n'en avait plus pour longtemps. Elle fut peinée à l'idée qu'il allait mourir seul, dans cette chambre sordide. Comme elle.

Non !

Elle n'avait pas le droit de se laisser abattre. Elle n'avait été qu'un ange dispensateur de joie, pas une combattante, mais elle n'était pas pour autant sans défenses. Elle avait survécu aux flammes de l'enfer. Elle avait supporté qu'on lui arrache les ailes. Elle pouvait s'en sortir.

Dominic se redressa en vacillant, comme s'il avait le vertige. Il se frotta les tempes quelques minutes, puis il balança ses jambes hors du lit et se leva.

— Faites attention, dit-elle d'une voix rauque.

Mais, cette fois non plus, il n'eut pas l'air de l'entendre et poursuivit son monologue.

— Ils m'ont trouvé dans la rue. Je volais et je me prostituais. Ils m'ont dit que ce n'était pas ma faute.

Il baissa les yeux, comme quelqu'un qui a honte.

— Ils m'ont dit que c'était la faute des démons. Que le démon de la Guerre se réjouissait de m'avoir vaincu. Je les ai crus. Parce que c'était plus facile que de me sentir responsable de ce qui m'arrivait.

— Ils mentaient, murmura-t-elle.

Ce jeune homme était en train de prononcer sa dernière confession et elle faillit éclater en sanglots. Autrefois, elle n'aurait jamais pleuré la mort d'un humain. Mais, aujourd'hui, elle voyait les choses différemment. Il aurait dû avoir droit à une vie longue et heureuse, mais il n'avait connu que la souffrance et les regrets.

Il avança vers elle d'un pas chancelant.

— Je sais qu'ils ont menti, dit-il. A présent, je le sais. J'ai rencontré les Seigneurs de l'Ombre. Ils ne m'ont pas achevé, alors qu'ils auraient pu. Guerre m'a laissé partir et j'ai lu de la compassion dans ses yeux. Celui qui incarne le mal ne ressent pas de la compassion, n'est-ce pas ?

— Non, en effet.

— Je voulais mourir, mais il a tenu à me sauver la vie. Et Stefano, lui… Ce qu'il vous a fait…

Il secoua la tête.

— On n'a pas le droit de traiter comme ça une femme sans défenses. Galen était furieux de vous trouver dans cet état, mais il n'a pas puni Stefano.

Galen était furieux que Stefano l'ait maltraitée ? Elle avait du mal à le croire.

Quand Dominic fut près d'elle, il lui offrit un sourire à la fois triste et heureux.

— Ces salauds n'ont jamais pensé que je serais capable de vous aider, dit-il.

Il tira sur un cordon de son pantalon. Au bout pendait un petit fil de métal.

— Ils se trompaient. J'ai eu la vie dure et je trouve toujours des solutions.

Il entreprit d'ouvrir les menottes qui la retenaient captive. Son bras lui fit tellement mal qu'elle vit des étoiles. Heureusement, les menottes cédèrent avant qu'elle ne s'évanouisse.

— Merci.

Il acquiesça.

— Nous avons dix minutes. Toutes les dix minutes environ, quelqu'un vient voir où vous en êtes.

Tout en parlant, il l'aida à se redresser.

— J'étais censé prévenir Galen si vous ouvriez les yeux, mais je n'en ai pas l'intention.

Il marqua un bref temps de pause, puis reprit.

— Une fois sortis, nous prendrons à gauche. Vous marcherez à ma hauteur, et j'espère qu'on ne vous verra pas quand nous passerons devant les portes. Il n'y a pas beaucoup d'hommes, ici, et ce sont des infirmiers, mais ils n'hésiteront pas à vous tirer dessus s'ils pensent que vous cherchez à fuir.

Olivia posa son pied droit au sol, puis le gauche. Elle tenait debout. Elle en soupira de soulagement, ce qui lui arracha une grimace — elle avait les lèvres fendues et horriblement sensibles.

— Je ne peux pas partir d'ici sans la Cape, protesta-t-elle. Où se trou… ?

— Impossible, coupa Dominic. Galen la garde sur lui. Le seul moyen de la récupérer serait de l'affronter, et vous n'en sortiriez pas vivante.

Il avait raison. Elle n'était pas en état d'affronter Galen. Pourtant, si elle lui laissait la Cape, il risquait de s'en servir pour enlever un autre occupant du château. Et cette fois, il se montrerait sûrement plus expéditif.

— Venez, dit Dominic en passant un bras autour de sa taille.

— Où est Galen en ce moment ?

— Non. Je vois où vous voulez en venir. Mais c'est hors de question.

— Je dois essayer, insista-t-elle.

Il se figea, les yeux fermés. Elle attendit, le cœur battant.

— Il est là. Pas loin. Il s'impatiente.

Il eut un rire amer.

— J'ai essayé de vous réveiller à plusieurs reprises, mais je n'ai pas réussi.

Si elle s'enfuyait, Galen quitterait cet entrepôt et n'y reviendrait plus. On ne saurait plus où le trouver.

— Vous devez vous enfuir seul, dit-elle à Dominic.

Elle lui indiqua le chemin pour rejoindre le château.

— Dès que vous atteindrez la colline, les Seigneurs de l'Ombre seront avertis de votre présence. Demandez Aeron et dites-lui que…

— Non ! coupa Dominic en secouant la tête. Combien de fois devrai-je vous le dire ? Vous ne pouvez pas affronter Galen. Il vous tuerait sans hésiter. Moi, je vais mourir et je le sais. Peu m'importe que ce soit ici ou ailleurs. Mais vous… Non. Je ne vous laisserai pas vous sacrifier.

Elle ouvrit la bouche pour protester, pour tenter de le convaincre, mais des bruits de pas l'en empêchèrent.

Dominic les avait entendus aussi.

— Il vient, murmura-t-il.

Il la poussa vers la porte et l'obligea à s'aplatir près de lui contre le mur, là où ils seraient cachés par le battant ouvert.

— Je ne peux pas partir sans la Cape, protesta-t-elle. C'est tout simplement impossible.

Il ferma les yeux et demeura immobile, comme s'il réfléchissait au choix qui se présentait. Cela ne lui prit que quelques secondes — secondes qui firent à Olivia l'effet d'une éternité —, et quand il rouvrit les yeux, elle lut dans son regard une détermination sans faille.

— La Cape est dans l'une de ses poches, dit-il. Plus on la plie, plus elle rétrécit. Vous ne trouverez donc qu'une petite pièce de tissu gris et doux. Prenez-la et filez sans vous retourner.

Elle se mit à transpirer et à trembler. Elle avait la bouche sèche.

— Et vous ? demanda-t-elle.

Il était prêt à mourir, mais elle, elle n'était pas prête à le laisser mourir. C'était un brave garçon, de toute évidence ; il avait vu trop d'horreurs dans sa courte vie, et méritait un avenir meilleur.

— Moi, je m'occupe de retenir Galen. Compris ?

Il tira sur le deuxième cordon de son pyjama. Au bout, il y avait un poignard. Il referma sa main sur le manche et le serra si fort que ses articulations en devinrent exsangues.

— Glissez vos mains dans ses poches, attrapez ce que vous pouvez, et courez.

Mettre les mains dans les poches de Galen… Il

portait une tunique d'ange, avec trois poches — deux à droite et une à gauche — et elle n'avait que deux mains. Mais elle acquiesça en silence, en espérant que le hasard lui serait favorable.

La porte s'ouvrit et Galen entra dans la pièce en avançant entre les deux lits. Olivia n'attendit pas. Elle se jeta sur lui et glissa ses mains — une de chaque côté — dans deux de ses poches.

Galen jura et tenta de la repousser, mais sans succès.

Son bras cassé la lançait, ses doigts enflés mettaient du temps à réagir aux ordres de son cerveau, mais elle referma la main sur ce que contenait l'une des poches, sans chercher à savoir de quoi il s'agissait. Puis elle se mit à courir. Exactement comme Dominic le lui avait ordonné. Des doigts se glissèrent dans ses cheveux et saisirent une mèche. Mais cela ne l'arrêta pas.

Elle avait franchi la porte. Elle s'attendait à ce que les mains la rattrapent ou la tirent de nouveau par les cheveux, mais rien de tout cela ne se produisit. Elle entendit un cri. Un grognement de douleur. Dominic avait poignardé Galen.

Mais cela n'allait pas le retenir longtemps.

Alertés par le bruit, des hommes surgirent par les portes donnant sur le couloir. Ils posèrent sur elle un regard paniqué. Elle continua à courir, profitant de l'effet de surprise et baissa les yeux vers sa main. Là, dans sa paume, il y avait un bout de tissus gris.

Soulagement. Excitation. Elle sut pour la première fois ce que les humains désignaient par ces deux mots. Elle secoua le tissu pour le déplier.

Elle n'avait pas regardé devant elle et se heurta à un mur d'hommes.

Le choc fut violent et douloureux, et elle partit en arrière, mais cela ne l'empêcha pas de continuer à déplier la Cape. Les hommes se penchaient déjà vers elle quand elle la fit glisser sur ses épaules.

Ils ne la voyaient plus. *Ne fais aucun bruit.*

Ils se mirent à tourner sur eux-mêmes, puis tirèrent là où elle était tombée, mais elle avait déjà changé de place et se tassait contre le mur. Ils passèrent devant elle en appelant des renforts, sans soupçonner sa présence.

Galen sortit de la chambre qu'elle venait de quitter. Son ventre saignait et il avait l'air furieux. Il traînait derrière lui Dominic — celui-ci était inconscient, mais peut-être vivant. Olivia pria intérieurement pour que ce soit le cas.

— Où est-elle ? demanda-t-il.

— Elle a disparu, là, sous nos yeux.

Galen se passa la langue sur les dents et lâcha Dominic, qui s'effondra au sol sans même pousser un soupir.

— Elle n'a pas pu aller loin dans l'état où elle est, assura Galen. Filez vers le château des démons, vous finirez par la rattraper. Si vous sentez une présence, tirez, même si vous ne voyez rien. Si vous entendez un halètement, tirez aussi. Vous avez compris ? Je ne peux plus me permettre de me montrer clément. Elle a pris quelque chose qui m'appartient. Et arrêtez-vous avant la colline. Il ne faut pas que les Seigneurs de l'Ombre vous voient. Nous ne sommes pas encore prêts.

Ils répondirent « oui » en chœur, et s'éloignèrent au pas de course.

Galen demeura immobile quelques instants, l'air sombre, le souffle court. Olivia n'osait plus respirer. Enfin, il partit, dans la même direction que ses hommes.

Elle avança prudemment vers Dominic pour tâter son pouls. Il était mort. Elle eut les larmes aux yeux en songeant qu'il n'avait jamais connu la joie.

Tu prieras pour son âme, mais plus tard.

Elle se redressa et se remit en marche, en direction de la sortie, comme Galen et ses hommes. De grosses larmes roulaient sur ses joues, et elle y voyait à peine.

Le couloir menait à une salle vide, laquelle donnait sur une double porte. La sortie ? Sans doute. Un rayon de lumière passait entre les deux battants.

Elle leva son bras blessé et poussa. Aussitôt, une brise chaude l'enveloppa. Elle se trouvait devant un parking baigné de soleil. Elle sortit, en plissant les yeux à cause de la lumière trop vive qui l'aveuglait.

Galen se dressa devant elle, les ailes déployées pour mieux lui barrer le chemin. Il souriait.

Elle n'eut pas le temps de s'arrêter et le heurta de plein fouet. Le choc la propulsa en arrière, contre le mur métallique de l'entrepôt. Elle poussa un cri de douleur et glissa sur le gravier.

— Je me doutais bien que tu resterais pour voir si le gamin était toujours vivant, déclara-t-il. Comme il était mort, tu t'es précipitée dehors, pour rejoindre tes amis. C'est décevant de voir à quel point tu es prévisible.

Salaud !

Il allongea le bras dans sa direction, mais elle roula sur elle-même pour l'éviter, en attrapant au passage une pleine poignée de gravier. Ce fut au tour de Galen de s'écraser contre le mur, tandis qu'elle se relevait, en s'efforçant de ne pas faire de bruit.

Il se redressa, toujours souriant.

— Peu importe, tu ne m'échapperas pas. Je vois les traces laissées par tes pas. Il me suffit de les suivre.

Je suis prévenue, maintenant.

Elle se mit à zigzaguer, tout en cherchant du regard un passage où ses pas ne laisseraient pas de traces. Malheureusement, le sol à proximité était de terre ou de gravier, et il lui était impossible d'avancer sans le marquer. En ce moment même, Galen la suivait tranquillement, le sourire aux lèvres.

— Si tu parviens à m'échapper, je me retournerai aussitôt contre Aeron, reprit-il. Je lui couperai la tête, sous tes yeux. Et tu ne pourras rien faire.

Il la provoquait. Il cherchait à la déstabiliser.

Elle continua à s'éloigner à reculons, lentement, pas à pas, avec Galen, qui suivait sa trajectoire. A quelques centaines de mètres, elle avisa un quartier commerçant, avec de la circulation et des immeubles. Elle songea que les chasseurs avaient choisi de se noyer dans la foule pour mieux passer inaperçus. Eh bien, aujourd'hui, elle allait en profiter. Si elle parvenait à atteindre cette zone, elle serait sauvée. Galen ne pourrait plus la repérer.

Mais encore fallait-il qu'elle l'atteigne… Galen était plus rapide qu'elle, et il risquait de la rattraper avant qu'elle se fonde dans la masse.

Ça vaut le coup de tenter.

Puisant dans une réserve de forces qu'elle n'avait pas soupçonnée, elle fit volte-face et fonça. Elle entendit crisser le gravier derrière elle. Son corps protestait à chaque pas, mais elle accéléra.

Elle y était presque quand elle sentit une traction s'exercer sur le tissu de la Cape. Elle l'agrippa. En tournant au coin de la rue, elle heurta un groupe de piétons. Deux personnes tombèrent à la renverse, tandis que son épaule et son bras apparaissaient. Elle rajusta vivement la Cape et se plaqua contre un mur.

Puis elle jeta au loin, dans une flaque, la poignée de gravier qu'elle avait ramassée un peu plus tôt. Plouf. Plouf. Plouf. Galen se dirigea vers la flaque. Elle avait gagné.

Elle avait frôlé la catastrophe, mais elle s'en était tirée.

Elle respirait si fort que l'air lui brûlait les poumons. Elle transpirait à grosses gouttes. Ses jambes tremblaient. Elle prit le temps de s'arrêter quelques minutes pour réfléchir. Impossible de rejoindre le château, car les hommes de Galen lui en barreraient l'accès. Impossible aussi d'appeler Aeron pour qu'il vienne la chercher, car elle n'avait pas son numéro de téléphone.

Elle ne pouvait pourtant pas rester plantée là… Elle se mit donc à avancer, toujours collée au mur, et erra au hasard des rues pendant un petit moment. Elle repéra enfin une impasse déserte et s'autorisa à s'asseoir. Erreur… Elle sentit qu'elle n'aurait plus la force de repartir. Elle était épuisée.

— Lysander, murmura-t-elle.

Mais, cette fois encore, il demeura silencieux.

C'était affreux de se sentir à ce point seule et désemparée. Que faire, à présent ? Elle ne pouvait pas rester là, car un passant risquait de trébucher sur ses jambes invisibles. De plus, les chasseurs décideraient probablement de passer la ville au peigne fin, quand ils comprendraient qu'elle n'essayait pas de rentrer au château.

Elle pouvait tout de même s'accorder quelques minutes de repos, le temps de reprendre son souffle. Ensuite, elle repartirait… Ses yeux la brûlaient. Elle les ferma.

Quand elle les rouvrit, la lune était déjà haute dans le ciel. Elle avait dû s'endormir.

Elle se sentit de nouveau perdue. Elle n'avait plus de force. Il ne lui restait plus qu'à mourir. Pourquoi pas ?

Olivia, fit une voix d'homme. *Montrez-vous. Votre trace spirituelle se termine dans cette rue, mais je ne vous vois pas.*

Quelques secondes plus tard, un corps se matérialisa.

Lucien. Elle le reconnut aussitôt, même si on ne

le lui avait jamais présenté officiellement. Il était le gardien de la Mort. Ça tombait bien… Elle allait avoir besoin de lui pour escorter son âme.

— Je ne vous veux pas de mal, poursuivit Lucien. C'est Aeron qui m'envoie vous chercher.

Aeron… ? La Mort attendrait… ! D'une main tremblante, elle tira sur la Cape pour se découvrir.

— Je suis là, dit-elle en apparaissant. Je suis là.

Lucien parut étonné de la prouesse, mais ne fit pas de commentaires.

— Enfin ! s'exclama-t-il. Ecoutez, je n'ai pas le temps de vous expliquer… Une âme me réclame dans un entrepôt de la ville… Je dois y aller…

— C'est sûrement Dominic, dit-elle d'un ton fervent. Il m'a sauvé la vie. Soyez clément avec lui.

— C'est promis, répondit Lucien en disparaissant.

Le temps qu'elle replie la Cape, il était revenu avec Aeron.

Elle soupira de soulagement. Aeron était donc rentré sain et sauf de l'opération commando de la veille.

— Je croyais que vous étiez parti vous occuper de l'âme de Dominic, dit-elle à Lucien.

— J'y vais tout de suite, répondit Lucien. On se retrouve au château.

Et, de nouveau, il se volatilisa.

— Ma chérie…, murmura Aeron en s'accroupissant devant elle.

Il avait pris une voix douce, mais elle vit qu'il était inquiet et furieux de la trouver dans un tel état.

— Qu'est-ce qu'ils t'ont fait ? demanda-t-il.

Elle n'avait pas de temps à perdre en explications.

— Ils me cherchent, dit-elle. Ils se sont postés autour de la colline pour m'empêcher de rentrer au château.

Il se figea, tandis que son regard scrutait les alentours.

— Pas de chasseurs dans les parages, assura-t-il

au bout de quelques secondes. Tu es en sécurité. Je vais appeler Torin pour lui expliquer ce qu'il se passe. Le temps que nous arrivions au château, les autres auront fait place nette.

Il sortit de sa poche la petite fiole contenant l'eau miraculeuse.

— Bois, mon amour, murmura-t-il.

Elle secoua la tête. Inutile de gaspiller pour elle ce précieux liquide, alors qu'elle ne tarderait pas à rentrer et…

Il lui entrouvrit les lèvres de force et inclina la fiole. Le liquide frais coula dans sa gorge — il lui en avait donné plus qu'une gorgée —, jusqu'à son estomac, qui l'accueillit avec reconnaissance. En quelques secondes, les bienfaits de l'eau se répandirent dans tout son corps, lui apportant force et paix. Elle n'avait plus mal. Tout son être murmurait de plaisir.

— Tu n'aurais pas dû m'en donner autant, protesta-t-elle d'une voix douce.

Sa gorge était guérie, à présent. Parler ne lui demandait plus aucun effort.

— Je t'aurais tout donné sans hésiter, s'il l'avait fallu.

Elle fut émue par cette déclaration, mais gênée aussi. Il n'avait pas à dire de telles choses, et elle ne voulait pas non plus les entendre. Cela ne ferait que rendre leur séparation plus douloureuse.

— Comment m'as-tu retrouvée ?

— Je savais que tu n'avais pas pu partir sans me dire au revoir, répondit-il. J'ai donc demandé à Lucien de suivre ta trace spirituelle. Ça lui a pris un temps fou… J'ai vu la salle où Stefano t'a torturée… Et je te jure que je vais tuer ce salaud de Galen la prochaine fois que…

— Aeron ! coupa-t-elle.

Elle ne lui permettrait pas de risquer sa vie pour elle.

— Prends-moi dans tes bras, c'est tout.

Il passa un bras sous ses genoux, l'autre sous son dos, et la souleva en la serrant contre lui.

— Quand nous serons rentrés, tu me raconteras tout, reprit-il d'une voix dure. Et tu me parleras aussi de ce qu'il s'est passé en enfer. Je veux tout savoir. Ensuite, je retrouverai Galen et les démons. Ils vont payer pour ce qu'ils t'ont fait.

28

Aeron déposa doucement Olivia sur son lit. Elle avait désenflé, ses blessures avaient cicatrisé, elle ne se plaignait plus de ses fractures, mais elle avait encore besoin d'être ménagée. Legion avait disparu et c'était tant mieux, car il n'aurait pas supporté de l'avoir sur le dos en ce moment. Il voulait exclusivement s'occuper d'Olivia.

Il serra les poings. Colère réclamait vengeance et il avait hâte de le satisfaire. Il aurait voulu demander à Lucien de le transporter dans l'entrepôt où Olivia avait été retenue prisonnière… Pour tuer. Il avait besoin de tuer. Autant que de respirer. D'après Lucien, les chasseurs avaient déjà déserté l'entrepôt, mais Colère ne voulait rien savoir.

Olivia avait été torturée, cela ne faisait aucun doute : il lui avait suffi d'un coup d'œil pour le comprendre. De plus, Lucien le lui avait confirmé : la trace énergétique d'Olivia lui était apparue teintée de peur et de sang.

Depuis, Aeron ne songeait plus qu'à retrouver Galen. Coûte que coûte. Ce salaud allait payer.

Lent et douloureux, précisa Colère.

Lent et douloureux, oui, il était d'accord. Mais, d'abord, il devait avoir une discussion avec Olivia.

Il s'accroupit près du lit et elle roula sur le côté, pour ne pas le quitter du regard.

— Tu sais, j'aurais compris que tu rentres au paradis pendant l'interrogatoire, dit-il.

La vérité, c'est qu'il aurait préféré apprendre qu'il l'avait perdue pour toujours, plutôt que de savoir qu'on l'avait torturée.

— Je ne voulais pas partir. Pas sans t'avoir remis…

Elle tira de sa poche une petite pièce de tissu gris.

— … ceci… La Cape qui rend invisible.

Il en resta muet de stupeur. Puis il secoua la tête et éclata de rire — son premier rire depuis si longtemps… Cet ange déchu, une petite femme fragile, avait réussi là où un groupe de guerriers immortels avait échoué. Elle avait dérobé aux chasseurs le troisième objet de pouvoir — et elle avait donné à Galen une leçon d'humilité. Son cœur se gonfla de fierté.

Récompense.

Voilà que Colère réclamait une récompense pour Olivia, maintenant… Il voyait très bien où il voulait en venir et fit mine de ne pas avoir entendu.

— Merci, dit-il seulement. Le mot est faible pour exprimer ma gratitude, mais merci.

— Ce n'est rien, répondit-elle.

Il n'avait pas envie de la quitter, pas même pour une seconde, mais il devait mettre l'objet en sûreté.

— Je reviens, dit-il.

Il l'embrassa sur le front et se leva à regret, puis il sortit de la pièce à petites foulées. Ce fut Strider qu'il croisa en premier — encore lui, décidément — juste devant sa chambre. Il lui fourra le morceau de tissu dans la main.

— Voici la Cape qui rend invisible, annonça-t-il sans préambule.

Il allait faire volte-face, quand Strider le retint par le bras.

— D'où est-ce que tu la sors ?

— Plus tard.

— Comme tu voudras. De mon côté, j'ai des choses importantes à te dire et…

— Plus tard.

Il ne lui restait plus que cinq jours avec Olivia — à condition qu'il parvienne à la convaincre de rester encore cinq jours. Et s'il n'y parvenait pas… Bon sang… Il la convaincrait ! Il était un guerrier. Il voulait la victoire et il l'obtiendrait. Il reprit la direction de sa chambre.

Avec Colère, ils seraient deux contre un. Cela augmentait leurs chances. Ensuite, ils s'occuperaient de venger Olivia.

— Ça ne peut pas attendre, protesta Strider.

— Dommage, répondit Aeron, en posant la main sur la poignée de la porte.

Strider le tira de nouveau par le bras.

Aeron fit volte-face.

— Fous-moi la paix, gronda-t-il. J'ai à faire.

— Tu vas trouver cinq minutes pour m'écouter, parce que c'est vraiment important. Tu es sur le point de perdre ta tête. Au sens propre. J'aurais voulu te l'annoncer avec un peu plus de diplomatie, mais tu ne me laisses pas le choix.

Aeron se figea.

— Qu'est-ce que tu racontes ? Comment peux-tu le savoir ?

— Danika vient de terminer un tableau. On y voit ta tête détachée de ton corps.

Jusque-là, Danika ne s'était jamais trompée… Il allait donc mourir ? Les Seigneurs de l'Ombre espéraient que l'on pouvait modifier l'avenir, mais il n'avait jamais eu l'occasion de vérifier que c'était possible. Donc, jusqu'à preuve du contraire, il ne lui restait plus qu'à se préparer à mourir.

Il attendit que la colère le submerge. Mais pas de

colère. Il attendit que le désespoir l'envahisse. Pas de désespoir non plus.

Il ne tomba pas à genoux pour quémander un sursis.

Il songea qu'il avait vécu des milliers d'années et que, maintenant qu'il avait rencontré Olivia, il pourrait dire qu'il avait eu une vie bien remplie. Par l'amour. L'amour qu'il éprouvait pour ses compagnons et pour sa fille adoptive. Et surtout, l'amour qu'il éprouvait pour Olivia. Car il l'aimait. Il ne cherchait plus à le nier. Elle lui appartenait. Elle appartenait à Colère. Elle était leur raison d'être. La source de leur joie. Leur obsession.

Leur paradis.

Il aurait fait le tour de la Terre pour passer quelques minutes de plus avec elle — car ils n'avaient peut-être plus que quelques minutes à vivre ensemble, et pas cinq jours, comme il l'avait cru. Il n'avait pas de temps à gaspiller.

Il comprenait enfin les humains. Ils ne perdaient pas de temps à supplier les dieux, parce qu'ils voulaient profiter de chaque seconde.

Colère aussi se taisait et ne cherchait pas à le convaincre de lutter contre son destin. Sans doute pensait-il, comme lui, qu'il ne leur restait plus qu'à venger Olivia — en détruisant Galen — pour mourir heureux.

— Aeron, ça va ? s'inquiéta Strider.

Aeron fit un effort pour revenir au présent.

— Qui va me trancher la tête ? demanda-t-il posément.

Il songea qu'il ne devait pas oublier de s'accoupler avec Legion avant de mourir, afin de ne pas laisser à ses compagnons l'héritage des conséquences du pacte. Ensuite, il serait prêt à mourir. De toute façon, sans Olivia, la vie n'avait plus d'intérêt pour lui.

— Lysander, il me semble. Il y a aussi Cronos et Rhéa sur ce tableau. J'ai discuté avec nos compagnons et nous avons pensé que…

— Plus tard, coupa-t-il.

Les spéculations de ses compagnons ne l'intéressaient pas.

— Tu m'expliqueras ça plus tard. Là, j'ai vraiment à faire.

Il entra dans sa chambre à reculons, sans quitter Strider du regard, puis il referma le battant entre eux.

Si l'heure avait été moins grave, il aurait presque ri de l'air affligé et abasourdi de Strider.

On frappa à la porte.

— Aeron ! cria Strider. Ce n'est pas le moment de…

— Fous le camp où je te jure que je te coupe la langue et que je la cloue à ma porte !

Un grognement lui répondit, puis la voix de Strider se fit de nouveau entendre.

— Ce n'est pas malin de me défier, Colère. Ça excite mon démon. Je fais de mon mieux pour le calmer, mais ce n'est pas facile. Ecoute-moi bien… Nous refusons de te perdre, tu entends ? Nous ne voulons pas revivre ce que nous avons vécu après la mort de Baden.

Il se mit à tambouriner à la porte.

Aeron ouvrit alors le battant, lui envoya son poing dans la figure, et referma.

Quelques secondes plus tard, la porte s'ouvrit de nouveau. Strider lui envoya deux coups de poing. Puis il sourit d'un air contrit, sortit à reculons, et claqua la porte.

— J'ai gagné ! dit-il à travers le battant. Deux contre un. Je ne pouvais pas faire moins. Je te donne trente minutes. Dans trente minutes, nous serons tous dans ta chambre pour une réunion extraordinaire. Compris ?

— Oui, répondit Aeron.

Il entendit le pas de Strider s'éloigner.

Olivia se redressa sur un coude.

— Qu'est-ce qui se passe ? Pourquoi parle-t-il de te perdre ? Et pourquoi vous êtes-vous battus ?

Aeron se tourna lentement vers elle. Il ne voulait surtout pas l'inquiéter. Aussi, il lui sourit, espérant que ce sourire traduirait tout ce qu'il ressentait pour elle. Ce qui fut sans doute le cas, car elle ouvrit de grands yeux étonnés et s'humecta les lèvres.

— Oublie Strider, grommela-t-il. Je crois qu'il est un peu dérangé.

Ce n'était pas tout à fait un mensonge. Strider était dérangé.

— Et puis j'ai quelque chose à te proposer, ajouta-t-il. Nous n'avons jamais fait l'amour dans un lit, il me semble. Et je voudrais réparer tout de suite cet oubli.

Elle resta figée quelques secondes et il crut qu'elle allait refuser. Puis elle tira sans un mot sur sa tunique, qu'elle déchira en deux, révélant ses deux seins magnifiques agrémentés de deux perles rosées, son ventre plat, ses longues jambes galbées.

— Ça me plairait, dit-elle simplement.

Il fut secoué d'un frisson et son sexe enfla lentement, tandis qu'il avançait vers elle, se débarrassant en chemin de ses vêtements — bottes y compris, ce qui le fit trébucher, car il n'envisagea pas une seconde de s'arrêter de marcher, vu qu'il avait trop hâte de sentir sa peau. Quand il arriva enfin près du lit, il était nu et n'eut plus qu'à se coucher sur elle.

C'était parfait. Si doux. Si chaud. Ils poussèrent ensemble un soupir de bonheur. Elle ferma les yeux et se cambra contre lui, en s'agrippant à son dos, la tête renversée, lui présentant son cou, avec ce pouls qui battait furieusement, sa bouche entrouverte, ses cheveux déployés.

Une vision sublime. Celle de la passion.

Ils n'avaient que trente minutes, et c'était bien peu pour se rassasier d'elle, pour la lécher, la goûter, la mordre. Il aurait aimé procéder avec méthode, en commençant par les doigts de pied, avant de remonter. Il se serait attardé entre ses cuisses et sur ses seins. Mais il ne pouvait pas. Parce qu'il était submergé par le désir de la posséder, de la pénétrer, tout de suite, complètement.

— Noue tes jambes dans mon dos, ordonna-t-il.

Elle n'hésita pas.

Dès qu'il la sentit ouvrir les jambes, il s'engouffra en elle. Le plus loin possible. Elle laissa échapper un petit cri de douleur. Aussi fit-il plus doucement la deuxième fois. Et encore plus la troisième.

— Aeron ! gémit-elle.

Elle est à moi.

A nous. Apprends à partager. Comme moi. Elle est à nous.

Il lui saisit le visage, pour l'embrasser, tout en allant et venant. Cette femme le ravissait, le fascinait, le rendait fou de frustration et d'amour. Il voulait la marquer, pour qu'elle ne l'oublie jamais. Il voulait s'effacer de sa mémoire, pour que son souvenir ne la fasse pas souffrir.

Il voulait qu'elle soit heureuse. Même si c'était avec un autre. Non, peut-être pas avec un autre. Il ne savait plus. Il voulait qu'elle soit heureuse.

— Ma chérie…, murmura-t-il.

Notre chérie. Apprends à partager.

De nouveau il remua les hanches de droite à gauche et elle cria de plaisir en fermant les yeux. Elle s'agrippa à la tête de lit et se cambra, écrasant sa poitrine contre son torse, venant à la rencontre de ses poussées. Il perdit le contact avec la réalité et ne songea plus qu'à aller jusqu'au bout, au fond de ce corps humide et tiède, doux comme de la soie. Il accéléra la cadence, encore, toujours. Il voulait l'entendre crier, répandre en elle sa semence, la marquer.

Elle ne tarda pas à frétiller sous lui, tandis qu'il prononçait son nom sans pouvoir s'arrêter. Il n'y avait plus qu'elle au monde, son odeur, sa peau, sa voix. Il y était presque. Ses muscles se crispaient, la température de son sang ne cessait de grimper, le brûlant, le dévastant. Il n'existait plus que pour elle.

— Je t'aime ! cria-t-il à l'instant où il atteignait le plaisir.

Il sentit son vagin se contracter autour de son pénis, ses ongles s'enfoncer dans son dos. Elle jouissait, elle aussi, en même temps que lui. Elle le mordit au cou. Peut-être jusqu'au sang. Et lui continuait à bouger en elle, pour profiter de chaque seconde.

Quand elle se calma enfin, quand il put de nouveau respirer, il se laissa tomber sur elle et roula sur le côté. Elle vint se blottir contre lui et quelques minutes s'écoulèrent dans le silence. Il n'avait jamais eu un orgasme aussi long et aussi violent.

Il avait voulu la marquer, mais c'était lui qui serait marqué à vie par cette étreinte. Elle était tout pour lui. Tout. Près d'elle, il se sentait apaisé. Son démon se sentait apaisé. Près d'elle, il était pleinement heureux, pour la première fois de sa très longue existence.

— C'était… c'était…

Elle ne termina pas sa phrase et soupira de contentement, tout en caressant son torse du bout des doigts.

— Tu es extraordinaire, murmura-t-il. Vraiment.

— Merci. Toi aussi. Mais… je voudrais te demander… Quand tu as dit que tu m'aimais… Tu… tu le pensais vraiment ?

Fais attention à ce que tu vas répondre.

S'il lui avouait qu'il l'aimait, elle déciderait peut-être

de rester, en passant sur le fait qu'il s'accouplait avec Legion par obligation, pour sauver ses compagnons. Il n'avait pas oublié que sa fin était proche. Devait-il la condamner à assister à sa mort — en plus d'assister à sa trahison ? Et ensuite, après sa mort, la laisser seule sur cette Terre…

— Oui, je le pensais…

Il s'en voulut aussitôt. Il aurait dû lui mentir, mais elle avait le droit de savoir ce qu'elle représentait pour lui.

— Je t'aime, murmura-t-il.

— Oh, Aeron… Je t'aime aussi et…

— Ne dis plus un mot, Olivia, lança une voix d'homme.

Colère gronda de mécontentement.

Aeron tendit aussitôt le bras vers les poignards posés sur sa table de nuit, tout en se tournant vers l'endroit d'où venait la voix. Il sursauta en reconnaissant Lysander, lumineuse apparition dans le clair de lune, dans sa tunique blanche, avec ses magnifiques ailes dorées déployées.

D'après Strider, d'après le tableau de Danika, Lysander lui trancherait la tête…

— Lysander ! s'exclama Olivia en tirant le drap à elle. Mais qu'est-ce que tu fais là ?

— Tais-toi, ordonna Lysander.

— Ne lui parle pas sur ce ton, dit Aeron.

Il se leva et enfila un jean.

— Dis-nous ce que tu veux et va-t'en.

J'espère que tu n'es pas là pour me décapiter. Je ne suis pas encore prêt.

Lysander le regarda droit dans les yeux.

— Ce que je veux, Aeron, c'est ta tête. Et je compte bien repartir avec.

29

En suivant la trace de Galen, Legion était passée par la Belgique et la Hollande, puis elle avait abouti à Londres. Ce lâche s'était réfugié dans un pub mal famé et il sirotait un verre de whisky. Il puait déjà l'ambroisie — elle reconnut l'odeur, parce que c'était celle de Paris. Il ne tarderait pas à être complètement soûl. Elle aurait pu attendre tranquillement qu'il se mette tout seul hors d'état de nuire.

Mais la patience n'était pas son fort.

Elle jeta un coup d'œil appréciateur à sa propre silhouette. Elle portait un T-shirt et un jean, une tenue simple, mais correcte. Elle n'avait pas de décolleté, mais ses seins volumineux pointaient en avant et tendaient le tissu du T-shirt. Plusieurs hommes l'avaient déjà remarquée et sifflèrent sur son passage. Elle ne se retourna pas, mais elle apprécia tout de même de faire son petit effet. Pour une fois, on ne la regardait pas comme un monstre.

Elle s'arrêta devant la table de Galen. Il leva les yeux et la contempla d'un air dédaigneux à travers la fente de ses longs cils.

— Va-t'en, dit-il.

Reste calme.

Son instinct l'aurait poussée à attaquer d'abord et à discuter ensuite, mais elle avait prévu mieux.

Galen s'amusait à envoyer aux Seigneurs de l'Ombre des femmes qui servaient d'appâts. Aujourd'hui, elle serait l'appât des Seigneurs de l'Ombre.

— Tu es beau, murmura-t-elle.

Il l'était, en effet. Aucune femme n'aurait pu résister à ses cheveux clairs, à ses yeux bleus, à son visage régulier, à sa bouche sensuelle. Mais il avait détruit la vie d'Aeron, et pour cela, il allait payer.

— J'ai envie de toi, dit-elle.

Il haussa un sourcil.

— Ça ne m'étonne pas, rétorqua-t-il d'un ton légèrement agacé. Elles me disent toutes ça. Je sais que tu rêves déjà de passer ta vie avec moi, de devenir ma femme, de me faire un enfant.

Il ricana.

— Mais je te préviens, ça n'arrivera pas.

Il vida son verre.

— Et, maintenant, file. Je suis venu ici pour chercher la paix et la tranquillité.

C'était la deuxième fois qu'un homme la rejetait depuis sa transformation, et elle ne put se retenir de le gifler si violemment qu'un filet de sang se mit à couler de sa bouche. *On dirait que je suis plus forte que je ne le pensais. Tant mieux.*

Il leva de nouveau les yeux vers elle, mais, cette fois, elle vit briller une lueur d'intérêt dans son regard.

— Qu'est-ce qui t'a pris ? demanda-t-il.

— Tu n'as pas bien entendu, sans doute. Je t'ai dit que j'avais envie de toi.

— Et tu crois pouvoir m'amadouer à coups de gifles ?

— Apparemment, oui, ça marche.

Il la dévisagea, puis son regard se perdit du côté du comptoir.

— Et tu voudrais faire ça où ?

— On pourrait aller dans les toilettes.

Ainsi, il n'y aurait pas de témoins.

— Et je précise qu'il ne s'agit pas de devenir ta femme ou de te faire un enfant. Je veux simplement baiser avec toi, et je te jure que ça va te plaire.

— Tu es une têtue.

— Tu n'as pas idée à quel point. On y va ou pas ?

Les belles lèvres de Galen se tordirent en un rictus.

— Tu es tout de même spéciale, dit-il. Tu t'apprêtes à baiser avec moi dans les toilettes et tu ne me demandes pas mon nom ?

— Je me fous de ton nom et je préférerais que tu fermes ta sale bouche de merde.

Là, elle y était allée un peu fort. Il ne devait pas soupçonner sa haine.

— Très bien, ricana-t-il. J'apprécie ta façon de procéder.

Il se leva d'un bond, en renversant sa chaise. Puis il la prit par la taille sans un mot et l'entraîna du côté des toilettes.

Devant le lavabo, une femme se lavait les mains. Il l'écarta sans ménagement.

— Hé, protesta-t-elle.

Puis son regard se posa sur lui.

— Hé, répéta-t-elle d'une voix doucereuse.

— Si tu tiens à la vie, je te conseille de sortir, dit-il posément en la poussant dehors, avant de lui claquer la porte au nez.

Puis il se tourna vers Legion. Les yeux qu'il posa sur elle étaient si chargés de désir qu'elle se mit à trembler. Elle aurait tant voulu qu'Aeron la regarde ainsi…

Il s'approcha lentement. Elle recula. *Attaque. C'est le moment.* Mais elle n'attaqua pas.

— On dirait que tu as peur, dit-il d'une voix mielleuse.

Elle redressa fièrement le menton et jeta un coup d'œil derrière elle, à son reflet dans le miroir. Ce qu'elle y découvrit la surprit. Cette cascade de cheveux d'or, qui attendait les mains d'un homme… Ces grands yeux noirs si pleins de désir…

De désir ? Elle le désirait donc ? Galen ? Comment était-ce possible ? Il était son ennemi. L'ennemi d'Aeron.

Des mains puissantes agrippèrent sa taille. Elle poussa un cri et se tourna de nouveau vers Galen, qui en était déjà à défaire les boutons de son jean. Cela ne lui prit que quelques secondes, après quoi il le fit descendre, découvrant ses longues jambes.

— Pas de culotte, constata-t-il avec un gloussement de plaisir. C'est donc vrai que tu me veux plus que tout.

L'ironie du ton déplut à Legion, et pourtant son désir grimpa d'un cran. Elle n'arrivait toujours pas à y croire. Ni à l'accepter. Elle avait voulu posséder un corps de femme pour faire l'amour, oui, mais avec Aeron, pas avec Galen.

Mais Aeron ne la convoiterait jamais comme Galen la convoitait en ce moment.

— Je n'ai jamais dit que je te voulais plus que tout. Tu es beau, c'est vrai. Mais j'en aime un autre.

Voilà. Elle aimait Aeron. Galen, elle allait l'utiliser. Pour savoir ce qu'était le sexe. Et ensuite elle le tuerait.

Les yeux de Galen n'étaient plus que deux minces fentes.

— C'est vrai, ça ?

— Voilà que tu te remets à discutailler, fit-elle remarquer. Je croyais pourtant t'avoir fait comprendre que ça ne m'intéressait pas.

— C'est toi qui ferais bien de te taire, gronda-t-il tout en lui arrachant son T-shirt.

Elle ne portait pas non plus de soutien-gorge et, sans attendre sa permission, il se pencha pour sucer l'un de ses seins. Il avait une bouche chaude. Brûlante. Elle ne put retenir un gémissement de plaisir.

C'était merveilleux. Tout simplement.

Oui. C'était décidé, elle irait jusqu'au bout de l'expérience, d'autant plus que ça lui faciliterait la tâche pour le tuer ensuite. L'argument acheva de la convaincre. Elle écarta les jambes et l'attira d'un coup sec contre lui, collant son érection juste au bon endroit.

« Merveilleux » ne suffisait plus à décrire ce qu'elle ressentait. « Parfait » convenait mieux. C'était parfait. Elle songea vaguement, avec un peu d'amertume, que ç'aurait pu être encore meilleur avec Aeron. Puis elle repoussa cette idée. Ce n'était pas le moment de penser. Elle voulait ressentir.

— Encore, ordonna-t-elle en se cambrant et en se trémoussant.

Une douleur sourde se déployait dans son ventre, accompagnée d'une chaleur inhabituelle — du désir, sans doute. Et ce désir ne cessait de grandir, comme grandissait celui qu'elle lisait dans les yeux de Galen.

— Tu ne veux pas de préliminaires ? demanda-t-il, tout en défaisant sa braguette d'une main pour libérer son sexe.

Lequel jaillit, énorme.

Les démons forniquaient souvent en enfer — entre eux ou avec les âmes damnées —, et Legion savait que les gros sexes étaient les plus prisés.

— Des préliminaires ? demanda-t-elle. Qu'est-ce que c'est ?

Elle n'en avait jamais entendu parler. On ne s'embarrassait pas de préliminaires en enfer, probablement.

Il ne put s'empêcher de rire.

— Tu sais que tu me plais de plus en plus ?

Il voulut prendre ses lèvres, mais elle détourna la

tête. Il voulut suivre son mouvement pour l'embrasser de force. Elle l'esquiva de nouveau.

— Pas de baisers, dit-elle d'une voix rauque.

Elle aurait voulu un baiser, mais en l'embrassant, elle l'aurait tué avant d'avoir profité de lui. Parce qu'elle avait l'apparence d'une femme, mais qu'elle était toujours un démon femelle et que ses dents distillaient encore un poison mortel. Elle en avait le goût dans la bouche.

Elle enroula ses jambes autour de lui et lui enfonça les talons dans le dos pour l'obliger à se coller à elle. Elle n'en pouvait plus. Elle perdait la tête. Elle y voyait trouble.

— Embrasse-moi, ordonna-t-il.

— Non.

— Embrasse-moi.

— Non.

— Pourquoi donc ? Ce n'est pas grand-chose, un baiser.

— Cesse donc de parler, gronda-t-elle.

Il ricana.

— Très bien. Tu veux du rapide, tu vas être servie.

Il saisit son sexe et visa entre ses jambes. Puis il donna un coup de reins.

Elle poussa un hurlement de douleur, puis la douleur cessa, ne laissant plus que le plaisir.

— Encore ! Va plus loin !

Il ne se fit pas prier et ce fut encore plus incroyable. Legion comprit pourquoi la plupart des êtres vivants ne pensaient qu'à forniquer.

— Tu es vierge ? demanda-t-il, visiblement surpris.

Son expression s'était radoucie. Il était ému par sa virginité... Elle se retint pour ne pas lui rire au nez.

— Qu'est-ce que ça peut te faire ? Continue.

Il lui montra les dents, mais il continua à aller et

venir, comme elle le lui avait demandé. Elle se sentait de plus en plus pleine, de plus en plus transportée. Il l'emmenait vers… Elle ne savait pas où, mais c'était irrésistible et elle avait hâte d'y arriver. Elle aurait été capable de tuer tous ceux qui auraient tenté de l'en empêcher.

— Vas-y, insista-t-elle.

— Merde ! s'exclama Galen. Ce que tu es bonne !

Elle le griffa… Elle ne se contrôlait plus. Elle y était ! Oui ! Elle flottait ! Elle voyait des étoiles ! Tout son corps était secoué de spasmes. C'était puissant et irrésistible. Puis la sensation se dissipa lentement, la laissant dans une sorte d'hébétude.

C'était fini.

Elle ouvrit les yeux. Elle haletait. Galen était toujours en train d'aller et venir en elle, le visage déformé par l'extase. Il devait être tout prêt de l'apothéose, lui aussi.

Non ! Il ne méritait pas de prendre du plaisir. Il lui avait fait découvrir le sexe — maintenant qu'elle savait ce que c'était, elle allait recommencer le plus souvent possible — et il lui avait donné des sensations merveilleuses. Mais lui, il méritait la mort.

— Galen ! appela-t-elle.

Il s'arrêta net et posa sur elle un regard ahuri. Elle se sentit envahie par une nouvelle bouffée de désir. Incroyable. Mais elle n'avait plus le temps.

— Rendez-vous en enfer, murmura-t-elle.

Et elle planta ses dents dans son cou, le plus profondément qu'elle put, jusqu'à l'entendre grogner de douleur. Il tenta de la repousser, mais elle tint bon, pour être sûre de lui administrer une bonne dose de poison. Puis, quand elle jugea que c'était suffisant, elle s'écarta de lui et le fixa en souriant. Il était devenu tout pâle. Sa peau avait pris une teinte verdâtre.

— Que m'as-tu… fait ? gémit-il, tandis que ses genoux se pliaient lentement.

Il s'effondra à terre et elle se rhabilla sans même lui jeter un regard. Elle tremblait comme une feuille. Une partie d'elle-même aurait voulu l'aider, le soulager, mais elle n'avait pas le droit d'oublier qui il était et ce qu'il était. Elle ne regrettait pas son geste. Elle devait bien ça à Aeron.

— J'avais prévu de te traîner devant Aeron pour qu'il puisse te tuer, mais finalement, c'est mieux comme ça, dit-elle en lui envoyant un baiser du bout des doigts. Profite bien de tes derniers instants.

Aeron contemplait fixement Lysander, qui venait de prononcer la sentence qu'il redoutait. Il ne bougea pas du lit. Il était calme. Colère aussi.

— Olivia, dit-il. Rentre chez toi. Tout de suite. S'il te plaît.

— Non !

Elle s'accrocha à sa taille, la joue appuyée à son dos. Il sentit ses larmes chaudes couler sur sa peau.

— Ne fais pas ça, je t'en supplie… Ne fais pas ça.

— Tu vois, démon, tu ne lui apportes que de la souffrance et du malheur ! tonna Lysander. Tes ennemis l'ont torturée. Tu ne l'as pas vue, mais moi, oui. Je l'ai suppliée de rentrer à la maison au lieu d'endurer des supplices. Et pourquoi a-t-elle refusé ? Pour tenir la promesse que tu lui avais arrachée. Aussi, je ne te laisserai pas le temps de lui arracher une promesse de plus. Ni l'occasion de fouler aux pieds l'accord que nous avons conclu. Cette mascarade se termine aujourd'hui. Et maintenant.

Une épée de feu apparut dans ses mains et il la

fit tournoyer, envoyant ainsi des gerbes d'étincelles dans la pièce.

Non ! protesta Colère. *Galen ! Punir Galen !*

— Non, Lysander, non ! hurla Olivia.

A présent qu'elle avait compris qu'elle ne pouvait pas fléchir Aeron, elle essayait avec Lysander. Elle se leva et marcha sur lui.

— Pas l'épée ! supplia-t-elle. Tout, mais pas l'épée.

Aeron la repoussa sur le lit et déploya ses ailes. Il voulait affronter Lysander hors de cette chambre, loin d'Olivia. Car il l'affronterait. Il était prêt à mourir, mais pas tout de suite. Comme son démon venait de le lui rappeler, il fallait d'abord qu'il s'occupe de Galen.

— Viens me chercher, dit-il à Lysander tout en se jetant sur la porte-fenêtre donnant sur le balcon.

Il fit exploser le verre pour passer à travers, puis s'envola vers les cieux, tout en se débarrassant de ses poignards, qu'il regarda tomber comme des pierres. Olivia aimait Lysander. En conséquence, pas question de prendre le risque de le tuer, même pour sauver sa peau. Il ne voulait plus qu'elle souffre. Jamais.

Quoi qu'il lui en coûte.

Il ne tarda pas à entendre les protestations d'Olivia, qui tentait d'empêcher Lysander de le suivre.

— Non ! Lysander ! Non ! Reviens !

Les accents de désespoir de sa voix lui firent mal. Tout à l'heure, s'il était encore en vie, il la réconforterait. Il lui donnerait tout ce qu'elle voudrait. Il trouverait un moyen de sauver Legion de la possession sans s'accoupler avec elle. Il le faudrait. Il ne pouvait pas se donner à une autre qu'Olivia. A présent, il n'en doutait pas.

Elle avait enduré la torture pour le revoir. Elle méritait une récompense.

Tout en continuant à s'élever, Aeron se retourna.

Oui, Lysander le suivait et il paraissait furieux. Il ne tenait plus l'épée ; il avait les mains vides, à présent, les poings serrés. Quand leurs yeux se rencontrèrent, ils cessèrent d'avancer et restèrent là, à se jauger, en planant.

— Ça ne pourrait pas se passer autrement ? demanda Aeron.

— Non. Ça doit se passer comme ça. Tu prétends l'aimer, mais tu t'apprêtes à forniquer avec une autre. Tu détruirais son âme, si elle restait près de toi.

— J'avais prévu de la laisser partir avant de m'accoupler avec Legion, protesta Aeron.

Il se demanda s'il en aurait été capable. Chaque fois qu'il pensait au départ d'Olivia, il lui venait des envies de meurtre. Et quand elle avait voulu partir, il s'était employé à la convaincre de rester. En dépit du danger que cela représentait pour elle.

Non, jamais il n'aurait pu la laisser partir. Jamais il ne pourrait prendre Legion dans ses bras comme une femme.

L'intervention de Lysander lui avait permis d'en prendre conscience.

— Mais j'ai changé d'avis, reprit-il. Et j'ai décidé de ne pas forniquer avec Legion, comme tu dis. Je veux rester près d'Olivia. Toujours.

— Et tu n'hésiterais donc pas à la mettre en danger. Tu veux savoir ce que les chasseurs lui ont fait ?

Il secoua la tête. Il se sentait déjà au bord de la nausée, et ne voulait pas de détails. A quoi bon ?

— J'ai vu dans quel état ils l'avaient mise et ça me suffit pour juger, murmura-t-il. Cette image me hantera pour l'éternité.

— Non, ça ne suffit pas. Ecoute et tais-toi. Tu dois tout savoir, pour bien comprendre à quoi tu l'exposes. Stefano l'a frappée de sa main ouverte et de son poing.

Il lui a brisé des os. Il lui a plongé la tête dans une bassine. Elle a souffert le martyre. Quant aux démons, ceux auxquels elle a échappé pour te rejoindre… Ils l'ont obligée à supporter des caresses obscènes. Tout ça, elle l'a subi à cause de toi.

Aeron ouvrit les bras et poussa un long hurlement de douleur, la tête renversée, en direction des cieux. Il savait qu'Olivia avait été torturée, mais les paroles de Lysander le blessèrent plus profondément que des lames de poignard. Sa colère et sa révolte ne cessaient d'enfler. Olivia était si délicate. Si fragile. Elle aurait pu mourir. Seule. Dans les plus atroces souffrances.

Punition !

— Stefano va payer, murmura-t-il.

Il s'était juré de tuer tous ceux qui avaient levé la main sur Olivia, mais il réserverait à Stefano un traitement spécial. Il l'emmènerait au seuil de la mort, plusieurs fois, puis il le ranimerait pour recommencer. Pendant des mois.

— Les démons aussi paieront.

Punition !

— Et moi, j'ai dû assister à tout ça, poursuivit Lysander comme s'il n'avait pas entendu. Sans pouvoir intervenir.

Il s'exprimait avec une rage froide qui n'augurait rien de bon.

— J'ai tenté de marchander avec toi. J'ai même travaillé pour ta cause, en intervenant auprès de ces dieux de pacotille qui vous manipulent comme des marionnettes. Mais, à présent, j'en ai assez. Tu vas souffrir. Autant que mon Olivia a souffert.

Des points rouges obscurcirent la vision d'Aeron.

— Ce n'est pas ton Olivia, mais la mienne, protesta-t-il.

La nôtre. A protéger. A récompenser.

— La tienne ? ricana Lysander. Et pour combien de temps encore ?

— Pour toujours.

— Mais tu ne comprends donc pas que tu n'es pas en mesure de lui offrir l'éternité ? cria Lysander. Tu as décidé de ne pas t'accoupler avec Legion et tu crois que ça résout tout ? Lucifer viendra. Et vous ne serez pas capables de le battre, car il est le maître de vos démons. Un démon ne peut vaincre son maître. Et quand il en aura fini avec vous, Lucifer s'occupera des femmes. Crois-tu qu'Olivia, en tant que mortelle, pourra échapper à Lucifer ? Je ne vois qu'une solution, Aeron. Ta mort.

Il battit des ailes et, tout en poussant un cri de guerre, il fonça sur lui. Ils se heurtèrent de plein fouet et partirent ensemble en vrille. Aeron sentit plusieurs fois les poings de Lysander, et lui aussi l'atteignit avec ses poings — le tout sur fond de grognements, de gémissements, de halètements. Ils y allaient aussi de leurs pieds, tant et si bien que leurs jambes restèrent emmêlées et qu'ils en oublièrent de battre des ailes. Ils tombèrent ensemble, droit sur une paroi rocheuse. Aeron fut le premier à réagir. Il remit ses ailes en mouvement, tout en agrippant les cheveux de Lysander.

Mais Lysander se libéra et visa sa bouche. La douleur fut terrible, se répercutant dans ses dents et ses gencives, tandis que le sang coulait dans sa gorge. Comme Lysander tentait de recommencer, il le prit de vitesse et l'atteignit au ventre, en l'envoyant en arrière, contre le mur du château qu'ils avaient presque rejoint. Quelques pierres s'effritèrent et un nuage de poussière s'éleva.

Surgissant de ce nuage, Lysander se jeta de nouveau sur lui. Cette fois, Aeron ne put ni résister ni esquiver, et il heurta le sol avec une violence inouïe. Ses poumons furent brusquement vidés, et il crut entendre craquer quelques os.

Il se releva d'un bond — tant pis pour sa cheville qui protestait — et s'éleva de nouveau dans les airs. L'une de ses ailes était cassée — encore ! —, mais il s'efforça de ne pas en tenir compte. Où était donc passé Lysander ? Il jeta un regard autour de lui. Pers… Un choc violent venu de derrière le propulsa dans les airs.

Il savait que Lysander l'attendrait en bout de course, prêt à frapper. Aussi, il se tint prêt et frappa le premier, touchant Lysander au flanc. Il entendit un craquement. Il lui avait brisé une côte.

L'ange ne poussa qu'un faible grognement, mais il ne riposta pas. Il resta sur place, en battant doucement de ses ailes dorées.

— Tu veux sauver tout le monde, si j'ai bien compris, dit-il. Olivia, Legion, tes compagnons…

Aeron le défia du regard.

— Oui.

— Eh bien, pour cela, tu dois mourir.

Bien entendu, il s'était attendu à cette réponse.

— Mais le pacte de Legion avec Lucifer…

— Ce pacte est annulé, si tu meurs avant l'expiration du délai. Légion rentrera tout simplement à la maison.

Annulé. Sa mort annulerait le pacte. Legion serait libre. Ses compagnons ne seraient pas menacés par Lucifer. Mais…

— Et Olivia ? demanda-t-il, la gorge nouée.

— Olivia rentrera au paradis. Elle n'aura plus à se préoccuper de toi. Elle ne pensera pas que tu souffres sans elle. Elle ne risquera plus la torture. Elle ne sera plus terrorisée à l'idée d'avoir à te tuer, d'avoir à choisir entre l'éternité et toi.

Il savait qu'elle aurait choisi de le sauver. Qu'elle

aurait choisi la torture. Qu'il n'avait à lui offrir que la souffrance et le chagrin. Quoi qu'il fasse.

Et il ne voulait pas qu'elle souffre ou qu'elle pleure. Il refusait de lui imposer de telles choses.

Lysander avait raison. Sans lui, elle serait de nouveau libre et heureuse.

Nous allons donc mourir ? demanda Colère, qui avait déjà compris.

Moi, je vais mourir.

Et moi ?

Tu seras libre.

Libre, mais rendu fou par un besoin de punir éternellement insatisfait. Aeron préféra ne pas le lui rappeler.

Libre de punir, acheva Colère.

Oui, libre de punir.

Dans ce cas, nous pouvons mourir.

Adieu.

Ça paraissait si simple, si naturel…

— Peux-tu me promettre de protéger Olivia ? murmura-t-il à Lysander.

— Oui.

— Et mon démon…?

— J'ai l'intention de le maîtriser, pas de le tuer, rassure-toi. Galen possède Méfiance. Pour équilibrer la balance, je donnerai Colère à Cronos. Je l'en ai déjà averti et il a choisi un corps pour lui. Le corps d'une femme qui ne se retournera pas contre vous.

Un vent de panique secoua Aeron.

— Une femme ? Qui ?

— Pas Olivia ni Legion, répondit Lysander, qui avait deviné les raisons de son affolement.

— Colère a une tâche à accomplir. Peux-tu aussi me promettre que Cronos…?

— Je vois de quelle tâche il s'agit et je m'engage à ce que Cronos ne s'y oppose pas.

Il aurait donc sa vengeance. Et Colère aussi. Il regrettait de ne pas pouvoir profiter du massacre, mais tant pis.

— J'ai une dernière requête à te présenter avant de te laisser prendre ma vie, dit-il.

Lysander acquiesça.

— Je t'écoute.

— Olivia manque de distraction. Elle a besoin de s'amuser.

Lysander secoua la tête.

— Ce besoin lui vient de ta fréquentation. Une fois que tu seras parti…

— Promets-moi de lui fournir de quoi se distraire ou je recommence à me battre, coupa Aeron.

Il avait fait beaucoup de concessions, mais sur ce point-là, il n'était pas disposé à céder.

Lysander lui jeta un regard excédé.

— Je ferais de mon mieux, dit-il.

— Je ne me contenterai pas de cette vague promesse. Tu vis avec Bianka, une harpie qui ne songe qu'à s'amuser.

— C'est vrai, admit Lysander.

Il y avait de la fierté dans sa voix.

— Je veillerai donc à ce que Bianka et Olivia passent du temps ensemble, acheva-t-il.

— Très bien…

Aeron ne voyait pas d'autre détail à régler. Il en avait terminé.

Il ne lui restait plus qu'à affronter la mort. Elle le regardait déjà dans les yeux et il se sentait prêt. Prêt à l'accueillir avec sérénité.

Il aurait voulu dire adieu à Olivia, lui rappeler à quel point il l'aimait. Mais elle aurait tenté de le dissuader de partir. Et il se serait sûrement laissé convaincre. Il devait franchir le pas maintenant. Tout de suite.

Il inspira lentement. Garda l'air quelques secondes dans ses poumons. Expira.

Puis il ouvrit les bras.

— Tu peux prendre ma tête, dit-il à Lysander.

Lysander eut l'air surpris.

— Tu en es certain ?

— Oui.

Lysander tendit le bras, et l'épée de feu se matérialisa dans sa main.

— Non ! hurla Olivia, quelque part en dessous d'eux. Non! Aeron ! Lysander ! Non !

Aeron aurait préféré qu'elle ne soit pas témoin de cette scène, mais il était trop tard. L'épée de feu s'abaissait déjà vers lui.

Adieu, Aeron, murmura Colère.

Aeron sentit l'épée entrer en contact avec son cou. Puis plus rien.

Olivia ne cessait de hurler. Aeron était parti pour toujours. Son corps de guerrier était retombé, mou et sans vie. Elle l'avait regardé chuter, pendant une éternité, en espérant qu'il ne s'était rien passé, qu'il allait atterrir en douceur, comme toujours…

— Je vous en supplie, faites qu'il soit en vie, sanglota-t-elle, sortant de la chambre en courant.

Mais, au fond d'elle-même, elle savait déjà qu'il n'y avait plus rien à faire pour lui.

Legion était impatiente d'annoncer à Aeron qu'elle l'avait vengé. Mais, quand elle se matérialisa dans l'entrée, elle ne sentit plus le lien qui les unissait. Elle comprit aussitôt.

Il était mort.

Non !

— Aeron ! hurla-t-elle.

Sans lui, elle n'avait aucun droit de se trouver ici.

— Non !

Mais, déjà, une force invisible l'entraînait aux enfers.

Tandis que les flammes l'enveloppaient, elle entendit Lucifer hurler de rage.

30

Olivia avait pleuré jusqu'à ce qu'il ne lui reste plus de larmes, en serrant convulsivement Aeron contre elle. Elle avait à peine remarqué le soleil qui se couchait, puis se levait, tandis que les compagnons d'Aeron défilaient près du corps. En découvrant le cadavre décapité, Strider s'était laissé tomber à genoux en hurlant. Torin avait sangloté. Lucien attendait pour se charger de son âme, mais on ne le convoquait pas et il ne comprenait pas pourquoi. Maddox avait vociféré, exigeant des réponses. Même Gideon était venu jusqu'ici en titubant et s'était effondré en larmes. Mais la réaction de Sabin avait été la plus violente. La plus poignante.

— Pas lui, avait-il murmuré d'une voix brisée. Pas lui. Prenez-moi, mais rendez-lui la vie.

Elle aussi aurait donné sa vie pour qu'il revienne.

Cameo avait tenté de la convaincre de se lever, de lâcher Aeron pour que les autres puissent lui dire adieu. Mais elle avait refusé, en repoussant les bras qui tentaient de l'arracher à lui. Ils avaient finalement accepté de la laisser tranquille, mais ils n'étaient pas loin, elle le sentait. Ils attendaient qu'elle s'éloigne.

Mais elle n'envisageait pas de s'éloigner. Elle ne cessait de se répéter que c'était impossible, que ça ne pouvait pas finir ainsi. Elle refusait d'accepter la vérité.

Aeron ne pouvait pas mourir. *Il ne peut pas mourir.* Sa mort était injuste et inutile.

Une vague d'espoir la submergea, éclairant un peu les ténèbres qui avaient envahi son âme. Elle lâcha le corps d'Aeron et se redressa. Oui, sa mort était injuste.

— Olivia…

Une silhouette, celle de l'un de ses compagnons, avançait vers elle, enveloppée d'une aura de désespoir qui lui fendit le cœur.

Ignore-le.

Elle ferma les yeux, renversa la tête en arrière, et ouvrit grand les bras, comme pour s'offrir au ciel.

— Je suis prête à rentrer, cria-t-elle. A redevenir l'ange que je dois être.

Aussitôt, elle se sentit tirée vers le haut, tandis que des ailes jaillissaient de son dos. Des ailes blanches, sans la moindre trace d'or. Elle n'était donc plus un ange guerrier. Etrange… Parce qu'elle n'avait jamais eu autant envie de se battre.

Aeron ne peut pas mourir.

Lysander fut soudain près d'elle. Il paraissait décomposé.

— Je suis désolé, Olivia, murmura-t-il. Je n'avais pas le choix. Il le fallait.

Il paraissait sincère et elle se contenta d'acquiescer.

— Je sais, dit-elle seulement.

Elle ne lui laissa pas le temps de poursuivre. Elle lui tourna le dos et marcha droit vers la salle où siégeait le Très Haut Conseil des Anges.

Aeron ouvrit lentement les yeux. La première pensée qui lui vint à l'esprit fut qu'il n'aurait pas dû être en mesure de soulever ses paupières. Il se tâta le visage… Oui, il avait bien des yeux, un nez, une bouche… Une tête rattachée à un corps. Et un cou intact. Et un bras sans tatouages…? Il vérifia. Bon sang ! Plus un seul tatouage sur sa peau.

Il se redressa, de plus en plus perplexe. Il n'avait pas le vertige, il ne souffrait pas, une douce brise l'enveloppait, comme pour lui souhaiter la bienvenue. Un coup d'œil lui permit de vérifier que tout son corps était intact. Il était installé sur un socle de marbre et portait une tunique blanche, pareille à celle d'Olivia.

Mais comment était-ce possible ? Et qu'est-ce que ça signifiait ?

Lysander ne l'avait pourtant pas raté. Il avait nettement senti sur son cou la brûlure de son épée.

Que s'était-il donc passé ensuite ? Et où était-il ? Son regard balaya les alentours. L'air était légèrement chargé de brume, comme s'il avait été prisonnier d'un rêve. Il ne vit pas de maisons, pas de rues, rien qu'une succession infinie de colonnes d'albâtre sur lesquelles grimpait un lierre couvert de rosée.

Etait-il au paradis ? S'était-il transformé en ange ? Il passa sa main dans son dos et ne sentit pas d'ailes. Il faillit en pleurer de déception. S'il avait été un ange, il aurait pu partir à la recherche d'Olivia. La rejoindre.

Olivia.

Son cœur se serra. Elle allait lui manquer. Où était-elle en ce moment ? Que faisait-elle ?

— Aeron !

Il sursauta.

Des milliers d'années s'étaient écoulées, et pourtant il reconnut cette voix sur-le-champ. *Baden.* Baden, mort depuis tant de siècles. Il se leva d'un bond et se retourna… Comment…?

Il en resta saisi. Oui, c'était bien Baden qui se dressait devant lui, à quelques mètres à peine.

Pourtant, il lui fallut quelques minutes pour y croire.

Baden n'avait pas changé. Il était grand, musclé, avec de longs cheveux roux, des yeux bruns, une peau bronzée. Et, comme lui, il portait une tunique blanche.

— Comment es-tu… ? Comment sommes-nous…?

Aeron était si stupéfait qu'il n'arrivait plus à formuler des phrases.

— Tu as beaucoup changé, commenta Baden en souriant.

Il le balaya du regard.

— Bon sang ! Ce que tu as pu me manquer…

Ils coururent se jeter dans les bras l'un de l'autre. Aeron n'en finissait plus de serrer Baden contre lui.

— Tu m'as manqué aussi, parvint-il à articuler.

Enfin, ils se séparèrent. Aeron dévorait Baden des yeux. Il n'arrivait toujours pas à y croire.

La dernière fois qu'il avait vu son compagnon vivant, il avait voulu le jeter au feu — ou plutôt Colère avait voulu le jeter au feu, pour le punir d'avoir incendié un village, sans tenir compte du fait que le pauvre Baden était ravagé par la culpabilité.

Mais, aujourd'hui, il ne ressentait pour lui que de l'amitié. Il n'avait plus la moindre envie de le punir. Colère ne lui envoyait pas d'images pour l'exciter.

Tiens… Il ne sentait plus la présence de Colère…

C'était incompréhensible. Il n'était pas décapité. Comment pouvait-il être séparé de Colère ?

— Où sommes-nous ? demanda-t-il à Baden. Et comment sommes-nous venus ici ?

— Bienvenue dans la vie après la mort, mon ami, répondit Baden. Ce lieu a été créé spécialement pour nous par Zeus, au cas où nos démons nous tueraient. Il craignait sans doute la vengeance de nos âmes tourmentées. J'aurais comme toi apprécié de savoir qu'on nous avait réservé un petit coin de paradis, mais ce salaud n'a pas daigné nous prévenir.

Il montra d'un geste ce qui les entourait.

— Il a appelé cet endroit le « Paradis du mal ». Amusant, non ?

— Très, répondit Aeron d'un air sombre.

— Je vois que tu as toujours autant le sens de l'humour, fit remarquer Baden. Enfin, pour ce qui est de notre paradis... Il n'est pas bien grand et on s'y ennuie à crever, si je puis dire, mais c'est mieux que rien.

Mieux que rien ?

— Je suis donc mort ? demanda Aeron.

— J'ai bien peur que oui.

Les épaules d'Aeron s'affaissèrent. Il se sentit soudain écrasé par le poids de sa solitude. Jamais il ne reverrait Olivia.

Ni Colère... S'il était mort, cela signifiait qu'il était séparé de son démon. Il était donc seul. Vraiment seul. Pour la première fois depuis des siècles.

Il aurait dû s'en réjouir, mais il n'y n'arrivait pas.

— Nous sommes seuls ? demanda-t-il.

— Non. Il y a d'autres anciens immortels possédés par les démons de Pandore. Mais ils gardent leurs distances avec moi. Ne me demande pas pourquoi, je l'ignore. Je suis pourtant doux comme une sucrerie... Quoique...

Il soupira.

— Ça fait longtemps que je n'ai pas goûté une sucrerie.

Il demeura quelques secondes silencieux, l'air rêveur.

— Il y a aussi Pandore. Et malheureusement elle ne garde pas ses distances avec moi.

De nouveau, Aeron accusa le choc. Pandore ici ? Celle qui avait été chargée par les dieux de garder Démoniaque et qui n'avait cessé de les narguer en prétendant qu'elle valait mieux que la garde d'élite des dieux ?

Il l'avait méprisée autrefois, mais tant d'années s'étaient écoulées qu'il ne trouva plus trace en lui de la haine qu'elle lui avait inspiré. Mais la savoir ici ne lui fit pas pour autant l'effet d'une bonne nouvelle.

— Tu aurais dû t'en débarrasser, fit-il remarquer à Baden.

— Il ne peut pas, rétorqua une voix de femme.

Ils firent volte-face. Pandore les contemplait, adossée à une colonne, les bras croisés.

Le fait d'avoir été averti de sa présence n'empêcha pas Aeron d'en rester muet de surprise. Pandore était un peu plus petite que Baden et lui, mais tout de même grande pour une femme, et très musclée. Ses cheveux bruns frôlaient son menton et formaient une sorte de casque autour de son visage trop aigu. Elle avait des yeux dorés. Trop dorés et trop brillants. Et ils posaient sur lui un regard plein de dédain.

Comme autrefois, sur l'Olympe.

Il se sentit floué… Ainsi, cet endroit n'était donc pas tout à fait un paradis, puisqu'il devait le partager avec son ennemie.

— Ça doit être mon anniversaire, fit-elle remarquer avec un sourire cruel. Les hommes qui m'ont envoyée ici me rejoignent peu à peu.

— Tu te trompes, rétorqua Aeron. C'est *mon* anniversaire. Parce que, à compter d'aujourd'hui, je vais pouvoir te pourrir l'existence pour l'éternité.

Elle avança vers lui et il se demanda si elle avait l'intention de l'attaquer. Mais elle s'arrêta à bonne distance, en souriant.

— Comment va Maddox ? demanda-t-elle. En train de crever, j'espère ?

— Maddox se porte comme un charme et il sera bientôt papa.

Elle déglutit péniblement.

— Ah, oui ? J'en suis ravie.

Puis, brusquement, elle explosa.

— Ce salaud ne mérite pas d'être heureux ! hurla-t-elle. Il m'a planté un poignard dans le ventre. C'est à cause de lui que vous avez réussi à voler ma boîte, et qu'à présent plus personne ne sait où elle est passée. Elle nous permettrait de quitter cet endroit, mais tout le monde s'en fiche… Et aujourd'hui, ce crétin de Maddox réalise son rêve le plus cher, fonder une famille. Car c'était son rêve, je le sais.

— Oh, ça va, calme-toi ! bougonna Baden en lançant à Aeron un regard résigné qui en disait long sur ce qu'il avait déjà subi. Bon sang, ce que tu peux être pénible. Tu ne vas pas recommencer avec tes jérémiades ?

Elle se tut. Puis son regard se posa sur Baden.

— Maintenant que ton ami est là pour te protéger, tu te sens invincible, c'est ça ?

— J'étais déjà invincible, ricana Baden.

Ils continuèrent à se chamailler, mais Aeron n'écoutait plus. Pandore avait bien dit que Démoniaque leur permettrait de quitter cet endroit ? Elle avait peut-être menti, mais si elle disait vrai, il avait un espoir de retrouver un jour Olivia.

Il faut à tout prix que je retrouve cette boîte.

31

Olivia se tenait au centre de la salle du Très Haut Conseil des Anges, avec, pour la deuxième fois, la sensation d'avoir entre ses mains la vie et la mort. Elle plaidait sa cause sans relâche depuis plusieurs jours, mais les membres du conseil refusaient de céder. La situation, telle qu'elle était, leur convenait parfaitement. Aeron était mort, il avait eu sa punition. Legion avait été renvoyée en enfer, là où était sa place — détail que Lysander avait omis de préciser à Aeron.

Olivia ouvrit les bras et tendit vers les membres du conseils ses mains encore souillées du sang d'Aeron, ce sang qu'ils avaient versé.

Elle prit le temps de les fixer droit dans les yeux, l'un après l'autre. Ils étaient beaux, forts, purs. Ils se sentaient probablement sûrs d'eux et de leurs décisions. Pas un doute ne les effleurait. Ils soutinrent son regard sans un battement de cils, sans un tressaillement.

Ne flanche pas. Tu es forte.

— En punissant Aeron, vous me punissez aussi, fit-elle remarquer d'une voix forte. J'ai été déchue, puis vous m'avez autorisée à revenir. Je suis un ange, mon âme est pure, comme la vôtre. Qu'ai-je donc fait pour mériter une punition ?

Un murmure s'éleva. Enfin, ils réagissaient... Le cœur d'Olivia se gonfla d'espoir.

— Où veux-tu en venir ? demanda une voix d'homme. En t'accueillant de nouveau parmi nous, c'est un privilège que nous t'avons accordé, pas une punition.

— J'aime Aeron et je ne peux être heureuse sans lui.

— Tu le peux, rétorqua une femme. Il te faut simplement un peu de temps pour…

— Non ! Ce n'est pas une question de temps. Et je ne veux pas attendre. Après avoir répandu la joie autour de moi pendant des milliers d'années, j'ai bien le droit d'être heureuse. Et pour être heureuse, il me faut Aeron.

Cette fois, il n'y eut pas de murmures. Rien que le silence. Un silence lourd et de mauvais augure. Mais Olivia n'inclina pas la tête en signe de soumission et ne s'excusa pas de son insolence. Elle n'allait pas reculer. S'ils refusaient de lui rendre Aeron, elle était décidée à mourir.

Sois confiante.

— Vous avez ordonné l'exécution d'un homme plein de bonté, reprit-elle d'une voix assurée. Si vous ne rectifiez pas cette erreur, vous ne vaudrez pas mieux que ceux que vous combattez.

Elle faisait allusion aux démons. Elle n'avait pas prononcé le mot, mais ils comprirent.

— Des hommes plein de bonté meurent chaque jour, Olivia. C'est le prix du libre-arbitre.

Une autre femme avait pris la parole, d'un ton plus doux, avec une pointe de compassion.

Tu es une battante. Montre-le.

— Aeron a été puni pour certains de ses choix. Très bien. Mais pourquoi ne serait-il pas récompensé pour ses bonnes actions ? C'est bien notre capacité à pardonner et à récompenser qui fait de nous des anges, non ? Notre compassion. Notre douceur. Notre amour.

Amour dont Aeron possède une certaine réserve, il l'a largement prouvé. Avez-vous oublié qu'il n'a pas hésité à donner sa vie pour moi ? Est-ce que ce seul geste ne suffit pas à mériter votre pardon ?

De nouveau, une vague de murmures s'éleva. Puis un soupir.

— Il y a peut-être un moyen, fit une troisième voix.

Les jours se succédaient à une vitesse surprenante. Aeron passait presque tout son temps avec Baden. Ils parlaient beaucoup et tentaient de faire le point au sujet de la boîte de Pandore. Où pouvait-elle bien être ? Aeron ne songeait plus qu'à la retrouver. Pas pour protéger ses compagnons des chasseurs — ça, ce serait le bonus —, mais pour sortir d'ici et partir à la recherche d'Olivia.

Il s'était aperçu qu'il n'éprouvait plus le besoin de dormir ni de manger et ne perdait donc pas de temps à manger ou à dormir. Il avait à peine conscience de ce monde blanc qui l'entourait. Il ne vivait que pour son obsession.

Pour l'instant, il avait échafaudé avec Baden plusieurs théories intéressantes. La boîte pouvait se trouver dans un endroit où tout le monde la voyait sans la reconnaître. Elle pouvait être au contraire enfermée dans un royaume, comme celui-ci, auquel personne n'avait accès. Elle pouvait aussi avoir été enfouie au fond de la mer.

Mais qui l'avait prise et pourquoi, ça, ils n'en savaient rien.

— J'aimerais tant rentrer..., murmura Baden.

Ils devisaient tout en marchant à travers le brouillard blanc de leur paradis.

— De temps en temps, nous avons un aperçu de

ce qui se passe en bas, mais je n'ai jamais pu m'en satisfaire.

— Ah ? Et tu as vu quoi, par exemple ?

— Quelques-unes des batailles de Sabin contre les chasseurs avant qu'il ne s'installe à Budapest. Ton château. Une explosion qui t'a envoyée si haut que j'ai cru que tu allais atterrir ici. Les femmes qui vous ont aidés… Lucien est un gros veinard. Sa femelle est ma préférée.

— Si tu la connaissais, je crois que tu présenterais tes condoléances à Lucien.

Baden éclata de rire.

— Elle sème le trouble et la pagaille, n'est-ce pas ?

Il soupira.

— Comme toutes les femmes, conclut-il en donnant une grande tape dans le dos d'Aeron. Il n'empêche que je profiterais bien de la douceur d'une femme.

Aeron se demanda s'il pensait à Hadiee, celle qu'il avait aimée et qui l'avait livré aux chasseurs.

— Comment les chasseurs ont-ils réussi à te décapiter ? demanda-t-il.

Baden haussa les épaules.

— J'étais las de me méfier de tout et de tout le monde. J'avais même commencé à douter de toi.

— De moi ?

— De vous tous, en vérité, avoua Baden. Et ça me rendait malheureux de penser que vous pouviez vous retourner contre moi, alors que je savais, au fond de mon cœur, qu'une telle chose ne se produirait jamais.

— Et tu avais raison. Jamais nous ne nous serions retournés contre toi.

Ils avaient tous aimé et respecté Baden. Ils avaient aussi longuement pleuré sa mort…

— Et ensuite j'ai rencontré cette femme, poursuivit Baden. Je me doutais qu'elle était un appât, et même, je crois que je l'espérais. Je l'ai accompagnée chez elle, je l'ai laissée me séduire en sachant que je risquais ma vie. Je crois que… je crois que j'ai été soulagé quand les chasseurs sont arrivés. Je n'ai même pas cherché à me défendre.

Aeron comprenait. Lui non plus n'avait pas cherché à se défendre. Il avait accepté que Lysander lui tranche la tête.

— Et tu es heureux d'avoir abouti ici ? demanda-t-il.

— Franchement, je n'en sais rien. Pandore est ma seule distraction et, comme tu as pu le constater, elle n'est pas vraiment de compagnie agréable.

En effet.

— A propos de Pandore…, demanda Aeron. Comment se fait-il qu'on ne la voie plus ? Il lui jeta un regard en coin.

— Et toi, comment as-tu abouti ici ? Tu es un guerrier. Je sais que tu as accepté qu'on te tranche la tête.

Aeron soupira. Comme Baden.

— Pendant des siècles, j'ai eu peur de la mort, et puis, brusquement, elle m'est apparue comme une sorte de délivrance. Parce que j'étais fatigué de lutter, sans doute, mais surtout parce que c'était le seul moyen de sauver celle que j'aime.

— Les femmes… Elles sont notre perdition. Parle-moi de ta femelle. Il ne m'a jamais été donné de la voir et j'ignore à quoi elle ressemble.

Il se frotta les mains.

— Et j'aimerais bien savoir quel genre de créature a su emprisonner le cœur d'un homme tel que toi.

— Oui, Aeron, raconte. Ça m'intéresse aussi.

Aeron se figea.

— Tu as entendu ? demanda-t-il à Baden.

Il chercha désespérément du regard autour de lui. Cette voix…

— Oui, j'ai entendu, répondit Baden en fronçant les sourcils. C'était une voix de femme, n'est-ce pas ?

Il n'était donc pas fou et il n'avait pas non plus rêvé.

— Olivia ?

Il n'avait plus de cœur. Pourtant, il aurait pu jurer qu'il le sentait s'emballer.

— Olivia !

A quelques mètres d'eux, l'air se mit à scintiller. Puis une forme se détacha peu à peu. Des cheveux bruns et bouclés. Des yeux bleus. Une peau nacrée. Une bouche en cœur. Des pommettes rosées. Des ailes blanches.

Des ailes. Elle était de nouveau un ange. Elle était retournée au paradis.

— Tu me vois ? demanda-t-il en avançant vers elle. Est-ce que tu peux me voir ?

— Oh, oui ! je te vois…

Il l'avait rejointe et la prit dans ses bras. Jamais il n'avait serré quelqu'un avec tant de force. Elle était là. Avec lui. Il ne la laisserait plus jamais partir.

Elle renversa la tête en arrière et éclata de rire. Oh, ce rire… Un baume pour son âme.

— Olivia, murmura-t-il en se penchant sur elle pour l'embrasser.

Elle lui rendit son baiser et ils prirent le temps de se savourer, longuement, tendrement. Il songea qu'il ne serait jamais rassasié d'elle, de sa bouche, de la chaleur de son corps, de ses courbes douces.

— Aeron… J'ai tant à te dire, commença-t-elle en s'écartant de lui.

Il défit son étreinte, mais lui prit le visage. Il avait besoin de la toucher.

— Comment es-tu arrivée jusqu'ici, mon amour ? Je vois que tu es de nouveau un ange…

Son ange.

— Oui, un ange dispensateur de joie.

— Tu m'as toujours apporté de la joie, assura-t-il.

Elle rougit, tout en caressant son visage du bout des doigts, comme si, elle aussi ne pouvait supporter de rompre le contact.

— Le Très Haut Conseil des Anges m'a accordé de redevenir un ange dispensateur de joie, même s'il est persuadé que le statut d'ange guerrier me conviendrait mieux. Mon Dieu, le Seul et Unique, t'offre une deuxième vie. Les deux sont tombés d'accord sur le fait que je ne peux remplir mon rôle que près de toi. Je serai désormais ton dispensateur de joie personnel.

Il avait du mal à tout saisir…

— Mais pourquoi le Conseil se préoccuperait-il de mon bien-être après avoir voulu ma mort ?

— Parce que tu as tout sacrifié pour moi. Le Seul et Unique a apprécié la valeur de ton sacrifice et a tenu à te récompenser. Il va réunir ton âme et ton corps. Ainsi, nous pourrons vivre ensemble.

Ensemble…

Il eut envie de se jeter à genoux pour remercier ce dieu plein de clémence. De hurler de joie. De danser. Mais il resta figé de stupéfaction et d'émerveillement. Olivia était à lui. Pour toujours.

— Est-ce que ça te convient ? demanda-t-elle en posant sur lui un regard inquiet.

Si ça lui convenait ?

— Jamais je n'ai été aussi heureux ! assura-t-il. Tout ce que je veux, c'est toi.

Elle sourit.

— Moi aussi, murmura-t-elle.

Puis elle se rembrunit. A peine.

— J'avais demandé qu'on te rende ton démon, mais c'est malheureusement impossible. Il a déjà été attribué à un autre corps.

— A qui ?

— A une femme nommée Sienna Blackstone. Il s'agit d'une mortelle dont Cronos a sauvé l'âme.

La Sienna de Paris… Bon sang… Ils n'avaient donc trouvé qu'elle… Dans un sens, c'était une bonne nouvelle pour Paris, mais Sienna allait passer les prochaines années dans un drôle d'état, submergée par Colère, obsédée par l'idée de punir les pécheurs.

Il se promit de tout faire pour l'aider à traverser cette mauvaise passe. Colère le reconnaîtrait, sans doute, et accepterait de l'écouter. Il leur restait d'ailleurs encore quelque chose à accomplir ensemble : punir Galen et Stefano, ainsi que les démons qui avaient torturé Olivia.

— Serai-je mortel ou immortel ?

Il posait la question, mais la réponse lui importait peu. Il serait avec Olivia.

— Tu seras immortel. Mon Dieu va te rendre le corps que tu avais lors de ta création, sans tes tatouages, sans le papillon, sans tes ailes.

De nouveau, elle parut inquiète.

— Ça te convient ?

— Si ça me convient ? Evidemment !

Il la serra de nouveau contre lui, dans un élan de joie. Mais elle ne paraissait pas encore tout à fait rassurée.

— Que se passe-t-il ? demanda-t-il.

— Je ne t'ai pas tout dit, soupira-t-elle. Legion… Elle est retournée en enfer… Au moment de ta mort, votre lien s'est brisé.

Le sang d'Aeron se glaça dans ses veines. Voilà donc ce que Lysander entendait par « elle rentrera simplement à la maison ». Il aurait dû s'en douter…

— Lucifer est furieux contre elle, ajouta Olivia. Il l'a laissée dans son corps de femme et elle est livrée aux démons. Galen la cherche et je crois que… je crois qu'il est prêt à entrer aux enfers pour la retrouver. Elle a tenté de le tuer et il veut la tuer, lui aussi.

Legion avait tenté de tuer Galen ? Il s'était décidément passé beaucoup de choses qu'il ignorait.

— Je ne peux pas l'abandonner à son sort, murmura-t-il.

Il éprouvait toujours de l'affection pour sa petite démone, même si elle ne le méritait pas.

— Je sais. J'en ai parlé aux membres du Conseil. En tant que ton ange dispensateur de joie, je leur ai expliqué que tu ne serais jamais joyeuse sans ce démon que tu considères comme ta fille. Ils sont d'accord pour que tu la gardes près de toi, à condition que tu ailles toi-même la chercher en enfer, et qu'un ange veille sur elle une fois qu'elle en sera sortie, pour l'empêcher de s'en prendre aux humains.

— Oui. Bien sûr. J'accepte toutes les conditions, pour elle et pour moi.

Legion haïssait les anges, mais tant pis pour elle, elle apprendrait à supporter un ange gardien. Elle allait de toute façon devoir s'accommoder de la présence d'Olivia.

— Tu es vraiment merveilleuse, Olivia. Vraiment. Tout ce que tu as fait pour moi… Je ne pourrai jamais te remercier…

Il couvrit son visage de baisers.

— Tu m'as tout donné, conclut-il. Tout.

— Je n'ai fait que te rendre ce que tu m'avais donné, murmura-t-elle.

— Je vais passer le restant de mes jours à veiller sur toi. Je vais te rendre heureuse, tu verras.

— Savoir que tu m'aimes suffit à me rendre heureuse.

Il se pencha de nouveau sur sa bouche et ils se perdirent l'un dans l'autre, oublieux du reste, prêts à…

— Hum, fit la voix de Baden.

Ils sursautèrent. Ils n'étaient pas seuls, c'est vrai…

Ils se tournèrent vers Baden, qui salua Olivia de la main.

— Désolé de vous interrompre, leur dit-il, mais… et moi ? J'aimerais bien profiter un peu de tous ces bienfaits.

— Je regrette, répondit Olivia. Vous n'avez accompli aucun sacrifice… Je ne peux pas intervenir pour vous.

Le visage d'Aeron se décomposa. Il venait de retrouver Baden et on lui demandait de l'abandonner ?

Les épaules de Baden s'affaissèrent.

— S'il y a quoi que ce soit que je puisse…

— Non, coupa Olivia d'une voix douce. C'est trop tard. Vous êtes déjà mort. Vous n'êtes plus en mesure de vous sacrifier pour qui que ce soit.

— Je trouverai un moyen de te faire sortir de là, promit Aeron. Je chercherai la boîte de Pandore. Je le jure.

Baden acquiesça.

— Tu vas me manquer, murmura-t-il d'une voix lamentable.

— Tu vas me manquer aussi, répondit Aeron.

Il en avait les larmes aux yeux.

Baden lui adressa un pauvre sourire.

— Dis à Torin qu'il me doit une épée, et à Sabin que je n'ai pas oublié qu'il trichait aux échecs. Quant à Gideon… Dis-lui que je veux une revanche. Il comprendra.

Il poursuivit quelques minutes, le temps de lui confier un message pour chacun de leurs compagnons. Aeron l'écouta en silence, sans lutter contre les larmes qui roulaient maintenant sur son visage.

— Nous nous reverrons, Aeron, déclara enfin Baden.

— Oui. Nous nous reverrons.

— Je t'attendrai, je ne perdrai pas espoir, promit Baden.

Puis il se mit à reculer, lentement, pas à pas. Aeron aurait voulu lui crier d'attendre, de s'arrêter... Il allait ouvrir la bouche, quand Baden fut avalé par le brouillard blanc.

— Je suis désolée, murmura Olivia en se blottissant contre lui.

Aeron la serra de nouveau dans ses bras.

— Ce n'est pas la fin, je le jure, murmura-t-il en enfouissant sa tête dans son cou.

Ils demeurèrent silencieux quelques minutes.

— Je t'aime tant, soupira Aeron.

— Moi aussi, je t'aime.

— Je vais te rendre heureuse, je te le promets.

Elle se hissa sur la pointe des pieds et déposa un baiser sur sa joue.

— Je suis déjà heureuse. Et, à présent, rentrons au château. Tu y es très attendu, tu sais ?

— Sans doute, mais tu vas devoir me transporter d'abord dans ma chambre, parce que nous avons quelque chose d'urgent à y faire. Ensuite, seulement, j'irai saluer mes compagnons.

Il se tut, l'air songeur.

— Dire que je suis obligé de te demander de me transporter...

Elle éclata de rire.

— C'est vrai que tu n'as plus d'ailes, à présent. Tandis que moi, oui. Les rôles sont inversés. Je suppose que je vais donc devoir t'aider dans tes activités... Illicites... Tu peux compter sur moi. Après tout, mon travail est de t'apporter la joie.

— Et de cela, je te serai éternellement reconnaissant.

Ils s'embrassèrent de nouveau. Puis elle referma ses bras sur lui et battit des ailes.

Si, comme nous l'espérons, vous avez aimé *Le guerrier des ténèbres*, les pages suivantes vous permettront de découvrir un extrait du sixième roman de la série Les seigneurs de l'ombre, *Le papillon des ténèbres*, à paraître le 1er janvier 2014.

Gideon baissa les yeux vers la femme qui dormait sur le couvre-lit bleu.

Sa femme.

D'après ce qu'elle prétendait.

Ses cheveux d'un noir d'encre s'emmêlaient autour de son visage plein et sensuel. L'ombre de ses longs cils s'allongeait sur ses joues bien dessinées. L'une de ses mains reposait sur sa tempe et ses ongles bleu azur brillaient sous la lueur dorée de la lampe. Son nez était irréprochable, parfait, autant par la forme que par la taille. Elle avait le menton volontaire, des lèvres pulpeuses et rouges — les plus rouges qu'il ait jamais vues.

Elle s'appelait Scarlet, prénom qui lui allait à merveille, sans doute à cause des courbes de son corps qui invitaient au péché. Gideon dévora d'un œil gourmand ses seins d'une rondeur diabolique, le creux de sa taille svelte, ses hanches si féminines, ses jambes fines et longues…

Cette femelle était la créature la plus adorablement obsédante qu'il lui ait jamais été donné de contempler et, plongée dans ce sommeil surnaturel, elle avait quelque chose de la Belle au bois dormant.

Mais elle ne le remercierait certainement pas d'un sourire s'il osait la réveiller d'un baiser, car elle n'était pas une princesse, mais un démon. Elle était possédée.

Au sens propre. Comme Gideon. Ils étaient tous deux possédés par un démon de la boîte de Pandore.

« Sauf que j'ai mérité le mien. Pas elle. »

Autrefois, il y avait bien longtemps, Gideon avait ouvert la boîte de Pandore avec ses compagnons, libérant ainsi les démons qu'elle contenait. Ils avaient commis une erreur, certes… Mais une erreur, ça se pardonnait. Du moins de son point de vue, mais pas de celui des dieux : les guerriers impliqués dans le complot avaient été condamnés à garder un démon. On leur avait donc attribué de sympathiques moitiés comme Mort, Désastre, Passion, Maladie. Et d'autres.

La boîte contenant plus de démons qu'il n'y avait de guerrier à punir, les dieux s'étaient tournés vers les prisonniers de Tartarus pour trouver un gardien à ceux qui restaient. Scarlet avait passé le plus clair de sa vie à Tartarus. C'était là qu'elle avait reçu un démon en partage.

Gideon était le gardien de Tromperie. Scarlet, celui de Cauchemar.

Pas de doute, Gideon avait tiré la courte paille, dans l'affaire des démons. Il était en train de s'enticher de Scarlet, qui dormait le jour, comme les vampires, et s'insinuait la nuit dans les rêves des gens. Lui, il ne pouvait prononcer un seul mot vrai sans souffrir le martyre. Par exemple, pour ne parler que du problème qui le préoccupait en ce moment, il n'avait pas le droit de dire à Scarlet qu'il la trouvait jolie sans qu'une coulée d'acide se répande dans ses veines, dissolvant ses organes, le vidant de toute énergie, lui ôtant même tout désir de vivre.

« Tu es affreuse… »

Voilà comment il s'y prenait pour courtiser les femmes. En général, l'intéressée fondait en larmes et le quittait. Au cours des siècles, il en avait vu pleurer un certain nombre, et ça ne lui faisait plus rien.

Mais Scarlet, c'était différent... Est-ce que Scarlet se mettrait à pleurer, s'il prétendait la trouver affreuse ?

Il tendit le bras et suivit du bout de l'index la ligne volontaire de sa mâchoire. Elle avait la peau tiède et douce comme de la soie. Quelle serait la réaction de cette belle endormie, s'il la traitait de laideron ? Eclaterait-elle de rire ? Lui trancherait-elle la gorge ?

Ou bien prendrait-elle tout simplement ses jambes à son cou, comme les autres ?

Il était malade d'angoisse à l'idée qu'il risquait de la blesser, de la mettre en colère, de la perdre.

Il laissa retomber son bras et serra les poings.

« Et si je lui disais la vérité ? Si je la couvrais de compliments ? »

Non, ça, il ne pouvait pas se le permettre, car il le paierait trop cher.

Il avait récemment commis l'erreur de parler franchement, quand des chasseurs lui avaient annoncé la mort de Sabin, gardien de Doute, celui de ses compagnons auquel il tenait le plus. Il avait explosé de rage et de désespoir, oubliant toute retenue, hurlant à ces salauds qu'il les haïssait, jurant de venger Sabin en les étripant. Ça lui aurait probablement pris des siècles de tenir cette promesse, mais là n'était pas la question : il avait lâché la vérité, ce qu'il pensait vraiment, et il l'avait payé très cher. A la seconde où les mots étaient sortis de sa bouche, il s'était effondré au sol en gémissant de douleur.

Amun était intervenu pour le calmer, le faire taire, limiter les dégâts. Mais les chasseurs avaient tout de même profité de sa faiblesse pour le torturer.

Ils l'avaient frappé au visage, inlassablement, lui faisant cracher plusieurs dents, jusqu'à ce que ses yeux soient tellement enflés qu'il avait renoncé de les ouvrir. Ensuite, ils lui avaient glissé des aiguilles sous les ongles, lui avaient envoyé des décharges électriques, lui avaient gravé au couteau le signe de l'infini — leur signe de ralliement — sur le dos. Et pour conclure, comme il refusait tout de même de parler, ils lui avaient coupé les mains. Là, il avait cru que c'était la fin. Jusqu'à ce que Sabin vienne le libérer.

Ses mains n'avaient pas encore fini de repousser… Au début, il s'était impatienté, parce qu'il avait hâte de prendre sa revanche sur les chasseurs. Mais depuis que Scarlet, la brune des ténèbres qui prétendait avoir été sa femme, se trouvait dans le château, il avait totalement oublié ses désirs de revanche.

Il ne se souvenait pas d'avoir rencontré Scarlet autrefois et encore moins d'avoir été son époux, mais il avait eu, au cours des siècles, des visions fugitives de son visage — le plus souvent quand il se laissait retomber sur une femme, après l'orgasme, en sueur, pas totalement satisfait, rongé par un étrange sentiment de manque, comme s'il regrettait quelque chose ou quelqu'un qu'il n'arrivait pas à nommer.

Mais peu importait : Scarlet se trompait, il n'avait jamais été son époux et il faudrait bien qu'elle finisse par le reconnaître.

Et si elle refusait… Il serait obligé d'admettre qu'il avait abandonné celle à qui il avait juré un amour éternel et qu'il avait trompée sans vergogne.

Et surtout, il serait obligé d'envisager l'hypothèse que quelqu'un s'était amusé à effacer de sa mémoire certains événements de sa vie.

Il avait demandé à Scarlet des précisions, bien sûr. Il aurait voulu savoir comment ils s'étaient rencontrés. S'ils s'étaient beaucoup aimés. S'ils avaient été heureux. Comment ils en étaient arrivés à se séparer. Mais

Scarlet était têtue et avait refusé de lui fournir le moindre détail.

Lui non plus n'aurait pas accepté de coopérer avec quelqu'un qui le gardait enfermé dans un cachot. C'était pour cela qu'il s'était décidé à une solution radicale pour venir à bout du mutisme de Scarlet. Il l'avait sortie du donjon, ce matin, pendant qu'elle dormait, oublieuse du monde qui l'entourait, plongée dans cette catalepsie qui devait durer tant que le soleil brillerait. Il l'avait prise dans ses bras pour l'emmener dans un hôtel de Budapest. Et maintenant, il attendait qu'elle se réveille.

Il n'allait pas tarder à avoir ses réponses.

NOCTURNE

A découvrir ce mois-ci, 4 nouveaux romans de votre collection préférée.

LA RÈGLE DES LOUPS, de Kendra Leigh Castle - n° 100

Recroquevillée sur elle-même, Mia écoute les propos insensés de l'inconnu à la silhouette athlétique et au sourire rassurant qui vient de lui sauver la vie. Ainsi, le monstre sanguinaire qui l'a attaquée était un loup sauvage, chassé de sa meute, et lui-même, son sauveteur, est un loup-garou qui traque les rebelles… Terrifiée par ce qu'elle vient d'entendre, Mia tente de se lever pour fuir, mais l'homme la retient fermement et, plongeant en elle son regard d'ambre, il lui fait une terrible révélation : la morsure de la créature l'a irrémédiablement transformée et, si elle ne s'accouple pas avec un loup-garou avant la pleine lune, elle deviendra à son tour un monstre, une ombre errante rejetée de tous…

LE BAISER DE LA NUIT, de Karen Whiddon - n° 101

Ivre de rage, la princesse Alisa de Teslinko fusille du regard l'homme à l'allure hautaine et au sourire de prédateur que son père vient de lui présenter. Ainsi, après avoir dû éconduire pendant des mois une série de prétendants insignifiants, elle va devoir supporter la présence de ce Braden Streib, spécialiste des maladies du cerveau qui prétend étudier ses pouvoirs exceptionnels. Et qu'importe qu'il soit l'homme le plus sexy qu'elle ait jamais rencontré, au diable ce trouble inconnu qu'elle ressent en sa présence : jamais elle ne laissera quiconque la traiter comme un vulgaire cobaye, elle, l'héritière d'une prestigieuse meute de loups-garous…

L'ANGE DE L'OMBRE, de Stephanie Chong - n° 102

- 2ème volume de la série : The Company of Angels -

Le corps sensuel de la démone émerge d'une nappe de brouillard. Elle est si vivante qu'elle semble réelle. Oubliant tout le dégoût qu'elle a pu lui inspirer, il n'est plus capable que d'une seule émotion : le désir...

Emergeant de son rêve, Brandon tente de recouvrer sa lucidité. En aucun cas, il ne doit se laisser envoûter par celle qu'il est censé capturer pour la compagnie des anges. Car Luciana est une sorcière qui se cache depuis des siècles dans le secret de son palais vénitien. Un démon sanguinaire qui puise ses pouvoirs dans le sang des vierges qu'elle immole... Pourtant, jour après jour, Brandon mesure l'extrême complexité de sa mission. Car Luciana est également la créature la plus belle qu'il ait jamais rencontrée et, chaque nuit, elle lui suggère des rêves d'un érotisme sans limites. Au risque de le corrompre et de réveiller en lui la part d'ombre qui sommeille.

LE GUERRIER DES TÉNÈBRES, de Gena Showalter - n° 103

- 5ème volume de la série : Les seigneurs de l'ombre -

Aeron, prince des seigneurs de l'ombre, est sur ses gardes : depuis quelques semaines, il sent rôder autour de lui une redoutable présence féminine. Comme un être vengeur qui chercherait à le tuer. Quand Olivia apparaît enfin, si belle et si pure, ce n'est pourtant pas pour l'assassiner avec son épée de feu, mais pour le supplier de l'initier à l'amour et aux plaisirs de la chair.
Peut-il se laisser séduire ? Car, même si cet ange aux yeux bleus éveille en lui un besoin d'aimer qu'il ne soupçonnait pas, il ne peut abandonner Legion, la petite démone qu'il aime comme sa fille et qui ne supporterait pas une autre femme dans leur vie. De plus, comment être sûr que les cheveux d'ébène et les lèvres si attirantes d'Olivia ne sont pas un piège mortel destiné à l'abuser et l'anéantir ?

NOCTURNE

Pour profiter encore plus de l'univers fascinant de votre collection préférée, découvrez 3 nouveaux romans à partir du 1er janvier.

LA SOIF DU VAMPIRE, de Susan Krinard - n° 104

Fille d'une humaine et d'un vampire — deux peuples qui s'opposent dans une guerre sans merci —, Alexia rejette son héritage paternel qu'elle considère comme une tare monstrueuse. Mais un jour, alors qu'elle s'est aventurée en territoire ennemi, elle est attaquée par un homme aux yeux de saphir. Fascinée par le regard magnétique de l'inconnu, Alexia sent un désir intense l'envahir, mêlé d'une soif étrange...

LE MAÎTRE DE MINUIT, de Colleen Gleason - n° 105

Vampire de sang pur choisi par Lucifer, Dimitri cherche depuis des années à briser le pacte qui l'unit au Prince des ténèbres pour rejoindre le monde des mortels. Chargé par son meilleur ami — un humain —, de protéger ses deux sœurs : Angelica et Maia, c'est avec désespoir qu'il voit la première s'éprendre de Voss, un vampire aux mœurs dissolues. Mais alors que Maia et lui tentent d'arracher Angelica à l'influence de Voss, une tendre complicité naît entre eux. Jusqu'au jour où Dimitri se rend compte qu'il est tombé amoureux de Maia. Un amour impossible et sans lendemain car non seulement Maia est déjà fiancée à un jeune homme de la haute société londonienne mais, et surtout, elle ignore tout de la véritable nature de Dimitri...

LE PAPILLON DES TÉNÈBRES , de Gena Showalter - n° 106

- 6ème volume de la série : Les seigneurs de l'ombre -

Gideon, guerrier magnifique et ténébreux, possède le pouvoir de détecter la tromperie. Pourtant, quand l'immortelle Scarlet se présente à lui, couronnée de sa chevelure d'ébène, il perd tous ses moyens. Envoûté par son parfum d'orchidée, il écoute son incroyable histoire, incapable de savoir si elle lui dit la vérité.

Mais comment la croire quand elle lui affirme qu'elle a un jour été sa femme alors qu'il n'a aucun souvenir d'elle ? Et comment lutter contre cette force irrésistible qui le pousse à vouloir connaître la vérité et comprendre ce qui l'attire en elle ? Car bien au-delà du désir, Gideon sent qu'un lien très particulier l'unit à Scarlet. Un lien qui, s'il le découvrait, pourrait détruire celle qu'il commence à aimer...

Best-Sellers n°585 • suspense

Jamais je ne t'abandonnerai - Antoinette Van Heugten

Son enfant est innocent. Elle le sait comme seule une mère peut en avoir la certitude. Pour défendre Max, elle aura tous les courages.

Que se passe-t-il ? Danielle Parkman ne reconnait plus son fils. Plus du tout. Pourtant, elle n'imagine pas un instant que la terrible maladie dont Max souffre ait pu transformer le petit garçon tendre et attentionné qu'il était en adolescent au comportement inquiétant. Certes, l'autisme est un mal étrange mais, quoiqu'en disent les médecins, elle seule connaît le cœur de son enfant. Et elle a confiance en lui.

Jusqu'au jour où Max est accusé du meurtre d'un patient hospitalisé dans le même établissement que lui. Sous le choc, Danielle est aussitôt assaillie par un terrible doute : se pourrait-il qu'elle se soit trompée ? Non, c'est impossible. Max n'a fait de mal à personne. Par chance, l'avocat Tony Sevillas, le seul qui semble la croire, fait tout pour défendre sa cause : avec lui, Danielle est prête à braver la peur et le doute pour que la vérité triomphe. Et jamais, jamais, elle n'abandonnera Max.

Best-Sellers n°586 • suspense

L'inconnu de Home Valley - Karen Harper

Une famille à chérir, un champ de lavande à cultiver, et la prière pour la guider. Ella connaît son bonheur de vivre auprès des siens, dans la paisible communauté amish de Home Valley, Ohio. Aussi est-ce avec une certaine inquiétude qu'elle voit arriver chez elle un *ausslânder*, un étranger que ses parents ont accepté d'héberger à la demande du FBI. Cible de dangereux criminels contre lesquels il va témoigner, Andrew devra vivre caché sous l'identité d'un amish jusqu'au jour du procès.

Face à cette intrusion dans son univers, Ella se sent perdue. Car si elle est prête à aider Andrew, elle pressent aussi que ce dernier représente une menace pour sa communauté. Pour sa communauté, et pour son cœur, si elle en croit le trouble qui s'empare d'elle chaque fois qu'elle pose les yeux sur lui. Une crainte qui ne fait que se confirmer, lorsque la violence fait soudain irruption dans la vallée, la contraignant à fuir en compagnie du seul homme qu'il lui est interdit d'aimer…

Best-Sellers n°587 • thriller

Le couvent des ombres - Lisa Jackson

La cathédrale de La Nouvelle-Orléans... Au pied de l'autel gît le corps sans vie d'une jeune novice vêtue d'une robe de mariée jaunie. Autour de son cou, un collier de perles écarlates...

Camille, sa petite sœur adorée, est morte. Si seulement Valerie avait pu convaincre sa cadette de quitter ce couvent austère et angoissant, Camille serait vivante aujourd'hui !

Bouleversée, révoltée par ce meurtre, Valerie Renard, une ex-policière, décide de mener sa propre enquête, parallèlement à celle de Rick Bentz et Ruben Montoya, les inspecteurs chargés de l'affaire. Car Valerie le sait : le couvent Sainte-Marguerite n'est pas la paisible retraite que tout le monde imagine, et tous ceux qui y résident, du séduisant père Frank O'Toole à la sévère mère supérieure, semblent avoir quelque chose à cacher. Camille elle-même avait une vie secrète, des zones d'ombre que Valerie ne soupçonnait pas.

Une découverte qui pourrait faire d'elle, si elle découvrait la vérité, la prochaine proie du tueur.

Best-Sellers n°588 • roman

Retour au lac des Saules - Susan Wiggs

A présent que sa fille a quitté la maison, Nina Romano s'apprête à réaliser son rêve de toujours : racheter et rouvrir l'auberge du lac des Saules. Aussi est-elle furieuse d'apprendre que le domaine vient d'être vendu à Greg Bellamy, qu'adolescente elle aimait en secret. En secret, car Greg, le fils de riches propriétaires de la région, était d'un autre monde que le sien. Inaccessible et hautain, il l'avait fait souffrir, et à présent, de retour après un divorce mouvementé, il parvenait encore à lui voler sa part de bonheur...

Pourtant, quand il lui propose de s'associer avec lui, Nina hésite, déchirée entre sa méfiance envers ce rival déloyal, et son attirance pour un Greg encore plus séduisant qu'autrefois...

Best-Sellers n°589 • roman

Le parfum du thé glacé - Emilie Richards

Alors qu'une tempête menace les rivages coralliens de la presqu'île de Happiness Key, cinq femmes vont mettre à l'épreuve leur amitié et, en chemin, découvrir l'amour.

La vie amoureuse de Tracy Deloche, ancienne jet-setteuse, traverse une sérieuse zone de turbulences... Mais heureusement pour elle, elle a le soutien complice de quatre de ses amies, qui louent les petits pavillons qu'elle possède en bord de mer. Il y a la pétulante Wanda, toujours prête à rire, qui régale tout le monde de ses pâtisseries décadentes. Mais aussi Janya, la jeune et superbe Indienne qui, malgré un mariage arrangé compliqué, rêve de devenir mère. Ainsi qu'Alice, la courageuse Alice, qui élève seule sa petite-fille bientôt adolescente. Sans oublier Maggie, l'ex-policière et discrète fille de Wanda, dont la vie sentimentale chaotique n'a rien à envier à celle de Tracy.

Et tandis qu'histoires d'amour et de famille s'enchevêtrent avec tumulte, une tempête tropicale se prépare, rabattant en rafales secrets et surprises vers les rives de Happiness Key. Pour les cinq amies, c'est l'occasion de découvrir qu'elles ont plus que jamais besoin les unes des autres...

Best-Sellers n°590 • roman

Coup de foudre à Icicle Falls - Sheila Roberts

Avec consternation, Samantha découvre que la chocolaterie familiale, installée à Icicle Falls depuis des générations, est au bord de la faillite : la gestion fantaisiste et les dépenses mirobolantes du précédent directeur ont eu raison des finances de l'entreprise à laquelle elle est passionnément attachée. Pour l'aider à redresser la situation, Samantha ne peut guère compter sur ses deux sœurs, certes aimantes mais totalement incompétentes en la matière, ni sur sa mère, incapable d'accepter la réalité. Aussi n'a-t-elle qu'un seul espoir : convaincre le directeur de la banque de la soutenir. Sauf que le directeur en question, Blake Preston, est un arrogant play-boy totalement insensible. Et bien trop beau pour se donner la peine d'aider une jeune femme comme elle…

Best-Sellers n°591 • historique

Les secrets d'une lady - Nicola Cornick

Londres, novembre 1814.

Lady Merryn Fenner mène une double vie. Aux yeux de tous, elle est une lady comme les autres, une femme délicate et raffinée qui fréquente les salons et les salles de bal. Qui pourrait croire que sous ses dehors fragiles se cache une femme bien différente qui ne craint pas de travailler en sous-main pour le détective Tom Bradshaw, un homme au passé louche ? Ce travail, elle ne l'a accepté que pour une seule raison : trouver les preuves qu'elle cherche. Douze ans plus tôt, en effet, son frère a été tué en duel par Garrick Farne, un homme qu'elle aimait en secret. Or, elle a aujourd'hui toutes les raisons de croire qu'il s'agissait en réalité d'un assassinat. Un crime qu'elle veut absolument voir puni.

Best-Sellers n°592 • historique

Le clan des MacGregor - Nora Roberts

Glenroe, Ecosse, 1745.

Dix ans se sont écoulés depuis que, par une nuit glacée, Serena a vu les soldats anglais faire irruption dans le fief des MacGregor à la recherche de Ian MacGregor, son père, injustement accusé de meurtre. Dix ans qui n'ont rien effacé de la terreur qu'elle a éprouvée alors, et de l'horrible humiliation subie par Fiona, sa mère, violée par un officier lâche et cruel. Lors de cette nuit tragique, Serena est devenue une autre : la petite fille douce et innocente qu'elle était a brusquement connu la haine et la soif de vengeance, et s'est juré de ne jamais pardonner…

Depuis dix ans, pas un Anglais n'a franchi le seuil du manoir familial. Aussi est-ce avec une hostilité farouche que, sur ordre de son père, Serena accueille Brigham Langston, le fier et impétueux comte d'Ashburn, à qui son frère aîné doit la vie. Un aristocrate anglais qu'elle considère comme son pire ennemi, mais qui va la contraindre à un impossible choix…

Composé et édité par les

éditions HARLEQUIN

Achevé d'imprimer en Italie (Milan)
par Rotolito Lombarda
en octobre 2013

Dépôt légal en novembre 2013